Les marionnettistes

Tome 3

Table rase

9

JEAN LOUIS FLEURY

Les marionnettistes

Tome 3

Table rase

roman

Guy Saint-Jean
ÉDITEUR

Catalogage avant publication de Bibliothèque et Archives nationales du Québec et
Bibliothèque et Archives Canada

Fleury, Jean Louis
Les marionnettistes : roman
(Adrénaline)
Sommaire : t. 1. Bois de justice — t. 2. Le syndrome de Richelieu — t. 3. Table rase.
ISBN 978-2-89455-351-0 (v. 1)
ISBN 978-2-89455-362-6 (v. 2)
ISBN 978-2-89455-401-2 (v. 3)
I. Titre. II. Titre : Bois de justice. III. Titre : Le syndrome de Richelieu.
IV. Titre : Table rase. V. Collection : Adrénaline (Guy Saint-Jean éditeur).
PS8561.L484M37 2010   C843'.54   C2010-940904-3
PS9561.L484M37 2010

Nous reconnaissons l'aide financière du gouvernement du Canada par l'entremise du Fonds
du livre du Canada (FLC) ainsi que celle de la SODEC pour nos activités d'édition. Nous
remercions le Conseil des Arts du Canada de l'aide accordée à notre programme de publication.

Patrimoine canadien / Canadian Heritage   Canadä   Conseil des Arts du Canada / Canada Council for the Arts   SODEC Québec

Gouvernement du Québec — Programme de crédit d'impôt pour l'édition de livres — Gestion
SODEC

© Guy Saint-Jean Éditeur inc. 2011
Conception graphique : Christiane Séguin
Révision : Alexandra Soyeux
Dépôt légal — Bibliothèque et Archives nationales du Québec, Bibliothèque et Archives
Canada, 2011
ISBN : 978-2-89455-401-2
ISBN ePub : 978-2-89455-402-9
ISBN PDF : 978-2-89455-439-5

Distribution et diffusion
Amérique : Prologue
France : De Borée/Distribution du Nouveau Monde (pour la littérature)
Belgique : La Caravelle S.A.
Suisse : Transat S.A.

Guy Saint-Jean Éditeur inc.
3154, boul. Industriel, Laval (Québec) Canada. H7L 4P7. 450 663-1777
Courriel : info@saint-jeanediteur.com • Web : www.saint-jeanediteur.com

Guy Saint-Jean Éditeur France
30-32, rue de Lappe, 75011, Paris, France. (1) 43.38.46.42 • Courriel : gsj.editeur@free.fr

Imprimé et relié au Canada

ASSOCIATION NATIONALE DES ÉDITEURS DE LIVRES

On a l'impression que [...] l'on a travaillé, à son insu, au service de la Mort tant le paysage est massacré, et ça vous donne le vertige d'avoir fait le vide autour de soi, table rase.

Blaise Cendrars, *Bourlinguer*

Note de l'auteur

Les personnages mis en scène dans cette histoire sont tous imaginaires. Des individus rencontrés, appréciés ou subis lors de ma vie professionnelle à Hydro-Québec penseront, peut-être, se reconnaître. Concédons que j'aie pu, ici ou là, aller chercher un trait de caractère chez l'un, une bribe de l'histoire de l'autre, un élément de la réputation d'un troisième; mais, que tous se le disent, ce récit et ses protagonistes sont totalement fictifs. Nul ne s'y prétendra décrit, caricaturé ou cité sans découvrir au fil des lignes que ce n'est pas de lui dont il était question. Que les morveux se mouchent... pas dans mon mouchoir.

JLF

I

Table mise

Un vol et un autre...

Jeudi 7 Juillet 1955

C'est lui qui découvrit le premier que l'on s'était introduit dans la maison familiale. Ce mercredi-là, jour de congé de Roberte, la bonne, son père était parti pour sa journée hebdomadaire d'enseignement à l'université de médecine et avait prévenu qu'il ne reviendrait pas avant 18 heures. Sa grand-mère en villégiature, comme chaque année, chez une sienne arrière-petite-nièce pour écouler, à l'air marin, l'époque des grandes chaleurs, le jeune garçon avait passé la journée chez des amis de la famille, propriétaires d'un domaine voisin avec tennis, pièce d'eau et terrain de jeu. Le docteur l'y avait déposé en auto en partant au travail le matin.

En dépit du beau temps, il n'avait pas joué avec les enfants de la maison et ne s'était pas baigné comme eux, passant l'essentiel de sa journée à la lecture des livres d'images d'Épinal que l'on avait rassemblés à son intention sur une table de verre, sous une tonnelle couverte de volubilis mauves. Il aimait les volubilis. Sa mère les appelait *morning glory*.

À son retour solitaire, un peu passé 17 heures 30, l'enfant avait immédiatement réalisé que la demeure de ses ancêtres avait été vandalisée. La chose ne pouvait se constater de la rue, une haie dense en chicane dissimulant le côté de la maison aux passants, mais la porte latérale par où les coutumiers des lieux accédaient au logis béait sur l'allée de gravier. Sa grande vitre centrale de verre dépoli avait été fracassée en une multitude d'éclats épars sur la galerie de bois qui faisait le tour de la vénérable et toujours élégante résidence de pierres. Le petit gars gravit bravement les trois marches d'escalier conduisant à la cuisine et s'arrêta sur le seuil. Son œil vif nota des gouttes de sang sur le carrelage blanc de la pièce déserte, qui faisaient une trace vers l'intérieur de la maison. Longtemps interdit, il finit par pénétrer avec circonspection, redoutant d'entendre les voleurs à l'œuvre. Mais non, tout semblait calme dans la vaste et sombre demeure. Il constata que le coffret de cuivre au couvert perpétuellement ouvert près de la porte, cette espèce de vide-poches où sa grand-mère laissait toujours quelque menue monnaie et parfois des billets pour payer les livreurs, était à sa place habituelle et n'avait pas été vidée de son contenu.

La piste de sang conduisit l'enfant, marchant à pas précautionneux, vers le salon qui lui apparut intact, puis, par le grand couloir obscur de l'entrée principale, jusqu'au bureau paternel. Le cabinet austère et mystérieux où le garçon n'entrait que rarement et seulement lorsqu'il était seul au logis lui apparut dans le plus complet désordre. Le fauteuil de cuir vert anglais, sans doute tiré hâtivement, était renversé. Le contenu des tiroirs du bureau de chêne noir et des compartiments au bas des bibliothèques jonchait le parquet. Un grand trou de plâtre à vif déchirait le papier peint velouté cramoisi, à l'endroit où la petite armoire de pharmacie du docteur avait été arrachée du mur.

Les traits figés et inexpressifs, l'enfant s'avança avec le plus grand soin pour ne rien heurter ni déplacer dans le désordre ambiant. Il s'en alla jusqu'à la table de travail, au centre du cabinet, où debout, le front plissé, les poings sur le plateau verni, il parut réfléchir. Il ne ressentait aucune panique, mais son visage avait pâli.

C'était un garçon plutôt renfermé, genre « taiseux », un fils unique, qui s'enfermait volontiers dans un monde intérieur sombre et tourmenté, à l'inquiétude de ses proches. Cette morosité plutôt inusitée chez les jeunes de son âge allait en s'aggravant, au jugement du docteur, depuis la mort, quatre mois plus tôt, de la mère de l'enfant. Il était blond, comme l'avait été celle que, dans le pays, tous appelaient, sans animosité particulière, «l'Anglaise»; grand pour son âge et mince comme elle, mais avec, dans l'allure, une espèce d'assurance naturelle doublée d'un sérieux taciturne que la fragile et aimable beauté irlandaise n'avait jamais affichée.

L'enfant regardait, au mur extérieur donnant à l'est, le rideau à guillotine obturant l'ancienne cheminée où les ancêtres du médecin entretenaient leur feu aux saisons froides. Quatre panneaux horizontaux de tôle peints en gris, coulissant entre deux rainures d'acier latérales en condamnaient l'âtre. On les levait originellement au moyen d'une espagnolette centrale à poignée en forme de coquillage. Mais on ne se servait plus jamais du foyer, mis au rancart, comme les anciens poêles à bois de la maison, lors de l'installation, par le père du médecin, du chauffage central au mazout, deux décennies plus tôt. Le maniement de la crémone figée dans la peinture était devenu, année après année, de plus en plus difficile. L'enfant le savait pertinemment qui peinait quand, en l'absence de son père, de la bonne et de la grand-mère, il violait la cachette paternelle et s'enivrait à feuilleter les livres qu'elle dissimulait, à la recherche des images licencieuses qui les illustraient. Une clenche dans le loquet du coquillage, qu'il avait été long à découvrir, bloquait la rotation de la poignée, interdisant aux non-avertis l'ouverture sur l'âtre.

Le garçon, attentif et immobile dans le bureau, savait que cette porte-là n'avait pas été ouverte par l'étranger pillant dans la hâte le bureau du médecin. L'horloge électrique à balancier qu'il avait toujours vue sur le marbre du manteau de la cheminée indiquait 17 heures 45.

Quand son père revint chez lui vers 18 heures 30, il s'étonna de retrouver l'enfant, pâle, assis à l'ombre d'un grand tilleul, immobile dans un fauteuil du jardin, à vingt pas de la porte béante à la vitre cassée. Le docteur réconforta longuement son fils, qui lui dit n'avoir osé entrer dans la maison profanée, de crainte d'y surprendre un ou des bandits en pleine action. Son père approuva cette prudence et serra le garçon contre sa poitrine, avant de le confier à une voisine et d'entrer constater les dégâts.

Il comprit vite que les malfaiteurs cherchaient avant tout de la drogue en s'introduisant dans son antre. Comme chez plusieurs de ses confrères victimes à l'époque de vols du genre, on s'était attaqué à son cabinet et non au séjour familial. Il constata l'état lamentable de la pièce où il accueillait ses patients, notant d'un premier coup d'œil circulaire le pillage de son bureau et la perte de sa pharmacie. Jusqu'au rideau de la vieille cheminée qui avait été levé et s'ouvrait comme une tache sur le foyer noirâtre, où quelques livres, normalement en pile, étaient tombés dans la poussière…

La littérature érotique de ses années de carabin n'avait manifestement pas retenu l'intérêt des malfaiteurs qui, en revanche, avaient fait main basse sur le sac de sport qui d'ordinaire les accompagnait dans l'âtre condamné. L'objet avait appartenu à sa défunte épouse, une excellente joueuse de golf. Le médecin avait changé la vocation du sac au décès d'Émily et l'avait toujours, depuis, soigneusement tenu hors de la vue de ses proches et des gens de service de la maison. Il ramassa les vieux volumes à la tranche jaunie et les rangea machinalement dans sa bibliothèque avant d'appeler la police.

En plus d'une coquette somme d'argent liquide et de bijoux ayant appartenu à sa femme, le médecin rapporterait ce soir-là à l'enquêteur dépêché à son domicile la disparition d'une armoire contenant de nombreux produits pharmaceutiques, dont plusieurs calmants à base de morphine, et le vol d'un sac de golf en cuir rempli de diverses armes en parfait état de fonctionnement.

Une vieille canne-épée-parapluie à poignée de nacre ayant appartenu à son grand-père, une baïonnette allemande datant des guerres coloniales de la fin du XIXᵉ, trophée de guerre de son père, et un pistolet Walther P38, 9 mm Parabellum, 8 coups, chargé, obtenu, durant la Seconde Guerre mondiale, d'un officier allemand se rendant à lui, figuraient dans l'hétéroclite arsenal. Le toubib y avait récemment ajouté les deux parties démontées d'un fusil à platine de chasse à l'éléphant Holland & Holland et sa boîte de cartouches idoines, en plus d'un poignard africain à manche d'ivoire coupant comme un rasoir, dangereux héritage d'un beau-frère, ingénieur à Abidjan, décédé trois semaines plus tôt.

Un policier corpulent, rougeaud et doté d'une volumineuse moustache poivre et sel se présentait le soir même à la maison pour recueillir la déposition des victimes. Le détective n'avait pas franchi la porte de son bureau que le médecin savait déjà qu'il n'était plus qu'à quelques jours de sa retraite de tout service actif. Le docteur reçut seul l'enquêteur, peu soucieux de lui faire interroger son fils, un enfant de dix ans déjà suffisamment perturbé par le vol sans avoir, en plus, à répondre aux questions d'un balourd de ce gabarit. Le moustachu établit laborieusement la liste des objets volés dans un procès-verbal rédigé, langue tirée, au stylo, bille bien appuyée sur un bloc idoine de feuilles de différentes couleurs, entre lesquelles il avait inséré quatre papiers carbone déjà stigmatisés par l'usage.

« Le travail d'un solitaire, un drogué, pour sûr ! » évalua Sherlock Holmes en triturant son poil gris. « Il va consommer vos pilules, pis vendre ce qu'il vous a pris pour s'acheter d'autres drogues. C'est peut-être là qu'on le pincera, mais ne comptez pas trop revoir bijoux et armes. Croyez-moi, on ne retrouve pour ainsi dire jamais rien dans des cas du genre, et je sais ce que je dis — pensez, après plus de trente ans de service ! Heureusement, tiens, que ça se termine… »

Le médecin signa l'original du constat et les quatre copies, notant machinalement au passage que la quatrième n'était pratiquement pas lisible. Il hérita de la troisième, un calque d'un jaune pisseux, qui lui servirait, expliqua patiemment le vieux flic, de preuve pour les assurances. Les autres s'en iraient dans divers dossiers d'enquête, selon une routine paperassière que le toubib s'empressa d'oublier, toute confiance dans les talents de la police locale depuis longtemps envolée.

La porte refermée sur son visiteur, le médecin évalua qu'il n'entendrait probablement plus jamais parler du voleur.

Il se trompait.

Champignon mortel

Wabash, Indiana — Lundi 8 mai 2006

Le gros homme vérifia pour une énième fois sa boussole. Il était inquiet, estimant se trouver bien loin de la route où il avait laissé sa voiture. Dans ces cas-là, il vous vient toujours à l'idée que votre boussole pourrait d'un coup ne plus bien fonctionner, tomber comme ça défectueuse et vous laisser perdu au milieu du bois. Il s'était déjà égaré en forêt, beaucoup plus jeune, et le pépère prudent qu'il était devenu en gardait la hantise. Si encore il trouvait des champignons; mais non, il avait beau chercher dans la jeune végétation sortant parmi les feuilles mortes jonchant le sol, aucune morille, pas plus de brune que de blonde, de géante que de morillon!

Le bonhomme Zampino le lui avait bien dit: « Sors des sentiers battus où vont les autres! »

Il en sortait, mais sans résultat. Bon sang, il ne pourrait tout de même pas être toujours aussi malchanceux. Il marchait à pas précautionneux entre les arbres, s'arrêtant fréquemment, se baissant, cherchant parmi brindilles, feuilles et aiguilles sèches. Le temps était doux. Il ne s'était couvert le haut du corps que d'un simple coupe-vent aux couleurs d'une centrale d'Hydro-Québec visitée l'été précédent lors d'un voyage organisé à Baie-James à l'intention des anciens cadres supérieurs de la grande entreprise québécoise de production d'électricité. Il fouillait les bois depuis le matin, un panier d'osier au bras, d'une contenance reflétant bien son bel optimisme. Hélas, midi était passé d'une bonne demi-heure, et le vaste panier restait toujours vide.

15

Arnaud Courchesne, petit, trapu, rond de face et de bedon, chauve ou presque, une allure de mini-bouddha satisfait de lui-même, avait toujours été un chercheur compulsif de champignons sauvages. Il avait ça dans ses gènes. Son père, sa mère, son frère, sa sœur, tout le monde dans sa famille courait les bois d'été et d'automne à la recherche de girolles, de bolets, de trompettes-de-la-mort, de pieds-de-mouton, d'armillaires ventrus... il les connaissait tous. Des coins, il en avait à la tonne, chez lui au Québec et dans l'État voisin du Vermont. Mais ce mycologue averti n'avait jamais pu découvrir la queue d'une seule morille, ici ou ailleurs.

Compliqué de trouver ce roi des champignons. D'abord, il faut aller dans le bois au printemps, un moment de l'année où, durant toute sa vie d'ingénieur, le gros sexagénaire avait moins le temps et l'occasion de sortir à la campagne. L'été, l'automne, oui, ce sont les vacances, les journées sont longues, il fait beau, on admire les couleurs, on peut pique-niquer. Mais au printemps, à la fonte des neiges, les forêts sont moins accueillantes. Il y fait frais, on y marche souvent mal dans la boue des dégels, on est moins tenté d'y gambader...

Il avait lu tout ce que l'on pouvait lire sur le champignon mythique, connaissait l'environnement où l'on disait qu'il poussait, savait avec précision le moment où espérer le trouver, sous les bouleaux et les trembles à l'éclosion des bourgeons, sur les racines d'ormes morts plus tard en saison, dans les plantations de pins gris en juillet. Il guettait chaque année les incendies de forêt et, quand il le pouvait, passait au printemps suivant dans les brûlis à la recherche des damnées morilles; mais voilà, il avait beau faire, il n'avait jamais, à ce jour, trouvé le moindre morillon.

Et puis un genre de miracle s'était produit le mois précédent. Il avait eu la grande et bonne surprise de recevoir par la poste un DVD explicatif sur la cueillette des morilles, accompagné d'un mot de son auteur, un américain de l'Indiana du nom d'Alfredo Zampino. « Un de vos amis qui tient à vous faire une surprise vous offre ce DVD », disait le mot. « Ce monsieur, dont j'ai l'interdiction de vous donner le nom, vous offre la possibilité de m'accompagner ce printemps, si vous le souhaitez, alors que j'irai relever mes coins personnels. Je n'emmène jamais personne avec moi d'ordinaire. Mes coins à morilles sont des secrets pour lesquels je suis en temps normal prêt à mourir. Mais votre ami a été fort généreux. Prenez contact avec moi et, si le cœur vous en dit, nous pourrons nous voir ici, chez moi, à Wabash, au début mai. »

Le gros homme n'en était pas revenu. Beaucoup de gens, amis, collègues, relations d'affaires, savaient, bien sûr, sa passion de « mycophile ». Qui pouvait lui vouloir du bien à ce point ? Il avait déjà, au fil de sa longue carrière, offert lui-même et reçu à son tour de ce type de cadeau d'entrepreneurs, propice à aider aux affaires et à la prise de décision des puissants de la chose publique et parapublique. Là, pas de doute, quelqu'un avait dans l'idée de le gâter, et il ne doutait pas qu'un jour, quelque faveur lui serait demandée en contrepartie. « *There is no free lunch !* » avait coutume de dire un de ses amis japonais. Cela dit, cette fois, l'idée lui avait paru vraiment excellente et vaudrait sans aucun doute sa générosité à son auteur au jour du retour d'ascenseur. Le DVD contenait de si belles prises de vue, le dénommé Zampino qui le commentait à l'écran avait une si bonne bouille ; Courchesne n'avait pas hésité une seconde. Il appelait le lendemain le vieil Italien de l'Indiana et prenait rendez-vous avec lui pour la fin de semaine du 6 mai.

Il avait fait le voyage à Wabash en auto. Mille trois cent kilomètres depuis Montréal, certes un long trajet, mais il en aurait fait bien plus pour assouvir sa convoitise : il avait déjà envisagé de s'offrir le déplacement jusqu'au Montana, voire au Yukon, où l'on dit que les morilles abondent. Il était parti le vendredi matin, avait fait seul sa route de deux jours. Le dimanche, il avait, toute la journée, accompagné ce vieux renard de Zampino. Un vrai caïd mafieux à la retraite, Brando dans ses plants de tomates à la fin du *Parrain*. Le vieillard aux jarrets de bronze l'avait emmené dans de vieux vergers depuis longtemps abandonnés, sur le bord de voies ferrées et même sur des pelouses de riches propriétés, et des morilles, ils en avaient trouvé des kilos. Alors le cours 101 avait porté fruit. Le pépère potelé québécois savait mieux, désormais, comment chercher. N'empêche qu'il n'en trouvait pas et que ça le faisait bougonner d'importance.

Au moment de le quitter la veille au soir, Alfredo lui avait donné quelques conseils avec son fort accent sicilien. Qu'il n'essaie surtout pas, lui, un étranger, de se risquer sur des terrains privés avec son couteau et son panier, comme ils venaient de le faire ensemble.

« Les gens d'ici, avait précisé le mafioso, connaissent souvent le prix de ces champignons, beaucoup en vendent aux restaurateurs du coin et parfois même sur Internet. Ne va pas te faire prendre sur le coin d'un autre. Le mieux pour toi est d'aller dans les forêts du gouvernement. Tu ne seras pas seul, beaucoup de gens font ça, mais toi, différencie-toi des autres, éloigne-toi des bords de route et rentre dans le bois ! Si tu y vas demain, en semaine, tu auras beaucoup moins de compétiteurs. Tu sais marcher à la boussole ? »

Arnaud Courchesne savait, mais bon, il n'était pas non plus un grand expert de la marche solitaire en forêt profonde. L'œil sur l'aiguille de sa boussole, il avançait le plus droit possible devant lui. Quand il arriverait au point où il se découragerait, il n'aurait qu'à faire demi-tour et revenir à 180 degrés. Il ne pourrait ainsi que finir par couper la route où il avait laissé sa BMW. L'Italien l'avait orienté vers les bois de la région de Lagro, au nord-est de Wabash, un bel environnement propice, pas de doute, mais bon, ça ne marchait décidément pas. Et la journée qui avançait. Il avait prévu reprendre la route vers le Québec au soir. Et ce vieux grigou d'Alfredo qui ne lui avait même pas laissé un champignon, se vantant de les vendre une fortune la livre à un chef français installé à Cincinnati !

Il atteignait une espèce de chemin dégagé par de la machinerie lourde de bûcherons quand il lui sembla entendre du bruit dans son dos. Le gros cueilleur se retourna, chercha entre les troncs de la forêt et ne vit rien. Le courage n'était pas la qualité première d'Arnaud Courchesne. L'idée lui vint d'un coup qu'il était si loin dans le bois qu'il avait bien pu déranger des coyotes, une hypothèse qui l'emplit de crainte. Il s'arrêta sur place, attentif au moindre son. Il n'entendit qu'un cri aigu de geai bleu sur un vague fond sonore de vent dans les branches aux bourgeons prêts à éclater. Y aurait-il des ours en Indiana? se demanda-t-il en reprenant sa marche d'un pas soudain plus pressé.

Le chemin n'en était pas un: juste de vieilles traces de larges chenilles de machinerie forestière, partiellement recouvertes de brindilles, où s'ouvraient çà et là de rares plantes vertes de la taille de violettes sauvages. C'est en cherchant où mettre son pied pour sortir de cette ornière qu'il l'aperçut sur le talus. Là, sous une branche morte, poussant de travers, coquine, frondeuse, comme pas à sa place, une jolie morille blonde de cinq ou six centimètres de haut. Une vraie merveille!

L'homme, n'en croyant pas ses yeux, tomba à genoux, en admiration. Il resta un bon moment dans cette position, comme en prière. Son regard s'accoutuma au couvert du sol et bientôt, miracle, il découvrit un second champignon, puis un troisième, et, là-bas, près de crosses de fougères, trois petits frères morillons. Il posa son panier et ouvrit son petit couteau à brosse, ne doutant pas d'être tombé sur un coin prolifique. Enfin, des morilles à lui; il ne restait plus qu'à les cueillir.

Il tendit la lame vers sa première découverte, mais suspendit son geste. Quelque chose bougeait dans son dos. Tournant lentement le regard derrière son épaule, il ne vit d'abord qu'une paire de bottes qui lui parurent gigantesques. Quelqu'un était debout derrière lui, presque à le toucher. Il se leva en ahanant et se retourna, pataud sur ses courtes jambes. Il reconnut l'homme qui lui faisait face.

— Mais qu'est-ce que vous faites ici? balbutia-t-il, soudainement inquiet.

— Désolé, répondit l'autre, qui lui planta en travers de la poitrine une longue et forte lame d'acier à garde ourlée d'un quillon retourné vers le tranchant.

Le geai de tout à l'heure cria avec stridence sa désapprobation. Le chercheur de morilles ouvrit grand la bouche, cherchant désespérément de l'air dans un râle disgracieux. Ses mains s'ouvrirent, laissant échapper son petit couteau. Il retomba sur les genoux et s'effondra sur le manche de l'arme qui lui traversait le corps. Curieux pommeau, en fait, légèrement coudé en son milieu, fait de laiton moulé et de deux plaquettes obliques en noyer, fixé à la soie de lame par deux rivets arasés en laiton.

Des mouvements spasmodiques agitaient les jambes du mourant. Une tache de sang s'élargit bientôt sous le corps qui finit par rejoindre la première morille jamais trouvée par Arnaud Courchesne.

Bouteille à la mer

Si je l'avais pu, j'aurais tué ma grand-mère. Hélas, la garce est décédée toute seule, de su buena muerte, *à mes onze ans. Une mort bien douce pour une criminelle.*

Chanceuse quand même, la Jeanne. Je n'attendais que l'occasion de me débarrasser d'elle, mais voilà, un beau matin de printemps, j'ai moi-même retrouvé la vieille, morte dans son lit. Je l'ai longuement regardée, incrédule, indiciblement déçu. Visage serein, bras tendus le long du corps, les draps à peine défaits, elle semblait dormir et se moquer encore de moi. Sûr qu'elle savait que je l'assassinerais un jour. Elle gagnait une autre fois en débarrassant le plancher avant que je ne la bute. Le gamin que j'étais en conçut un violent sentiment de dépossession, d'injustice. La vieille me volait quelque chose, me privait, une autre fois, du pouvoir de m'exprimer. Depuis déjà longtemps, je la rêvais pendue ou écartelée, la gueuse! ensanglantée, se traînant au sol, la gueule grande ouverte, les yeux pleins d'effroi en voyant la mort lui venir, mais non, elle gisait là, dans ce même lit où, chaque soir, je devais l'embrasser et lui souhaiter cérémonieusement «bonne nuit»; tout bêtement morte, juste un peu plus grise qu'à l'accoutumée.

Tout cela pour vous faire comprendre à quel point l'idée de la mort violente peut m'être de longue date familière. J'avais, du reste, déjà vu à l'époque disparaître ma mère...

Montréal — Vendredi 23 juin 2006

Une violente douleur à l'abdomen le fit grimacer. Il faisait chaud;

la nuit, une des plus courtes de l'année, finissait par tomber. L'homme s'arrêta d'écrire et porta la main sous son sternum. La pression qu'il y exerça le soulagea un peu. Il alluma la lampe de son bureau, se rencogna dans son fauteuil et se relut, dubitatif. Depuis des semaines qu'il caressait l'idée de communiquer avec la police; il s'essayait une autre fois, mais la chose ne s'avérait pas plus aisée que lors de ses précédentes tentatives de rédaction, et le résultat de son nouveau premier jet ne lui plaisait guère. Il devrait se méfier de son impulsivité, ne pas trop en dire... Il biffa le prénom de la vieille puis changea le *à mes onze ans* pour un *à mon début d'adolescence* un peu moins révélateur. Il garda *un beau matin,* mais raya *de printemps.* Elle était morte à Pâques, et cela pourrait constituer un indice pour les flics s'ils retrouvaient la date. Un moment, il pensa remplacer *printemps* par *automne,* une fausse piste, mais répugna à l'artifice. Il avait toujours détesté la facilité. Il hésita sur *avant que je la bute* — *buter,* pour « tuer », indiquerait l'origine française de France ou d'Europe, de sa manière de s'exprimer —, laissa comme ça, finalement, mais changea *gamin* pour *petit gars* et *gueuse* pour *vieille.*

Et s'il brouillait les traces en commettant volontairement des fautes d'orthographe dans le texte? Des experts de tout crin allaient éplucher sa correspondance. Rien de plus facile que d'entortiller et de complexifier les messages. S'il y glissait quelques maladresses comme en commettent des gens communiquant dans une langue seconde? Le vocable de *buena muerte,* pour « mort naturelle », n'indiquait-il pas déjà la culture hispanique de l'auteur?

Il jouait en fait sur deux tableaux. C'était bien lui qui écrivait, mais c'était un autre que l'on devrait soupçonner. C'était là l'enjeu de toute l'affaire. Oui, réfléchit-il, il faudrait maintenir, quelle que soit la lettre qu'il enverrait, cette mention de *buena muerte.* Elle faisait partie de son plan. Mais il n'abuserait pas des indices trompeurs. L'aventure n'aurait tout son sel que si lui, son instigateur, était le plus vrai possible tout au long de ce dernier exercice. On ne joue pas à la roulette russe avec seulement des balles à blanc dans le barillet du revolver. Il lui fallait s'exposer, prendre des risques, défier à fond les policiers qui lui serviraient de faire-valoir, pour qu'un jour ces niaiseux-là soient contraints de concéder : « Ce type-là nous a eus dans les grandes largeurs ! »

Il tenait à s'expliquer, pour la vieille. Il lui fallait établir clairement que c'est cette saloperie de bonne femme qui l'avait mué en assassin. Certes, il s'exposait en livrant cette histoire familiale à la police. Tout l'art serait d'écrire de telle sorte que ceux qui analyseraient ses lettres ne soient jamais sûrs de rien, ne travaillent que sur des hypothèses, nourrissent toujours des doutes sur la véracité de ses révélations. Reste que plus il dirait vrai, plus il aurait de satisfaction. Ce n'est pas sur les collines à vaches que les grands alpinistes cherchent la gloire ; l'escalade doit être risquée ! Que lui importait : il ignorait désormais l'inquiétude… Il tapota l'embryon de lettre du cul encapuchonné de son stylo. Tout cela ne serait pas simple à mener à terme. Quel défi ! Agir à la barbe de la police, la braver, se jouer d'elle, commettre de nouveaux « sans faute » sous son nez et puis « bonjour » !

Il poursuivit sa relecture. L'allusion à la mort de sa mère lui parut, elle aussi, trop révélatrice, en tout cas prématurée, tant qu'il n'aurait pas mieux défini la nature de cette première lettre et sa date d'envoi. Il la biffa d'un long trait ondulé lentement tracé. Oui, le jeu s'annonçait compliqué. Se justifier ? Certainement pas. Il n'était pas homme à éprouver le moindre remords. Expliquer ? Bien sûr, mais à demi-mot, sans se compromettre ni laisser de véritables pistes remontant jusqu'à lui. Et puis, au bout de la ligne, parfaitement leurrer l'adversaire. Un singulier parcours du combattant aux allures de casse-tête, raffiné et périlleux, un noble jeu d'initié comme il les aimait !

L'homme froissa la feuille, la déchira et en jeta les débris au panier. Il fixa longuement une photo sur le mur devant lui. C'est à la jeune femme qui y figurait qu'il enverrait sa correspondance. Un air lui vint en tête qu'il sifflota un instant entre ses dents : *Je t'écris de la main gauche*. « Non, fille, murmura-t-il bientôt, je ne vous écrirai ni de la droite, ni de la gauche. » Il taperait ses lettres à l'ordinateur et les sortirait, celle-ci et les suivantes, dans une boutique informatique ou une autre. Il les posterait dans des quartiers et des villes différentes. Il imaginerait, ce faisant, des pistes de réflexion pour la police : des pistes, pas véritablement des indices. Il saurait faire…

Sa vengeance, elle était décidée depuis longtemps. Il attendait son heure, imaginant des scénarios tous plus compliqués les uns que les autres pour se débarrasser de ceux qui lui avaient nui comme jamais on ne l'avait fait sur ce continent depuis qu'il y résidait. Une occasion s'était présentée, trois mois plus tôt. Il avait passé le printemps à articuler un plan. Il restait encore des zones d'ombre dans son projet. En fait, il n'était sûr que d'une seule chose : il allait tuer. Il venait de le faire, quelques semaines plus tôt aux États, en Indiana, et il allait récidiver.

C'est en revenant de Wabash, après l'assassinat d'Arnaud Courchesne, que l'idée d'attirer sur lui l'attention de la police au moment même où il commettrait son prochain meurtre s'était imposée à lui. Elle lui était venue avec une telle force qu'il avait même dû arrêter un long moment son auto, pour y mieux penser, sur la 94 entre Fort Wayne et Lansing, à son retour au Québec.

Il avait perpétré son crime américain avec la plus totale des réussites. Ce matin-là, il s'était stationné devant le motel où séjournait le père Courchesne et n'avait eu aucune peine à suivre la rutilante BMW du gros homme. Trois fois dans l'avant-midi, le cueilleur de champignons s'était arrêté dans de petits boisés pour de courtes recherches. Il l'avait laissé faire, l'observant de loin. Ces bois-là étaient trop petits pour ce qu'il avait en tête. Et puis, un peu avant midi, il avait vu le gros Arnaud, loin devant lui au milieu d'une longue route forestière, sortir de son auto, prendre un grand panier et consulter sa boussole. Il avait compris que cette fois le bonhomme s'engagerait dans la forêt profonde. Il avait sorti l'arme de son long fourreau de tôle d'acier bronzée.

L'homme à la BMW disparu dans le sous-bois, il s'était rapproché et l'avait suivi au bruit, jamais à la vue. Sa proie avait opté pour un angle de marche perpendiculaire à la route où elle avait laissé son auto. Lui, en vrai chasseur, mettait toute son attention à progresser sur ses traces sans faire le moindre bruit. Après une demi-heure de traque, il avait accéléré le pas. Tant pis désormais si le gros le repérait, il ne pouvait plus lui échapper. Cinq jours plus tard, l'affaire avait fait grand bruit dans la presse québécoise. On retrouvait le corps d'un ancien président d'Hydro-Québec, victime d'un meurtre à l'arme blanche dans une forêt de l'Indiana. Un véritable casse-tête pour les *cops* locaux et les enquêteurs de la Sûreté du Québec.

Il ressassait toutes les étapes du crime, de sa conception à la mise à mort du chercheur de morilles. Qui, pour parvenir à établir un lien entre la victime et lui ? Oui, ils avaient travaillé tous deux, un temps de leur vie professionnelle, pour la même entreprise, mais ils étaient des milliers à l'avoir fait. Une bonne moitié de ceux-là n'aimait pas le patron ratoureux et falot qu'avait été Arnaud Courchesne; lui, son meurtrier, moins, beaucoup moins que tant d'autres...

Plus il y avait pensé, le jour du meurtre, en revenant sur la morne autoroute le rapprochant du Canada, plus il s'était convaincu qu'il fallait cette fois des témoins, des admirateurs à ses œuvres. Tuer, il savait faire. Trois morts sur son premier parcours de jeunesse, rien que des « affaires classées » que les polices concernées avaient, de longue date, plus de quarante ans, reléguées aux oubliettes. Il avait, jusque-là, aimé son impunité. Il faut être pratique : il appréciait sa respectabilité et l'aisance de sa vie, n'aurait pas toléré être jugé par autrui ni croupir en prison au milieu des rejets de la société. Cela dit, il avait toujours vaguement déploré que la beauté de ses réussites criminelles ne fût pas reconnue. Lui seul savait, et ce constat l'avait toujours un peu déçu. Il regrettait de ne pas être un homme craint, voire haï, par le vulgaire; il aurait savouré l'ostracisme du troupeau de ses semblables envers le mouton noir qu'il était. Il tranchait dans le magma gris ambiant : il avait su changer le cours des choses et tuer avec flegme et maestria. Un plaisir de seigneur. Même aux heures les plus sombres de son existence — surtout à celles-ci, en fait —, il s'était toujours reconnu une capacité hors norme à parfaitement diriger la mise en scène de sa vie et ne doutait pas de sa capacité à contrôler celle des autres jouant à ses côtés.

S'il n'aimait plus personne, il haïssait encore. Il avait enclenché, avec la mort de Courchesne, une machine infernale. Il allait faire table rase de ses méchants souvenirs, nettoyer la scène avant de la quitter. Deux autres salauds feraient les frais de sa haine : inconcevable que ces deux-là lui survivent impunément. La facilité serait, comme les autres fois, de les éliminer dans l'ombre. Mais l'isolement pépère et sûr lui pesait désormais. L'impunité ne lui étant plus nécessaire puisqu'il mourrait lui-même bientôt, il rêvait d'une sortie de piste éclatante... Il jouait avec la perspective de transcender ses derniers meurtres en une espèce d'apothéose criminelle ! Cette perspective le fascinait. Que vaut la réussite sans la gloire ? Qu'est-ce qu'un chef-d'œuvre s'il est anonyme ? Un caprice assouvi, égoïste et solitaire ? Une masturbation réussie ? Si peu de chose, en fait. Il détestait ses futures victimes et se grisait à l'idée de les éliminer. Mais n'importe quel imbécile peut donner la mort et, avec un peu de chance, s'en tirer barbe essuyée. Il lui en fallait plus. Il savait par expérience qu'il se priverait de la moitié du plaisir si, comme les autres fois, il se contentait d'agir dans l'ombre. Et du plaisir, il n'en aurait plus guère : cette douleur de plus en plus présente dans son ventre ne lui laissait pas grand doute. Il n'avait pas consulté et ne souhaitait profiter d'aucun secours thérapeutique. À quoi bon. Il s'était fait à l'idée de sa disparition prochaine et l'avait intégrée à son scénario.

L'idée conçue dans son auto en mai avait mûri jusqu'à l'été, chaque soir, dans le confort de son bureau : il savait désormais qu'il tuerait devant public, et quel meilleur public, pour un assassin, que la police ? Il hésitait sur la façon de passer de la théorie à la pratique quand, un peu passé la mi-juin, les journaux nationaux avaient fait grand cas de la réussite exceptionnelle d'une enquêteuse de la Sûreté du Québec. Un article était paru en une de *La Presse*, qu'il avait découpé et *scotché* au mur devant le fauteuil où il méditait. Sur la page face à lui, une jeune policière, flanquée d'un énorme flic français en uniforme la couvant du regard, souriait en serrant la main d'un individu en strict costume sombre, un ministre, disait la légende de la photo. Qu'importaient les deux hommes, il ne voyait qu'elle : une petite femme menue et désirable, en fait, étonnamment jolie. Le titre coiffant le cliché de presse indiquait : « La France honore une policière de la Côte-Nord ». L'article mentionnait qu'Aglaé Boisjoli était une enquêteuse confirmée, docteure en psychologie, qui, malgré son jeune âge, comptait déjà à son actif le règlement d'affaires criminelles fort complexes. L'avenir de la poupée en uniforme s'annonçait prometteur, comprenait-on à la lecture du papier. Voilà que le destin lui désignait à point nommé un partenaire de jeu à sa mesure. Il allait s'en occuper, lui, de l'avenir de la belle enfant.

Il avait pensé écrire à cette jeune femme et ne cessait depuis de lui rédiger des brouillons de lettres. Mais il tournait autour du pot, n'arrivait pas à trouver le ton, hésitait sur la façon de se présenter et d'aborder le sujet. En premier lieu, fallait-il tenter d'entrer en communication directement avec elle ? Un simple sergent-enquêteur en région n'avait certainement pas le pouvoir de décider de son emploi du temps professionnel. Ne devrait-il pas s'adresser à plus haut qu'elle dans la hiérarchie de la Sûreté pour exiger que le dossier lui fût confié ? Son calendrier était désormais arrêté. Il frapperait le 21 octobre. Où serait-elle, elle, dans quatre mois ? Et si on devait envoyer cette brillante jeune femme en mission à Haïti ou aux îles Mouk-Mouk, ou bien en stage en France, où l'on semblait tant l'apprécier ? Il fallait la ferrer, la tenir en place jusqu'à cette heure où il l'amènerait à entrer dans son jeu. Fébrile à cette idée, il sentait l'urgence de lancer un premier fil à l'eau.

Une nouvelle douleur à l'abdomen lui tira les traits. Il avala une pilule d'un quelconque calmant, et une deuxième, s'étendit sur un divan et ferma les yeux, en laissant l'analgésique faire son œuvre. La courte nuit d'été était noire quand il se releva. Il entendait au loin les déflagrations de feux d'artifice. Il s'installa à nouveau au bureau et s'abîma dans la contemplation du sourire d'Aglaé Boisjoli. Oui, il la rencontrerait, la jolie policière. Il entreprit bientôt la rédaction d'une autre lettre.

Celle-ci aussi finirait au panier. Qu'importe, il ne cesserait plus d'écrire.

Séductions

Havre-Saint-Pierre — Lundi 24 juillet 2006

Il lui fallut faire un effort pour remettre un visage sur le nom d'Alex Demers et se remémorer les moments de sa vie où elle avait croisé le drôle de type. Le sergent Aglaé Boisjoli avait eu la surprise d'entendre la voix du commandant montréalais sur sa messagerie téléphonique, à son retour au bureau de la Sûreté du boulevard de l'Escale. Son fin visage hâlé par l'air tonique d'Anticosti, la jeune enquêteuse revenait au travail après trois semaines de vacances sur l'île du golfe Saint-Laurent, la tête aux antipodes de toute préoccupation professionnelle.

Il lui fallait bien, pourtant, reprendre son quotidien de policière. Elle remplacerait pendant les deux semaines à venir son patron, le lieutenant Roland Gobeil, parti, à son tour, au soleil d'autres cieux. Elle avait trouvé, à son entrée au poste le matin, un mince dossier descriptif de ses tâches d'intérim avec, sur la chemise, un gentil et court mot de l'officier lui précisant que rien ne lui semblait bien important dans les affaires en cours. Son vœu était surtout qu'en cette période de vacances de la construction, les patrouilleurs routiers fussent particulièrement vigilants dans la surveillance de la vitesse au volant, cause, chaque été, d'accidents mortels sur la Côte-Nord.

Beau défi ! La docteure en psychologie doutait fort de ses capacités à stimuler la vaillance des donneurs locaux de contraventions. Devant les attentes de Gobeil, elle s'était une autre fois interrogée sur son choix de carrière, une véritable marotte dans son cas. Tant de rêves, tant d'études, tant de renoncements, pour se retrouver dans un village côtier nordique et isolé, à motiver des « flicaillons-llonnes » de base à faire chier leurs concitoyens dans les zones de cinquante à l'heure...

Elle venait de vivre, à l'issue de sa première enquête sur la Côte, les moments les plus intenses de sa jeune carrière et se sentait parfois comme un vainqueur solitaire de l'Annapurna au milieu de pèlerins handicapés montant les marches de l'oratoire Saint-Joseph. Mais elle détestait ce sentiment, refusait de tout son être le statut de « flic-vedette » que lui avaient donné — trop vite, à son jugement — ses réussites au sein de la Sûreté du Québec. Dubitative quant à son mérite réel dans les deux cas où elle avait brillé, elle avait cherché de toutes ses forces, l'hiver et le printemps précédents, à se perdre dans la horde anonyme de ses confrères de la Sûreté, en s'attelant aux tâches les plus grises et routinières de son métier de flic, qui n'en manquait pas. Mais, au mois de juin précédent, le battage médiatique autour d'un hommage qu'avait tenu à lui rendre la police française l'avait remise contre son gré au premier plan de l'actualité.

À son retour de France, *La Presse* lui avait consacré sa une, et elle avait dû accorder une longue entrevue avec photos au *Devoir*, largement reprise dans les journaux de la capitale et de la Côte-Nord. Son téléphone n'avait plus dérougi : on la sollicitait pour des émissions d'actualité radiophoniques, des séances de photos de mode, des projets de conférence; on voulait l'attirer dans les talk-shows les plus en vue de la télévision. Elle avait dû pratiquement se cloîtrer dans son bureau pour éviter la curée médiatique. Une chance, elle avait pu partir s'isoler un temps à Anticosti et mettre ces trois semaines de pause entre ses suiveurs et elle, et le battage était retombé comme un soufflet refroidi... Anticosti, Raphaël... Ferait-elle longtemps ce métier ?

Elle regardait par la fenêtre les épinettes voisines, brillantes comme des décorations de bûches de Noël, sous le soleil d'été illuminant la côte. Hélas, le bâtiment de la Sûreté du Québec n'offrait aucune vue sur la mer. Elle le déplora une nouvelle fois. Si au moins elle avait pu apercevoir au loin, derrière les brumes du golfe, la grande île, pour elle toujours aussi chargée de mystères et d'interrogations... La tête ailleurs, elle allait être longue, ce matin-là, à retrouver ses marques. Déjà plus d'un an qu'elle vivait au Havre-Saint-Pierre. Ne sachant par où commencer sa journée de travail, elle écouta une autre fois le message téléphonique d'Alex Demers.

Le directeur montréalais l'avait appelée le jeudi précédent, depuis son bureau de la Sûreté, rue Parthenais. Il s'était assuré, lui racontait-il après quelques banalités d'usage, de la date de son retour au travail avec le lieutenant Gobeil et lui promettait sa venue un peu avant midi sans mentionner le but de cette visite. Il souhaitait la rencontrer immédiatement, point. Que pouvait-il bien lui vouloir? La matinée s'écoulant, elle se remémora avec de plus en plus de précision les souvenirs qu'elle gardait du déconcertant personnage: un immense et longiligne individu qu'elle avait croisé à quelques occasions lors de ses premières années montréalaises dans la police. Elle revoyait l'image encore floue de sa longue tête de cheval aux traits sympathiques, se souvint qu'il était drôle, qu'il mâchait constamment de la gomme et avait sa façon à lui de tout tourner en dérision. Elle ne l'avait tout au plus rencontré qu'à une demi-douzaine de reprises et ne l'avait pas revu depuis... — il lui fallut y réfléchir à deux fois — la fin de l'année 1999 et le départ à la retraite de leur vieux mentor à tous deux, le capitaine Thomas Lafleur.

À bien y penser, elle se souvint que Demers, alors à la tête de la défunte escouade Carcajou, avait également participé à la conférence téléphonique qui avait mis un terme à l'affaire du tueur de Saint-Étienne, sa première enquête. Mais il n'y avait que figuré cette fois-là, et, prise dans l'euphorie du moment, elle ne se souvenait pas qu'ils aient beaucoup échangé alors. Il l'avait félicitée, c'est tout. Certes, elle avait bien dû lui parler de temps à autre au téléphone, mais très rarement, en fait... Elle n'ignorait pas qu'elle avait une vague dette envers lui, qui lui avait toujours montré de l'intérêt et l'avait encouragée à passer les ponts, de psychologue à agent, puis d'agent à sergent-enquêteur. Elle se surprit à constater qu'il ne lui revenait que des pensées positives en pensant à cet homme qui l'avait stimulée, par son exemple, et aidée, par son influence, à devenir enquêteuse. Elle avait entendu dire qu'on l'avait identifié de longue date comme relève dans la haute hiérarchie de la Sûreté et qu'à ce titre, il avait été dégagé l'année précédente de toute activité de terrain pour aller terminer des études d'administration ou quelque chose du genre à l'Université Laval. Elle ignorait en fait qu'il était de retour à Parthenais et se sentait stimulée à la pensée de le revoir.

L'idée lui vint que la direction de la Sûreté voulait peut-être, par l'intermédiaire d'Alex Demers, lui proposer une promotion qui l'amènerait à laisser la Côte-Nord. Elle en douta, estimant qu'après seulement une année passée en région, il était trop tôt pour être rappelée au Saint-Siège montréalais. Et puis, songea-t-elle, si telle offre était dans l'air, sa ligne hiérarchique la lui aurait communiquée. Gobeil n'aurait pas manqué de lui en faire mention dans le mot laissé à son départ. Ébranlée quand même par l'hypothèse, elle se prit à songer à la réaction qu'elle aurait si une proposition du genre lui était lancée. Quitter la Côte l'éloignerait d'Anticosti et de celui qu'elle aimait…

Aimait-elle vraiment Raphaël Bourque ? Enfin, comme cet homme méritait d'être aimé, comme elle aurait souhaité l'aimer ? Elle venait de vivre avec le grand et farouche guide de chasse d'Anticosti ce qui resterait sans doute dans ses souvenirs comme les plus belles vacances de sa vie. Elle avait passé à ses côtés trois semaines à part. Elle s'était donnée à lui avec détermination, presque avec violence. C'est elle qui avait pris toutes les initiatives amoureuses et fait tomber une à une les barrières de gêne et de pudeur entre eux. Le grand Raph, maladroit comme le plus timide des puceaux, n'avait sans doute jamais atteint les cimes de volupté où elle avait su l'amener avec une hardiesse qui l'avait surprise elle-même. Elle avait vécu avec lui les nuits de sa vie, doutant aujourd'hui de ne jamais connaître à nouveau pareils moments éclatés et précieux. À l'heure de leur séparation, le samedi précédent sur l'île, ils avaient senti, tous les deux — elle avait su, quant à elle — que quelque chose de merveilleux s'achevait. Pourraient-ils jamais, à nouveau, atteindre ensemble une telle félicité ? Oui, peut-être, mais au prix de quels autres renoncements ? Ils avaient vécu des heures intenses qui étaient à eux pour toujours, mais désormais derrière eux. Ils se reverraient, sans nul doute, mais sauraient-ils reprendre leur duo aux sommets où ils s'étaient hissés ? Elle en doutait avec un fatalisme chagrin qui, Anticosti maintenant loin d'elle, l'emplissait d'un spleen sourd et tenace qui tardait à la quitter depuis son retour deux jours plus tôt sur la côte.

Raphaël n'aimait pas le dangereux métier de policier qu'elle faisait et le lui avait dit. Avec une obstination d'enfant, ce veuf refusait que celle qu'il voulait pour compagne courût quelque risque que ce fût. La main jouant dans ses cheveux, son grand corps nu et nerveux encore tendu au côté du sien, moite et toujours fébrile, il lui avait parlé de longues heures dans la nuit avant son départ de l'île, entre deux dernières étreintes. Viendrait-elle s'installer auprès de lui à Anticosti, la seule façon qu'il puisse imaginer de vivre son amour avec elle ? Il avait déjà aimé et souffert. Il se sentait fragile et inquiet, avait besoin autant d'une compagne et maîtresse que d'une mère pour les enfants qu'il souhaitait ardemment. Elle se sentait amante, mais s'imaginait mal Anticostienne et n'était pas certaine de souhaiter enfanter. Elle n'avait pas répondu, le faisant plutôt taire, la bouche sur la sienne, couchée sur lui, des larmes dans ses yeux qu'il ne voyait pas, tout à la fois heureuse et triste, mais surtout amoureuse. Tout était confus en elle. Oui, elle aimait cet homme, en pressentant cela dit qu'elle n'était pas celle qu'il lui fallait, du moins tant qu'elle ne serait pas libre. Ne serait-elle jamais libre tant qu'elle serait policière ?

Ils s'étaient quittés, repus, apaisés, comblés sans doute l'un de l'autre, mais conscients de la précarité de ce qui les liait. Il restait avec ses touristes, ses chevreuils, ses saumons, ses renards… une vie attachante et ordonnée. Elle repartait, vers quoi ? Forcément le crime, les hommes, « l'hommerie »… en fait, l'incertitude. Une vague hypothèse trottait dans l'esprit de la jeune femme : qu'un jour la routine s'installe, que l'ennui domine, que l'écœurement vienne et qu'elle laisse sur un coup de tête la Sûreté en plan. Alors... alors, oui, peut-être, si tout cela ne survenait pas trop tard, elle irait à lui et il serait le havre ultime où elle ancrerait sa vie. Tout dans l'évocation de sa relation avec le grand guide restait à la fois doux et sauvage, n'avait rien de triste. Pour l'heure, juste ce lancinant pincement à l'âme quand elle pensait à lui...

Deux patrouilleuses en uniforme frappaient à petits coups sur la porte entrouverte de son bureau. Virent-elles les yeux bien rouges de leur supérieure lorsqu'Aglaé leur demanda ce qui les amenait ? Elles souhaitaient vérifier les consignes laissées à leur intention par le lieutenant Gobeil. Le sergent Boisjoli eut un imperceptible mouvement des épaules et se leva pour les accueillir.

* * *

Conduit jusqu'au poste de la Sûreté par l'agent qu'Aglaé Boisjoli avait envoyé pour lui servir de taxi, Alex Demers arriva exactement à l'heure où elle l'attendait, tout juste un quart d'heure après l'atterrissage du vol en provenance de Sept-Îles. Sa première pensée en le voyant arriver, grand sourire tout en dents et main tendue devant lui, fut de se dire qu'il était vraiment grand... très grand et pas très beau, à la vérité. La seconde fut de se demander quel âge il pouvait bien avoir. Il est un temps de leur vie, jugea-t-elle, où les hommes ne semblent pas vieillir. Quarante-cinq, cinquante ans, un peu plus ? Il semblait ne pas avoir changé d'une ride depuis qu'elle l'avait perdu de vue. Immense dans un imperméable aux contours flous — le temps était à la pluie, à son départ de Montréal, lui expliquerait-il —, il meublait tout l'espace, s'exprimait à grands gestes démonstratifs et... mâchait de la gomme.

Elle oublia la curiosité qu'elle pouvait avoir de connaître le véritable but de sa visite au Havre pour longuement potiner avec lui. Il s'enquit de ses récents exploits en France, de sa perception des cousins policiers de l'Hexagone, de l'issue de sa dernière enquête. Elle s'inquiéta du devenir de ses amis à Parthenais où, l'informa-t-il, devenu directeur général adjoint — ce qu'elle savait —, il était désormais chargé des Projets spéciaux, ce à quoi elle n'avait jamais prêté attention. Qu'étaient au juste les Projets spéciaux ? Il se fit mystérieux pour lui répondre qu'elle ne tarderait pas à en avoir une bonne idée. Ils décidèrent d'un commun accord de sauter le repas et tombèrent la veste dans la salle de réunion du poste où ils s'isolèrent.

Elle allait se surprendre à constater à quel point elle avait plaisir à discuter avec lui, comme si elle retrouvait un vieil ami après une longue séparation. Plusieurs fois, il allait la faire éclater de rire, par ses reparties saugrenues, sa vision carrément délinquante de la hiérarchie policière et des arcanes du ministre de la Justice qui la gouvernait, et par sa façon irrévérencieuse et caustique de les caricaturer. Il semblait se moquer de tout et, tout particulièrement, de l'idée bizarre qu'avait eue, quelques années plus tôt, Guy Coulombe, le haut fonctionnaire nommé par le gouvernement pour remettre de l'ordre à la Sûreté du Québec, de l'identifier comme candidat à la relève de la direction de la maison. Elle se surprit de redécouvrir, à lui parler ainsi librement, le charme réel de la personnalité envahissante du grand pas beau. Il lui rappelait vaguement un comédien... Lequel ? Marc Labrèche ? Il y avait de ça, mais non, il était bien trop grand. C'est à un autre qu'il lui faisait penser, un anglophone, canadien ou américain ? Un acteur longiligne de ce temps où elle découvrait le cinéma... Une gueule perpétuellement rigolarde et moqueuse...

Ils échangeaient depuis une bonne demi-heure, détendus, dans le poste déserté par le personnel parti dîner, quand enfin il se décida à aborder ce qui motivait sa venue. « Boisjoli ! » attaqua-t-il après une grande respiration, en se rencognant dans son siège, ses longues mains croisées derrière sa nuque... Et ce grand bavard se tut, l'air soudain préoccupé. Le dossier du fauteuil sur lequel il s'appuyait de tout son poids s'inclina en grinçant d'un bon quarante-cinq degrés et, un moment, la jeune policière redouta l'accident. À jouer ainsi avec son centre de gravité, cet homme allait finir par tomber sur le dos. Mais non, le siège du grand flic tint bon, Demers revint brusquement en avant, dans un nouveau gémissement de protestation du fauteuil éprouvé, et se leva. Décidément, pensa-t-elle, ce qu'il avait à lui dire s'annonçait difficile à formuler.

— Boisjoli, martela-t-il à nouveau son nom en arpentant maintenant la salle, nous hésitons à Montréal — enfin, plus exactement, j'hésite — à vous mêler à une affaire bien particulière, une histoire fort délicate…

Il s'était arrêté de marcher en articulant le mot *délicate* tout en la fixant dans les yeux. Elle soutint son regard. Le commandant finit par sourire d'un coup, en harcelant sa gomme à grands mouvements des muscles zygomatiques.

— Voilà, vous êtes devenue célèbre, sergent, avec cette médaille française dont toute la presse a tant parlé…

Va-t-il accoucher à la fin ! pensait Aglaé, qu'une telle entrée en matière embarrassait et qui sentit le besoin de manifester sa gêne…

— Oui, je sais. Tout cela a fait bien trop de bruit à mon goût. Je n'en méritais pas tant… J'étais en vacances à Anticosti ces dernières semaines pour justement me laisser oublier.

— Tut tut, la modeste ! On n'oublie pas facilement un si joli visage publié sur quatre colonnes à la une ! Il faut assumer, Boisjoli, quand on est nommé « Personnalité de la semaine » par *La Presse* et qu'on a toute une page d'entrevue avec photos dans *Le Devoir*. Eh, Monsieur ! C'est quelque chose, ça, au Québec ! se moqua-t-il, avec sa face à claques de nouveau proche de l'hilarité. Eh puis, de vous à moi, c'est bon pour la Sûreté que, pour une fois, on en parle pour la complimenter. Non, sans farce, bravo, chère ! Vous devez être fière de vous, non ?

Elle évita de répondre devant son sourire figé d'automate. Elle n'allait pas tomber dans son jeu qui n'aurait pour effet que de retarder le moment où il lui dirait ce qu'il attendait d'elle… Non, songeait-elle, ce n'était pas dans un rôle de cow-boy qu'elle avait vu son clone à l'écran… Portait-il des lunettes ? Un militaire ? Un joueur de baseball, de football américain... des images lui venaient confusément à l'esprit...

Lui, devant son visage réfléchi et insondable, finit par se rasseoir. Il se recomposa, trait après trait, une trogne à peu près sérieuse, et sembla s'abîmer dans la plus intense des réflexions.

— Il faut bien admettre, reprit-il, que plus d'un homme aura été sensible à votre charmant sourire, sergent Boisjoli, et voilà... L'un d'eux, depuis, nous a écrit et veut entrer en communication avec vous.

— Ah oui ? s'étonna-t-elle.

— Et le problème, Boisjoli, car il y a problème, est que cet homme est un tueur. Du moins est-ce ainsi qu'il se présente à nous, et nous avons toute raison de le croire...

— Expliquez-moi.

— Il dit s'appeler Mate Langiro et nous avoue d'emblée le crime d'un dénommé Arnaud Courchesne, commis en mai dernier en Indiana.

— Le chercheur de morilles ? J'ai vaguement entendu parler de l'histoire dans les journaux.

— C'est ça, oui. Un des grands ingénieurs du Québec, un ancien directeur général d'Hydro-Québec.

— Je ne comprends pas, ce Langiro avoue quoi au juste ?

— Je vous l'ai dit : avoir tué Courchesne.

— Et vous pensez qu'il est bien le coupable ?

— Ma foi, tout indique que c'est bien lui. L'affaire est surprenante à plus d'un titre. Ce nom de *Mate Langiro* est bien évidemment inconnu de tous les fichiers d'état civil québécois et canadien. *Mate* est un prénom masculin d'origine hongroise, un cousin germain de nos *Mathieu* ou *Mathias*, assez commun en Europe de l'Est. *Matar*, par ailleurs, dont *mate* est la conjugaison à la première personne du subjonctif présent, veut dire « tuer » en espagnol. Le patronyme *Langiro* est fort moins répandu, mais René Roy a consulté et fait des recherches à cet égard. Vous vous souvenez de René, n'est-ce pas ?

— Mais oui. Je fais appel à son expertise à l'occasion. Là, cela fait un petit moment que je ne lui ai pas parlé. Que devient-il ?

— Il va. Toujours à éclairer l'un ou l'autre de ses avis scientifiques. Bref, ici, il nous a mentionné qu'on retrouvait ce patronyme de *Langiro* assez couramment en Afrique australe. C'est d'ailleurs le nom d'une ville de Tanzanie, ce qui ne nous avance guère, n'est-ce pas ? C'est aussi, a remarqué Roy, l'anacyclique d'*orignal*...

— Pardon ? sursauta Aglaé.

— L'« anacyclique », oui ma chère, se gargarisa Demers, ce qui signifie que, lu à l'envers, *Langiro* fait *orignal*...

— Allons, bon ! Quel rapport ?

— Peut-être aucun, allez donc savoir ! Cet homme nous a donc écrit à la mi-juillet une lettre adressée au directeur général de la Sûreté. Je vous en ai apporté copie. Tenez, prenez le temps de la lire et vous allez comprendre le pourquoi de ma visite.

Demers lui tendit une feuille blanche qu'il sortit, enroulée, d'une des vastes poches de son imperméable jeté sur le bout de la table de conférence. Il lui demanda la direction des toilettes et la laissa à sa lecture.

Monsieur le Directeur général de la Sûreté du Québec,

Je suis un homme d'un certain âge, las des futilités de ce monde, résolu à exercer une juste vengeance à l'encontre d'individus m'ayant gravement nui.

J'ai déjà, sachez-le, enfreint la loi de Dieu et tué mon semblable, il y a fort longtemps, ailleurs dans ce monde et, tout récemment, aux États-Unis. Je le ferai sous peu pour la première fois au Québec. Il me reste, sachez-le, deux ennemis à éliminer. Je ne puis pas encore vous garantir de dates exactes, il y a des impondérables dans ce type de planification, mais disons avant la fin octobre.

Voilà, ce sont là mes intentions au moment où je vous écris cette lettre. Qui sait, peut-être arriverez-vous à m'arrêter avant que j'aie le temps de mettre mes projets à exécution. Disons, Monsieur le Directeur général, que je vous en mets au défi, mais que je nourris bien des doutes sur la capacité de la police que vous dirigez à y parvenir. Je suis en parfait contrôle de la situation et ne redoute absolument pas que vous puissiez parvenir à contre-carrer mes volontés.

Il n'est point dans mes intentions de souhaiter me justifier à vos yeux ni de vous faire partager, de quelque façon que cela soit, mes émotions, ce qui serait un aveu de faiblesse infâme, que, soyez-en assuré, je ne vous concéderai jamais. Mais j'éprouve l'impulsion irrépressible de vous tenir informés de l'évolution de mes projets. Cheminer seul dans le crime m'est de plus en plus insupportable. Il est navrant, voyez-vous, que cet art que j'ai de tuer ne soit pas reconnu à la valeur que je lui attribue. L'impunité ne m'étant plus désormais essentielle, je rêve cette fois d'agir de conserve avec vous.

Hélas, tout véritable dialogue avec la police, j'entends tout « échange », étant, dans les circonstances, impensable — puisque je ne peux vous faire connaître ni mon identité ni la façon de me joindre —, cette communication sera, à ses débuts tout au moins, à sens unique et le restera aussi longtemps que je le jugerai impé-ratif.

Ceci étant dit, j'ai une exigence, Monsieur le Directeur général : j'insiste pour choisir mon interlocuteur dans vos rangs. Cette dame de la Côte-Nord, Aglaé Boisjoli, dont les gazettes nous ont abondamment vanté les talents en juin dernier, est la policière que j'ai sélectionnée à cet égard. Elle est avenante, réputée perspicace, psychologue de surcroît; admettez que ce beau brin de fille fera un vis-à-vis de choix à un criminel de mon extraction. N'allez pas croire que je nourrisse une autosatisfaction béate devant mes talents, mais admettez que je tranche tout de même un peu dans le lot des tueurs de cette belle province où vous assurez les ser-vices de police. Je ne crois pas qu'il s'en trouve beaucoup pour souhaiter ainsi associer la Sûreté du Québec à leurs exploits futurs... Enfin, vous jugerez.

Je vous avise donc que, lorsque j'aurai à communiquer désor-mais avec la Sûreté, je le ferai par l'intermédiaire de Madame

Boisjoli (ou Mademoiselle? — les journaux ne nous ont rien dit de la condition maritale de votre Aglaé). Il faudra vous accommoder de mon caprice. Ce serait probablement une bonne chose que de l'en aviser et que vos services fassent en sorte qu'elle ait quelque temps à consacrer à nos futurs échanges. Je vous laisserai — veuillez, je vous prie, le noter — tout le temps de vous organiser à cet égard puisque je ne compte pas entamer ma correspondance avec cette jeune personne avant plusieurs semaines.

Bien évidemment, j'imagine que vous ne prendrez pas cette lettre au sérieux. Enfin, dans un premier temps. Il me faut donc commencer dès aujourd'hui à vous donner l'information qui vous fera me considérer avec les égards que je crois m'être dus. J'ai tué à Wabash, Indiana, le 6 mai dernier, ce triste con d'Arnaud Courchesne, le premier des trois minables que je vais mettre hors circuit avant la fin de cette année.

La presse, n'est-ce pas, a informé le Québec entier que le gros mycophile avait été transpercé avec « une arme blanche ».

Vous ne douterez plus que je sois le coupable de ce meurtre si je vous dis que je l'ai effectivement lardé avec une baïonnette de type 1874 Gras, que j'ai, du reste, à mon grand dam, dû abandonner sur place. C'était un objet auquel je tenais. Courchesne portait un blouson gris à col rouge signé Laforge en bleu souligné de vert, sur la pochette gauche à hauteur de poitrine. La baïonnette, un très bel objet dont, au risque de me répéter, je déplore aujourd'hui la perte, portait en lettres cursives la mention « Mre d'Armes de Chât. 1877 », pour « Manufacture d'Armes de Châtellerault », au dos de la lame. Vous aurez remarqué qu'elle s'ornait également d'une ancre sur le quillon gauche, preuve, penseront hâtivement quelques observateurs, qu'elle faisait autrefois partie des armes d'un marin. Erreur! Je crois, quant à moi, au terme des recherches que je lui ai consacrées, qu'elle venait des troupes coloniales françaises.

Voilà, nous ne communiquerons plus ensemble, Monsieur le Directeur général, puisque je poursuivrai désormais cette correspondance avec votre Aglaé Boisjoli. J'aime à penser qu'elle sera *prête à m'entendre lorsque je déciderai de m'adresser directement à elle.*

J'aurai eu le plus grand des plaisirs à vous entretenir aujour-d'hui. Je doute, cela dit, de ne jamais m'adresser de nouveau à vous.

Salutations,
Mate Langiro

Ça lui revint brusquement en voyant Alex Demers lui revenir. Elle posait le mot de Langiro sur la table quand Demers enfourcha la chaise face à elle, dégingandé et de nouveau hilare. Elle revit d'un coup le personnage qu'elle cherchait : un chirurgien militaire dans un film sur la guerre du Vietnam... Mash, oui c'était bien ça, Mash. Non, elle ne retrouverait pas le nom de l'acteur comme ça, mais c'était bien lui... Son surnom déjà, dans le film ? Ça lui revint d'un coup. Pierce, Œil de lynx Pierce...

— Déconcertant, non ? la relançait-il.

— Tous les détails qu'il mentionne sont exacts ? s'enquit-elle pour la forme, faisant un effort pour garder son sérieux, comme si quelque chose l'amenait à sourire malgré elle à la lecture de la lettre du tueur.

— Rigoureusement. Ce type-là est sans aucun doute le meurtrier de Courchesne ou, *a minima*, il était là quand on l'a tué. Il en sait plus sur cet assassinat que nous en savions nous-mêmes à la Sûreté, et tout ce qu'il en dit s'avère exact quand on vérifie avec les collègues de Wabash. Pas complètement ignares, les *cops* d'Indiana avaient bien envisagé que la baïonnette puisse venir de l'armée « coloniale » française, ce qui les amenait à penser que le crime pouvait avoir été perpétré par un ancien du Vietnam, où de telles vieilles armes seraient encore en circulation. Mais voilà, plus la peine de chercher un coupable aux États, ce type arrive et nous dit « C'est moi ! »

— La lettre n'est pas datée ?

— Non. On l'a reçue il y a huit jours.

— Qui s'occupe chez vous du dossier Courchesne ?

— Teddy Frayne...

— Connais pas.

— Un Anglo, un bon, du service des Crimes contre la personne. Il gardera la responsabilité de l'enquête Courchesne jusqu'à nouvel ordre. C'est lui qui fait le lien avec les flics de la police d'État d'Indiana. Il les a avisés, bien sûr, qu'on était entré en contact avec un individu qui s'accusait du crime. Mais on a l'air un peu tarte, je ne vous le cache pas, en ne pouvant leur livrer un véritable assassin en chair et en os.

— Et moi, là-dedans?...

Ils allaient en discuter pendant deux bonnes heures, en fait jusqu'au départ de Demers pour l'aéroport. Reprenant l'analyse de la lettre sous toutes ses coutures, ils concluaient qu'elle semblait être le fait d'un homme mûr, sinon âgé, cultivé et s'exprimant élégamment, avec des tournures de style d'un excellent français international, voire français du vieux continent. L'enveloppe contenant l'original du courrier avait été postée du centre-ville de Montréal, indiqua Demers. Aucune empreinte n'y avait été détectée au Laboratoire de sciences juridiques et de médecine légale, où René Roy l'avait fait analyser.

Le message, jugèrent-ils, était clair: Langiro entendait tuer deux fois avant la fin de l'année et souhaitait informer la police de ses agissements. Fallait-il le prendre au sérieux? Les deux policiers en convinrent d'emblée, puisqu'à l'évidence leur correspondant était déjà un assassin. Rien d'étrange pour eux dans la volonté exprimée par le tueur que ses crimes soient connus. De nombreux criminels en série ont besoin de l'adrénaline procurée par leur notoriété et se grisent à voir leurs exploits étalés dans la presse. Pourquoi celui-ci, anonyme jusque-là, souhaitait-il maintenant cette espèce de reconnaissance publique? Demers et Boisjoli réfléchiraient longuement sur ce constat fait par le meurtrier que « l'impunité ne lui était plus désormais essentielle ». Que pouvait-il se produire dans la vie de cet homme qui justifiât qu'il ait « désormais » l'envie de prendre des risques qu'il ne prenait pas jusque-là? À le lire, il avait déjà tué impunément ailleurs, mais cette fois, il jouait avec le feu, provoquait la police. Pourquoi?

La réception de la lettre de Langiro avait entraîné l'abandon des recherches de pistes locales américaines pouvant expliquer la mort du chercheur de morilles québécois. Le sergent Frayne, résuma Demers, travaillait désormais à établir la liste de tous les ennemis personnels de Courchesne au Canada. Le « triste con » que le tueur se vantait d'avoir trucidé avait été un gestionnaire controversé tout au long de sa brillante carrière, plus un expert en génie civil qu'un bon meneur d'hommes, de préciser le commandant. Il avait essentiellement œuvré dans le privé où il avait connu des fortunes diverses. Réputé proche des libéraux, tant au fédéral qu'au provincial, il avait bénéficié, à ses bonnes heures, d'énormes et lucratifs contrats que bien d'autres ingénieurs lui avaient jalousés. Mais il avait également connu des faillites retentissantes, à la suite d'investissements désastreux, aux époques plus tranquilles pour lui où les Bleus étaient au pouvoir à Ottawa et à Québec. Il avait entraîné dans ses chutes plusieurs de ses proches et de ses relations dans le monde du génie-conseil canadien, suscitant bien des ressentiments dans le milieu des affaires. Son plus haut fait de gloire était d'avoir dirigé pendant trois ans la puissante société d'État Hydro-Québec. Sous couvert de restructuration interne, il y avait procédé à l'éviction de nombreux cadres nommés par l'administration précédente, ce qui lui avait valu, là encore, quelques solides inimitiés. Bref, les ennemis ne manquaient pas à Arnaud Courchesne. À l'évidence, l'un d'entre eux s'était vengé.

Frayne poursuivrait son enquête de son côté, de conclure Demers. Aucun autre rôle pour Aglaé dans l'immédiat que de servir de boîte aux lettres à l'usage de celui qui se vantait d'avoir tué à Wabash. L'accepterait-elle? Si oui, elle s'en tiendrait pour l'heure à ses activités quotidiennes régionales, comme si de rien n'était. Au premier signe de Langiro, elle communiquerait immédiatement et sans intermédiaire avec le directeur général adjoint de la Sûreté. Ils convinrent qu'ils aviseraient ensemble de la réponse à donner au tueur au moment où le besoin s'en ferait sentir. Demers ne crut pas utile d'ajouter si tôt à la jeune femme qu'il se faisait fort d'obtenir l'affectation temporaire de la policière de la Côte à son propre bureau si, plus tard, la chose devait s'avérer utile.

La balle n'était pas dans leur camp. Ils n'avaient plus qu'à attendre.

* * *

Aglaé avait, bien sûr, assuré son interlocuteur de sa volonté de collaborer avec les Projets spéciaux. L'idée ne lui vint pas qu'elle pouvait s'engager ce faisant dans un dossier d'importance. L'affaire semblait assez fumeuse et, de fait, elle l'oublia vite dans son quotidien actif, sans grand attrait mais tout compte fait serein. Elle appréciait avoir du temps pour s'occuper d'elle, sortait de la bibliothèque locale tous les romans de l'heure, s'était inscrite dans un gymnase, accompagnait fréquemment des pêcheurs en mer, restait plutôt sauvage vis-à-vis de son entourage.

Une seule exception à cet égard. Elle avait eu la surprise, de retour d'Anticosti à sa maison du Havre, de retrouver sa voisine, Mylène, l'attendant au salon. À la veille de partir pour ses vacances, Aglaé lui avait laissé la clef de son bungalow pour que la grande fille pût accéder à sa tondeuse et nourrir Tintin, le serin que la policière s'était acheté un mois plus tôt. La blonde, vêtue simplement d'un immense t-shirt distendu, l'avait accueillie avec une débauche d'affection qui, cette fois, avait laissé la brune indifférente, voire ennuyée. Certes, retrouver la jeune femme ne lui déplaisait pas vraiment. Elle éprouvait une affection sincère pour cette fille la dépassant d'une demi-tête, un peu godiche mais si agréable à regarder et à fréquenter qu'elle l'émoustillait parfois. Cela dit, après vingt jours d'étreintes anticostiennes avec Raphaël, elle se sentait au point libido zéro. Surtout, elle pressentait des emmerdements au contact trop étroit de la séduisante et imprévisible jeune femme. Elle avait su, jusque-là, dans ses rapports avec elle, être sage pour deux et se garder d'aller trop loin, ce qui tenait parfois de la prouesse.

— Me diras-tu ce que tu fais ici ? l'avait-elle refroidie en coupant court aux démonstrations affectueuses de sa voisine.

Mylène s'était mise à pleurer avec au moins autant d'effusion qu'elle en avait eu à accueillir sa voisine l'instant d'avant. Entre deux sanglots, elle avait expliqué qu'elle s'était une nouvelle fois fâchée avec Dave, son conjoint pêcheur, et qu'elle l'avait laissé en plan le matin même. La blonde ne savait que faire entre rejoindre son homme et son foyer, retourner une nouvelle fois à Sept-Îles chez sa mère, ou squatter encore un peu chez Aglaé si celle-ci n'y voyait pas d'inconvénient. La brune en voyait.

La policière ne se cachait pas d'éprouver de l'attirance pour la grande plante folle, sa seule amie au Havre. Était-ce seulement une amie ? La fille était étonnamment jolie et n'en tirait, au reste, aucun parti dans le petit milieu havrais. Bien dans sa peau, elle était belle comme si la chose allait de soi, comme on est bronzé ou blanc de teint, grand ou petit de taille, et n'en semblait ni consciente ni particulièrement fière. N'importe où ailleurs dans le monde, jugeait Aglaé, on aurait remarqué ce corps magnifique qu'elle cachait si peu et la joliesse émouvante de son jeune visage. Ici, au bout du monde, elle n'était que la conjointe d'un marin-pêcheur de pétoncles qu'Aglaé avait déjà accompagné en mer et pour qui elle nourrissait bien peu d'estime. Cette belle fille, déplorait-elle, n'aurait probablement pour autre destin que de porter les enfants du petit capitaine atrabilaire. Elle verrait sa splendide prestance disparaître avec ses grossesses, ses traits gracieux s'étioler avec le temps. Elle était pourtant, dans la plénitude de ses vingt-cinq ans, de ce genre de filles-femmes que l'on ne peut s'empêcher de regarder où qu'elles paraissent, sur une photo ou un écran, dans leur cuisine ou leur jardin.

C'est justement dans son jardin qu'Aglaé avait rencontré Mylène Saindon la première fois, sensible dès le premier regard à son charme mutin et débridé. Depuis, les deux jolies femmes avaient eu maintes occasions de se mieux connaître. La policière, sédentaire au Havre durant tout l'hiver et le printemps précédents, avait vite sympathisé avec sa voisine d'une dizaine d'années sa cadette, qui souvent le soir, après le travail, venait finir la soirée chez elle lorsque son marin de mari l'abandonnait pour sortir avec ses chums. Toutes barrières de gêne étaient depuis belle lurette tombées entre elles. L'impudeur totale de Mylène ne cessait de surprendre la psychologue. La grande pouliche pouvait-elle à ce point ignorer l'incroyable pouvoir de séduction de son corps pour le montrer si spontanément? Était-ce simplement une forme innée et épanouie de bien-être qui la rendait à ce point à l'aise nue, ou presque, à la chaleur de l'été ou l'hiver, chez elle, ou… chez sa voisine?

Une fois, la policière avait bien cru qu'elle céderait à son envie de se jeter sur la blonde enfant si peu farouche. Ce soir-là, les deux jeunes femmes regardaient à la télévision le spectacle de la Saint-Jean après avoir bu un tout petit peu plus que de coutume du rosé de Provence d'Aglaé. Mylène avait chaud en se pâmant devant le charme d'un jeune chanteur gaspésien. Elle avait fini par ouvrir largement son chemisier pour profiter de l'air qu'envoyait chichement le vent marin par la fenêtre.

— Veux-tu bien cacher tes gros seins! s'était emportée Aglaé, mi-sérieuse, mi-allumée.

— Eh! N'exagère pas, jalouse! Sont pas si gros que ça, mes seins, d'éclater de rire l'autre en empoignant les fautifs.

— Ma parole, mais tu me dragues comme une vraie gouine!

— Qu'est-ce que tu veux dire? s'était étonnée la bécassine.

Aglaé, interdite, avait résisté cette fois-là en filant sous la douche. Dix minutes plus tard, elle avait renvoyé d'autorité la fille chez son copain. Elle se préparait, à l'époque, à partir quelques jours plus tard à Anticosti retrouver Raphaël et doutait de l'intérêt d'une histoire d'un soir avec Mylène.

Impudique, la fille l'était encore plus en lui contant le quotidien de son couple. La conjointe du marin n'était pas heureuse, l'avait peut-être déjà été, mais ne l'était plus. Dave avait de sérieux problèmes de consommation de tabac, d'alcool et de drogue qui minaient le budget du couple et dégradaient de jour en jour ses relations. Le pêcheur se montrait irascible et exigeant.

Mylène subissait ses humeurs avec son naturel rieur et je-m'en-foutiste. « Plume de canard ! » répliquait-elle à ses emportements. Mais parfois, elle le quittait pour d'assez longues périodes. Jamais pour un autre homme, sa confidente le savait mieux que personne. Et puis, toujours, elle revenait car, expliquait-elle à son amie, il était si généreux avec elle, au fond...

« Mon cul, oui ! » rationalisait Aglaé, qui connaissait la véritable explication. Dave était une bête de sexe que les semaines d'abstinence rendaient fou de désir aux absences de Mylène. Les retours de la grande blonde se muaient invariablement en longues séances de plumard. C'était bien la dernière chose que Mylène cachait : elle adorait baiser. Aglaé comprenait : le corps de cette fille était fait pour être fêté, donné, possédé.

Au soir de son retour d'Anticosti, Aglaé, corps et tête saturés d'amour physique, était parvenue, non sans peine, à renvoyer le brandon chez elle. Du coup, l'autre, déçue, boudeuse, lui avait affirmé en sortant qu'elle repartirait dès le lendemain pour Sept-Îles et ne reviendrait peut-être jamais. Ne pas revenir ? La psy-policière ne l'avait pas prise une seconde au sérieux. Combien de temps encore saurait-elle la repousser ?

Œdipe au carré

La première correspondance de Mate Langiro ne parvint au sergent Boisjoli que le jeudi 7 septembre, alors qu'en fait elle ne pensait plus du tout au curieux dossier qui lui avait valu la visite du directeur général adjoint de la Sûreté du Québec six semaines plus tôt. Pliée dans une enveloppe de luxe, la carte message, ornée d'un myosotis stylisé au graphisme quétaine, affirmait en caractères italiques élancés : « Je ne vous oublie pas. » Une main y avait ajouté quelques mots en majuscules : « SOYEZ PATIENTE. À TRÈS BIENTÔT. ML » Perplexe, Aglaé avait fait suivre le tout à Alex Demers. L'analyse de la carte et de l'enveloppe au timbre oblitéré la veille depuis Joliette n'apprendrait rien à la police. Au téléphone, le commandant de Montréal et le sergent de la Côte ne pourraient que convenir d'attendre la prochaine manifestation du tueur.

Celle-ci aurait lieu trois semaines exactement plus tard, le 28 septembre, cette fois par une carte postale, une photographie du pont Laviolette, envoyée de Trois-Rivières et adressée de nouveau au bureau d'Aglaé sur la Côte. Quelques lignes signées au verso : Langiro souhaitait s'assurer de la disponibilité de sa correspondante à « recevoir les informations qu'il lui destinait ». Il l'engageait à le lui confirmer en publiant une petite annonce dans une prochaine parution du *Devoir*, dans la rubrique « Messages personnels ». Elle devrait la signer, lui précisait-il, en la paraphant des initiales LC, pour Laure Clauset.

Le lendemain, Alex Demers, de suite mis dans le coup par Aglaé Boisjoli, faisait parvenir au journal la réponse souhaitée par l'énigmatique correspondant de sa petite collègue : « Message bien reçu. J'attends d'autres nouvelles. LC » Pourquoi ce nom de Laure Clauset ? La policière du Havre l'avait tapé sur le moteur de recherche de son ordinateur et n'avait pas eu à se torturer longtemps l'esprit pour comprendre les intentions de Langiro. Laure Clauset était le nom de jeune fille d'une femme de lettres française qui, sous le nom de plume de Laure Adler, avait publié de nombreux ouvrages, dont deux essais intitulés : *Les femmes qui lisent sont dangereuses* et *Les femmes qui écrivent vivent dangereusement*. Allons, s'était-elle dit, avant de communiquer l'information à Demers, notre homme est non seulement cultivé, mais il ne manque pas d'humour. Reste que la double évocation du mot *danger* par le tueur était en soi inquiétante. Aglaé avait un instant repensé à Raphaël, dont elle restait sans nouvelles. Le grand guide de chasse avait-il raison de craindre les risques de son métier de policière ? Ils ne s'étaient parlé au téléphone qu'à deux occasions depuis son retour d'Anticosti : une fois très longuement dans la nuit, mais pour ne se rien dire, ou presque ; l'autre fois en coup de vent, alors qu'il l'avait appelée à son bureau et qu'elle avait dû interrompre leur conversation à la suite d'une urgence. Elle hésitait depuis à le rappeler et ne l'avait finalement pas fait, pressentant que le grand gars gêné souhaitait la reprise de leur dialogue amoureux, mais incertaine de ce qu'elle voulait lui répondre dans l'immédiat. Elle s'inventait des excuses pour différer l'appel : la préparation de la saison de chasse devait prendre tout son temps, l'heure de le joindre n'était jamais la bonne... Raphaël...

La réponse de Langiro à l'annonce du *Devoir* allait lui parvenir cette fois par retour, le mardi 3 octobre, comme si, se dit-elle, son correspondant l'avait rédigée de longue date et n'attendait que ce signal publié par le journal montréalais pour la lui adresser. L'enveloppe indiquait cette fois qu'elle avait été postée de Donnacona, entre Trois-Rivières et Québec, vérifia-t-elle sur son ordinateur. Une copie envoyée par fax à Demers, qu'elle savait absent de son bureau cette journée-là, l'original confié à un patrouilleur qui la porterait le jour même au laboratoire, à Montréal, Aglaé allait passer des heures à relire les propos de Langiro, tentant d'en déchiffrer toutes les insinuations et les conséquences. Elle pressentait cette fois, avec plus de résignation que d'enthousiasme, qu'elle mettait les pieds dans une bien drôle d'histoire...

Souvent les hommes de génie ont annoncé leur fin par des chefs-d'œuvre : c'est leur âme qui s'envole.

François René de Chateaubriand
La vie de Rancé, *livre II*

À : Aglaé Boisjoli
Sûreté du Québec
Madame ou Mademoiselle,

J'aime beaucoup ce mot de Monsieur de Chateaubriand que je fais figurer en exergue à cette lettre. Qu'en pensez-vous ? Voilà, je prends le risque de vous donner un premier détail d'importance : oui, j'approche de ma fin. Indice majeur que je vous fournis là, n'est-ce pas ! L'assassin de cet insignifiant chercheur de morilles tué à Wabash-Indiana est un grand malade, un condamné en sursis qui disparaîtra lui-même à brève échéance. Je vous imagine désormais croisant vos futurs suspects en vous enquérant de leur état de santé et je ne peux m'empêcher de sourire. Dans quelle drôle d'histoire nous engageons-nous, vous et moi, en abordant cette correspondance, Madame Boisjoli ! Il est vrai, par ailleurs, que je peux fort bien vous mentir : un jeu est un jeu. Or, tenez-vous-le pour dit : de mon côté, je joue.

Mais tenons pour acquis que je dise vrai. Partir sur un chef-d'œuvre, une belle idée, non ? Qu'est-ce qu'un chef-d'œuvre ? Le meilleur accomplissement de son auteur... Dans mon cas, la barre est placée très haut. Comment imaginer faire mieux, en matière de crime, que ce que j'ai déjà fait ? Avec vous, grâce à vous, Aglaé — souffrez que je vous appelle par votre prénom puisque j'entends plusieurs fois vous écrire, vous prendre à témoin et me rapprocher de vous dans les semaines à venir —, j'espère atteindre bientôt de tels sommets. C'est sur vous et vous seule désormais que je compte pour me divertir de cet ennui terrible et inquiétant qui stigmatise la fin de mon existence.

Ainsi que je l'ai annoncé à votre directeur général, je vais détruire deux vies... et disparaître à mon tour. Cet enchaînement des faits est désormais inéluctable. Je ne crains pas la mort pour l'avoir souvent fréquentée dans mon existence, soyez-en convaincue, même si — tant pis pour Chateaubriand — je ne crois pas une seule seconde à l'envol de mon âme.

Je tuerai une première fois — enfin, au Québec — en Gaspésie. Si tout se déroule comme je l'entends, ce sera fait dans le dernier tiers d'octobre. Voilà, admettez-le, qui est clair et carré. Pas de fioritures avec moi, pas d'embrouilles. J'écris que je tuerai, et je tuerai. D'ici là, je m'arrangerai pour vous croiser, Madame — Madame ou Mademoiselle, incidemment? Vous m'obligeriez de dissiper l'ambiguïté. Je ne vous ai vue, jusqu'à ce jour, qu'en photo et j'avoue qu'un de mes souhaits les plus chers est de vous admirer à l'œuvre, en chair et en os, tandis que vous vous échinerez à tenter de m'identifier. À cet égard et compte tenu de l'information que je vous donne que c'est en Gaspésie que je sévirai bientôt, il me semblerait fort à propos que vous envisagiez pour quelque temps de venir vous établir sur la rive sud. C'est là un point que j'aimerais voir confirmé prochainement par notre chère Laure Clauset. J'y reviendrai.

Dans l'immédiat, par où commencer? Vous savez, cela fait un certain temps que je réfléchis à cette correspondance que nous entamons aujourd'hui, moi, sombre et respirant la mort et vous, radieuse et pleine de vie; moi, seul dans mon bureau, et vous, qui relirez mes lettres avec une batterie d'experts pour en tirer les indices qui vous permettraient de me confondre. Quel duel subtil et grisant pour le guerrier solitaire que je suis, que j'ai toujours été. Je suis prêt à vous dire beaucoup de choses sur moi, avec franchise... mais sans naïveté. Je doute hélas de votre intérêt gratuit à me lire et sais fort bien que votre seul but en étudiant ma prose sera de trouver le biais qui vous permettrait de lancer la Sûreté du Québec sur mes traces. Y parviendrez-vous?

Commettrai-je les erreurs qui vous faciliteraient la traque ? À moi d'être sur mes gardes, de ne rien vous dire qui puisse vous mener trop facilement à moi. Ma foi, l'exercice, tout périlleux qu'il soit, me plaît !

Laissez-moi me présenter, enfin, vous donner quelques clefs qui vous feront me mieux comprendre, sinon connaître. Tout gosse, j'adorais ma mère et nourrissais un complexe d'Œdipe assez original, en fait, double, pareil à celui décrit par Jean-Paul Sartre dans ses mémoires. Son père absent, le philosophe explique dans Les mots *qu'il ressentait, très jeune, des pulsions d'hostilité à l'encontre de son grand-père incarnant au carré l'autorité paternelle dans le foyer des Schweitzer. Ma variante à moi tenait à ce que je défendais inconsciemment ma mère contre mon père et ma grand-mère. À la différence du petit Sartre, je n'avais rien contre mon grand-père. En fait, je ne l'avais jamais connu, la vieille, ma grand-mère, l'ayant envoyé* ad patres *bien avant ma naissance.*

Ma grand-mère ! Il convient aujourd'hui que je vous en parle. Elle est morte il y a bien longtemps, en fait avant que je ne puisse la tuer moi-même. J'ai tellement rêvé, petit gars, d'assassiner cette femme qu'il m'arrive parfois de penser que je l'ai réellement fait. Mais non, elle est bien morte dans son lit, de su buena muerte. Je traînerai toute ma vie, considérez-le, le poids de cette vengeance inassouvie. Vous êtes psychologue, Aglaé, il vous sera sans doute facile de me déchiffrer. On m'a volé ma première vengeance. J'ai juré alors que jamais plus on ne me déposséderait ainsi. Mais je vais un peu vite. J'aurai l'occasion de m'expliquer plus tard sur ce que j'entends par là. Pour l'heure, continuons de parler de ma grand-mère, la personne la plus importante de ma jeunesse, la clef pour comprendre le tueur que je suis devenu.

Ma mère la voussoyait, elle qui la tutoyait, comme elle tutoyait Roberte, la bonne. Moi, je saisissais mal les nuances. Était-ce du mépris ? Je le croyais. La vieille était dure envers sa bru. C'est elle qui incarnait le pouvoir domestique dans la demeure de mes parents. Une véritable duègne, se jugeant d'extraction supérieure à ceux et celles qui n'étaient pas de son sang. Seuls comptaient pour elle mon père, si souvent absent... et moi, qu'elle rêvait de faire à son image. Hélas, la garce y parviendrait.

Elle était belle et racée, ma mère. La grand-mère était fripée et rabougrie, jamais un sourire. À septante ans, elle en faisait presque nonante! Noire, au mieux grise, elle semblait toujours porter le deuil. Je n'étais pas un enfant différent des autres, plutôt beau petit gars, vif, rusé. Mais la vieille ne cessait de me rembarrer: « Tu cherches encore à te rendre intéressant! », rageait-elle avec un mépris venimeux, chaque fois que je me grisais à tenter de plaire aux autres devant elle. Ma mère, pendant ces moments où je tentais de jouer de mon pauvre charme, me regardait avec douceur, flattait ma joue d'une caresse, m'embrassait, savait me montrer qu'elle était fière de moi. Rien de tout cela chez la vieille harpie, qui me morigénait de ses aboiements.

« Me rendre intéressant », l'invariable reproche coupait tous mes élans, et le sourire de ma mère s'effaçait, elle baissait le regard, subjuguée par la méchanceté de la sorcière, et me laissait seul. Bien sûr que je souhaitais attirer sur moi l'attention d'autrui: quel gosse ne désire pas séduire les adultes? Mais la vieille en noir ne voulait rien admettre de ce qui m'éloignait d'elle et ne cesserait jamais de m'afficher son air rogue et sévère. « Te rendre intéressant... te rendre intéressant! »: l'expression matraquée à mes oreilles aura marqué ma jeunesse. Elle a cassé en moi quelque chose de vital, fait avorter en mon âme toute aspiration à une existence heureuse, m'a rendu, je le crois, à tout jamais insensible à autrui.

Vous trouvez que j'en mets un peu trop? Je ne le pense pas. Car, il y a plus. Cette femme qui brisait mes élans créatifs avait fait et ferait bien pire. Mon grand-père, son mari, était mort dans des conditions assez mystérieuses, en tombant d'une fenêtre qu'il restaurait. Cet homme réputé secret n'était pas aimé de tous, et j'avais surpris des conversations dans ma première jeunesse laissant entendre que quelqu'un l'avait peut-être aidé à perdre l'équilibre d'un troisième étage. Bien sûr, personne n'aurait osé attribuer le geste à la vieille, mais pour moi, la cause serait de longue date entendue : la sorcière s'était débarrassée de son mari. Quand, devenue aveugle, elle se traînait à mon bras pour sa marche quotidienne, je savais sans l'ombre d'un doute que c'était une criminelle qui m'appelait « son bâton de vieillesse » et dont les serres agrippaient mon poignet. Quand ma mère mourut à son tour, d'une espèce de langueur que les médecins n'expliquèrent pas, je compris que la vieille avait tué à nouveau. Comment ? je ne le saurai jamais, mais la chose s'imposa dans mon esprit. Ma grand-mère avait empoisonné ma mère, qu'elle n'aimait pas. Et mon père, absorbé par son travail, qui n'y voyait rien ! Je me sentis la mission de débarrasser la maison de cette harpie. Dès lors, petit-fils de meurtrière, je ne vécus que pour l'éliminer, jusqu'à ce matin d'enfer où elle mourut toute seule. Je n'en fus ni soulagé ni heureux, mais incroyablement déçu et amer. J'étais prêt à passer à l'acte libérateur qui vengerait ma mère et je me retrouvais perdant une autre fois face à la vieille...

Je vous dirai peut-être un jour comment j'étais parvenu à me procurer des armes mais, en attendant, sachez que très tôt dans ma vie je disposai d'un véritable arsenal, panoplie parfaite du tueur que j'allais devenir. Le sort m'avait volé ma première vengeance. Jamais plus je ne me laisserais ainsi spolier.

Est-on enclin au pardon, quand on est juge, face à un criminel élevé à telle école ? Je ne sais pas et ne sollicite, du reste, aucune indulgence de la part de mes semblables en général, pas plus, a fortiori, que de la vôtre en particulier, Aglaé. Et puis, de vous à moi, chère petite, en dépit de cette envie saugrenue que j'ai de vous voir vous rapprocher de moi, je sais que jamais vous ne parviendrez à me traîner devant la justice. En fait, je ne souhaite que vous faire comprendre pourquoi, pour moi, envisager la mort d'autrui n'est pas difficile. C'est une idée qui m'est familière depuis mon plus jeune âge.

Voilà qui mettra le terme à mes confessions du jour. Je vous parlerai dans ma prochaine lettre, si nous nous entendons bien, de mes premiers crimes de jeunesse : de véritables bijoux...

Vous me connaissez désormais un peu mieux : un homme

malade, perturbé par une enfance solitaire et traumatisante, ayant perdu, dans l'ordre, sa mère et sa grand-mère durant sa jeunesse. En ai-je trop dit? Ces quelques indices pourraient-ils vous faciliter la tâche lorsque je compterai parmi vos suspects? J'y ai longuement réfléchi, et le bluffeur que je suis fait le pari que non. Au reste, tout ce que je vous narre est-il exact?

Chère Aglaé, au risque de me répéter, j'aimerais maintenant recevoir au plus tôt, disons dans l'édition du Journal de Québec du samedi 7 octobre, confirmation de votre installation prochaine en Gaspésie. Navré pour les inconvénients, mais il vous faut envisager ce déplacement si vous souhaitez que nos routes se croisent un jour. J'ai besoin de cette information pour organiser notre future rencontre, disons à Matane en ce début d'automne. La Gaspésie est magnifique à cette période de l'année, vous le constaterez.

Je vous y verrai avec le plus grand des plaisirs, n'en doutez pas. Mais vous, saurez-vous me distinguer et me reconnaître parmi la masse de ceux que vous croiserez? J'ai déjà fait beaucoup d'efforts et pris bien des risques pour vous faciliter la tâche de vous préparer à notre rendez-vous. Saurez-vous me percer à jour et faire les premiers pas jusqu'à moi? Je ne gagerais pas sur votre perspicacité dans le cas de figure.

Malgré tout le désir que j'ai d'être considéré par vous, je ne puis vous en dire beaucoup plus maintenant ni, hélas, simplement me présenter à vous. Dommage. Mais tout cela n'est que partie remise. Nous nous verrons sous peu et puis, bien évidemment, nous nous rencontrerons...

Au plaisir de vivre ces moments grisants,
Chère Aglaé, je vous salue.
Mate Langiro

Il avait dit samedi 7 octobre pour l'annonce dans le *Journal de Québec*. Aglaé Boisjoli avait une bonne semaine devant elle pour se faire sa propre idée de sa participation à l'affaire. Insisterait-elle pour suivre le dossier ou se contenterait-elle de ce rôle de boîte à lettres entendu avec Demers ? Certes, ce n'était pas à elle d'en statuer. Elle devrait obtenir ses feux verts du directeur général des Projets spéciaux de la Sûreté qui, en fin de compte, serait celui qui déciderait, ou non, de son déplacement sur la rive sud du golfe. Elle l'appellerait à la première heure le lendemain. Mais elle ne resterait pas passive en attendant.

Elle se sentait interpellée et n'était pas femme à ne pas réagir en pareille situation. Il lui fallait, dans un premier temps, entrer dans cette histoire, analyser les données de l'imbroglio dans lequel souhaitait l'attirer Langiro comme on appâte une bête dans un piège. Son premier réflexe fut policier. Elle devait chercher les éventuelles erreurs commises par son correspondant, trouver dans sa lettre des indices qui lui permettraient de le confondre un jour. Elle ferma la porte de son bureau et entreprit une dissection en règle des phrases qu'il avait écrites, notant au fur et à mesure sur une tablette les conclusions que sa lecture lui apprenait ou lui laissait déduire de la personnalité de Mate Langiro.

Lui-même se présentait comme « un homme malade, perturbé par une enfance solitaire et traumatisante, ayant perdu, dans l'ordre, sa mère et sa grand-mère durant sa jeunesse ». Ce serait là de premiers éléments à considérer dans l'enquête si elle parvenait un jour, peut-être avec Teddy Frayne, à travailler sur une liste de personnes ouvertement hostiles à Arnaud Courchesne et pouvant être suspectées de son assassinat. Trouverait-on parmi elles des individus correspondant à cette description, si tant est que le tueur n'ait pas créé de toutes pièces l'image sous laquelle il se présentait à elle ?

Il y avait certes plus à décoder dans la lettre. À l'évidence, Langiro était un homme cultivé, lecteur de Chateaubriand, de Sartre, de cette Laure Adler : des références françaises. Il employait des expressions latines. Une tournure espagnole, cette histoire de *buena muerte*, pouvait trahir le type d'éducation qu'il avait reçue ou, à tout le moins, indiquer une certaine connaissance de l'Espagne ou d'un pays hispanophone. Mais le lien lui parut bien ténu. De façon plus sûre, Langiro semblait issu d'un milieu financièrement aisé. Il y avait une bonne à la maison de ses parents. Nulle part il ne laissait entendre que sa mère ait travaillé avant son décès. Sa grand-mère nourrissait une haute conception de son extraction sociale. Lui-même manifestait une très haute opinion de ses talents, n'hésitant pas un instant à prétendre se hisser au niveau des «hommes de génie» inspirant Chateaubriand. Il témoignait, tout au long de sa lettre, d'une évidente assurance en ses talents de tueur, de dissimulateur, de tireur de ficelles... Il s'exprimait comme un fils unique, «enfance solitaire», mentionnait-il. En tout cas, il n'évoquait pas la présence de frères ou de sœurs dans sa description du tissu familial. Son mépris pour autrui suintait au moindre détour de son propos.

La somme de ces premiers éléments était certes mince mais, enfin, constituait le début d'un vague profil. Elle la résuma en un court texte qu'elle envoya sur la messagerie Internet de Demers. Elle y ajouta la suggestion que la lettre de Langiro soit confiée pour analyse à des linguistes, spécialistes des nuances entre les français parlés et écrits aux quatre coins de la francophonie. Son auteur leur semblerait-il écrire comme un Français, un Belge, un Suisse, un Africain, «ou bedon, comme un bon pure laine»?

Cette première lecture terminée, elle reprit la lettre en s'efforçant, cette fois, de l'analyser en psychologue. Langiro se présentait comme une personnalité antisociale dénuée de tout sentiment de culpabilité, marquée par l'omniprésence obsessionnelle de la grand-mère, sur qui il transférait toute la responsabilité criminelle de ses actes. Elle eut le réflexe d'aller chercher la copie de la première lettre du tueur et la relut lentement. Elle pensa que cet écrit-là aussi devrait être étudié par des experts linguistes et elle adressa un nouveau courriel à cet effet à Demers. Elle hésita à l'envoyer. N'était-elle pas en train de vouloir apprendre son métier au directeur général adjoint de la Sûreté? Bien sûr qu'il avait dû penser lui-même à la nécessité de telles analyses. Et puis tant pis, après tout. Ella ajouta un «je suis bien sûre que vous y aviez pensé vous-même, mais...» et envoya finalement le mot, avant de se réabsorber dans sa lecture.

Mépris du danger, réactions impulsives, refus du partage des émotions, provocations incessantes, nota-t-elle sur sa tablette : Langiro, dans ses deux correspondances, manifestait d'évidents signes de dysfonctionnement de la personnalité relevant de la psychopathie. Artifice et mise en scène, ou névrose véritable ? Cet homme était-il effectivement malade ou simulait-il ? Il affirmait lui-même « jouer ». Jusqu'où fallait-il le suivre et le croire ?

Un nom, Reid Meloy, lui revint en mémoire comme celui d'un des experts du domaine dont elle avait eu à travailler les thèses lors de ses études de doctorat. Elle tapa *Meloy* et *psychopathie* sur son ordinateur et fouilla longuement dans les pistes fournies par son moteur de recherche. Finalement, elle trouva la phrase qu'elle cherchait et la recopia intégralement à l'intention de Demers : « Caractéristiques de la personnalité des psychopathes criminels : absence d'anxiété ou d'inquiétude, dévaluation agressive et réelle d'autrui qui permet d'étayer les vécus d'un soi grandiose et de réparer les blessures émotionnelles, contrôle omnipotent sur les autres, charme superficiel associé à une faconde certaine, insensibilité relationnelle, absence de remords, ainsi qu'un ennui terrible et inquiétant. »

« Ennui terrible et inquiétant »; elle eut un doute et revint à la lettre de Langiro. C'était bien là les mots mêmes dont il s'était servi pour se décrire. Un hasard ou bien s'inspirait-il des écrits de Reid Meloy pour définir son personnage et se présenter ? Cet homme composait-il artificiellement son image de psychopathe à l'intention de la police ? Elle relut attentivement une nouvelle fois les deux lettres. De véritables illustrations de la définition de Meloy. Tout y était, y compris la « faconde ». L'assassin semblait se complaire dans son travail d'écriture. Il s'amusait et ne le cachait pas. Elle eut l'intuition que rien ne serait simple avec lui, qu'il ne l'attirait dans son jeu que pour la mystifier dans le parcours. Elle pressentit à cette minute qu'il n'avait en tête que de la tromper et que leur communication ne serait qu'un leurre, un miroir aux alouettes ayant pour but de la piéger quelque part dans l'exercice. Accepterait-elle la foutue invitation de ce meurtrier? Courrait-elle un danger en entrant dans son jeu?

Préoccupée, elle quitta son bureau tard dans la soirée et revint lentement chez elle, sur la Promenade des Anciens, à pied, en crochetant par le port, une marche d'un bon kilomètre qui lui fit du bien. Les grosses chaleurs estivales passées, il faisait frais sur le bord de la mer. Une brise pointue lui fit presser le pas à la fin du trajet. Elle croisa Dave, le mari de Mylène, zigzaguant dans la rue devant chez lui une bouteille à la main. Pourtant, sa blonde était revenue, Aglaé l'avait aperçue, la veille. Il fallait, se dit-elle, que tout allât bien mal entre les deux jeunes pour qu'ils ne fussent pas en train de furieusement se faire l'amour dans leur chambre si proche de la sienne qu'elle les entendait souvent à leurs heures de débordements. Le pêcheur marcha vers elle en grommelant d'une façon qu'elle jugea peut-être menaçante. Il ne l'effrayait pas vraiment, mais elle se hâta pour entrer chez elle et referma la porte à clef, ce qu'elle ne faisait jamais.

Tintin l'oiseau l'accueillit de trilles stridents. Elle comprit qu'il devait manquer de quelque chose et, effectivement, lui refit le plein d'eau fraîche. Elle n'avait pas faim, mais entreprit, par habitude, de souper devant un reste de salade de tomates trouvé dans son frigidaire, sans, pour une fois, allumer la télévision devant elle ni chercher les bulletins de nouvelles. Elle ne songeait plus qu'au tueur qui la provoquait, ou, plus exactement en fait, à l'étrangeté du choix fait par cet homme.

Quelles pouvaient être ses intentions en la ciblant, elle, Aglaé Boisjoli, plutôt qu'un autre policier? Quel curieux destin que le sien: croiser ainsi des criminels cérébraux, manipulateurs et, d'une drôle de manière, en besoin d'elle? Pour une troisième fois, un assassin de l'ombre l'avait identifiée, isolée dans le lot de la flicaille québécoise. Pourquoi elle? Était-elle marquée? Que reconnaissaient donc ces hommes en sa personne qui les poussait à souhaiter… à souhaiter quoi, au fond? De l'écoute dans leur solitude? De la compréhension dans leurs errances paranoïaques?

Comment ne pas repenser aux deux tueurs qu'elle avait déjà eu l'occasion de croiser… Le premier l'avait choisie comme confidente de ses confessions d'outre-tombe et exécutrice testamentaire vis-à-vis de la justice; le second, sachant pourtant qu'elle était celle qui le démasquerait, avait tenu à ce qu'elle gardât « un bon souvenir de lui ». Les visages de ces deux loups, morts avant qu'elle ait pu les confondre, faisaient désormais partie de la galerie des portraits intimes qui peuplaient les nuits d'incertitude de la jeune femme. Et voilà qu'un troisième carnassier souhaitait sa proximité et que, lui aussi, évoquait sa « disparition à brève échéance »... Elle était flic, pas thérapeute; chienne de chasse, pas Saint-Bernard pour criminel en mal de communiquer... À quoi pouvait bien tenir l'ambiguïté? Quelle pouvait être au fond la nature de l'attraction qu'elle exerçait sur des assassins désespérés?

Autant d'interrogations qui l'assaillaient et que la jeune femme aurait voulu savoir traiter avec recul ou dérision. Et dire que, depuis l'issue de sa dernière enquête, elle souhaitait l'anonymat, la facilité, une existence simple et limitée qui, peut-être, la libérerait de ses appréhensions et la rendrait en fin de compte disponible à vivre simplement son amour avec l'homme qui l'attendait à Anticosti. Elle jeta un œil vers le téléphone. Non, soupira-t-elle, elle ne l'appellerait pas... Quelque chose était en train de se passer qui modifiait le cours des choses.

Les sentiments, les impressions se bousculaient dans son esprit qu'elle ne parvenait pas à circonscrire et à évacuer. La jeune policière se sentait comme à la moitié d'une ascension à l'heure des choix: d'un côté une pente douce redescendant vers une vallée tranquille avec, là-bas, peut-être une île... de l'autre, un à-pic vertigineux. Pourquoi se sentait-elle attirée, comme aspirée, par la paroi se dressant devant elle?

Il y avait plus. Le constat de sa différence faisait monter en elle, contre sa volonté, une conscience de son unicité doublée d'une embarrassante fierté qu'elle aurait été bien incapable, voire honteuse, de définir ou de justifier. Il fallait bien qu'elle ait quelque chose que les autres n'avaient pas pour ainsi attirer l'attention des aigles du mal sur elle. Quoi? Oui, elle était jolie, pas trop con et policière à la fois. Il devait pourtant y avoir plus que cela. Elle n'en parlait jamais mais, de façon confuse, ne se sentait-elle pas flattée par ces regards que des assassins avaient portés sur elle et par l'intérêt qu'ils lui avaient témoigné ? Était-ce acceptable, pour un flic, d'éprouver de telles satisfactions ? Elle ne cessait pas ces derniers mois de ressasser comme autant de plaisirs coupables les souvenirs de ses rencontres avec les meurtriers de ses premières enquêtes. Et voici que l'occasion se présentait de vivre à nouveau pareils temps forts une autre fois dans sa vie.

Elle se rendit compte que, plus elle y pensait, plus elle se sentait tentée de répondre au défi que l'assassin lui lançait d'entrer dans son univers intérieur. Elle s'étonna de réaliser bientôt qu'il s'agissait moins pour elle de démasquer un meurtrier et de contrer ses intentions que de comprendre et connaître un individu, assouvir un besoin, compléter quelque chose qu'elle n'avait qu'effleuré dans ses enquêtes précédentes…

Aglaé Boisjoli finit par repousser son assiette sans y avoir vraiment touché. L'équivoque constat de l'ambivalence de ses motivations la mettait mal à l'aise. Mais elle n'était pas encore au bout de ses pensées. Quelque chose la séduisait et l'effrayait tout à la fois dans l'affrontement que le meurtrier d'Indiana lui proposait, et, dans cette confusion, grandissait peu à peu en elle un aplomb insolite dont elle ignorait les fondements. Elle voyait venir le duel avec une confiance toute nouvelle en ses moyens. Certes, des pensées contradictoires l'effleuraient encore. Était-elle justifiée de se croire capable de jouter avec cet autre criminel ? Comme si le jeu qu'il lui proposait était sans risque ! Cette force intérieure qu'elle sentait lui venir la rassurait puis, l'instant d'après, lui semblait suspecte. N'était-elle pas en train de se suggestionner, de perdre son sens critique, de prendre la peau d'un personnage qui n'était pas le sien ? La conscience de sa différence qu'elle identifiait ce soir et qui la confortait ne serait-elle, en fin de compte, que de l'aveuglement ou, pire, de la vanité ? Pourquoi lui revenait-il en mémoire, à ce moment précis, les mots de ce lointain cousin, boucher de son état, qui lui racontait qu'un découpeur de viande doit toujours craindre le couteau qu'il manie, qu'avec l'habitude risque de grandir en lui une fausse assurance et qu'alors vient le danger ? Était-ce folie que de se sentir sûre d'elle-même face à un assassin clamant haut et fort n'avoir plus rien à perdre ?

Absorbée par ses pensées, elle débarrassa machinalement sa table, lava une vaisselle éclair, se fit couler un bain et se dénuda dans sa chambre sans, comme tous les autres soirs, s'assurer que ses rideaux furent parfaitement tirés sur la nuit. Plongée dans l'eau chaude, elle se surprendrait de la facilité avec laquelle elle allait chasser les craintes qui l'avaient assaillie quelques minutes plus tôt. Passant la savonnette avec souplesse entre ses mignons orteils, elle se mit soudain sans y penser à fredonner une vieille chanson de Vigneault. Ses appréhensions passaient, elle se sentit bientôt étonnamment sereine et confiante avec les décisions qu'elle allait prendre, un état d'âme qu'à la vérité, elle n'avait guère eu le loisir d'éprouver dans son métier de policière depuis son entrée à la Sûreté, sept ans plus tôt.

Non, elle n'appellerait pas Raphaël ce soir, mais plutôt Demers, demain matin. Sa décision était bien ferme : elle insisterait auprès du dégingandé commandant pour trouver sa place dans la poursuite de cet assassin qui l'avait choisie, elle, comme adversaire. Ce « projet spécial » du directeur général adjoint de la Sûreté, elle rêvait désormais de le faire sien. Pour la première fois depuis qu'Aglaé Boisjoli était dans la carrière, cette perpétuelle anxieuse refusait de douter d'elle-même : elle était flic, bien dans sa peau et prête à l'affrontement.

Elle se leva, savonna entièrement son mince corps avant de se rincer en chantant à tue-tête pour s'entendre sous la douche. « Avait écrit au couteau d'chasse, le nom d'sa belle sur les bouleaux »…

II
Quatorze jours en octobre

Tintin et la voisine

Havre-Saint-Pierre — Maison d'Aglaé Boisjoli — Samedi 7 octobre

C'est aujourd'hui, s'était-elle dit en se levant, que l'annonce pour Langiro devait passer dans le *Journal de Québec*. Aglaé passa sa matinée de congé à nettoyer sa maison et l'après-midi à faire une très longue balade en vélo sur la côte. Elle était rompue au soir en se préparant à souper. Il lui restait à faire ses bagages. Le lendemain, elle prenait l'avion pour Montréal. Elle y rencontrerait le commandant Demers afin de voir comment la Sûreté répondrait à la demande du tueur. Irait-elle s'établir quelque temps « pour le voir et le rencontrer » en Gaspésie ? Elle y était prête.

Sa valise, songeait-elle, ne serait pas si facile que cela à faire : d'une part, elle ne souhaitait pas s'encombrer de trop de choses, mais, d'autre part, elle n'avait aucune idée du temps qu'elle passerait loin de chez elle. Langiro menaçait de tuer dans le troisième tiers d'octobre, encore au moins quinze jours à attendre et tenter de prévenir son geste. Elle s'était assise devant son steak-salade, un bloc ouvert devant elle sur lequel elle entreprit de lister les effets qu'elle emporterait. Sa porte, qu'elle n'avait pas fermée, s'ouvrit. Mylène entra qui lança son blouson sur une chaise du vestibule, s'assit à côté d'elle et lui piqua une feuille d'endive.

— Eh bien, ne te gêne surtout pas, sourit Aglaé, au demeurant ni surprise ni fâchée de voir rebondir l'électron libre chez elle. T'arrives chez moi après six semaines d'absence et même pas « bonjour » que déjà tu bouffes dans mon assiette. Tu pourrais au moins prendre une fourchette !

— La salade, comme les frites, c'est meilleur mangé avec les doigts, déclara la friponne.

Elle paraissait en forme, la grande blonde, rayonnante en fait. Aglaé savait qu'elle était revenue au Havre quelques jours plus tôt, mais la policière, toute prise par ses communications avec Alex Demers et son travail de débroussaillage de cette curieuse histoire de meurtres annoncés en Gaspésie, ne l'avait pas encore revue.

— Quand es-tu arrivée ?

— Mardi dans la journée. Je suis passée deux ou trois fois pour te voir, mais tu n'étais pas là.

— Je travaille, moi !

Fallait-il la questionner sur sa reprise avec Dave ? Aglaé hésitait, se souvenant de la cuite de mauvais augure du marin, la dernière fois qu'elle l'avait croisé. Elle alla au frigidaire prendre une bouteille de rosé entamée dont elle leur servit deux verres.

Mylène parlait maintenant d'abondance de son récent séjour à Sept-Îles, de sa mère, de ses petits neveux qu'elle avait gardés pendant les vacances en Europe de son frère… Toujours rien sur ses retrouvailles avec son amoureux, ce qui ne lui ressemblait pas. Aglaé écoutait d'une oreille distraite en mangeant son steak et ce que l'autre lui laissait de verdure, songeant qu'elle aimerait bien que son évaporée de voisine ne reste pas trop longtemps. Elle souhaitait se coucher tôt pour être en forme le lendemain. Mais le babil de son amie l'amusait et somme toute était le bienvenu en lui changeant les idées.

— Coudon, lança Mylène, tu ne m'as pas parlé l'autre jour de ton beau ténébreux de guide d'Anticosti. Ça a-tu marché, tes affaires ?

— Pas pire, pas pire… éluda Aglaé, avec un sourire en coin.

— Eh puis ! As-tu baisé en fin de compte ?

Aglaé éclata de rire. La grande fille nature attendait maintenant ses confidences avec une avide effronterie. Elle choisit de jouer le jeu.

— Comme une folle, s'exclama-t-elle.

— Raconte-moi tout, dit l'autre en reprenant de la salade, toujours avec les doigts.

La policière s'en garda bien, mais quand même, à l'insistance répétée de l'éhontée gamine, ne put éviter d'y aller de quelques confidences salées, entre deux fous rires de filles. Elle leur servit bientôt une boule de glace. La nuit était depuis longtemps tombée sur le golfe. Mylène ne partait pas, et Aglaé se faisait de plus en plus à l'idée de lui consacrer sa soirée. Son avion décollait à 11 heures le dimanche. Après tout, elle aurait bien le temps de préparer son départ le lendemain matin.

— Je suis contente pour toi, conclut la grande avec conviction. On dirait bien que tu as trouvé ton homme. Moi, c'est plutôt tranquille côté cul.

— Ah oui ? lâcha Aglaé.

La gamine y arrivait, mais la policière hésitait à l'encourager à aborder le terrain glissant de ses amours tumultueuses. Elle se surprenait un peu de la réserve de l'autre à développer un sujet que d'ordinaire elle n'abandonnait qu'après lui avoir raconté dans le détail le programme de ses galipettes. Elle revenait à son mâle après six semaines d'abstinence et la psychologue, connaissant l'oiseau, se doutait bien que le sang de la belle enfant devait bouillir. Elle revit Dave, saoul et inquiétant au milieu de la rue deux jours plus tôt, et se rappela l'absence du tintouin de grandes retrouvailles amoureuses à sa fenêtre ces derniers jours. Quelque chose devait ne plus fonctionner entre les deux amants, et Aglaé ne pouvait se cacher de ressentir une certaine curiosité, mais pas au point d'y sacrifier sa bonne humeur tranquille de la soirée. Elle leur resservit un verre de rosé, finissant ainsi la bouteille.

— Eh bien, tu ne me demandes pas ce qui se passe avec Dave ? lui lança l'autre.

— Ben ça, ma fille, c'est bien de tes affaires, répondit une Aglaé optant pour la prudence.

La blonde, déçue, fit une moue de fillette. Son beau visage s'assombrit. La brune, ce soir-là, n'avait aucune envie ni de la voir pleurer ni de devoir la consoler.

— Écoute, Mylène, lui dit-elle fermement, tu me racontes ce que tu veux me raconter, O.K. là ! Je ne te demande rien. Mais je te préviens, on est là ni pour brailler ni pour s'emmerder avec du pathos d'histoires d'amour déprimantes. J'ai eu une grosse semaine au boulot. Je pars pour je ne sais combien de temps demain pour une enquête qui s'annonce foutument difficile, alors, hein, ce soir, on se la fait toute douce et pas triste, ou bedon tu retournes tout de suite chez toi, d'accord !

— Tu pars demain ? s'inquiéta Mylène.

— Eh oui. Et j'aimerais ça, du reste, que tu t'occupes de Tintin l'oiseau pendant mon absence. Tu pourrais le prendre chez toi, ce serait plus simple pour le nourrir.

— C'est que… tu vois… j'ai plus de chez-moi.

— Qu'est-ce que tu me chantes là ?

— Je quitte Dave pour de bon cette fois.

— Allons bon ! T'es sérieuse ?

— Oui, je suis revenue pour le lui dire.

Et cette fois Mylène semblait vraie et vulnérable comme jamais.

— Et tu le lui as dit ? réfléchit à voix haute la psychologue.

— Ben, qu'est-ce que tu crois : oui ! J'ai même pas voulu baiser avec lui. Je peux plus. Je voulais en parler avec toi. Mais bon, si tu veux pas m'écouter… Je comprends, tu as autre chose en tête…

Aglaé se sentit mal comprise par la gamine et puis un peu piégée par l'enchaînement trop rapide de la discussion. Bien sûr, qu'elle allait l'écouter. Depuis toujours qu'elle écoutait les autres, elle ne laisserait certainement pas tomber sa seule amie du Havre. C'est juste que ce soir elle aurait eu le cœur à se changer les idées, rire, niaiser, faire la folle, parler de cul si l'autre le souhaitait, pourquoi pas ? Mais jouer à la thérapeute, basta ! Elle s'engagerait à compter du lendemain dans un long tunnel érodant où tout son être serait mobilisé. Ce soir, elle aurait voulu faire relâche. Cela dit, si Mylène avait besoin d'elle, c'était différent. Elle l'engagea à lui parler, et la grande lâcha la bonde.

Une chance, réalisa vite Aglaé, la belle fille semblait prendre les choses avec une certaine assurance. Son idée était faite. Elle venait moins chercher des conseils qu'effectivement, lui faire part de sa décision. Pour une fois sérieuse et réfléchie, elle s'en expliqua longtemps avec sa copine psychologue qui l'écouta et la conforta dans son choix. Après tout, jugeait lapidairement Aglaé, Dave n'avait que ce qu'il méritait. « Fais comme tu l'entends, ma fille : il n'a rien fait pour garder ton affection. Il ne récolte que ce qu'il a semé par sa mauvaise humeur, sa maladresse avec toi et sa dépendance aux drogues. Tu es si belle, Mylène, tu retrouveras bien vite quelqu'un qui t'aime pour vrai. » Elle dit tout cela et bien d'autres mots d'encouragement, avec une conviction qui eut tôt fait de rasséréner la blonde. Le temps passa. Le sourire revint vite sur le ravissant visage.

— L'emmerdement là-dedans, conclut la policière, c'est que, si je comprends bien, je vais te perdre. Comme voisine, j'entends. Tu vas retourner à Sept-Îles, n'est-ce pas ?

— As-tu une autre suggestion ?

Aglaé n'en avait pas, mais resta surprise de se trouver à ce point provoquée par la question. Elle regarda la fille. Se pourrait-il que Mylène ait quelque chose en tête avec sa question en apparence bien anodine ? Lui manifestait-elle sa disponibilité à vivre quelque chose de différent avec elle ? La policière, défiée par un tueur, était si loin, ce soir-là, de songer à une liaison avec sa voisine qu'elle se sentit déroutée par l'idée, bien peu sûre de son jugement dans les circonstances. Quelque chose la touchait dans la confiance, l'affection manifeste, l'amour peut-être, que lui témoignait Mylène. Oui, elle aussi aimait cette gamine mais, croyait-elle spontanément, en grande sœur plus qu'autrement. Elle ne voulait pas qu'il lui arrivât du mal… et surtout pas de son fait à elle, l'adulte, la psychologue, maîtresse de ses sentiments et de ses impulsions. Cela dit, était-elle si maîtresse que cela d'elle-même devant le corps splendide de sa voisine en mal d'être ? Difficile d'imaginer une aventure durable entre elles, mais baiser une bonne fois et tout oublier demain ? Elle eut brusquement honte d'elle, de sa bouffée de désir devant cette fille qui lui faisait confiance, ne lui demandait peut-être rien d'autre après tout qu'un conseil. Ne sachant trop comment reprendre la conversation, la psychologue proposa un café à sa jeune amie qui lui demanda plutôt un autre verre de rosé si elle en avait. Aglaé en avait et jugea que, somme toute, l'idée n'était pas mauvaise. D'un coup, elle n'était plus certaine de rien.

— Il prend ça comment, ton départ, Dave ? demanda-t-elle en leur servant à boire.

— Mal. Ne pas faire l'amour le rend furieux. Je lui ai dit que j'avais mes règles. Et c'est même pas vrai, tu sais, ajouta cette allumeuse avec un clin d'œil polisson.

Ah, non! pensa Aglaé, elle n'allait pas remettre ça avec sa libido envahissante. La fille poursuivait :

— Il est parti cet après-midi pour deux jours avec trois autres capitaines-pêcheurs de la Côte pour aller négocier des prix avec une grosse usine de conditionnement de fruits de mer à Matane. J'en profiterai demain pour faire mes valises. Puisque toi aussi tu pars, je vais appeler mon frère pour qu'il vienne me chercher et m'en retourner à Sept-Îles. Dave ne me retrouvera pas à son retour. Je lui laisserai une lettre. C'est aussi bien comme ça. En fait, je ne le reverrai plus jamais.

— Il le sait, ton frère, qu'il vient te chercher demain ?

— Oui et non. Je l'ai prévenu d'être prêt à le faire et d'attendre mon appel. Je voulais t'en parler d'abord, voir ta réaction. Dis, je peux rester là, au moins ce soir ?

Aglaé réfléchissait. Elle s'alarmait des réactions du conjoint de la grande. Cet homme rude, drogué, qu'elle imaginait volontiers violent, représenterait-il un danger pour la compagne qui le laissait en plan ? Des histoires d'agression conjugale, elle en avait traité deux ou trois ces derniers mois : elle n'ignorait pas le danger couru par les femmes abandonnant un conjoint excessivement possessif.

— Tu es sûre que ton frère va bien venir demain ? s'enquit-elle. Je n'aimerais pas que tu aies à confronter Dave avec cette décision que tu prends de le quitter. Qui sait comment va réagir ce niaiseux-là ?

— Pas de trouble, chérie. T'inquiète pas pour rien. Et je vais même penser à dire à mon frère de me faire une place dans son camion pour emmener la cage de ton Tintin. Voilà, elle n'est peut-être pas fine, ta chum Mylène. Bon, c'est dit, hein ! Je reste ce soir !

Et la grande fille d'ôter d'un coup ses jeans, sans avertissement, « pour se mettre à l'aise », minauda-t-elle, en se laissant tomber dans un divan devant le poste de télévision.

Songeuse et pas vraiment rassurée, la policière sirota une gorgée de rosé. La situation devenait franchement embarrassante. Elle imaginait sans peine où toute la soirée les conduisait, mais ne se voyait pas prendre quelque initiative que ce fût : trop peur d'illusionner la gamine sur l'avenir de leurs relations, trop consciente du devoir qu'elle avait de ne pas profiter de son ascendant de thérapeute sur la gamine en rupture d'affection. Avait-elle vraiment envie de vivre une passade d'un soir avec la plantureuse jeune femme ? Si la réponse n'était pas claire dans sa tête, son corps, lui, depuis un moment déjà, montrait d'enthousiastes dispositions à vivre pareille fête. Ne pas résister... Ouais, mais pourquoi cette impression lancinante que les emmerdements allaient commencer si elle cédait à ses pulsions ? Et l'autre qui en remettait :

— Eh que j'aurais envie de faire l'amour ! lâcha-t-elle tout à trac en tendant les jambes devant elle.

Tout semblait si simple. Mylène était si belle. Jouait-elle ? La godiche savait-elle vraiment ce qu'elle voulait, là, avachie sur le divan, son corps de déesse alanguie abandonné, offert ? Ne se trompaient-elles pas toutes les deux ?

— Je vais prendre une douche, lança Aglaé.

Il lui fallait descendre de la machine en marche, déconnecter de la minute présente, gagner du temps, tenter de décider la tête encore froide de leur fin de soirée commune.

— Ben coudon, je pense que c'est aussi bien que j'y aille aussi, décida Bécassine quand Aglaé revint de la salle de bain, vêtue d'un sage pyjama de ratine.

Pour tromper l'attente, Aglaé mit la télévision, tombant sur la description du match de hockey des Canadiens face aux Maple Leafs de Toronto. Il lui faudrait, à son retour au Havre, mettre de nouvelles piles à sa télécommande, pensa-t-elle en constatant qu'elle ne pouvait changer de chaîne. Du coup, elle regarda un peu la partie, doutant de moins en moins, désormais, de l'issue de la soirée.

— Oh ben non, on va pas regarder ça, décréta Mylène à son retour, en se précipitant sur la manette qu'elle « pitonna » sans succès.

— T'énerve pas ! La télécommande ne marche pas.

— Alors, j'éteins. Le hockey, je suis plus capable.

Et la grande fille partit à quatre pattes fermer la télévision offrant, sans sembler y prêter la moindre attention, une vue pano-ramique sur ses arrières à découvert. Las ! elle n'avait trouvé pour se vêtir en sortant de la douche qu'une nuisette d'Aglaé ! Assez ample autour du corps de la menue policière, elle était bien sûr bien étriquée sur Mylène.

— Eh, cacherais-tu un peu tes grosses fesses ! grogna la brune, d'un ton découragé.

Toujours à quatre pattes, la blonde, une vraie, se retourna l'air coquin.

— T'es donc pas fine de toujours me dire que j'ai de gros avan-tages ! Je suis belle, c'est tout, et toi tu le sais bien.

— Ça, c'est vrai que j'en ai une bonne idée, continua de râler Aglaé. T'arrêtes pas de tout montrer. Allez, cache ton cul, je te dis.

La blonde obtempéra et se leva en tirant sur la fine lingerie, ce qui eut pour effet immédiat de libérer un mamelon aventureux. Elle s'assit à côté de la policière, ramenant la dentelle sur ses genoux serrés repliés sous elle, une occasion que ne manqua pas l'autre téton pour se pointer à son tour. Aglaé se sentit prise au piège, réalisa qu'elle ne résisterait plus au courant qui les menait l'une vers l'autre.

— Mais faut-il toujours que tu t'exhibes ainsi devant tout le monde, soupira-t-elle en passant affectueusement le dos d'une phalange sur la joue de la jeune femme.

— Imbécile, se froissa gentiment l'autre. Ça se peut pas que tu sois aussi niaiseuse. Y a qu'à toi que je me montre.

Disait-elle vrai ? Aglaé en doutait, en tout cas voulait refuser de le croire. Car alors ? Non, l'écervelée gamine ne pouvait l'aimer vraiment. Ce serait trop absurde. Que ferait-elle de cet amour ? La fille se taisait maintenant, et puis elle se laissa aller sur l'épaule de son amie. On voyait bien dans le salon pourtant éclairé que de la seule clarté lunaire. On entendait au loin la mer. Aglaé pensa soudain à Mac, son ancien et doux amant adolescent de Bequia. Pourquoi le souvenir de celui-là lui revenait-il maintenant en tête ? La douceur du moment, peut-être. Le fait qu'il était si jeune, comme Mylène... Des enfants... Elle caressait maintenant les cheveux mouillés de la grande blonde. Bientôt, sans presse, elle enleva le haut de son pyjama.

— Il n'y a pas de mal à se montrer à ceux qu'on aime, lui souffla la fille d'une toute petite voix.

— Mais moi, je ne t'aime pas, Mylène, s'entendit-elle lui répondre.

— Je ne te crois pas, soupira la blonde. Ça se peut pas. Et tu sais, quand on aime, il n'y a pas de mal à regarder non plus.

La jeune femme ouvrit ses genoux dans un rayon de lune.

— Je n'ai jamais fait ça avec une fille, chuchota-t-elle. Dis, tu vas me montrer, Aglaé ?

— Tu m'emmerdes, Mylène Saindon, grommela la brune.

— Aime-moi, s'il te plaît.

— Tu m'emmerdes, je te dis... O.K. ! On va essayer pareil.

Chasseurs d'Hydro

Matane — Dimanche 8 octobre

Le Matanais Louis Pichon raccrocha le combiné téléphonique, le front plissé, tout soudain de fort mauvaise humeur. Une partie de chasse à l'orignal réussie, ça se travaille, ça se mijote de longue date. Lui, Pichon, organisateur-né, sexagénaire, chasseur émérite, homme d'expérience, était un expert de la chose. Des groupes de quatre à six chasseurs, il en montait un chaque année depuis au moins vingt ans, qui l'accompagnaient sur son giboyeux territoire gaspésien de Saint-Adelme. Sa recette? Bien préparer le *party* en amont en choisissant plusieurs mois à l'avance ses invités de l'automne, accueillir des gens de classe, d'un profil complémentaire en s'assurant d'un minimum d'atomes crochus entre ses hôtes, les faire se rencontrer un peu avant l'ouverture pour préparer le terrain… et, une fois sur place, les soigner aux petits oignons.

La conception que cet épicurien se faisait de la chasse était fondée sur le principe du plaisir partagé, que ce soit à courir le gros gibier au bois, le jour, ou à festoyer ensemble le soir autour d'un bon souper au camp. Comme puissance invitante en Gaspésie, il se faisait un devoir de préparer le séjour de ses hôtes de façon scrupuleuse et de l'organiser jusqu'au moindre détail. Année après année, ses invités gardaient un souvenir inoubliable de leur passage dans sa propriété de Saint-Adelme, petit village forestier, sis une trentaine de kilomètres à l'est de Matane. Or, voilà qu'à la suite de l'intempestif coup de fil d'Omer Boulin, l'année 2006 ne s'annonçait hélas plus comme un grand cru, et le Gaspésien n'appréciait guère.

Louis Pichon avait invité cette fois un quarteron d'anciens cadres supérieurs d'Hydro-Québec avec, à sa tête, une des figures emblématiques les plus vénérées du monde des affaires québécois, le vénérable président Roland Legrand, en personne. Il avait sélectionné le groupe avec le meilleur ami du président, un dénommé Omer Boulin, une connaissance de fraîche date, l'ex-propriétaire d'une grande compagnie de transport héliporté, un pilote lui-même. Et Boulin lui annonçait qu'il devait renoncer à venir à la chasse, à pas deux semaines de l'ouverture. On le convoquait à l'hôpital pour se faire opérer du genou. Conséquence immédiate de cette absence, le groupe si soigneusement mis sur pied se retrouvait d'un coup bancal, et Pichon, en organisateur pointilleux se sentait mal à l'aise, moins sûr de son coup.

— Rien ne doit changer, cher ami, lui avait chanté Boulin. Vous ferez tout ce que nous avions prévu de faire, mais vous le ferez sans moi, pas plus grave que ça ! Un autre chasseur se joindra à vous, c'est tout.

— Mais qui le choisira ? s'était inquiété le Gaspésien.

— Eh bien, le président Legrand, si vous n'y voyez pas d'objection. Je vous ferai approuver son choix, comptez sur moi...

Pichon serait long à se remettre du maudit coup de fil. Il s'attendait à tout sauf à cette défection.

— Je paie, comme convenu, pour tous les frais, avait ajouté l'autre, ça ne se discute pas ! Y compris pour le cuistot. Vous n'en parlez à personne, s'il vous plaît, et vous me faites suivre la note, la sienne et celle de toutes vos autres dépenses.

Bien sûr que Louis Pichon n'avait pas grand souci quant à l'argent, mais il réalisa que, tout compte fait, il connaissait bien peu son nouvel ami. Il avait fait confiance à ce Boulin de façon peut-être hâtive.

— Le président Legrand est-il au courant ? avait-il demandé en bougonnant, toujours sous le choc de la désagréable nouvelle.

— Pas encore, on ne peut le joindre ce soir. Je viens d'essayer. Il sera mis au courant demain.

— Êtes-vous sûr qu'il va venir, même si vous n'y êtes pas ?

— Il le faut. Sans lui, plus rien de ce que nous avons décidé ne peut fonctionner.

— Et s'il ne vient pas ?

— Il viendra. J'en fais mon affaire.

— Ouais… avait laissé tomber Pichon. C'est bien ennuyeux. Sans vous ici à nos côtés, tout va être pas mal plus difficile.

— Croyez-vous ? Finalement, qu'est-ce que mon absence sur le terrain va changer, hein ? Tout est prévu et sous contrôle, non ? Vous verrez. Cela se passera très bien. Peut-être, du reste, essaierai-je de me joindre à vous au moment des repas. Mais n'en parlez à personne, je ne suis vraiment pas certain de le pouvoir. Tout dépendra si je peux marcher. Ce serait, disons, une surprise…

Louis Pichon resta longtemps pensif après l'appel d'Omer Boulin. Il n'aimait pas tout ce que l'absence du vieux maître pilote impliquait.

Outremont — Lundi 9 octobre

— Dis-moi pas que tu vas me faire ce coup-là, Omer ! rouspéta Roland Legrand à l'autre bout du fil.

— Désolé, Rolly. Ce n'est pas de gaieté de cœur, crois-moi, mais je n'ai pas le choix ! Promis, j'essaierai de me joindre à vous à un moment ou à un autre pour un souper, si le toubib me laisse faire, mais la chasse, il faut que j'oublie ça pour cette année !

Le président Roland Legrand y alla d'un dernier sacre de déception, salua son interlocuteur et reposa lentement le téléphone sur son socle. Ses sourcils restaient froncés, son air, contrarié. La nouvelle qu'il venait de recevoir n'était pas bonne. Sa partie de chasse à l'orignal, prévue pourtant depuis le printemps, venait de prendre un solide coup dans l'aile, sinon carrément le bord. Voilà que le principal organisateur du séjour en Gaspésie, l'ami Omer Boulin, devait y renoncer. L'opération au genou du pilote d'hélicoptère, retardée de siècle en siècle depuis des millénaires, venait de lui être proposée pour le 11 octobre. Difficile d'espérer qu'Omer soit remis sur ses pattes pour le 21, date où commençait leur chasse.

— Je ne peux vraiment pas annuler, s'était excusé Omer. On se reprendra, mon vieux! Invite un autre de tes amis. Rien ne change, quant au reste. Vous avez votre camp, votre territoire. J'ai parlé à Louis Pichon, il vous attend. Faites sans moi, c'est tout. Si je suis remis sur pattes, je viendrai peut-être vous faire un petit coucou, mais ne comptez pas sur le père Omer pour gambader dans le bois cet automne. On se reprendra ensemble l'an prochain. Allez, dis-moi que ça te va ?

Non, ça ne lui allait pas, mais il n'était pas pour le lui dire comme ça. « Faire sans moi », faire sans Omer… bien sûr que cela pouvait se concevoir, mais le changement emmerdait fort le président qui — chacun ses faiblesses — avait toujours détesté les contrariétés de dernière minute.

« Le président », tout le monde ne l'appelait plus qu'ainsi. Faut dire que des présidences, il en avait exercé tout au long de sa longue carrière de financier, même qu'aujourd'hui encore il en refusait à la tonne, ne siégeant plus que sur quelques rares conseils d'administration, mais plus jamais au fauteuil. Plus le temps, plus le goût, plus l'énergie! À soixante-dix ans bien passés, il estimait avoir fait sa part. Aux jeunes loups de prendre sa relève. Lui, le vieux « Rolly », son ancien surnom dans le milieu financier nord-américain, vivait désormais tranquillement sa vie de retraité millionnaire, depuis plus de dix ans qu'il avait laissé la barre d'Hydro-Québec. Ce qui ne l'empêchait pas de conseiller encore, à l'occasion, le gratin des décideurs de cette province: premiers ministres, ou chefs de l'opposition — ce grand nationaliste réputé apolitique comptait des amis des deux côtés de la chambre — les manitous d'entreprises publiques et privées autant que la mère supérieure des Sœurs grises ou le président des Canadiens de Montréal. Mais il le faisait à l'écart des feux de la rampe, dans les salons de clubs privés de gens d'affaires ou depuis sa résidence cachée dans les Laurentides, désormais loin des caméras, des journalistes et autres colporteurs de ragots. Son aura d'ancien directeur de banques et de maisons de courtage financier, et surtout ses douze années à la présidence d'Hydro, lui valaient une indestructible réputation de compétence et le respect de tout le « Québec inc ».

Il voyageait, jouait au golf, chassait, pêchait et s'octroyait tous les plaisirs de l'existence auxquels il avait dû renoncer par manque de temps au long de sa laborieuse carrière. Ce bon vivant, drôle et farceur, y mettait d'autant plus de cœur qu'il n'ignorait pas que sa santé chancelante l'abandonnerait rapidement. Il avait été grand et corpulent sa vie durant. Les années l'avaient voûté et minci. On ne vivait pas vieux dans sa famille. À son âge, son père et ses oncles avaient déjà fermé leur parapluie depuis belle lurette. Lui entendait s'amuser encore un peu avant de le faire. Et voilà que le prochain divertissement qu'il se promettait se trouvait désormais compromis. Déjà que le projet ne le séduisait plus qu'à moitié... C'est qu'au départ, ils ne devaient être que quatre chasseurs à Matane, le nombre de permis requis pour abattre deux orignaux: lui, Omer Boulin et son copain Gaétan Guereur, plus Louis Pichon, leur hôte gaspésien. Mais voilà, le groupe était monté à six à la fin du printemps, ce que le président n'appréciait guère.

Omer Boulin, le président le connaissait depuis bientôt quarante ans. Tout jeune pilote d'hélicoptère de Sept-Îles, sur la Côte-Nord, Omer était venu à Montréal solliciter son aide à la fin des années soixante, alors qu'il rêvait de faire fortune en montant sa compagnie de transport héliporté. Omer travaillait essentiellement pour le gouvernement, à l'époque, assurant des services de poste, de santé et d'approvisionnement aux villages de la Basse-Côte-Nord inaccessibles par route. Comme bien d'autres, il avait perçu l'immense potentiel que constituerait, pour son secteur d'affaires, le développement des lointains chantiers de la Baie-James.

Ce n'était un secret pour aucun observateur du domaine de la grande construction civile que le Québec allait ouvrir, sur la

Grande Rivière, au début de la décennie suivante et pour presque vingt ans, l'un des principaux chantiers mondiaux requérant tant d'hélicoptères. Trouver des machines et des pilotes pour les conduire serait un véritable défi pour les petites compagnies locales, et tout indiquait que le lucratif marché québécois allait échoir une autre fois dans l'histoire à de puissantes entreprises ontariennes ou américaines. Le famélique et longiligne pilote de la Côte-Nord (il avait bien changé depuis, sourit le président en songeant à son ami désormais prospère et plutôt dodu) avait fouillé le monde occidental à la recherche de machines à prix d'aubaine. Il avait pris son bâton d'agent-recruteur pour rencontrer des pilotes retraités de l'armée, en France, parmi les anciens de l'Algérie et chez les vétérans américains du Vietnam, et allait se décarcasser comme un beau diable pour se doter du nerf de la guerre et financer ses projets. C'est alors qu'il était venu frapper à la porte du président.

Roland Legrand, à la tête d'un important consortium d'investisseurs privés à l'époque, l'avait accueilli avec chaleur. Ardent promoteur d'un Québec où les Canadiens français sauraient s'affirmer et prendre le leadership économique, le financier avait aimé l'approche du jeune loup de la Côte et avait cru en son dynamisme. Il avait jugé l'investissement dans les machines volantes un peu trop aléatoire pour y engager son groupe financier mais, de façon parfaitement désintéressée, lui qui avait déjà fortune faite, avait décidé de soutenir de ses propres deniers l'initiative en dotant le pilote d'un fonds de roulement qui lui assurerait un minimum de crédibilité vis-à-vis d'autres organismes prêteurs. Et cette fois, les affaires d'Omer avaient décollé. Rolly l'avait, par la suite, aidé à monter la structure financière de son aventureuse entreprise et n'avait cessé de le conseiller qu'une fois devenu président d'Hydro-Québec, cet homme intègre fuyant toute possibilité de conflits d'intérêts dans l'exercice de ses fonctions au service de l'État.

Qu'importe, Omer n'avait plus besoin de son aide alors. La Baie-James avait effectivement constitué une rampe de lancement phénoménale à ses affaires. Il avait vite remboursé son ami avant de faire coquette fortune. Ce sage avait eu le nez de vendre toutes ses machines avant le grand ralentissement économique de la fin du siècle, à l'exception de son propre Bell 205, dont il ne se servait plus désormais que pour promener ses proches. Son grand ami, celui qu'il était l'un des rares à appeler encore « Rolly », était l'invité permanent de ces escapades souvent impromptues.

Leur voyage à Matane n'avait, cela dit, rien d'improvisé. Ils l'avaient planifié de longue date, et sans hélicoptère, cette fois. Omer, qui connaissait tout le monde des deux bords du golfe, cherchait depuis quelques années à les faire inviter par l'ancien directeur de Radio-Canada dans la péninsule, un nommé Louis Pichon, grand amateur de sports de plein air et propriétaire de droits de chasse exclusifs sur d'excellents territoires à orignaux à Saint-Adelme, un village proche de la réserve de Matane. Chaque automne, le bonhomme composait un groupe différent de chasseurs pour l'accompagner et n'avait aucune peine à se trouver des partenaires, le succès chez lui étant pratiquement garanti. Cela faisait quelques années qu'Omer le courtisait. Un voyage en hélicoptère pour pêcher le saumon du Labrador offert à Pichon à l'été précédent avait décidé de l'affaire.

Le quatrième à compléter le groupe serait Gaétan Guereur, un ancien directeur d'Hydro qu'Omer avait connu dans le cadre des études préliminaires du projet hydroélectrique Grande-Baleine. Les deux hommes avaient passé ensemble, dix ans plus tôt, de longues semaines à marquer des caribous dans le Nord. Il s'agissait pour Omer, qui n'avait jamais cessé de piloter, même aux temps les plus actifs de ses entreprises, de pousser avec sa machine les cervidés dans les passes étroites de rochers où Gaétan, un colosse, avait disposé ses filets. Les bêtes prises au piège, l'homme les maintenait par le panache tandis qu'elles ruaient des quatre pattes et tentaient de l'encorner; un collègue biologiste leur passait alors le collier émetteur qui permettrait de suivre leurs déplacements futurs dans la toundra. Piloter l'hélicoptère dans les défilés montagneux tout comme maîtriser au sol les gros mammifères farouches étaient des tâches dangereuses, requérant un contrôle et une confiance absolus de la part des deux hommes. La réussite de leur tâche commune tenait, pour l'un, au brio de l'autre. Au gré de leur insolite travail, ils avaient appris à s'apprécier et s'étaient liés d'une amitié durable essentiellement fondée sur leur envoûtement commun pour le Grand Nord. Depuis la retraite de Gaétan, trois années plus tôt, ils partaient fréquemment ensemble à la chasse ou à la pêche près du Labrador, dans des conditions d'une précarité souvent extrême, où leur science de la survie en forêt et leur mépris du danger leur permettaient de vivre des expériences exceptionnelles.

Le président, quant à lui, plus soucieux de son confort et sachant fort bien les limites que lui imposaient son âge et sa santé, évitait ce type de voyage. Il connaissait peu Guereur, pas encore devenu directeur du temps de sa présidence d'Hydro, mais aux quelques fois où il avait rencontré le costaud placide, cet homme qui savait juger autrui avait apprécié la force tranquille du biologiste et sa profonde connaissance des choses de la nature. Bref, celui-ci, au moins, s'annonçait comme un parfait compagnon dans le bois.

Ce qui n'était pas le cas avec la paire d'individus qui s'était ajoutée au groupe en juin. Le projet s'annonçait sous d'excellents auspices jusqu'à ce que leur hôte gaspésien leur arrive avec un nouveau participant, un de ses amis du nom de Paul Couchepin, ancien secrétaire général d'Hydro qui, ayant su que le président Legrand chasserait sur les terres du Gaspésien, avait fait des pieds et des mains pour se faire inviter. Louis, bon gré mal gré, avait imposé sa présence à Omer.

Le président, qui ne connaissait pas ledit Couchepin, nommé à la société d'État par le gouvernement bien après son époque, avait un peu tiqué, mais Omer l'avait convaincu. Après tout, Louis était chez lui, son camp de chasse était très vaste, il ne faisait pas payer ses hôtes et avait bien le droit d'inviter qui il voulait. Sauf que la présence d'un cinquième chasseur exigeait l'invitation d'un sixième, puisque la chasse à l'orignal se fait par paire de chasseurs. Le groupe allait pouvoir tuer trois bêtes au lieu de deux…

Rolly, devenu avare de ses contacts avec autrui, avait de nouveau renâclé, proposant purement et simplement de laisser sa place pour que le groupe revînt à quatre participants. Omer, son vieil ami, n'avait évidemment pas voulu entendre parler de cette solution. Qui inviter comme sixième larron ? Laisseraient-ils le choix à leur hôte ? « Ah non ! s'était insurgé le président, prévenu que Pichon et Couchepin étaient des Rouges bon teint. On ne va pas se retrouver avec trois « sang-de-bœuf » à nous réciter leur catéchisme libéral tous les soirs à table. » Le président avait toujours manifesté un caractère frondeur, ratoureux et caustique qui colorait toutes ses interventions publiques. Il aimait s'amuser avec autrui, se payer la tête du monde, mettre, entre lui et la réalité, une distance ironique ou moqueuse. Sa vie durant, il s'était délecté au spectacle des affrontements entre ses proches, en politique, en affaires, comme à Hydro. « Sais-tu ce qui serait drôle, avait-il suggéré à Omer en rigolant dans sa barbe, ce serait d'amener avec nous un Bleu bon teint et de les voir s'obstiner au souper, le « péquiou » et les deux autres. Organise-nous donc ça, mon Omer ! »

À quelque temps de là, son ami lui revenait avec un nom, celui d'un autre ancien secrétaire général d'Hydro, lui aussi parachuté à son heure par Québec, un réputé Bleu marin des pieds à la tête du nom de Mario Bailli. La beauté, de s'amuser Omer en proposant sa candidature au président, était que Couchepin, à sa nomination par Québec, avait *bumpé* Bailli, avant d'être, du reste, délogé à son tour, par le gouvernement suivant pour laisser la place à la nouvelle coqueluche de l'heure, une femme cette fois, autre fleur poussée dans quelque cabinet ministériel et bombardée à l'avant-plan d'une Hydro mollassonne face à Québec. Tout laissait donc à penser que lesdits Bailli et Couchepin ne se portaient pas l'un l'autre dans le cœur, ce qui promettait du sport.

Le président avait souri, mais néanmoins, de nouveau tiqué. S'il n'avait jamais rencontré Couchepin, ce Bailli-là, il le connaissait un peu et ne nourrissait aucune sympathie pour lui, le jugeant d'une probité douteuse et d'une nullité intellectuelle certaine. Omer avait dû insister pour le convaincre. Les deux ex-secrétaires généraux chasseraient de leur côté, le Rouge avec Louis Pichon et le Bleu avec le biologiste Guereur, ils ne les auraient donc dans les jambes que le soir. Ces deux coqs promettaient des affrontements aux soupers qui ne manqueraient certainement pas de piquant et d'intérêt. Surtout, il convenait de contrecarrer très vite les plans de la puissance invitante, Pichon, qui menaçait de convier une autre de ses relations d'affaires parachutée dans la hiérarchie d'Hydro au début des années quatre-vingt, l'ancien chef de cabinet d'un ministre de l'Énergie ayant beaucoup fatigué Rolly à ses heures, un petit « voile-et-vapeur » bavard et prétentieux. Lors, le président, de guerre lasse, avait accepté Bailli.

Mais là, à douze jours du voyage, le maudit genou du pilote d'hélicoptère changeait pas mal la donne. Omer venait d'assurer le président qu'il chasserait désormais avec Gaétan Guereur. Parfait ! Mais pour être un bon bougre, le biologiste n'était pas un grand bavard, en tout cas, pas un gars pour avoir du fun aux soupers. La perspective de la compagnie des deux ex-secrétaires frères ennemis dans les soirées à venir, sans Omer pour se payer leur pipe, n'enthousiasmait désormais plus guère Roland Legrand. Certes, son ami avait promis de tenter de venir les rejoindre au camp s'il le pouvait... Mais si son rétablissement postopératoire ne le lui permettait pas ?

Roland Legrand se demanda une autre fois s'il n'allait pas tout simplement annuler sa participation. Cela dit, il était bien tard pour se trouver une autre partie de chasse de cette qualité et, de plus, ce serait manquer d'élégance que de se retirer ainsi, à pas deux semaines du rendez-vous. Non, soupira le président : il tiendrait sa parole. Cela dit, il limiterait sa participation au minimum. Louis Pichon avait proposé que ses invités qui le pourraient viennent, huit jours avant la chasse, l'aider à préparer le séjour. Le Gaspésien avait parlé de sentiers à dégager, de traces à relever aux abords des salines, de caches à consolider, en avançant qu'ainsi ses invités connaîtraient mieux le territoire. Le président serait volontiers allé faire sa part des travaux avec Omer, mais là, son ami à l'hôpital, c'était trop lui demander. Il évoquerait un quelconque prétexte et laisserait les autres se débrouiller sans lui… privilège de l'âge.

Sa seule chance de ne pas trop s'emmerder était de trouver lui-même le remplaçant du pilote d'hélicoptère et d'en dégoter un bon. Choisirait-il un ancien d'Hydro pour rester dans le ton ? Les quelques bons *buddies* qui lui venaient à l'esprit n'étaient pas des chasseurs. Une idée lui trotta bientôt en tête. Qui lui avait dit dernièrement qu'il l'enviait d'aller à l'orignal et qu'il l'accompagnerait volontiers si l'occasion se présentait ? D'un coup, ça lui revint. C'est un ingénieur-conseil qui lui avait parlé de chasse dernièrement, et pas n'importe lequel, mais ce drôle de bonhomme de… Ah non, c'est sur le nom, maintenant, qu'il butait ! C'était, se souvint-il, l'ancien patron et collègue d'Arnaud Courchesne, cet ex-directeur général d'Hydro tué récemment en Indiana. (Le président avait, comme tout le Québec, été estomaqué par la nouvelle, au printemps, de l'assassinat du grand ingénieur.)

Roland Legrand chercha dans l'annuaire téléphonique la page du groupe Delvalin, trouva le nom de son président, composa son numéro et se présenta à la secrétaire qui lui répondit. Elle le mit immédiatement en communication avec Bernard Delétang.

Chasseurs d'ailleurs

Montréal — Boulevard Saint-Laurent — Mardi 10 octobre

La chasse, la chasse avant toute autre chose ! Le promoteur immobilier Ronald Fragon jeta un coup d'œil à sa montre. Bien beau, ce futur voyage en Gaspésie pour courir l'orignal dont ils venaient de jeter les bases, les amis et lui, mais, dans l'immédiat, le business l'appelait.

L'homme d'affaires repoussa son siège, se gratta le bouc de la main gauche et leva la droite pour faire signe au serveur de lui apporter l'addition. Aucun de ses compagnons ne fit mine de chercher son portefeuille. Bien sûr qu'il allait payer, comme d'habitude, *so what* ! Il mettrait ça sur le compte de sa compagnie, Les Immeubles de l'Aventure. Son seul problème était d'accélérer un peu le cours des choses. Il n'avait pas de temps à perdre, un autre meeting, diablement plus important, en fait, l'attendait chez son avocat à 14 heures. Plus que cinq minutes, comment imaginer être au bureau avant une demi-heure ? Il aurait voulu revenir dans le quartier des affaires à pied, histoire de digérer un peu son *smoked meat*, un coup de canif à son régime, mais bon, pas le temps, il prendrait un taxi. Même comme ça, il serait en retard à son rendez-vous. Pas de trouble, maître Balderman ferait attendre ces Torontois qui souhaitaient lui présenter des projets d'investissements en Ontario. Il avait toujours eu pour règle, depuis que sa fortune était assurée, de faire passer ses projets de chasse et ses chums avant tout le reste. Quand même, il avisa les trois autres qu'il allait devoir les quitter bientôt...

La compagnie n'était pas triste. Deux bons *buddies*, des gars comme lui au-dessus de la soixantaine, mais en santé, bien nourris, rigolards, partageaient sa table : Guy Lajoie, son vieux copain pourvoyeur de chasse et pêche au lac Champlain, et Jacques Paré, un chroniqueur de plein air en vue. Le troisième, le drôle de zèbre que venait de leur amener l'ami Guy, tranchait un peu dans le lot. Edgar Langlois — le nom du « spécial » — était le plus vieux des quatre. Probablement, évaluait Ronald, plus près de septante que de soixante ans. (Ce fils d'ouvrier des charbonnages de Charleroi dans le Hainault belge n'avait jamais pu compter en « et dix » après soixante ou quatre-vingts, comme le font les Français ou les Québécois.)

Langlois différait des trois autres replets pépères par son air austère et sa maigreur trompeuse. De petite taille, incroyablement noueux, cet homme saillait de partout, des sourcils, des pommettes, de la pomme d'Adam, des poings et des biceps, véritables accents circonflexes, à peine refermait-il le bras. Ce gars-là, à écouter Guy Lajoie, son thuriféraire, c'était *le* chasseur d'orignal du Québec. On ne parlait pas à n'importe qui. Il travaillait autrefois comme une espèce d'éclaireur pour des compagnies d'exploration minière dans le Nord. Il avait la responsabilité bien particulière de fournir en viande certaines équipes de coureurs de bois, bûcherons et prospecteurs qui fouillaient la forêt boréale à la recherche de gisements. On était peu regardant alors sur la protection du cheptel de gros gibier. Edgar, leur racontait Guy, avait tué des centaines et des centaines de grosses bêtes, un peu à toutes les saisons de l'année, sans grand respect pour les règlements de chasse faits, sans doute, pour les Américains et les amateurs du dimanche, mais certainement pas plus pour lui que pour les Indiens. La loi ne dit-elle pas qu'un homme en forêt peut chasser pour se nourrir ?

Des histoires sur le rugueux chasseur, Guy, un conteur coloré et infatigable, en avait à la tonne. Edgar, aux traces, pouvait suivre, des jours et des jours durant, un cervidé, dormant la nuit dans le bois sur la piste, avant de rejoindre la bête et de l'abattre. Edgar, voyant un jour, dans la grosse neige, un grand cerf traverser d'un bond un chemin forestier, avait immédiatement couru derrière lui, avec ses raquettes, et après six heures de course, l'avait épuisé et rejoint. Edgar, sans boussole, ne se perdait jamais en forêt, tout juste s'il s'égarait quelques heures avant d'avoir ses façons à lui de se repérer, où qu'il soit, et de revenir à son point de départ. Loin de ses bases, Edgar pouvait dormir, non pas comme tout un chacun dans une quelconque couche, mais au creux du ventre de l'orignal qu'il venait de tuer et d'éviscérer. (Les nuits froides, on s'entend). Edgar était l'un des rares humains à pouvoir se vanter d'avoir vu des couples d'orignaux se faire mille « écœuranteries » avant de s'accoupler, un spectacle qu'il avait bruyamment décrit à ses compagnons ce midi-là, chez Schwartz.

Pour la première fois, Ronald et ses deux amis, de longue date amateurs de chasse aux oiseaux migrateurs, aux chevreuils et aux caribous, avaient décidé de s'offrir un voyage à l'orignal. Paré, qui connaissait tout, savait tout, pour avoir déjà tout fait dans le bois, avait dit aux deux autres qu'il s'occuperait… eh bien, de « tout », justement. Quelques semaines plus tôt, il leur était arrivé avec la proposition d'un territoire gaspésien entre les villages de Petit-Matane et de Saint-Adelme. « Vous verrez, s'était-il pété la bretelle, notre zone n'est pas très loin de la réserve. Je connais bien un policier de Matane, voisin du gars qui va nous louer sa terre. On va tuer garanti ! On n'aura que l'embarras de choisir le plus gros panache, faites confiance à l'ami Paré ! »

— J'aime ça de même ! avait approuvé Guy Lajoie, un crédule.

— *Fine !* Mais es-tu bien sûr de ton coup ? avait laissé tomber Ronald Fragon, un inquiet.

Paré, il le pratiquait de longue date. S'il s'accommodait assez bien du bonhomme, il connaissait les limites du vantard à grande gueule. Ce n'était pas, loin de là, son compagnon de chasse le plus proche. Il avait mieux dans son répertoire de copains chasseurs : des gars sûrs, costauds, bons amateurs et joyeux drilles, mais ceux-là étaient un peu plus jeunes et un peu moins riches que lui, travaillaient dans des postes exigeants, profs, toubibs, ingénieurs, bref, ces salariés ne pouvaient pas se libérer aussi facilement qu'eux, les soixante ans et plus. Paré, c'était autre chose. Pas de problème de disponibilité avec lui : la pêche et la chasse, c'était son boulot.

— Te tracasse pas, mon Ronald, tu en auras pour ton argent ! avait conclu le journaliste cette fois-là, en refilant distraitement la facture de la location du territoire à son copain millionnaire.

« Bien beau, tout ça ! » s'était dit, à la réflexion, le président des Immeubles de l'Aventure. Mais la chasse à l'orignal, lui n'y connaissait rien. Il savait qu'un bon chasseur appelle — *calle* — les bêtes et les fait venir jusqu'à lui, mais n'ignorait pas qu'un néophyte, en appelant mal dans le bois, risquait tout au contraire de faire fuir le gibier et de ne rien voir du tout. Guy et Jacques, ses amis, prétendaient parler couramment l'animal... Tant mieux pour eux, mais pas lui. Que ces deux-là chassent ensemble. Lui avait décidé qu'il irait avec un quatrième compagnon, un expert. C'est là qu'il avait demandé à Guy Lajoie de lui trouver un guide personnel, et un bon. Et le pourvoyeur venait de lui présenter Edgar. Lui savait, bien sûr, *caller*. Tout le plain-pied du restaurant pouvait en témoigner. Garanti qu'un mâle orignal se promenant sur Saint-Laurent entre Sherbrooke et Mont-Royal aurait immédiatement mis le cap ce midi-là vers Schwartz... Sauf que, s'il voulait bien servir de guide contre rétribution — et le « tabarouette » ne donnait pas ses services, avait râlé Fragon pour la forme — le spécialiste venait d'apprendre à son trio de clients qu'il ne chasserait pas lui-même, ayant déjà tué son orignal annuel, à l'arc, quelques jours plus tôt. Il fallait trouver un quatrième larron pour avoir le droit d'abattre deux animaux. Qui choisir à onze jours de la chasse ? Fragon avait eu un *flash* : Roland Bayard, un bon copain à lui, bien qu'assez farouche. Le bonhomme, un gars fiable, solide, retraité depuis quelques années, devrait faire l'affaire s'il n'avait pas déjà tué cette année. C'était un chasseur du genre solitaire qui, normalement, partait au gros gibier dans ses coins, couchant dans son camion. Ce gars-là détestait s'embarrasser d'un compagnon dans le bois. Son truc à lui, c'était d'abord de tuer puis, dans un second temps, de chercher un second permis contre un demi-orignal, afin de pouvoir déclarer sa prise. Pas très «kascher», son affaire, mais bon, Ronald, un peu braco lui-même à ses heures, n'en avait que faire... Il savait que, cette année, Roland, avec qui il avait dîné trois semaines plus tôt, avait décidé de partir seul pour la Gaspésie. Il y était du reste déjà sans doute. Il devait bien avoir quelque part au bureau le numéro de cellulaire du grand barbu. Il allait essayer de le convaincre de se joindre à eux : ce serait le complément idéal de leur quatuor.

Un serveur se présenta. Ronald lui remit sa carte de crédit sans même regarder l'addition que l'autre lui tendait. Fragon était riche, très riche. Son misérable ouvrier de père, immigrant polonais en Belgique, avait eu la bonne idée de refaire ses valises à la fin de la Seconde Guerre mondiale, pour s'établir cette fois au Canada. Ronald, seul enfant de la famille, n'était alors qu'un beau bébé joufflu. Le mineur de fond avait quelques économies, était adroit de ses mains, se débrouillait en plomberie, en électricité, en menuiserie. Sans emploi régulier, il n'allait cesser de travailler, des quatorze heures par jour, pour l'un ou pour l'autre sur le Plateau-Mont-Royal. À ce rythme infernal, il allait assez vite rembourser les emprunts qu'un fonds d'aide de ses coreligionnaires lui avait consentis pour devenir propriétaire du modeste triplex de la rue Saint-Denis, où il avait installé ses pénates. Cette première maison payée, il la quittait avec femme et enfant pour aller s'établir concierge dans un immeuble de la rue Lajeunesse, un peu plus au nord. Quelques années plus tard, avec pour mise de fonds l'argent de ses loyers et l'hypothèque obtenue sur sa propriété de la rue Saint-Denis, il achetait le building de ses employeurs.

La vingtaine à peine faite, Ronald, ses études vite abandonnées, avait commencé dans le métier en prenant en charge de petits travaux payants de rénovation d'appartements sur le Plateau, avant de rejoindre le quartier de papa et d'occuper la conciergerie de l'immeuble voisin. En 1969, appliquant le modèle paternel, il devenait propriétaire de son premier building à lui. Au tout début des années septante, le fils et le père joignaient leur patrimoine et, forts du levier hypothécaire que leur donnaient leurs premiers avoirs, continuaient d'acquérir des immeubles locatifs. L'entreprise familiale ne cesserait plus de grossir. De 1970 à 1985, la valeur de l'immobilier montréalais allait presque décupler. À la mort du père de Ronald en 1986, un appartement vaudrait plus de cinq zéros après l'unité. L'avisé propriétaire des Immeubles de l'Aventure en posséderait alors quelques centaines et, bientôt, plus d'un millier. À ces périodes bénies d'une bourse en croissance quasiment constante, les multiples autres placements assuraient au boursicoteur averti que Ronald était devenu des revenus faramineux. Il avait su s'entourer de bonnes personnes et les mettre aux bonnes places. Ses affaires tournaient désormais sans qu'il ait à y consacrer trop de son temps : il avait tout le loisir de jouir de ses passe-temps favoris, la pêche et la chasse.

Leur repas ce jour-là s'était surtout déroulé à écouter Edgar Langlois. Voulaient-ils savoir comment beuglait une femelle ? L'homme leur imitait la femelle, mains en cornet au-dessus de son bœuf fumé, se lamentant dans un invraisemblable crescendo selon les humeurs de la grosse poilue : alanguie ou inquiète, simplement impatiente ou — le clou du répertoire personnel d'Edgar — n'en pouvant plus d'attendre son grand cornu de géniteur. Comment répondait le *buck* ? Edgar leur faisait le mâle, à l'arrêt, à l'appel, en colère, en marchant. C'était gueulante sur gueulante ou, selon, rot sur rot. Schwartz en entier avait pris ce jour-là son cours 101 de *callage*. Et puis soudain, le tas de nerfs et de muscles avait cessé de faire le pitre et avait émis ses consignes pour leur prochain voyage de chasse. Et là, il n'entendait plus à plaisanter.

Comme un petit général, il avait donné ses ordres. Pas de savon ni de parfum dans les trousses de toilette, pas de graisse fraîche sur les carabines, pas d'ail dans la cuisine ; en bref, on évite tout ce qui sent quand on guette une grosse bête à l'affût. Pas de fumée au camp, tant pis s'il fait froid ! Prendre en conséquence des sacs de couchage très chauds. Pas de moteurs dans la zone de chasse. Personne pour se déplacer durant l'affût, sauf lui, qui ferait bouger le gibier...

Ronald avait tout écouté, amusé et ergoteur, comme à son habitude, ponctuant les arrêts du discours de l'autre par des simagrées et des jérémiades de troufion râleur trouvant que l'adjudant en demande un peu trop. « Ouais, avait-il gouaillé à la fin de la péroraison du guide, c'est un peu la clarté dans la confusion, ton truc, non ? » Langlois n'avait rien compris à la remarque. Paré avait levé, lui aussi, un sourcil interrogatif. Seul Lajoie avait souri. Depuis qu'il avait vu, trente ans plus tôt, *L'Aventure c'est l'aventure*, Ronald émaillait ses conversations de références au film culte des années soixante-dix. Le millionnaire avait à ce point aimé l'histoire des quatre malfrats imaginée par Lelouch qu'il avait été jusqu'à donner ce nom, Les Immeubles de l'Aventure, à sa compagnie immobilière, au grand dam de son père qui jugeait qu'« aventure » et « investissements immobiliers » ne faisaient pas forcément bon ménage... Ronald avait tenu son bout. C'était l'une de ses caractéristiques que de mettre de la dérision et de l'humour en toute chose, sa manière à lui de maintenir de la distance entre son personnage public et la réalité. En fait, il ne manquait jamais l'occasion de s'amuser, au travail comme durant ses loisirs avec les copains. Et du *fun*, il s'en promettait pour son voyage à l'orignal.

Encore onze jours et il respirerait à pleins poumons dans le bois. Oui, il obéirait à Edgar Langlois... Enfin, jusqu'à un certain point. Il était un peu vieux et retors pour rester longtemps aligné dans une file indienne, surtout s'il n'était pas à sa tête. Il avait coutume, dans la nature comme dans son bureau, de faire comme il l'entendait. N'était-il pas celui qui payait pour tous ? Ça donne des droits. Il suivrait les consignes d'Edgar mais, bon, qu'on se le dise, avec un grain de sel.

Gousson ou gousse ?

Montréal — Parthenais — Mercredi 11 octobre

Alex Demers pensa, mais un peu tard, qu'il aurait pu inviter le sergent-enquêteur Aglaé Boisjoli à souper au restaurant. Il était 20 heures. En fait, le grand flic analysa qu'il n'avait tout simplement pas faim, raison pour laquelle l'idée ne lui était pas venue de terminer la journée en cassant une croûte avec la fille. Quand même ! se reprocha-t-il avec lassitude, il avait foutument manqué d'entregent, d'initiative et d'un minimum de savoir-vivre avec cette jeune femme. Eh que la fraîcheur et la vivacité d'esprit de ses débuts dans la police lui manquaient désormais ! La vie lui semblait si souvent insipide...

La policière du Havre venait de repartir toute seule pour l'hôtel de Dorval, où elle s'était installée le dimanche précédent. Elle prendrait le premier vol du lendemain matin pour la Gaspésie, s'installerait dans un hôtel de Matane et travaillerait au poste local de la Sûreté. Ils venaient de passer, elle et lui, les trois dernières journées à préparer son voyage et puis à régler les formalités administratives du transfert temporaire de la jeune policière de son poste du Havre au bureau montréalais des Projets spéciaux. Demers craignait un peu la réaction des patrons d'Aglaé, moins celle de Roland Gobeil, qu'il avait su convaincre de la nécessité de son rapatriement temporaire au Saint-Siège, que celle du commandant Sylvain Blais, le patron à deux niveaux hiérarchiques de la policière, qui devait approuver le principe et les modalités de son déplacement. Le commandant de Baie-Comeau était un poids lourd de la fonction régionale à la Sûreté du

Québec, un homme qui comptait et qui savait, à ses heures, imposer ses volontés aux patrons de la rue Parthenais. Le directeur montréalais n'aurait pas aimé devoir l'affronter.

Il l'avait appelé devant Aglaé, soucieux que la jeune femme entendît leurs échanges afin de bien saisir tous les enjeux de ce transfert, fût-il temporaire, dans l'évolution de sa carrière. Il avait craint un moment de devoir regretter cette honnêteté intellectuelle, mais en fait, le gros Blais allait finir par se montrer ouvert à l'idée de voir la jeune enquêteuse sortir un moment de la région côtière pour participer à une enquête complexe à portée nationale, voire internationale. Cela dit, son accord n'avait pas été si facile à obtenir. Il n'avait accepté qu'au terme d'un long et fastidieux pinaillage. Le gros homme avait exigé de tout connaître de l'affaire Langiro avec un souci du détail horripilant pour le directeur général adjoint. Devant lui, habituée au caractère envahissant du géant de la Côte, Boisjoli avait suivi l'affrontement en souriant à chaque nouvelle exigence de Blais, tatillon et rugueux tout au long de leur conversation, avant de concéder, à la toute fin de l'échange, que son enquêteuse du Havre constituait à son jugement le meilleur choix que la Sûreté pouvait faire dans les circonstances. « Faites-y bien attention, par exemple ! On n'en a qu'une comme elle ! » avait-il terminé son point dans un énorme éclat de rire.

Le directeur général adjoint de la Sûreté resterait tard à son bureau ce soir-là, mal à l'aise. Tout l'ennuyait dans cette histoire de meurtres annoncés par le mystérieux correspondant de la Sûreté du Québec. La petite Boisjoli n'était qu'une policière sans grande expérience de la violence, envoyée au-devant d'un tueur semblant aguerri. Cette fille était parfaite, trop parfaite. Tout au long de leur conversation, elle n'avait cessé de chercher à le convaincre de sa disponibilité et de son aptitude à jouer le jeu que proposait Langiro, aussi risqué fût-il. Demers avait approuvé, tout en restant réticent. Ils avaient parlé ensemble des heures durant de stratégies et avaient fini par s'entendre sur la façon dont ils s'organiseraient pour répondre, dans l'immédiat, aux volontés du tueur. Mais les décisions prises ne satisfaisaient qu'à moitié le commandant.

Il avait accepté la semaine précédente de confirmer, par le *Journal de Québec*, la venue du sergent Boisjoli dans la péninsule, mais ne cessait d'hésiter depuis sur la façon de positionner ses pions, et, particulièrement, la pièce maîtresse que constituait désormais la policière de la Côte-Nord sur l'échiquier. Bien beau de faire jouer un rôle de chèvre à la jeune femme, encore fallait-il l'entourer d'une protection efficace pour le jour où le tigre sortirait du bois. Quelles étaient les véritables intentions de Langiro en convoquant la police à le voir aller? L'instinct de flic de Demers lui criait « Danger! » Comment le tueur formulait-il ses motivations, déjà? Il reprit la première lettre reçue à la Sûreté : « l'impulsion irrépressible de vous tenir informés de l'évolution de mes projets », écrivait le malade. Ouais… soupira Demers.

Il n'aimait pas que l'atypique assassin ait ciblé l'enquêteuse du Havre-Saint-Pierre. Pourquoi une femme, d'abord? Pourquoi particulièrement Boisjoli? Quel danger réel la Sûreté faisait-elle courir à son sergent en l'envoyant où souhaitait tant l'attirer Langiro? Sûr qu'elle semblait y aller de bon cœur mais, justement, sa bonne volonté, son engouement, même, dérangeaient le commandant. Et s'il fallait qu'il lui arrivât malheur? C'était lui, le responsable de ce drôle de cas spécial, ce devrait être à lui de prendre tous les risques associés à l'enquête. Sauf que c'est à elle que le fou voulait s'adresser. Avait-il été bien avisé de la mettre au courant des exigences du tueur? Fallait-il vraiment la laisser poursuivre ce dialogue avec lui? Avaient-ils tous raison aujourd'hui d'accepter le départ de Boisjoli pour Matane?

Ils étaient convenus qu'au premier signal de la jeune femme, il la rejoindrait dans la péninsule. L'assassin ignorant ses traits, l'officier collerait aux basques de son adjointe et la protégerait au besoin. Elle avait l'interdiction formelle de tenter quoi que ce soit pour rencontrer le tueur et d'accéder à quelque demande de sa part à cet effet sans, au préalable, en référer à Demers. D'autres policiers — et de bons, savait Demers — seraient mis en alerte, prêts à venir constituer une garde rapprochée à leur consœur.

Le filet de sécurité serait-il suffisamment solide ? Tout était inédit dans cette histoire. Que visait réellement le tueur en invitant la policière à venir en Gaspésie ? S'en allait-elle, tête baissée, vers ce qui pourrait fort bien être un piège ? Cet homme qui avait tué s'amusait, de son propre aveu. Quel type de jeu pouvait bien avoir en tête un névrosé du genre ? En réponse à ses provocations, la Sûreté ne pouvait qu'improviser, tenter de s'adapter à ce qu'il proposerait, essayer de suivre le bal bien avant d'imaginer y contrôler quoi que ce fût, et Demers, un battant, n'aimait pas se retrouver ainsi, poussé sur la touche, à attendre les manœuvres de l'ennemi. Langiro était clairement le seul maître du jeu. La direction de la Sûreté avisée de ses intentions, il avait attendu six semaines avant de s'adresser directement à Boisjoli. Pourquoi tant de temps écoulé entre les deux correspondances ? On sentait l'assassin froid, calme, solide, en pleine maîtrise du déroulement des événements. Son scénario bien en tête, il agissait étape par étape, savait où il s'en allait. Ses lettres n'étaient jamais datées. Demers supputait qu'elles avaient été rédigées de longue date et que l'homme attendait son heure pour les envoyer, sans aucune improvisation, mais en fonction d'un plan méthodique. Où menait ce plan ?

La veille, la linguiste de l'Université de Montréal à qui les services techniques de René Roy avaient demandé une expertise de la correspondance du tueur était venue leur faire rapport. Francine Lafontaine, une femme menue et avenante affichant une fraîche soixantaine, hésitait à l'heure d'identifier l'origine du français écrit de Langiro. « Nous sommes ici, avait-elle souligné, en présence de lettres rédigées avec un brio certain, dans une langue internationale de bon aloi, bien qu'un peu ampoulée. L'auteur est certainement érudit, mais il emploie quelques idiomes semant sciemment le doute quant à sa provenance culturelle. »

Demers relut pour la énième fois le rapport de la professeure, sans y apprendre rien de nouveau. En discussion avec eux, la spécialiste, prudente et circonspecte, avait précisé sa pensée et, relancée par les policiers, s'était un peu plus compromise. Elle était d'avis que celui qui signait ces lettres en avait travaillé le texte avec grande attention. Des termes recherchés avec soin, pas de fautes d'orthographe ni de syntaxe, pas de répétitions, comme on en commet lorsque l'on écrit vite. Langiro maniait fort élégamment son français écrit, ce qui ne donnait en fait aucune indication véritable sur son origine. « Partout dans la francophonie, de les avertir en préambule la linguiste, de Chicoutimi aux îles Marquises, en passant par Madagascar, Tunis ou Bucarest, vous trouverez — et c'est fort heureux — des multitudes de personnes capables de s'exprimer par écrit dans un français de cette qualité. »

Rien à signaler dans la première lettre, mais la seconde laissait l'experte perplexe. Deux fois, Langiro y utilisait le mot *gosse*. Dermers se souvint de la discussion que le sergent Boisjoli et lui avaient eue avec la linguiste à ce sujet.

— Eût-il voulu laisser entendre que la lettre était celle d'un Français de France, d'affirmer Francine Lafontaine, ou disons d'un « non-Québécois », qu'il n'aurait pu utiliser un vocable plus révélateur. L'utilisation, dans le contexte de cette lettre, du mot *gosse* est une véritable signature. Un enfant n'est jamais un gosse chez nous ! Je ne vous l'apprends pas. *Gosse* pour « gamin », vient, avait expliqué la professeure, du régionalisme *gousson*, qui a cette signification de « petit enfant » en langue provençale. Au Québec, le terme, commandant le féminin, dérive plutôt du mot *gousse,* l'enveloppe de la graine, les deux vocables *gosse* et *graine* ayant, ici, en langue vernaculaire, le sens grossier que l'on sait. Langiro écrit donc comme un Français qui ignorerait que l'idiome *gosse* veut dire non pas « enfant », mais « testicule » au Québec, ou, plus exactement, « couille », puisque le terme est vulgaire, avait noté en rosissant quelque peu la distinguée linguiste. Cet homme à la plume si parfaitement alerte trahirait ainsi ses origines non américaines.

Un peu gros, au jugement de l'experte et des deux policiers, d'autant, notait Lafontaine, que la lettre n'était pas exempte de québécismes.

— Trois fois, leur avait-elle souligné, trois fois votre Langiro pèche au regard du français international. Sa mère, dit-il, « flattait sa joue ». *Flatter*, ailleurs qu'au Québec, c'est « encenser, louer excessivement », ce n'est pas « caresser ». Dans un des sens les plus anciens du terme, on pouvait effectivement « flatter » en touchant, mais uniquement un animal. On « flatte » encore le cou d'un cheval en le tapotant légèrement du plat de la main. Mais jamais on ne « flatte » la joue d'un humain, sauf, donc, chez nous, où le vocable du seizième siècle a évolué. « Vous trouvez que j'en mets un peu trop ? » est également une tournure québécoise. Un Français dirait qu'il en « fait » trop ou, plus spontanément, qu'il « charrie ». Enfin, votre correspondant se décrit comme un joueur, en se disant « bluffeur », un terme qui, en français international a le sens différent de « hâbleur » ou de « vantard ». Un joueur, en Europe ou en Afrique, « bluffe » effectivement au poker en laissant croire à ses partenaires qu'il a plus gros jeu qu'eux, mais ça ne fait pas de lui un « bluffeur ».

— Ah non ? s'était étonné Demers, feignant la perplexité en triturant le bout de son grand nez.

— Suivez-moi, de réfléchir doctement l'experte, provoquée. Votre joueur voit ses cartes, ce qui n'en fait pas un voyeur, les classe, ce qui n'en fait pas un classeur, annonce son jeu en croyant bien faire, ce qui n'en fait pas plus un annonceur qu'un bienfaiteur. Il aspire à gagner, ce qui, non, ne fait pas de lui un aspirateur. Me fais-je bien comprendre ? Un substantif verbal voit souvent sa signification évoluer avec l'usage et ne pas refléter exactement le sens du verbe dont il est issu. Certes, un chanteur chante, un masseur masse et un enquêteur enquête, mais un prieur n'est pas à proprement parler quelqu'un qui prie, pas plus qu'un sapeur est quelqu'un qui sape, ou qu'un fauteur est quelqu'un qui faute... *Bluffeur* n'est synonyme de *joueur* qu'au Québec ; ailleurs, dans la francophonie, c'est un menteur à grande gueule.

— Ben, coudon ! avait apprécié Demers en se grattant cette fois l'oreille, un sourire — admiratif ou ironique ? se demandait

Aglaé — sur sa face équine. Eh bien, vous nous la baillez belle, madame.

— Il y a plus, soupira l'universitaire, et là, j'avoue m'y perdre un peu. Votre Langiro nous évoque sa grand-mère de « septante ans qui en fait presque nonante » ! Voici que cette fois, il nous indique, presque caricaturalement, une piste belge ou, peut-être, suisse romande. Chacun sait que les Français ou les Québécois ne parlent pas ainsi...

— Éloquent en effet, avait soupiré le sergent Boisjoli, un brin saoulée par le flot d'explications de la spécialiste. Et que déduire de cette double présence dans la deuxième lettre de ce *gosse* utilisé dans son sens français à côté des trois québécismes ? Que notre Langiro est bien un Québécois utilisant des régionalismes fautifs au regard du français international, mais qui veut nous faire croire, en nous sortant ses deux gosses, qu'il est d'une autre origine ?

— Comme vous y allez, ma chère ! n'avait pu s'empêcher de sursauter Demers, singeant cette fois une indignation de duègne de théâtre.

Francine Lafontaine avait souri devant l'air goguenard affiché par le directeur général adjoint de la Sûreté. Mais la petite policière, insensible aux facéties de son supérieur, ne la quittait pas des yeux et insistait. Elle tenait à sa réponse. La linguiste allait longuement hésiter avant de formuler son opinion. Il lui était difficile d'évaluer si l'auteur des lettres errait de façon naturelle ou s'il cherchait à tromper. Ce « virtuose de l'esbroufe » — le descriptif qu'elle lui attribuait — sachant que ses lignes seraient épluchées dans le moindre détail, semblait se moquer de ceux qui analyseraient chaque phrase de sa correspondance. Quand même, l'experte, pressée par Aglaé Boisjoli, allait admettre du bout des lèvres que les lettres lui donnaient effectivement l'impression d'avoir été écrites par un correspondant d'origine québécoise, cultivé et lettré, soucieux de laisser croire qu'un individu venu d'ailleurs en francophonie, peut-être de Belgique ou de Suisse plus que de France ou d'Afrique du Nord, les avait rédigées, mais trahissant son origine en laissant échapper trois tournures typiquement d'ici. Cela dit, s'empressa-t-elle d'ajouter, si l'on admettait que ces québécismes étaient des erreurs de style naturelles et qu'ils n'avaient pas été mis là dans le but de tromper le lecteur, les écrits pouvaient fort bien être le fait d'un néo-Québécois francophone, établi de longue date ici, dont la langue originale se serait, en quelque sorte, corrompue ou, disons, modifiée, au contact du français parlé en Amérique du Nord. Elle citait à l'appui de cette thèse le fait que nombre d'immigrants bien intégrés émaillent leur langue de sacres bien d'ici, de façon beaucoup plus systématique et objectivement vulgaire que nombre de « pure laine ».

— Rien de plus normal, allait-elle conclure son avis, qu'un immigrant établi depuis quarante ans au Québec en « mette un peu trop », en oubliant que dans sa jeunesse, il aurait plutôt dit qu'il charriait quand il en faisait trop.

— Mais, s'était insurgée la policière, un Européen francophone établi depuis si longtemps de ce côté-ci de l'Atlantique sait qu'au Québec on dit soixante-dix et pas septante et qu'un gosse, ça ne marche pas chez nous !

— Exact, Boisjoli, de raisonner Demers à son tour, et c'est pourquoi madame Lafontaine nous pousse à penser qu'on ne nous a mis ces « gosses » dans les pattes — si j'ose dire — que pour nous induire en erreur, nous lancer sur une fausse piste. Et je suis bien d'accord avec elle que, si cette piste est fausse, c'est que celui qui veut nous voir la suivre est bien un Québécois...

— Ou bien, avait articulé l'enquêteuse en réfléchissant, les yeux rivés sur ceux du commandant, que le tueur veut précisément nous voir faire cette gymnastique intellectuelle pour, une autre fois, d'une façon ou d'une autre, nous tromper...

— Et là, moi je ne puis plus vous être d'aucune utilité, avait soupiré l'experte avant de les quitter.

Demers rangea le rapport de Lafontaine dans un tiroir de son bureau. Pas bête, la réponse de Boisjoli, songeait-il. Pas con, cette

façon qu'elle avait eue, tout de suite, de flairer l'embrouille derrière l'évidence. Peut-être était-elle dans le champ ? Pas grave. Elle
se servait de sa cervelle, bravo ! Pas de doute, cette petite dont on
avait tant parlé dans la maison au printemps précédent à la suite
de ses prouesses sur le vieux continent tranchait dans les tribus de
flics désormais sous ses ordres. Cette consœur semblait avoir
autant de tête que de nerf. Elle avait plus : du charme, sans aucun
doute, auquel, il devait se l'avouer, il n'était pas insensible.

Le directeur général adjoint de la Sûreté du Québec n'était pas
homme à admirer son prochain ni, tout particulièrement, ses collègues. Pour lui, un bon policier n'était pas beaucoup plus qu'un
individu travailleur, attentif et chanceux. Or, veinard, on ne peut
l'être cent fois sur cent. L'intelligence, de façon générale, et l'ouverture à autrui, de façon toute spéciale, ne nuisaient pas non
plus, certes, à l'exercice du métier de flic. Mais bon, ce blasé chronique était loin de constater l'évidence de telles qualités humaines
dans le comportement d'un solide lot de ses confrères et n'éprouvait plus désormais qu'un désintérêt bourru pour la majorité
d'entre eux.

Cette Boisjoli était manifestement différente. Son doctorat en
psychologie lui permettait-il de sentir les choses mieux que les
autres ? Demers restait, par nature, sceptique à cet égard. Quand
on questionnait ce pragmatique sur l'instinct, le flair, le soi-disant
sixième sens des enquêteurs, sa réponse, sobre et sans appel, ne
variait guère : « Mon cul ! » Il n'y croyait pas, n'y avait jamais cru.
Il misait beaucoup plus sur l'indigence intellectuelle des criminels,
leur prévisibilité et la médiocrité de leurs artifices que sur la perspicacité des flics, si grande fût leur réputation. D'abord, un flic
« réputé », un héros, vainqueur enquête après enquête, il n'en
avait jamais rencontré que dans la littérature policière ou au
cinéma. Les Poirot, Holmes, Maigret et autres Vallander de ce
monde lui paraissaient aussi crédibles que Penélope Cruz en
bonne sœur, missionnaire devenant enceinte d'un travelo et, par-
dessus le marché, sidéenne, dans un film d'Almadovar. Lui, dans
sa carrière, avait connu, comme tous les autres collègues qu'il

avait croisés ici ou ailleurs en ce bas monde, une moyenne d'une enquête résolue à sa satisfaction pour deux ou trois échecs navrants. Il n'avait, en fait, jamais constaté de véritable intuition policière que chez un seul flic, son ancien patron, un antihéros obèse et abscons du nom de Thomas Lafleur. Mais le gros bonhomme, décédé en février l'année précédente, était un flic d'un type unique qui, lui-même, du reste, ne manifestait pas une confiance absolue en son instinct, même si, à l'évidence, il en avait.

Demers poussa de ses longs bras dépliés le fauteuil à roulettes loin de son bureau et tendit ses interminables jambes. En fait, songeait ce solitaire, ne ressemblait-il pas de plus en plus, en prenant de l'âge, au vieux Lafleur, le tour de taille mis à part? La jeune recrue motivée qu'il était autrefois était revenue de tant de choses. Il mettait tellement moins de morgue et, finalement, d'intérêt dans son quotidien que par le passé. Il devait se forcer, aujourd'hui, pour jouer son personnage persifleur et désinvolte. Et dire, songeait-il, que c'était maintenant, alors qu'il ne ressentait que lassitude et ennui pour son environnement policier, qu'il aboutissait au sommet de la hiérarchie. Certains gourous des choses de la Sûreté avaient détecté en lui les qualités d'un véritable chef, capable, avait-on jugé, de motiver ceux qui travailleraient avec lui. Allons donc! Voilà qu'il n'avait même pas retenu Boisjoli à souper alors même qu'il l'envoyait au front à sa place. Beau leader, oui! Autant autrefois il prenait intérêt à discuter avec ses collègues, à les provoquer, à prouver ses points, autant aujourd'hui l'exercice le lassait... Il se plaisait désormais à avoir raison seul dans son coin, répugnait à tenter de convaincre... un peu, pas de doute là-dessus, comme son mentor, Lafleur, à la fin de sa vie professionnelle.

Tiens, songea-t-il, c'était lui le premier, l'obèse devenu quasiment misanthrope, qui avait distingué Boisjoli dans le magma grisâtre des enquêteurs de la Sûreté. Faut dire, évidemment, que la petite mignonne tranchait pas mal parmi le contingent de moustaches, de gros bras et de chaussures à clous... Quelle surprise de rencontrer la gamine, alors simple stagiaire, dans le lot des quelques rares invités soigneusement sélectionnés par le vieux pour son déjeuner de départ. Et cette façon que le nouveau retraité avait eue, dans sa dernière allocution, ce matin-là, de parler de relève en les regardant eux deux, la petite, avec aménité, et lui, avec circonspection, et cet air bien à lui de lui dire : « Y arriveras-tu, mon Alex, car si ce n'est pas toi, qui ?... »

C'est au nom de cette confiance que Thomas Lafleur manifestait pour la jeune femme que lui, Demers, avait parrainé sans hésitation la candidature de la psychologue devenue « patrouilleuse » au poste d'enquêteuse. Avait-il bien fait ? Ne le regretterait-il pas si cette nouvelle mission qu'il lui confiait tournait mal ? Il déplia sa grande carcasse, se leva et marcha, décidément mal dans sa peau, jusqu'à la fenêtre voir si la pluie annoncée depuis le matin se décidait enfin à tomber sur Montréal. Aucun reflet d'eau dans la lumière des réverbères. Il laisserait son imper à la patère...

Il avait lu le dossier professionnel de Boisjoli avant d'aller la rencontrer en juillet au Havre. Il avait parlé avec ses supérieurs et analysé la façon dont elle s'était tirée d'affaire dans ses précédentes enquêtes. Rien là pour impressionner le vieux pro : la petite avait travaillé fort et avait eu de la chance, les deux clefs de la réussite d'un flic courant après un assassin, selon son credo à lui. Quand même, devait-il admettre, il y avait plus dans son cas. Était-ce seulement qu'elle était belle fille ? Il y avait autre chose : son type d'écoute, sa spontanéité, son empathie pour autrui... Elle lui rappelait... qui ? Un sourire radieux de femme lui vint bientôt en tête... Oui, cette animatrice, France quelque chose, qu'il avait découverte cet été, comme tant d'autres, à la télé publique. De telles femmes, à l'évidence, suscitaient spontanément l'intérêt de ceux qui les regardaient ; un atout indispensable, il voulait bien le croire, pour une star de la télé, mais rarissime chez un flic. Il se souvint avoir constaté dans le dossier-synthèse de la dernière enquête du sergent Boisjoli l'évidence d'une curieuse sympathie entre le coupable et elle à l'issue de l'affaire. La présence à ses côtés d'une telle consœur ravivait chez l'officier

blasé une flamme défaillante. Qu'une personnalité aussi attachante s'implique à ce point dans ses enquêtes, qu'elle y mette
ainsi son cœur, sa tête et son talent regonflait la foi chancelante
qu'il vouait désormais en son métier de flic.

Demers aurait quarante-huit ans dans quelques jours. Aussi
enviable soit sa progression au sein de la hiérarchie de la Sûreté,
cet original s'emmerdait le plus souvent au travail, n'aurait
jamais affirmé être un bon flic et doutait, de façon quasi perma-
nente, d'avoir fait, vingt-sept années plus tôt, le bon choix de carrière en entrant comme patrouilleur à la police de Québec.
Heureusement, il y avait eu des éclairs dans la grisaille de sa vie
professionnelle : hier, Thomas Lafleur; aujourd'hui, Aglaé
Boisjoli, peut-être...

Et dire qu'il envoyait cette fille au casse-pipe, dans l'inconnu,
au-devant d'un tueur. Il se sentit de nouveau mal dans ses chaussures, repris par l'espèce de confusion qui tendait à l'envahir
depuis le début de cette affaire. Le sourire de la jeune femme lui
revint, sa vivacité intellectuelle, son humeur enjouée et cette
foutue crainte qui l'assaillait de la mettre en danger. Dis donc,
ricana-t-il bruyamment dans le silence, tu ne serais pas en train de
devenir amoureux, toi, grand couillon !

Il ferma la lumière de son bureau et quitta l'immeuble de la rue
Parthenais, en direction du stationnement. Presque 22 heures.
Que faire d'autre que d'aller se coucher ? Depuis qu'il était rede-
venu célibataire, il louait un appartement de l'avenue Forest Hill,
sur la montagne. Ses deux fils se débrouillaient désormais sans
lui, avec, tous les deux, de bons métiers. L'aîné, tout jeune toubib,
exerçait dans un hôpital en Abitibi. Le second, brillant mais dilet-
tante, avait stupéfait son entourage en devenant journaliste à
Radio-Canada, ayant l'outrecuidance de voler, ce faisant, une
place notoirement réservée à la progéniture des vedettes de la
maison. Rançon — ou explication — de ce miraculeux succès, le
jeune faisait ses premières armes au Manitoba, où les « fils de »
aptes à entrer dans la carrière ne souhaitaient sans doute pas
s'expatrier. Sa mère l'avait suivi, histoire, avait-elle prétexté, de

l'aider à s'installer à Winnipeg. Cela ferait un an en octobre. Ils ne se téléphonaient presque plus, elle et lui. Ils savaient tous deux qu'aussi amoureux l'un de l'autre qu'ils aient pu être, plus rien de solide, les enfants mis à part, ne les liait désormais.

Ils s'étaient connus très jeunes, et tout de suite les garçons étaient nés, à seize mois d'intervalle. Abandonnant son emploi de pédagogue, sa femme avait voué sa vie à leurs enfants. Lui aussi, mais juste à moitié, l'autre étant prise par son métier. Et puis voilà, le premier, leur aîné, était parti suivre ses études de médecine à Québec. Lui l'avait rejoint dans la capitale quand on avait décidé à la Sûreté, deux ans plus tôt, qu'il constituait un poulain d'avenir dans la hiérarchie de la maison et qu'il ne lui manquait qu'un nouveau diplôme en administration pour prétendre un jour la diriger. Il s'était, une première fois, éloigné longuement de sa femme, vivant avec l'étudiant de Laval. La vie, la routine avaient fait le reste. Il vivait désormais seul.

Il roula lentement sur Sherbrooke jusqu'à Guy. Il ne se sentait pas malheureux, simplement il s'ennuyait, et de façon de plus en plus chronique. Une grande et sculpturale administratrice, une blonde flamboyante au nom très connu dans la communauté d'affaires montréalaise, avait jeté son dévolu sur lui, quelques mois plus tôt. Il avait vécu avec elle une liaison torride, ne doutait pas qu'il forniquerait à nouveau avec elle à l'occasion, mais bon, tout cela appartenait déjà au passé. Elle, là-bas, la mère poule désormais manitobaine, une fort jolie femme au demeurant, qu'il avait aimée d'amour véritable, vivait-elle, elle aussi, des histoires de peau ? Au fond, cette supposition ne l'ébranlait guère. Finalement, peu d'autres choses l'importait ce soir-là que cette affaire de tueur en mal de reconnaissance et puis cette hantise qui le taraudait de mettre à risque la petite bonne femme de la Côte. D'y penser à nouveau lui ramena ses idées noires. L'enquête stagnait dans le flou abstrait, figée à la case départ. Les dés étaient bien dans la seule main de l'assassin, se prenant pour la marquise de Sévigné. Quel serait son prochain geste ?

Il entra sa carte magnétique dans la porte du garage souterrain de son immeuble, qui s'ouvrit en grinçant. La police et lui ne pouvaient qu'attendre la nouvelle communication entre Langiro et Boisjoli. Non! Décidément, Alex Demers n'aimait pas la tournure que prenait cette affaire.

Autoroute Jean-Lesage — Jeudi 12 octobre

L'homme hâta le pas pour revenir jusqu'à son véhicule stationné sur le bas-côté de la voie de desserte, à la dernière aire de repos de la 20 avant la capitale. Les nuits fraîchissaient décidément. Pisser lui avait fait du bien. Ça le prenait de plus en plus souvent, des envies impératives qui lui imposaient d'arrêter toute autre activité pour se trouver une toilette ou un coin tranquille et se soulager. Maudite vie plate! Son corps déconnait côté vessie itou, mais non, il ne consulterait pas, pas plus pour sa vieille prostate que pour ses douleurs abdominales. Sa qualité de vie se délitait en tous sens depuis une paire d'années. Peut-être était-ce le lot commun, le prix à payer pour les décennies peinardes vécues jusque-là. Il mangeait moins, buvait moins, n'avait quasiment plus le goût de baiser. La douche à la maison fuyait, ce qui, au vrai, l'emmerdait fort, mais il n'avait même pas envie de la réparer. Il pressentait qu'il foutait le camp et, à vrai dire, ne s'en souciait guère.

Sa vengeance seule lui tenait encore à cœur, et puis cette relation qui commençait à prendre corps avec la petite fée de la Côte, Aglaé Boisjoli. Quant au reste, son existence, pas de doute, perdait l'essentiel de son intérêt. Qu'importait au fond, puisqu'il la laisserait sous peu, comme on arrête de fumer, plus par lassitude que pour aller mieux, parce que l'on finit toujours par abandonner les vieilles manies qui n'apportent plus leur lot de satisfaction. Cela s'appelle vieillir, philosopha-t-il en soupirant.

Il alluma le plafonnier, ouvrit le *Journal de Québec* du samedi 7 octobre et entreprit, en sifflotant, un survol des pages des petites annonces. Vite, il y retrouva le message qu'il cherchait:

Installation prévue à Matane le 11 octobre. Communiquez par courrier à l'adresse :1333, avenue du Phare O. Matane — G4W 3M6, — Mlle LC.

L'homme approuva d'un hochement de la tête. La formulation choisie par la policière lui plaisait. Tout cela était direct et carré. Leurs communications à tous deux s'établissaient décidément sur de bonnes bases, en tout cas, celles qu'il souhaitait. La distinguée psychologue, la fière enquêteuse, l'héroïne choyée des journaux du mois de juin, suivait ses directives comme une bonne petite fille — une demoiselle, voyez-vous ça — obéissante et discrète, parfait !

Constater ainsi son efficacité, sa manifeste supériorité sur autrui, le grisait. Mon Dieu, jusqu'où souhaiterait-il soumettre cette Aglaé ? À quel degré de sujétion se risquerait-il à la contraindre ? Que serait-elle prête à lui concéder pour qu'il se laisse atteindre et lui fasse toucher à la vérité ? Comment lui ferait-il payer l'illusion qu'elle devait nourrir d'espérer un jour le confondre ? La simple déconvenue de la jeune femme lui suffirait-il ? D'intéressantes questions insufflant un intérêt tout neuf à la fin de son existence. Il était clairement le maître du jeu, solitaire, secret et souverain. Il en irait ainsi désormais pour le temps qu'il lui restait à vivre. Tous passeraient par où il le désirerait, cette jeune femme et ceux dont il allait se débarrasser les premiers. Ce serait lui qui écrirait l'histoire, un drame où les autres acteurs ne seraient que des figurants, un guignol où il tirerait, seul, les fils des fantoches, un mélo dont il sortirait à son heure, au moment qu'il choisirait, auréolé de ce mélange de respect et de peur qu'inspirent les êtres d'exception aux foules.

Ainsi, Aglaé Boisjoli daignait se soumettre, entrer docilement dans le rôle qu'il avait prévu à son intention. Parfait. Il ne doutait pas, bien évidemment, que la mesquine enfant ne jouât la comédie que pour mieux tenter de le démasquer un jour. C'était là l'essence même du jeu qu'il lui proposait. Il saurait bien lui montrer la vanité de ses pauvres espoirs. Cela dit, oui, il rêvait de la séduire, de la fasciner. Bien, très bien même, qu'elle soit brillante et futée, la gamine. Elle ne pourrait que mieux constater qu'il était plus fort qu'elle. Un jour, tout cela fini et bien fini, elle aurait la surprise de sa jeune existence de « bollé » et, de toute une vie qu'il lui souhaitait longue, elle n'oublierait jamais plus l'homme exceptionnel qui l'avait à ce point roulée dans la farine.

Son plan se déroulait comme il l'avait prévu. Aglaé Boisjoli était depuis la veille à Matane, où elle devait écarquiller ses beaux yeux pour tenter de le reconnaître. Il la verrait dans les jours à venir et se promettait un plaisir enivrant à l'idée de cette rencontre. Il s'arrangerait à tout le moins pour soutenir son regard. Lui parlerait-il, si l'occasion s'en présentait? Après tout, pourquoi pas. Il s'agirait d'être naturel. Comment serait-elle, elle, face à lui? Inquiète et sur ses gardes, indifférente ou affairée? Aurait-elle l'instinct du danger? Saurait-elle le percer à jour? Et si elle le démasquait, comme Jeanne d'Arc reconnaissant le roi Charles VII, caché parmi ses courtisans au château de Chinon? Il sourit. Dieu, dit l'histoire, inspirait la pucelle de Lorraine et dirigeait ses pas. Il y avait tout de même fort à parier que l'Éternel ne portât pas tant de considération à la policière de la Côte, certes moins encline à écouter ses voix et, par ailleurs, fort peu probablement pucelle… bien que demoiselle, il le savait donc maintenant. Quand même, il conviendrait qu'il soit prudent et résiste à la tentation de prendre trop de risques en intriguant la jeune femme par son attitude. Il faudrait être *poker face*, imperturbable, passer, la regarder et continuer sa route. Quel plaisir quand même. Il saurait s'y prendre.

Il s'agirait aussi de faire en sorte qu'elle croise sur son chemin gaspésien d'autres individus qui stimulent sa vigilance, éveillent ses soupçons et puissent lui faire de futurs suspects. C'était un point important de son plan. Il s'énuméra *in petto* les quelques noms auxquels il pensait et imagina diverses façons d'étoffer la liste. Il convenait que le jour où il lui dirait: « très chère, je vous ai vue », la belle ait en tête une bonne dizaine de candidats possibles. Il sourit. Il en comptait, de son côté, sans effort, au moins une solide demi-douzaine, lui compris, et bon, avec un peu de chance, elle en rajouterait elle-même au moins autant : ce pompiste qui lui servirait de l'essence en la regardant un peu trop longuement ; l'inconnu qui tenterait avec insistance de capter son attention au bar où elle prendrait un verre ; ce client, comme elle, croisé dans le hall de son hôtel à Matane, et bien d'autres sans aucun doute. Eh, pardi, quand on est frais minois et corps de déesse, soit-on policière, on attire le regard de tant de monde ! Dûment prévenue qu'un jour, lui, son mystérieux correspondant, la dévisagerait, elle allait, la pauvre, porter une attention décuplée à qui lui prêterait le moindre intérêt, ce que ne font pas d'ordinaire les belles filles, et la liste s'allongerait toute seule dans sa petite tête. Lui-même ne serait jamais qu'un arbre de la forêt où s'égareraient ses pas.

Il enfila des gants de chevreau fins pris dans sa mallette sur le siège du passager et entreprit de sortir de son enveloppe marquée « n° 3 » la prochaine lettre qu'il lui enverrait. Il savait que l'adresse publiée par le journal était celle du poste de la Sûreté à Matane. Il s'attendait à ce choix de la part de la police. Décidément, sa faculté de prévoir les choses confinait à la voyance. Il relut la lettre de longue date écrite et, satisfait de sa prose, n'y trouva pas un mot à changer. Quand même, il ne put résister au plaisir d'y ajouter un post-scriptum au stylo à bille traduisant son humeur du moment. Il fronça le sourcil à la relecture du bref mot. Non, son écriture manuelle ne le trahirait pas, mais n'y allait-il pas trop fort avec le *C'est de valeur* ? Bof, non ! jugeat-il. N'importe comment, il n'imaginait pas que l'on puisse trouver une véritable piste dans le salmigondis épistolaire qu'il avait patiemment concocté…

Il replia le feuillet et le mit sous une autre enveloppe où il reporta l'adresse indiquée par la policière. L'instant d'après, il jetait le stylo par la fenêtre de l'auto.

Il posterait de Québec cette autre correspondance, histoire de continuer le jeu de piste. Il referma le journal et le glissa dans sa mallette. Un coup d'œil dans le rétroviseur : deux voitures de police, tous gyrophares balayant la nuit noire, se suivaient à toute allure sur l'autoroute et passèrent en rugissant au large, en chemin comme lui vers la capitale. «Allons donc, ricana-t-il, aurait-on localisé Ben Laden sur la Grande Allée?» Il nourrissait un mépris souverain pour la gent flicarde d'ici et d'ailleurs qu'il avait toujours su berner dans les grandes largeurs. Plusieurs fois dans sa vie, comme tout un chacun, il s'était fait arrêter pour un excès de vitesse, une ceinture de sécurité non portée, un signal «arrêt» mal respecté. Chaque fois, en parlant au flic, il avait dû se contrôler pour ne pas éclater de rire: «Eh! le cow-boy, si tu savais qui tu viens d'arrêter aujourd'hui! Tu as le poisson de ta vie au bout de ta ligne, un cas de prison à perpétuité si tu me traînes devant un juge, et te voilà tout fier, pauvre minable, de me coller ton amende à cent piastres!»

Il éclata d'un rire sonore, éteignit le plafonnier, mit son clignotant et se tourna pour vérifier qu'on ne le doublait pas. L'instant d'après, il démarrait tranquillement dans la nuit, direction Québec, en sifflotant entre ses dents de devant: «Carnaval, mardi gras, carnaval...»

Pistes d'orignal

Matane — Vendredi 13 octobre

On n'atterrit généralement pas à Matane. Le mieux est d'y arriver par l'aéroport de Mont-Joli, cinquante-six kilomètres plus à l'ouest et de rejoindre la ville par la route 132 longeant le golfe. Ce qu'avait fait Aglaé Boisjoli arrivée en terre gaspésienne à 10 heures 34, la veille.

Elle n'avait pas fait ses trois premiers pas sur la péninsule qu'un costaud blond, moustachu comme un druide gaulois, venu sans avertissement de derrière l'escalier décroché de la queue ventrue de l'avion, la débarrassait de son sac de cabine. « Constable Christian Girard, pour vous servir, sergent Boisjoli ! » Il l'attendait sans pancarte à son nom ni rien, uniforme ou insigne, pour l'identifier comme un homme de la Sûreté. Elle-même, toute menue dans ses jeans faits au moule, un léger coupe-vent sur un t-shirt sexy, n'avait vraiment rien pour la distinguer comme policière. « On m'avait dit que t'étais jolie, s'expliqua sans artifice le taupin. Ça l'a ben d'l'air, je pouvais pas te rater. Bienvenue en Gaspésie ! »

Aglaé sourit, pensant à la jeune femme superbe dont elle avait remarqué la présence, deux rangs devant elle dans le Dash 1. Une chance que la sortie des passagers se faisait par l'arrière de l'appareil ! La belle passagère aurait pu se surprendre de l'accueil énergique et nature du patrouilleur gaspésien...

— Appelle-moi donc Christian, ça sera pas mal plus *cool* comme ça, continuait le volubile constable. Tu m'excuses si je te tutoie, hein ! Je sais pas vouvoyer un collègue. Déjà que j'ai de la misère avec les clients! J'ai jamais été capable de mettre un ticket à un gars en lui disant « vous », imagine! Y'en a qu'aiment pas ça...

Elle ne voyait aucun inconvénient à ce débordement de familiarité. Il en parut soulagé.

— Bon, ben c'est mieux de même parce qu'apparemment on va travailler un bon moment tous les deux. C'est moi qui serai quelque chose comme ton ange gardien pendant tout le temps que tu passeras dans la région. Faque va falloir te faire à mes façons. On m'a libéré de toutes mes autres jobs pour prendre soin de toi, ma fille. Je serai ton guide, ton chauffeur, et ton garde du corps: t'as juste à appeler et Christian s'amène, pas de trouble, et que personne essaie de te faire des misères sans me passer d'abord sur le corps, O.K. là! Bon, l'auto est par là. T'occupe de rien, je vais revenir chercher tes bagages. T'as quoi, une ou deux valises?

Elle n'en avait qu'une. Il installa la jeune femme sur le siège avant de la voiture banalisée, avec les prévenances — sinon les manières — d'un chef de protocole monégasque envers une fille Grimaldi. Des épaules massives, les mains comme des mites de receveur de baseball, un sourire juvénile à peine vieilli par la moustache, cet homme avait le don d'inspirer confiance. Bien sûr, elle avait remarqué, tandis qu'il lui ouvrait la portière avant passager, qu'il portait son Glock 9 mm de service dans un baudrier, sous son blouson aux couleurs des Castors de Matane. Aglaé remercia *in petto* celui ou ceux qui, derrière elle, veillaient ainsi à sa qualité de vie gaspésienne et à sa sécurité: Alex Demers, Sylvain Blais ou les autorités du district de la Sûreté?

Pendant le trajet le long du golfe, plein est jusqu'à Matane, le costaud fit sans effort les frais de la conversation. Aglaé sut rapidement qu'il était le mari de Julie, institutrice au village voisin de Saint-René, et le père de deux garçons de quatre et six ans qui commençaient à bien se débrouiller en patinage et qu'il dirigerait bientôt au hockey dans l'équipe d'atomes dont il était l'entraîneur. Elle observait le paysage, un peu déçue de ne pas le trouver plus beau. Il faisait sombre ce jour-là. Le ciel bas et gris devenait bleu foncé à l'horizon, se confondant avec les eaux du golfe. Elle cherwcha vainement leur jointure, tentant sans succès de distinguer une île au large.

— Peut-on apercevoir Anticosti d'ici quand le temps est clair ? demanda-t-elle à son chauffeur.

— Non, il faut descendre plus bas vers l'est, jusque vers Sainte-Anne-des-Monts.

Raphaël était quelque part dans cette immensité inquiétante. Le fleuve-océan était ridé de balafres mouvantes surmontées çà et là de quelques moutons épars. Tout au long de la vieille 132 à deux voies, rafistolée de loin en loin de plaques de nouveau bitume, des maisons, souvent bien modestes, des fermes sans coquetterie particulière, des clochers, des cimetières, parfois de grands bras saugrenus d'éoliennes composaient des paysages au tiers agricoles, marins et bâtards, plutôt mornes en l'absence du soleil. Des aires de pique-nique, des sites d'observation du golfe, des restaurants en avalanche, et puis nombre d'affiches agui-cheuses et quétaines témoignaient pourtant éloquemment de la vocation touristique de la région à la saison estivale. Au qua-trième panneau affichant un grossier dessin de homard, elle ne les compta plus. Les eaux dégageaient de la grève de longues barres de rochers gris survolées de cormorans et de goélands. Son chauf-feur lui confirma que la marée était étale.

Elle crut sentir une certaine gêne dans sa façon de s'exprimer lorsqu'il lui demanda, vers la fin du trajet, combien de temps elle pensait que durerait son enquête dans le coin. Elle l'ignorait et le lui confessa. Il opina du bonnet, l'œil fixé sur la route devant lui. Mais quelque chose, sans nul doute, le chicotait. L'instant d'après il y revenait.

— Penses-tu que ça a des chances d'être fini avant la qua-trième semaine d'octobre ?

— Ben là, à vrai dire, non… Enfin, j'en doute, mais, cela dit, je ne suis sûre de rien. On est aux prises avec un drôle de type qui nous menace de commettre bientôt un meurtre dans la région…

— On m'a dit ça, oui… Pis ? Il a dit quand ?

— Il a parlé de la fin d'octobre…

Le costaud enregistra la réponse sans pouvoir s'empêcher d'afficher une certaine déception.

— Quelque chose qui t'ennuie, Christian ? s'enquit-elle.

— Non, non, pas de trouble… C'est juste… Bof, ça n'a pas d'importance…

Elle eut beaucoup de difficulté à l'amener à lui dire qu'il aurait bien aimé pouvoir être libre les deux dernières fins de semaine du mois, pendant la saison de l'orignal.

— Tu comprends, Aglaé, la chasse à l'orignal, icitte, c'est le sport national en automne. On pourrait même presque dire que Matane est la capitale de l'orignal au Québec. À part de d'ça que la chasse devrait être extra cette année. Imagine, on vient de connaître notre deuxième hiver le plus doux depuis plus de trente ans…

Mais cela faisait quelques instants qu'Aglaé n'écoutait plus son chauffeur. Les données se mettaient en place dans sa tête. Celui qui disait s'appeler Langiro menaçait de tuer — quand, disait-il déjà dans sa première lettre à la Sûreté ? — « avant la fin octobre ». Et dans son autre correspondance ? Elle avait tant étudié les lettres du tueur qu'elle s'en souvenait presque par cœur : « Dans le dernier tiers d'octobre » promettait-il.

— Quand ouvre la chasse à l'orignal ? demanda-t-elle brusquement à Christian, en le coupant au milieu de sa péroraison solitaire sur les précipitations reçues par la péninsule gaspésienne à l'hiver précédent.

— Toujours entre le 15 et le 21 octobre. En fait, le troisième samedi du mois. Cette année, ce sera le 21, donc au plus tard possible, mais c'est bon, car on sera juste à la nouvelle lune. Les animaux sont plus tranquilles durant les nuits les plus sombres, donc plus actifs le jour et c'est meilleur pour…

— Et combien temps dure-t-elle ? insista-t-elle en ayant du mal à cacher sa fébrilité.

— La chasse ? Huit jours. Ça va jusqu'au dimanche, compris, de la semaine suivant l'ouverture.

Le meurtrier, réfléchissait Aglaé, promettait de tuer fin octobre, en Gaspésie, au moment, donc, de la chasse à l'orignal. Il lui affirmait avoir déjà fait beaucoup d'efforts et pris des risques pour lui faciliter la tâche et la préparer à leur « rendez-vous »… Message reçu, monsieur Orignal à l'envers - Langiro ! pensa-t-elle.

Bientôt, des fumées blanches montant à l'horizon dans la grisaille brumeuse indiquèrent la proximité de la ville. De loin, Matane avait ce matin-là des allures de cité industrielle, ce qui surprit un peu la policière. Avant d'entrer en ville, la 132, longeant la voie ferrée obstruée de wagons couleur rouille arborant en blanc les lettres du CN, prit le nom d'avenue du Phare Ouest. Phare Ouest ? *Far West*, sourit-elle : les Matanais s'amusaient-ils de la consonance ou n'y faisaient-ils plus attention ?

— On t'a retenu une chambre à l'Auberge du Breton, lui dit Christian, en freinant devant un hôtel tout en longueur situé sur le bord du golfe, passé les jetées de pierres permettant l'accostage de l'énorme bac joignant Matane à Baie-Comeau, sur la rive nord. Le bâtiment de deux étages flanqué de deux ailes, avec son entrée couverte de vigne vierge n'était pas particulièrement pittoresque, mais il semblait fort bien tenu. Des colombages sur ses pignons lui donnaient des airs de gentilhommière normande.

— C'est l'hôtel le plus près du poste de la Sûreté, poursuivait son chauffeur. À pied, tu verras, t'es qu'à deux minutes du bureau. Ce chemin, dit-il en montrant l'allée cavalière bordée d'épinettes, de cormiers et de rosiers sauvages partant droit devant la porte de l'hôtel, t'y conduit directement. Je te conseille son restaurant. Le patron est effectivement breton d'origine. C'est un méchant malengueulé, mais un maudit bon chef. On va souvent manger chez lui avec les collègues. N'importe comment, tu pourras toujours changer si ça fait pas ton affaire, qu'a dit le lieutenant.

Elle avait assuré Girard que le choix devrait lui convenir et s'en était allée s'enregistrer, lui courant bientôt sur ses talons avec ses valises. Un homme derrière le comptoir de la réception de l'hôtel la regardait venir, détaillant sa silhouette, un vague sourire, peut-être de bienvenue, sur le visage. Elle n'avait guère prêté attention au type que Christian avait salué d'un sonore: « Et pis ça va ce matin, monsieur LeJosec ? » L'esprit de la policière était ailleurs. Une évidence s'imposait à elle: oui, le meurtre annoncé par son correspondant signant Langiro aurait lieu durant la chasse à l'orignal. Mais il y avait sans doute plus à comprendre. Il fallait qu'il y ait autre chose. La clef de la piste que lui indiquait le tueur était dans ce mot: *orignal*.

*   *   *

Le soir même, elle exposait sa prémonition à Alex Demers dans un long coup de fil que les deux s'échangèrent de leur bureau respectif: le directeur général adjoint de la Sûreté depuis le onzième étage de Parthenais, elle dans le bureau fermé mis à sa disposition par les forces policières du poste de la municipalité régionale de comté de Matane. Demers allait vite convenir que l'intuition de la jeune policière lui semblait bonne. Il lui promit de s'arranger pour être dans la péninsule la fin de semaine suivante, plus tôt si elle devait juger avoir besoin de lui. Il s'enquit de ce qu'elle comptait faire dans l'immédiat.

Aglaé Boisjoli souhaitait creuser la donnée « orignal » du casse-tête, se familiariser avec les activités de chasse dans la région, voir avec les collègues locaux ce qu'ils pensaient de la situation telle qu'elle l'envisageait, essayer de déterminer avec eux des façons préventives de contrer Langiro mais, avant tout, essayer de se faire une meilleure idée de ce qu'il pouvait bien avoir en tête, avec cette piste qu'il leur indiquait. À son arrivée au poste en début d'après-midi, signala-t-elle, on l'avait pariée à un sergent-enquêteur avec qui elle entendait se cogner la tête dès le lendemain pour tenter de comprendre ce que Langiro pourrait bien tenter de mettre en scène...

Elle lui narra ensuite tout le bien qu'elle pensait de Christian Girard, le garde du corps mis à son service. Demers ne releva pas, mais manifesta sa satisfaction de la savoir sous surveillance attentive et ne perdit pas l'occasion de l'engager, à son tour, à la plus grande prudence dans toute initiative qu'elle pourrait être amenée à prendre en réponse aux provocations éventuelles de Langiro.

— Le nom du sergent-enquêteur avec qui vous allez travailler? s'enquit-il finalement, l'air de n'y pas toucher.

— Je ne l'ai pas encore rencontré. Il n'est pas là aujourd'hui. J'ai rendez-vous avec lui demain matin. Il s'appelle, euh… Michel quelque chose… attendez voir, je crois que j'ai son nom sur un papier…

— Berthier, Michel Berthier, la coupa-t-il. Parfait! Tout cela est très bien.

Il lui avait répondu d'un ton qui laissa à penser à la jeune femme que le grand mâcheur de gomme n'était peut-être pas pour rien dans le choix des deux collègues qui la chaperonneraient en Gaspésie.

— Dites-moi, Boisjoli, poursuivait Demers, à quelle heure votre rendez-vous avec Berthier demain matin?

— 9 heures.

— Bien. Ne manquez pas d'y être sans faute… pour 11 heures.

Ce serait effectivement l'heure où, le vendredi matin, elle rencontrait pour la première fois le sergent Michel Berthier.

La bizarre mise en garde de Demers, les discussions qu'elles avaient eues avec Christian et d'autres collègues matanais l'avaient convaincue, bien avant de le rencontrer, qu'elle aurait affaire à un drôle de flic, avec Michel Berthier. L'homme lui arrivait précédé d'une réputation de vedette locale. Tout jeune constable à Québec, à la jointure des années 1970-1980, il avait surpris son entourage en quittant la police pour passer sa maîtrise en philosophie. Devenu professeur au cégep de Baie-Comeau, il était, sur un autre coup de tête, revenu quelques années plus tard au bercail policier en briguant un poste d'enquêteur à la Sûreté alors en difficulté de recrutement sur la Côte-Nord. En fait, il s'ennuyait à enseigner Socrate ou Kant à de futurs ingénieurs forestiers, biologistes ou autres techniciens de la faune que le dualisme platonicien ou la dialectique transcendantale endormaient entre deux travaux pratiques dans le bois. Nommé bientôt à Matane, il avait par la suite refusé promotion sur promotion pour rester dans cette Gaspésie qui lui permettait d'assouvir son extraordinaire passion pour la pêche aux saumons.

Tennisman classé au sommet de l'élite « vétéran » régionale, il avait une autre passion qui, à l'évidence, faisait bien plus jaser son entourage. Si Berthier aimait beaucoup les femmes, de façon générale, et changer de femmes, de façon particulière, ce célibataire, la cinquantaine juste faite, adorait les belles au teint mat et aux yeux bridés. On l'avait vu se « désâmer » pour une Japonaise acheteuse de crabes sur les deux bords du Saint-Laurent, puis faire des folies pour une grande Philippine quadrilingue, cadre commercial dans une multinationale montréalaise. Pour l'heure, ce tombeur de beautés asiatiques poursuivait d'une cour assidue (et récompensée) une New-Yorkaise originaire de Hongkong propriétaire d'une boutique d'art à Manhattan, près de Wall Street, à deux pas de la caserne des héros pompiers face aux défuntes tours jumelles.

C'était, par ailleurs et aux dires de tous ceux à qui Aglaé avait parlé, un policier très compétent et talentueux, mais un employé parfaitement inclassable, que ses patrons, tous officiers en devenir venant faire leurs trois ans de probation à Matane, regardaient travailler comme un cas spécial. Le lieutenant partant expliquait au nouvel arrivé : « Berthier, c'est le véritable "pilier" de ce poste, mais tu le laisses faire, tu ne t'occupes pas de lui. Ne le cherche pas le matin, il n'y est jamais, du moins jamais à l'heure, mais ne t'étonne pas de le trouver au travail si, par hasard, tu reviens au bureau en pleine nuit. Donne-lui tes dossiers les plus compliqués et fais-lui confiance, il te livrera la marchandise. Mais ne t'essaie surtout pas à tenter de le "gérer". Au premier rush, tu ne trouveras pas plus disponible que lui, mais ne va pas te mettre dans la tête de le contraindre à suivre le livre de règlements. Tous ceux avant toi qui s'y sont risqués s'y sont cassé les dents. Un méchant bon gars, à part ça... »

Aglaé savait tout cela quand l'autre, en fin de matinée, lui était arrivé, sa goule enfarinée fendue d'un grand sourire, avec deux tasses de café dans les mains, ignorant magistralement qu'il se présentait à leur rendez-vous avec plus de deux heures de retard. La jeune femme, qui ne savait trop qu'attendre de la rencontre, n'allait pas être déçue. Nez charnu, coloré, arrogant, la dégaine plutôt avenante, le port de tête bien assuré; cet homme respirait la confiance en lui. De bonne taille, à l'évidence fier d'un corps resté plutôt en forme, longs cheveux et bouc de mousquetaire poivre et sel, il avait l'allure d'un personnage de cape et d'épée d'Alexandre Dumas.

Ils avaient passé le reste de la journée ensemble, trouvant spontanément beaucoup de plaisir et d'intérêt à travailler de concert. L'hypothèse avancée par Boisjoli que l'assassin frappât dans un environnement de chasse à l'orignal représentait une espèce de défi intellectuel qui séduisait D'Artagnan-Berthier. Mais que pouvait bien avoir en tête le tueur? se demanderaient-ils. Abattre sa victime pendant la chasse? Dans un camp? En plein bois? Avait-il dans l'idée d'exécuter un guide, un pourvoyeur, un garde, un chasseur, un braconnier, un simple promeneur-observateur? Les possibilités étaient infinies.

— Je ne sais pas le nombre de permis vendus cette année, allait avancer Berthier dans la discussion. Je me renseignerai auprès des gars de la Faune pour avoir le chiffre exact, mais d'ordinaire, si je ne me trompe pas trop, c'est autour de vingt mille chasseurs qu'accueille chaque année la Gaspésie au moment de l'orignal. C'est du monde à la messe, n'est-ce pas!

— Il y a tant d'orignaux que ça? s'était étonnée Aglaé.

— Il s'en tue pas loin de cinq mille chaque année dans la zone 1! En gros, un chasseur sur quatre frappe, bon an mal an. En fait, si vous calculez bien, vu qu'il faut être deux chasseurs minimum pour avoir le droit de tuer une bête, c'est pratiquement un duo sur deux qui tue; c'est énorme, de loin la meilleure moyenne de réussite des zones de chasse au gros gibier du Québec. Dans cette région qui ne compte hélas pas suffisamment d'activités agricoles et industrielles pour faire vivre son monde, la chasse, avec la pêche aux saumons, l'été, est l'un des gros moteurs économiques locaux.

— Ouais, conclut Aglaé, dubitative. Plus de vingt mille chasseurs ! Comment imaginer exercer la moindre surveillance, si l'on doit admettre qu'il faut les protéger...

— Oubliez ça. La Gaspésie est grande. L'intérieur des terres est sauvage et parfois presque inaccessible. Faudrait en savoir pas mal plus sur les intentions du tueur avant d'imaginer quelque intervention préventive que cela soit.

— Il a promis de récrire, et c'est moi qui suis, en quelque sorte, la boîte aux lettres. Vous me voyez en fait, aujourd'hui, en attente de son prochain courrier...

— Drôle de bonhomme ! Quelle idée vous faites-vous de lui ?

Elle lui avait fait part des perceptions qu'ils partageaient, Demers et elle. Ils avaient passé ensuite la journée à échafauder des parades et des plans sur la comète, sans voir le temps filer... mais sans véritablement avancer. Il leur faudrait convenir au soir que tout, dans ce début d'histoire, était dans les mains de Langiro et qu'ils ne pouvaient qu'attendre ses prochaines manifestations.

Il était plus de 20 heures quand ils se quittèrent devant le poste de la Sûreté. Berthier, un chapeau de cuir de gaucho argentin sur sa longue chevelure bouclée, écharpe et large cape sur les épaules, façon Aristide Bruant, regretta de ne pouvoir la raccompagner à son hôtel, voire souper avec elle, mais, expliqua-t-il, il avait un match en double mixte à disputer ce soir-là au terrain couvert du cégep.

— Pas grave, le coupa-t-elle, moqueuse, on se verra au poste, disons, demain matin, 8 heures. Ça vous va ?

Le mousquetaire la regarda en se frottant la barbe, affectant un embarras aussi profond que faux, avant de lâcher, l'air, cette fois, béat : « Voilà, Aglaé, vous avez tout compris ! ». Puis, il lui tourna théâtralement le dos. Il songeait en la quittant que les jours de travail qui venaient s'annonçaient intéressants. Pas souvent qu'il croisait une « p'tite vite » aussi stimulante que cette jeune femme-là. Alex Demers n'avait pas exagéré le portrait louangeur qu'il lui en avait fait.

Elle le suivit du regard alors qu'il se dirigeait vers une vieille Volvo, sa cape flottant au vent comme une réclame de Porto Sandeman. Pas folles, les Asiatiques; ce Gaspésien-là, fût-il quinquagénaire, vous avait toute une allure!

Course à l'orignal

Matane — Samedi 14 octobre, matin

Le lendemain matin, il faisait très beau sur la côte gaspésienne. Aglaé Boisjoli avait décidé de commencer la journée par un jogging avant le petit-déjeuner, avec en tête l'idée de courir six bons kilomètres.

Simplement vêtue d'un mini-short marine et d'un t-shirt blanc portant le logo de la Sûreté du Québec, elle prit sur sa gauche à la sortie de l'hôtel, empruntant le trottoir de la rue de Matane-sur-Mer, longeant l'océan. L'air était doux, et la joggeuse se réchauffa vite et apprécia sa course. Au bout d'un kilomètre, elle rattrapa l'avenue du Phare Ouest, qu'elle opta de suivre toujours sur sa gauche vers la rivière et la ville. Elle déroulait ses foulées avec facilité, encouragée par les cris d'oiseaux marins. Elle dépassa bientôt un phare rouge et blanc au parterre agrémenté de pétunias de mêmes couleurs : le bureau de tourisme local. Elle traversa le pont de la rivière à saumons et aperçut sur sa gauche un petit port de plaisance où elle décida d'aller virer. Elle tourna autour d'une espèce de piège à touristes, un vieux rafiot nommé Le Crevettier, à côté duquel s'érigeait la statue d'un marin barbu d'opérette à l'allure quétaine d'un capitaine Haddock raté. Elle jugea avoir fait là ses trois kilomètres et entama son chemin de retour par l'autre côté de l'avenue longeant le golfe.

Elle dépassa la vaste rade dégagée à marée basse à l'embouchure de la rivière. Sur ses bords, vers le village, une grande église lui parut bizarre avec son énorme croix de pierres sur un clocher tronqué flanqué de deux clochetons également amputés de leur toit. Un instant, elle hésita à aller la voir et fit mine de tourner à gauche vers les terres, sur l'avenue Saint-Jérôme, au long du restaurant McDo en contrebas. Mais, réfléchit-elle, elle n'était certainement pas dans une tenue propice à visiter une église et, au dernier moment, elle décida plutôt de continuer vers son auberge en traversant la voie. Mal lui en prit : le feu était rouge pour les piétons.

Elle ne le réalisa qu'arrivée au milieu de l'avenue, alors qu'une camionnette allongée qui s'en venait vers elle dut freiner sa course et s'arrêter en crissant des pneus pour la laisser passer. Elle termina à la grande course sa traversée jusqu'au trottoir et se retourna vivement. Le chauffeur, long torse massif derrière le volant, un faciès sévère, dégarni aux tempes et barbu, ne l'avait pas quittée du regard. Un vague sourire peut-être narquois apparut sur son visage ; tout indiquait que l'homme n'avait pas détesté voir la policière se bousculer un peu. L'air faussement désolé, il lui envoya un petit signe de main, comme s'il souhaitait s'excuser de l'avoir un instant affolée.

La suite alla très vite. Le chauffeur, carré sur son siège, une soixantaine d'années peut-être, reprit d'un coup son air impassible, la quitta des yeux et repartit en accélérant vigoureusement, cette fois. Elle resta plantée à regarder s'éloigner la fourgonnette. Elle avait eu le temps de voir que l'homme semblait seul dans le véhicule, nota l'absence de fenêtre à l'arrière du camion et, surtout, la présence d'une longiligne tête d'orignal couchée sur le toit. Le massacre alangui et d'allure hautaine voire méprisante avait l'aspect d'une figure de proue à l'avant d'une galère. Il était doté d'un monstrueux panache fermement haubané aux pare-chocs des roues avant. Aglaé avait eu le temps de voir la langue de l'animal pendant entre les babines noires et une longue trace de sang séchée sur l'aile et l'enjoliveur de la roue avant, côté passager. Elle frémit. Cet homme qui l'avait fixée en souriant... Langiro avait écrit qu'il la verrait « avec le plus grand des plaisirs » lorsqu'elle serait à Matane.

— Dis-moi donc, la chasse n'est pas ouverte, non ? demanda-t-elle à Christian dès qu'elle le vit à son entrée dans le poste, une heure plus tard.

— À l'orignal ? J'te l'ai dit, elle ouvre samedi prochain, le 21…

— Mais je viens de voir une tête de mâle sur une camionnette qui a failli m'écraser !

Christian sursauta et la regarda d'un air inquiet.

— En fait, c'était ma faute, se pressa-t-elle de le rassurer. Je traversais au rouge… Le chauffeur a eu tout le temps de m'éviter.

— O.K. ! T'as sûrement croisé quelqu'un qu'a tué à l'arc ou à l'arbalète la semaine passée. Les chanceux qui tuent avec une flèche sont tellement fiers de leur coup qu'y en a pour se promener des jours durant avec leur trophée sur leur capot. Même que des fois, ça finit par puer rare, leur affaire. Mais, qu'est-ce tu veux, y'a du monde pour aimer ça de même.

Il lui expliqua que l'on pouvait chasser huit jours sans fusil durant la semaine à cheval entre septembre et octobre. Elle l'écoutait distraitement, tentant de se remémorer les traits de l'homme au volant. L'image restait floue, mais elle se dit qu'elle saurait reconnaître le chasseur s'ils devaient se recroiser. Elle s'en voulut de ne pas avoir pris en note le numéro de plaque du véhicule plutôt que de suivre, comme hypnotisée, le trophée sanglant s'éloignant dans la rue. Le camion, se souvint-elle, était bleu marine. Elle n'en avait même pas noté la marque…

Ce fut à la fin de ce samedi matin là, tandis qu'elle attendait toujours l'arrivée du sergent Berthier, que Christian lui apporta la troisième lettre du tueur signant Langiro. Elle s'y plongea immédiatement.

Bonjour Aglaé,

Ainsi, vous voici matanaise. J'espère, Mademoiselle, que vous appréciez ce changement, de paysage et de côte, que vous vivez grâce à moi. De mon côté, je suis définitivement ravi, sachez-le, de notre nouvelle promiscuité, et des occasions qu'elle me donne, désormais, de vous voir aller. Allons, il va bien falloir qu'un jour nous nous rencontrions vraiment, vous et moi, et qu'enfin nous nous parlions de vive voix.

Vous ai-je d'ores et déjà croisée, jeune fille ? Mais, je pose mal la question, qui serait plutôt : m'avez-vous déjà distingué, deviné, reconnu parmi cette pléthore de visages nouveaux que vous découvrez depuis que vous êtes gaspésienne ? C'est que je suis là, tout près de vous, désormais. Nous respirons, si j'ose dire, le même air. Moi, je sais qui vous êtes et vous connais, Aglaé. J'ai passé des mois à admirer votre gentil minois de gamine et à parler à votre portrait sur le mur de mon bureau. Mais vous ? M'avez-vous déjà vu ?

Que nos regards se soient déjà ou non croisés, vous et moi, a finalement bien peu d'importance maintenant. Allons, réglons cette question ! Nous allons — officiellement, si je peux m'exprimer ainsi — nous voir dans les jours à venir, très chère, j'en prends l'engagement et vous en donnerai la preuve. Quand, exactement ? Ma foi, vous admettrez que tout, dans cette mise en situation, n'est pas uniquement de mon ressort...

Mais je vais, je vous le confirme, vous croiser sous peu. Tenez, disons : avant la fin de cette semaine. Qu'en pensez-vous ? J'ai, du reste, une demande à vous formuler à cet égard. Vous le savez désormais, j'aime les choses claires. Alors voilà, il me serait important de pouvoir vous donner la preuve que cette rencontre aura bien eu lieu. Je vous serais reconnaissant, en conséquence, d'éviter pendant les jours qui viennent le port de votre austère uniforme. Auriez-vous, je vous prie, l'amabilité de vous vêtir de quelque chose de pimpant, d'inhabituel et surtout de nouveau chaque jour, qu'il me fera plaisir de découvrir ?

Oh, rien d'extravagant ! Je ne sais pas, moi, des vêtements qui accrochent le regard. J'aurai la faiblesse de penser qu'ils auront été enfilés à ma seule intention. Quel plaisir subtil goûterai-je en imaginant que vous vous êtes faite belle pour moi, moi seul, Aglaé, et que « ceux-là, sans savoir, nous regardent passer... »

Disons que ce serait là notre premier secret partagé. Comptez sur moi pour vous faire, par retour, tous les compliments que vos efforts mériteront. Je suis, n'en doutez pas, un gentleman, sensible à la grâce féminine et reconnaissant envers ceux qui daignent me faire plaisir.

Bien. Ce point d'intendance expédié, que je vous parle un peu de nos affaires. Je suis donc à une dizaine de jours de tuer à nouveau. Vous vous demandez peut-être comment l'on se sent dans une telle situation. Le mot qui, le plus spontanément, me viendrait pour me décrire aujourd'hui serait: confiant. Enthousiaste serait excessif, même si je peux quand même ajouter ici que j'ai hâte de revivre ce moment tout à fait subtil: l'heure de la vengeance. Oui, je le sais, je ne suis guère original en vous révélant — en fait, en vous confirmant — l'origine de mes motivations profondes. Tant de gens sur terre ont tant de raisons de souhaiter se venger... Sauf que l'immense majorité ne le fait pas. Moi, oui!

Qui n'a pas d'ennemi dans sa vie? Qui n'a jamais rêvé de se débarrasser d'un emmerdeur, d'un nuisible, d'un plus fort ou plus puissant que lui l'ayant provoqué, insulté, rabaissé? Comment disait Cyrano, déjà? « Je ne sortirais pas avec, par négligence, un affront pas très bien lavé... un honneur chiffonné... »

Eh bien, voilà, je suis comme l'homme de Bergerac: je ne souffre pas l'humiliation. Je n'en peux rien, je suis ainsi. C'est, dans mon cas, viscéral, ancré au plus profond de mon être. Je peux tuer, — j'ai déjà tué — pour défendre l'idée que je me fais de ma dignité d'individu. Et je tuerai à nouveau, bientôt.

Il ne faut pas tolérer l'outrage, jamais, Mademoiselle! Hélas! Combien de fois dans une vie un homme doit-il s'effacer, se plier, s'humilier devant un autre. Moi, je n'accepte ni l'affront, ni l'oubli.

Me trompé-je en avançant ici que l'on vous fait obstacle surtout aux périodes de relative faiblesse de votre existence: la jeunesse et la vieillesse? C'est, en tout cas, ce que moi j'ai expérimenté. On m'a blessé gravement, durant mon adolescence, et j'ai réglé mes comptes à cet égard. Je ne peux que constater que ma vie adulte m'a heureusement épargné la hargne et les malversations d'autrui. J'ai sans doute eu de la chance: longtemps, Aglaé, j'ai vécu heureux, serein et sans véritable histoire. Et puis voilà qu'au seuil de ma vieillesse, on m'a à nouveau humilié. Et tout est simple : je vais, une autre et dernière fois, m'acquitter de mes dettes d'honneur, faire table rase avant de disparaître. Car, oui, je disparaîtrai bientôt, et vous ne me reverrez jamais, chère petite...

Je ne reviendrai pas ici sur le rôle joué par ma grand-mère à l'égard de cette facilité que j'ai d'envisager de donner la mort à qui m'ennuie, vous jugeant désormais parfaitement au fait de mon atypique formation d'assassin. Mais je vous ai promis quelques éclaircissements sur mes premiers exploits de jeunesse, et voici l'heure venue de tenir parole.

Vers la fin de mon adolescence, j'ai passé, sachez-le, de fort mauvaises nuits à rêver de tuer trois individus dont le passage avait souillé ma jeunesse, et puis un jour, je l'ai fait — j'ai tué — et de ce jour-là, croyez-moi, j'ai beaucoup mieux dormi. Évoquons aujourd'hui le cas des deux premiers.

Bien! Comment vous narrer ces souvenirs sans trop vous donner à renifler ma piste? Je répugne à vous mentir, mais la situation me pousse à être, disons, abscons. Vous m'excuserez de devoir me montrer allusif et de manquer de précision, vous comprendrez que je ne puisse vous donner trop de ces détails qui vous permettraient d'aboutir trop vite à moi. Mais, tenez, je vais prendre un engagement vis-à-vis de vous, chère Mademoiselle. Je ne déteste pas l'idée qu'un jour vous n'ignoriez rien de moi. Alors, c'est entendu, je vous dirai tout ce que vous vous languirez de savoir... ce sera à la fin de cette histoire, quand je vous aurai bien eue. Tenez, soyons clairs! Disons que dix ans jour pour jour après ma disparition qui sera prochaine, vous recevrez une lettre de moi où je vous ferai l'aveu du fin mot de cette affaire. Vous y trouverez, entre autres informations, les noms de ces importuns de longue date disparus. Mais, pour l'heure, contentez-vous, je vous prie, de l'esquisse qui suit.

Ainsi, sachez que ma première victime fut un professeur. J'avais — j'ai toujours — beaucoup de respect pour les enseignants. J'étais du reste un assez bon élève. Je vivais de plus dans une époque et une région où l'on portait une grande considéra-

tion aux pédagogues. Mon père lui-même — je m'enorgueillis de le signaler, même si en vous le mentionnant, je n'ignore pas prendre des risques — enseignait à ses heures. J'avais treize ans lorsque l'un de mes maîtres me blessa gravement à l'âme. Aujourd'hui encore, je ne lui ai pas pardonné. Il s'appelait, disons, Guimbard, mais n'entreprenez pas de recherches, Aglaé, je vous en avise, là n'était pas le vrai nom de ce merdeux. Il arriva qu'un jour il me prit en défaut — ne me demandez plus pourquoi aujourd'hui — et crut bon de me morigéner devant tous les autres enfants de la classe. « Notre petit ami, monsieur Chose — ironisa-t-il avec affectation en m'appelant par mon nom de famille — se croit à tort très intelligent. Mais notre petit ami, monsieur Chose, n'est qu'un individu plutôt médiocre qui devrait se faire à l'idée que bien d'autres élèves ici lui sont infiniment supérieurs... » Je vous épargne le reste : une véritable agression d'une méchanceté invraisemblable et gratuite. Et le salopard, un rond-de-cuir à barbichette dressé sur ses ergots, faisait mouche à chaque mot car, effectivement, j'aimais à l'époque me comparer aux meilleurs élèves de ma classe, dont je n'étais pas si loin quant aux résultats scolaires. Avili devant eux, j'aurais volontiers pleuré. J'avais rougi puis blanchi sous la harangue et n'avais plus rien fait de bon du reste de cette année scolaire là. Je n'oublierai jamais Guimbard. Le souvenir de ce con m'est encore atroce à ce jour.

À seize ans, étudiant tranquille, un peu rêveur, remarqué de ses consœurs, j'étais amoureux, bien timide, allez, de la meilleure élève de la classe de philosophie du lycée de filles voisin, une fort jolie personne, au demeurant. J'avais un corps solide et résistant mais, si je brillais en athlétisme, je n'éprouvais aucune attirance pour les disciplines sportives impliquant des affrontements physiques. N'allez pas croire que je fusse pleutre ou craintif, seulement je n'étais pas doté de ce sang bouillant qui pousse de nombreux garçons à jouer des bras dans les sports de contact. Jamais je ne me tiraillais avec les autres et j'évitais les batailles qui regroupaient dans un camp ou dans l'autre mes petits camarades... Un beau jour, et ce, devant ma platonique flamme de

*l'époque, un voyou, une petite frappe en fait assez dangereuse,
s'en prit à moi et m'invita à laisser tomber les gants sur le trottoir.
Tout en moi refusait le côté sordide de ce duel misérable. L'autre
en profita pour parfaitement m'humilier, tandis que je restais,
interdit et honteux, sous les rires de dérision du crotté et, bientôt,
les sarcasmes de la jolie donzelle déçue que je n'entre pas en lice
pour ses beaux yeux. La poudrée, j'ai tout fait par la suite pour
ne jamais la revoir et ne l'ai effectivement plus revue. Lui, je
savais que je le retrouverais... et je l'ai retrouvé.*

*J'étais hanté par la nécessité de me débarrasser de ces deux
affreux, le prof et le voyou, qui peuplaient les cauchemars de mon
adolescence. J'y suis parvenu, Aglaé, et de main de maître, en prenant tout le temps de réfléchir et d'organiser mes deux premières
mises à mort. Je ne peux, hélas, vous donner beaucoup de détails
sur la façon dont j'ai procédé, et cela est bien regrettable, car j'ai
toujours été très fier de la parfaite organisation de ces crimes et
de l'impunité qu'elle m'a assurée. J'ai choisi à la perfection le
moment de tuer ces deux-là. On allait retrouver les deux cadavres
dans le même coin sombre d'une ville en émoi. La police serait
décontenancée par le fait que rien n'indiquait que les deux victimes se connussent avant leur rencontre cette journée-là.
Plusieurs indices trouvés sur la scène des crimes allaient laisser
penser aux enquêteurs qu'ils se trouvaient peut-être devant un
drame de mœurs. L'homosexualité était un sujet tabou à l'époque
dans ma cité, et l'affaire impliquant un enseignant et un mineur,
le dossier allait être traité confidentiellement par la justice.
L'arme des deux crimes? Un revolver d'origine allemande
retrouvé sur place et que l'apache tenait encore à son poing.
Avait-il tué le professeur avant de se suicider ou avait-il arraché
le revolver à l'homme qui venait de le blesser à mort? La police
allait nager, ma chère, puisqu'elle découvrirait les empreintes des
deux morts sur l'arme... Personne, jamais, ne suspecterait que
j'aie pu jouer le rôle principal de la mascarade.*

*L'adrénaline, Mademoiselle, de faire face à Guimbard voyant
venir la mort! Un moment attendu, rêvé, imaginé durant tant de*

nuits d'insomnie. J'ai toujours su donner la mort de sang-froid, Mademoiselle. Lui, ébahi par l'imminence de sa fin sordide, qui s'étonnait d'un coup devant son assassin: « Mais je vous connais, vous ! » Ben oui, pardi, souvenez-vous: « Votre petit ami, monsieur Chose... » et boum, boum, boum, en pleine poitrine, et sa gueule grande ouverte d'effroi entre sa moustache et sa barbichette empire.

Quel opium que celui que vous procure la vengeance assouvie! Voilà, je vous en ai dit beaucoup, Aglaé, non? Trop? Je ne crois pas. Je doute fort que, sans autres données, vous puissiez retrouver le dossier de cette affaire classée bien antérieurement à l'arrivée de l'informatique dans les officines policières. Certes, nantie de mon passé, vous pourriez peut-être établir des corrélations. Il conviendrait pour cela que vous ayez quelque idée sur mon identité... Mais, même à cela, je ne me sens pas menacé.

Eh bien, je pense vous en avoir assez dit pour aujourd'hui. Je vous narrerai la suite de mes exploits passés dans ma prochaine lettre. Il ne nous reste hélas que bien peu de temps à communiquer ensemble. L'heure des écrits va bientôt s'achever pour laisser place à celle de l'action. Agir sous vos yeux, chère Mademoiselle, me sera, n'en doutez pas, un plaisir suave. Espérons que, de votre côté, je ne vous décevrai pas trop.

Je vous reviens dès que je vous aurai rencontrée. Au plaisir, si proche maintenant, de cet heureux moment,

Mate Langiro

P.S. MERCI, MADEMOISELLE, D'AVOIR RÉPONDU À MA DEMANDE EN ME MENTIONNANT AIMABLEMENT VOTRE STATUT MATRIMONIAL. J'Y VEUX VOIR DE VOTRE PART UNE PREUVE D'INTÉRÊT QUI, SACHEZ-LE, ME VA DROIT AU CŒUR. C'EST DE VALEUR, AU DEMEURANT, QUE JE NE RETIENNE VOTRE ATTENTION QUE PARCE QUE JE SUIS TUEUR ET QUE VOUS ÊTES POLICIÈRE... LAS! CE SONT LÀ LES RÈGLES DE NOTRE JEU!

ML

Le post-scriptum, nota-t-elle, était écrit à la main, alors que le texte était une impression d'ordinateur. La lettre, déduisit-elle, avait sans doute été rédigée de longue date et l'apostille improvisée à la dernière minute. Pouvait-on espérer que son auteur ait commis quelque erreur dans l'ajout en le rédigeant avec moins d'attention ? Elle en douta, notant que ce qu'il avait inscrit de sa main apparaissait en majuscules moulées pour ne pas dévoiler son écriture. Cet homme pensait à tout…

Chasseurs d'Hydro (suite)

Matane — Auberge du Breton — Samedi 14 octobre, soir

« Ouais, tu t'es surpassé, Bob-Bocuse ! Super, ton osso buco ! Chapeau ! Et si tu nous en faisais un la semaine prochaine pour la veille de l'ouverture ? » Louis Pichon, assez grand, chevelu, bouclé, barbu, une allure de bon vivant, recula sa chaise de la table pour donner un peu de liberté à son début de bedaine d'ancien culturiste. Une béate satisfaction s'affichait sur son visage pour l'heure rubicond. À ses côtés, Gaétan Guereur, biologiste de son état, un six pieds à belle gueule quoiqu'un peu taciturne, la soixantaine posée et placide, approuva d'un signe de tête en finissant de torcher, d'un bout de baguette prestement glissé entre deux rondelles de tibia vides de moelle, la sauce tomate aillée de son assiette. Troisième à la table, le maître de séant, Robert LeJosec, un autre barbu poivre et sel, mais le poil court et dru, la brosse rase, l'air perpétuellement en rogne, siffla d'un trait son verre de Cahors. Un peu comme un robot de dessin animé, cet homme était cubique, de la tête comme du corps : deux boîtes carrées posées l'une sur l'autre, pas de cou. Il venait de sortir de ses cuisines, toujours ceint de son tablier blanc de chef, pour tenir compagnie à ses deux clients et les aider à terminer leur Château du Cèdre.

Déjà plus de 21 heures. Le petit restaurant du plain-pied de l'hôtel achevait de se vider de sa clientèle.

— Un osso buco ? Tu voudrais que je fasse un osso buco pour ta gang de chasseurs d'Hydro, c'est ça ? aboya le cuistot. Après tout, pourquoi pas ? Si je trouve du jarret de veau de lait frais.

Combien m'as-tu dit qu'on serait, déjà?

— Ben, attends voir : neuf. Dis, le ferais-tu aux girolles ?

— Neuf ? s'interrogea Robert. Comment que tu comptes ça, toi ?

— Ben, y a déjà nous trois — toi, moi, et monsieur Guereur ici présent — pis les autres gars d'Hydro : le président Legrand, Mario Bailli, Paul Couchepin et Bernard Delétang.

— Delétang n'est pas d'Hydro, précisa Guereur, comme si, pour cet homme sérieux, la précision était d'une importance considérable. C'est le président du groupe Delvalin…

— Ouais, tout le monde sait ça, grommela LeJosec. Mais ça ne fait que sept, tout ça…

— Attends, continua Pichon. Omer Boulin m'a promis d'essayer d'être là…

— Le gars des hélicoptères ? Tu ne m'avais pas dit qu'il devait se faire opérer du genou, celui-là ?

— C'est fait, précisa Guereur avec la même physionomie d'huissier, sa voix mesurée contrastant avec les coups de gueule des deux autres. Je lui ai parlé hier soir. C'est un de mes bons amis. Son opération a été un succès. Il ne pourra pas chasser, mais il a promis au président d'être là pour les repas du week-end.

— Et puis, le neuvième, c'est mon filleul, Stéphane, termina Pichon en comptant sur ses doigts.

— Ah bon, tu le mets à table avec nous autres ?

— Oui monsieur. D'après ce que j'ai compris, le président Legrand est un homme très simple qui est tout à fait d'accord pour que le personnel mange à la même table que lui. Pis alors, pour les girolles…

— Quoi, les girolles ? éructa LeJosec sans qu'il fût possible à Guereur, qui à la vérité manquait souvent d'humour, de discerner si le cuistot plaisantait ou s'il s'irritait d'être ainsi relancé.

— Ben, niaisa Pichon, qui fréquentait de longue date le Breton et n'avait surtout pas peur de lui, ben c'est bon des girolles dans l'osso buco, meilleur que les petits Paris que tu nous avais mis ce soir, non ! Je pensais que tu pourrais te forcer un peu…

— Je comptais essayer avec des morilles…

— Woups! Alors là, j'ai rien dit! tonitrua Pichon. Je te laisse faire! Et ce serait quoi, en entrée? y revint l'ancienne gloire de Radio-Canada, une mimique gourmande égayant d'un sourire en tranche de melon son visage de vieux beau.

Gaétan Guereur esquissa un sourire à son tour pour une des rares fois de la soirée. Les deux hommes formaient devant lui un bruyant duo d'un comique qu'il n'aurait pas soupçonné. Il ignorait bien que ces deux-là se connaissaient quand il avait eu l'idée d'inviter Louis Pichon à partager son souper à l'hôtel de Robert LeJosec, où il résidait depuis son arrivée dans la péninsule. Il ne savait même pas avant ce soir que Robert serait le cuistot de leurs repas au camp dans le bois. C'était la première fois qu'il rencontrait le propriétaire du territoire où Omer Boulin avait organisé le séjour à l'orignal des anciens d'Hydro-Québec. Demain, à cinq hommes, ils devaient préparer, sur le terrain à Saint-Adelme, la partie de chasse de la semaine suivante. Pichon passerait le prendre au matin à l'Auberge du Breton, avec Stéphane Garon, son neveu, guide et homme à tout faire.

S'il n'avait jamais rencontré ledit Stéphane et n'avait passé qu'une paire d'heures avec Louis Pichon, par contre Gaétan Guereur ne connaissait que trop les deux chasseurs qui se joindraient à eux le lendemain, deux de ses anciens boss à Hydro. Il lui faudrait rester froid. Pas trop difficile, il n'était pas du genre à afficher ses humeurs. Il allait revoir, pour la première fois depuis son départ en retraite, Mario Bailli et Paul Couchepin. Il s'occuperait de son côté, c'est une des choses qu'il venait de régler avec l'organisateur de la journée du lendemain. Il verrait le moins possible les deux autres et leur cacherait le mépris qu'il leur portait.

Pichon et LeJosec se chicanaient maintenant sur la provenance des crevettes de Matane que le cuistot proposait en cocktail mayonnaise à la tomate, pour l'entrée. Le premier, un « péninsulaire » à tout crin, tordu et chauvin, soutenait que ce n'était pas pour rien que les petits crustacés étaient dits « de Matane », qu'ils étaient pêchés localement et, donc, plus frais et bien meilleurs que ceux provenant de Baie-Comeau, de Sept-Îles ou des côtes du Nouveau-Brunswick ou du Maine. LeJosec, une grande gueule, un ingénieur retraité, formé en France et venu sur le tard à l'hôtellerie, « bollé » technique de premier ordre, marin solitaire à ses heures, n'était pas homme à s'en laisser compter. Il plaidait quant à lui qu'il ne voyait aucune différence entre les crevettes du golfe, qu'elles fussent prises côte nord ou côte sud. « Question de fraîcheur, je te dis ! » ergotait Radio-Canada. Finalement, le chef mit élégamment un terme au pinaillage en rugissant : « Tu m'emmerdes, Louis ! Faut que j'aille pisser ! » et il quitta la table, sous l'œil faussement offusqué puis bientôt goguenard de l'autre qui se mit à siffloter sur l'air d'*Ils ont des chapeaux ronds*.

— Vous vous connaissez depuis longtemps ? demanda Guereur, interrompant le siffleur après « Vive les Bretons ».

— Un méchant bout, oui ! répondit l'autre. Au départ, Robert est un ami de ma femme, une Bretonne aussi, venue du même village du bassin de la Vilaine que lui. Mais vous aussi vous avez l'air de le connaître ?

— C'est un ancien d'Hydro, comme moi.

— Ah mais oui, c'est vrai au fond. Bob est un vieux d'Hydro. Êtes-vous ingénieur vous aussi ? Étiez-vous en poste avec lui à Rimouski ?

— Non. Je suis biologiste de formation et mon bureau a toujours été à Montréal. Mais j'ai souvent travaillé avec Robert sur des projets d'implantation de lignes de transport en Gaspésie, et on a sympathisé. Aujourd'hui, quand je viens dans le coin, je m'arrête toujours à son auberge…

La porte voisine des toilettes s'ouvrit au moment même où celle de l'entrée s'entrebâillait, laissant entrer une jeune femme en imperméable dans une bourrasque de vent froid. On entendit en harmonie le réservoir d'eau des toilettes refaisant le plein et la pluie battant le trottoir dans le vent. LeJosec s'effaça avec cérémonie pour laisser passer la nouvelle venue, qui se dirigea vers l'escalier menant aux chambres, tout en se débarrassant de son imperméable trempé.

La fille y alla d'un grand « bonsoir » sonore et s'arrêta un bref instant au pied des marches pour secouer ses cheveux mouillés et rectifier l'aplomb de son corsage d'une façon fort gracieuse. Elle était vêtue d'un pantalon de suède beige ajusté et d'un jersey vert élégamment assorti qui serrait un buste fort plaisant. La chasse d'eau redevenue silencieuse, les trois hommes l'écoutèrent s'éloigner d'eux, leurs yeux accrochés sans vergogne à ses hanches au stimulant arrondi. La mignonne était certes un peu petite pour prétendre à un statut de mannequin vedette chez Chanel, mais quelle silhouette, jugea Louis, un connaisseur, avec un discret sifflement approbateur que n'entendit pas la passante, mais qui inquiéta un instant le réservé Guereur.

— Ouais, attaqua, pensif, le mari de la Bretonne, tu reçois ben du beau monde dans ta gargote, mon Bob !

— Tu trouves pas que t'es un peu passé date pour siffler les jeunes filles, espèce de vieux débris ! s'insurgea l'hôtelier.

— Ça vient d'où, c'te beauté-là ? poursuivait Louis, toujours sous le charme, ignorant avec un mépris olympien l'attaque acariâtre de Bocuse.

— Si tu savais, mon pote, tu te calmerais l'hormone.

— Mais encore ?

— Une policière, oui monsieur ! Elle s'appelle Aglaé Boisjoli.

— Voilà, c'est ça, conclut Guereur avec sobriété. Je me disais bien aussi que le visage de cette femme ne m'était pas inconnu.

Et le grand type austère d'expliquer aux deux autres ce que sa lecture des journaux lui avait appris du sergent-enquêteur Boisjoli du Havre-Saint-Pierre, nommée quelques mois plus tôt « personnalité de la semaine » par le quotidien *La Presse*.

Du coup, leur hôte décida d'arroser ça avec un calva hors d'âge.

* * *

Ce soir-là, dans son lit, Aglaé Boisjoli serait longue à s'endormir. Elle pensait à ses deux drôles d'amours si mal arrimés dans son quotidien : Raphaël, Mylène… Pensaient-ils à elle à ce moment ? Elle était sans nouvelles d'eux depuis qu'elle avait quitté le Havre.

Ni l'un ni l'autre n'avaient ses coordonnées et ne pouvaient la joindre. Était-ce mieux ainsi ? Elle se sentait pour l'heure si loin du guide anticostien, et de la blonde un peu perdue qu'elle avait laissée derrière elle à son départ du Havre.

Comment Raphaël prendrait-il, lui, le solitaire, son aventure d'un soir avec Mylène, si jamais elle devait lui en parler ? La question, en fait, lui semblait de peu d'importance. Elle se sentait curieusement détachée de son corps et de ses émois, mal en contrôle de son devenir, aussi amoureuse pût-elle être de cet homme.

Le souvenir de sa dernière nuit avec la belle fille la taraudait en lui laissant des sentiments ambigus et contradictoires. Une semaine aujourd'hui qu'elles s'étaient tombées dans les bras. Le rappel de leurs ébats l'émouvait sans aucun doute, mais elle doutait toujours d'avoir bien fait en cédant aux avances de la gamine blonde si plantureusement femme. Certes, elles s'étaient bien éclatées, toutes les deux, sauf que Mylène y avait mis tant de sentiment qu'Aglaé se sentait mal à l'aise, presque coupable. Elle n'aimait pas s'attarder au souvenir des heures folles passées cette fois-là. Il faudrait bien pourtant qu'elle appelle la fille de la Côte, ne serait-ce que pour vérifier que sa rupture avec Dave se passait sans anicroche, que l'autre acceptait qu'elle l'ait quitté. Mylène lui avait laissé un numéro de téléphone chez sa mère, à Sept-Îles. Oui, bientôt elle l'appellerait. Pas ce soir… pas le goût, pas la tête à ça…

La phrase de Langiro lui tournait dans le crâne et finit par la mobiliser tout entière : « Je suis donc à une dizaine de jours de tuer. » Le rendez-vous se précisait. Elle évacua bientôt toute autre pensée : elle était désormais persuadée que le prochain meurtre aurait lieu dans une semaine, le samedi 21 octobre, jour de l'ouverture de la chasse à l'orignal.

Petit-Matane — Dimanche 15 octobre, 14 heures

Revenant sur le chemin menant à la route Michel-Otis, Paul Couchepin à ses flancs, il réalisa, du plus loin que le lui permit sa mauvaise vue, que quelque chose n'allait pas. La portière avant côté passager de son rutilant Pathfinder tout neuf était grande ouverte et bâillait incongrûment vers le bois. Mario Bailli était pourtant bien certain de l'avoir fermée en quittant son véhicule au matin. Il planta là Couchepin et partit à la course vers le 4 X 4, constatant en se rapprochant, aux débris de verre brillant dans les gravillons, que la fenêtre de la portière ouverte avait été cassée. Pas de doute, on l'avait volé. Il se tâta les poches pour vérifier en sacrant que, comme il le craignait, il avait laissé son portefeuille dans l'auto. Ce n'est qu'une fois arrivé au Nissan qu'il accusa vraiment le coup. Ses traits s'affaissèrent sous le poids d'une violente déception : la boîte à gants était ouverte... et vide. Les emmerdements commençaient.

Mario Bailli était un homme de taille moyenne aux tempes dégarnies et au regard fuyant sous de grosses lunettes aux verres légèrement fumés corrigeant, tant bien que mal, une méchante myopie compliquée de strabisme. Nul pour se retourner sur son passage. Il trimballait en permanence un air inquiet, comme s'il craignait toujours de mal faire et de ne pas être à la hauteur, ce qui, à la vérité, était souvent le cas.

Un coup d'œil sur le siège arrière : on avait aussi volé sa mallette et ses jumelles. La mallette, réfléchit-il, il s'en moquait un peu, elle ne contenait pas grand-chose, juste des papiers de son affaire, et l'affaire n'en générait pas beaucoup, du moins pas d'importants. Il devait bien avoir cent dollars dans son portefeuille qu'il ne récupérerait jamais. L'idée de les perdre lui puait au nez, mais enfin, on ne meurt pas d'une perte de cent dollars. Pourvu que le voleur jette au moins le portefeuille dans une boîte aux lettres, qu'il puisse récupérer ses papiers. Il ôta ses lunettes et se frotta les yeux, signe chez lui d'une grande perplexité. Le problème, c'était la paire de jumelles, ça il en aurait braillé. Un véritable bijou ! Des Swarovski d'au moins deux mille dollars, parfaites pour voir dans des conditions de très faible luminosité. Une grosse perte ! ragea-t-il.

Tout allait très vite dans sa tête. Il ne pensait plus qu'aux maudites jumelles. Deux mille piastres ! Certes, il ne les avait pas payées ce prix-là, l'année dernière, à la chasse au Cap-Tourmente. Le gars qui les lui avait vendues les avait sans doute volées à un touriste américain ornithologue venu admirer les migrations des grandes oies blanches autour de l'Île-aux-Grues. Ils avaient fait le *deal* dans un bar de danseuses et, bien évidemment, il n'avait pas demandé de facture. Comment imaginer aujourd'hui se faire rembourser sans le moindre papier témoignant de son achat ?

— Eh bien, dis donc, évalua ce nono de Couchepin arrivé dans son dos. On dirait que tu t'es fait voler ?

Bailli retint son envie d'envoyer le niaiseux chez le diable et ne répondit pas. L'autre, pas plus compatissant que cela, haussa les épaules et se dirigea vers sa propre auto, une Audi de nouveau riche gris argenté. La voiture du maudit libéral n'avait même pas été fracturée. Qui sait, ils venaient peut-être de déranger les voleurs, qui n'avaient eu le temps de ne s'attaquer qu'à une auto, la plus neuve des deux, bien sûr, la sienne. La nouvelle lui fut vite confirmée.

— Ben coudon, pérora un Couchepin soulagé, on est entré dans la mienne, c'est sûr, mais on dirait bien que l'on ne m'a rien pris ! Je n'avais pas fermé la portière à clef, mais comme je n'avais rien laissé de valeur, le gars aura fait chou blanc… toi ?

Le Bleu prit sur lui de se retourner et de respirer par le nez à grandes bouffées pour garder son calme. Il faisait face au soleil et, sentant venir l'éternuement, ôta ses lunettes et se laissa violemment aller. Un instant, il espéra y aller d'une autre expulsion d'air et inspira longuement, les narines ouvertes vers Phoebus, mais non, le moment magique était passé. Une « guedille » au nez qu'il torcha de sa manche, il se retourna lentement vers sa propriété violée.

À le voir interdit devant l'auto, l'œil larmoyant et le nez rougi, on aurait pu penser qu'il méditait amèrement sur la petitesse humaine et la cruauté du sort à son endroit. Mais en fait, à cette minute précise, Mario Bailli pensait surtout qu'il lui fallait illico trouver autre chose à se faire rembourser pour ne pas trop y perdre avec les maudites assurances. Il additionnait dans sa tête le coût de réparation de la fenêtre à la perte du portefeuille et de la mallette, et le montant ne dépassait guère les cinq cents dollars de franchise de sa police. Il allait falloir se fatiguer, remplir des papiers, faire constater le vol par la Sûreté du Québec, et tout ça pour à peine récupérer cent piastres. Et, en plus de ça, sa police d'assurance qui risquait de monter l'an prochain. Tout cela était trop injuste! On l'avait dépouillé de ses chères Swarovski. Eux autres, les assureurs, toujours là pour envoyer leur *bill* annuel, mais à ergoter bec et ongles au moment de rembourser les clients! Il n'était pas homme à se faire avoir comme ça, quand même! Il remit ses lunettes: fallait inventer quelque chose.

Les idées se bousculaient derrière son front dégarni, comme chaque fois qu'il méditait un mauvais coup. Et s'il déclarait s'être fait dérober son *laptop*? Il venait de s'en acheter un qu'il avait, bien sûr, laissé à la maison. Il n'aurait pas de difficulté, dans ce cas, à trouver la preuve d'achat. Ça compenserait à peu près les jumelles. L'ennui, c'est que si les flics mettaient la main sur ses voleurs, on verrait bien qu'il avait menti. Il avait déjà assez d'emmerdements comme ça sans ajouter les conséquences d'une fausse déclaration à la police. Oui, mais — tempête sous le crâne du rapiat — il avait donné mille piastres pour les jumelles volées. (L'autre en voulait mille cinq cent, mais il avait bien su lui montrer à qui il avait affaire. À gredin, gredin et demi: on ne possède pas un Bailli aussi facilement que ça!)

Non, décidément — bâtard de bâtard! —, ça le tuait de les perdre, les mosus de jumelles. Il allait déclarer le *laptop*. Ce serait, au pire, la parole d'un trou d'cul contre la sienne! Un signal «danger» s'alluma quelque part entre ses deux oreilles. Attention, terrain glissant, si les «beus» grattaient un peu, ils verraient bien que la sienne de parole ne valait pas grand-chose non plus.

Décidément, tout allait bien mal. Ce vol était la cerise sur le sundae pourri qu'avait été cette épouvantable fin de semaine.

— Bon, ben salut! Je rentre à Québec, moi, lui envoya un Couchepin indifférent et semblant pressé de quitter les lieux.

Manquerait plus que le Rouge s'en tire aussi facilement que ça!

— Eh, une seconde, Paul. On m'a volé pas mal de trucs. J'avais des jumelles là-dedans, mon portefeuille, mon attaché-case et, euh, mon *laptop*... Faudrait bien que j'aille faire une déclaration à la police si je veux me faire rembourser. Il n'est pas tard, tu as le temps. Ça m'aiderait que tu viennes avec moi pour me servir de témoin...

— Témoin de quoi? Je n'ai rien vu, moi, protesta le blond, frisé, gominé et dodu.

Mario Bailli évita de regarder en face son vis-à-vis qui, dressé de toute sa taille de coquelet, le toisait avec un sourire moqueur sur sa « bine » de garçon d'ascenseur. En fait, Paul Couchepin n'était pas si petit que ça, peut-être plus court d'une couple de pouces que lui, mais il était en toute circonstance si soigné de sa personne, habillé avec tellement de recherche, lunettes en écaille de marque, cheveux blond gris strictement taillés, toujours rasé de frais, qu'il faisait petit homme de luxe, surtout arrivé à sa soixantaine. Une fausse « feluette », tiens, car, en fait — et Bailli avait toutes les raisons de ne pas l'ignorer — ce mignon-là était un homme à femmes. Il lui évoquait une espèce de Jean Charest — son adversaire politique ultime —, mais sans le fini un peu grand frère et bonhomme du premier ministre.

Ce type-là puait de suffisance! fulminait en lui-même le Bleu. Il devait se complaire dans l'autosatisfaction. Qui était-il au Québec, le Couchepin? Un zéro, un nul! Qu'avait-il fait dans la vie, comparativement à lui? C'était le neveu d'un pas grand-chose, un immigrant suisse, vieux garçon, pédé comme phoque, qui avait profité du manque de formation du professorat local pour devenir, dans les années cinquante-soixante, professeur de religion dans un collège de curés de Québec, où son parler

« bouche en cul de poule » avait séduit le père supérieur, probablement aussi homo que lui. Couchepin, suisse d'origine lui aussi,
avait rejoint son oncle au Québec à la mort de son père, au début
de l'adolescence, et avait suivi ses études dans l'école du
mononcle, celui-là même où Bailli faisait alors son secondaire. Ils
étaient tous les deux du même âge, soixante et un ans. L'orphelin
avait vite perdu son accent roman, mais pas sa pédanterie. Il avait
fait de vagues études de droit. Sans argent, probablement, pour
s'offrir un bureau privé, sans talent, sans doute, pour se dégoter
des clients, il avait sévi une vingtaine d'années dans le service
public provincial. Petit début de carrière dans les maisons du
Québec à l'étranger, le rond-de-cuir avait su avancer dans la hiérarchie des rats de délégations, non pas tant par son talent,
rageait Bailli, que par son dévouement de larbin au Parti libéral.
Quand les Bleus étaient au pouvoir, ce prudent profiteur se plan-
quait dans sa routine paperassière et survivait dans son trou.
Quand les Rouges reprenaient le contrôle à Québec, on le voyait
remonter en surface et prendre du galon. Des affaires internationales il était passé aux communications, et puis, à la faveur d'un
changement de garde à Québec, on l'avait vu aboutir dans le secteur de l'énergie. Des promotions, chaque fois ! Le comble :
un jour, un président fantoche ayant été nommé par les libéraux
à la tête de la société d'État, on l'avait bombardé au
75 René-Lévesque.

Comment ne pas détester viscéralement cet homme, l'incom-
pétent pistonné qui l'avait chassé d'Hydro ? Car c'est à sa place
de secrétaire général que l'autre — un copain d'université du nouveau président, imaginez ! — avait abouti ! Et lui, Mario Bailli
— un fils d'ancien ministre, s'il vous plaît —, avait été viré
comme un malpropre de son poste, pour laisser la place à
Monsieur Couchepin. Aussi compétent fût-il, il avait dû quitter
les lieux vite fait. Heureusement, songeait-il, la vie l'avait vengé.
La nouvelle administration avait été si catastrophique que — du
jamais vu au 75 René-Lévesque — les deux gestionnaires avaient
été renvoyés avec fracas moins de deux ans plus tard. Un record

de brièveté! Sauf que le mal était fait. Lui, Mario Bailli, avait perdu à jamais le poste en vue qui avait été le sien et n'avait pas été rappelé au vingtième étage de la direction. Authentique martyr de la fonction publique, il n'aimait pas se remémorer cette injustice, mais là, avait-il le choix, alors que le hasard les rassemblait, eux, les deux ex-secrétaires généraux d'Hydro, pour une partie de chasse à l'orignal?

Et voilà que le maudit libéral la lui jouait « au pas concerné ». Une seconde! C'est vrai qu'ils n'avaient pas passé la journée ensemble. Même que lui, Bailli, n'avait pas aimé, au matin, se voir confiné à nettoyer le camp et piler des bûches avec Stéphane, l'homme de service, tandis que Guereur s'en allait seul sur un quad faire du repérage de pistes d'orignal et que Couchepin et son copain Louis partaient sur l'autre quad du camp mettre du sel aux salines et rafistoler des caches. Il avait bien senti que, des quatre, c'était lui qui héritait du plus mauvais boulot. Même qu'il avait tiré la gueule au retour des autres devant son bois cordé. Bon, mais là, c'était plus pareil. Que le Rouge lui tombe sur les rognons était une chose, sauf qu'il avait désormais besoin de lui. Couchepin avait bien vu que son Pathfinder avait été piraté. Une bonne affaire qu'il valide la déclaration où il allait lister les objets qu'on lui avait dérobés.

— Pas de farce, y revint-il, aide-moi avec la police, Paul. Accompagne-moi à Matane cosigner ma plainte. Ça ne devrait pas être bien long...

Le Rouge avait fini par accepter d'assez mauvaise grâce. Joint au téléphone, Louis Pichon, leur hôte matanais, avait indiqué à Couchepin le chemin du bureau de la Sûreté où il avait proposé de les retrouver dans la demi-heure suivante. Le poste serait peut-être fermé à leur arrivée, les avait-il prévenus, mais il allait appeler un sien ami lieutenant pour s'assurer que l'on vienne prendre leur déposition.

Au volant de son Pathfinder à la fenêtre brisée, et collé au nuage de poussière levé par l'Audi de Couchepin, Bailli ressassait sa mauvaise fortune en descendant vers le golfe. Pourtant, tout allait plutôt mieux ces derniers temps. Il avait été estomaqué quand Omer Boulin l'avait appelé vers la fin juillet pour l'informer que le président Legrand et lui, sachant qu'il était chasseur, le conviaient à compléter leur groupe — des ex-Hydro-québécois — à la chasse à l'orignal en Gaspésie. Il avait sauté sur l'occasion. Une invitation miraculeuse du genre, il n'allait surtout pas la refuser. Il connaissait un paquet de monde qu'il allait drôlement surprendre quand il leur annoncerait que Roland Legrand lui-même l'avait choisi parmi tant d'autres pour l'accompagner dans ses loisirs. Il ne s'était même pas enquis de savoir qui seraient les autres convives. Boulin lui avait demandé son adresse en l'avisant qu'il recevrait bientôt toutes les informations nécessaires.

Ce Boulin-là, il le connaissait un peu, avait eu l'occasion de prendre ses hélicoptères lors de visites de chantiers du temps, court et béni, où il était secrétaire général d'Hydro. Il avait même eu le privilège de l'avoir pour pilote à l'occasion d'une convocation expresse de la haute direction d'Hydro par le premier ministre à Québec, un lendemain de panne générale où ça allait bien mal pour le matricule de la paire d'administrateurs dirigeant alors l'entreprise. Il connaissait l'amitié liant Omer et le président Legrand, savait qu'ils chasseraient chez un dénommé Louis Pichon, ex-directeur de Radio-Canada, en Gaspésie. Il avait été long à revenir de cette chance qu'il avait d'entrer dans un tel cercle d'initiés, y voyait un signe du destin, qui ne lui avait pas toujours été favorable. Du diable s'il ne parvenait pas, avec de tels compagnons de chasse, à redorer quelque peu son blason, qui sait, à retrouver une fonction dans la chose publique à la hauteur de ses capacités.

Depuis qu'il avait été exclu d'Hydro, Mario Bailli végétait, ne faisait plus grand-chose. Il avait ouvert sous le pompeux nom de Groupe MB un cabinet de conseil en management dont il était tout à la fois le président, l'unique expert, le commis de bureau et le secrétaire-réceptionniste. Un réceptionniste au demeurant bien peu occupé. Si désireux fût-il d'offrir ses talents, il restait des journées entières à attendre qu'on les sollicitât. Il lui fallait désormais se démener comme un beau diable pour exercer ces fonctions honorifiques qui comblaient autrefois son ego. Être secrétaire général de la plus grosse entreprise parapublique québécoise vous vaut des participations sur maints conseils et comités, vous amène à voyager en classe affaires de par le monde, vous fait côtoyer les grands du « Québec inc. », et tout cela sur la note de frais, monsieur ! Et dire qu'il lui fallait aujourd'hui intriguer et se pousser du col pour arriver à présider des comités organisateurs de tournois de golf de villages ou de kermesses de paroisse...

Il avait renâclé un peu, quelques semaines plus tard, en apprenant, dans la lettre officielle d'invitation signée de Louis Pichon, le nom de deux des invités du président Legrand à la partie de chasse. Paul Couchepin, il ne l'aimait pas, d'instinct et de longue date, depuis le secondaire, en fait, bien avant que le maudit Rouge le délogeât d'Hydro. Il lui avait parlé durant leur journée de travail au camp de Pichon, il faut bien sauver les apparences, mais sans le regarder dans les yeux. Il n'éprouvait pour lui que rancœur et mépris.

Il évitait aussi le regard de Guereur qu'il tenait pour un grand naïf, une espèce de chef boy-scout ennuyeux comme la pluie. L'unité que dirigeait l'ex-biologiste — un Français de France d'origine — avait été placée sous ses ordres lors de son parachutage au secrétariat, quelques années plus tôt. Guereur, un apolitique, issu des rangs de la maison, sans appui à Québec, n'était à ses yeux que du menu fretin qu'il avait essayé, à son heure, de casser et de renvoyer dans des fonctions moins en vue. Le retrouver comme compagnon de chasse ne l'enthousiasmait pas une miette. Il l'ignorerait. Par contre, son moral avait remonté d'un solide cran en apprenant le nom du sixième chasseur : Bernard Delétang. En voilà un auprès de qui il rêvait de se faire remarquer. Ce richard-là avait dirigé des milliers d'ingénieurs, exerçait encore un rôle de parrain omnipotent dans le monde du génie-conseil québécois. Il lui faudrait briller de tous ses feux auprès de lui et le séduire. Foi de Bailli, il parviendrait bien à lui arracher quelque chose !

Sauf que lors de la fin de semaine qui s'achevait si mal par le vol dans son véhicule, il n'avait partagé que le temps de Couchepin, de Guereur et de Pichon. Le propriétaire du camp de chasse lui avait paru relativement ouvert et sympathique, quoiqu'un brin moqueur à son endroit. Il avait bien réalisé que l'autre était au moins aussi rouge que Couchepin et qu'il lui ferait un adversaire naturel dans les discussions s'il advenait que l'on parlât politique. Bof, il s'en accommoderait. Ce qui l'emmerdait, c'est que le président Legrand et Delétang, les deux manitous, n'avaient pas cru bon de se déplacer avec eux pour préparer leur partie de chasse. S'il avait su, lui aussi aurait inventé un prétexte et n'aurait pas fait le voyage. D'autant que là, maudit — il ne pouvait qu'y revenir —, il avait perdu ses Swarovski avant même de s'en être jamais servi à la chasse !

Il avait peur de voir Couchepin le distancer. L'autre roulait ferme sur la piste, comme s'il ignorait que lui, derrière, mangeait sa poussière. Un caillou heurta avec un bruit sec le montant du pare-brise. Il roulait trop près de l'Audi, certes, mais c'est Couchepin qui savait où ils allaient. Il n'avait pas le choix.

Mario Bailli pestait intérieurement avec une intensité telle que bientôt des sacres scabreux affluèrent à ses lèvres qu'il ne prit pas sur lui de taire et qu'il éructa en grimaçant.

* * *

L'œil fréquemment dans le rétroviseur, Paul Couchepin ricanait. Qu'il mange sa boucane, le maudit Bleu ! Dommage qu'il ait plu hier, tiens, il y aurait encore plus de poussière à lui faire avaler au taré. Il éprouvait une haine froide et tenace pour ce type-là, vérifiée et renforcée chaque fois qu'il le croisait.

Ils avaient eu tous les deux, quelques années plus tôt, un retour de printemps pour une renarde de cabinet prête à tout pour tirer avantage d'une beauté encore réelle quoique menacée par l'âge. À dire vrai, une vraie salope qui, de façon tout à fait blessante, avait finalement préféré les avances du binoclard aux siennes. Les Bleus étaient, certes, au pouvoir à l'époque, et la fille savait fort bien ce qu'elle faisait, mais lui, Couchepin, n'avait jamais oublié ni pardonné. Le problème est qu'elle avait préféré ce niaiseux de Mario après s'être plusieurs fois affichée en public avec lui. Du coup, une rumeur tenace avait circulé que Bailli, ce minable, l'avait cocufié. Jamais le laissé-pour-compte ne passerait l'éponge sur cet affront. La nouvelle que ce méchant foireux serait de la partie de chasse de Louis Pichon l'avait d'abord navré avant d'attiser en lui une méchanceté de vison. Il lui ferait payer cher sa place au Roi des cons… et même très cher, foi de Couchepin.

Ce vol, ce n'était qu'un début! Quel emmerdement pareil! Bonne idée qu'il avait eue, lui, de ne pas fermer son auto. Boîte à gant ouverte, divers objets épars sur le fauteuil du passager, il savait que le voleur y était entré. Mais, même en cherchant bien, il ne parvenait pas à trouver un seul objet de valeur qu'on ait pu lui dérober. Il ne signalerait peut-être même pas l'effraction aux flics, songea-t-il. Ça lui sauverait du temps. Il ne désespérait pas de pouvoir terminer la soirée avec Marthe, une ancienne de ses collègues dont il savait le mari — un bon gars, hélas pour lui si faible — absent pour encore deux ou trois jours. Une vraie nympho, la Marthe, pas toute jeune, peut-être, mais un méchant bon coup!

Il haïssait Bailli comme il détestait nombre de ceux qui l'avaient brièvement connu lors de son passage à Hydro et qui avaient assisté — et parfois participé — à sa chute. L'ambitieux carriériste gardait un vif et douloureux souvenir de son bref passage au 75 René-Lévesque, qui engendrait chez lui autant de nostalgie que de haine. Bailli, n'y était pas pour grand-chose. *Bumper* le salopard avait été une des rares jouissances de son court séjour montréalais.

Le principal objet de sa haine avait longtemps été cette vieille carne d'Arnaud Courchesne. L'image du bouddha narquois qui lui avait montré la porte de l'entreprise d'État revint un moment le hanter. Le gros dégueulasse n'était plus là pour rire de lui, mais il le vomissait encore. Crevé au printemps précédent, le bibendum ! Un adversaire de moins ! Il en restait d'autres. Guereur, l'invité biologiste, était de ceux-là. L'idée de partager avec le Français à tête d'enterrement la semaine suivante ne l'enthousiasmait aucunement, mais il n'avait pas le choix. Il saurait s'occuper de lui à son heure. Il avait toujours su faire preuve d'une adresse de cobra dans la conduite de ses affaires avec autrui. Il avait l'art de se sortir avec élégance et de tirer profit des situations les plus délicates où la vie le mettait. Ainsi, quand il avait été viré de son poste de secrétaire général, avait-il su fort bien rebondir aux relations internationales, son ministère d'origine, tout en bénéficiant d'un coquet parachute doré de plus de deux cent mille dollars payés par les abonnés d'Hydro reconnaissants. Et personne ou presque pour y voir à redire ! Quelques questions d'un député émises à l'assemblée dans l'indifférence totale, des journalistes occupés ailleurs et bingo ! On était passé à autre chose...

Il songea qu'il lui faudrait faire preuve d'autant d'adresse dans une semaine avec le président Legrand et ce ratoureux de Bernard Delétang. Ceux-là avaient le bras tellement long qu'ils pourraient sans nul doute l'aider à relancer une autre fois sa carrière. Ô Dieu du ciel, si seulement il pouvait retourner au vingtième étage d'Hydro, que de vieux comptes il réglerait !

Il lui fallait se dépêcher s'il voulait être de retour à Québec avant la nuit. Il avait coutume, un dimanche soir par mois, de souper avec son oncle Charles, un octogénaire vivant seul à Sainte-Foy dans une résidence pour personnes dites en perte d'autonomie. Avait-il pardonné au vieux pédophile ? Certes non, mais il constituait la seule famille qui lui restât, sa mère ne lui ayant donné ni frère ni sœur avant de mourir, et son veuf de père ne s'étant jamais remarié. Orphelin à douze ans, il avait été recueilli par Charles au Québec presque cinquante ans plus tôt. Il avait vécu avec lui les années les plus terribles de sa vie. Quelle force de caractère il lui avait fallu pour sortir à peu près indemne de cet enfer ! Le vieil homo devenu gâteux et impotent vivait désormais bien loin des ténèbres où l'avaient plongé ses démons de midi.

Des pages noires avaient été tournées sur lesquelles Paul Couchepin ne revenait jamais. Dire que toute sa carrière aurait pu s'effondrer à cause de ce monstre ! Non, il n'aimait pas le vieux pédéraste, comment aurait-il pu ? Mais il avait développé sur le tard une drôle de relation avec lui. Il en avait fait une espèce de miroir de sa réussite. L'ancien obscur professeur d'éducation religieuse, qui n'avait jamais su percer dans sa terre d'adoption, vibrait de plaisir et de fierté à chaque nouvel échelon social franchi par son neveu. Du coup, Paul en beurrait épais quand il lui exposait ses bons coups, quitte à enjoliver un peu la réalité pour épater le vieil épouvantail.

Lui-même jouissait véritablement au constat de la réussite de sa carrière. Chaque nouvelle promotion lui était un véritable velours. Il ne volait certes pas son avancement dans sa société d'adoption. Il travaillait fort pour y arriver. Sans parrain naturel dans la jungle gouvernementale québécoise où se faire valoir est si difficile quand on n'est pas « fils de », il gravissait patiemment les échelons et devenait peu à peu quelqu'un en Amérique du Nord.

Il avait eu la clairvoyance, en entrant dans la chose publique, de choisir son camp, ou plutôt son « champion ». En fait, une championne, une louve politique dont il avait très tôt pressenti le rare potentiel. Hélas, aucune chance pour l'obstiné coureur de jupons qu'il était de séduire Suzanne Beaulac, une beauté féline aux yeux noirs, de longue date ministrable. Il l'avait connue au début de sa carrière en relations internationales alors qu'il avait eu à l'accompagner pour une longue mission de presque une année à Madrid. Elle l'avait littéralement envoûté. Mais même à cette lointaine époque, la belle « Zonzon » ne choisissait pas ses amants dans la plèbe grisâtre des employés de l'État. Seuls de grands vizirs du gotha politique de la Francophonie pouvaient prétendre à ses faveurs. Réaliste et résigné, il avait plutôt choisi de lui servir d'indéfectible admirateur de l'ombre et de partisan de première ligne. C'est pour elle qu'il était entré au Parti libéral. Il y avait travaillé comme bénévole, toujours dans l'organisation du comté de sa dame, et n'avait cessé de grenouiller dans son sillage. La belle avait su lui montrer sa reconnaissance aux périodes difficiles de son existence. C'est beaucoup grâce à elle qu'il avait pris son poids actuel dans divers ministères. Désormais sorti de la masse anonyme du petit personnel gouvernemental, il ne cachait plus son arrivisme. Pourquoi l'eût-il fait? Quand on démontre un talent supérieur, il n'y a pas à rougir de la bonne fortune qui vous hisse aux plus hauts paliers de responsabilité du service de l'État.

C'est dans le sillage de Zonzon qu'il avait rencontré Louis Pichon, un organisateur rouge en vue dans la Gaspésie. Le grand barbu avait toute une réputation de dur et de « malengueulé ». Paul le savait associé à la gauche la plus nationaliste du parti. On disait de lui qu'il était entré chez les libéraux dans la mouvance du René Lévesque des années soixante et qu'il y était resté essentiellement pour défendre les régions dans une famille politique qu'il jugeait trop urbaine. C'était l'incontournable Gaspésien à toutes les tables de concertation régionale convoquées au sein du parti. Sa position de responsable de Radio-Canada lui avait longtemps imposé une certaine réserve, mais il avait pris tôt sa retraite et ne se privait plus de faire entendre sa grande gueule. Cette éminence grise comptait dans la péninsule, pas mal plus que bien des députés qu'il choisissait et envoyait à Québec. Quelques années plus tôt, Pichon avait mené une cour — aussi assidue qu'infructueuse — à la belle Suzanne, et Paul en avait profité pour se rapprocher de lui. Il se savait dans le parti que l'espèce de Viking qui avait dirigé la radio d'État était l'homme à connaître si l'on voulait chasser l'orignal en Gaspésie... Or, Paul voulait chasser l'orignal en Gaspésie. Avec ce don naturel qu'il avait pour emberlificoter autrui, il avait réussi son coup. Il avait chassé chez Louis. Il le ferait encore la semaine prochaine avec les ex d'Hydro-Québec...

Absorbé par sa réflexion, il réalisa, un peu tard, qu'il roulait trop vite dans une longue descente vers les eaux bleues du golfe au moment d'aborder une courbe. Il freina brusquement et dérapa des roues arrière sur les graviers. Constatant qu'il risquait le tête-à-queue, il lâcha la pédale en contrebraquant, rétablit plus ou moins le cap et, cette fois, écrasa pour de bon le frein. La manœuvre allait réussir mais, ceinture de sécurité non attachée, il heurta violemment le volant de sa hanche droite. Il grimaça et se frotta longuement le côté en reprenant sa route. La vive douleur en déclencha une autre sous la ceinture abdominale, et il se redressa de toute sa petite taille en poussant de ses mains sur le volant pour tendre le dos sur son siège et calmer la souffrance. Un bref regard dans le rétroviseur lui confirma que Bailli n'avait pas aimé sa manœuvre. L'autre, au coup de frein, s'était carrément retrouvé en travers de la route et devait entamer une petite marche arrière pour se remettre droit. Il le laissa se rapprocher de lui et sourit en constatant dans le rétroviseur que le binoclard semblait gueuler derrière son volant. Du pur bonheur... qui lui fit un instant oublier son mal.

« Endure, mon christophe de Bailli ! » l'invectivait-il *in petto*. Il laissa ses pensées revenir au pauvre type. Et dire que chaque fois que ce merdeux avait eu un minimum de pouvoir grâce à ses affinités politiques, il avait fallu qu'il magouille et tente d'en profiter à son propre compte, additionnant les coups tordus, fomentant des complots de pouvoir et semant la zizanie sur son passage. Un paquet d'histoires louches faisait un véritable tintamarre dans le sillage de ce nul en tout, comme autant de gamelles accrochées à son dos. Même au collège où ils s'étaient d'abord connus, Bailli avait cette réputation de faux cul et de véreux. Les plus indulgents disaient que cela tenait à son strabisme, mais la majorité de ceux qui avaient affaire à lui le méprisaient et le tenaient à l'écart. Ce couillon de bigleux, songeait le Rouge, se croyait issu de la cuisse de Jupiter parce que son père avait autrefois occupé un poste en vue au gouvernement à Québec, ce qui avait aidé fiston, une fois rallié à la cause souverainiste, à connaître sa carrière cahoteuse dans les cabinets ministériels. Cela dit, le fils à papa, devenu « péquisse », était tellement croche qu'il écœurait même les siens ! Non, décidément, celui-là, il ne le raterait pas dès que l'occasion se présenterait.

Il atteignit le golfe et roula bientôt sur l'avenue du Phare vers l'ouest, le Pathfinder toujours collé derrière son Audi. Suivant les indications de Louis Pichon, il traversa entièrement la ville de Matane, passa le pont et trouva assez facilement le petit poste aux couleurs de la Sûreté du Québec, et reconnut la camionnette Ford de leur hôte gaspésien qui vint en sifflotant à leur rencontre.

*   *   *

Louis Pichon était fort ennuyé pour ses invités. Il y avait trop de chômage en Gaspésie. Sans emploi, les jeunes quittaient les villages, et ce n'était pas d'hier. Ceux qui restaient n'étaient, hélas, pas toujours les plus intéressants, à son jugement rapide d'homme pour qui la vie avait été généreuse. On ne comptait plus les braconniers parmi eux. Qu'il y ait en plus des voleurs dans le lot était navrant, mais qu'y faire ?

Il planta les deux autres dans l'entrée du poste de police et s'en fut installer le carton dont il s'était muni à la fenêtre brisée du Pathfinder du Bleu. La journée aurait été plutôt bonne sans ce maudit vol. Ils avaient tous bien travaillé, à l'exception peut-être de ce Bailli qu'il ne connaissait pas jusqu'ici et qui ne lui plaisait pas trop. Stéphane, resté avec lui au camp, avait dû faire pratiquement seul le travail prévu pour les deux. « Ouais, j'ai déjà eu plus vaillant comme *helper*, avait grommelé le jeune Matanais, avec sa franchise coutumière, À part de d'ça qu'il a pas arrêté de chialer et d'écœurer le monde. Tout un compagnon que tu m'avais donné là, parrain ! » Pichon se demandait ce que Boulin et le président Legrand avaient bien pu trouver comme qualité à ce Bailli-là pour l'inviter. Enfin, c'était bien de leurs affaires, après tout...

La chasse de la semaine suivante s'annonçait bien. Le biologiste Guereur l'avait appelé sur son cellulaire pour l'aviser qu'il avait relevé de nombreuses pistes dans les sentiers de montagne et trouvé à plusieurs occasions des lignes de jeunes branches de trembles et d'érables massacrées par des coups de panache en bordure des chemins. Ce Guereur non plus, il ne le connaissait pas, mais il lui avait paru correct, pas causant, certes, un peu « bonnet de nuit » même, mais enfin, pas désagréable. Et puis, il avait l'air de s'y entendre à la chasse...

Pichon était d'accord avec lui qu'il semblait y avoir beaucoup de mâles cette année. Il y aurait compétition entre *bucks* pour la possession des femelles, ce qui serait bon pour la réponse aux *calls*. Les caches n'avaient nécessité, comme il le supposait, que quelques réparations mineures. Avec l'aide de Paul, il en avait renouvelé l'habillage avec des branches de cèdres fraîchement coupées. Les salines leur étaient apparues bien fréquentées. Une bonne partie des blocs de sel avait été bouffée par les orignaux, et le sol en dessous ressemblait à des sorties d'étable tant la terre en était foulée. Seule la cache à Gérard D., près du sixième rang, semblait peu fréquentée cette année. C'était le plus éloigné de ses coins, à l'angle le plus au sud du périmètre qu'il contrôlait, un maudit bon endroit, d'ordinaire. On l'avait baptisé de ce nom parce que l'ami Lévesque, le député à vie de Bonaventure, y était venu pratiquement chaque année jusqu'à sa mort en 1993, et y avait nombre de fois tué. Lui-même y avait abattu un énorme mâle de près d'un mètre cinquante de panache l'année précédente. Est-ce la raison pour laquelle l'endroit semblait déserté cette année ? Pas de pistes fraîches aux environs, ce que lui avait confirmé Guereur en suggérant que l'on n'y chasse pas la semaine suivante.

L'idée l'avait embêté et il avait été long à répondre au biologiste, qui attendait son verdict. À six chasseurs, il n'avait d'autre choix que de mettre quelqu'un dans le coin, brûlé ou non. Pas de doute que celui qui en hériterait aurait moins de chances de voir du gibier que les autres. Un moment, il pensa l'occuper lui-même, par considération pour sa visite. Et puis merde ! s'était-il dit, au diable la grandeur d'âme ! Il avait sa propre cache pour cette année et il y chasserait. Organiser un tirage des caches parmi les cinq autres chasseurs ? Non. Il aimait l'idée de gâter monsieur Legrand, un homme dont il n'avait jamais entendu que des éloges, qu'il se félicitait de recevoir et entendait impressionner par son accueil. Il s'était entendu, en fait, avec Omer Boulin sur la cache où il mettrait le président, sa meilleure. Il ne reviendrait pas sur ce choix. À moins que pour les quatre autres, il laisse faire le sort... Et puis, va savoir pourquoi, l'idée lui était assez naturellement venue de mettre là ce fainéant de Bleu à vue basse et au regard fuyant. Il l'avait dit à Guereur au téléphone, en lui demandant d'éviter d'émettre ses doutes devant les autres. Le grand taciturne lui avait semblé homme à se taire.

La réparation de fortune faite sur l'auto de Bailli, il revint au poste et rejoignit les deux chasseurs dans la petite salle attenante au vestibule, où un constable arrivé sur les entrefaites les avait fait entrer quelques minutes plus tôt. Un stylo à la main, les sourcils froncés, Bailli relisait la déposition qu'il lui fallait maintenant signer. Couchepin à ses côtés semblait attendre son tour de répondre aux questions du policier. Il semblait pressé d'en finir mais, à l'évidence, le jeune flic rappelé pour enregistrer la plainte avait, lui, tout son temps.

Paul Couchepin regardait Louis Pichon en haussant les sourcils. Gonflant ses joues, il souffla bruyamment d'un air excédé. Et puis, d'un coup, il arrêta son manège, yeux soudain ronds, bouche ouverte, fixant la baie vitrée séparant la petite salle du vestibule. Une femme, jeune et jolie, venait d'apparaître. Elle était plaisamment vêtue d'un jean de velours gris et d'un lainage rouge à large col roulé agrémenté d'une broche sur la poitrine. Elle vint sur le pas de la porte, les salua rapidement et demanda au constable s'il avait besoin d'elle.

— Non, ça va, sergent. Je termine avec ces messieurs et je referme la boutique.

— Comment cela, s'étonna-t-elle. Il n'y a personne d'autre au poste aujourd'hui ?

— Non, c'est fermé le dimanche sauf en cas d'urgence. C'est moi qui ai ouvert la porte pour prendre la plainte pour vol de ces messieurs.

La policière mentionna qu'elle allait travailler un peu à son bureau et demanda au constable de venir la voir quand les visiteurs auraient quitté les lieux. L'instant d'après, elle disparaissait dans le poste, non sans avoir pris au passage un verre d'eau au distributeur du vestibule. Elle s'était penchée, ce faisant, et le vaste col de son pull rouge avait aimablement bâillé. Couchepin, qui n'avait pas quitté un instant des yeux l'extraordinaire créature, se haussa sans vergogne sur la pointe de ses pieds pour tenter d'en voir plus. Du coup, même Bailli leva le nez de sa déclaration et rajusta ses lunettes sur son nez pour ne rien perdre de l'agréable vision. Pichon la lorgna comme les autres, le visage imperturbable. Il avait reconnu Aglaé Boisjoli, croisée la veille au restaurant de Robert LeJosec.

La jeune femme se redressa brusquement et les toisa l'un après l'autre comme si elle entendait vérifier qui se permettait de la reluquer ainsi. Bailli, l'air de quelqu'un pris en défaut, s'empressa de baisser le nez sur son stylo. Couchepin, bravache, esquissa ce qu'il pensait être un sourire impénétrable, auquel elle ne répondit pas. Seul Pichon resta impassible et soutint son regard. Il douta qu'elle l'ait reconnu.

Cap-Saint-Ignace — Lundi 16 octobre

De sa main gantée de chevreau, l'homme mit la lettre à 6 heures le matin, dans la boîte du bureau de poste de la rue Jacob, après avoir vérifié que nul ne pouvait le voir dans le village désert et encore sombre. Il avait eu plaisir à constater que la poste locale, face à la superbe église du village aux deux fins clochers de pierres de taille, était plus à l'est que la sortie de l'autoroute 20, ce qui validait ses calculs attentifs. Il se donnait décidément bien du mal pour offrir des sujets de réflexion à la police. On n'a rien sans rien : il nourrissait de longue date l'opinion que toute réussite est le résultat d'une préparation bien pensée et d'une vigilance de tous les instants. Le travail, toujours le travail ! Encore une fois, au moment de lâcher l'enveloppe dans la boîte postale, il goûta cette sensation de plénitude et de satisfaction que lui apportait la certitude de bien faire les choses. Les flics sauraient-ils apprécier tout le soin qu'il mettait à ce que son intrigue soit cousue serrée, sans maille lâche qui permette aux enquêteurs de détricoter l'ensemble ? Il revint lentement vers son véhicule laissé devant une belle grande maison à galerie couverte de vigne vierge de la rue du Manoir. Aucun bruit humain dans le calme crépusculaire. Juste au loin vers le fleuve, les craillements d'un camp d'oies blanches. Selon toute probabilité, la lettre arriverait le lendemain sur le bureau de mademoiselle Boisjoli. Il pensait désormais avec une certaine affection à la jeune policière. Elle lui semblait de plus en plus accessible. La voir évoluer devant lui comme il l'entendait avait l'effet d'un opium baudelairien sur cet homme difficile et désormais peu sensible aux plaisirs du contact avec autrui. Cette drôle de communication unilatérale qu'il entamait avec cette femme était tout à fait spéciale. Unilatérale ? Pas totalement, après tout. C'est pour lui qu'elle était venue en Gaspésie, en réponse à sa demande qu'elle s'était habillée durant la fin de semaine. Il devait être dans toutes ses pensées. Ce qu'ils vivaient ensemble leur était propre au premier chef. Certes, la correspondance qu'il lui adressait était épluchée par d'autres, l'intimité qu'il aurait souhaitée dans ses relations avec elle était violée avant même de s'établir. Il imaginait sans peine un bataillon de « beus » et d'experts de tout crin lisant ses écrits par-dessus l'épaule de la fille pour tenter de démasquer le criminel de Wabash. Mais quand même, c'est bien à elle seule qu'il s'adressait. D'une façon ou d'une autre, il devenait un personnage important dans la tête de cette jolie fille, et le constat l'émouvait.

Au terme de savants calculs, il avait finalement choisi d'envoyer sa quatrième missive à la Sûreté de Cap-Saint-Ignace, sur la Côte-du-Sud, à quatre-vingt-dix kilomètres à l'est de Québec. Le choix l'avait obligé à se lever fort tôt. Mais il ne regrettait pas son effort.

Le corps de la lettre était depuis longtemps rédigé quand, la veille au soir, il en avait rédigé le premier paragraphe. Tout était rigoureusement exact, sinon exhaustif, dans ce qu'il avait à

nouveau raconté à cette charmante Aglaé. Leurs relations épisto-
laires pouvaient bien être fondées sur du vent, de la poudre aux
yeux, de l'esbroufe, tout ce qu'il lui écrivait était vrai, elle le véri-
fierait un jour. Rien de faux, simplement des choses tues, pour ne
pas lui tracer une route trop droite jusqu'à lui... Un jour — dans
bien longtemps hélas, mais comment y échapper ? —, elle saurait
tout. Comment pourrait-elle alors ne pas admirer la cruelle saga-
cité, mais aussi l'honnêteté intellectuelle dont il aurait fait preuve
à son endroit ?

Mademoiselle Boisjoli déduirait de sa lettre qu'il l'avait vue le
dimanche après-midi. Son plan se déroulait comme il l'avait
prévu. Sa vieille douleur à l'abdomen le tirailla soudain, et il
porta la main sous son sternum dans un geste désormais familier.

Sans qu'il l'ait vu venir, un camion le doubla alors qu'il se rap-
prochait de son auto. Le constat le chagrina. Devenait-il sourd,
pour qu'il ne l'ait pas entendu s'approcher ? Cet inquiet eut peur
d'avoir commis une erreur. Il ralentit le pas. Le camion freina
bruyamment deux cents mètres plus loin. Un homme descendit
du véhicule et lança une pile de journaux devant la devanture
fermée d'un dépanneur. Le chauffeur remonta au volant sans
l'avoir même regardé et repartit dans le petit jour.

Une lointaine pétarade crépitait vers le nord quand le marcheur solitaire remonta dans sa voiture. Des chasseurs auront
leurré des oies. L'instant d'après, il roulait doucement devant le
magasin à la pile de journaux, un InterMarché, et tournait pour
prendre la rue du Petit-Cap, qui le ramènerait à la 20. Il repensait
à Aglaé Boisjoli. Oui, il aurait le courage, il en faudrait, de finir
ce qu'il avait commencé, aussi durs que puissent être les derniers
pas. Penser à elle, se convaincre que ce serait en quelque sorte
pour elle qu'il irait jusqu'au bout, lui faciliterait l'incontournable
épreuve.

Il avait eu un instant de faiblesse et d'émotion la veille au soir
au moment de signer sa lettre et n'avait pu se retenir de rédiger
un long post-scriptum pour tenter de se justifier aux yeux de cette
jeune femme. En avait-il trop dit ? Et si elle le démasquait... Il se

surprit un moment à penser qu'il ne détesterait pas cette possibilité, mais comment réagirait-il ? L'instant d'après, il haussait les épaules. Mais non, comment pourrait-elle le reconnaître ? Il n'avait fait aucune erreur et n'en commettrait pas lorsqu'elle l'interrogerait.

C'est à elle qu'il dédiait désormais son ultime réussite, à elle seule qu'il penserait aux moments les plus durs. « Chère Aglaé, chuchota-t-il, si vous saviez par où j'entends vous emmener... »

Emberlificotages

Matane — Poste de la Sûreté du Québec — Mardi 17 octobre

Aglaé avait retrouvé avec plaisir Christian Girard. Avec l'accord de Berthier, à Matane, et la bénédiction de Demers, depuis Montréal, elle avait donné congé à son garde du corps pour la fin de semaine, prolongée du lundi, journée dite « pédagogique » à l'école des deux petits hockeyeurs du constable moustachu. La bonne humeur communicative du costaud lui avait remonté un moral plutôt chancelant ce matin-là.

Les trois derniers jours avaient vu la policière ronger son frein. Des pensées contradictoires la laissaient déboussolée. Elle se sentait à la fois surveillée et inutile, comme un poisson dans une boule de verre, songeait-elle avec dérision. Pas menacée, non, mais constamment sur ses gardes et sans but immédiat, puisque rien n'était à craindre, elle le savait, avant les dix derniers jours d'octobre. Ce mélange de sentiments la mettait mal à l'aise et confuse. Quel drôle de rôle son correspondant lui faisait-il jouer dans cette obscure mise en scène ? Perdait-elle le temps qu'on lui payait ? Servait-elle à quelque chose ? Bien sûr, elle n'avait pu faire autrement que de dévisager les inconnus qui la croisaient et qui semblaient lui montrer de l'intérêt : un méchant lot de faces de nonos, à l'évidence, et, dans le tas, quelques regards peut-être bizarres, inquiétants...

Comment tromper l'ennui en attendant la prochaine manifestation du tueur ? Seule, des heures à son bureau, elle avait essayé de tracer l'espèce de portrait-robot qu'elle pourrait coller à Langiro, sauf que les éléments dont elle disposait étaient bien minces. À quoi pouvait ressembler le tueur ? Beau petit gars, plaisant aux filles, bon en athlétisme à 17 ans... Trente, quarante, cinquante ans plus tôt ? Cela n'aidait en rien. Lui-même se décrivait aujourd'hui comme un homme « d'un certain âge », malade, « respirant la mort ». Qu'entendait-il exactement par là ? Elle avait longuement repensé à l'assassin de sa dernière enquête rencontré quelques semaines avant son décès. Quelle était sa maladie, déjà ? La « sclérose-latérale-quelque-chose »; en fait, elle se souvenait plus facilement de ce mal sous les autres noms qu'il avait évoqués devant elle : la maladie de Charcot ou de Lou Gehrig. La dernière fois qu'elle avait vu cet homme, il lui était apparu amaigri, les gestes mal assurés, de la difficulté à se déplacer... Portait-il pour autant la mort sur le visage ? Difficile à dire.

Le sergent Boisjoli avait reçu de Teddy Frayne le dossier intégral et à jour de l'affaire Arnaud Courchesne. Elle l'avait épluché de fond en comble, des heures durant, tentant, sans succès, d'établir des liens entre l'élimination de l'ex-directeur général d'Hydro et les nouveaux meurtres annoncés par Langiro en Gaspésie. Frayne établissait un portrait très détaillé du grand ingénieur, un personnage brillant, retors et affairiste. Ce type semblait avoir le don de se créer des adversaires. Une panoplie d'ennemis potentiels et déclarés, large et variée, apparaissait à chaque étape de sa vie. On y trouvait autant d'investisseurs floués que d'employés maltraités, quelques amis ayant des raisons de se croire trahis, et moult compétiteurs motivés d'être jaloux. Courchesne, établissait l'enquête conjointe de Frayne et des autorités américaines, avait été attiré de façon tout à fait efficace à Wabash.

Zampino, un expert italo-américain dans la cueillette des morilles — le rêve inaccessible du mycophile québécois —, et bûcheron à la retraite dans l'Indiana, un État où ce champignon abonde, avait été d'abord contacté par une lettre postée de Montréal. Un homme lui demandait ses conditions pour emmener un néophyte sur ses coins favoris. Ce même correspondant joignait un billet de cent dollars à sa lettre, en demandant que le DVD produit par Zampino soit envoyé à l'un de ses amis du nom d'Arnaud Courchesne. L'homme promettait son appel pour les jours à suivre pour conclure l'affaire. Le dénommé Zampino avait été fort intrigué par l'inhabituelle demande, d'autant que son DVD, en promotion sur divers sites Internet et, particulièrement eBay, ne se vendait que douze dollars. Il avait donc attendu le coup de fil de son correspondant avant de s'exécuter. L'autre, disant s'appeler Edmund, l'avait rappelé deux jours après la réception de la lettre en renouvelant son offre. Le vieil Alfredo, fort peu désireux de montrer ses coins, lui avait lancé le chiffre dissuasif de cinq cents dollars, qu'Edmund avait accepté sans broncher. L'argent, avait-il promis, parviendrait par courrier à « *Nonnino Spugnola*[1] » dans les jours à suivre, ce qui avait été le cas. Dès lors, le vieil Alfredo, les six billets de cent dans sa poche, avait conclu entente avec l'ami de son généreux correspondant. Méticuleux Langiro, l'artifice ne laissait aucune piste aux policiers.

Aglaé avait ensuite abandonné le dossier de Frayne pour se concentrer à nouveau sur la lecture des lettres de Langiro, seul lien véritable dont elle disposait pour essayer de remonter un jour jusqu'à son correspondant. L'homme qui revendiquait le meurtre de Courchesne déclarait avoir tué un « triste con », un « minable ». Rien sur ses motivations véritables, la nature de sa haine, ni les raisons de sa vengeance contre le cueilleur de morilles. Se vengeait-il vraiment en tuant à Wabash ? La veille, elle avait repris une lecture attentive des quelques lignes de Langiro évoquant l'assassinat de mai dernier pour constater qu'en fait le point n'était pas clair. Le tueur expliquait abondamment, ailleurs dans sa correspondance, pourquoi il s'était « vengé », jeune, d'un professeur et d'un voyou. Il promettait de se « venger » deux nouvelles fois, prochainement, mais nulle part il n'expliquait s'être, à proprement parler, « vengé » dans le cas de Courchesne. Bien sûr, on pouvait le supposer, mais cet homme était si disert dans la

---

1 NDLR – Italien : Pépé morille.

description de ses motivations criminelles que son silence sur ses motifs pour tuer à Wabash laissait Aglaé songeuse. Elle aurait aimé pouvoir poser la question: «Que vous avait donc fait ce "triste con" pour que vous décidiez de l'éliminer?» Comme s'il y avait la moindre chance qu'il lui réponde! Pourtant, elle avait la vague intuition que connaître ses explications lui permettrait de comprendre les intentions de Langiro et, qui sait, de deviner qui seraient ses prochaines victimes... au moins de déterminer les traits communs de ses proies... Que là, rageait-elle, elle stagnait! «D'abord, circonscrire le profil de l'assassin»; la rhétorique de son vieux mentor, le capitaine Lafleur, lui revenait en mémoire.

Si seulement elle pouvait, de son côté, lui écrire; dommage, réfléchissait-elle, que leur correspondance fût par nature à sens unique. Au fond, que lui dirait-elle si elle pouvait s'adresser à lui? L'engagerait-elle à renoncer à ses meurtres comme une bonne gardienne de l'ordre? À bien y penser, elle en douta, et ce constat la perturba. Son rôle de policière n'était-il pas avant tout de prévenir le crime? Le leitmotiv du gros commandant Blais lui sonna aux oreilles: «Notre première préoccupation doit être la sécurité publique.»

L'officier de Baie-Comeau était un véritable policier, un agent de la paix au premier sens du mot. L'était-elle? Piquée au jeu proposé par Langiro, souhaitait-elle véritablement y mettre un terme? Ce qu'elle voulait avant tout, réalisa-t-elle une autre fois, c'était comprendre, deviner, gagner la partie contre l'assassin, pas tant pour l'arrêter ou pour prévenir des meurtres que pour le confondre, le battre à son jeu, être la meilleure des deux. Mais il y avait plus que cela. Mal à l'aise, elle découvrit qu'elle vivait dans la hâte de l'étape suivante. Or, l'étape suivante était la mort d'un homme. Elle frémit. Il fallait désormais que Langiro tue pour que leur dialogue se poursuive et qu'elle puisse trouver la façon de se définir par rapport à lui... Jamais, comprit-elle, elle n'avait jusqu'alors envisagé vraiment de l'empêcher de tuer à nouveau.

Quelle drôle de policière es-tu en train de devenir, Aglaé Boisjoli? pensa-t-elle. Un instant plus tard, elle songeait à

Raphaël. Des larmes lui montèrent aux yeux qu'elle refoula. Anticosti était si loin… Pourquoi lorsqu'elle pensait à cet homme, « son » homme, l'image de Mylène lui venait-elle d'elle-même de suite, comme ça ? La grande blonde lui souriait, un peu triste… Elle décida de l'appeler sans faute le soir même à Sept-Îles. Elle prétexterait son besoin de nouvelles de Tintin l'oiseau.

Elle en était là de ses méditations quand Christian frappa à la porte de son bureau, une enveloppe blanche entre les mains. La quatrième lettre de Langiro ! Enfin ! Son ange gardien à peine sorti, elle se leva précipitamment sur ses pas et s'en fut fermer la porte, surprise elle-même par cette soudaine volonté de vouloir s'isoler. Il lui revint qu'il en était ainsi quand, petite fille en camp de vacances, elle recevait une lettre de ses parents. Il fallait qu'elle fût seule, à l'écart de ses amies, pour la lire et en goûter pleinement le contenu. Plus tard, adolescente, elle pouvait rester des heures avec la lettre d'un petit ami dans sa poche avant de l'ouvrir, fébrile, dans le secret d'une cachette à elle. D'où lui venait le sentiment de culpabilité qu'elle ressentait à l'heure de découvrir ce que cette fois lui dirait le tueur ?

Chère Aglaé,

Le rouge vous sied fort bien, Mademoiselle. Félicitations. J'ai déploré, hélas — excusez le vieux macho en moi — que ce lainage soit aussi strict. Puis-je, sans vous offusquer, mentionner ici qu'un décolleté plus audacieux sur une femme aussi belle que vous l'êtes ne m'aurait pas déplu. Ce grand col souple sur vos épaules gracieuses, si bien porté fût-il sur vos mignonnes rondeurs, n'était, hélas, guère suggestif. J'ai fort apprécié, cela dit, le papillon d'or que vous arboriez sur le sein gauche. Voilà qui m'a semblé « classe ». Vous dirai-je que mon honnie sorcière de grand-mère portait également une broche sur son corsage, une vieille rose grise, tout emberlificotée de fils d'argent, avec un saphir presque noir en son cœur ? Ah ! Souvenirs, souvenirs…

Vous le constatez, oui, je vous ai croisée, Ma Chère, et ai bien cru que vous m'aviez reconnu au regard, fort touchant pour moi dans les circonstances, que vous m'avez adressé de vos grands yeux noirs. Mais, n'élaborons pas trop là-dessus : peut-être ai-je pris mes rêves pour des réalités. L'œil que vous m'avez jeté était-il vraiment attentif et intéressé ? À la réflexion, je n'en jurerais pas. Nous voici donc, si j'ose dire, tous les deux à pied d'œuvre. J'ai cet avantage sur vous de vous connaître désormais et de pouvoir vous regarder aller. Sachez que je ne m'en priverai pas. Nous sommes à quelques jours de mon prochain meurtre. Vous sentez-vous nerveuse ?

Que vous dire encore aujourd'hui ? Nous en étions restés à mes souvenirs de vieux criminel, n'est-ce pas ? Revenons-y donc, pour une dernière fois. Je vous avais promis l'évocation de la troisième victime de jeunesse à mon actif. Alors, voilà. J'avais cette fois, attendez voir... dix-huit ans, je crois, et résidais avec des amis en vacances dans une station balnéaire d'un pays disons méditerranéen. Vous voudrez bien m'excuser, une autre fois, de ne pas vous faire les choses trop faciles en vous indiquant lequel. Un jour, un flic de ce village de touristes huppé et prétentieux, un flic, donc, me prit en grippe pour des raisons initiales qu'il serait fastidieux de vous narrer aujourd'hui. Cela n'aurait pas tiré à conséquence s'il — l'animal ! —, à quelque temps de là, n'était venu dans mon quartier avec une cohorte de ses semblables mater une espèce de monôme d'étudiants étrangers un peu éméchés, menant grand train sur la voie publique et menaçant la tranquillité des autochtones.

Par hasard descendu faire quelque course dans la rue, j'étais parmi les potaches en goguette. M'avisant dans le lot, l'argousin passa le mot à quelques-uns de ses confrères de se joindre à lui, et les salopards choisirent de me mettre la main au collet à moi, totalement inoffensif parmi le groupe d'énervés, plutôt qu'à un authentique manifestant. Le reste de la soirée et de la nuit fut un véritable drame pour le jeune homme sensible que j'étais. On m'a battu, cassé une dent, mis les menottes, fourré en taule et humilié de maintes façons jusqu'au lendemain matin, où un responsable policier en civil, constatant les dégâts et les abus qui *m'avaient été faits, me remit de suite en liberté, un peu dans l'eau bouillante, quand même, devant la rigueur de la punition imposée par ses hommes. Le long sermon qu'il me fit alors était — je m'en souviens si bien —, moins destiné à me réprimander qu'à excuser les excès d'une maréchaussée locale, à ses dires « peu scolarisée, crève-misère et envieuse de la vie facile menée par les touristes. »*

Sauf qu'il n'était pas question pour moi d'excuser quoi ou qui que ce fût. L'année suivante, mes comptes réglés avec mes deux premiers ennemis locaux, je revins sur les lieux et constatai que mon tortionnaire — appelons-le Charlot —, vivait seul, à l'écart de son village. Ses collègues s'étonnèrent un jour de ne plus le voir.

Ce minable en uniforme me permettrait, lui aussi, d'éprouver une joie suprême à l'heure du châtiment. Ah, Mademoiselle, la trogne du péquenaud lorsqu'il me découvrit au bout du couteau qui le lardait! Il ne m'avait pas oublié, je le vis bien au regard d'incrédulité et à la bave de rage qui lui vint aux lèvres tandis que je le frappais et le refrappais à mort. On le retrouverait je ne sais trop quand — j'étais alors déjà bien loin — dans ses oliviers, un long poignard africain planté dans le cœur. Vous vous doutez bien dans quels milieux les collègues du conard cherchèrent — et peut-être trouvèrent — leur coupable.

L'affaire, à ma connaissance, fit peu de bruit localement et n'en fit pas du tout hors frontières. Je ne peux imaginer qu'elle ait laissé quelque trace que vous puissiez aisément relever aujourd'hui même si, avouez-le, je vous ai confié bien des informations sur cette affaire. Cela dit, parviendriez-vous à en savoir plus sur mon Charlot que je reste fort serein. Ce policier en civil, en me relâchant, avait été très clair: on oubliait toute cette lamentable histoire, je retournais bien sage dans mon pays, et lui effaçait toute trace de mon passage en prison.

Eh bien, avancez-vous à votre goût, Mademoiselle Boisjoli, dans votre connaissance de ce criminel que vous aimeriez démasquer? N'ai-je pas été généreux avec vous? Vous savez désormais tout, ou presque, de mon passé meurtrier. Voici trois assassinats avoués, et je ne vous ai pas fait de mystère de celui d'Arnaud Courchesne, Dieu néglige son âme. Quatre morts violentes sur mon parcours et de mon seul fait! Quatre macchabées derrière moi qui font ma route tellement plus belle quand je me retourne et constate le long chemin parcouru. Plus que deux individus à écarter de mon chemin, deux obstacles à ma quiétude sur la voie lumineuse qui me mène à la fin de mon histoire.

Nous en sommes arrivés là, Aglaé, à ce moment voulu par moi du croisement de nos deux existences : une question, désormais, de jours et d'heures. Émouvant, non, ce rendez-vous, qu'en pensez-vous ?

Vous ne recevrez plus rien d'écrit de ma part, du moins avant ma disparition. Je ne peux malheureusement m'expliquer davantage ici sur ce point. Voilà. Je juge vous en avoir suffisamment fait savoir à cette étape. Un jour, vous me relirez et comprendrez ce qui vous aura échappé. Espérons que vous ne m'en voudrez pas. J'en serais navré; je n'ai que des pensées positives à votre endroit, soyez-en convaincue. Il est fort gratifiant, sachez-le, pour un homme dans ma situation de se savoir « considéré » par une jeune femme de votre calibre.

Je garde l'œil sur vous, je vous l'ai dit, mais ignore à ce jour les moments précis où nous nous parlerons pour de bon. Tout cela ne saurait tarder désormais. À moins que votre intelligence que l'on dit grande vous permette de comprendre ce que je trame, ici et maintenant, et que vous me confondiez avant que mes buts soient atteints. L'envie de cette issue me vient parfois, comme un plaisir coupable. Vous êtes là, devant moi, et mon masque tombe. Que ferais-je alors ? J'avoue que je n'ai pas de réponse à l'hypothétique question...

Mais oublions cette digression. C'est avec beaucoup de curiosité et peu d'inquiétude que je vais guetter votre inéluctable venue jusqu'à moi. Je frapperai dans quelques jours et ne doute pas que vous admirerez mon efficacité. « Regardez-moi bien aller ! », comme disait ce vieux carnassier de Trudeau.

Au plaisir de nos brèves discussions prochaines...
Mate Langiro

PS - AU MOMENT DE FERMER MON ENVELOPPE ET DE VOUS POSTER CETTE ULTIME LETTRE, JE ME RELIS UNE DERNIÈRE FOIS ET ME TROUVE PEUT-ÊTRE UN PEU ARROGANT AVEC VOUS, CHÈRE AGLAÉ. EST-CE DE VOUS AVOIR CROISÉE ET, D'UNE CERTAINE FAÇON, ADMIRÉE, QUI ME REND CE SOIR UN PEU PLUS DUBITATIF, PEUT-ÊTRE DÉJÀ NOSTALGIQUE? SUIS-JE VRAIMENT CE PSYCHOPATHE CRIMINEL DONT JE VOUS DONNE LE PORTRAIT? SUIS-JE RÉELLEMENT AUSSI FIER, SEREIN ET SÛR DE MOI À L'HEURE DE TOURNER CETTE PAGE DE MA PROPRE HISTOIRE? EST-IL SI FACILE DE DONNER LA MORT? BIEN DES QUESTIONS, N'EST-CE PAS...

SI CE SOIR VOUS ME LES POSIEZ, QUE VOUS DIRAIS-JE? UNE AUTRE INTERROGATION À LAQUELLE — J'AIME À VOUS LE SOULIGNER — JE NE SAIS TROP CE QU'À VOUS, AGLAÉ, JE POURRAIS BIEN RÉPONDRE SI NOUS ÉTIONS FACE À FACE.

VOUS SAVEZ, L'IMPORTANT POUR MOI DANS CETTE AVENTURE VÉCUE SOUS VOS YEUX ÉTAIT DE ME VENGER, BIEN SÛR, MAIS EN TENTANT DE SAUVE-GARDER MA DIGNITÉ ET LE RESPECT QUE JE ME PORTE. ME COMPRENEZ-VOUS? DÉCHOIR ÉTAIT UNE AUTRE DE MES HANTISES. JOUER COMME JE LE FAIS EN M'ADRESSANT À VOUS, PRENDRE LE RISQUE — QUE JE CROIS RÉEL — QUE VOUS ME RECONNAIS-SIEZ, C'ÉTAIT AUSSI, POUR MOI, UNE MANIÈRE DE M'ÉLOIGNER DU CÔTÉ SORDIDE QUE REVÊT SOU-VENT L'APPLICATION RIGOUREUSE DU PRINCIPE DE VENGEANCE. C'EST DIRE, AGLAÉ, QUE VOUS M'AUREZ AIDÉ EN AJOUTANT QUELQUE CHOSE DE LUMINEUX À CETTE SOMBRE AFFAIRE. JE VOUS PRIE, À CET ÉGARD, DE CROIRE EN TOUTE MA GRATITUDE.

TOUTE MA VIE — VOUS ALLEZ RIRE ET, J'ESPÈRE AUSSI, ME CROIRE — J'AI ÉTÉ PRÉOCCUPÉ D'HONNÊTETÉ INTELLECTUELLE. JE SUIS UN SENTI-MENTAL, QU'Y FAIRE! ALORS VOILÀ, J'AIME CLORE ICI MA CORRESPONDANCE AVEC VOUS SUR CES QUELQUES POINTS DE JUSTIFICATION. LE RESTE APPARTIENDRA À L'HISTOIRE.

ML

Une nouvelle fois, le post-scriptum était rédigé en majuscules écrites à la main. La policière le lut et le relut. Il l'intriguait. Langiro s'y montrait sous un jour plus dubitatif. Que fallait-il penser de son apparente volte-face? La trentaine de lignes concluant les quatre lettres précédemment écrites semblait dictée par une soudaine et dérangeante spontanéité de leur auteur. Était-ce un nouveau piège? Une autre voie sans issue? Elle eut de nouveau l'impression forte que l'essentiel de la correspondance du meurtrier avait été pensé et écrit de longue date, en fonction d'un plan précis, et que ce post-scriptum, lui, pouvait avoir été inspiré à Langiro à la suite effectivement de leur rencontre. Il y aurait là, songea-t-elle, matière à réflexion pour ses nuits sans sommeil.

Un bloc de feuilles quadrillées était ouvert devant elle où, tout au long des journées passées, elle avait reporté, note après note, ce que lui apprenaient la lecture et la relecture des lettres du tueur. Des feuillets épars en avaient été détachés qui jonchaient le bureau autour de l'ordinateur. Des dizaines de lignes y figuraient, établissant autant de points qu'il faudrait vérifier quand l'enquête identifierait des suspects. Les constats allaient de l'âge avancé de la grand-mère du tueur à la cécité de la vieille, de la mort préma-turée de la mère à la qualité «occasionnelle» de professeur du père, en passant par les armes dont l'assassin semblait disposer tôt dans sa jeunesse. Divers éléments établissaient l'aisance de la famille. D'autres étayaient l'hypothèse d'une jeunesse en Europe. Sur une carte géographique tirée de Google, Aglaé avait figuré l'itinéraire de Langiro depuis Wabash au début mai jusqu'à Matane, en passant par toutes les villes québécoises d'où il avait posté ses lettres. Elle y marqua d'une autre croix le village de Cap-Saint-Ignace, sur les bords du Saint-Laurent, entre Québec et Rivière-du-Loup, avant de figurer sur la page vierge du bloc lui faisant face la demi-douzaine de réflexions que lui inspirait la nouvelle lettre.

* *Cet homme n'est pas homo. Il aime les femmes*, avait-elle tout d'abord écrit, en constatant, au début de sa lecture, que son correspondant figurait au nombre astronomique des mâles aimant reluquer les cols féminins révélateurs. *Vieux et mourant peut-être, mais il bande encore...*, griffonnerait-elle crûment plus tard en se relisant.

* *Toujours aucune justification de l'élimination de Courchesne, à la différence des vieux meurtres.*

* *Présences répétées dans un pays méditerranéen à 20 ans.*

* *A une dent cassée.*

* *N'écrira plus avant le prochain meurtre.*

* <u>*M'a vue dimanche après-midi avec mon chandail rouge.*</u>

Elle avait souligné rageusement le dernier point. Depuis lundi, elle était revenue à l'uniforme. Samedi après-midi, se souvint-elle, elle avait écumé des boutiques locales pour s'acheter des vêtements. Elle avait revêtu pour l'occasion une chemisette bleu marine, sous un chandail bleu ciel, apportés dans ses valises depuis le Havre. En soirée, elle s'était promenée en ville sous un imperméable, vu le mauvais temps et avait soupé dans un restaurant du front de mer. Elle portait alors un jersey vert à délicates fleurs mauves imprimées sur le col. Le dimanche matin, elle avait fait la grasse matinée, pris un petit-déjeuner tardif à l'hôtel et n'était sortie que pour un long jogging sur le bord de la mer vers l'immense jetée de pierres accueillant les traversiers venant de la Côte-Nord. Elle s'était alors couverte, pour le haut, d'un polo blanc Lacoste. L'après-midi, enfin, elle était retournée au bureau, vêtue du chandail à grand col roulé rouge dont Langiro faisait état. Il faisait frais et beau, elle n'avait pas de veste sur le dos. Elle avait marché entre l'hôtel et le poste, à l'aller comme au retour, en flânant sur sa route, dîné au restaurant dans la même tenue et s'était offert une promenade digestive jusqu'à l'Église Saint-Jérôme, qu'elle avait visitée. Bien sûr, tout au long de l'après-midi, elle avait remarqué que nombre d'hommes, dans la rue, au restaurant et même au poste de la Sûreté, à la réflexion, l'avaient dévisagée avec curiosité, insistance et, parfois, peut-être, autre chose. Même le bedeau de l'église, enfin, un homme qui en balayait le plancher, lui avait glissé un œil torve...

Elle avait coutume d'être la cible du regard d'autrui et s'en accommodait d'ordinaire sans problème. Mais là, le jeu n'était plus le même. Il y avait plus. Dimanche, l'un de ceux qui l'avaient toisée, et de près, était « son » tueur. Elle repensa aux assassins qu'elle avait déjà croisés dans sa vie. Quels regards avaient-ils jetés sur elle ? Les deux l'avaient-ils regardée en mâles guignant la femelle, comme ces pléthores de couillons la reluquant à tout bout de champ ? Non, il y avait eu autre chose dans leurs yeux : de l'estime, du défi, de la connivence ? Un peu de tout cela, peut-être ? Elle hésitait. Jamais, en tout cas, ces hommes ne lui avaient donné la moindre raison de les craindre. Elle frissonna. Qui était ce troisième meurtrier ? Il avait fallu qu'il l'approchât de drôlement près pour apercevoir les détails du papillon, un petit bijou sans prétention qui lui venait des Français Pierre et Jeannine Mollon et qu'elle avait eu la surprise de recevoir le jour de son anniversaire, le 30 mai précédent.

Elle se sentait lasse, perturbée au premier chef par le constat de son incapacité à avancer dans sa poursuite de Langiro. Le tueur s'amusait, lui tournait autour. Il la connaissait; le jeu était inégal. Le bougre la défiait, évoquant sa perspicacité, ou son absence de perspicacité, qui provoquerait... qui provoquerait quoi, déjà ? Elle reprit la lettre: «Un changement de stratégie», écrivait-il. Que voulait-il donc dire ? Elle lut et relut le passage. Si je suis bonne, décoda-t-elle, il fait ce qu'il a prévu. Si je ne le suis pas, il change sa tactique. À moins que ce soit l'inverse. Qu'a-t-il en tête ? Elle se souvint de l'avertissement de la seconde lettre:

« Tenez-vous-le pour dit : de mon côté, je joue. » Elle se sentait provoquée, frustrée. « Facile, tricheur, tu as toutes les cartes ! »

Elle comprit qu'elle n'aboutirait nulle part dans l'immédiat. Elle ne ferait que du sur-place avant le début véritable de l'affrontement qui s'engageait. C'est ce qu'il voulait. Tout se déroulait jusqu'ici comme l'assassin l'avait planifié. Elle ne lui servait que de public. Aucun doute possible, leur prochain rendez-vous était désormais près du cadavre de l'homme qu'il allait tuer devant elle. Une autre fois, elle attendait une mort annoncée, comme à Anticosti un an plus tôt...

Aglaé entreprit de classer sans grand allant les feuillets épars devant elle. Elle allait écrire un courriel à Demers et aux autorités policières du district, leur présentant la situation comme elle la percevait. Il s'agirait de rester optimiste et professionnelle dans le topo, bref de cacher son désarroi à ses patrons. En fait, réfléchit-elle, elle avait bien peu de choses à leur dire autrement que de leur faire état de la dernière correspondance reçue. Elle joindrait un scan de la lettre pour analyse linguistique et puis elle enverrait l'original dans le prochain courrier interne pour Montréal. Et le laboratoire, elle l'aurait parié, ne trouverait rien d'incriminant contre Langiro.

Encore quatre longs jours avant l'ouverture de la chasse à l'orignal...

Matane — Poste de la Sûreté du Québec — Mercredi 18 octobre

Long coup de fil d'Alex Demers en fin d'après-midi : le commandant avait perçu le vague à l'âme de son adjointe et souhaitait lui remonter le moral. Non, voulut-il la réconforter, il n'avait jamais espéré qu'elle pût contrarier les plans du tueur. Son rôle était de maintenir le contact avec lui, de le faire parler — ou, dans le cas de figure, de lui écrire — de la même façon, s'expliqua-t-il, que ces policiers alpinistes que l'on envoie escalader des structures dangereuses pour aller parler avec des candidats au suicide et éviter qu'ils ne sautent dans le vide. L'exemple était mal choisi.

— Mais lui va sauter, n'avait pu s'empêcher de s'exclamer la jeune femme, et je ne fais rien.

— Le cas est différent, Boisjoli. Ne vous culpabilisez pas pour rien. Je ne vous demande pas l'impossible. Vous faites votre travail de policière en recevant ces messages. Continuez de potasser le dossier avec l'idée de mieux connaître notre homme. Cela nous aidera d'une façon ou d'une autre à le percer à jour s'il met ses menaces à exécution. Tout le reste est à venir en fonction de ce qu'il va faire, et nous aviserons au moment requis. On ne peut rien faire d'autre dans l'immédiat.

Ils parlèrent de la future venue du directeur général adjoint en Gaspésie. Si Langiro devait tuer, l'enquête de terrain serait dans un premier temps confiée à la Sûreté locale, en fait à Michel Berthier. Aglaé l'assisterait. Lui, Demers, viendrait pour suivre l'affaire depuis les coulisses, et ils aviseraient ensemble des décisions à prendre.

Il venait le jour même de lancer des recherches auprès d'Interpol sur la base des données de ces meurtres lointains dont Langiro se déclarait coupable. Des avis avaient été adressés à toutes les polices concernant le double meurtre d'un professeur et d'un voyou tués avec le même révolver d'origine allemande, et celui d'un policier assassiné avec un poignard africain dans un champ d'oliviers. Demers lui fit encore savoir qu'il avait demandé une analyse linguistique urgente des deux dernières lettres reçues et qu'il pensait être en mesure de lui en envoyer copie avant la fin de la journée. Aglaé l'attendrait avant de quitter le bureau ce soir-là. Il l'engagea une autre fois à la prudence, et les deux se quittèrent assez peu satisfaits de leurs échanges, conscients qu'ils resteraient là à piaffer sur la ligne de départ tant que Langiro n'agirait pas.

Un deuxième coup de fil décevant pour la policière. La veille au soir, elle s'était finalement décidée à joindre Mylène chez elle à Sept-Îles. Elle doutait depuis d'avoir bien fait. La grande lui avait parue nostalgique, désœuvrée, hélas... amoureuse. Non, jamais plus, affirmait-elle avec conviction, elle ne retournerait avec son Dave. Une bonne raison à ça : « C'est toi que j'aime, Aglaé ! » avait-elle soupiré comme une midinette séduite à la fin du bal.

— Dis donc pas de conneries, Mylène ! avait répondu la policière, agacée, mais le coup avait porté.

Comme elle l'avait craint, le marin harcelait la blonde d'appels téléphoniques menaçants. Aglaé avait conjuré son amie de demander la protection de la police. La blonde avait acquiescé mollement. Ce n'est pas de police qu'elle avait envie de parler au téléphone, mais de fesses...

— Arrête de niaiser, Mylène ! l'avait vite contrariée la policière.

Elle supputait depuis le début de leur relation que de toucher à cette gamine au tempérament si chaud ne lui amènerait que des ennuis. On y était.

— Dave n'a pas cherché à te voir, toujours ? avait-elle insisté.

— Si ! Il m'a dit qu'il viendrait. Mais ce batêche-là ne me fait pas peur. Ne te tracasse pas, chérie. Dis, ton oiseau, il n'arrête pas de chanter qu'il voudrait te revoir. Quand viendras-tu ici ?

— Écoute-moi, Mylène. Va à la police, je te dis ! Dès demain. Promets-moi !

— Pas la peine, la police va venir à moi, avait répondu la finaude. Je t'attends. On laissera ma mère. On ira au motel ensemble. J'ai envie de toi. Crois-moi, je vais m'en occuper, moi, de ton petit cul.

Une autre fois, la gamine avait éclaté de rire, et Aglaé avait eu bien du mal à mettre un terme à leur conversation quelques minutes plus tard. Y avait-il une place pour Mylène à long terme dans sa vie ? Elle en doutait, et la fin de sa soirée solitaire avait été plutôt triste.

Deux heures plus tard, le fax du poste matanais crachotait une dizaine de feuillets à l'en-tête de l'Université de Montréal. Un mot de la professeure Francine Lafontaine apparaissait en première page. La linguiste réagissait aux deux dernières lettres de Langiro. Quatre lignes écrites de sa main résumaient la première opinion « à chaud » qu'on lui avait demandée d'urgence. « Votre correspondant est lettré et sait contrôler ce qu'il met sur papier, affirmait-elle d'emblée. Il sème ses lettres d'embûches destinées à vous mystifier. Désolée, mais nous ne pouvons dégager de l'analyse le minimum de certitude qui nous permettrait de nous prononcer avec confiance sur son origine linguistique. »

Prise au jeu, Aglaé lut tout le fax. L'avis de l'experte, jugeat-elle, ne varie guère de celui qu'elle leur avait exprimé de vive voix dans le bureau de Demers. Les nouvelles lettres témoignent, comme les deux précédentes, du même bon niveau de français international de leur auteur. Le style en reste affecté, frisant souvent l'emphase. « Cet homme, diagnostiquait Lafontaine, joue un rôle en communiquant avec vous. Il se met en scène, a manifestement plaisir à vous prendre de haut et se grise à vous "snober". Il porte, cela dit, une attention évidente à chaque mot de ce qu'il vous raconte, et rien ne peut être tenu comme "spontané" dans son écriture. » La policière nota, au fil des pages, quelques constats soulignés par la linguiste :

« Les nouvelles lettres présentent autant de tournures spécifiquement françaises hexagonales que de québécismes. »

« Plusieurs termes utilisés par Langiro, *petite frappe, gouape, donzelle, apache, péquenaud, conard,* certains familiers, d'autres carrément argotiques, semblent confirmer le paysage lexical plutôt européen de l'auteur, même si — nous y revenons, — nombre de francophones de par le monde sont tout à fait capables d'écrire dans une langue ainsi vulgairement imagée. »

« *Avancez-vous à votre goût ?, jouer des bras* sont, par opposition, des constructions admissibles en français international, mais qui sonnent plutôt québécois. »

« Un cas ambigu : Langiro traite son professeur de "merdeux", une insulte particulièrement vulgaire en français international, alors que le même terme qualifie plutôt un homme chanceux en langue vernaculaire québécoise. »

« Un francophone d'ailleurs sourira en tentant de comprendre ce que veut lui dire un Québécois quand il a recours au calque de l'anglais : *être dans l'eau bouillante*. Certes, il va se douter que ça va mal pour son interlocuteur, mais lui dirait plutôt qu'il "est dans le pétrin". »

« Langiro cite Edmond Rostand ou Louis Aragon, des plumes monumentales, dont les écrits sont admis comme repères linguistiques dans toute la francophonie et pas seulement en Europe. Cela dit, en évoquant le *Regardez-moi bien aller !* de Pierre-Elliott Trudeau, il se cantonne dans l'espace de référence québéco-canadien, l'expression n'ayant pas traversé l'Atlantique jusqu'à marquer l'imaginaire francophone international. »

« La locution *souvenirs, souvenirs*, un rappel du refrain d'une vieille chanson des débuts de Johnny Hallyday, ne fait aucunement image dans la mémoire collective d'ici. On comprend bien sûr le sens de l'expression, mais un Québécois l'utiliserait-il ? »

« Un Québécois n'écrirait jamais avoir été "fourré en taule", pour dire qu'on l'a "mis en prison", sans y penser à deux fois. »

« L'interjection *l'animal !*, pour dire quelque chose comme "le grossier personnage", n'est pas du langage courant au Québec, où l'on dirait plutôt "le bâtard", voire "l'hostique", "le tabarnak", bref, un sacre ou un autre, et nous n'en manquons pas ! »

« La présence de "gros" anglicismes nettement plus fautifs, le *définitivement,* par exemple, ou ce souci que Langiro émet de ne *pas élaborer* sur un sujet, semble trop évidente pour être naturelle. De telles erreurs de langage, qu'un Québécois en contact constant avec l'anglais commet, s'il n'y prend garde, beaucoup plus facilement qu'un autre francophone, détonnent nettement ici, compte tenu de la qualité de plume de Langiro. »

Francine Lafontaine y allait de bien d'autres considérations avant de terminer son analyse en effectuant des recoupements et en tirant ses constatations. La policière en retiendrait particulièrement des éléments de la synthèse finale : « L'exercice d'émailler les textes d'expressions déroutantes, évaluait l'experte, nous semble postérieur au travail de rédaction proprement dit. Elles n'ajoutent rien aux phrases qui les précèdent, ni aux raisonnements de l'auteur. On en vient à déduire qu'il ne les a plaquées là que pour leurrer... Le *C'est de valeur* si typiquement québécois, rajouté dans le post-scriptum, est-il de la même nature trompeuse? Tout le laisse à penser. Langiro veut-il faire croire que, parce qu'il a écrit son PS à la main, il a été moins attentif? Nous ne nous laisserons pas leurrer une seule minute: cet homme se paie trop votre tête partout dans ses écrits pour que l'on imagine qu'il puisse errer un moment par distraction!»

Plus loin, encore: «Comme nous l'avons déjà avancé, Langiro écrit ses lettres et puis les saupoudre d'indices mystificateurs... On lira, fort significatif à cet égard, le paragraphe de la troisième lettre décrivant cette altercation larvée qu'il a avec un voyou. La fille qu'il accompagne est, dit-il, la meilleure élève de "la classe de philosophie du lycée de filles voisin": nous voici dans un environnement sémantique nettement européen. Mais voilà qu'un individu "l'invite à laisser tomber les gants", et nous sommes là en plein dans le Québec macho des amateurs de hockey. Qui le provoque? Une "petite frappe", on est bien en France; qualifiée, plus loin de "crotté", on vient de retraverser l'Atlantique. Tout cela pour les beaux yeux, au début de l'histoire, d'une "donzelle" bien française mais, bientôt, sous le regard narquois de la "poudrée", cette fois québécoise... On s'amuse à vos dépens. Que l'on analyse sous le même angle la phrase introduisant son arrestation par le policier méditerranéen et l'on aboutira aux mêmes conclusions. Le jeune homme, écrit Langiro, descend "faire des courses", quand un Québécois irait "magasiner", "sur" la rue, alors qu'un Français va plutôt "dans" la rue. Toujours ce mélange déconcertant de deux vocabulaires! Vous l'aviez encore, notez-le, dans la troisième lettre où, dans une même phrase, Langiro vante, comme le ferait un Français, le "gentil minois de gamine" de Mademoiselle Boisjoli, mais nous dit s'adresser à son "portrait", en voulant fort probablement parler d'une photo qu'il a d'elle. Dire "portrait" pour "photo", c'est là encore du français tel qu'on le parle au Québec.

Cet homme nous paraît sciemment brouiller ses pistes.

« Et si l'on admet que tous ces artifices ne sont que manœuvres de détournement de l'attention, écrira encore la linguiste, alors on ne tiendra pas plus compte de ses belgicismes que de ses anglicismes, québécismes ou "francicismes". Car il y a, effectivement, un belgicisme soigneusement ajouté à chacune des trois lettres adressées à Mademoiselle Boisjoli : *Septante* et *nonante*, dans la première; *Je n'en peux rien*, dans la seconde; et *crève-misère*, (pour "crève-la-faim"), dans la troisième. Autant de classiques du genre...

« Langiro est-il un francophone d'ailleurs dans le monde, venu au Québec et voulant se faire passer pour québécois ou, à l'inverse, un Québécois brouillant sa piste ? Impossible d'en juger sur la base de ses écrits », concluait l'experte.

Trois jours avant le meurtre, l'enquête stagnait toujours à la case départ.

Chasseurs d'ailleurs (suite)

Matane — Auberge du Breton — Jeudi 19 octobre

L'homme d'affaires Ronald Fragon ne chercherait pas longtemps dans le restaurant matanais où son copain retraité et chasseur lui avait donné rendez-vous. La petite salle était presque pleine, mais il n'eut pas de difficulté à trouver l'ami Bayard, assis seul à une table au pied de l'escalier montant à l'étage, en train de consulter le menu. Ronald Fragon y alla d'un grand salut sonore qui, un instant, induisit un silence curieux autour d'eux : « Eh puis, comment qu'il va notre Roland ? »

Bayard se leva comme au garde-à-vous, et les deux amis se donnèrent une vigoureuse accolade. Le dernier arrivé était plus petit d'une tête que l'autre. Les deux affichaient une jeune soixantaine, pépère et enrobée chez Fragon — une solide fourchette —, plutôt taillée à coups de serpe dans le cas de Bayard, un échassier à la vingtaine, marathonien à la quarantaine et pan de mur vingt ans plus tard. Les deux étaient barbus, un bouc noir, ras et bien taillé chez Fragon, une broussaille rousse et copieuse sur les joues et le menton de Bayard, compensant pour le clairsemé de ses cheveux aux tempes.

— M'attendais-tu depuis longtemps ? demanda Fragon en levant le doigt pour commander une bière. As-tu fait ton choix ?

— Pas encore. En fait, j'arrive juste.

— J'ai une fin d'ogre. La route m'a creusé. Qu'est-ce que tu vas commander toi ?

— Je n'ai pas encore décidé. Je connais le patron, c'est le chef aux cuisines, un Breton, un bon cuistot. Il va venir nous conseiller…

— Faudrait pas qu'il soit long. Ils n'ont donc pas de cacahuètes, ici ? Pis c'est quoi cette affaire de faire des simagrées au téléphone. Viens-tu à la chasse avec nous, oui ou non ?

Fragon avait toujours eu la voix forte. Bayard estima que toute la salle devait l'entendre, ce qui, à la vérité, l'ennuyait un peu. S'il fallait que quelqu'un dans le restaurant ait remarqué la tête d'orignal qu'il avait promenée la semaine précédente sur le toit de son camion, il était fait en acquiesçant.

— Eh, dis, Ron, tu mettrais pas une sourdine à ton clairon, non ! M'est avis qu'on pourrait entendre ta grande gueule jusque chez les gardes-chasse.

Roland Bayard était l'un des rares amis à bousculer à l'occasion Ronald Fragon et à lui parler de façon assez raide au besoin. Le grand type avait toujours eu pour règle de mettre un frein à la générosité du nabab. L'autre y allait toujours de sa poche pour ceux qui l'accompagnaient dans ses loisirs, ce qui — veut, veut pas — créait des obligations aux invités. Bayard, lui, se faisait un point d'honneur à payer sa place, insistait pour partager les dépenses des voyages dans le bois et, ainsi, parvenait à garder une certaine distance avec l'ami millionnaire, devant qui il était l'un des rares à ne pas toujours plier. Les deux partageaient, de plus, le même niveau d'autodérision et d'humour.

— Bon, qu'est-ce qu'il y a maintenant, gémit Fragon d'un air de gamin pris en faute. Qu'est-ce que j'ai encore fait de croche ?

— Écoute une seconde, maudit bavard, poursuivit le grand à voix couverte. J'ai tué à l'arc, un méchant beau *buck* à part ça, O.K. ! Donc, normalement, je ne peux plus chasser. Sauf que, quand j'ai su que tu voulais qu'on rebelote ensemble, j'ai enregistré mon orignal au nom du gars chez qui je chassais et d'un de ses copains. En fait, j'ai donc toujours mon permis et peux effectivement recommencer avec vous, si tu te la fermes un peu que je ne me fasse pas repérer.

— *Good*, gouailla Fragon. Eh ben, c'est tout comme dans le parfait, on dirait.

Il se tut; un homme cubique en tablier blanc, bonnet à la Gilles

Duceppe, la face avenante d'un dogue de Bordeaux, venait vers Bayard la main tendue.

Son pote se levant, le roi de l'immobilier se crut obligé d'en faire autant, même s'il détestait avoir l'air si potiche à côté du taupin. Ce n'était pas qu'il fût tellement petit, mais l'autre était tellement grand! Les deux autres, des ex-collègues, comprit-il, se frappèrent dans le dos et se mirent à évoquer le bon temps où ils étaient actifs à Hydro-Québec. Fragon, un impatient, les laissa debout à se baguenauder dans leurs souvenirs de guerre, s'assit et se plongea dans la lecture du menu. Steak ou flétan? Il hésitait. Finalement, il tirailla la manche du grand et le força à se rasseoir.

— Bon, ça fait là avec vos affaires d'Hydro, j'existe aussi, non? bougonna-t-il. Qu'est-ce qu'on mange?

LeJosec, le patron, allait pousser sur le flétan. Le cuistot connaissait le pêcheur qui l'avait attrapé la veille.

— Vous servez ça en sauce au beurre? s'enquit Fragon.

— Non, pané avec des frites et une tartare que je fais moi-même et dont vous me direz des nouvelles...

— Parfait. Eh bien je vais prendre le steak, bleu saignant avec des pâtes et de la salade.

— Moi ce sera le flétan, temporisa Bayard. Pas de trouble avec mon copain, Robert. Il est toujours de même. Faut qu'il emmerde le monde. C'est une seconde nature chez lui.

— Un vrai Français de France comme nous, quoi! conclut LeJosec, pas rancunier.

— Même pas! un périphérique, un Belge, c'est pire...

— Ah ben là! s'esclaffa LeJosec.

— Je fais pas ça pour être chiant, plaida le petit barbu d'une voix d'innocent persécuté, le gras me refile mal au bide. Faut pas que je bouffe graisseux. Fait chier, mais c'est de même: plus de frites, plus de tartare, plus de beurre... L'enfer, quoi!

— Pas de beurre? s'enquit le chef d'un ton rogue. Alors, comment que vous les voulez, vos pâtes?

— À la tomaté! Lino. À la tomaté! répondit Fragon, hilare, en forçant sur l'accent italien. LeJosec ne comprit pas, choisit d'en rire et repartit vers ses cuisines. À mi-chemin, il se tourna et lança un puissant « Et dis donc, Roland ?

— Oui ? répondit l'autre.

— Tu te souviens de Guereur ? T'étais chum avec lui à l'Hydro, non ?

— Gaétan ? L'écolo ? Oui, bien sûr.

— Ben il est là, à l'hôtel.

— Dis-moi pas !

— Il vient lui aussi à la chasse à l'orignal avec d'autres ex d'Hydro. Tu devrais le voir. Veux-tu que je lui fasse dire que tu es là ?

— Certain, répondit spontanément le rouquin au Breton, remettant le cap sur son antre. Dis, ça t'ennuie pas trop, Ronald, que ce gars-là vienne manger avec nous ? C'est un bon Jack, tu verras.

— Ouais, si vous ne faites pas que parler d'Hydro, râla Fragon pour la forme.

Une paire d'heures plus tard, les trois chasseurs en étaient au café. Bayard, un économiste et Guereur, le biologiste, avaient eu quelques fois l'occasion de se rencontrer dans des réunions de cadres à Hydro. Ils avaient le même âge et, Français d'origine tous les deux, sympathisaient de longue date. Ils avaient, d'une certaine façon, fait leur guerre ensemble. Envoyés au début des années soixante-dix comme coopérants au Québec, ils avaient ainsi évité de faire leur service militaire dans l'Hexagone. Chacun de son côté avait décidé de rester à Montréal une fois leur service fait. Les deux diplômés universitaires avaient été embauchés par Hydro-Québec au début du projet de la Baie-James. Ce soir-là, ils avaient eu le bon goût de ne pas parler du tout carrière. En fait, les deux grands types maintenant retraités semblaient avoir oublié leur vie active et c'est de chasse et de pêche qu'ils avaient surtout discuté avec Fragon, et la soirée s'était passée agréablement. À l'heure de l'addition, Bayard n'avait rien voulu savoir des arguments habituels de l'homme d'affaires — « Ne vous en faites pas, laissez-moi régler la note. C'est la compagnie qui paie » — et c'est lui qui avait ramassé l'addition. Revenant avec la monnaie, LeJosec avait proposé son calva. Comment refuser?

Le repas avait été bien arrosé, la vieille pomme de derrière les fagots du bouledogue coulait généreusement, l'ambiance n'était pas triste à la table des quatre sexagénaires. On n'entendit bientôt plus qu'eux dans le restaurant aux trois quarts vide où, attablés dans un coin de la salle près des fenêtres, un homme et deux femmes terminaient leur repas. Bientôt, l'homme, un costaud blond à la moustache gauloise, quitta le restaurant, une des deux femmes à son bras, tandis que l'esseulée, une jolie fille en tailleur de laine vert, se dirigea vers l'escalier conduisant aux chambres. Pas un des quatre pendards ne semblait lui prêter attention.

Aglaé Boisjoli les observait à la dérobée depuis qu'elle s'était levée. Elle avait tenu à inviter Christian Girard et son épouse Julie, ce soir-là, pour remercier le constable de ses attentions. Elle avait retrouvé le couple une heure plus tôt dans le restaurant bondé, sans se soucier des autres convives présents dans la salle. Elle avait passé la soirée le dos tourné à la table des chasseurs, et ce n'est qu'en se retournant pour monter se coucher qu'elle les avait remarqués. Son angle de vue, en se dirigeant vers les escaliers, ne lui permettait de n'en voir bien que deux. Son hôtelier, de profil, en était un. Elle découvrit qu'elle connaissait également celui qui lui faisait face, du moins qu'elle l'avait déjà vu. Aucun doute possible: le grand barbu rouquin à tempes dégarnies, attablé au pied de l'escalier, était le chauffeur de cette fourgonnette à tête d'orignal qui avait failli la renverser la semaine précédente. L'homme, à l'écoute d'un autre grand type dont elle ne voyait que le dos, la fixa soudain et ne la quitta plus des yeux, comme si d'un coup il ne voyait plus qu'elle dans toute la pièce.

Qu'y avait-il dans ce regard qui la mit de suite mal à l'aise? Elle songea qu'il lui faudrait, le lendemain, demander à LeJosec qui était cet individu.

Matane — Poste de la Sûreté du Québec —
Vendredi 20 octobre

Elle n'aurait pas sa réponse. La serveuse de son petit-déjeuner l'aviserait que monsieur Robert était parti faire son marché. Le soir, à l'issue d'une journée éreintante, elle entrerait dans un hôtel endormi et, de toute façon, déserté par son propriétaire parti nourrir la tablée des chasseurs d'orignaux invités de Louis Pichon.

Le sergent Berthier respectait le jugement de celui qu'il avait choisi pour veiller sur Aglaé Boisjoli, Christian, un policier solide et attachant dont il avait souvent eu l'occasion de vérifier le bon sens et la loyauté. « Michel, l'avait prévenu, en douce, le constable Girard, à son arrivée au bureau vers la fin de l'après-midi, la petite m'a pas l'air bien en forme aujourd'hui ! Ça fait de quoi de la voir de même ! Tu devrais lui parler… » Dès qu'il l'avait pu, le sergent matanais était allé retrouver sa collègue dans son bureau avec l'idée de passer avec elle le temps qu'il faudrait pour l'aider à faire le point et tenter de lui regonfler le moral.

Mission ambitieuse : le reste de la soirée y suffirait à peine. Il avait attaqué leur conversation avec un constat fait à la suite de la réception de la dernière lettre du tueur. En habitué de l'autoroute Jean-Lesage, le mousquetaire avait noté que Cap-Saint-Ignace, le village du golfe Saint-Laurent d'où était partie la quatrième lettre de Mate *Victor Hugo* Langiro, était situé juste à la moitié du trajet entre Montréal et Matane.

— Trois cent quinze kilomètres de Montréal, trois cent dix-neuf de Matane, disent les cartes d'ordinateur, avait-il lancé à sa consœur. Faudrait s'amuser à vérifier où précisément se trouve le bureau de poste de Saint-Ignace. Qu'il soit le moindrement à l'est du village et l'on pourrait croire que votre type a souhaité vous envoyer sa lettre à mi-chemin tout juste entre la métropole et ce poste de police. C'est peut-être un hasard…

— Je ne le crois pas, avait soupiré la policière. Cet homme ne laisse rien au hasard.

— Vous avez l'air fatiguée, Aglaé. C'est cette affaire qui vous gâche l'existence ?

— Non, pas de souci, souffla-t-elle. C'est juste que je perds mon temps à essayer de trouver une véritable prise dans cette histoire, une porte d'entrée, quelque chose qui me permettrait de croire que j'avance. Je voudrais — comment vous expliquer cela ? — je voudrais voir quelque chose derrière cette fumée que ce type lève entre lui et nous... Mais je ne distingue rien et c'est frustrant. Il s'y prend trop bien de son côté, n'arrête pas de marquer des points. Je suis là à toucher mon salaire, à attendre sans comprendre, en fait, à ne rien faire...

— Ne prenez pas cela personnellement, Aglaé...

— Difficile de faire autrement. C'est moi, au premier chef, que cet homme provoque.

— Attendez ! C'est toute la police et même la société qu'il défie à travers vous. Quant au temps improductif, oubliez ça ! Ils font partie du métier de flic...

— Drôle de métier, lâcha-t-elle, sceptique.

Il s'était tu un long moment, respectant son silence. Il aimait les doutes de la jeune policière. Il avait craint, à l'annonce de la venue dans la péninsule d'une jeune gloire montante, de devoir accueillir une étoile filante inspirée, imbue d'elle-même, sachant tout, comprenant tout, expliquant tout, une Denise Bombardier tombée dans la soupe policière. Mais non, la fille était plutôt du genre auditif, inquiet, introverti... Il appréciait. Bien sûr qu'il avait remarqué ses yeux rougis quand, tout à l'heure, il avait frappé à sa porte avant d'entrer. Qui mettait du spleen dans ces beaux yeux noirs ? Langiro ? Berthier, un blasé, en doutait spontanément, mais, après tout...

— Quel message le tueur peut-il vouloir nous passer, selon vous, en postant sa lettre de Cap-Saint-Ignace ? l'avait-il relancée, soucieux de la voir s'exprimer.

Fervent adepte de maïeutique socratique, le policier-philosophe croyait dur aux vertus du dialogue et à l'efficacité de l'accouchement des consciences.

— À mi-chemin entre le lieu d'expédition de sa première lettre et l'endroit où il prévoit tuer ? Eh bien, je ne sais pas trop... là encore. J'imagine qu'il veut nous égarer une autre fois. Je vous l'ai dit, il a procédé à son tout premier envoi à la Sûreté depuis un bureau de poste du centre-ville de Montréal. Les quatre missives suivantes, deux cartes et deux lettres, ont été expédiées d'ouest en est, en allant de la métropole vers la Gaspésie. Tenez, j'ai fait figurer sur un plan les villes d'où sont parties les correspondances. Constatez-le vous-même, Langiro descend le fleuve par la rive nord : Joliette — Trois-Rivières — Donnacona et Québec. C'est comme s'il avait voulu nous montrer qu'il se dirigeait vers la Gaspésie. Nous savons désormais hors de tout doute qu'il était à Matane samedi après-midi, puisqu'il fait la preuve qu'il m'y a vue. Il y avait donc, jusqu'ici, comme une progression géographique linéaire le rapprochant de moi et du lieu de son futur crime. Bien. Cet autre lettre — son cinquième envoi — est postée d'un point, me dites-vous, exactement à mi-chemin du retour pour Montréal. Qu'en déduire ? Qu'il est montréalais ou québécois de Québec ? Peut-être, mais il peut tout aussi bien être matanais et avoir fait des allers et retours à seules fins de nous leurrer. Langiro le dit : il s'amuse... Quel message a-t-il dans l'idée de nous passer cette fois ? Eh bien je ne sais pas, non, décidément... je ne sais pas...

Elle avait eu une façon tellement désabusée de lâcher son dernier *Je ne sais pas* ! Le constable moustachu l'avait bien percée à jour : la petite perdait pied. Berthier, un sage, doté d'une empathie naturelle pour les âmes sceptiques, ne la laisserait pas s'enliser.

— Mais si, vous le savez ! Et vous l'avez parfaitement exprimé : il veut nous égarer. Il cherche avant tout à nous compliquer la tâche...

— Voilà, oui, c'est ça. Et il y réussit parfaitement quant à moi, avait-elle laissé tomber sur un ton d'impuissance. Elle avait tant ressassé les données du problème sans trouver de voies de solution ; le philosophe gaspésien aurait-il, lui, des idées nouvelles ?

— Vous, Michel, comment voyez-vous ça ? enchaîna-t-elle.

— Comme vous, j'imagine, répondit-il avec une prudence de

consultant en ressources humaines. Faisons le pari qu'il tue bientôt comme il dit qu'il va le faire. Nous allons nous retrouver devant un cadavre et des témoins : ceux qui connaîtront le mort, ceux qui l'auront vu ce jour-là, les voisins de la scène du crime, etc. Parmi la liste de ces témoins, il se peut que nous déterminions un certain nombre de « suspects ». Langiro a fait en sorte que, lorsque nous interrogerons tous ces gens, le fait de savoir où ils étaient entre mardi matin, heure où la lettre a été postée de Cap-Saint-Ignace, et le jour du meurtre ne nous avancera à rien.

— Et savoir qu'ils sont québécois de Québec, montréalais ou matanais ne nous aidera pas davantage.

— Exact. Cet homme avance en semant des énigmes et en effaçant, à l'avance en quelque sorte, les traces qu'il laissera. Il nous met véritablement au point zéro de toute analyse de ses déplacements. À sa dernière communication avec nous avant d'agir, il se situe en quelque sorte nulle part. Comme vous, je trouve ça très fort de sa part.

— Très fort, oui. Il est redoutable. Parfois, il m'effraie, soupira Aglaé, donnant de nouveau des signes d'épuisement nerveux.

Berthier en avait tant vu dans sa carrière, il était passé par tellement de hauts et de bas dans sa vie d'enquêteur qu'il avait appris à mettre une saine distance entre ses états d'âme et les aléas de sa vie professionnelle. Il l'expliqua longuement à sa jeune collègue, pas en grand frère protecteur, pas en détenteur de la vérité, pas en pédagogue. Non, il avançait une idée, l'écoutait lui répondre, précisait ses propos, comme s'il s'essayait à trouver avec elle une issue commune à leur réflexion. Il parlait sur un ton fréquemment interrogatif, avec comme une gêne dans la voix, un manque de certitude qui plurent d'emblée à la jeune femme. Sa clef à lui pour tenir quand rien n'allait à son goût, c'était la méditation, l'analyse. Et si à ces heures il ne trouvait rien, c'est, croyait-il, qu'il n'y avait rien à trouver. Avec une telle approche, expliqua-t-il à sa jeune consœur, il s'épargnait et tenait le coup psychiquement. Il parvint à exprimer ces choses sans insupporter la première de classe que les raisonnements tout faits avaient toujours agacée. Elle comprit pourquoi cet homme dictait le respect à ses collègues et à ses supérieurs : il n'imposait rien, il suggérait, faisait réfléchir... On avait envie de connaître l'opinion d'un tel interlocuteur ; elle sentit qu'elle n'hésiterait pas à se confier à lui, si l'heure venait de le faire.

— Dites-moi, voulez-vous, tout ce que vous pensez de cette histoire, tout ce que vos réflexions vous amènent désormais à supposer de cet homme, lui demanderait-il un peu plus tard, à la nuit presque tombée.

Elle allait tout reprendre avec lui, à la fois heureuse et reconnaissante de pouvoir recommencer l'exercice, mais découragée de constater qu'une autre fois, rien ne ressortait de ses efforts. Berthier lui avait indiqué au début de leurs échanges l'heure butoir de leur conversation. Tous les soirs, à 22 heures, il avait un rendez-vous téléphonique avec New York. Elle le savait et ne posa pas de questions... Et puis elle parla, parla... jusqu'à aboutir à ce mur où l'amenaient systématiquement son analyse. Elle ne pouvait désormais qu'attendre une — voire deux — mort annoncée. Elle était déjà passée par une affaire du genre, et le constat de son impuissance la minait...

— Qu'y faire, Aglaé ? tenta-t-il de la réconforter. Analysez l'affaire objectivement. Cet homme menace de tuer et va probablement tuer, je suis d'accord avec vous. Comment l'en empêcher ? Le plus que vous puissiez imaginer faire, si nous nous trouvons devant un cadavre, c'est empêcher que l'assassin récidive. Mais ce premier meurtre est inéluctable puisque c'est cet événement qui va véritablement déclencher notre action.

— Inéluctable ! Voilà, vous l'avez dit. C'est bien ce qui me jette à terre. Me semble que mon devoir serait d'empêcher qu'il y ait meurtre. Sylvain Blais, mon commandant de district, me dit toujours que notre première mission est de protéger le public, et là, nous ne faisons rien... enfin, je ne fais rien, et cet homme va tuer.

— Je connais très bien Blais, un super flic, et j'abonde en son sens. Prévenir plutôt que punir, j'en suis, règle générale... Mais avec votre Langiro, le poncif ne s'applique pas. À l'évidence, cet homme n'est pas de ceux que l'on raisonne et que l'on fait reculer. Il est rendu trop loin dans sa paranoïa...

— C'est un psychopathe criminel !

— Un bien grand mot qui ferait des étincelles devant un jury si nous parvenons un jour à traîner ce type-là en cour.

— C'est bizarre, avança-t-elle, songeuse. Vous allez me trouver bien pessimiste, Michel, mais j'ai bien l'impression que jamais nous n'arrêterons cet homme.

Aglaé hésitait à continuer. Il l'encourageait du regard et par toute la réceptivité de son attitude. Tout était, depuis longtemps désormais, tranquille dans le poste déserté par leurs collègues. Seules leurs phrases résonnaient dans le silence. La jeune femme se sentait stimulée par sa longue discussion avec le flic gaspésien. La qualité de l'écoute de l'ex-prof de philo, ses questions autant que ses silences l'amenaient plus loin que ne le faisaient d'ordinaire ses réflexions solitaires.

— D'une façon ou d'une autre, poursuivit-elle son raisonnement, il nous filera entre les pattes avant qu'on lui ait mis la main au collet. Et il le sait. Il connaît l'issue de cette histoire, a ses raisons d'être certain que nous ne le démasquerons pas. C'est pourquoi il nous incite à constater ses actes. Il y a chez lui comme un sentiment d'urgence. Il veut qu'on le voie faire par crainte du vide, du néant, de l'ignorance. S'il ne nous pave pas la voie, jamais on ne saura qu'il a tué, comme on n'a jamais su qu'il était le coupable des crimes passés dont il s'accuse. Peut-être est-ce cela qui, plus ou moins consciemment, me déprime. Je le sens en maîtrise complète de la situation et, plus je le vois aller, plus je crains de n'être rien d'autre dans l'histoire qu'une boîte aux lettres, au mieux; au pire, un faire-valoir. Il a déjà promis de tout révéler dix ans après sa — comment dit-il déjà ? — sa « mise hors circuit ». Drôle d'expression, là encore. Veut-il dire sa mort ? Je ne le sais même pas. Je nage au milieu de la bouteille d'encre. Je me sens impuissante, battue avant d'avoir mis les gants.

À ce moment de sa réflexion, Aglaé s'était levée, comme mue par trop de pression interne. Elle avait arpenté la pièce, agitée, presque fiévreuse. Berthier attendrait longtemps qu'elle reprenne son calme, la laissant, sans la relancer, revenir d'elle-même à son soliloque.

— Il tue et ne craint pas le châtiment. Et c'est comme si cette absence de toute possibilité de représailles m'excluait. À quoi aurai-je servi, moi, si je ne trouve rien avant qu'il explique tout lui-même ? avait-elle conclu dans un souffle.

— Pourquoi vous torturer ainsi avant l'heure ? Rien n'est encore joué.

— Peut-être est-ce parce que je suis déjà passée par une épreuve semblable l'an dernier : un homme menaçait de tuer et il tuait... et c'est comme si quelque part, moi, prévenue de ses intentions, je ne faisais pas mon travail en ne parvenant pas à contrer ses volontés. Voilà, l'histoire se répète. La belle affaire de tout comprendre ensuite ! Je me sens comme un médecin qui constaterait les raisons des décès sans savoir garder ses malades vivants. Curieux, le premier meurtrier que j'ai connu était pathologiste...

— Comme vous prenez tout cela à cœur, Aglaé !

Le silence s'éternisa. Elle constata que l'heure du rendez-vous de D'Artagnan avec sa Chinoise était largement passée. Elle le lui fit remarquer, il haussa les épaules. Cette preuve de l'intérêt qu'il lui portait la toucha. Rarement dans sa vie s'était-elle autant sentie en phase avec un homme à ce point attentif à elle. Et c'est alors qu'elle exprima des idées jusque-là confuses en elle, avec un manque de réserve et de prudence qui la surprendrait elle-même quand elle y repenserait, les jours suivants, dans la solitude de sa chambre d'hôtel.

— Il y a plus, avait-elle fini par articuler à voix basse, les yeux dans le vide. Je crois que j'éprouve désormais de l'attirance pour ces hommes qui tuent dans l'ombre et se jouent de nous au jour. Je ne sais comment vous l'exprimer, Michel. Je n'en ai jamais parlé, tout cela est nouveau pour moi, mais je ressens comme une compréhension... malsaine, à leur égard. J'ai envie de mieux les connaître mais, comment dire, pas forcément pour les contrer, les dissuader, les arrêter... Je ne me sens pas leur ennemie. C'est un sentiment tout à fait bizarre et culpabilisant.

Elle se tut, mais il sentit qu'elle avait plus à dire.

— Vous voudriez pouvoir leur parler, n'est-ce pas ?

— Peut-être... oui... Oui, vous avez raison, c'est cela : je crève de cette distance entre eux et moi. Les deux premiers sont morts, et j'ai peur que celui-ci ne disparaisse encore avant que j'aie pu...

C'est lui qui allait rompre le long silence et finir la phrase de la jeune femme :

— Entrer dans son monde ?

— Je ne savais comment le dire... oui, il y a de cela, avoua-t-elle, impressionnée qu'il ait si vite su donner une direction aux idées débridées qui l'assaillaient. Parfois, je crois que ma motivation est de me montrer meilleure qu'eux. Ces hommes sont comme des prestidigitateurs qui nous leurrent, et je souhaite les démasquer. Mais suis-je vraiment sûre de vouloir les contraindre ? Non. Ce qui me motive, c'est de comprendre. Bizarre, n'est-ce pas ? Je me souviens que, dans ma première affaire, j'étais presque devenue la complice de l'assassin. Je m'exprime mal mais, voyez, un vieil officier en retraite et moi, qui suspections cet homme, souhaitions avant tout le protéger avant de l'arrêter. Nous le jugions suicidaire et voulions instinctivement le sauver de lui-même, de la police, des hommes. Je pense très souvent à cette expérience, à ce qui me motivait alors et je reste perplexe.

— Je sais de qui vous parlez, Aglaé, la surprit-il. Moi aussi, j'ai travaillé avec Thomas Lafleur. C'est lui qui m'a convaincu, il y a presque trente ans de cela, d'aller finir mes études de philo. Tout un mentor que vous aviez là.

Comment pouvait-il savoir pour Lafleur ? Alex Demers, supputa-t-elle, avec une certaine stupéfaction à laquelle, prise par le cours de son raisonnement, elle ne s'était pas arrêtée.

— Ma deuxième affaire d'importance, poursuivait-elle, m'a mise aux prises avec un autre bonhomme tout à fait déconcertant. Quand aujourd'hui je pense à lui — et c'est souvent que cela m'arrive — me vient avant toute chose un sentiment de fierté

d'avoir su l'intéresser... C'est fou, non! Qui suis-je, Michel?
C'est comme si tout m'appelait du bord des assassins plutôt que
du côté des victimes et de la justice. Et voici cette affaire aujour-
d'hui qui, par bien des côtés, ressemble aux deux autres. Un
homme est là qui va tuer et qui m'interpelle, moi, Aglaé Boisjoli.
Et je me demande parfois... Oh non, c'est trop niaiseux.

— Que vouliez-vous dire, Aglaé? l'encouragea-t-il.

— Non allez, laissez faire. Je dois être fatiguée. C'est cette
attente qui me perturbe...

Michel Berthier n'était pas homme à laisser faire. Ils avaient
discuté encore longtemps, ce soir-là, dans le poste, et il n'allait
plus la laisser suspendre ses phrases. Si jolie, si jeune, elle l'intriguait. Vivait-elle seule? C'est Aglaé, sur le chemin de son hôtel
qu'il avait tenu à faire avec elle, qui en vint à parler de Raphaël
et des doutes qu'elle éprouvait dans la conduite de sa vie. Un instant, elle songea qu'elle devrait peut-être aussi lui parler de
Mylène. Mais, non, la grande fille n'était rien pour elle qu'une
passade, non? Aucune certitude... tout ce soir lui semblait si lointain, si aléatoire.

— J'hésite, Michel, je crois que Langiro va tuer demain et moi,
ce soir, je me demande si je suis faite pour être policière.

— Je me pose, moi aussi, souvent la question, lui confia-t-il
simplement. Et cela fait trente ans que je fais ce métier...

Le silence s'éternisait. Elle lui tendit la main pour le quitter,
mais il parut ne pas la voir. Il regardait ailleurs comme s'il cherchait à distinguer quelque chose dans la nuit, et puis d'un coup
son regard revint se poser sur elle et il ne la lâcha plus des yeux.

— J'ai autre chose à vous dire, Aglaé, finit-il par lui lâcher.

Ils étaient depuis déjà un moment devant l'hôtel silencieux. La
noirceur était douce. Tout semblait dormir autour d'eux. Il la
fixait avec une telle intensité qu'elle n'allait pouvoir soutenir
longtemps son regard.

— À l'évidence, Aglaé, lui affirma-t-il d'une voix pénétrée,
votre vie a croisé celle d'assassins d'exception. Ne croyez pas au
hasard. On n'échappe pas à son destin; le vôtre est, n'en doutez

pas, tout à fait... — il chercha longtemps ses mots — hors du commun. Ces trois hommes vous ont choisie, vous et nul autre. Les deux premiers ont eu besoin de quelque chose qu'ils ont trouvé en vous. Ce tueur qui vous toise aujourd'hui est lui aussi en attente, Aglaé. Cela fait quelques heures que je vous écoute me parler de vos doutes et de votre impuissance. Eh bien, voyez-vous, je ne suis pas sûr du tout, moi, que vous ne puissiez pas changer le cours des choses quand, enfin, vous serez face à l'assassin. Et cela pour une raison très simple : Aglaé, j'ai la conviction que vous allez le reconnaître... et il y a plus. Je ne saurais vous expliquer pourquoi, mais je sens qu'il le sait... que, peut-être, il le souhaite.

L'instant d'après, Michel Berthier parti dans la nuit, Aglaé Boisjoli regagnait sa chambre, complètement abasourdie.

III
L'enquête d'Aglaé[2]

Mort avec panache

Petit-Matane — Samedi 21 octobre, 9 heures 30

Chasse ou pas chasse, Ronald Fragon n'avait jamais aimé se lever tôt. Ce matin-là, pourtant, il avait dû déroger à ses us flemmards. À 6 heures du matin, à la nuit encore noire, il s'était embusqué quelque part à l'ouest de la route Michel-Otis, un peu avant le 5e Rang, en plein bois sur les hauts du village de Petit-Matane. Il y végétait encore et, à vrai dire, trouvait le temps bien long. Edgar Langlois, son guide personnel, l'avait planté là, sur une butte rocheuse bien dégagée, d'où il dominait, à l'est, une large vallée de forêt de repousse, un bon passage, avait décrété son guide, la veille, en repérant l'endroit avec lui.

Le millionnaire se sentait d'assez méchante humeur. Lui, le matin, il aimait prendre son temps, ses aises. Là, le petit-déjeuner trop vite avalé, il avait fallu qu'il se bouscule puisque Edgar tenait mordicus à ce qu'ils soient au site de chasse avant le lever du jour et qu'il avait fallu faire le voyage à pied pour ne faire aucun bruit dans la zone et n'y laisser aucune odeur d'essence. L'Edgar en question devenait dans le bois un authentique tyran. La veille au soir, dans la maison de ferme qu'ils avaient louée sur le rang des Côtés, au nord de leur coin de chasse, le guide avait été d'une exigence qui avait vite fatigué son client. Le nerveux régentait tout, lui avait même fait les gros yeux après son troisième verre de vin. «Une seconde là, on est à la chasse, pas à la guerre!» avait râlé Ronald.

---

2 NDLR - Pour suivre les deux parties de chasse en cours, le lecteur gagnera à se référer au plan figurant à la page 287.

Au moment de partir au matin, Fragon, comme une recrue bizutée à l'armée, avait dû faire l'étalage du contenu de son sac à dos : pas de balles en vrac, s'était-il fait reprendre avec les gros yeux. Elles risquent de s'entrechoquer et de mener du train. Pas de canettes de boissons gazeuses qui font « pschitt » à leur ouverture. Rien qui ne sente fort dans les sandwiches... « Wow là ! avait maugréé le barbu en ôtant les pointes d'ail généreusement glissées dans ses jambon-beurre-cornichons, t'exagérerais pas, quand même, *man* ! » Son bourreau n'avait pas jugé bon de répondre et, intraitable, l'avait regardé s'exécuter jusqu'à ce que le dernier caïeu odorant eût disparu de sa baguette. Le malheureux Fragon n'était pas au bout de ses misères. Après avoir inspecté son paquetage, le guide avait vérifié sa tenue.

— Vide tes poches, avait-il exigé. Voilà, je l'aurais juré. Tu vas laisser ici toutes tes pièces de monnaie. Je t'avais pourtant prévenu. As-tu pensé au bruit qu'elle mène, ta mitraille, quand tu marches ?

— J'avais oublié, avait dû concéder Fragon, faussement penaud.

L'homme d'affaires, un « insécure » chronique, prudent et méticuleux, détestait avoir froid. Il s'était couvert de plusieurs couches de chauds vêtements et avait enfilé un costume imperméable en épais caoutchouc par-dessus le tout. On n'annonçait pas de pluie pour la matinée, mais... « on ne sait jamais », un des leitmotives du maître de l'immobilier dans le bois.

— L'imper : plié dans le sac ! avait commandé Langlois de sa voix d'adjudant-chef, et tu m'ôtes une couche sur deux de ce que tu as sur le dos...

— Mais je vais avoir froid, de s'insurger Fragon de sa voix de persécuté.

— Non, on va marcher d'un bon pas. Pas question que tu arrives en sueur à la cache. Les dessous de bras à lavette, ça pue, O.K. là ! Pis l'imper en caoutchouc, c'est mortel à la chasse. Ça mène un train d'enfer si tu bouges et ça sent. Un imper, dans le bois, ça se met quand il pleut, compris ! Pas autrement ! As-tu chargé ton fusil ?

— Ben non! Je le ferai sur le *spot*.

— Certainement pas! Faudrait que tu voies ce que fait un orignal quand il entend le « cric-crac » d'un « magasine » de carabine. Tu charges maintenant et tu te mets sur la sûreté. Ton dossard?

— Je vais le mettre dans le sac! s'était empressé Fragon en attrapant un surtout réglementaire de toile rouge pendu à un crochet.

— Non, tu te le mets sur le dos! C'est sur la route, le fusil dans tes mains, que tu risques de croiser les gardes. Tu m'ôteras cette saloperie une fois seul sur le *spot*, quand je te dirai de le faire. Et n'oublie pas de le remettre au premier quatre-roues ou camion que tu entendras. Les gardes ne rient pas, et ça te coûte deux cent cinquante piasses si t'es pris sans ta casaque rouge sur le dos. Ton téléphone cellulaire?

— Ben quoi..., avait tergiversé l'autre.

— Me dis pas que tu l'as avec toi?

— Ben... euh... non, enfin si.

— Tu me *dompes* ça là vite fait, pis ça presse! Aujourd'hui, tu chasses l'orignal, t'achète pas Habitat 67! As-tu ta bouteille pour pisser?

— Hein?

— Ça aussi je te l'avais dit. Pas question de faire ça dans le bois. Tu pisses dans un contenant que tu bouches et que tu mets dans ton sac. Alors t'as de quoi, oui ou non?

— Ouais, ouais, je vais prendre une bouteille d'eau gazeuse, avait répondu Fragon, penaud, cherchant une place sûre pour laisser son cher cellulaire.

— Pis, as-tu bien chié à matin?

— Bof, avait râlé l'autre, chié, oui, mais bien, non! Tu me fais trop presser. Mon défunt père disait toujours « Vaut mieux bien caguer que mal baiser, fils! »

— Laisse faire ton père! avait coupé le guide sans même esquisser un sourire. En tout cas, t'es mieux de rien faire dans le bois ou bedon ton chien est mort. Rien de tel qu'une merde humaine pour couper la passe du gibier. Bon. Y a-tu autre chose que tu veux savoir, parce qu'après, en marchant, plus un mot! Et tâche de lever les pieds sur le chemin pour ne pas mener de train! Tu t'installes et tu ne bouges plus, quoi qu'il arrive, jusqu'à ce qu'on se revoie, pis ça, ça peut prendre un méchant bout de temps, la journée, en fait, si je ne lève rien. M'en vais lancer une couple de *calls* de femelle avant de te laisser, pis je vais faire le grand tour de la montagne et revenir sur toi tout doucement en imitant le mâle. Si un autre *buck* est dans le bout, il devrait venir sur le *call* de femelle, mais ça peut lui prendre du temps. S'il est couché, ça peut durer des heures avant qu'il se décide à se lever, mais il n'oubliera pas d'où est venu l'appel. Ce que j'espère, c'est qu'il accélère l'approche quand il va m'entendre et réaliser dans sa tête de mâle qu'il a un concurrent sur le rut. Tu comprends là? Toi, tu ne bouges pas et t'ouvres les yeux et les oreilles.

Et voilà, ça ferait bientôt quatre heures qu'il ne bougeait pas et il commençait à en avoir sa dose, le Fragon, d'ouvrir yeux et oreilles pour rien. Tout était mort dans le bois. Les copains non plus n'avaient rien dû voir. En tout cas, il ne les avait pas entendus tirer. Lajoie et Paré étaient partis — en camion, les chanceux — dans une zone humide, de l'autre côté de la route Michel-Otis. Bayard, à son habitude, s'en était allé tout seul en VTT, à l'aube, en laissant un mot sur la table indiquant qu'il ne reviendrait qu'à la nuit s'il n'avait pas tué. Ce type-là était un traqueur infatigable. Il allait marcher toute la journée à la boussole et bien malin qui pourrait prévoir où il irait passer.

Fragon se leva, pris d'une envie urgente. Déjà trois fois qu'il pissait depuis le matin. La bouteille de plastique qu'il avait apportée était aux trois quarts pleine et pourtant il n'avait pas bu à son affût. Seul le café du matin le travaillait encore. Il pesta contre l'étroitesse du goulot, constatant qu'un léger vent avait détourné quelques gouttes sur sa main dégantée. Son outil rangé, il s'essuya sur une plaque de mousse parasitant une épinette. Un instant, il se demanda s'il fallait croire Edgar: viendrait-il de couper la piste à tous les orignaux à la ronde? Il devait charrier, le Buffalo Bill. Quand même, ça l'emmerdait d'avoir peut-être hypothéqué ses chances. Et puis, ce vent qui se levait ne lui semblait pas très favorable. Les courants d'air avaient tourné un peu depuis le matin, et son odeur devait désormais être portée dans le vallon qu'il surveillait. Quand Edgar avait choisi la place, la veille, la brise était sud-est et venait sur son côté droit. Elle l'était encore ce matin, quand le guide l'avait installé. Mais là, depuis un bon moment, le courant d'air se faisait plutôt dans son dos et poussait son odeur vers la vallée. Fragon, un impatient, se dit que sa place devenait décidément bien mauvaise et que, s'il restait là, sa chasse risquait d'être « moffée » pour la journée.

Il en était là dans ses réflexions quand, faisant le tour du point de vue avec ses jumelles, il aperçut face à lui, à quelques centaines de mètres de l'autre côté du vallon, un rocher en surplomb qui lui sembla constituer une aussi bonne place d'observation. S'il parvenait à s'installer là-bas, il aurait le vent de face et de bien meilleures chances de voir du gibier l'approcher sans percevoir son odeur. Il pesa longuement les contre et les pour. Contre : la marche allait mener du train. Pour : ça ne devrait guère lui prendre plus d'un quart d'heure d'effort pour rejoindre l'autre coin et ça lui ferait du bien de marcher, le docteur le disait. Contre : il y avait un ruisseau à traverser et il risquait de se mouiller les pieds. Pour : le rocher visé était en plein soleil, alors que le *spot* où il s'emmerdait était à l'ombre. Contre : Edgar allait gueuler. Pour : Edgar allait comprendre que le client a toujours raison. L'instant d'après, avec d'infinies précautions pour ne pas faire trop de bruit, Ronald Fragon traversait la vallée.

Il fut bientôt rendu, pieds restés secs, du côté est du passage. La roche choisie était une véritable bénédiction de Saint-Hubert, avec, sur une face arrondie de son sommet, une espèce de cavité à demi mousseuse, quasiment de la dimension d'un sofa. Certes, le confort en était plus que rudimentaire, mais Fragon y étala des vêtements de rechange qu'il avait dans son sac, fit dudit sac un oreiller et s'y coucha bientôt sur le dos, la carabine sur le bedon. Il avait fait beaucoup plus de bruit qu'il l'aurait souhaité en gagnant son nouveau poste d'observation et, à la vérité, ne croyait plus guère en ses chances du jour. Un petit somme réparateur ne lui nuirait pas. Cet homme était toujours heureux dans le bois quelles que fussent les circonstances. Il ferma les yeux, la face en plein soleil, et savoura à sa juste valeur ce moment de pure détente.

Une sittelle vint bientôt, tête en bas sur un tronc voisin, découvrir d'où pouvait émaner ce ronflement sonore qui disputait le silence au bruissement des branches voisines. Ronald Fragon venait de s'endormir sur son rocher de vigie.

Il n'ouvrit un œil circonspect que deux heures plus tard. Quelque chose venait de briser sa quiétude. Un bruit, comme une branche cassée. Il resta allongé, ne bougeant que la main droite qu'il porta à sa 30-06. Il en chercha du bout du pouce le cran de sûreté, à l'arrière droit du levier de verrou. Il le poussa plusieurs fois, d'avant en arrière, satisfait de constater qu'il jouait parfaitement et sans le moindre bruit. Là-bas dans la vallée, une autre branche craqua. Il jeta un coup d'œil à sa montre. Midi et des... Il en avait perdu un grand bout.

Le chasseur entreprit lentement de s'asseoir et chercha ses jumelles. Surtout, le moins de mouvements possible et ne pas faire de bruit. Un autre craquement lui parvint qu'il localisa assez loin au nord dans la vallée, beaucoup plus loin, en fait, qu'il croyait l'avoir d'abord entendu quand il était sorti de son sommeil. Il se coucha sur le ventre et fouilla des yeux la végétation encore assez dense de ce premier tiers d'automne, jusqu'à apercevoir une petite tache noire dans les branches. Il la regarda longuement et finit par la voir bouger. Il monta ses jumelles à ses yeux et les régla adroitement. Un orignal s'approchait dont il ne distinguait pas la tête.

Tout entier aux aguets, le cœur battant soudain bien fort, il fit vite le « focus » sur l'animal immobile dont il discerna bientôt le haut d'une épaule et une patte. Tout à coup, l'orignal bougea et, un instant, il le vit entièrement dans le rond lumineux des jumelles. C'était un jeune mâle, des bois guère plus gros que des cornes de taureau, mais une drôle de belle bête. Il venait droit vers le coin où Edgar l'avait posté au matin après avoir lancé son appel de femelle. Parfait: que l'animal continue ainsi et il passerait devant lui.

Le chasseur posa les jumelles sans bruit sur la veste étendue sous lui. Il prit appui des deux coudes sur la roche et monta le télescope de sa carabine à ses yeux. Là-bas, la bête s'était de nouveau arrêtée sous un couvert, et il ne la voyait plus. Mais il savait qu'elle était là, à peut-être mille pieds. Il avait tout son temps. Ronald Fragon était bon tireur, avait confiance en son arme. Il savait que dans un rayon de cinq cents pieds, il ne manquerait pas sa cible. Il saurait attendre son heure. Il remua du ventre sur la roche jusqu'à trouver une position pas trop inconfortable, recula quelque peu le visage de son télescope pour ne pas risquer de choc en retour au moment du tir et entreprit de respirer calmement par le nez.

C'est alors que dans la montagne à sa droite, légèrement derrière lui, un autre bruit beaucoup plus proche et violent se fit entendre, et le chasseur stupéfait réalisa que c'est plutôt ce son-là qui l'avait réveillé quelques minutes plus tôt. Là-bas dans la vallée, le jeune mâle sortit au galop de son couvert et fit une trentaine de pas furieux avant de s'arrêter de nouveau en raclant le sol de son sabot. Quelques rots sonores lui répondirent de la montagne en même temps qu'un fracas de branche qui crépita, comme si un arbre s'était abattu dans les jeunes pousses. Fragon n'osait bouger. Le vacarme lui avait paru très proche, sans doute à moins de cent mètres. Il tenta d'y jeter un œil, mais l'affaire était malcommode. S'il voyait bien dans la vallée, il lui était difficile de distinguer quoi que ce fût, à son niveau, dans le bois sale du coteau. Pour ce qu'il put en déduire, le tapage venait d'un secteur plus densément boisé sis à la même hauteur que lui dans le flanc de la montagne. À l'évidence, les deux grands mammifères s'étaient repérés et se déclaraient la guerre à distance. Qu'il bouge, lui le chasseur, et l'un des deux mâles furieux le verrait, les deux risquant de foutre le camp. Il regretta d'avoir changé de place. Être de l'autre côté de la vallée lui aurait permis de surplomber toute la scène, alors que là il se trouvait en quelque sorte en plein milieu du décor, entre les deux animaux. Il jeta un œil dans la vallée. Le jeune mâle s'approchait de plus en plus. Il était presque « tirable » et, un moment, il pensa tenter sa chance. Mais l'autre, le mâle le plus proche, avait l'air tellement plus gros. Il décida d'attendre.

Quand même, au bout de cinq autres longues minutes de guet, il était presque décidé à abattre le jeune *buck,* cette fois bien détaché dans la coulée du ruisseau, à peut-être trois cents pieds de lui. L'animal ne bougeait plus, dressé lui aussi dans l'attente, une cible éminemment facile. Un bon tiens vaut mieux que deux tu l'auras, pensa le chasseur, pragmatique. C'est alors qu'un nouveau et violent charivari éclata dans le bois tout près à sa droite. Cette fois, il vit clairement d'où venait le bruit et, bientôt, dans les branches, il aperçut les andouillers d'un volumineux panache battant les frondaisons. Son sang battit très fort. Il chercha avidement la tache brune du corps de l'animal et, ignorant le jeune mâle qui s'approchait, il entreprit de tourner la carabine vers le flanc de la montagne. Le corps en long vers la vallée, il était mal placé pour enligner la 30-06 à quatre-vingt-dix degrés et eut de la difficulté à trouver la croix de sa lunette de visée. Quand il y parvint, la moitié du rond lumineux était noire, comme si un rideau concave en obstruait la demie côté soleil. Dans le croissant resté clair, il aperçut de nouveau le méplat des bois du grand mâle, qui y alla d'un autre barrit assourdissant. Fragon retint son souffle, décala de quelques centimètres le bout de sa carabine vers le corps de l'animal, baissa légèrement le canon et pressa sur la détente.

Immédiatement, il ressentit une sourde douleur au front et réalisa que quelque chose de chaud lui coulait sur le nez. Merde! se dit-il. Sa carabine mal calée dans le creux de son épaule, il s'était ouvert l'arcade sourcilière. Ce n'était pas la première fois que l'incident lui arrivait. Il avait au bas du front, au coin de l'œil et du nez, une vieille cicatrice ronde et sensible, fendue des décennies plus tôt, à ses premiers tirs à la lunette, et qui se rouvrait au moindre choc, comme un sourcil de boxeur. Il s'assit et entreprit d'éponger le sang avec un kleenex trouvé dans la poche de sa veste. Dans la vallée, le jeune mâle immobile le fixait, regard de myope et air couillon. Le chasseur se leva, enfila son dossard rouge, et l'animal se décida à déguerpir, vent arrière toute. Fragon fixa la talle d'aulnes et de jeunes bouleaux où il avait tiré. Rien n'y bougeait. On lui avait toujours dit qu'il fallait attendre un bon quart d'heure quand on venait de toucher un gros gibier, histoire de laisser à la bête le temps de bien mourir. Il attendit. Le ciel se couvrait. Il allait manifestement bientôt pleuvoir. «Pas bon pour la viande, ça!» jugea cet inquiet. Cinq minutes plus tard, n'y tenant plus, il marchait résolument jusqu'au boqueteau désormais silencieux.

Il y trouva Edgar Langlois, une large tache de sang s'étalant sur son torse sans dossard. Quelques bulles d'air rosées venaient éclater sans bruit à ses lèvres entrouvertes. À son front, arrimé sur ses épaules par une armature de cuir rigide, un grand panache d'orignal.

Manifestement, le guide était mort.

Mort sans panache

Saint-Adelme — Samedi 21 octobre, 15 heures 15

Arrivé où il avait choisi de tuer, il s'arrêta, savourant le moment, et se retourna, son fusil à un coup sur l'épaule. Mario Bailli, qui le suivait et ne s'attendait pas à sa volte-face, faillit le heurter, se recula d'un pas et le regarda de ses yeux torves soudain perplexes. Impassible, silencieux, le premier défiait le second qui s'étonna de voir bientôt apparaître un vague sourire sur le visage de son vis-à-vis. Un souvenir revint à l'homme au fusil. Lorsque, tout jeune, il faisait une quelconque bêtise ou que son bulletin scolaire n'était pas à la hauteur, son père avait coutume de le gifler. L'époque était au châtiment corporel pour les enfants insoumis. Mais le médecin était un homme à sang-froid qui n'entendait surtout pas blesser son fils. Ainsi exigeait-il, les rares fois où il sentait qu'il lui fallait le frapper, que l'enfant mît ses mains derrière le dos. Il jugeait ainsi pouvoir mieux doser la punition. Le petit gars connaissait le rituel et avait sa façon à lui de s'y plier. Coupable de ce qu'on lui reprochait, il bravait la correction, tête bien droite et joue tendue. Injustement puni, il se protégeait, les mains mal jointes dans le dos, la tête rentrée entre les deux épaules levées, cherchant un coin de mur pour compliquer la tâche du frappeur. Là, ce couillon de Bailli, la tête bien droite devant lui comme attendant l'hostie, s'inquiétait maintenant : « Ben quoi, qu'est-ce qu'il y a ? »

Il enleva, doigt après doigt, le gant de sa main droite et lui balança une formidable gifle sur la joue gauche. Que de haine dans cette claque ! Il n'aurait pas cru être capable de mettre encore tant de force dans le coup. L'autre en tomba sur le cul, ses lunettes aux verres légèrement fumés volant dans un buisson voisin. « Eh, ça va pas, non ? » balbutia-t-il, à quatre pattes, ses petits yeux rouges tout nus clignotant dans la lumière, les mains raclant la terre virant en boue autour de ses genoux. L'homme s'écarta d'un pas vers la droite et décrocha lentement le fusil de son dos. Il en cassa la bascule, glissa lentement une cartouche dans la chambre et referma l'arme dans un bruit sec et cassant. « Adieu, Ducon ! » dit-il, en dirigeant le canon du Holland & Holland entre les deux yeux de l'affreux toujours à terre.

— Non pas ça, c'est pas vrai ? pleurnicha Bailli.

— Si, dit l'homme.

Le bruit du coup de feu se répercuta longtemps dans les montagnes. Le tireur se demanda combien de chasseurs l'auraient entendu à la ronde. Comme un animal touché à mort, Bailli eut pendant presque une minute quelques mouvements spasmodiques. L'assassin renfila son gant, puis, de son couteau de chasse, coupa les deux épaulettes du dossard du mort. Du pied, il poussa les morceaux d'étoffe rouge sous le corps. Il avait longtemps pensé ce meurtre. Bailli ne devait pas être retrouvé trop vite. Il avait encore des détails à peaufiner dans la mise en scène de sa rencontre avec la police de la gentille Aglaé Boisjoli.

Il ne toucha plus au cadavre, mais entreprit de le recouvrir de branches. Il calcula qu'ils avaient dû faire à peu près cinq cents mètres, plein est dans le bois, depuis la cache de Bailli ; le corps ne serait pas si facile que ça à repérer.

La gueule qu'il avait faite, le maudit Bleu, quand il l'avait rejoint, vingt minutes plus tôt, au pied de son coin, comment, déjà, l'appelait Pichon ? Ah oui, se souvint-il, « la cache à Gérard D. »

— Ben qu'est-ce qu'y a ? Pourquoi gueuler de même ? C'est quoi qui se passe ? avait rouscaillé Bailli avec sa hargne de schnauzer, réalisant qui s'approchait de lui en lançant des « hop, hop ». Qui a tiré ? continuait le bigleux. Coudon ! C'était pas prévu qu'on chasse si près de mon territoire, non ? C'est quoi, ce bordel ?

C'était bien dans les façons du bâtard, ça. Fallait qu'il

rechigne, qu'il pinaille, qu'il fasse « de la marde ». Tranquille, lui s'était expliqué :

— Je viens de tuer. J'aurais besoin d'un coup de main pour vider la bête.

L'autre était sorti de sa cache en râlant que ce coup-là aurait dû être le sien et avait continué de bougonner, en constatant qu'il pleuvait. Un moment, l'homme avait même craint qu'il refusât de l'accompagner. Un con reste un con, même à quelques minutes de mourir. Mais non, Bailli avait fini par le rejoindre en lâchant quelques mots fielleux du genre : « N'importe comment, avec le ramdam qu'on fait icitte, ma chasse est bien *fuckée* pour aujourd'hui, hostie ! »

Le tueur cassa le vénérable fusil et en extirpa la douille de la cartouche tirée, qui fuma un instant dans l'air froid et humide. Il la fit sauter dans le creux de son gant avant de la glisser dans la poche de son dossard. Des fruits de bardane séchée s'accrochaient à la manche de sa veste de chasse. Il arracha une à une les petites boules piquantes agriffées à l'étoffe. Il se sentait parfaitement calme, en contrôle complet de la situation.

Un dernier regard sur le tas de branches sous lequel gisait le minable, et il repartit à la boussole, plein sud. À dix minutes de là, il croisa le chemin d'où il était parti une heure plus tôt. Cinq autres minutes plus tard, une marque dans le bois lui permit de retrouver sa carabine de chasse et son sac à dos. Dans le sac, une petite pelle-pioche militaire. Ses deux armes sur l'épaule, il repartit dans le bois dense à la boussole et compta un peu plus de trois cents pas.

Sur le bord d'une clairière, il dégagea de sa pelle des carrés de mousse et creusa tant bien que mal une fosse d'un bon trente centimètres de profondeur dans les racines. Il y glissa non sans regret le fusil — une arme magnifique — et la pelle-pioche. Se redressant, il prit une boîte de cartouches dans sa poche. Il en préleva deux qu'il glissa dans son dossard avec la douille du projectile tiré sur Bailli et jeta la boîte dans le trou qu'il entreprit de reboucher soigneusement en y poussant la terre de ses mains gantées. Il recouvra le tout des plaques de mousse et entassa du bois mort sur la terre remuée. Il calcula qu'il ne pouvait être à moins d'un kilomètre du lieu où l'on retrouverait le cadavre. Comment imaginer que les enquêteurs parviennent à mettre la main sur l'arme ayant expédié le Bleu *ad patres* ?

Le tueur prit sa carabine Remington et son sac à dos, et se remit en route à la boussole. Il avait long de chemin à faire.

* * *

Saint-Adelme — Samedi 21 octobre, 15 heures 20

Le vent d'ouest levé dans la matinée avait amené une pluie fine en début d'après-midi. Le pourvoyeur Guy Lajoie avait enfilé son imperméable, remis par-dessus son dossard et s'était décidé, sans grand entrain, à braver les intempéries. Vers 15 heures, il avait entendu un coup de fusil, le second de la journée, venant du sud, à quelque chose comme deux ou trois kilomètres, avait évalué ce connaisseur. Bayard leur avait dit la veille au soir qu'une gang de vieux d'Hydro-Québec chassait sur le territoire voisin. Il pensa qu'un chanceux parmi eux venait peut-être de réussir son coup. Le premier tir de la journée avait pété au sud-ouest, un peu passé midi. Il semblait en fait venir du coin où Fragon était posté. L'ami Ron avait-il tué ? Ce serait la surprise à leur retour au camp.

De son côté, tout était tranquille. Ils gardaient, Jacques Paré et lui, un petit marécage au deux tiers sud de leur territoire. Chacun sa rive. Aux jumelles, il distinguait le dossard du chroniqueur de chasse et pêche loin devant lui, dans l'espèce de brume qui s'élevait des eaux stagnantes sous la pluie. L'autre s'était installé dans une cache construite dans la fourche d'un arbre et, comme lui, n'avait pas bougé depuis le matin. Le temps passait lentement. Toutes les deux heures environ, Lajoie envoyait dans son cornet un long appel langoureux de femelle.

Il déposait une autre fois le cône d'écorce de bouleau à ses pieds quand il crut entendre une réponse de *buck* loin dans le bois au nord-est. Il attendit dix minutes, reprit le cornet et modula à nouveau un appel, cette fois un peu plus bref. De nouveau, une réponse vint de la même direction. Pas de doute, un mâle l'avait entendu qui mordait à l'appât. Il jeta un œil à sa montre. Il avait encore trois bonnes heures de clarté devant lui, tout le temps de faire venir l'animal jusqu'à lui.

Hélas, un autre coup de feu se fit entendre, dans son dos, cette fois plein sud, pas très loin d'où était parti le coup entendu vingt minutes plus tôt. Pas bon pour sa chasse, ça. Il estima que le gars d'Hydro avait dû blesser un animal, qu'il l'avait poursuivi et qu'il venait de l'achever. Sauf qu'avec ce nouveau bruit, le mâle qui lui répondait risquait de s'effaroucher. Effectivement, le chasseur n'aurait point de réponse à son nouvel appel de femelle. Il attendit, attendit, mais le bois resta sourd. Il poussa sa dernière miaulée un peu passé 16 heures, sans plus de succès.

La pluie devenant plus forte, Guy Lajoie décida qu'il en avait assez fait pour la journée, quitta sa cache et s'en retourna vers le camion par le bord du lac. Cent mètres plus loin, il vit une tache rouge avancer de conserve avec lui de l'autre côté du marais. Paré l'imitait. Leur chasse était finie pour la journée.

De retour au camp, le pourvoyeur du lac Champlain allait tout de suite comprendre que quelque chose n'allait pas. Rien de pendu au portique et, pourtant, Ronald Fragon était là… mais dans quel état ! La face à terre, nerveux comme un mené dans un trou à brochets, et, bizarrement, habillé en costume-cravate, comme s'il se préparait à retourner à Montréal. Bien sûr, Lajoie vit le sparadrap sur l'œil de son ami. C'est donc bien Ronald qui avait tiré. Mais alors, que se passait-il ? « Un hostie d'accident ! » lui annonça l'autre d'une pâleur de sable. Et Fragon, le bravache, le gouailleur, l'homme à qui tout réussissait toujours, s'effondra comme un apprenti boxeur knockouté. Il avait tiré sur Edgar et l'avait tué.

« T'es sûr ? » lâcha Guy, estomaqué. Eh oui, aucun doute, l'autre était mort, archi-mort. Ronald insistait frénétiquement pour dire qu'il avait marqué l'endroit dans le bois avec un rouleau entier de ruban rouge et que le corps serait facile à retrouver. Sans téléphone portable suivant les ordres d'Edgar, il était revenu en courant au camp, laissant son fusil près du corps du guide. Le cœur le tiraillait depuis, et il avait peur de faire une crise d'angine de poitrine. Son premier réflexe avait été d'appeler Sam Balderman, son avocat montréalais. Il était en contact incessant avec lui depuis. C'est Sam qui avait appelé la police à Montréal, laquelle avait joint la Sûreté locale. Apparemment, un hélicoptère était parti de Matane pour aller chercher le corps d'Edgar. Un flic l'avait appelé pour lui demander où était le cadavre et où il se trouvait, lui. On lui avait intimé l'ordre de ne pas se déplacer en attendant l'arrivée de policiers…

Le ton de Ronald était saccadé, les bribes d'information qu'il débitait une à une n'étaient pas claires. « Bâtard de bâtard ! » ne cessait de lâcher Paré qui s'était joint à la conversation et qui écoutait le millionnaire en buvant verre de gin sur verre de gin, la moumoute de plus en plus de travers. Lajoie avait fait asseoir son ami et devait presser sur ses épaules pour le maintenir à la table. La partie de plaisir virait au cauchemar.

Vingt minutes plus tard, une voiture de police banalisée s'arrêta devant leur ferme. Un constable à moustache blonde la conduisait, qui laissa passer les trois autres occupants de l'auto devant lui au moment d'entrer dans la maison. Le premier qui vint à eux était un type élégant, bien proportionné, cheveux longs, allure sportive, barbe poivre et sel, qui se présenta comme le sergent-enquêteur Michel Berthier. Une jeune femme l'accompagnait ainsi qu'un immense type en imperméable mâchouillant de la gomme. Ces deux-là ne jugèrent pas utile de décliner leur identité.

— Lequel d'entre vous trois est Ronald Fragon ? s'enquit le sergent-enquêteur. Je vais vous demander, messieurs, de nous laisser, poursuivit-il à l'adresse de Lajoie et de Paré. Chacun dans une chambre séparée, s'il vous plaît. Nous vous verrons tout à l'heure. Avez-vous, les uns ou les autres, des téléphones portables ?

Fragon et Paré en avaient un, qu'ils remirent au constable. Assis devant le sergent à la seule table de la cuisine-salle à manger de la ferme leur servant de camp de chasse, le millionnaire montréalais ne fit aucune difficulté pour répondre à toutes les questions de Berthier. Lajoie, qui observait la scène derrière le carreau de la porte vitrée de sa chambre, nota que seul le beau bonhomme posait des questions. La jeune femme et le moustachu, assis en retrait le long du mur extérieur, prenaient des notes. À côté d'eux, le grand mâcheur de gomme n'ouvrait pas la bouche et donnait l'impression de s'emmerder. L'interrogatoire dura une bonne heure.

Le chroniqueur Jacques Paré succéda à Fragon sur le grill, le millionnaire s'en allant à son tour s'isoler dans la chambre du journaliste. La seconde prise de témoignage fut pas mal plus courte. Lajoie, qui voyait sans l'entendre son compère répondre aux questions, jugea que les policiers devaient en avoir plein les bras à comprendre son ami Paré qui, teint rougeaud, coude glissant sur la table, donnait toute apparence d'être saoul comme une botte.

La nuit tombait à l'heure où le pourvoyeur vint à son tour donner sa version des faits. Pas grand-chose à ajouter, au demeurant. Il confirma l'heure où il avait entendu le coup de feu de Fragon, exposa longuement les techniques de chasse d'Edgar Langlois, cette façon tout à fait particulière qu'il avait de provoquer les mâles orignaux en allant vers eux un panache sur la tête. Son témoignage fini, on lui demanda de laisser les flics seuls.

Les deux chambres prises, c'est dans la salle de bain qu'on l'envoya. Il fallait, lui expliqua-t-on, recueillir la version du quatrième chasseur avant que les trois premiers témoins lui aient parlé. L'exigence ne surprit pas vraiment le pourvoyeur. Il avait déjà eu l'occasion dans sa vie d'être ainsi interrogé avec le même cérémonial, lors d'un accident de chasse bénin survenu sur un de ses bateaux, un jour d'ouverture aux canards. Il savait par expérience que les policiers ont de ces exigences pointilleuses dans les cas de blessure par arme à feu. Assis sur le bol de la toilette, il allait prendre son mal en patience, jugeant tout de même que Bayard était foutument long à revenir de sa chasse.

* * *

Aglaé Boisjoli avait assisté aux trois interrogatoires sans dire un mot. Les quatre policiers s'étaient entendus dans l'auto, entre Matane et Saint-Adelme, pour que Christian Girard prenne les notes qui figureraient au procès-verbal informel des interrogatoires, mais elle avait bien compris à l'air empêtré du costaud que les travaux d'écriture ne devaient pas être son fort et elle avait décidé de l'aider. La jeune femme appréciait cette position de seconde ligne qui lui permettait de se faire une idée plus réfléchie de ce qu'elle voyait se dérouler devant elle.

Elle avait passé la journée au bureau de la Sûreté, persuadée que quelque chose devait arriver. Quand la nouvelle était tombée qu'un individu du nom de Ronald Fragon venait de tuer son guide de chasse, elle n'avait pas échappé à la fébrilité générale envahissant le poste. Christian Girard et l'autre constable présent au travail avaient rappelé des confrères en renfort. Berthier, qui avait tenu à passer son samedi avec eux et qui, contrairement à ses habitudes, était au bureau depuis tôt le matin, avait avisé immédiatement le coroner de garde, fait venir un hélicoptère de Québec et mobilisé à Rimouski une équipe de techniciens en scènes de crime. Alex Demers, arrivé en ville depuis la veille, leur avait fait la surprise de débarquer en plein brouhaha.

Le premier réflexe d'Aglaé à l'annonce de la mort du chasseur avait été d'aller sur son ordinateur. Ce guide de chasse à l'orignal abattu dans le bois était-il le mort promis par Langiro ? Rien ne l'indiquait *a priori*. Cela dit, quelque chose l'avait immédiatement perturbée dans l'annonce que leur avaient faite les collègues de Montréal du décès violent survenu sur les hauts de Petit-Matane. Le nom du chasseur ayant causé la mort du guide, Ronald Fragon, ne lui était pas inconnu. Mais où donc avait-elle bien pu le voir ou l'entendre ?

Elle l'avait tapé sur un moteur de recherche pour découvrir

que l'homme ainsi nommé était un gros businessman montréalais, nommé entrepreneur de l'année au Québec en 1995 dans le
domaine de l'immobilier. Elle avait vu sa photo sur la toile : une
bonne bouille. Non, elle ne pensait jamais avoir rencontré ce
type, et pourtant... Pourtant, il y avait quelque chose. À force de
piocher dans les nombreux sites évoquant le millionnaire, elle
allait finir par découvrir qu'il était le propriétaire d'un domaine
dans les Cantons de l'Est, à Abercorn, et c'est alors que le déclic
s'était fait. Cet homme était un ami des chasseurs de Saint-
Valentin, témoins de sa première enquête sur le tueur de Saint-
Étienne. Son nom, elle en était sûre, avait été cité par des témoins.
Elle avait passé un long moment à retrouver la donnée dans le
dossier de l'affaire et restait, depuis, interdite. Quels liens l'information permettrait-elle de faire entre les deux enquêtes ? Était-ce
là simplement un effet du hasard ?

Elle avait de suite communiqué ce qu'elle savait du chasseur
millionnaire à ses collègues, et tous restaient dubitatifs. Suivant
intensément l'interrogatoire de Fragon, elle avait, sans succès,
tenté d'y trouver des pistes de réflexion. À écouter le témoin, l'histoire était d'une lamentable simplicité : il avait tiré sur un panache
dépassant d'un buisson sans que jamais l'idée l'ait effleuré que
son guide pût être en dessous. Toutes les réponses de l'interrogé
cautionnaient la thèse de l'accident de chasse niaiseux. La mort
de cet Edgar Langlois n'entrait pas dans le cadre dessiné par le
meurtrier en série qui les défiait. Il fallait qu'il y ait autre chose.

Les trois témoins cantonnés dans leur pièce fermée, les policiers avaient échangé à voix basse en attendant le chasseur retar-
dataire. Fragon, en première analyse, leur apparaissait crédible
avec son histoire d'accident fortuit. Berthier, comme les policiers
en étaient précédemment convenus, avait évité de lui poser toute
question allusive à l'affaire Langiro. Celles-là viendraient, au
besoin, plus tard, et la logique voudrait, si l'on orientait un interrogatoire en ce sens, que le suspect se fasse assister par son
avocat...

Le cellulaire confisqué au millionnaire ne cessait de sonner.

Son avocat sans doute, évalua Berthier qui décida d'aller aux nouvelles en appelant au poste de Matane. Il ne dirait que «Ici Berthier» dans l'appareil avant d'écouter de longues secondes son interlocuteur. «Parfait, répondit-il seulement à la fin de la communication. J'irai en auto demain matin sur les lieux en compagnie du tireur, Fragon. Si son avocat veut voir du pays, qu'il descende et nous accompagne. Dis-le-lui. Rien d'autre? Merci.» Il raccrocha. L'instant d'après, il faisait le point avec ses trois collègues.

Maître Balderman exigeait sans surprise des nouvelles immédiates de son client et menaçait de débarquer cette nuit même dans la péninsule. La dépouille de Langlois avait fait l'objet de premières analyses par le coroner à Matane. Elle serait envoyée le lendemain pour la morgue et les laboratoires de Montréal. La mort d'Edgar Langlois avait été foudroyante, son cœur ayant éclaté sous le choc d'une balle non retrouvée jusqu'ici sur les lieux. L'équipe héliportée n'avait eu aucun mal à repérer le corps, mais les techniciens avaient dû travailler rapidement avant la tombée du jour, et d'autres analyses et des photos restaient à faire le lendemain sur le terrain. L'endroit n'était pas si difficile d'accès. On pouvait en approcher à environ trois cents mètres par des routes carrossables en automobile.

Quelles étaient l'opinion d'Aglaé et celle du directeur général adjoint de la Sûreté sur ce qu'il conviendrait de faire avec le millionnaire montréalais, si la reconstitution des faits validait son témoignage? Le laisserait-on repartir libre? À quelles conditions? Les policiers en étaient là dans leurs discussions quand un VTT vint s'arrêter en pétaradant devant la porte du camp. Aglaé jeta un œil à sa montre. Il était presque 20 heures. Elle estima qu'il devait faire nuit depuis au moins une heure et demie, s'avança sur son siège et prit son stylo. La porte s'ouvrit.

Elle eut un choc en reconnaissant le chasseur qui entrait et se débarrassait de son imperméable trempé. Très grand, rouquin et barbu, l'homme qui avait dû freiner pour éviter de la renverser à Matane, la semaine passée, toisa les policiers un à un sans sembler manifester de surprise en les découvrant devant lui. Elle se recula derrière la puissante épaule de Christian et fixa intensément le nouveau venu qu'accueillait maintenant Berthier. C'était ce type qu'elle avait revu dînant au restaurant de son hôtel avec monsieur LeJosec, deux jours plus tôt. Que de hasards en si peu d'heures : Fragon tout à l'heure, un ami du meurtrier de sa première enquête; l'immense barbu maintenant, un des rares hommes dont elle ait remarqué la présence à Matane. Dans l'état de tension où elle baignait depuis ces derniers jours, comment croire à des coïncidences ?

Son collègue et le grand rouquin à moitié chauve étaient maintenant assis face à face, à la table où Berthier avait interrogé les trois autres. Elle prit le nom du géant en note, qu'il épela à la demande du sergent : Roland Bayard. Celui-là non plus n'était pas québécois d'origine. Il répondait sans artifice aux questions de Berthier. Il n'avait eu aucune autre réaction que de la surprise à l'annonce de la mort de Langlois. « Pauvre Ronald ! » avait été son seul commentaire à la nouvelle. Il ne connaissait pas le guide Langlois avant l'actuelle partie de chasse, se justifia-t-il. Bayard se présentait comme un économiste retraité, compagnon de chasse du millionnaire depuis plus de vingt ans. Il expliquait son retour tardif par le fait qu'il chassait très loin du camp et avait eu des difficultés à retrouver son quatre-roues à la nuit tombée. L'homme s'exprimait par phrases courtes et précises, avec des tournures québécoises mais, tout comme Fragon, avec un reliquat d'accent européen. Au bout d'une bonne demi-heure de questions-réponses, Berthier en avait terminé. Rien de neuf ne sortait de ce dernier interrogatoire.

Quelque chose, cela dit, chicotait Aglaé Boisjoli. Elle s'approcha de la table avant que le grand type ne se levât et surprit ses collègues en lui demandant s'il n'avait pas déjà tué un orignal à l'arc, plus tôt dans la saison. L'autre, jusque-là imperturbable, eut l'air désarçonné par la question.

— Ben oui, enfin, non, répondit-il finalement. J'étais avec deux gars qui, eux, ont tué.

— C'est bien ce qu'il me semblait. Je vous ai vu, n'est-ce pas, à Matane la semaine passée, monsieur Bayard. Je traversais à pied devant un feu vert et vous avez dû freiner pour éviter de me heurter. Vous conduisiez une espèce de camionnette allongée avec une tête de mâle orignal dessus. C'est bien cela ?

— Bien possible, répondit-il, son assurance retrouvée, un air de défi, peut-être, sur le visage.

— Je vous ai vu, de plus, avant-hier soir à l'Auberge du Breton, poursuivit-elle.

— Bien possible une autre fois, concéda-t-il sans tergiverser. J'y dînais avec des amis.

— Monsieur LeJosec ?

— Entre autres. Il y avait aussi Ronald…

— Monsieur Fragon en était ? s'étonna la policière. Je ne l'avais pas remarqué.

— Mais oui. Et le quatrième était un autre ami chasseur, un retraité d'Hydro-Québec comme moi.

— Comme vous ? articula lentement Aglaé. Vous êtes des retraités d'Hydro…

Il y eut un long silence. Enfin, Aglaé Boisjoli voyait une complémentarité entre deux pièces du puzzle. Arnaud Courchesne, la victime de Langiro à Wabash, était aussi un ancien d'Hydro. Elle se retourna et chercha le regard d'Alex Demers qui lui décocha un clin d'œil à la Patrick Roy. L'instant d'après, Bayard apprenait aux quatre policiers que l'hôtelier Robert LeJosec était également un retraité de la société d'État et qu'il cuisinait pour un groupe d'anciens cadres de la même entreprise dont même un ex-président, réunis pour chasser sur un territoire voisin.

— Loin, ce territoire ? avait demandé Aglaé.

— Mais non, les lots de terre immédiatement voisins au sud d'ici, avait répondu Bayard.

Un verre de trop

Saint-Adelme — Samedi 21 octobre, 21 heures 15

À quatre kilomètres à vol d'oiseau de là, dans le luxueux rendez-vous de chasse de Louis Pichon[3], le président Roland Legrand, comblé, détendu, savourait le pineau de la victoire. Il revenait seulement au magnifique camp qu'avait fait construire leur hôte quelque vingt ans plus tôt. Il avait soif. L'apéritif charentais proposé par l'ami Omer Boulin était le bienvenu. Contrairement à son habitude, l'heureux chasseur allait souper dans les mêmes vêtements de chasse qu'il avait portés tout l'après-midi. Trop fatigué pour se changer. Bon Dieu, estimait-il en sirotant son Château de Montifaud, de telles émotions n'étaient peut-être plus de son âge, mais tout de même, quel plaisir rare!

Le matin, la chasse n'avait rien donné. La zone contrôlée par Louis Pichon s'étendait dans un quadrilatère de chemins forestiers de trois par deux kilomètres, au nord-ouest de Saint-Adelme : six cents hectares de forêt dense, de marais et de friches redevenues sauvages. Au centre du rectangle, accessible par le 5e et le 6e Rang, au milieu d'une clairière soigneusement entretenue en pelouse, la superbe construction servant de rendez-vous de chasse aux invités de l'ex-gloire de Radio-Canada.

La cache occupée par le président, pour être réputée comme l'une des meilleures du territoire, était pourtant la plus proche du camp, où Rolly avait pu revenir casser la croûte vers midi. Il en avait discuté avec Omer Boulin et Bernard Delétang devant un

---

3 NDLR - Le lecteur est invité à se référer au plan figurant à la page 287.

verre de Brouilly. Ni l'un ni l'autre des deux autres pépères n'avaient chassé au matin. Boulin, souffrant manifestement de son genou, ne chasserait pas de toute façon et avait prévu de les quitter le lendemain. Delétang, encore fatigué par la route faite la veille pour descendre en Gaspésie, avait choisi de faire la grasse matinée. À l'évidence, aucun des trois septuagénaires ne rajeunissait. Les plus jeunes étaient tous restés dans le bois comme ils avaient promis de le faire. LeJosec, après avoir cuisiné toute la matinée, repartirait pour Matane dans l'après-midi en laissant le frigo rempli et ses consignes à Stéphane, l'homme à tout faire du camp. Louis Pichon les avait rejoints à midi pour le repas. Personne n'avait tiré au matin et, la chasse, vu la pluie prévue en après-midi, s'annonçait tranquille pour le reste de la journée.

« Ce n'est pas en restant au chaud à la maison que l'on tuera ! » avait décrété le président qui avait repris son affût vers 14 heures. Il faisait effectivement mauvais mais, avait-il apprécié, son hôte l'avait gâté en le plaçant dans cette cache confortable et abritée de la pluie. À sa courte honte, il s'y était proprement assoupi, digérant le restant de jarret de veau aux morilles dont il s'était délecté à midi. Ce LeJosec l'avait réellement surpris par ses talents de cuisinier.

Sa sieste faite, le vieux Rolly avait lu. Lui qui avait couru toute sa vie devenait, en vieillissant, d'une infinie patience. Il pouvait rester des heures à attendre dans une cache avec un bon livre. Pour l'heure, il s'abîmait dans une volumineuse biographie de Voltaire. Il avait fermé le bouquin quand l'obscurité avait commencé à se faire dans sa cache, une petite construction de planches, assez semblable aux bécosses de son enfance, judicieusement placée au carrefour de deux étroits sentiers forestiers. Sur chacun des quatre côtés, une ouverture façon meurtrière permettait de surveiller la forêt environnante. Encore quinze minutes de clarté, avait-il évalué, et il lui faudrait plier bagage.

Ce qu'il allait effectivement faire, un quart d'heure plus tard, quand, au moment même où il se levait pour enfiler son imperméable, il avisa une grosse tache sombre au milieu d'un des sentiers qu'il surveillait. Aucun bruit dans le bois, mais une femelle orignal, une grosse, était venue jusque-là sans qu'il s'en aperçût et lui faisait face, tendant les naseaux de sa tête busquée vers lui. La bête volumineuse lui parut stupide et sans grâce. Rolly savait que l'ami Delétang avait tiré au sort un permis de femelle. Il n'hésita pas, présenta sans bruit le canon de sa carabine dans l'ouverture de la paroi de planches et visa l'animal en pleine poitrine.

Le président ne prétendait pas être un bon tireur, handicapé par l'incontrôlable réflexe qu'il avait toujours eu de fermer les yeux au moment de presser la détente. Il n'y pouvait rien, c'était ainsi. Un bruit assourdissant emplit la cache quand il tira. L'instant d'après, il regarda la route là où il s'attendait à trouver le corps de l'animal… rien ! L'idée que son télescope pouvait être désajusté l'effleura. Il ne pouvait attendre, la nuit tombait. Il marcha vivement dans la pénombre la cinquantaine de mètres qui le séparait de l'endroit où était la femelle quand il l'avait vue et visée. Son vieux cœur battait à grands coups. Il ralentit bientôt sa marche et s'imposa de respirer calmement par le nez. Aucun bruit dans le bois, mais il découvrit une large tache de sang au sol. Il avait bien touché la bête.

Ce n'était pas lui qui courrait derrière l'animal blessé. Comment son hôte, monsieur Pichon, avait-il dit, déjà ? « Si vous tuez, tirez trois balles à intervalles réguliers. Je ne suis pas loin de vous et je viendrai vous aider. Le président avait tiré ses trois coups et s'était tranquillement assis sur une souche au bord du chemin, cherchant sa torche électrique dans la poche de sa veste.

Une demi-heure plus tard, ils étaient trois à l'avoir rallié : Delétang, son voisin de cache de chasse, Louis Pichon et le jeune Stéphane Garon venu en VTT tirant une remorque. C'est le jeune gars, un petit bonhomme pas mal rapide en forêt, qui avait pisté la femelle. Dans la nuit désormais noire, cela n'avait pas été facile. Blessée à mort, elle gisait à cent mètres environ dans le bois sale. Les quatre hommes s'étaient rendus jusqu'à l'animal. On avait chaudement félicité le président, et les deux Gaspésiens

avaient entrepris de vider et d'équarrir sur place, à la tronçon-
neuse, la grosse femelle, tandis que les deux pépères montréalais
éclairaient la scène de leur lampe. Delétang avait cérémonieusement accroché le coupon détaché de son permis à l'oreille de
l'animal décapité. Les geais, les corbeaux ou les coyotes s'occu-
peraient de la panse fumante.

Il était presque 21 heures quand les quatre hommes revinrent
au camp Pichon. Boulin et Couchepin, qui les attendaient, ne
s'étaient pas inquiétés de leur retard, prévenus par Guereur, de
retour à la nuit, que quatre coups avaient été tirés vers la tombée
du jour. Tous se doutaient bien qu'un des collègues chasseurs
avait tué.

« Bon, ben si on passait à table ! » clama le président en donnant l'exemple. Boulin et Guereur, en les attendant, avaient
dressé le couvert, débouché des bouteilles et sorti le grand plat de
viandes froides et de macédoine préparé par LeJosec au matin.

— Peut-on vous demander d'apporter le pain, proposa d'une
voix excessivement aimable le pilote d'hélicoptère à Couchepin,
qui n'avait pas levé le cul de son siège de la soirée. Il est dans le
four. Faites attention à vous, il doit être chaud.

Le président leva un œil amusé. Généralement, quand son ami
Boulin prenait ce ton plus faux cul que cérémonieux, c'est que
quelque chose ne lui plaisait pas.

— On dirait bien que ce gars-là est du genre à aimer se faire
servir, lui souffla effectivement Omer.

— On n'attendra pas mon filleul Stéphane, lâcha Pichon, revenant de la salle de bain en s'essuyant les mains. Il n'a pas fini
d'accrocher les quartiers...

— A-t-il besoin d'un coup de main ? proposa le grand Guereur
en se relevant de table.

— Non, non. Pas la peine, merci. Il a un treuil sur le quad. Il
a l'habitude. Il n'en aura pas pour longtemps.

— Mes amis, annonça Delétang, sortant de sa chambre avec
deux bouteilles dans les mains, vous allez me goûter ça. On a
quelque chose à arroser. Messieurs, Château Petrus 1985 !

— Dis-moi pas, apprécia le président, un connaisseur. 1985, l'année exceptionnelle par excellence dans le bordelais, à part ça! Oh, la bonne idée!

— Et pas n'importe quel petit bordeaux, s'enthousiasma Boulin, un autre connaisseur. Le vin du président John Kennedy…

— Qu'est-ce que tu racontes encore là, toi, maudit boiteux! l'asticota Rolly.

Et le pilote d'entamer un de ses classiques en racontant sa fameuse histoire du général de Gaulle recevant en 1961 John et Jackie Kennedy à la galerie des Glaces de Versailles pour un mémorable dîner de gala. Le vin sur la viande? Un pomerol. Le président américain apprécie, appelle discrètement son aide de camp. «Ce vin rouge, renseignez-vous. Vous m'achetez toutes les prochaines récoltes!» Boulin fit tourner d'un air docte son verre dans la lumière: «Et c'est ainsi, mes amis, que le Petrus à Berrouet, un pomerol coté bonne-moyenne mais sans plus dans les années cinquante, est devenu le vin officiel de la Maison Blanche sous Kennedy et, depuis, l'un des rouges les plus chers de cette planète. Inaccessible aux honnêtes gens! Seuls des filous millionnaires comme l'ami Bernard peuvent s'en procurer aujourd'hui…»

— T'exagères toujours, ricana le président, incrédule et bonhomme. T'es sûr de cette histoire-là, toi?

Le vieux pilote d'hélicoptère n'eut pas le temps de répondre. Delétang, qui servait religieusement son nectar, les coupait:

— Dites donc. Y'a un verre vide là. Je le remplis ou non?

Et c'est ainsi que la tablée réalisa l'absence de Mario Bailli, dont nul ne s'était soucié jusque-là.

— Comment cela, Bailli n'était pas avec vous à s'occuper de la femelle? s'étonna Guereur.

— Moi, je croyais qu'il était resté avec Stéphane à monter les quartiers sur l'échafaud, lâcha Couchepin.

— Diable, c'est ennuyeux, cette absence… s'inquiéta le président.

Omer Boulin, qui goûtait le vin en le mâchant bruyamment et qui n'avait prêté aucune attention à la préoccupation de ses pairs, changea, péremptoire, la conversation :

— Waoh ! mes aïeux, quel pinard ! s'exclama-t-il en claquant de la langue.

— Tu pourrais pas attendre les autres, s'insurgea Delétang. À la santé du tueur ! lança-t-il en tenant haut son verre en direction du président, et tous portèrent le toast, sans plus se préoccuper de l'absent.

— Quand même, y reviendrait un peu plus tard Pichon, faudrait bien aller le chercher, votre copain…

Stéphane Garon s'ajoutait justement à la table.

— Tu vas souper, mon Fanou, et puis aller à l'avance du gars qui nous manque. Il est à la cache de Gérard D. Il a dû essayer de revenir tout seul et se perdre en chemin.

— Woups ! répondit le jeune, soudain embarrassé. Je lui avais dit ce matin en le déposant que j'irais le rechercher au soir. Pis, avec la femelle à sortir, ben je l'ai complètement oublié, celui-là. Il doit m'attendre, torrieu !

— Ah, c'est donc ça, comprit le président, rassuré.

— O.K. ! J'y vais tout de suite, décida le jeune gars se levant.

— Tu-tut ! mon petit homme ! trancha Pichon, déterminé, se souvenant du peu d'ardeur au boulot du Bailli en question le week-end précédent. Tu vas manger tranquille, boire ton coup du petit rouge à Kennedy et t'iras après. En retard pour en retard, tu vas souffler un peu avec nous autres. Tout le monde est bien d'accord que mon filleul a le droit de souper, quand même ?

— Il a fort bien travaillé, effectivement ! Mange donc, mon gars ! approuva gentiment le président.

Les conversations repartirent de plus belle.

LeJosec avait laissé au frigo un dessert façon péché mortel, une charlotte aux poires fondante à souhait. Combinée au Sauternes proposé par le président, elle allait tous les laisser sur le carreau. Les chasseurs ne survivraient pas au duo vineux d'enfer : tous allaient se retirer dans leur chambre, un après l'autre, dans la demi-heure suivante.

— Qui je réveille demain matin pour la chasse ? avait demandé Pichon d'une voix pas très convaincue.

Personne ne lui répondant, il avait décidé tout de go que lui non plus ne se lèverait pas à l'aube...

Quand, une demi-heure plus tard, Stéphane Garon, le geste pas trop bien assuré, partit en VTT chercher Mario Bailli, tous sommeillaient profondément dans le camp silencieux.

Une heure plus tard, à son retour, aux ronflements sonores l'assaillant à la porte de la chambre, le garçon renoncerait à réveiller son parrain Louis et laisserait plutôt un mot d'explications sur la table. Il n'avait pas retrouvé l'invité occupant le *spot* à Gérard D. Il avait rapporté sa carabine et son sac, laissés dans la cache. La pluie avait réchauffé le temps. La nuit n'était pas froide. Le chasseur en serait quitte pour coucher à la belle étoile. Stéphane retournerait le chercher le lendemain à l'aube...

Sauf que lui non plus ne se réveillerait pas aux aurores. Il lui fallait encore ranger la table du dîner avant de rejoindre son sac de couchage. Une chance, il restait de bons fonds dans les deux bouteilles du blanc joliment doré apporté par le président, et le jeune avait encore toute une pointe de soif.

Ris de veau aux groseilles

Saint-Adelme — Dimanche 22 octobre, matin

Le premier debout fut Gaétan Guereur. Le biologiste sortit de sa chambre vers 7 heures, une serviette ceinte autour des reins. Le jour, gris et maussade, était levé depuis déjà un moment. Il partit bientôt vers la salle de bain profiter de la disponibilité de l'unique douche du rez-de-chaussée du camp. La combinaison des bruits de tuyauterie et de l'eau tombant vigoureusement sur le taupin réveillèrent bientôt Stéphane qui, les toilettes occupées, se hâta pour aller pisser dehors, sur la galerie. « Fils, ne laisse jamais tomber ton sandwich devant la porte d'un camp dans le bois ! » l'avait tant averti son parrain. Une couple de pies-grièches voletaient autour des quartiers d'orignaux pendus au portique. À la direction non contrôlée prise par l'impressionnant jet fusant de sa braguette, le jeune gars estima que le vent frais qui soufflait venait toujours de l'ouest. À la densité de la vapeur dégagée du sol dans l'air matinal, cet observateur attentif de la nature jugea qu'il n'avait pas dû geler cette nuit. Un coup d'œil au ciel, couvert d'épais nuages, le confirma dans l'idée que le chasseur égaré n'avait pas dû trop souffrir du froid. Il avait vaguement mal à la tête. Le petit blanc de la veille au soir, sans doute. Il rentra vite. Il lui fallait s'occuper des toasts et du café, et dresser la table du déjeuner des invités de mononc'Louis.

Le plus grand type de la gang d'Hydro, le plus sévère itou, sortit de la salle de bain et le salua. Comment s'appelait-il déjà, celui-là ? C'était, se souvenait seulement Stéphane, un biologiste. Le jeune Gaspésien ne put s'empêcher de le trouver pas mal costaud, tout nu dans sa serviette, la peau rougie par l'eau chaude, les épaules fumantes, sa chevelure mouillée ébouriffée d'épis, du poil gris couvrant sa large poitrine. Il lui rendit son salut et lui proposa deux œufs-bacon. L'autre déclina de sa voix de basse. Il attendrait les autres chasseurs, dit-il en retournant dans sa chambre. Ce gars-là, jugea le jeune, était pas mal différent dans le groupe. Il avait vraiment l'air d'un gars de bois, non d'un richard comme les autres. Mais alors, pas vraiment marrant, le bonhomme. Il ne croyait pas l'avoir seulement vu sourire.

Cinq minutes après, le grand cheval ressortait de sa chambre, habillé de pied en cap, lui demandant où il avait des chances de trouver de la gélinotte. Des perdrix ? Ça ne manquait pas dans le coin. Le jeune gars en informa le chasseur, ajoutant même que les buttes d'un roncier proche dont il lui indiqua de la main la direction abritaient souvent des lièvres. Parfait, apprécia le bonhomme. Il allait faire un tour d'une petite heure, lui dit-il, pour donner la chance aux autres de se réveiller. Le marmiton le vit s'éloigner vers la porte, prendre sa veste et son dossard rouge parmi tous les vêtements des autres chasseurs, vérifier tranquillement dans sa poche qu'il avait bien ses papiers, des gants, une boussole et des cartouches, et sortir, une petite carabine 22 à lunette d'un large coffre plat de bois glissé sous le banc de l'entrée. Le jeune s'en fut chercher du bacon dans le frigidaire. Quand il se retourna vers ses fourneaux, l'autre avait disparu. Non, ce type-là n'était décidément pas un bavard. Stéphane remarqua qu'il ne lui avait pas demandé s'il avait retrouvé Bailli la veille. Il est vrai, songea le jeune homme, que son mot était encore sur la table et que le taiseux, premier levé du camp, avait pu le lire avant sa douche.

Le chasseur répondant au nom de Couchepin fut le suivant à se lever, une demi-heure plus tard. Le grasset blondinet en robe de chambre posa, lui, tout de suite la question. Il sortait de la salle de bain où il s'était précipité sans prendre le temps de dire bonjour. Stéphane nota que, s'il n'avait pas eu le temps de se laver, il s'était quand même peigné. Son cran de devant paraissait impeccable. Avant de lui répondre, il lui proposa, depuis la cuisine, un café que l'autre accepta en s'asseyant à la table. Il aurait pu venir se le verser lui-même, son jus, pensa le jeune homme.

« Pis, le relança le gars de la ville en acceptant sa tasse, Bailli ? » Non, la veille au soir, Stéphane n'avait pas trouvé le chasseur occupant la cache à Gérard D. Le jeune gars eut la drôle d'impression que la nouvelle ne surprenait pas le chasseur à lunettes ou alors, peut-être, qu'il s'en réjouissait. En tout cas, il ne dit rien mais esquissa un sourire en touillant son café. « Vas-tu faire des œufs, fiston ? finit-il par lâcher, d'une voix dont la familiarité ne plut guère au Gaspésien. J'en prendrais bien deux, *sunny side up*, si tu sais faire ! »

Oui, le Matanais savait faire. Qu'est-ce qu'il croyait le flanc mou ! Il était là pour faire en sorte que les invités du camp de son parrain soient contents de leur séjour. Il se mit en quête d'une poêle idoine. Couchepin sifflotait entre ses dents de devant, l'air tout content de son début de journée.

Dans un répétitif concert de chasse d'eau, les autres chasseurs rallièrent un à un la table, de cinq minutes en cinq minutes, sauf Omer Boulin, celui des invités de Louis que le jeune préférait, un vieux comique qui n'arrêtait pas d'envoyer des *jokes* et qui lui avait promis de lui faire faire un tour d'hélicoptère à sa prochaine venue en Gaspésie. Ils avaient passé le début de l'après-midi ensemble, la veille, jusqu'à ce que le boiteux lui demande de l'emmener dans le bois vers l'extrémité la plus lointaine du territoire de Louis, à la jonction du 6e Rang et de la prolongation de la route Michel-Otis, pas très loin de la cache à Gérard D., en fait[4]. Stéphane l'y avait conduit en camion, sans trop comprendre ce que le bonhomme avait en tête. Et là, surprise, le convalescent qui boitait si fort devant ses amis s'était lancé d'un bon pas sur la route. « Ben, tu vois, lui avait dit le comique, l'air fin finaud, je marche pas si mal que ça, finalement, mais faut pas le dire, *man* !

---

4 NDLR - Le lecteur est invité à se référer au plan figurant à la page 287.

Tu vas me laisser ici : je vais revenir à pied, ça va me faire faire mon sport. Mais, t'en parle pas aux autres, veux-tu. Ils n'ont pas besoin de moi, sont six pour tuer trois orignaux : c'est correct ça. Vois-tu, gamin, moi j'ai à faire en ville et je veux rentrer demain sur Montréal. Mais s'il voit que je me débrouille pas si mal, le président va vouloir que je reste. Alors pas un mot, hein ! »

Le jeune Gaspésien avait dit oui, bien sûr, en engageant le pépère à bien rester sur la route plein nord puis à prendre la première à sa droite, le 5e Rang, jusqu'au chemin menant au camp : une trotte de près de quatre kilomètres. Qu'il garde bien son dossard rouge visible au-dessus de son imperméable, surtout, vu la présence des autres chasseurs dans le bois pas très loin. Le vieux pilote avait eu l'air tout content de la situation et c'est là qu'il lui avait promis son tour d'hélico…

Stéphane usinait dans ses boîtes d'œufs et se brûlait à retourner des doigts les tranches de lard quand il vit deux voitures dans le chemin d'accès au camp venant du 5e Rang. Les deux semblaient de la même marque, des Impala, reconnut-il. Des jumelles, sauf que si la première était anonyme, gris anthracite, on ne pouvait pas se tromper sur la nature de la seconde, blanche, aux couleurs de la Sûreté du Québec, des gyrophares sur le toit qui, ce matin, ne fonctionnaient pas. Les deux véhicules s'arrêtèrent à l'entrée de la propriété, juste à côté de la carcasse de la femelle orignal du président. Trois constables en uniforme en sortirent en compagnie d'un grand type maigre en imperméable lui tombant aux genoux. Les quatre types s'arrêtèrent un moment aux quartiers de viande près du portique, bientôt rejoints par une femme, habillée en civil, mais qui se recouvrit d'un anorak aux couleurs de la Sûreté avant d'affronter l'air frisquet et la pluie fine qui recommençait à tomber. Les cinq marchèrent bientôt résolument vers la maison. Derrière eux, Stéphane avisa un dossard rouge. Le chasseur biologiste dont il ne se souvenait toujours pas du nom sortait du bois en s'avançant dans la clairière.

C'est le moment que choisit Omer Boulin pour sortir de sa chambre en long peignoir de soie couleur rouille au col soigneusement croisé sur un pyjama de ratine verte. «Et comment vont donc ces messieurs ce matin?» lança-t-il d'une voix de diva, en s'avançant avec les simagrées d'un Michel Louvain à l'heure de pousser sa *Dame en bleu*. Stéphane nota que ce merveilleux comédien boitait comme un cheval à trois pattes en rejoignant la table. Tiens, ne put-il s'empêcher de remarquer, celui-ci ne pisse donc pas en se levant. Fallait-il aussi se méfier du dessous des fenêtres des camps de chasse?

La main sur l'épaule du président pour s'aider à plier sa mauvaise jambe, Boulin s'asseyait quand les cinq flics firent une entrée plus sobre mais forcément remarquée dans la pièce. «Bonjour messieurs, ne vous dérangez pas! aboya le premier, un constable blond à carrure imposante et moustache d'Astérix. Restez assis, je vous prie. Je vous présente le sergent-enquêteur Aglaé Boisjoli et le directeur général adjoint de la Sûreté du Québec, monsieur Alex Demers.»

Quoi qu'on lui ait demandé, le président Legrand se leva fort civilement, imité immédiatement par les autres convives à la table, à l'exception de Boulin qui renonça à la manœuvre en grimaçant ostensiblement de douleur, ce qui fit sourire le jeune cuistot.

— Bienvenue, madame, messieurs, articula son parrain. Je m'appelle Louis Pichon, je suis le propriétaire de la place. On peut savoir ce qui vous amène?

La femme et le grand type en civil s'approchèrent de la table de la salle à manger. Les trois constables s'en allèrent s'asseoir en retrait, sur un même banc près du vestibule. On entendit la porte à nouveau grincer. Gaétan Guereur — Stéphane venait brusquement de se souvenir de son nom — entrait, la face d'un ordonnateur des pompes funèbres, un lièvre dans chaque main.

Alex Demers parla très bien. Il expliqua sobrement la situation. Des menaces de mort avaient été proférées à l'encontre de chasseurs d'orignaux, et la Sûreté du Québec avait des raisons de penser que le groupe d'anciens cadres d'Hydro-Québec pouvait être visé. Les regards, nota Aglaé qui observait la scène, allaient rester sceptiques à ces propos jusqu'au moment où le grand flic expliquerait aux six hommes assis à la table que la démarche de la Sûreté n'était pas étrangère au meurtre, cinq mois plus tôt, de l'ancien directeur général Arnaud Courchesne.

La jeune femme n'avait eu aucun mal à identifier deux des présents, Bernard Delétang, le président du groupe Delvalin, et Roland Legrand, l'ex-président d'Hydro-Québec, des personnalités très connues du monde des affaires québécois. Delétang allait presque s'étouffer au nom d'Arnaud Courchesne. Il connaissait fort bien Arnaud, expliqua-t-il, longtemps son partenaire immédiat d'affaires. Habitué à agir en arbitre des conversations, le président Legrand imposa sans peine son impressionnante présence en demandant plus d'explications. À l'aise, en plein contrôle de ses moyens, Demers les leur donna, établissant sans artifice que l'assassin de l'ex-directeur général d'Hydro avait promis de nouveaux meurtres en Gaspésie et que tout indiquait à la police que ces meurtres pourraient avoir lieu durant la présente saison de chasse à l'orignal.

« Nous sommes ici pour vous protéger, d'une part, et pour mener notre enquête. L'un ou plusieurs d'entre vous, messieurs, est — sont — peut-être menacé, mais il n'est pas exclu non plus que le criminel que nous cherchons soit l'un des vôtres », lâcha Demers avec cet air bien à lui de n'y pas toucher.

Des *poker faces*, pensa la policière. Pas un seul des six hommes n'allait manifester d'autre sentiment qu'une vague incrédulité mêlée de légère inquiétude en réaction à la mise en situation de Demers. Les six étaient des hommes âgés, nota-t-elle. Trois accusaient la soixantaine, les trois autres, trois têtes bien blanches dont celles des deux présidents, affichaient dix bonnes années de plus. Le troisième des seniors, un homme aux larges épaules, vêtu d'un peignoir rouille, se leva péniblement. « Quand la prostate commande ! » s'excusa-t-il d'un ton blagueur, et il se dirigea en boitant bas vers ce que la policière estima être les toilettes. Le jeune gars aux fourneaux laissa tomber une assiette, probablement trop chaude, et jeta un regard navré à l'homme qui s'était déclaré propriétaire des lieux. Ce Louis Pichon là, un des sexagénaires, Aglaé l'avait reconnu tout de suite. Elle l'avait vu au moins deux fois : au restaurant un soir de la semaine passée en compagnie de LeJosec et du type aux lièvres, et puis, réfléchit-elle, au poste de la Sûreté le dimanche précédent. Une odeur de bacon brûlé leur vint de la cuisine. On entendit une voix jeune sacrer un vigoureux *torrieu de torrieu!* affolé. Le grand type qui venait d'entrer avec son gibier mort parut sensible au désarroi de l'apprenti cuistot. « Attends, Stéphane, dit-il d'une voix profonde. Je vais t'aider. »

Aglaé sursauta. Elle connaissait cette voix. L'homme se leva de la table où il venait juste de s'asseoir et partit à la cuisine aider le jeune de service. Cette voix ? Elle lui semblait si familière… Je rêve ou non ? se dit-elle. Et puis la solution lui vint d'un coup, et elle ne put s'empêcher de sourire. Elle se trompait. La voix de cet homme était exactement celle de son ami et collègue Serge Bouchard, un anthropologue, conseiller-formateur à la Sûreté, avec qui, lorsqu'elle travaillait à Montréal, elle se prenait fréquemment aux cheveux dans des discussions homériques, loin qu'elle était de toujours partager ses opinions tranchées d'intellectuel branché, égaré, un peu comme elle, dans la police.

Quelques minutes plus tard, le chasseur, sévère mais serviable, revenait dans la salle à manger avec un plateau de cafés fumants qu'il offrit à tous ceux qui n'en avaient pas et même aux trois constables assis sur leur banc qui s'empressèrent d'accepter. Aglaé et Demers prirent volontiers une tasse. Elle ne quittait pas des yeux le grand type au visage fermé qui les servait, réalisant avec surprise qu'elle l'avait déjà fréquemment croisé depuis qu'elle séjournait en Gaspésie. Il ne lui avait peut-être pas prêté attention, lui, de son côté, mais elle était sûre qu'il résidait à Matane au même hôtel qu'elle. Elle l'avait vu, entre autres, souper avec LeJosec et Pichon. Le regard du six pieds qui, son service fait, revenait à la table, croisa un moment le sien. Il le détourna bientôt.

S'inquiétait-il de la façon dont elle s'intéressait à lui ? Non, jugea-t-elle. Il venait plutôt de s'aviser que le convive près de qui il s'apprêtait à s'asseoir à la table avait fini son café. Il lui proposa d'un geste de lui remplir sa tasse, ce que l'autre, un blond frisé, plus épais de ceinture que d'épaules, soigné de sa personne, accepta en tendant sa tasse au taupin, qui repartit à la cuisine. Elle s'étonna de réaliser qu'elle connaissait également celui-là, le troisième sexagénaire. Elle se souvenait l'avoir aperçu au poste de la Sûreté, le dimanche précédent, ce jour où elle portait le col roulé rouge remarqué par Langiro. Elle se souvint de la façon provocante avec laquelle il l'avait toisée. Décidément, elle se retrouvait en terrain de connaissance... Elle eut soudain l'intuition qu'elle n'avait sans doute jamais été si proche de Langiro. Était-il l'un des hommes présents à la table ?

La conversation se poursuivait entre Demers, Pichon et les deux présidents montréalais. Le vieux costaud en peignoir revint bientôt, tirant toujours lamentablement de la jambe. Le petit cuisinier lui apportait justement une assiette bien garnie qu'il accepta avec un clin d'œil de remerciement appuyé à son jeune serveur. Les trois septuagénaires, ce boiteux, Bernard Delétang et Roland Legrand, composaient à l'un des bouts de la table un imposant trio de têtes chenues et respectables. Deux habitués des premières pages des journaux et un demi-infirme ! Comment imaginer l'un des trois en tueur ? songea Aglaé avant de se souvenir que l'assassin de sa dernière affaire était bien du même tonneau, connaissait sans doute ces trois-là, avait peut-être même eu l'occasion de chasser avec eux ; ne jamais jurer de rien, dans ce métier ! Elle réalisa que, prise par l'observation de la scène, elle n'avait encore rien dit à tous ces hommes.

— Cette histoire est décidément abracadabrante, s'étonnait le président Roland, qui semblait ne plus avoir de questions. J'imagine, cela dit, que l'affaire est grave, puisque le directeur général adjoint de la Sûreté se dérange lui-même ?

— Elle l'est. N'en doutez pas, confirma Demers en se pinçant le nez comme s'il ne parvenait pas vraiment à se prendre au sérieux. Mais je ne suis pas l'enquêteur au dossier. Cette enquête est celle du sergent Aglaé Boisjoli ici présente et d'un autre sergent local, monsieur Michel Berthier, que vous rencontrerez sans doute sous peu et qui, pour l'heure, est dans une propriété voisine où hier on a déploré un accident de chasse mortel.

— Un accident mortel? s'inquiéta Pichon.

— Oui, un chasseur d'orignal, comme vous, a tué son guide. Le sergent Berthier enquête là-dessus.

Il y eut un long silence que le président finit par rompre en s'adressant à Aglaé:

— Et peut-on savoir ce que vous attendrez de nous, madame? demanda-t-il prudemment, depuis l'autre bout de la table.

— Votre groupe, comme je vous vois ici, est-il au complet? répondit la jeune femme en éludant la question. Êtes-vous tous là à table, ou l'un de vous dort-il ou serait déjà à la chasse?

Pour sa première question, elle comprit vite qu'elle avait mis dans le mille. Les regards devant elle se firent embarrassés. Pichon concéda qu'un chasseur manquait à l'appel depuis la veille au soir. Sans doute s'était-il égaré dans le bois. Le président Legrand crut bon d'aider son hôte, qui semblait hésiter en expliquant aux policiers: sa femelle tuée tard la veille, le retard pris pour aller chercher le manquant, les efforts infructueux du jeune Stéphane. L'apprenti cuistot compléta l'information de derrière ses fourneaux. Il n'avait pas localisé le chasseur dans la nuit, n'était revenu qu'avec son sac et sa carabine retrouvés dans la cache qu'il avait occupée durant la journée.

— Cet homme qui manque est également un retraité d'Hydro-Québec? demanda Aglaé.

Cette fois, c'est le boiteux qui lui répondit par l'affirmative.

— Eh bien, messieurs, nous allons chercher votre collègue, statua la jeune femme d'une voix calme.

Elle avait la bizarre impression que l'absence d'un des leurs ne préoccupait pas plus que cela les anciennes gloires de la société d'État.

— Son nom? demanda-t-elle encore.

Elle sentit qu'aucun des trois seniors à tête blanche ne le savait et s'en surprit. Delétang regardait ailleurs, Legrand eut une moue perplexe en s'excusant qu'il oubliait de plus en plus les noms; c'est finalement Boulin qui l'éclaira le premier, mais à moitié seulement.

— Mario, lança-t-il tout fier, c'est Mario qu'il s'appelle, ce gars-là.

— C'est ça, oui. Il s'appelle Mario Bailli, lâcha d'un ton caustique le blond grasset bien peigné, seul convive dont elle n'avait pas encore entendu la voix. C'est un ancien secrétaire général. Il n'a pas été longtemps à Hydro.

Paul Couchepin dit et porta la main à son flanc. Il était pâle et semblait crispé, mais n'avait su cacher un léger sourire en faisant la précision.

Aglaé s'interrogea sur la nature de ce compagnon de chasse, ce Bailli disparu dans l'indifférence. Elle aurait volontiers demandé plus de précisions à celui-là qui semblait le mieux connaître que les autres, mais le frisé s'était brusquement levé, la main toujours sous la poitrine. Son visage se crispa. Il semblait souffrir et se dirigea à son tour vers les toilettes, n'ayant pas réalisé que le grand type aux deux lièvres venait de les squatter. Porte fermée devant lui, l'homme battit en retraite vers l'entrée, attrapa un parapluie accoté au mur et se précipita sous la pluie. L'instant d'après, on l'entendait violemment hoqueter et vomir.

* * *

Les recherches allaient se faire en deux temps. Stéphane et deux des trois constables, partis sur-le-champ à la cache à Gérard D., revenaient bredouilles une heure plus tard. Ils avaient sillonné tous les chemins carrossables environnants en faisant hurler la sirène de l'auto-patrouille, sans succès. Aglaé Boisjoli, en contact téléphonique avec Michel Berthier, avait, en conséquence, convoqué pour des recherches en début d'après-midi tous les policiers disponibles dans la région immédiate. C'est le sergent mousquetaire, arrivé en fin de matinée au camp de Louis Pichon, qui prendrait, décidèrent-ils, la direction des fouilles sur le terrain. Aglaé resterait au camp de chasse, faisant, si nécessaire, l'interface avec le coroner.

Au lever du jour, le sergent matanais avait procédé à la reconstitution des circonstances de la mort d'Edgar Langlois, dans la propriété jouxtant au nord celle de l'ex-directeur de Radio-Canada. L'exercice, conduit selon les indications de Ronald Fragon et en présence de son avocat, s'avérait concluant : le policier recommandait de libérer sans condition l'homme d'affaires. Le dossier serait remis au coroner sans plus d'investigation de la part de la Sûreté du Québec, convaincue de la thèse de l'accident.

Le Montréalais, cœur branlant, santé psychique douteuse, était immédiatement retourné en ville, accompagné par le chroniqueur de chasse et pêche, Jacques Paré. Les deux autres compagnons de Ronald Fragon, le pourvoyeur Guy Lajoie et l'ancien d'Hydro Roland Bayard, prolongeraient leur séjour de chasse. Avisés qu'un chasseur manquait à l'appel juste à côté de leur territoire, ils avaient proposé leur aide aux chercheurs. Ils compléteraient une équipe d'une vingtaine de patrouilleurs, accompagnés de deux maîtres chiens. Au branle-bas de combat sur les radios-mobiles, quatre gardes-chasse en mission de surveillance dans la zone vinrent se joindre au groupe ainsi que trois guides de la SEPAQ, en congé ce jour-là dans la réserve voisine. Louis Pichon, Gaétan Guereur et Stéphane Garon seraient également des recherches. Les autres chasseurs du groupe d'Hydro-Québec avaient décliné l'invitation de Berthier. Les deux présidents se jugeaient trop vieux pour être de quelque utilité. Omer Boulin s'était désisté en mettant de l'avant son incapacité à marcher hors route. Paul Couchepin avait prétexté de violentes douleurs abdominales pour échapper à la corvée à laquelle le directeur général adjoint de la Sûreté du Québec, Alex Demers, en mal d'exercice, participerait en simple fantassin sur la ligne de battue.

Les gardes-chasse avaient sorti des cartes régionales qu'ils étalèrent sur la table. Le sergent Berthier se fit longuement expliquer la topographie des lieux par Pichon, qui localisa sur le plan la cache à Gérard D. d'où l'on perdait la trace de Bailli, et les divers sentiers forestiers se croisant aux alentours. Guy Lajoie, en spectateur intéressé du briefing de campagne, fit noter à l'assemblée qu'il avait été, la veille, l'un des chasseurs proches de l'endroit où Bailli avait été posté. Le pourvoyeur montra au groupe le marais où lui-même chassait le samedi dans l'après-midi, environ deux à trois kilomètres plus au nord[5]. Il capta l'intérêt général en signalant avoir entendu tirer deux fois, à 15 heures et à 15 heures 20 depuis la zone où se trouvait le chasseur porté disparu. L'arme de Bailli n'ayant pas servi, l'hypothèse qu'un chasseur d'un autre groupe ait approché l'homme à l'affût pouvait être la clef de l'énigme. Bailli aurait pu décider de l'accompagner. Mais pour aller où ? Peut-être pour poursuivre l'animal tiré à 15 heures, les deux hommes combinant leurs efforts pour le rejoindre et le retirer à 15 heures 20. Mais pourquoi ne seraient-ils pas, ensuite, ressortis du bois ? Mystère.

Dans un bruyant défilé propre à chasser tous les orignaux du coin à des lieues à la ronde, une dizaine de voitures de police et presque autant de camions se stationnèrent au T formé par le prolongement de la route Michel-Otis et le 6e Rang. Berthier répartit sa trentaine d'hommes, un tous les quinze mètres, sur la route. Ils marcheraient plein est, parallèlement au rang et tous à sa gauche, les hommes aux chiens à chaque tiers de la ligne des chercheurs. On marcherait au pas en se tenant à la vue et en fouillant un à un les taillis et fourrés traversés jusqu'au chemin d'accès du camp Pichon, un mille plus loin.

Une demi-heure plus tard, un chien tombait à l'arrêt devant un amas de branches. Un corps vêtu de Gore-Tex de camouflage était visible en dessous. Le hasard voulut que Demers fût celui devant lequel le chien fit sa trouvaille. Le directeur général adjoint de la Sûreté lança un vigoureux *bingo!* qui se répercuta de chacun des deux côtés de la ligne. Les rabatteurs convergèrent

---

5 NDLR - Le lecteur est invité à se référer au plan figurant à la page 287.

bientôt vers le tas de bois. Le commandant et les deux patrouilleurs, qui l'avaient immédiatement rejoint, dégagèrent quelques branches de leurs mains gantées pour vérifier que l'homme gisant dessous était bien mort, ce qui, très vite, ne fit aucun doute. Stéphane Garon, le premier arrivé de ceux qui connaissaient Bailli, confirma, catégorique, au longiligne chef de police que le mort était bien l'invité de son parrain, égaré depuis la veille.

Le jeune gars se retourna ensuite vivement vers une bouillée de vinaigrier où il entreprit de dégobiller son déjeuner. Une paire de lunettes accrochée dans les branches basses dégringola sous la violence des projections. Ce Stéphane, jugea Demers, un blasé qui n'en était pas à son premier cadavre, avait du visou. Le commandant n'avait jamais rencontré le pauvre type abattu, ne savait pas trop à quoi il pouvait ressembler de son vivant, mais l'identifier avec certitude tenait, dans les circonstances, de l'exploit. Ce qui restait de sa face était épouvantable. Une moitié du visage n'était plus qu'un magma de bidoche et de fragments d'os, agrémenté d'éléments bizarres tenant du ris de veau frais au coulis de groseille figé. Le garçon derrière lui n'en finissait plus de dégueuler avec des rots retentissants. Il ne reprit son souffle que pour lâcher une série de *torrieu!*

— Ben quoi? finit par s'étonner Demers en crachant sa vieille gomme dans un Kleenex qu'il replia soigneusement et glissa dans sa poche.

— Les lunettes... lâcha le malheureux Stéphane en pointant du doigt une monture aux verres très épais, souillée de ce qui avait dû être autrefois, peut-être, des œufs brouillés et, indubitablement, du café au lait.

Le grand flic, en flic pratique, jugea qu'il serait difficile de relever des empreintes sur l'épave. Il la ramassa néanmoins et la mit avec précaution dans un autre Kleenex qu'il déposa en évidence sur une souche voisine. Berthier, l'un des derniers à le faire, venait de les rejoindre et s'accroupit près de la tête du mort.

— Ça se complique, lui lâcha Demers en grimaçant à grands

étirements de la bouche, pour l'heure vide. C'est bien notre gars, le Bailli manquant chez les chasseurs d'Hydro !

Et le directeur général adjoint de la Sûreté entreprit d'extirper une nouvelle gomme d'un paquet neuf. L'exercice sembla lui donner un certain mal, nécessita bientôt toute son attention et l'officier se recula de l'avant-scène.

— Voilà, mes amis, dit Berthier, relevé et faisant face à sa petite troupe, silencieuse et interdite autour du corps. Je vous remercie de votre aide. Je vais vous demander de quitter la place en essayant de ne rien toucher ou déplacer. Vous n'avez plus rien à faire ici. Inutile de vous demander la plus grande discrétion sur ce que vous avez fait et vu cet après-midi. Nous avons à décider de la façon dont nous communiquerons la nouvelle à la presse et aux médias, mais rien ne sera fait avant que la famille de ce pauvre diable ne soit prévenue. Deux d'entre vous vont rester avec moi pour rendre cette place bien visible vue des airs. Messieurs les gardes, dit-il en s'adressant aux quatre costauds de la Faune, je vous remercie de ramener le groupe aux autos. J'aimerais, cela dit, que l'un d'entre vous reste avec moi ici pour nous aider à revenir tout à l'heure. J'avoue que je suis un peu perdu. J'imagine que vous êtes capables de localiser à peu près notre emplacement ? Nous allons en donner les coordonnées au sergent Boisjoli, qui va nous faire venir l'hélico du coroner et des techniciens. Encore quoi ? quatre heures de jour. On n'a pas de temps à perdre... Pas beau à voir, tout ça ! conclut-il, songeur et grimaçant.

La violence n'effrayait pas le vétéran, mais elle l'écœurait au premier sens du mot. Son sens de l'esthétique souffrait de l'affront fait à la nature. Le spectacle de Bailli sanguinolent dans la boue était tout simplement répugnant. Il serait long à l'oublier. Rien que pour ça, il en voulait au meurtrier...

* * *

Ainsi donc, pas de doute, Langiro avait agi, comme il avait dit qu'il le ferait. Aglaé Boisjoli avait immédiatement établi le lien avec le coroner et les équipes de techniciens en *stand-by*. Tout ce beau monde devait être dans l'hélicoptère, quelque part entre Rimouski et ce coin de bois où gisait le cadavre du dénommé Bailli. Une enquête pour meurtre commençait. Le sergent Berthier en aurait la responsabilité mais, venait-il de lui confirmer au téléphone, il entendait travailler de concert avec elle et lui laissait toute latitude pour commencer des interrogatoires et de façon générale agir comme elle l'entendrait pour faire avancer l'enquête.

Les quatre chasseurs présents au chalet quand Aglaé avait reçu et donné ses coups de fil connaissaient désormais la situation. Leur collègue Bailli avait été abattu. Les mines étaient sombres. Couchepin, souffrant visiblement de l'abdomen, était vite retourné seul dans sa chambre. Les deux présidents, Legrand et Delétang, bavardaient ensemble au salon à voix basse, Boulin faisait les cent pas, continuant de gueuler comme il le faisait depuis midi. Lui ne voulait que s'en retourner vers Québec. Il prétendait devoir rencontrer le lendemain le médecin qui l'avait opéré au genou et jugeait ne plus rien avoir à faire dans le bois. La nouvelle de la mort du chasseur n'allait rien changer à son obstination. Elle ne le concernait en aucune façon. Il détestait conduire de nuit et estimait qu'il avait juste le temps de se mettre en route s'il voulait arriver avant la noirceur dans la capitale. Il piaffait. Pourquoi lui fallait-il attendre un feu vert de la police ? Aglaé avait dû lever la voix pour se faire entendre du vieux matamore, qui ne semblait plus du tout avoir envie de plaisanter. Elle eut l'impression que cet homme impulsif serait peut-être même déjà parti si Christian Girard, le seul policier resté avec elle au camp de Louis Pichon, n'obstruait pas la porte de sa volumineuse et dissuasive présence.

À l'annonce de la découverte du corps, elle avait investi la remise qui avait servi de chambre à Mario Bailli. La pièce était petite et servait d'ordinaire de buanderie. Un lit de camp avait été étendu devant la laveuse et la sécheuse. Le sac de couchage de Bailli y était dans l'état où l'autre avait dû le laisser en se levant la veille au petit matin. Deux chaises et une table de coin

complétaient le mobilier. Aglaé avait choisi de s'y installer temporairement, laissant la vaste salle à manger-séjour aux hommes.

Gantée, elle avait rapidement fouillé les affaires du mort, sans
trop savoir ce qu'elle y cherchait. Seule une lettre trouvée dans
la poche intérieure du veston avec lequel Bailli avait dû voyager
retint son attention. La lettre, datée du 23 septembre, commençait par les mots : « Bonjour, Monsieur Bailli ». Elle confirmait
l'invitation à l'orignal pour la semaine du 21 octobre, évoquait
une fin de semaine de travail préparatoire à la chasse pour le
14 octobre, indiquait le plan pour se rendre jusqu'au camp de
Saint-Adelme et mentionnait toutes les informations pratiques
nécessaires aux invités. La policière tourna et retourna la feuille
dépliée. La disposition des paragraphes ; le choix des caractères
imprimés ; le propos même, emphatique quant au ton, impeccable quant à la qualité du français écrit ; tout dans la lettre
signée de Louis Pichon lui rappelait les lettres de Mate Langiro.
En bas de la lettre, sous le paraphe de celui qu'elle savait être
l'ancien directeur local de Radio-Canada, figurait la liste des
invités. Aglaé nota que le nom de Gaétan Guereur était suivi
d'un point d'interrogation et celui de Paul Couchepin, de trois
gros points d'exclamation à l'encre verte. Elle se souvint qu'un
stylo-bille pendait à la poche portefeuille où elle avait trouvé la
lettre. Elle le prit, le décapuchonna, ouvrit un bloc-notes attrapé
dans son sac et tira un court trait… Il était vert. La policière resta
longtemps pensive.

Elle entendait Boulin demander une autre fois à Girard
quand, enfin, il allait pouvoir foutre son camp d'ici. Le ton du
vieux était acerbe. On sentait le bonhomme prêt à éclater. Tous
ces chasseurs-là, comprit-elle, étaient des dominants, des nantis
habitués à se faire obéir. Rien ne s'annonçait facile avec eux. Que
faire de celui-là qui avait ses raisons de vouloir s'en aller, alors
que l'enquête n'était même pas commencée ? Elle l'appela dans
la petite pièce où avait dormi le mort et le fit asseoir devant elle,
ce qu'il fit, non sans grimacer en se tenant le genou. Elle avait
déjà eu l'occasion de parler informellement avec lui de son opé-

ration récente. Elle choisit plutôt d'attaquer la conversation en le questionnant sur la façon dont les chambres du camp avaient été réparties entre les chasseurs.

— Quoi, c'est un interrogatoire de police en bonne et due forme ? s'insurgea-t-il en la voyant prête à prendre des notes.

— Non, rien d'officiel. En tout cas rien que la Sûreté ne puisse retenir contre vous dans une preuve éventuelle devant un magistrat. Mais je ne veux rien oublier de ce que vous allez me dire...

— Vous n'êtes pas sérieuse ? Qu'est-ce que vous êtes en train d'imaginer...

— Rien du tout ! Répondez simplement à mes questions, voulez-vous.

— Je pourrai m'en aller ensuite ?

— Nous attendrons l'arrivée de mes confrères pour vous y autoriser, mais nous allons gagner du temps si je dispose déjà de votre premier témoignage.

— Il est urgent que je rentre sur Québec, ragea l'autre, qui ne lâchait décidément pas.

— Je le mentionnerai au responsable de l'enquête. C'est tout ce que je peux faire. Dites-moi, comment expliquez-vous que ce soit monsieur Bailli qui ait hérité de ce réduit en fait de chambre à coucher ?

Omer Boulin haussa les épaules. De toute évidence, il répugnait à devoir répondre aux questions de la policière. Une moue d'ennui sur le visage, il laissa finalement tomber que tout avait été décidé par le maître des lieux, Louis Pichon, qui avait procédé au partage par affinité. Il disposait de quatre chambres pour deux personnes et d'un lit à une place dans la salle de lavage. Il avait attribué ses deux meilleures, la première aux deux présidents, Delétang et Legrand, « privilège de l'âge, quoi ! », et l'autre à lui, Boulin, « l'autre vieux, vous me suivez ? » — en compagnie de Guereur, son ami de longue date, « le seul à part Rolly, avec qui j'aurais accepté de roupiller », souligna le vieil aristo. Les deux cuistots, LeJosec et Stéphane Garon, dormaient dans la chambre attenante à la cuisine. Les deux Rouges, Pichon et Couchepin, occupaient la dernière. Bailli, le seul Bleu du groupe, occupait le coin du célibataire.

— C'était lui le moins bien loti, non ? argumenta la policière.

— Il était tellement fier d'être là que je crois bien qu'il aurait couché dans son auto si on le lui avait demandé, lâcha le vieux, méchamment.

— Pourquoi avoir invité Mario Bailli si vous l'aimiez si peu ? s'enquit-elle, et il s'expliqua longuement.

Elle écrivit *dîner de cons* sur son bloc et plus loin : *Bailli = Villeret.* Elle comprit de la conversation que son interlocuteur du moment, Omer Boulin, était effectivement celui qui avait organisé la partie de chasse et composé le groupe des invités. Deux exceptions toutefois : Bernard Delétang, choisi par le président Legrand quand lui-même, Boulin, avait dû renoncer à chasser, et Paul Couchepin, invité directement par Pichon. Quand même, la présence dans le groupe de ce Bailli que personne ne semblait aimer et qui allait laisser sa peau dans l'aventure continuait d'intriguer la policière.

— Ça vous faisait pas mal de libéraux dans le groupe, conclut-elle, et le président et vous avez souhaité ajouter un Bleu pour mettre de l'animation aux soupers, soit. Mais j'imagine que vous auriez facilement pu trouver à Hydro une vieille gloire associée au Parti québécois avec qui vous auriez eu plus d'affinités et autant de *fun*, si j'ose dire, que ce Bailli qu'apparemment personne n'appréciait.

— Que voulez-vous que je vous dise, c'est ce gars-là qu'on a choisi.

— Qui l'a choisi, le président ?

— Non, moi.

— Mais vous ne vous rappeliez même pas son nom ce matin, au déjeuner ?

— Attendez voir. Je crois que c'est Gaétan Guereur qui m'en a parlé le premier quand je lui ai dit que je cherchais un péquiou. Et puis j'en ai parlé autour de moi, et d'autres m'ont confirmé que ce Bailli haïssait Couchepin pour s'en confesser. Dès lors, j'ai su que j'avais trouvé mon guignol.

Le vieux s'exprimait aisément, avec un humour volontiers grinçant. Aglaé pressentait qu'il avait dû être un homme d'affaires retors, pas facile à tasser. Elle le fit parler de ses actuels compagnons de chasse. Son admiration sans borne pour Roland Legrand était palpable, autant que son respect pour son ami Guereur, « un vrai homme, que celui-là ! ». Son opinion de Louis Pichon et de Bernard Delétang, des hommes qu'il connaissait peu, était plutôt favorable : « des types qui ont réussi ». Son hautain mépris pour Bailli et Couchepin, « des pareils, des pas grand-chose... », transparaissait de façon évidente. Il eut même quelques phrases lapidaires d'une rare méchanceté contre le blond malade dans la chambre voisine : « un flanc mou de pique-assiette, bon qu'à se faire servir et à dégueuler; tout un compagnon dans le bois ! »

« Un vieux cynique campé plutôt à droite », évalua-t-elle au manque de nuance des jugements du pilote. Il prit d'assez haut qu'elle lui demandât de se justifier de son emploi du temps de la veille. Il était resté au camp le matin à reposer sa jambe, avait mangé à midi en compagnie des deux présidents, de Robert LeJosec et de Louis Pichon. Dans l'après-midi, seul dans la maison après le départ des chasseurs et du cuistot, il avait demandé au jeune Stéphane de le mener en camion dans le bois. Son idée était de marcher un peu, comme le lui avait recommandé le médecin, pour tester son genou. Cela dit, il avait un peu exagéré sur la distance. Sa longue marche de retour avait été trop exigeante pour sa jambe opérée. Il avait dû s'arrêter plusieurs fois et il payait ces excès de vives douleurs depuis. Non, il n'avait pas entendu de coups de fusil, mais il admettait être pas mal sourd. À son retour vers 17 heures 30, seul Couchepin était au camp. Guereur les avait rejoints vers 19 heures. Les autres s'occupant de la femelle orignal de Ron, le groupe n'avait pu souper avant 21 heures et quelque chose... Ils avaient fort bien arrosé la réussite de Ron, « tant et si bien, madame, avait-il conclu avec une mimique comique, que j'ai dû me coucher vers 23 heures, saoul comme la bourrique à Robespierre ». Aglaé avait souri : celle-là, elle ne l'avait jamais entendue.

— Quelqu'un vous a-t-il vu lors de cette marche ?

— Pas que je sache.

— Aviez-vous des raisons personnelles d'en vouloir à Mario Bailli ? demanda Aglaé en fixant son vis-à-vis.

Il eut un théâtral mouvement de recul, comme si une souris sortait de sa boîte à lunch, et nia vigoureusement. Il ne le connaissait même pas « ce maudit pequiou-là ». L'autre prétendait être déjà monté dans son hélicoptère, mais il n'était tout de même pas pour se souvenir de la binette de tous ceux qu'il avait transportés dans ses machines volantes en quarante ans de pilotage... Aglaé comprit qu'elle ne tirerait rien d'autre du vieux matou.

— Langiro... lança-t-elle tout à trac, en surveillant sa réaction.

Elle laissa le silence s'installer entre eux. Bouche bée, il prenait peu à peu un air hostile.

— Langiro, quoi ?

— Je me demandais si ce nom vous disait quelque chose ?... Bon, je vois que ce n'est pas le cas. Vous me laisserez votre carte ? conclut-elle en se levant pour mettre un terme à leur rencontre. Mes collègues ne devraient plus tarder maintenant. Je leur expliquerai que nous nous sommes parlé et suggérerai que vous puissiez quitter les lieux immédiatement. Je vous souhaite bon voyage de retour et bonne chance pour votre genou.

Omer Boulin prit un air soulagé et se leva à son tour, grimaçant comme trois suppliciés. Il n'était pas mécontent du tout de la conclusion de la discussion.

* * *

Sortant du cagibi, l'enquêteuse sentit le besoin de s'aérer. Elle aurait volontiers pris l'air aux alentours et se dirigea vers la porte d'entrée du camp sous le regard intéressé des deux patriarches un moment silencieux au salon. Mais une pluie dissuasive frappait depuis quelques instants aux carreaux. Machinalement, elle cherdha dans le vestibule le parapluie utilisé au matin par le chasseur blond du nom de Couchepin, mais ne le trouva pas. De son fauteuil, le président la héla.

— Vous n'allez tout de même pas sortir par un temps pareil, madame, euh…

— Boisjoli, Aglaé Boisjoli, l'aida-t-elle. Ma foi, j'en avais l'intention, mais je crois que je vais devoir y renoncer.

— Excusez-moi, je n'ai, je vous l'ai dit, aucune mémoire des noms. Venez donc vous asseoir un peu avec nous, madame Boisjoli.

Le président se leva avec cérémonie en lui indiquant un fauteuil voisin. Bernard Delétang se crut obligé de l'imiter, quoiqu'avec moins d'empressement.

— Que d'honneurs! s'amusa-t-elle en acceptant l'invitation des deux têtes chenues. Que me voici bien entourée!

— Pardi, si la compagnie de deux vieilles barbes comme nous ne vous rebute pas trop…

— Parle pour toi, vieux snoreau, s'indigna Delétang.

— Beurny, ricana le président, c'est pas parce que tu as *cruisé* toute ta vie, avec un certain succès, je me le suis laissé dire, qu'il faut te croire encore d'un quelconque intérêt pour les jeunes femmes d'aujourd'hui. Range donc tes patins, espèce de vieux bouc décati!

— Tu sauras, monsieur, que je pogne encore et que bien des jeunes ingénieureus (il insista sur le *reu*) recherchent encore la compagnie de l'ami Nanard.

— Pardi, un tremplin pour leur carrière!

— Pas du tout. Tu sauras, monsieur, que je plais encore, *that's all*. Tant pis pour toi si ce n'est plus ton cas…

Et ledit Nanard cligna ostensiblement de l'œil à la belle policière.

— Une honte, madame, s'indigna faussement le président. Un vieux beau! Quelle désolation! Veux-tu bien te taire, maudit Delétang, un jour comme aujourd'hui, alors que nous perdons un compagnon de chasse.

Ce fut le moment qu'Aglaé jugea être le bon pour arrêter la farce des deux vieux comédiens et vérifier les allégations de Boulin. Le président confirma en tout point l'histoire qu'elle venait d'entendre de la bouche du pilote d'hélicoptère. La partie de chasse était de longue date prévue à quatre. Et puis Boulin avait eu son opération et lui, Roland Legrand, avait choisi « ce vieil ours libidineux de Delétang » pour le remplacer comme quatrième larron. Pichon, la puissance invitante, leur avait imposé un cinquième joueur, Couchepin. C'est alors, devant la nécessité de composer un groupe pair pour chasser l'orignal, qu'avec la complicité de Boulin, un drôle, il avait imaginé de convier Bailli pour que le combat des adversaires politiques égaie les soirées.

— Vous confirmez que c'est donc bien Monsieur Boulin qui a choisi d'inviter Mario Bailli ? l'interrompit Aglaé, que la question décidément préoccupait.

— Certainement. Je connaissais un peu le gars, et l'idée ne m'en serait pas venue.

— Vous ne semblez guère l'estimer, ce Bailli, vous pas plus que les autres participants de cette partie de chasse. Pourquoi, monsieur Legrand ?

— Ben, ce n'est pas bien beau de médire sur un mort, mais... comment vous dire ça... Bailli a toujours traîné une mauvaise réputation. Disons qu'il n'a suscité ni respect ni admiration tout au long de sa carrière. Comment vous expliquer ? Ce garçon n'était pas très brillant intellectuellement, si vous voyez ce que je veux dire. Bon, il n'est pas le seul dans ce cas à exercer des responsabilités grâce à la politique. Sauf qu'en plus, lui n'était pas doté d'une personnalité drôle, agréable ou séduisante. C'était un homme de magouille, toujours à imaginer une combine ou une autre pour se faire valoir, avancer au détriment des autres. Un fauteur de troubles, quoi. Un « maniganceux » de coups foireux. J'ai bien connu son père, un proche de Duplessis, dans les années cinquante. Pas un mauvais bougre, loin de là. Le fils a hérité de sa piqûre pour la politique, sauf que lui n'a jamais vu dans l'exercice du service public qu'une façon de monter plus rapidement que les autres dans l'échelle sociale. Il y a des hommes comme ça, inintéressants par nature... Ça ne veut pas dire qu'il méritait de mourir tiré comme un lapin, par exemple.

— Mais ce gars-là avait quand même réussi ses affaires, me semble ? le coupa Delétang. Je ne l'appréciais pas plus que toi, Roland, mais bon, il a quand même occupé des postes de responsabilité, non...

— C'est un peu mon interrogation à moi aussi, renchérit Aglaé. Comment un type comme lui, si nul à vous écouter, a-t-il pu se retrouver cadre supérieur à Hydro-Québec ?

— Madame, croyez-le, ce ne serait jamais arrivé de mon temps.

— Mais là, c'est arrivé. Secrétaire général, c'est un poste important pour Hydro, non ? Pourquoi ? Comment ? Je veux comprendre.

— Ah, ma chère, c'est ce que l'on appelle « la vraie vie », philosopha le président avec une moue de réprobation. Là où il y a homme, il y a hommerie. Du temps où j'étais président, c'était facile. J'avais pratiquement le double de l'âge du premier ministre. On m'écoutait à Québec. On me craignait un peu aussi, j'imagine. Je procédais moi-même à toutes les nominations d'envergure dans cette entreprise et, croyez-moi, les cadres montaient dans la hiérarchie en fonction de leur seule compétence. Jamais le gouvernement ne m'aurait imposé un candidat. De mon temps, le secrétaire général était un avocat monté dans les rangs de notre contentieux. Un homme d'entreprise remarquable : au moins vingt ans dans son poste. Depuis, les choses ont changé. Chaque relève de gouvernement amène son jeu de chaises musicales à la tête des entreprises d'État. Ne me demandez pas ce que j'en pense.

— Québec a toujours nommé directement du monde à Hydro depuis ton départ, Roland, nota, fataliste, Delétang.

— Bof, c'est un peu plus subtil que ça. Québec nomme les présidents et le conseil d'administration, ce qui est tout à fait normal. Ce qui l'est moins, c'est qu'au premier poste d'envergure libéré,

241

le premier ministre ou le ministre de l'Énergie fait des suggestions à l'ami qu'il a mis au fauteuil. Et là, ben tout peut arriver, et un bel imbécile peut se retrouver au conseil de gestion de la plus grande entreprise publique du Québec. C'est pas des farces, on a même vu le conjoint d'une secrétaire de cabinet, un quasi-nul, bombardé d'un coup vice-président au 75 René-Lévesque. Pas dans les affaires techniques, bien sûr. Là, les politiciens ont un peu plus de misère à nommer leurs chums... quoique... réfléchit comme pour lui le président. Mais bon, se reprit-il, dans les cheminées administratives un peu plus molles, les achats, l'administration, les ressources humaines, les communications... c'est malheureusement devenu monnaie courante. Aujourd'hui, on ne trouve presque plus de cadres supérieurs sortis des rangs parmi les « relevants » du P.-D.G. Une aberration.

— Parlez-moi des autres gens d'Hydro-Québec qui sont avec vous ici, reprit Aglaé.

— Savez-vous, c'est embêtant. Je ne les connais pas très bien. Celui qui est malade dans sa chambre, je ne l'avais seulement jamais vu. Comment l'appelez-vous déjà ?

— Paul Couchepin.

— Oui, c'est ça. Lui prétend qu'on se connaît, mais cet homme m'a l'air d'avoir la parole bien facile. C'en est un de ceux que Québec a nommés comme ça, qui sont venus faire leur tour à Hydro et que l'administration suivante a chassés. Je n'en ai pas entendu beaucoup de bien, cela dit je ne le connais pas assez pour vous en parler.

— Avez-vous idée de qui l'a renvoyé d'Hydro ?

— Ça je le sais, on me l'a raconté : Couchepin a chassé Bailli du secrétariat général, et c'est Courchesne qui a fait le ménage et a renvoyé Couchepin l'année suivante.

— Tout ce monde-là ne devait pas se porter dans son cœur... ricana Delétang.

— Si je vous suis, conclut Aglaé, Couchepin avait des raisons de détester Courchesne, et Bailli, les siennes de détester Couchepin...

— J'imagine. Voilà l'un des problèmes engendrés par les nominations politiques, poursuivit le président. Il n'y a plus aucune solidarité dans les équipes de direction. C'est du chacun-pour-soi et au plus fort la pogne. Hydro mérite mieux que ça. Ces chicanes au sommet de la maison sont tellement mauvaises pour le moral des troupes.

— Arnaud Courchesne était-il un querelleur?

— Non, je n'ai pas dit cela, se défendit mollement le président. Toi, Bernard, tu le connaissais mieux que moi. Que répondrais-tu à notre amie?

— Arnaud, à l'âge qu'il avait atteint et avec les multiples responsabilités qu'il avait exercées, était un homme qui avait une haute opinion de lui-même, réfléchit à son tour Delétang. Très haute même et, à certains égards, justifiée. C'était un excellent ingénieur. Il aimait se situer au-dessus de la mêlée. Je crois que l'on peut dire sans nuire à sa mémoire que, oui, il aimait la bisbille. Voyez, par exemple, en dépit de son embonpoint, c'était un bon joueur de tennis, mais du genre ratoureux, petits coupés vicieux, pinaillage sur les lignes, tablant sur la frustration de ses adversaires. C'était lui, ça. Au travail, sous des dehors bonhommes et matois, il adorait exercer son pouvoir et ne détestait pas « casser » des caractères ou des réputations sous lui. Il avait un côté machiavélique qui l'isolait dans les équipes et qui lui a valu, je ne l'apprendrai à personne ici, nombre d'inimitiés.

— Bon portrait, apprécia le président.

— Parlez-moi des autres participants à cette partie de chasse, reprit la policière.

— Bon, réfléchit Legrand, l'autre, le grand type que vous avez vu avec ses lièvres au matin, c'est Gaétan Guereur, un bon ami d'Omer. Je ne l'ai pas bien connu à Hydro. C'est un gars d'Environnement, une unité que j'ai moi-même créée, mais il était loin dans les rangs quand j'étais président. Cela dit, j'ai chassé plusieurs fois avec lui, ces dernières années. Ce Gaétan est un garçon réfléchi, fiable et solide. C'est un excellent compagnon dans le bois. Lui, à ce que je sais, a fait toute sa carrière à

Hydro-Québec, dans son coin, sans faire de bruit, gagnant ses galons à la compétence. Sans appui à Québec, il a plafonné au niveau directeur, mais on peut dire qu'il a fait une belle carrière.

— Aurait-il à votre connaissance des raisons de détester Bailli ou Courchesne ?

— Oh ben là, vous m'embarrassez. Laissez-moi un peu y penser. Je ne vois pas pourquoi il aurait pu en vouloir à Courchesne, son supérieur à deux niveaux. Non, vraiment, j'ai beau réfléchir, je ne peux imaginer aucun lien entre eux. Par contre, je sais que son poste relevait du secrétariat général. Il a donc eu, à tour de rôle, et Bailli et Couchepin comme supérieurs immédiats vers la fin de sa carrière. Attendez voir : c'est sous l'un des deux qu'il a dû perdre son poste de directeur à l'Environnement. Je sais qu'il a été écarté peu de temps avant son départ d'Hydro. Faudra le lui demander à lui, je m'excuse, mais je ne connais pas le détail de l'histoire.

— Guereur aurait-il été victime d'une injustice flagrante ? s'enquit Aglaé.

— Absolument pas. Il faut ramener les choses à leur juste proportion. Ce type de largage politique est devenu monnaie courante dans les entreprises d'État. Guereur avait fait sa marque à Hydro. L'entreprise ne l'a pas rejeté quand il a perdu son poste. On l'a recueilli aux ressources humaines, si je ne me trompe pas, et il y a terminé une carrière somme toute honorable. Il a quitté Hydro à la mi-cinquantaine, prématurément, sans doute, mais grassement dédommagé par un de ces programmes de mise à la retraite des cadres devenus surnuméraires. À ce que je sais, il n'a pas à pleurer sur son sort et je ne crois pas qu'il soit homme à le faire.

— Votre cuisinier, Robert LeJosec, est aussi un ancien d'Hydro-Québec.

— Exact, et je me souviens encore de lui. Je l'ai croisé plusieurs fois au long de ma présidence, lors de mes déplacements en Gaspésie. Cela dit, je ne pourrais pas prétendre bien le connaître. C'était, à mon souvenir, un ingénieur de haut calibre, mais un

« malengueulé ». Tous les « bollés » techniques avaient peur de lui au Saint-Siège. Ce Français-là connaissait comme le fond de sa poche le réseau de distribution gaspésien et vous envoyait tous les experts de Montréal sur les roses. Je l'ai retrouvé hier avec beaucoup de plaisir. Ça faisait bien vingt ans que je ne l'avais pas vu. C'est un homme tout compte fait assez agréable et un fameux cuisinier.

— Son osso buco aux morilles d'hier était une vraie merveille, approuva, sentencieux, Delétang.

— Voilà, madame, de conclure le président. Je crains bien de ne pouvoir être d'aucune utilité dans votre enquête, et vous n'en tirerez guère plus à mon sens de cette vieille baderne, dit-il, hilare en pointant son ami.

— Attendez, il y a un autre gars d'Hydro-Québec dans le portrait. Un monsieur Bayard, Roland Bayard, ce grand Français barbu et rouquin qui s'est joint tout à l'heure à l'équipe de recherche. Il chasse sur un territoire voisin...

— Eh bien là, vous me faites plaisir, s'esclaffa le président. Figurez-vous que je l'ai aperçu le bonhomme, tout à l'heure, et que je me disais bien que je l'avais déjà rencontré. Mais quant à me souvenir de son nom ! Et là, vous me dépannez : oui, c'est ça, Bayard. C'était, je crois, un jeune économiste chez nous quand j'étais président. Ça me revient clairement maintenant.

— Un autre Français d'origine.

— Oui, vous avez raison. Ça vous en fait trois dans le portrait, en somme. Hydro-Québec, vous savez, a embauché beaucoup de diplômés universitaires formés à l'étranger, dans les années soixante début soixante-dix, alors que les universités d'ici peinaient à nous fournir la main-d'œuvre spécialisée que requerrait le développement phénoménal de l'entreprise à l'époque.

— Et les trois, Guereur, LeJosec et Bayard se connaissaient. Je les ai vus souper ensemble il y a quelques jours au restaurant de LeJosec, précisa Aglaé. Voyez-vous les raisons communes que celui-ci pourrait avoir d'en vouloir à Bailli ou à Courchesne ?

Le président haussa les épaules en signe de totale incapacité. Il n'en avait pas la moindre idée. Bayard, comme Guereur, relevait, pensait-il, du secrétariat général et avait donc dû, lui aussi, avoir Bailli et Couchepin comme éphémères patrons à des moments de sa vie professionnelle. Mais tout cela restait à vérifier. Delétang éternua bruyamment. Dans le silence revenu, on entendit le bruit de véhicules se rapprochant du camp. Les trois se taisaient maintenant. La policière achevait de prendre des notes.

— Quand comptez-vous repartir à Montréal, messieurs? demanda-t-elle finalement aux deux têtes blanches.

— Nous en parlions tout à l'heure. Nous allons suggérer à notre hôte Pichon de nous en retourner demain matin. J'ai tué. Monsieur Delétang et moi partagions le même permis. Il n'y a plus grand-chose à faire pour nous ici dans les circonstances.

— Monsieur Legrand, se hasarda Aglaé, tout nous mène à croire qu'il y a un lien entre la mort au printemps d'Arnaud Courchesne et celle de Mario Bailli aujourd'hui, le commandant Demers vous l'a souligné ce matin. Pouvez-vous imaginer qui a pu en vouloir à ces deux-là au point de les tuer?

— Ma foi, bien honnêtement, je n'en ai, là non plus, pas la moindre idée. Navré. J'ai perdu de vue Hydro et ne m'intéresse plus que de loin à ce qui s'y passe.

— La police a-t-elle des raisons de penser que c'est à Hydro-Québec et non à des individus que l'on s'en prend? s'inquiéta Delétang. Roland devrait-il se sentir menacé?

Aglaé Boisjoli fut longue à répondre. Elle se remémora les menaces de Langiro, qui parlait d'éliminer «trois minables». Bailli semblait bien correspondre à la catégorie visée par le tueur. Courchesne? les choses étaient moins claires. Mais pas le président Legrand: une évidence. Langiro évoquait son besoin de vengeance. «Au seuil de ma vieillesse, on m'a humilié» lui avait-il écrit... Soudain, de façon fugitive, l'idée lui vint que la vie de Couchepin pouvait être également en danger. Que répondre à Delétang?

— Depuis combien de temps avez-vous quitté Hydro? demanda-t-elle au président.

— Mon Dieu, on parle en décennies.

— Vous n'y avez jamais travaillé en même temps que messieurs Courchesne ou Bailli?

— Non. Eux autres sont venus bien après moi.

— Alors, je ne crois pas que vous soyez menacé. Pour ce que nous savons de l'assassin, il règle des comptes assez récents avec des gens qui lui ont fait affront. Cela dit, je ne peux que vous engager à beaucoup de vigilance. Nous allons discuter, mes collègues et moi, de la protection à vous accorder.

On entendit claquer des portières d'auto. Aglaé se leva prestement et les deux vieillards l'imitèrent, à leur rythme. La jeune femme regarda soudain le président droit dans les yeux.

— Monsieur Legrand, articula-t-elle de façon parfaitement inattendue, êtes-vous pour quelque chose dans la mort de Mario Bailli?

Il la jaugea longuement, ne paraissant ni surpris ni offusqué par la question. Il paraissait mûrir la réponse qu'il allait lui faire.

— Non, madame, finit-il par laisser tomber, le visage impassible.

La jeune femme fit front à son autre interlocuteur, le fixant avec la même intensité sous l'œil resté froid du président.

— Monsieur Delétang, êtes-vous pour quelque chose dans la mort de Mario Bailli?

Incrédule, le vieux beau rougit violemment et s'offusqua:

— Mais enfin, madame, qu'est-ce que c'est que ces suspicions déplacées... Vous n'allez tout de même pas croire que...

— Au revoir messieurs, le coupa Aglaé. Nous nous reverrons peut-être.

Et elle se retourna vers la porte qui venait de s'ouvrir sur Louis Pichon, Alex Demers et quelques constables, tous détrempés. Dans son dos, Roland Legrand n'avait pas bougé. Quelque chose comme de l'admiration apparut bientôt sur le visage pensif du président.

*   *   *

— Ces trois messieurs veulent s'en aller, avança Aglaé. Dans le cas d'Omer Boulin, cela semble urgent. J'ai pris une brève déposition des trois. Je n'ai quant à moi aucune objection à leur départ, mais cela me chicote un peu de ne pas avoir l'aval de Berthier avant de les laisser partir. Qu'en pensez-vous, commandant ?

— Michel est resté sur la scène du crime en attendant le coroner. Il devrait être ici dans une couple d'heures. Il vous a délégué sa confiance, n'est-ce pas ?

Aglaé et Demers échangeaient dans un coin de la cuisine. Les trois septuagénaires les regardaient depuis le salon, comprenant que c'est d'eux qu'ils parlaient. Boulin, son luxueux sac de voyage aux pieds, donnait l'image même de l'impatience.

— Prenez vos responsabilités, Boisjoli. Je vous couvrirai, n'importe comment, reprit Demers. Si vous pensez qu'ils peuvent partir, qu'ils partent. Avez-vous procédé à la fouille de leurs effets ?

— Eh bien, non, et c'est effectivement une des choses qui m'ennuient à l'heure de les voir s'en aller. J'attendais le retour de Berthier pour voir comment il voulait que l'on s'organise pour obtenir des mandats...

Demers sembla hésiter. Il tordit son grand nez tout en mâchant sa gomme avec un soudain surplus d'intensité, des signes chez lui d'intense réflexion, à l'évaluation de l'ex-psychologue.

— Personne ne partira d'ici sans avoir été fouillé... Les véhicules également. Cela me semble impératif, lâcha-t-il finalement. Je vais prendre ça sur moi et l'expliquer à ces braves gens.

— On n'a pas de mandat...

— Je sais bien, mais disons que ce sera notre condition à leur départ. Il y a eu mort d'homme par balle. Il nous faut *a minima* mettre en lieu sûr toutes les armes et les munitions que l'on trouvera dans ce camp. Nous allons passer au peigne fin les équipements de tous ces messieurs d'Hydro, et même, tant qu'à y être, ceux de leurs hôtes gaspésiens, l'oncle et le neveu.

— Il y a aussi ce grand rouquin du camp de chasse d'à côté. Bayard...

— Vous avez tout à fait raison, sergent. Je l'ai vu. Il a participé aux recherches avec nous cet après-midi...

— Me semble que dans ce cas-là aussi nous devrions fouiller ses affaires et vérifier son arme.

— Et l'interroger... D'accord avec vous, Boisjoli. C'en est un autre d'Hydro. Douze mille douze, qu'ils étaient dans le temps. Combien de chasseurs là-dedans ? On n'a pas fini d'en ramasser, des carabines !

Elle n'eut pas le temps de se demander où cet incorrigible mystificateur voulait l'emmener. D'un coup sérieux, il reprenait :

— Que diriez-vous d'aller immédiatement questionner ce Bayard et de mettre sous clef son attirail, sergent Boisjoli ? Moi, je vais prendre les choses en main ici en attendant Michel. Un peu de travail de cop de base va me faire du bien. Qu'en pensez-vous ?

Elle hocha la tête : ça lui allait. C'est alors que la porte de la chambre où reposait Couchepin s'ouvrit. L'homme en sortit, le pas mal assuré, le visage livide, ravagé par la douleur. Toutes les conversations s'arrêtèrent. Il fit effort pour marcher jusqu'à la cuisine, où Stéphane l'aida à s'asseoir et lui servit un verre d'eau. Dans le silence, on l'entendit demander d'un ton acerbe : « Pis, l'avez-vous retrouvé, le Bailli ? » Pichon, avec un air navré de circonstance, lui fit le point à voix basse, et les conversations reprirent.

— Allez-y, Boisjoli. Faites-vous conduire par Girard au camp de Bayard, conclut Demers.

— J'aurais aussi aimé interroger celui-ci, dit-elle avec un mouvement de menton en direction de Couchepin. Et puis il y a ce biologiste, Guereur. Il n'est pas rentré avec vous ?

— Il a décidé de revenir seul. Il voulait chasser la perdrix sur le chemin du retour.

— Sous cette pluie ?

— Il n'y a pas de mauvais temps pour un vrai chasseur. Écoutez, on ne pourra tout faire aujourd'hui. Je vais suggérer à Berthier de convoquer ces deux-là demain à la Sûreté, en début

de matinée. Vous pourrez participer à la prise de leurs dépositions, si vous le souhaitez.

— Autre chose, commandant. Croyez-vous qu'il nous faille
protéger ces gens-là ? Langiro a promis deux meurtres.

— Bon point. Je vais suggérer à Berthier d'assurer une présence policière autour du camp.

Et le grand directeur de police s'en fut vers les trois têtes
blanches, un sourire équin lui fendant la face. Aglaé nota qu'il
laissait derrière lui une véritable traînée d'eau sur le plancher de
Pichon. Il n'avait même pas pris le temps d'ôter son long imperméable ruisselant. Elle esquissa un sourire et tourna les talons.

Vin maison

Petit-Matane — Dimanche 22 octobre, soir

La fin d'après-midi grisâtre avait des airs de crépuscule lorsque Aglaé rejoignit la ferme du rang des Côtés louée par le groupe Fragon. À plusieurs occasions, l'auto-patrouille avait croisé des véhicules de chasseurs. Girard, au volant, si jovial d'ordinaire, manifestait bien peu d'entrain. Le constable, jugea Aglaé, devait trouver saumâtre de devoir travailler tandis que toute la Gaspésie courait l'orignal. À quoi bon retourner le fer dans la plaie ? Elle choisit de lui parler travail et lui demanda de procéder à la fouille du véhicule et de la chambre de Bayard, tandis qu'elle interroge-rait le rouquin.

La vieille ferme semblait déserte à leur arrivée. Un véhicule était dans la cour intérieure, qu'Aglaé n'avait pas remarqué la veille au soir. Elle l'identifia de suite comme la camionnette qui avait freiné devant elle une dizaine de jours plus tôt sur l'avenue Saint-Jérôme à Matane. Son propriétaire n'avait pas jugé bon de nettoyer le sang séché maculant le pare-choc avant et l'aile, côté passager. Le camp était sombre. Pourtant, une voix leur répondit aux coups portés sur la porte par Christian. Une ombre massive était assise au bout de la table de la grande pièce où ils entrèrent.

— On n'y voit rien, icitte. Peut-on faire de la lumière ? demanda Girard qui, sans attendre, actionna l'interrupteur fixé au chambranle de la porte.

Bayard était là, devant une bouteille de vin et un verre à moitié rempli. Il les regardait s'approcher de lui, le visage sans autre expression qu'un vague air moqueur.

— Je vous attendais, mademoiselle, accueillit-il la policière en lui faisant signe de prendre une chaise en face de lui.

Elle tiqua immédiatement à l'emploi prononcé du *mademoiselle*.

— Vous m'attendiez ? s'étonna-t-elle en s'assoyant.

— Disons que je me doutais que vous ou l'un de vos collègues viendriez me voir, se corrigea-t-il. Un ex d'Hydro est mort en chassant à proximité. Je suis un ex d'Hydro qui chassait à proximité. Je ne suis pas surpris que vous veniez m'interroger.

Elle s'enquit de la raison de l'absence de Guy Lajoie. Le pourvoyeur, lui dit Bayard, était parti souper chez des amis à Matane. Elle avisa le grand rouquin que le constable Girard allait fouiller le camp et le véhicule dans la cour, en lui mentionnant qu'il pouvait s'y opposer, puisqu'elle ne disposait pas encore de mandat de perquisition. Il haussa les épaules : cela semblait peu l'importer. Il se resservit du vin et lui proposa un verre qu'elle refusa.

— Vous m'avez appelée « mademoiselle » tout à l'heure. Comment savez-vous que je ne suis pas mariée ? l'attaqua-t-elle.

— C'est que je vous connais, s'amusa-t-il. Je sais très bien qui vous êtes, Aglaé Boisjoli. J'ai lu votre histoire dans les gazettes...

S'amusait-il ? Aglaé se sentait spontanément peu sûre d'elle-même devant le grand type. Il la regardait avec intérêt, comme un gourou encourage un disciple, comme un initié stimule un néophyte. D'où lui venait cette assurance, cette autorité face à elle ? L'idée ne la quittait pas depuis qu'elle était entrée dans la pièce que cet homme sirotant son vin pouvait être l'assassin qui défiait la police depuis des mois. Mais, s'il devait s'avérer que cet homme fût Langiro, pourquoi ce peu de dissimulation, ce front, cette provocation manifeste ? Et puis, après tout, pourquoi pas ?

— Il n'a jamais été question de ma vie privée dans les journaux, articula-t-elle posément.

— Mademoiselle, madame, il n'y a plus que dans les romans de Stendhal que l'on fait la différence, non ? Disons que j'ai dit « mademoiselle » comme ça.

Cette discussion ne mènerait à rien, se dit-elle. Elle s'en voulut d'entrer trop vite dans le jeu de l'autre. Il lui fallait se garder de toute interprétation hâtive. Ne pas voir des pièges où il n'y en avait peut-être pas. Qui sait, c'était peut-être la façon qu'avait le géant rouquin de chercher à plaire à autrui en se montrant enjoué, drôle, caustique, au fond. Elle pensa qu'il lui fallait prendre l'ascendant dans la conversation, mais voilà que le gaillard poursuivait...

— En fait, ce que je sais de vous me vient de votre hôtelier, Robert LeJosec. Un bon ami à moi. Lui sait, ne me demandez pas comment, que vous êtes célibataire. Roger, en voilà un autre ancien d'Hydro. Allez-vous l'interroger, lui aussi ?

Elle éluda la question, se tut, réfléchit un bon moment, yeux baissés sur le calepin où elle prenait des notes. Il but une gorgée de vin avec une mimique approbatrice. Elle attendit qu'il ait reposé son verre et lui demanda tout à trac en le fixant avec attention :

— Connaissez-vous un certain Langiro, Mate Langiro ?

L'homme n'eut aucune réaction mais soutint son regard comme s'il comprenait que la question était d'importance pour la policière.

— Non, laissa-t-il tomber.

Se souvenant de méthodes de collègues, elle écrivit longuement dans son carnet, décidée à le laisser mariner.

— Langiro, finit-il par articuler. Un drôle de nom, un faux, non ?

Là encore, elle ne répondit pas, déçue un peu malgré elle. Elle découvrait qu'elle aurait aimé une autre réaction de la part de l'énigmatique personnage. Mais quoi, se tança-t-elle, si cet homme était son tueur, il n'allait tout de même pas le lui confesser d'emblée, comme un enfant de six ans admet qu'il a volé la pièce de deux dollars disparue du porte-monnaie de sa grand-mère. Oui, il composait face à elle un personnage intrigant. Oui, il correspondait à l'image que, plus ou moins consciemment, elle se faisait du tueur de Courchesne et de Bailli... Mais bon, le duel, s'il fallait qu'il y ait duel, ne serait pas si simple. Folie d'espérer qu'il en soit autrement. Le silence dura. C'est Girard qui le rompit en criant depuis l'entrée.

— Il y a deux carabines sur le rack. Laquelle est la vôtre ?

— La Remington 270.

— Elle n'a pas tiré récemment, dit Girard après avoir humé le canon.

— Non, pas plus que la 300 magnum de Lajoie. Ni lui ni moi n'avons vu de gibier, pas plus que nous n'avons tué de voisin.

L'homme éclata de rire. O.K., rationalisait Aglaé, il a capté mon attention, n'ignore pas qu'il m'intrigue et va s'amuser à me provoquer. De deux choses l'une : ou il est Langiro, sait que je le suspecte et va se complaire dans les non-dits de l'échange, ou il n'est pas Langiro et il se plaît gratuitement à m'intriguer. Dans les deux cas, il se pense supérieur à moi et se paie du bon temps. Est-ce quelqu'un qui n'a plus rien à perdre ou un oisif ? Bayard-Langiro ou Bayard-Bayard ?... Elle se souvint tout à coup de ce que lui avait dit Berthier deux jours plus tôt : « Vous allez le reconnaître, et il le sait. » S'il se sait reconnu, comment cet homme va-t-il réagir ? Ma seule façon de l'amener à se compromettre et de le coincer est d'embarquer dans son jeu de mégalomane en le faisant parler et en espérant qu'il se coupe.

— Connaissiez-vous messieurs Courchesne et Bailli ?

— Courchesne ? s'étonna-t-il à son tour, avec une sincérité d'artiste si elle était feinte. Ah, je comprends. Vous faites un lien entre la mort d'Arnaud Courchesne il y a quelques mois et celle de Bailli ? Intéressant.

— Parlez-moi d'eux.

— Des opportunistes, laissa-t-il tomber avant de s'engager dans une longue comparaison entre les deux cadres assassinés.

Son mépris pour les deux transparaissait à chaque phrase. Il avait ses raisons de nourrir une solide antipathie pour les deux hommes qu'il ne tentait pas de dissimuler. Un peu comme l'avait fait le président Legrand, il lui exprima une profonde nostalgie de ce qu'avait été Hydro-Québec une trentaine d'années plus tôt, et la fine Aglaé sentit qu'elle touchait là un point qui pouvait être important dans son enquête.

— Des relativement vieux comme LeJosec, Guereur ou moi, et je pourrais vous en nommer comme ça des dizaines; on nous a purement et simplement écœurés avant de nous virer. Nous avions rallié il y a quarante ans la meilleure compagnie au Québec, une Hydro fière d'elle-même, dotée d'une aura bien à elle, composée d'individus forts et complémentaires, admirée de la province entière: une méchante bonne entreprise! Nous, en son sein, nous étions les grognards des unités d'élite, loyaux et fidèles à nos patrons. Total: on s'est bien fait avoir. Québec a tassé nos aînés et nous a parachuté à leur place un paquet de minables, de marchands de beurre, d'oiseaux de proie qui ont mangé l'âme de la vieille Hydro. Nous, les vétérans, nous sommes devenus des parias, des surnuméraires, des salariés réputés gras dur que l'on a poussés vers la sortie...

— Et l'un de vous se venge aujourd'hui, le coupa Aglaé, peu encline à abonder dans son raisonnement de *has been*.

— Je vous laisse cette conclusion.

— Comment avez-vous quitté Hydro-Québec, monsieur Bayard?

— Mis au rancard par ce minable de Bailli et chassé par les mesures expéditives de licenciement de cadres permanents de cet autre minable de Courchesne.

— Que vous aviez donc toutes les raisons de monde de détester, souffla Aglaé.

Trois fois de suite, le ténébreux géant avait utilisé le mot *minable*, tout comme Langiro qui, dans sa première lettre à la Sûreté, promettait la disparition de « trois minables ».

— Y a-t-il un troisième de ces « minables » que vous haïssiez? demanda-t-elle, perfide.

— Et que je m'apprêterais à tuer dans les jours à venir? L'hypothèse est séduisante, mademoiselle, railla-t-il. Voyons voir, qui pourrait être ma future proie? Il conviendrait de me laisser le temps d'y penser un peu.

Une autre fois, il retournait la situation à son avantage.

— Répondez-moi, s'il vous plaît, le relança-t-elle en le regardant fixement comme si elle pouvait ainsi percer la cuirasse du barbu à demi chauve. Un autre de vos supérieurs à Hydro vous aurait-il...

Elle parut chercher ses mots et articula « gravement nui ».

L'artifice ne leurra pas l'homme devant elle. Il prit tout son temps pour savourer une autre lampée de son vin en affichant un sourire énigmatique.

— Mais je bois seul. Êtes-vous sûre de ne pas vouloir m'accompagner, s'excusa-t-il en feignant de se lever pour aller chercher un verre.

— Laissez faire, je n'ai pas soif, l'arrêta-t-elle. Alors, ces ennemis ?

— Mais j'en ai des tonnes. Comment sélectionner ? Vous me mettez dans l'embarras, chère.

— Parlez-moi de votre enfance...

Sans sembler surpris plus que cela par la volte-face d'Aglaé et sa question, il accepta l'invitation et s'épancha longuement sur sa jeunesse, décrivant l'enfance heureuse d'un garçon élevé dans un milieu aisé de la province française. Elle réalisa que l'ex-économiste qui ne cessait guère de boire en avait un solide coup dans le nez. Il insistait maintenant sur ses réussites académiques, se glorifiant d'une rare mention « Très Bien » à son baccalauréat d'économie et vantant longuement sa formation à l'École des Hautes Études Commerciales de Paris. Tout allait vite dans la tête d'Aglaé, suspendue aux lèvres du barbu. Langiro avait peu parlé de ses études dans sa correspondance avec elle. Comment se jugeait-il, déjà ? « Assez bon élève ». Oui, ça pouvait coller. Langiro comme Bayard, Bayard comme Langiro étaient à l'évidence fiers d'eux-mêmes et conscients de leurs talents. De là à déduire que l'un était l'autre... Elle décida de continuer de le provoquer en tentant de le lancer sur diverses autres pistes plus personnelles. Ivre, il se couperait peut-être. Mais la voyait-il venir ? Il évitait les questions pièges, restait allusif sur sa famille. À chaque interrogation plus précise, il s'esquivait, refusait d'entrer dans les détails, gardait ses mystères en tournant gentiment en dérision la curiosité de la policière. C'est en vain qu'elle tenta de le pousser à parler de la mort de sa mère, de ses grands-parents, d'éventuels voyages dans le Sud. De guerre lasse, elle abattit sa dernière carte.

— Êtes-vous en bonne santé, monsieur Bayard ?

Il répondit, après un temps de réflexion, de façon peut-être un peu forcée, à l'opinion de la policière.

— Ma foi, je pète le feu, chère amie. Le vin que je bois y est probablement pour quelque chose, savez-vous ! dit-il en faisant mine de lui porter un toast avant de finir son verre. Je fais moi-même ce petit pinard-là et estime qu'il me fait du bien. Vous n'en voulez pas et vous avez bien tort. Mais dites-moi, est-ce bien la policière en vous qui se soucie ainsi de ma bonne forme ? Quelle sollicitude admirable !

Une autre fois, elle éluda. Il ne cessait de la voir venir. Il avait la partie trop belle. Elle décida d'en briser là et se leva. Il restait assis à la regarder, un air narquois sur le visage. Tenterait-elle une dernière fois de l'insécuriser ?

— Tout cela ne nous fait guère avancer, lança-t-elle. Vous êtes revenu très tard de la chasse à votre camp, hier soir, monsieur Bayard. Je sais, vous nous avez dit avoir perdu votre quad. Ma foi, il sera intéressant pour nous de connaître l'heure exacte où a été tué Mario Bailli. J'ai bien l'impression que, si c'est dans l'après-midi ou la soirée, vous n'aurez pas d'alibi, n'est-ce pas ? Comment dites-vous déjà, vous êtes un « guerrier solitaire », je ne me trompe pas ?

Cette fois, c'est lui qui tiqua.

— Moi, je dis ça ? Un guerrier solitaire ? Voyez-vous ça ! C'est peut-être un peu vrai, ma foi, mais où avez-vous été chercher ce cliché-là, mademoiselle Boisjoli ?

— Nous nous reverrons forcément, se contenta-t-elle de conclure, et elle partit dans la nuit désormais noire, à la vérité fort insatisfaite de son échange avec le grand type. Il lui semblait être

257

passée à côté d'une opportunité qu'elle n'avait pas su saisir, d'avoir laissé une porte qu'elle n'avait su ouvrir, de n'avoir été ni vive ni perspicace dans l'échange...

Girard l'attendait devant l'auto-patrouille. Il n'avait rien trouvé de compromettant dans les effets du barbu. Quand même, songeait Aglaé, un drôle de bonhomme, un fameux comédien. Venait-elle de rencontrer Mate Langiro ?

* * *

Une heure plus tard, elle terminait, seule et sans entrain, son repas au restaurant de Robert LeJosec. Bien peu de monde dans la salle à manger où le cuistot finit par la rejoindre pour s'enquérir de son appréciation de ses œuvres. Elle n'avait pas le cœur au commentaire gastronomique. Toutes ses pensées de l'heure étaient accaparées par Roland Bayard. Il lui fallut un moment pour redescendre sur terre et se souvenir que l'espèce de court gorille à toque de chef cuistot, debout devant sa table, était, lui aussi, un ancien d'Hydro que, tout comme le grand rouquin, elle pouvait suspecter d'avoir tué Bailli.

Elle se sentait lasse, déstabilisée par l'enchaînement des événements. Toujours ce surplus d'émotivité qu'elle mettait dans son travail, déplora-t-elle. LeJosec était devant elle, à la fois épais et bonhomme, ténébreux et rassurant. Un curieux mélange. Il semblait attendre qu'elle engageât la conversation. Par où commencer ce qui n'était pas un interrogatoire, mais une simple discussion de cliente à aubergiste ? Elle n'était tout de même pas pour lui demander le secret de la fricassée de morue qu'elle venait de manger, à la vérité sans grand appétit.

— Asseyez-vous donc un moment, monsieur LeJosec, proposa-t-elle, plus par politesse qu'autre chose.

— Seulement si je peux vous offrir quelque chose. Un verre de vin, un alcool, un café ?

Elle opta pour une verveine-tilleul qu'il revint bientôt lui servir en l'accompagnant, pour lui, d'un verre de Brouilly. Ils échangèrent deux ou trois banalités et puis, comme si elle s'en excusait par avance, elle l'avisa qu'il lui faudrait le convoquer sous peu à la Sûreté pour recueillir son témoignage dans le cadre de l'enquête sur l'assassinat de Bailli. Il était, la veille du meurtre, avec le groupe des invités de Louis Pichon. Peut-être aura-t-il noté des détails intéressants pour les enquêteurs.

Bien sûr, il était au courant de la nouvelle. Il haussa ses puissantes épaules avec indifférence : si l'on voulait qu'il témoigne, il témoignerait.

— Vous le connaissiez, Bailli ? enchaîna-t-elle.

— Non, mademoiselle. Moi, j'étais un gars de région pour Hydro, bien loin des étoiles filantes du siège social.

Un autre à lui donner du *mademoiselle*. Elle tenta de se souvenir de la fiche qu'elle avait remplie en prenant pension à l'Hôtel du Breton. Lui demandait-on d'indiquer son état matrimonial ? Non, bien sûr. Se souvenant du cul-de-sac où l'avait menée sa discussion à ce propos avec Bayard, un autre Français, elle renonça de guerre lasse à approfondir la question.

— Son assassinat ici vous surprend ?

— Évidemment, mais bon, on a déjà d'autres cas de meurtres à la chasse, en Gaspésie. Le meurtre d'un chasseur est loin d'être une première chez nous.

— On me dit que Bailli n'avait pas que des amis.

— Moi, je n'ai jamais entendu que du mal de ce gars-là. Une vraie nullité doublée d'un magouilleur. Cela dit, s'il fallait tuer tous les nuls et les grenouilleux...

— Connaissiez-vous Arnaud Courchesne ?

— Pas beaucoup plus, et je m'en réjouis. J'ai dû le voir à une ou deux réunions de cadres à la fin de ma carrière.

— Est-ce sous sa présidence que vous avez dû quitter Hydro ?

— Je vous corrige, je n'ai pas « dû quitter » cette entreprise. J'en suis parti de mon plein gré il y a six ou sept ans en acceptant le pognon que l'on me proposait pour faire place nette. J'avais de l'argent de côté. Avec le montant de compensation que l'on m'a versé pour que j'aille me faire voir ailleurs, j'ai pu acheter cette auberge où j'ai pas mal plus de *fun* à gérer mes problèmes au fourneau qu'à me faire engueuler à planter des poteaux dans les cours arrière du monde.

— Je reviens à Courchesne. Vous n'ignorez pas que lui aussi a été exécuté par un tueur...

— Et la police relie les deux assassinats? s'enquit-il, impassible.

— Deux morts violentes dans le bois à quelques mois d'intervalle, deux cadres supérieurs mal-aimés d'Hydro; on a peut-être là, effectivement, un début de piste.

— Ben oui, le gros Arnaud qui se fait descendre en cherchant des morilles! Pas mal original comme meurtre! Tout le monde savait que Courchesne était fou malade de cueillette de champignons. Probable que ce n'aura pas été dur de l'attirer dans un traquenard.

Aglaé ne répondit pas mais prit le point en note. Le Josec visait drôlement juste avec son histoire de traquenard...

— Connaissez-vous tous les autres gens d'Hydro qui participaient à cette partie de chasse? se hasarda-t-elle.

— Chez Pichon? Ma foi oui, ou presque. J'avais rencontré le président Legrand à de nombreuses occasions et j'ai souvent travaillé avec Guereur et Bayard.

— Et Couchepin?

— Ah non! Pas lui! Inconnu au bataillon. Celui-là m'a bien l'air de sortir du même tonneau de cornichons que Bailli et Courchesne: un autre triste con de pistonné de Québec, à mon humble avis.

Elle sursauta au vocabulaire employé par le cuistot, si semblable aux mots durs utilisés par Langiro pour décrier ses victimes. L'autre le regardait en souriant sous ses épais sourcils, comme s'il prenait plaisir à déboulonner devant elle les statues des respectables notables en cravate dirigeant la plus grande entreprise d'État québécoise. À moins que ce fût tout simplement d'elle, Aglaé Boisjoli, la supposée superstar policière, dont celui-ci se moquait à son tour? Aglaé se sentait vidée, sans ressort...

— Parlez-moi de Guereur et de Bayard, lâcha-t-elle avec lassitude.

— Rien à en dire de particulier, de bons zigues, des gars compétents...

— Des Français d'origine, comme vous...

— Pis après! Ça doit faire, comme moi, pas loin de quarante ans que ces gars-là paient leurs impôts ici. À quel moment devient-on québécois dans votre livre à vous, mademoiselle Boisjoli?

— Ce n'est pas ce que je voulais dire, bredouilla-t-elle. C'est juste que votre langue parlée reste toujours pas mal différente de la nôtre.

— Je devrais vous parler *ar brezhoneg*[6], mademoiselle. Là, vous verriez ce que c'est qu'une différence de langue! *Yar mat koant dimezell*[7], éructa-t-il en levant son Beaujolais.

Deux fois dans la journée que des suspects lui portaient un toast en se payant sa tête.

— Qui, selon vous, pour tuer Courchesne et Bailli? insista-t-elle avec lassitude, consciente de n'aboutir à rien avec le Breton.

— Ben là, s'interrogea-t-il en levant les yeux au ciel. M'est avis que vous allez avoir l'embarras du choix. Moi, pourquoi pas? C'est bien ce que vous pensez en m'interrogeant, n'est-ce pas? Ces deux gars-là devaient avoir pas mal plus d'ennemis que d'amis... Bon courage, mademoiselle Boisjoli.

Le bonhomme l'avait quasiment knockoutée. Elle le regarda longuement, cherchant la façon de lui demander s'il avait pu effectivement tremper dans les meurtres. Comment imaginer qu'il lui réponde... La belle assurance de la policière plus tôt dans l'après-midi avec les septuagénaires Boulin, Legrand et Delétang avait disparu. Elle n'avait plus qu'une envie: s'isoler pour décanter tout ce qu'elle venait de vivre, et réfléchir. Quand même, elle se força.

---

6 « En breton ».

7 « À votre santé, jolie demoiselle ».

— Auriez-vous quelque chose à me dire, j'entends de vous à moi, à propos de ces deux meurtres, monsieur LeJosec?

Elle le regarda avec intensité, cherchant le défaut de la cuirasse. Il parut surpris par la question. Il la fixa comme quelqu'un qui cherche la bonne réponse à une question stupide ou, peut-être, la nuance était mince, comme quelqu'un qui hésite à plonger. Ses yeux cillèrent, et c'est lui qui rompit leur contact visuel.

— Je ne vois pas ce que vous attendez de moi, mademoiselle, esquiva-t-il.

Elle eut une vague moue d'autodérision. Non, Langiro n'abaisserait pas aussi facilement ses cartes.

— Puis-je à mon tour vous demander si c'est l'imminence de ce meurtre de Bailli qui vous a amenée en Gaspésie et me vaut votre clientèle? poursuivait-il, l'air de n'y pas toucher.

— Oui, répondit-elle, et je suis obligée de vous considérer comme un témoin dans cette enquête. Je vous le répète, vous serez sous peu convoqué au poste pour la prise officielle de votre déposition.

Il opina du chef sans broncher. Elle le salua et monta à sa chambre.

Sa douche prise, elle s'affala sur son lit, roulée dans une serviette nouée entre les seins. On venait de voter au Panama, disait le lecteur de nouvelles à la télé. Elle chercha des yeux la télécommande et s'avisa ce faisant que les rideaux de sa chambre étaient restés ouverts. Elle se leva pour les fermer. La serviette se dénoua, tomba à ses pieds, et c'est nue qu'elle se présenta à la vaste baie vitrée.

Regardant machinalement dehors, elle eut l'impression qu'une ombre dévalait la volée d'escaliers extérieurs d'une aile de l'auberge donnant à quatre-vingt-dix degrés sur sa fenêtre. Mais on y voyait si peu. Peut-être errait-elle. C'était soir de lune nouvelle, se souvint-elle. Elle entendit claquer une portière d'auto dans la nuit noire. Une voiture s'éloigna bientôt dont elle suivit vers l'est la lueur des phares éclairant l'obscurité. Elle revint vivement à son lit, ferma d'une pichenette la télé au passage et se glissa sous les draps.

Un homme, un assassin, l'observait, la surveillait, et du coup tous les regards portés sur elle devenaient potentiellement dangereux. Elle se tourna sur le côté, le moral à des lieues en dessous de zéro. Harassée par sa journée, elle s'endormit très vite.

Hommes de parole

Matane — Poste de la Sûreté du Québec — Lundi 23 octobre, 8 heures

Le lendemain matin, elle aurait la surprise de trouver Berthier au travail avant elle. Traversant l'avenue du Phare depuis son hôtel, elle constata la présence de la vieille Volvo du policier-mousquetaire dans le stationnement attenant au poste de briques jaunes. Effectivement, à peine s'installait-elle à son bureau qu'il la rejoignait, deux tasses de carton fumantes entre les mains.

— Êtes-vous tombé du lit, Michel ? le china-t-elle en acceptant son café.

Ils avaient, lui soumit-il, une heure à discuter ensemble avant d'entendre les témoins Gaétan Guereur et Paul Couchepin, qu'il avait convoqués à 9 heures. À la suggestion d'Alex Demers, il souhaitait mettre ce temps à profit pour partager avec elle ce que leur avaient appris leurs démarches respectives de la veille.

Elle allait découvrir un Berthier sévère, méthodique, scrupuleux, semblant parfaitement en contrôle de l'organisation du boulot qu'ils avaient à faire. Elle lui en fut dans un premier temps reconnaissante. Sa nuit n'avait pas été trop bonne. À son premier sommeil de plomb avait succédé une alternance de cauchemars et d'insomnies lui laissant l'impression qu'elle n'avait pas dormi. Elle n'avait cessé de ressasser ses rencontres de l'après-midi et de la soirée, taraudée par la hantise d'avoir laissé passer quelque chose, peut-être un signal volontaire du tueur ou quelque indice de la possible culpabilité d'un de ceux qu'elle avait rencontrés. Elle cherchait, cherchait, sans parvenir à trouver le fil conducteur qui lui permettrait d'articuler un début de réflexion. Elle s'était levée au matin mal à l'aise et nauséeuse, avait même renoncé à son jogging matinal pour se diriger directement vers le poste de la Sûreté.

Elle fit part au collègue du détail de ses rencontres avec les trois chasseurs septuagénaires et les deux anciens cadres d'Hydro, l'économiste Bayard et l'ingénieur régional LeJosec. De son côté, il lui fit le point de ses activités et décisions. Le corps de Bailli avait été envoyé par le coroner pour autopsie à Montréal. Toutes les armes des chasseurs et les munitions trouvées parmi les effets personnels des résidents du camp avaient été adressées au bureau de René Roy pour analyse en laboratoire. Le sergent-enquêteur s'attendait à disposer des rapports d'experts en fin de journée. Lui-même avait interrogé Louis Pichon et son neveu Stéphane en fin d'après-midi. Leur témoignage validait en tout point les alibis du président Roland Legrand et de son ami Bernard Delétang, lesquels ne semblaient pouvoir être considérés comme suspects du meurtre de Bailli, ayant passé toute leur journée aux abords immédiats du camp. En conséquence, il avait autorisé les deux nobles vieillards à retourner chez eux, où leurs armes leur seraient directement retournées après les vérifications du labo.

Un point, souligna l'enquêteur, l'avait intrigué dans le témoignage de Stéphane. Boulin ne semblait pas si handicapé que cela par sa récente opération. Le jeune Gaspésien qui avait conduit l'ancien pilote d'hélicoptère fort loin du camp de Pichon au début de l'après-midi avait été surpris par sa facilité à marcher. Le vieux se déplaçait beaucoup mieux seul dans le bois qu'au milieu des invités dans la salle à manger de son oncle. Or, le jeune l'avait laissé sur le 6e Rang, tout au sud du territoire, en fait assez près de la cache occupée par Bailli.

— Boulin m'a déclaré être revenu au camp vers 17 heures 30 et y avoir trouvé Couchepin, nota Aglaé.

— On vérifiera auprès de Couchepin en l'interrogeant tout à l'heure. Reste que lorsque l'on aura l'heure précise de la mort de Bailli, faudra peut-être regarder d'un peu plus près l'emploi du temps de l'après-midi de ce Boulin-là.

— Il correspond assez peu, réfléchit-elle, à l'image que je me fais de Langiro, au vu des lettres, en tout cas.

Berthier parut un instant contrarié par la remarque.

— Aglaé, la refroidit-il gentiment, les lettres de Langiro sont une chose. Mais depuis hier nous sommes devant un meurtre au premier degré. Un homme en a abattu un autre d'une balle en pleine tête. Notre rôle est désormais de chercher des éléments de preuve tangibles pour permettre l'accusation d'un assassin et de nous fier essentiellement à ces preuves pour bâtir notre opinion et émettre nos recommandations au coroner.

— D'accord avec vous, mais on ne peut faire abstraction de tout ce que nous savons en amont du meurtre, non ?

— Croyez-vous ? Moi, pour un, je serais d'avis, pour le moment à tout le moins, d'oublier toute la broue que le supposé récidiviste Langiro nous a envoyée à la face et de nous concentrer sur notre enquête de terrain. N'entrons plus dans son jeu. Ignorons les pistes fumeuses où il souhaite nous égarer depuis le début de cette histoire et travaillons au ras des pâquerettes. Vous n'avez pas l'air convaincue ?

Le manque d'assurance et d'entrain d'Aglaé n'allait que s'aggraver devant la détermination toute logique du sergent-enquêteur local et sa volonté de rechercher des éléments probants à leur enquête commune. Il avait raison, en tout cas, elle le comprenait de vouloir axer l'enquête sur des faits. C'était là le b. a.-ba de leur rôle de policiers. Mais rien dans l'imbroglio auquel ils faisaient face ensemble ne lui semblait logique. Était-ce elle qui errait et manquait d'aplomb ? La présence empathique et l'aide du sergent matanais auraient dû la conforter, mais voilà plutôt qu'elles accentuaient son inconfort, comme si accepter le point de vue de Berthier la ralentissait dans sa propre quête de compréhension du meurtre et sa volonté de démasquer l'assassin. Elle tenta sans conviction de lui exposer son point.

Un peu avant 9 heures, la réceptionniste vint les aviser qu'un nommé Gaétan Guereur était arrivé et demandait à leur parler.

— Ils sont supposés être deux, non ? mentionna Berthier à la femme de la réception, une brune à lunettes dont Aglaé n'avait pas mémorisé le nom.

— Je ne sais pas, répondit-elle, mais un seul s'est présenté jusqu'ici.

— Aviez-vous convoqué Guereur et Couchepin à la même heure ? demanda Aglaé.

— Oui.

— Ils auraient pu voyager ensemble, non ?

Le sergent-enquêteur demanda que l'on fît entrer le biologiste. Dans un sursaut d'énergie, Aglaé suggéra :

— Laissez-moi essayer quelque chose, Michel.

Guereur s'annonçait à la porte.

— Comment allez-vous, monsieur Langiro ? attaqua la policière en s'avançant main tendue vers le grand type.

L'homme sévère resta de glace, les traits sans expression, le regard planté dans celui de la jeune femme. Au bout d'un long moment d'hésitation, il leva le bras et serra la main qu'elle lui tendait, articulant :

— Il y a erreur sur la personne. Je m'appelle Guereur, Gaétan Guereur.

Quelle basse saisissante, songeait Aglaé.

— Voyez-vous ça ! répondit-elle, comme on réprimande un enfant menteur.

Il garda la même tête d'enterrement et n'ajouta pas un mot. Le biologiste et la policière se toisaient. Le silence devenait embarrassant. Berthier, dont le regard allait de l'un à l'autre, se décida à le rompre.

— Nous recherchons effectivement un homme du nom de Mate Langiro dans le cadre de cette enquête, monsieur Guereur. Nous avons des raisons de croire qu'il s'agit là d'un nom fantaisiste inventé par l'assassin de monsieur Bailli, et ma collègue...

Il ne savait trop comment finir la phrase.

— A pensé que je pouvais être ce Langiro et que j'allais m'effondrer à l'appel de mon nom d'assassin, conclut l'autre de sa voix caverneuse. O.K., je comprends. Navré de vous décevoir, madame. Je ne m'effondre pas.

Un Français qui l'appelait « madame »... Tous les autres lui avaient, spontanément ou pas, donné du « mademoiselle ». Celui-là la jugeait-il mariée ? Lui disait-il « madame » machinalement, ou se jouait-il d'elle ? Une autre fois, Aglaé se sentit à la veille de perdre pied. Elle sourit, gênée, se rassit et se tut, laissant la barre de l'interrogatoire à son collègue. Celui-ci informa le témoin de ses droits, l'avisa que la rencontre était enregistrée sur vidéo et, les formalités réglementaires expédiées, commença par vérifier l'alibi du grand type lui faisant face. Il n'en avait pas. Il avait, comme les autres, passé son après-midi de la veille seul à la chasse. Sur une carte du territoire, Berthier lui fit préciser l'emplacement de la cache où il avait chassé. Elle était dans la moitié sud du territoire, à deux kilomètres et demi à l'est de celle de Bailli, la plus proche du village de Saint-Adelme[8]. L'homme confirma avoir lui aussi entendu deux coups de feu vers 15 heures, à peut-être une demi-heure d'écart entre les deux — il n'avait pas regardé sa montre — et en avoir déduit qu'un de ses collègues avait sans doute tué. Le vent était capricieux, précisa-t-il, avait changé de direction dans la journée, et il lui était difficile d'affirmer de quelle zone précise venaient les déflagrations.

Berthier l'invita ensuite à leur préciser de quelle façon il s'était joint au groupe. Il leur conta la même histoire que les policiers avaient déjà entendue des autres témoins. Son ami Boulin l'avait invité en même temps que le président Roland, et puis Pichon avait invité Couchepin, et Boulin avait dû se désister pour cause d'opération. Voyant Couchepin dans le portrait et Boulin pas sûr de participer, il se serait volontiers abstenu du voyage à son tour. Mais son vieux copain avait insisté. Il entendait qu'il chasse à sa place avec le président Legrand, et c'est une mission qui, au final, lui plaisait.

---

8 Le lecteur gagnera à se référer au plan figurant à la page 287.

— Être le compagnon de chasse du président était un honneur pour moi, avança-t-il avec conviction.

— Je vois, approuva Berthier. Et comment Bailli a-t-il été recruté ?

— Une idée de Boulin.

— Attendez, les coupa Aglaé. J'ai compris, de mes discussions avec monsieur Boulin, que c'était plutôt « votre » idée commune, enfin, je veux dire, une idée à lui et à vous.

Le grand type parut contrarié et allait tenir à s'expliquer scrupuleusement sur le point. Il croyait savoir que la suggestion d'avoir un Bleu à table était celle du président Legrand. Le principe de corser l'affaire en invitant un adversaire naturel de Couchepin à se joindre à eux était plutôt, à sa connaissance, une idée de Boulin. La condition de base étant que le candidat soit aussi un ancien d'Hydro, c'est effectivement lui, Guereur, qui avait suggéré Bailli — parmi d'autres, souligna-t-il — puisqu'il connaissait très bien ses orientations politiques qui, fit-il remarquer, n'étaient un secret pour personne.

— Mais Bailli et Couchepin se détestaient, et vous saviez cela aussi, n'est-ce pas ? demanda Berthier.

— C'est vraiment pas de mes affaires, lâcha l'autre avec une espèce de répugnance que nota Aglaé. Mais tout Hydro savait ça : Couchepin a pris la place de Bailli au secrétariat général au retour des libéraux au pouvoir, et Bailli a déjà eu l'occasion de cocufier Couchepin. Disons que ça n'en fait pas les meilleurs amis du monde.

— Pourquoi n'avez-vous pas voyagé ce matin avec monsieur Couchepin ? reprit la policière.

Le grand ténébreux se taisait, le visage buté. Se pouvait-il que lui non plus n'appréciât pas son ex-boss ? insista Aglaé, se souvenant du témoignage du président. Couchepin ayant fait perdre son poste à Guereur quelques années plus tôt, l'existence d'une solide inimitié entre les deux ex-cadres d'Hydro semblait concevable. Aussi imperturbable qu'il souhaite le paraître, le taupin finit par hocher la tête et répondre avec un dédain manifeste.

— Réponse à votre première question: parce que nous n'avons envisagé, ni lui ni moi, de venir vous voir ensemble. En fait, Couchepin a déjà quitté le camp de monsieur Pichon. Il a reçu ce matin un coup de fil de Québec qui l'a transporté de joie. Il a fait ses bagages et, bonjour, nous a quittés sans déjeuner avec nous. Quant à savoir si j'apprécie ou non l'individu, disons que ce genre de type me laisse froid.

— Est-ce que je me trompe beaucoup, monsieur Guereur, si j'avance que vous vous détestiez tous les trois, Bailli, Couchepin et vous? persista Aglaé.

— Faudrait plutôt poser ce genre de question aux deux autres. Bien sûr, le mort ne vous confirmera plus ses sentiments à mon endroit, et pour cause. Mais je peux vous confirmer qu'effectivement Bailli ne m'aimait pas...

— Et vous? le coupa-t-elle.

— Moi, j'avais mes raisons de le mépriser de tout mon être, madame. Je ne suis pas le seul, il a nui à bien du monde. De là à le tuer... restons sérieux. Quant à Couchepin, disons que c'est plutôt lui qui ne m'apprécie guère, pour des motifs qui lui appartiennent. Je crois qu'il me déteste profondément et je m'interroge du reste un peu à cet égard, car ce serait plutôt à moi d'avoir des raisons de lui en vouloir.

Berthier souhaita en savoir plus sur lesdits motifs et raisons, et le grand type baissa un moment ses gardes et se mit à parler d'abondance. Un peu comme Bayard l'avait fait devant Aglaé, il évoqua une Hydro des temps passés où le personnel était motivé, où l'ambiance interne était chaleureuse, valorisait le sentiment d'appartenance et la fierté des employés. Il parla des anciens cadres de l'entreprise, des ingénieurs Canadiens français ayant gagné un à un leurs galons sur les chantiers de construction de l'entreprise. Il souligna leur lutte pour imposer le français et peu à peu remplacer les élites anglophones, qui de tout temps avaient dirigé les compagnies d'électricité au Québec. Il lança des mots magiques, Bersimis, Manic, les Outardes, la Baie-James, le Réseau de transport à 735 kV. Il vanta les présidents qui se

tenaient debout et savaient résister aux pressions du gouvernement, et expliqua comment, dans les années soixante et soixante-
dix, tous les jeunes diplômés rêvaient d'intégrer les rangs de la
première société parapublique du Québec... Berthier décida au
bout de longues minutes du plaidoyer de couper son homme et
de le ramener aux questions du jour.

— Quel rapport entre ce que vous nous racontez là, monsieur
Guereur, et le fait que Couchepin vous détesterait ? le coupa l'enquêteur.

Le sergent n'allait, ce faisant, que relancer le témoin désabusé
des déboires d'Hydro qui raconta cette fois la soumission des
nouvelles directions de la maison face aux gouvernements en
place, le parachutage d'amis politiques, la disparition progressive
des cadres issus des rangs au bénéfice d'étoiles filantes venant
percevoir les gros salaires hydro-québécois, le temps d'une légis-
lature. Bailli — un Bleu — avait ainsi sévi trois ans, Couchepin,
— un Rouge — deux, avant d'être renvoyés sur d'autres fauteuils.

— Êtes-vous en train de nous dire implicitement que les deux
vous ont « gravement nui », monsieur Guereur ? insinua Aglaé.

Le grand bonhomme, aussi sévère fut son visage, parut soudain réfréner une légère envie de sourire, peut-être d'autodérision, estima l'ex-psychologue.

— Non, expliqua-t-il finalement. Ce que j'essaie, simplement,
c'est de répondre à votre collègue et de tenter de lui expliquer la
nature de la haine de Couchepin à mon endroit. J'ai moi-même
eu de la difficulté à m'expliquer l'acharnement qu'il a mis à tenter
de me détruire, professionnellement, j'entends. J'y ai beaucoup
réfléchi. Je crois que, par définition, ces parachutés-là se méfient
des bons et loyaux fantassins hydro pure laine. Ils arrivent avec
l'idée de changer les choses, de faire leur marque. Conscients de
la précarité de leur poste, ils jalousent les permanents, les « faits
maison ». Leur intérêt est de mettre en place des gens qui leur doi-
vent leurs positions pour se créer des appuis sous eux et s'assurer
une certaine légitimité de boss. C'est ce qu'a fait Couchepin dans
mon cas. J'imagine qu'en plus il avait ses raisons épidermiques de

ne pas m'aimer la face. Peut-être n'aime-t-il pas les grands, les biologistes, les Français d'origine ? Je ne sais pas... La seule chose dont je sois parfaitement assuré, c'est de la haine tenace que me voue cet homme-là. Je l'ai encore surpris lors de ce voyage de chasse à me regarder comme s'il voulait me tuer !

Aglaé regarda le colosse qui lui rappelait un peu un personnage de héros grec tenant tête à des armées entières de Perses. Un nom, celui de Léonidas, lui vint en tête. Elle eut bien de la difficulté à imaginer qu'un tel homme fort ait à craindre la hargne d'un grassouillet gominé du genre de Couchepin. Berthier ne disait rien, prenait des notes. C'est elle qui relança Guereur.

— Quel fut votre plus haut poste à Hydro-Québec ?

— Directeur de l'Environnement, répondit Guereur.

— L'étiez-vous encore à votre départ ?

— D'Hydro ? Non.

— Qui vous a fait perdre cette position ?

— Bailli a essayé, sans succès. Couchepin a pris le relais et y est parvenu.

— Vous avez donc été remercié de vos services.

— Non. J'ai simplement été mis au rancart. Mes bons états de service m'ont sauvé la mise. On m'a tabletté aux ressources humaines, où j'ai pu attendre tranquillement la retraite. Cela dit, je n'y ai pas fait de vieux os, et suis parti dès que l'occasion m'en a été offerte.

— Tout cela vous a-t-il rendu amer ? s'enquit, l'air de rien, Aglaé.

— Pas plus que ça, répondit l'autre, en la regardant, souriant et sûr de lui. Objectivement, madame, cette entreprise m'a, dans l'ensemble, bien traité. J'ai pu, grâce à Courchesne, bénéficier de mesures de compensation à mon départ volontaire d'Hydro. On ne se plaint pas la bouche pleine.

— Parlez-nous justement d'Arnaud Courchesne.

— Rien à en dire, je ne le connais pas. Un autre parachuté à son heure pour services rendus au parti au pouvoir, je crois, mais je n'ai jamais eu affaire directement à lui. En fait, comme je viens de vous le dire, je suis un des rares qui n'aient pas eu à se plaindre de cet homme-là.

— Lui connaissez-vous des ennemis? revint à la charge Berthier.

— À Courchesne? Oui. À la tonne. Mais parlez plutôt de ça avec Couchepin quand vous le verrez.

— Pourquoi?

— Je préférerais que ce soit lui qui vous le dise.

L'homme à la face sinistre sembla un moment ennuyé, puis laissa tomber:

— De toute façon, vous le saurez bien. Ça n'a rien d'un secret, c'est Courchesne qui a mis Couchepin dehors, et l'autre l'a très, mais alors là, très mal pris.

— Je ne comprends pas, s'étonna Berthier, Courchesne et Couchepin sont du même bord politique.

— Ouais, et c'est pourquoi Couchepin haïssait à ce point Courchesne. Il se croyait en sécurité sous lui. Mais Courchesne était pas mal plus fort que l'autre dans le parti. Ces gens-là se détestent souvent entre eux, vous savez. C'est tout cela finalement qui fait qu'une Hydro menée par des gens de même a perdu sa flamme interne, son âme...

Ah non, il n'allait pas remettre ça avec sa face de carême et sa nostalgie hydro-québécoise! Berthier décida qu'il en avait assez entendu du grand type et se leva. Aglaé ne l'imitant pas, il expliqua que, quant à lui, il n'avait plus de questions dans l'immédiat. Il avisa l'autre qu'il pouvait retourner à Montréal, où les armes et les effets qu'on lui avait confisqués pour analyse lui seraient retournés à l'adresse qu'il avait déposée en début d'interrogatoire. Il l'engagea, comme il l'avait fait pour les autres témoins libérés, à une certaine vigilance, un meurtrier en liberté pouvant récidiver auprès d'ex-cadres d'Hydro-Québec, et lui demanda de ne pas quitter dans l'immédiat le Québec sans en avoir l'autorisation de la Sûreté.

— Voilà, j'en ai terminé, conclut-il, et il sortit de la pièce.

Mal à l'aise, Guereur se leva. Aglaé n'avait toujours pas bougé de sa chaise.

— Je peux donc m'en aller ? hasarda l'homme sur un ton interrogatif.

— Je n'y ferai pas objection, lui dit-elle en cherchant à retenir son regard. Êtes-vous sûr, monsieur... elle sembla hésiter à lui donner un nom et finalement s'en abstint... Êtes-vous sûr que vous ne souhaitez pas que nous poursuivions cette conversation ?

La question sembla le mettre dans l'embarras. Il prit dans ses grosses mains le dossier de la chaise où il était assis quelques instants plus tôt et parut hésiter à s'asseoir.

— Avez-vous d'autres questions à me poser ? finit-il par articuler assez maladroitement.

Elle le fixait avec intensité. Était-il l'homme qu'elle recherchait ? Cette fois, il ne baissa pas les yeux, son expression interrogative ne quittant pas son visage. Jouait-il la comédie de l'innocent saisissant mal où elle voulait en venir ? La défiait-il ? Elle comprit qu'elle n'aboutirait à rien ainsi avec lui et se leva à son tour.

— Nous nous reverrons probablement, laissa-t-elle tomber.

Elle avait l'air à ce point découragée qu'il sembla se croire obligé de la réconforter. Un air de sympathie pure envahit peu à peu ses traits austères tandis qu'il lui tendait la main avec gêne.

— Je crois comprendre que vous me suspectez d'être pour quelque chose dans la mort de Bailli.

Il parut hésiter longuement sur la façon de continuer.

— Comment vous dire... Cela m'ennuie de ne pas vous aider. J'aimerais le pouvoir, mais je ne le peux hélas pas.

Elle serra machinalement la main qu'il lui tendait.

— Faites attention à vous, ajouta-t-il en guise d'adieu.

Et il tourna les talons. Voilà que c'était lui, un suspect, qui l'engageait à prendre garde, elle, la policière. Elle se rassit, songeuse, mais n'eut pas le temps de creuser la bizarre impression qui s'insinuait en elle. Michel Berthier revenait en compagnie de Paul Couchepin.

Elle n'eut cette fois aucunement envie de reprendre son stratagème d'abordage à la Langiro avec le nouvel arrivant. Le café offert plus tôt par le sergent Berthier lui imposait une pause aux toilettes. Berthier allait devoir procéder aux mises en garde d'interrogatoire et aux formalités préalables à l'enregistrement des propos du témoin. Elle bredouilla quelques excuses et laissa les deux hommes seuls.

Son vague à l'âme du matin ne la quittait pas. Pour la première fois depuis le début de cette affaire, il lui vint l'idée de tout plaquer là, de tirer sa révérence et de rentrer chez elle. Anticosti... Raphaël... Elle était maintenant penchée devant la glace du lavabo de la salle de bain des femmes, où elle se lavait machinalement les mains. Elle leva les yeux vers la glace et apprécia ce qu'elle y vit. Une chaleur aussi soudaine que familière lui gagna bientôt les joues et le ventre. Confuse, elle réalisa qu'il lui venait une envie saugrenue de plaisir. Plus de quinze jours qu'elle n'avait pas fait l'amour. Curieusement, l'éphémère «vilaine pensée», comme disaient les bonnes sœurs de son enfance, lui fit du bien en lui changeant un moment les idées. Son corps la ramenait à la réalité. Bon Dieu, que faisait-elle de sa vie! Elle se força à respirer calmement, rectifia sa frange, se sourit avec indulgence dans le miroir et retourna vers la salle d'interrogatoire. Elle entendait son collègue résumer:

— En somme, vous déclarez avoir chassé toute la journée dans une cache située à une heure à pied de celle occupée par Mario Bailli et être revenu au camp, où vous êtes arrivé le premier vers 17 heures 15. Personne pour confirmer vos déclarations, c'est bien cela?

— Exact.

La voix était cassante, hautaine.

— Monsieur Boulin, qui est revenu un quart d'heure après moi, pourra confirmer que j'étais alors au camp.

Les deux policiers échangèrent un regard de connivence.

— Pourquoi être rentré si tôt? le relança Berthier.

— À quoi bon tuer à la noirceur? Je n'avais pas envie de passer la nuit à risquer de rechercher un animal blessé.

Sans trop s'expliquer pourquoi, Berthier n'aima pas la

réponse. Le bonhomme face à lui avait tout d'une volaille prétentieuse et ne lui plaisait tout simplement pas. Le dandy replet avait commencé par gueuler gros comme lui qu'il ne comprenait pas qu'on ait permis au président Legrand et à ses amis de retourner à Montréal, alors que lui avait dû rester pour cet interrogatoire. Le peu qu'il avait à dire de cette affaire aurait dû justifier qu'on l'entendît brièvement la veille. Berthier l'avait coupé sèchement en lui demandant son emploi du temps de l'avant-veille, jour de l'assassinat de Mario Bailli.

— C'est vous qui avez demandé à participer à cette partie de chasse? insistait-il maintenant.

— Non! répondit l'autre avec hauteur. Monsieur Louis Pichon est un de mes amis et c'est lui qui m'a invité.

— Quand vous le lui avez fortement suggéré. C'est Pichon qui nous l'a déclaré.

— Disons ça de même, si ça peut vous faire plaisir.

La moutarde remontait au nez de Berthier, qui avisa froidement son vis-à-vis que rien ne lui faisait particulièrement plaisir dans cette histoire et que, déposant un témoignage officiel et enregistré dans une affaire de meurtre, lui, Couchepin, serait bien avisé de faire attention à ce que ses réponses soient le plus exactes possible.

— Pourquoi courir ainsi après cette invitation? reprit-il.

— Parce que la chasse chez Louis est bonne, voilà!

— N'était-ce pas plutôt que vous couriez après les ex-dirigeants d'Hydro?

— Peut-être un peu aussi, concéda le blond.

— Pourquoi?

— Laissez-moi douter que la chose soit de quelque intérêt pour la police.

— Racontez-nous donc un peu ce qu'a été votre passage à Hydro.

Couchepin entreprit un assez long justificatif de sa nomination à l'un des postes les plus en vue de l'administration de la grande entreprise d'État. Le nouveau président du conseil nommé par

Québec était un de ses amis proches qui, « connaissant ses hautes compétences », l'avait immédiatement appelé à ses côtés pour mettre de l'ordre dans la maison. Hélas, les choses étant ce qu'elles étaient, ledit président avait bientôt sauté et on lui avait indiqué la porte à lui aussi, non sans qu'Hydro-Québec le dédommageât d'une somme largement méritée pour le tort évident qui lui était fait...

— Qui vous a sacré dehors ? le coupa Berthier.

Aglaé, qui observait la scène, se réjouit du ton mordant adopté par son collègue et de la vivacité de ses questions donnant peu le temps à l'interrogé de mûrir ses réponses. Couchepin lui semblait être un homme de pouvoir, satisfait de lui-même et suffisant. Il avait détourné la question du sergent et s'expliquait maintenant avec condescendance sur les vicissitudes de la chose politique rendant si aléatoires les carrières des grands gestionnaires d'État...

— Qui vous a mis à la porte ? y revint Berthier.

L'autre tergiversa à nouveau, se plaignant qu'on le harcelait, alors même qu'il était malade et ne se sentait pas dans son assiette. Il avait effectivement, jugea Aglaé, le teint terreux et ne se cachait pas pour porter de temps à autre la main à son abdomen, comme pour comprimer ou refréner une douleur. Mais Berthier ne lâcha pas son os, et Couchepin finit par sortir le nom d'Arnaud Courchesne. Aglaé pensait curieusement, en regardant Couchepin à la fois fuyant et hautain, qu'il était bien de ce genre d'homme qu'une femme doit avoir plaisir à tromper. Elle songea à Mario Bailli qui avait cocufié le potelé. Elle n'avait pas vu son cadavre, mais savait par le rapport que Berthier lui en avait fait au matin qu'il avait été horriblement amoché par la balle reçue en pleine face. Que de haine ! On avait « gravement nui » à Langiro. Il n'avait pas craint, en réponse, de tuer au revolver, au poignard africain, à la baïonnette... Elle regarda les mains de Couchepin, soignées, certes, mais moins fines qu'elle l'aurait pensé. Avaient-elles tenu une arme blanche entrant dans la chair vive ?

— Vous aviez donc toutes les raisons du monde de détester Arnaud Courchesne, résumait Berthier.

— Un gros crisse, c'est exact! lâcha hargneusement Couchepin. Mais c'est sur la mort de Bailli que vous m'interrogez, non ?

Se pouvait-il qu'il n'ait pas fait le lien ou leur jouait-il la comédie ? se demanda Aglaé.

— Lui ? Bailli ? — Berthier prenait la balle au rebond —, vous le connaissiez bien ?

— Je n'avais rien contre lui, fanfaronna le frisé. C'est plutôt lui qui avait ses raisons d'en avoir après moi. Je l'ai proprement *bumpé* quand j'ai été nommé à Hydro. Le pauvre garçon m'en a toujours voulu.

« Nous savons tout cela », lâcha froidement Berthier, enchaînant qu'il n'ignorait pas non plus que Bailli lui avait en retour soufflé une vieille flamme. L'autre pesta contre ces « ragots de bas étage » qui ne pouvaient venir que des nombreuses « jalouseries » que ses diverses réussites suscitaient. Il jura, bien vite au jugement d'Aglaé, que tout cela n'était qu'une vieille histoire de longue date oubliée. Le personnage la rebutait. Elle eut spontanément une certaine compréhension de la méfiance et des réserves des gens d'Hydro blanchis sous le harnais, tombant du jour au lendemain sous la gouverne de « gestionnaires » de ce gabarit, parachutés de Québec pour « mettre de l'ordre » dans leurs affaires. Il lui vint le désir d'entendre s'exprimer Couchepin là-dessus.

— Vous permettez ? demanda-t-elle à Berthier qui, de suite, se recula sur son siège pour lui laisser le champ libre. Monsieur Couchepin, attaqua-t-elle, les vieux d'Hydro que nous entendons dans cette affaire ne vous aiment guère, c'est le moins que l'on puisse dire. Ils dressent de gens comme vous ou Mario Bailli des portraits peu flatteurs d'opportunistes pistonnés nuisant finalement au moral des troupes; qu'en pensez-vous ?

— Ouais, ricana-t-il sarcastique, je vois que vous avez parlé à nos grandes pleureuses françaises, Bayard ou Guereur. Ces gens-là ont une image totalement dépassée, rétrograde d'Hydro. Si on les écoutait, cette entreprise serait encore dirigée par une commission de cinq vieilles barbes de mononcles à qui tout un chacun dans cette entreprise pourrait aller à ses heures raconter ses malheurs.

Et le frisé d'entamer avec cœur une longue diatribe sur la nécessité pour l'actionnaire gouvernemental d'insuffler périodiquement du sang neuf dans la vieille Hydro-Québec pour éviter qu'elle ne soit qu'un «nid de péquisses et de pantouflards surpayés».

— Il y a danger réel, s'enflamma-t-il, que cette entreprise soit plus forte que son unique actionnaire, le Québec. Qu'elle devienne un État dans l'État. Alors, bien sûr, ça ne fait pas l'affaire d'un paquet de petits seigneurs de village, de potentats véreux de service, de caporaux bien douillets dans leur routine, que de temps à autre Québec signe la fin de la récréation et envoie rue René-Lévesque des gestionnaires rigoureux pour faire quelques remises en ordre dans la boutique. Il en va là de l'avenir de notre...

Après un bref regard interrogatif à sa collègue, Berthier jugea qu'il en avait assez entendu à ce chapitre et coupa l'autre en le ramenant sans ménagement sur la terre ferme.

— Connaissiez-vous Omer Boulin avant cette partie de chasse?

— De réputation oui, mais en personne, non, finit par reconnaître le grand fonctionnaire frustré de n'avoir pu conclure son plaidoyer.

— Voyez-vous qui pouvait en vouloir à Bailli à part vous?

Couchepin tiqua à l'allusion, mais parut prendre sur lui de répondre.

— Certainement Guereur et surtout Bayard.

— Pourquoi Guereur?

— J'ai su qu'à son arrivée en poste, Bailli avait tout fait pour le tasser de sa job de directeur de l'Environnement. Il a lancé tout un tas de rumeurs contre lui, a tenté de diviser le personnel sous lui, a lancé des enquêtes de vérification interne sur sa gestion. Bon, ce minable a échoué. Reste que toute cette merde qu'il avait brassée m'a justifié de mettre de l'ordre dans l'unité et m'a aidé à déboulonner Guereur quand j'ai pris la place de Bailli.

— Pourquoi lui en vouliez-vous ?

— À Guereur ? Mais je ne lui en voulais absolument pas ! se défendit le blondinet. Du sang neuf, que je vous ai dit ! J'avais été nommé pour mettre du sang neuf dans cette entreprise. Guereur, ça faisait plus de vingt ans qu'il menait les mêmes crisse d'études d'impact environnementales. Il avait fait son temps, c'est tout, et c'est pas compliqué à comprendre. Il faut savoir insuffler le changement dans une grande entreprise, et ça passe par la rotation des têtes. C'est pas moi qui a inventé le principe !

— Reste, insista Aglaé, que Guereur est d'opinion que vous le détestez, ce qu'il s'explique mal.

— Qu'il pense bien ce qu'il veut ! Je m'en moque. C'est vrai que je n'aime pas trop les gens trop sûrs d'eux. Et puis que voulez-vous que j'y fasse, j'ai des fois de la difficulté à supporter sa tête d'enterrement... Qui sait, vous auriez peut-être la même réaction que moi si vous le fréquentiez longtemps.

Et le haut fonctionnaire, goûtant manifestement son humour, y alla d'un petit rire en cascade que n'accompagnèrent pas les policiers.

— Et Bayard ? le coupa Berthier.

— Je ne le connais que de réputation et n'ai franchement rien à faire de lui. Dans son cas, Bailli avait été, je dois le reconnaître, remarquablement efficace. Je ne sais trop comment il s'y est pris, mais il lui a fait lever les pattes de son poste de responsable des études économiques. L'autre était pourtant tout un expert, drôlement craint et respecté dans son milieu d'Hydro et même jusqu'à Québec. Ben mon vieux, bonjour le barbu ! Il l'a dégommé, le Bailli. Bayard a dû crisser son camp et, comme ce Français-là était une grande gueule, qu'il ne comptait pas que des amis parmi sa concurrence et qu'il n'avait aucun soutien politique, ben coudon, il a eu son chèque et... dehors !

— Et vous en déduisez que les deux en voulaient à Bailli...

— Ben certain ! Vous m'avez fort bien compris.

Et le dodu se repoussa sur son siège, l'air satisfait d'avoir envoyé la police aux trousses des deux grands Français. Aglaé s'était étonnée de sa hargne évidente à leur encontre tout au long de sa dénonciation. À l'évidence, il se réjouissait de la déconvenue des deux vétérans. Dans un premier temps, analysa-t-elle, il joue devant la police le rôle de l'administrateur intègre ballotté par de mauvais vents politiques; dans le second, il oriente les enquêteurs sur la piste de deux coupables potentiels qu'il a sous la main. Langiro, un Machiavel avéré, agirait-il ainsi? réfléchit-elle. Elle toisait le témoin en le fixant peut-être un peu plus que le nécessitait le jeu de l'interrogatoire. Brusquement, il sembla s'en soucier et la regarda à son tour en fronçant le sourcil. Il semblait prêt à la questionner, mais elle le devança.

— Êtes-vous sujet aux maux de ventre, monsieur Couchepin?

L'interrogation le laissa d'abord bouche bée, puis sembla l'intriguer. C'est en s'adressant à Berthier qu'il répondit.

— Que vient faire cette question sur ma santé, sergent?

— Répondez à ma collègue je vous prie, le relança l'autre.

— Vous sembliez très mal en point quand nous vous avons aperçu avant-hier et hier. Là, vous ne cessez de grimacer et de vous palper la panse. Alors voilà, je vous demande si vous êtes malade.

— Mais non, s'emporta Couchepin. Une indigestion sans doute. La cuisine de ce mauvais cuistot de LeJosec, j'imagine. D'ordinaire, je me porte très bien, voilà! Je digère comme une machine à hacher le papier, si vous voulez vraiment savoir. Là, quelque chose n'est pas passé, rien de bien grave!

Aglaé trouva qu'il en mettait beaucoup.

— Vous souvenez-vous que nous nous sommes déjà rencontrés? le relança-t-elle.

— Non, pas vraiment… Je ne vois pas, se surprit-il.

Et Berthier, qui à son tour observait la scène, fut persuadé qu'il mentait.

— Où nous serions-nous vus?

— Rappelez-vous. Au poste de la Sûreté, dimanche, il y a quinze jours. Vous me dévoriez des yeux. Vous devriez bien vous souvenir de mon chandail rouge à grand col et de ma broche en or sur la poitrine, non?

Le sergent Berthier fixait avec attention le suspect. Il le vit embarrassé, pris en faute. Il ignorait le détail de cette rencontre et se dit qu'il devrait questionner Aglaé là-dessus. Couchepin prétendait maintenant mollement que oui, peut-être, à la réflexion, mais qu'il ne se rappelait plus très bien. Serait-ce quand ils avaient été rapporter cette histoire de vol dans leur auto, Bailli et lui?

— Vous sembliez pourtant diablement intéressé à ma personne, insistait Aglaé. Souhaitiez-vous attirer mon attention en me reluquant de la sorte, ou est-ce votre façon ordinaire de mater l'autre sexe? railla-t-elle.

L'autre monta sur ses grands chevaux, protestant de sa totale incompréhension de ce qu'elle pouvait bien sous-entendre par ses questions insidieuses. Berthier, qui ne cessait de l'observer, le trouvait bizarrement désarçonné face à la jeune femme. Il y avait quelque chose de pas clair dans sa réaction. Aglaé avait-elle flairé son gibier? Voilà maintenant que l'autre détournait l'interrogation de sa consœur.

— Qu'un homme regarde un peu longuement une jolie femme et tout de suite, de nos jours, voilà que l'on vous accuse de harcèlement sexuel. Vous devriez être flattées que l'on vous admire des yeux, mais non, faut faire des salades…

Berthier nota que Boisjoli ne quittait pas Couchepin du regard. Où donc était-elle rendue? C'est elle qui revint à la charge quand l'autre fit une pause pour reprendre son souffle.

— Monsieur Couchepin, je crois comprendre qu'Arnaud Courchesne et Mario Bailli vous ont, chacun à sa façon, fait affront. Or, me trompé-je, vous ne me semblez pas être un homme qui accepte aisément qu'on lui manque de respect, non?

Le frisé gominé la regarda à son tour avec grande attention. Berthier sentit que le moment était important. Couchepin se redressa de toute sa taille. Apparemment, il ne voyait pas le piège dans la question d'Aglaé. Il semblait s'enorgueillir des propos de la policière, y voir une marque de respect, voire d'admiration. Il se rengorgea :

— Vous voyez clair, madame. Je ne pardonne effectivement pas facilement à qui cherche à me nuire mais, cela dit, il est bon parfois de faire la part des...

Il sursauta. La jeune policière le coupait brutalement :

— Qui est votre troisième ennemi ?

Berthier vit l'interrogé accuser le coup. Il toussotait, cherchait ses mots.

— J'allais vous dire qu'il est bon parfois de savoir pardonner à ses ennemis.

Il avait cette fois répondu à voix douce, sans regarder les policiers de face, les yeux fixés sur ses mains qu'il croisait et décroisait devant lui. À ce moment précis, Berthier le trouva inquiétant et possiblement dangereux. Et puis Couchepin redressa d'un coup la tête et fixa le sergent Boisjoli dans les yeux comme si, cette fois, il ne se cachait plus pour chercher à l'intimider :

— Je ne sais ce qui vous pousse à me poser de telles questions, mais je vous engage maintenant à beaucoup de prudence, madame. Je viens de vous le dire, on ne s'attaque pas impunément à moi.

Puis il se tourna vers Berthier.

— J'exige maintenant, sergent, que vous me laissiez m'en aller. Je ne joue plus, là, c'est compris ? On m'a avisé par téléphone ce matin que j'ai rendez-vous ce soir à Québec avec madame Élise Baron, la vice-première ministre du Québec elle-même, et je ne perdrai pas une minute de plus ici.

Aglaé se leva et quitta la pièce sans saluer le suspect. Elle en avait suffisamment entendu. Michel Berthier calma Couchepin et mit fin à la rencontre. Il enverrait, précisa-t-il froidement, copie de l'interrogatoire au coroner chargé de l'enquête sur la mort de Mario Bailli, qui verrait de la suite à donner au dossier. Il s'enquit de l'adresse de Couchepin pour savoir où lui faire parvenir son arme et ses effets personnels après les analyses du laboratoire. Dans l'immédiat, il lui suggéra, comme aux autres, de faire attention à lui et de ne pas quitter le Québec.

Il ne lui tendit pas la main en le laissant aller : le personnage ne lui inspirait aucune sympathie ni confiance.

Homme d'écrit

La réceptionniste leur avait commandé des repas froids et des boissons gazeuses. À midi trente, les deux policiers se retrouvaient avec le commandant Alex Demers pour faire le point de la situation dans la salle de conférence du poste.

Aglaé restant songeuse et plutôt en retrait depuis la fin de l'interrogatoire de Couchepin, ce fut le sergent Berthier qui entama les discussions en résumant les éléments de l'enquête. Mario Bailli avait été assassiné dans l'après-midi du samedi précédent à un demi-kilomètre de la cache qu'il avait occupé dans la journée. Il avait accompagné son — ou ses — meurtrier, sous la menace — ou non — (deux points que l'enquête ne pouvait déterminer), jusqu'à l'endroit où il avait été tué. Il fallait très bien connaître les lieux ou à tout le moins être familier avec la marche à la boussole en forêt pour rejoindre cet endroit isolé; or, tout indiquait que ce n'était pas le cas de la victime. Celui — ou ceux — qui avait tué possédait cette compétence.

Des recherches poussées pour retrouver l'arme du crime n'avaient rien donné. Les équipes techniques de la police avaient fouillé la forêt sans succès dans un rayon d'une centaine de mètres autour du corps de Bailli. D'autres inspections sur le terrain avaient lieu la journée même. Les collègues qui dirigeaient les spécialistes de détection de métal avaient prévu d'écarter à deux cent cinquante mètres le rayon de recherche. Plus semblait difficilement concevable. Rien ne permettait d'affirmer que l'assassin fût lui-même un chasseur et, *a fortiori*, l'un des chasseurs ex-employés d'Hydro-Québec présents sur le territoire ou dans ses environs. Reste qu'aucun de ceux-là n'avait d'alibi solide.

Chacun prétendait avoir chassé dans sa cache qu'on lui avait assignée, et la chasse à l'affût est par définition une activité solitaire.

De plus, de souligner le sergent-enquêteur, Omer Boulin, l'initiateur de la partie de chasse sur le territoire de Louis Pichon, n'avait pas non plus d'alibi. Lui affirmait avoir marché seul tout l'après-midi.

— Ce qui est beaucoup pour un récent opéré du genou, s'esclaffa Demers.

— Tu as vu ce que nous a déclaré là-dessus le neveu de Pichon.

— Ouais. Boulin connaissait bien le bois, selon toi ?

— Eh bien, évalua Berthier. En fait, je ne crois pas. On sait que c'est sa première visite sur le territoire de Pichon. Mais un as de l'hélicoptère comme lui, un expert du déplacement dans le Nord, doit certainement posséder un sens de l'orientation aigu et savoir bien se débrouiller en forêt...

Le sergent poursuivit en rappelant que, selon les témoins, deux coups de feu avaient été entendus dans la zone du meurtre, l'un à 15 heures l'autre à 15 heures 20. Tout laissait croire que l'un des deux avait expédié Bailli dans un monde supposément meilleur. Il fallait douter que l'autopsie déterminât lequel sur la base de l'écart de temps de vingt minutes. À cette heure, tous les chasseurs connaissant la victime étaient isolés dans leur cache respective et pouvaient donc être considérés comme suspects.

À ce moment de son exposé, Berthier les renvoya au plan qu'il avait dessiné sur un tableau mural. De la pointe d'une baguette, il indiqua la disposition générale des lieux, l'emplacement des camps de chasse et des caches de chacun.

— Vous constaterez, attira-t-il leur attention, que Bayard, qui chassait dans l'autre territoire immédiatement au nord, avait tout le loisir, lui aussi, de rejoindre la cache de Bailli. La distance moyenne n'est dans son cas que de deux kilomètres et demi, une bagatelle pour ce grand marcheur, doté, au surplus, d'un quad. La seule complication pour lui était, dans le cas de figure, de traverser le 5e Rang sans se faire remarquer, ce qui est loin d'être un exploit, la circulation y étant à peu près nulle.

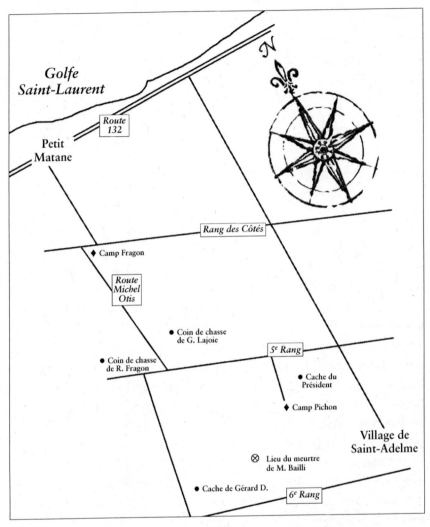

Berthier ferait encore remarquer à ses deux collègues que les chasseurs occupant les caches près du camp de Pichon, soit ledit Louis Pichon lui-même, Roland Legrand et Bernard Delétang, s'étaient tous croisés à plusieurs reprises dans la journée et que leur alibi était de plus confirmé par le jeune Stéphane Garon. À moins d'imaginer une collusion des quatre pour éliminer Bailli, ce qui relevait d'une fiction de haute voltige, ils ne pouvaient logiquement figurer parmi la liste des suspects.

— Ouais, lâcha, dubitatif, le grand Demers en se tordant l'appendice nasal, reste que ta liste d'Hydro, avec les quatre chasseurs plus Boulin, est loin d'être exhaustive, non ? On peut fort bien imaginer que le tueur soit un autre zigoto qui se soit invité tout seul dans la région et intervienne de l'extérieur du groupe.

— Bien sûr, Al, opina Berthier.

Aglaé leva le sourcil au ton familier du sergent.

— J'ai deux constables qui font le tour de toutes les maisons des rangs voisins et des camps de chasse des alentours pour voir si quelqu'un aurait aperçu des véhicules dans le coin. Ça nous a donné plusieurs pistes, mais jusqu'ici rien d'intéressant.

— Donc, cinq premiers suspects, mais aucune certitude que notre coupable soit l'un d'eux. Et qu'est-ce que vous pensez de tout ça, Boisjoli ? lui lança Demers en pivotant le haut de son interminable buste vers elle.

Elle avait l'air ailleurs, fixait son supérieur comme si elle ne le voyait pas.

— Ouh, ouh ! dit-il, en lui agitant ses longues mains sous le nez comme s'il vissait et dévissait des ampoules électriques.

En fait, Aglaé avait écouté ses confrères avec attention, mais depuis l'interrogatoire de Couchepin, elle avait beaucoup de difficulté à se concentrer et à mettre de l'ordre dans ses idées. Elle aurait voulu pouvoir décanter toutes les informations qu'elle absorbait depuis l'avant-veille dans les hauteurs de Petit-Matane. Il y avait trop d'éléments confus devant elle, et quelque chose la rebutait dans la tentative de simplification résumée de Berthier. Elle n'en était tout simplement pas là et ne savait pas trop comment l'exprimer à ses collègues. Les deux hommes attendaient pourtant avec un intérêt manifeste ses commentaires. Pourquoi sentait-elle qu'elle allait les décevoir par le flou de ses réponses ? Et puis, par où commencer une tentative de réflexion ? Finalement, elle souffla ce qui lui venait, spontanément, comme on réfléchit en parlant :

— Langiro, l'anagramme d'orignal.

— Oui... l'aida Demers en se penchant en avant sur la table.

— Bailli a été assassiné à la chasse à l'orignal comme nous en avions été prévenus. Son meurtrier nous avait promis de tuer... nous avait même pratiquement donné la date... et il a tenu parole. Il a tué.

— C'est effectivement un homme de parole, s'esclaffa Demers. Ou, plus exactement, d'écrit, dans son cas...

Ni Berthier, collé aux propos d'Aglaé, ni la jeune policière, tout absorbée par son embryon de raisonnement, ne rirent ou ne sourirent, ce qui ne parut pas décevoir le moins du monde le commandant hilare qui, un peu plus sérieusement, encouragea son adjointe à poursuivre.

— Que vous dire? bafouilla-t-elle, mal à l'aise. Mario Bailli, pour le peu que nous savons de lui, et Arnaud Courchesne, que Mate Langiro se targue d'avoir tué, semblent des êtres assez semblables, même si le second, à l'évidence, était un poids lourd de la haute fonction publique québécoise, nettement plus en vue que le premier. On n'a cessé de se faire dire depuis hier qu'ils étaient des politiques, des parachutés de Québec, bref, des parias aux yeux des nostalgiques de l'Hydro de René Lévesque, le colosse en marche des années soixante et soixante-dix. Les deux se sont fait à cet égard — mais peut-être aussi à d'autres, concéda-t-elle après réflexion — un nombre d'ennemis considérable, et nous venons d'en entendre plusieurs depuis deux jours. L'un d'entre eux est-il Langiro? Les âges coïncident en tout cas pour ce que nous savons ou croyons savoir de notre correspondant. Tout nous laisse à penser que l'homme qui nous a écrit est dans la soixantaine peut-être avancée, comme tous nos témoins, Stéphane Garon mis à part, qui n'est pas un suspect.

Le sergent Berthier eut un mouvement de recul. L'assertion le mettait mal à l'aise. Demers dessinait au crayon des arabesques sur une feuille devant lui.

— Mais si le tueur devait être l'un de ces cinq premiers suspects, alors je ne cesse de m'interroger sur ses intentions réelles en nous conviant au spectacle de son crime. Quelque chose ne colle pas, ou plutôt...

Elle s'interrompit, cherchant sans résultat la conclusion de sa phrase.

— Non, ça ne marche pas, souffla-t-elle soudain avec lassitude, et elle se tut.

Le commandant Demers appuya ses immenses godasses sur la table et s'étala de toute sa carcasse sur son fauteuil, mains derrière la tête. Les yeux en fente de tirelire, il parut mettre tout son peu d'énergie disponible à bien mastiquer sa gomme. Berthier, lui, regardait sa collègue avec l'attention d'un premier de classe sur un banc d'école.

Les deux continuaient de l'attendre. Que leur dire? Elle se leva et parla en marchant, s'arrêtant chaque fois qu'il lui semblait entrevoir un point important, et puis reprenant ses cent pas à la recherche d'idées claires.

— Le meurtrier, raisonna-t-elle, avait déjà tué en toute impunité Courchesne en Indiana, sans envoyer d'invitation à la police. Il aurait pu de toute évidence faire pareil ici avec Bailli... Les deux meurtres se ressemblent, du reste, au fond du bois, sans aucun témoin... Mais bon, différence majeure ici, il nous convoque comme spectateurs: «Regardez-moi bien aller!» Qu'avait-il vraiment derrière la tête en nous avisant de ses intentions avant d'agir? C'est lui-même qui établit le lien entre le meurtre de Wabash et celui de Saint-Adelme, comme pour être bien sûr que le rapprochement ne nous échappe pas; pourquoi? Un excès de mégalomanie? La volonté de nous narguer? La recherche d'une adrénaline bien à lui en étalant à notre barbe ses talents de tueur? Ce sont les arguments qu'il nous envoie à la face en guise d'explication. J'y crois et je n'y crois pas. Mais si ce n'est pas ça, c'est quoi, d'abord!

Elle avait levé le ton, au bord de l'exaspération. Berthier hocha la tête avec empathie. Demers bâilla sans prendre la peine de dissimuler de la main la béance de son four de grande gueule...

— Il me semble évident, reprit à voix réfléchie la policière, que Langiro veut que nous pensions qu'il est l'un de ces cinq suspects qu'il nous propose sur un plateau. Il nous aurait comme convoqués pour...

— Ce qui voudrait dire, selon vous, Aglaé, qu'il nous faut le chercher ailleurs ? la coupa Berthier.

— Laisse-la finir, D'Artagnan, tu veux, s'irrita quelque peu Demers à la surprise du sergent Boisjoli.

C'était bien la première fois depuis qu'elle connaissait le directeur général adjoint qu'elle l'entendait appeler quelqu'un autrement que par son nom de famille. Et puis non, après tout, réfléchit-elle. Elle se souvint qu'il avait déjà parlé devant elle de Berthier en le nommant par son prénom. Ces deux-là, réalisait-elle, semblaient décidément bien se connaître.

— Je ne suis pas sûre, non, continua-t-elle en réponse à Berthier. Je voulais dire qu'il nous met devant cinq suspects, il nous les offre... C'est ce qui me perturbe dans cette histoire : il nous fait venir, moi, de la Côte, vous, de Montréal, mon commandant, pour nous mettre un cadavre et cinq suspects sous le nez. Dans quel but ?

— Et vous en déduisez que... l'aida Demers.

— Hélas, c'est bien là mon problème, je n'en déduis rien. Je ne sais pas. Me faudrait y penser plus longtemps, dit-elle en se rasseyant.

Le silence s'épaissit entre les trois policiers. C'est finalement Berthier qui le rompit. Il toussota comme un gars pas trop sûr de lui et puis, devant une levée de sourcil interrogative de Demers, plongea.

— Écoutez, vous deux, j'ai la conviction que l'on s'en va vers un mur si l'on colle trop aux artifices de Langiro. Ce gars-là nous provoque et veut nous voir jouer son jeu. Il a pris pour ça, je suis d'accord avec vous, Aglaé, des mesures et des risques exceptionnels. Mais bon, allons-nous le suivre sur toutes les fausses routes où il va vouloir nous emmener ? Al, poursuivit-il en s'adressant directement à Demers, j'en ai déjà parlé un peu avec Aglaé ce matin, il me semble évident qu'il nous faut lever les yeux de la correspondance mystificatrice de ce psychopathe si l'on veut vraiment voir ce qui se passe devant nous. C'est un assassin qui nous écrit. C'est notre rôle de le démasquer comme tel. Un homme est mort, et nous avons un travail à faire. C'est notre rôle premier de flics, ce pour quoi on nous paie.

— Continue, tu me plais, chéri, niaisa Demers.

— J'aimerais tant vous convaincre, Aglaé, continua Berthier, ignorant l'ironie moqueuse de son chef. Je vous sens comme un peu prise aux artifices de cet homme. Excusez-moi si je vous froisse un peu, c'est la dernière de mes intentions, mais — et cela me semble tout à fait normal qu'il en soit ainsi — vous êtes comme fascinée par le monstre qui se meut devant vous. Cela dit, je ne sais combien de semaines que vous tournez tout cela dans votre tête ? Comment pourrait-il en être autrement ? Ce gars-là veut nous endormir.

— Rrrr... pschiii... Rrrr... pschiii... continua de s'amuser Demers, yeux fermés, mains croisées sur le ventre.

— Vous passez votre temps avec lui, continuait Berthier, vous connaissez ses lettres par cœur, vous le recherchez dans tous les individus que vous croisez. Je vous comprends tellement bien. Moi aussi, je vous ai accompagnée dans ces réflexions-là et loin de moi l'idée qu'elles puissent être inutiles. Mais quelque chose m'apparaît évident : l'assassin vous respecte et vous craint, Aglaé. C'est une chose que vous devez avoir à l'esprit. Il sait qu'à ruminer ainsi les indices qu'il vous a donnés, vous pourriez avoir le don soudain de le démasquer. Alors, je crois qu'il n'a pas d'autre choix que de vous mettre sur de fausses pistes, au moins de temps à autre. Ce qui m'amène à conclure que l'on ne peut pas prendre pour pain béni tout ce qu'il nous raconte. Et, dans ces conditions, moi je suggère que l'on oublie son charabia pour nous en tenir aux stricts faits, du moins à cette étape de nos travaux.

Demers, paraissant maintenant tout ouïe, opina gravement du bonnet tout au long de la tirade du sergent. Aglaé, qui connaissait la réputation du directeur général adjoint de la Sûreté, savait qu'il n'en fallait rien déduire. Ce que disait Berthier lui semblait, cela dit, frappé au coin du bon sens. Elle appréciait la qualité de l'intervention de Michel, jugeait fort pertinents ses doutes sur la crédibilité à accorder à la mise en scène de Langiro. Elle était si peu sûre de la justesse de ses bribes de raisonnements dans cette histoire qu'elle acceptait d'emblée leur mise à l'épreuve par une logique différente. Elle se sentait ambivalente : à la fois en totale confiance entre ses deux partenaires de l'heure mais, en même temps, isolée, de plus en plus laissée à elle-même. Non, Berthier n'avait pas tort. Elle ne sentait nullement l'envie de le contester, de le contredire ou de débattre avec lui mais, cela dit, elle ne pouvait admettre sa logique. Ils étaient sur deux voies résolument différentes, inconciliables. Le sergent expliquait maintenant que, si la police admettait le principe que Langiro voulait échapper à la justice, il était évident de conclure que ses révélations ne les amèneraient que sur de fausses pistes.

— Si cet homme est gros, avançait-il, il va nous laisser entendre ou déduire qu'il est petit, s'il est noir, qu'il est blanc, etc. Comment le croire quand il dit qu'il est malade ? Ce serait bien trop simple pour nous que de le coincer dans une liste de suspects. Il nous évoque sa mort prochaine et cela sent la fausse piste à plein nez. Écrire, c'est son jeu ; mentir, c'est la règle de son poker. Allons-nous longtemps le suivre là-dedans ?

Oui, Michel, vous avez raison, mais il y a autre chose, il faut qu'il y ait autre chose ! pensait Aglaé dans sa bulle.

— Aboutis, camarade ! le relança Demers en reposant bruyamment ses pieds à terre. Dis-nous où ta réflexion te mène.

Berthier prit son air prof de philo, supputa Aglaé. Il les regarda longuement avec aménité. Elle sentait qu'il n'aimait pas ne pas être de la même opinion qu'elle et sembler la contredire. En tout cas, clairement, il souhaitait la ménager.

— Là encore, Alex, j'en ai parlé avec Aglaé ce matin. Je crois qu'il nous faut pour l'instant oublier ces lettres et nous en tenir à l'enquête de terrain proprement dite.

— Eh bien voilà qui me semble une opinion tranchée, mon Michel ! conclut le grand Demers sans qu'il fût possible aux deux autres de voir s'il approuvait le point de Berthier ou se moquait de lui. Eh bien, que pensez-vous de tout cela, jeune fille ? lança-t-il à Aglaé dans la foulée.

Elle eut un bref sourire. Elle appréciait le tour bien à lui qu'avait le commandant de détendre l'atmosphère. Mais il lui fallait répondre, et vite. Elle s'assombrit.

— Je ne peux pas être contre l'opinion de Michel et je m'y rallierai volontiers si l'enquête avance en dehors de la lecture que nous pouvons en faire au travers des élucubrations de Langiro. Si nous parvenons à découvrir le tueur parmi ces cinq suspects, ou d'une tout autre façon, du reste, ma foi, j'en suis. Mais — comment vous dire ? — je ne suis pas à l'aise avec tout ça.

— Allons bon ! fit mine de s'étonner Demers qui se leva et s'en fut à la fenêtre de la salle de conférence, où il s'abîma bientôt dans la contemplation d'une chamaillerie de mésanges sur un cormier voisin.

Aglaé le suivait machinalement des yeux en mûrissant sa réponse. Qui lui avait dit que jamais Demers n'écoutait mieux que lorsqu'il semblait avoir la tête ailleurs ?

— Alors, Boisjoli ? s'impatienta-t-il aimablement.

— Ce n'est pas facile à exprimer. L'alternative fondamentale qui s'offre à nous est de prendre Langiro à la lettre, de le croire et de nous servir des informations qu'il nous donne pour tenter de le déjouer, ou, comme le suggère Michel, d'ignorer ses propos. Là est toute la question. Mon opinion à cet égard est que...

Elle hésita longuement avant de reprendre.

— Mon opinion est que Langiro joue ses cartes de main de maître...

— Vous ne répondez pas à votre question, souligna Demers, le dos toujours tourné.

— Tout ce que nous constatons, continua-t-elle, ignorant la remarque, a été pensé et voulu par lui. Excusez-moi de vous dire cela, messieurs, mais je crois même qu'il a pensé que nous aurions cette conversation aujourd'hui et que, d'une manière qui m'échappe, il l'a souhaitée.

— Il faut vous expliquer davantage, madame la psy, s'amusa

le commandant, l'œil toujours dardé sur ses oiseaux. Nous ne sommes que de simples policiers de base qui pédalent dur à tenter de vous suivre.

La remarque n'arracha pas un sourire à Berthier, qui manifesta son incompréhension des propos de la jeune femme avec, dans le regard et dans ses interrogations, non pas la mise en doute de ce qu'elle avançait, mais la volonté évidente de bien saisir son point de vue. Aglaé, perdue dans ses pensées, fut longue à reprendre.

— Oui, lâcha-t-elle finalement. Comment vous faire comprendre?... Tenez, un exemple. Il y a quinze jours, le dimanche, alors que je ne travaillais pas et lisais à l'hôtel, on m'a avisée que ma présence était requise au poste de la Sûreté. J'y suis allée sans me poser de question pour tomber sur Couchepin, Bailli et Pichon qui enregistraient une plainte pour vol dans la voiture de Bailli...

— Ah, c'était donc ça l'origine de vos interrogations à Couchepin ce matin. Je m'étais promis de vous questionner là-dessus, réfléchit Berthier.

— Voilà! Il y a que ce jour-là je portais comme par hasard ce fameux chandail rouge et le médaillon en or qu'évoquera Langiro dans sa quatrième lettre. Vous comprenez donc l'importance que prend cette rencontre dans le contexte de ma correspondance avec le tueur de Bailli. Eh bien, nul ne me fera croire que la rencontre était fortuite. Je suis persuadée aujourd'hui que Langiro l'avait planifiée et, si je peux m'exprimer ainsi, mise en scène.

— Qui, à la Sûreté, vous avait demandé de vous rendre au poste ce jour-là? demanda, intrigué, Berthier.

— Je ne sais pas et, sur le moment, je n'y ai pas attaché grande importance. J'en ai profité pour travailler au bureau. Quand Bailli et les deux autres sont partis, j'ai demandé au constable Levasseur, qui avait pris leur déposition, comment il se faisait qu'il soit là alors que les bureaux sont fermés en fin de semaine. Il m'a expliqué que la demande de se présenter au poste lui était venue du lieutenant Germain Michaud, un ami de Louis Pichon, qui l'avait avisé que des chasseurs souhaitaient enregistrer une déclaration à la police. Michaud, qui n'était pas de service, avait passé un appel général au radio-mobile en demandant au patrouilleur de service le plus proche de se rendre au poste, où l'attendaient les victimes d'un vol. C'est Levasseur qui était arrivé le plus tôt.

— Mais il n'y avait aucune raison que l'on vous appelle, vous, s'inquiéta à nouveau Berthier.

— Bien sûr, et je le réalise aujourd'hui. Sur le coup j'ai pensé que j'avais été avisée au terme d'une erreur d'aiguillage du message, et j'avoue ne pas y avoir prêté plus d'attention que cela.

Demers, à la fenêtre, se désarticulait le cou vers la droite de la fenêtre : là-bas, les mésanges échappaient à son angle de vision.

— Qui vous avait fait part du message ? demanda-t-il d'une voix incisive.

— Mon hôtelier, Robert LeJosec.

Le commandant se retourna lentement, et les trois policiers se regardèrent en prenant un temps de réflexion. C'est Aglaé qui finalement enchaîna.

— Je lui demanderai à la première occasion des détails là-dessus. Voyez, aujourd'hui je suis convaincue que Langiro était derrière la manœuvre. Je crois qu'il fallait dans son plan que je rencontre le groupe Pichon. Peut-être, à la réflexion, a-t-il même mis en scène lui-même le vol aux autos de Bailli et de Couchepin pour que la rencontre survienne...

— Les deux ont été volés ?

— Non, Bailli seulement a rapporté divers biens disparus, mais Couchepin a mentionné, si je me souviens bien, qu'on était entré également dans son véhicule, qui n'était pas verrouillé. Je vérifierai les dépositions à la première occasion. Mais que voulait vraiment Langiro, si l'on imagine qu'il est bien derrière toute cette mise en scène ? Me voir ? Que je les voie ? Que je constate qu'ils m'avaient vue ? Que je croise Bailli avant qu'il le tue ? Je ne sais pas, sauf que j'ai la conviction que cet homme-là m'a manipulée comme une véritable marionnette. Comment croire qu'il fasse maintenant des erreurs ? Comment espérer, Michel, qu'il laisse des indices qui puissent vous faire aboutir une enquête à ses trousses ? Je vous le dis, je suis très mal à l'aise. J'en arrive à penser — écoutez-moi bien ! — que si nous devions trouver des preuves de sa culpabilité, c'est parce qu'il aurait décidé qu'il fallait qu'il en soit ainsi. Mon Dieu, jusqu'où a-t-il prévu que nous amène cette histoire ?

— Et que répondez-vous à cette question-là, Boisjoli ? la relança immédiatement Demers sans lui laisser le temps de plus réfléchir.

Et le sergent Boisjoli de repartir dans un long tunnel de considérations dont à la vérité elle n'allait pas vraiment sortir. Son opinion se résumait à des constats et des questions sans réponse. Le tueur les avait conduits exactement où il le souhaitait. Il avait réussi à exécuter sa seconde victime et leur proposait cinq coupables potentiels. « Peut-être est-il un de ces cinq-là, peut-être ne l'est-il pas », conclut-elle.

— Et c'est retour à la case départ. Vous nous avez déjà dit cela, camarade, la provoqua gentiment le commandant.

— C'est que je n'arrive pas plus que vous à comprendre ce qu'il a en tête ! s'emporta-t-elle en amenant un large sourire plein de dents sur la face à claques de Demers. La seule chose dont je sois sûre, catégoriquement sûre, est que tout cela, de A jusqu'à Z, a été voulu, conçu, mis en pratique par ce type, et je me demande toujours dans quel but !

Le constat l'ennuyait au plus haut point. La première de classe était bafouée. Demers la trouvait drôlement séduisante sous l'affront. Il se rassit, tordit son grand nez et arbora bientôt un sourire proche de l'hilarité, à la consternation des deux sergents.

— Eh bien, mes enfants, minauda-t-il de façon parfaitement saugrenue, je crois que je vais pouvoir repartir la conscience en paix et l'âme tout à fait tranquille vers notre bonne grande ville de Montréal... Ne regardez pas ainsi votre commandant, allons ! Mettez-vous un instant à ma place. Je constate que notre affaire va être fort bien suivie. La SQ dans ce dossier privilégiera deux approches. Toi, Michel, tu vas me coller aux fesses du meurtrier de Bailli, le nez au ras du sol, à la stricte analyse des faits que vont établir tes recherches. Vous, Boisjoli, restez dans les altitudes psychologiques et brumeuses où vous entraîne Langiro. Vous avez ma bénédiction. Sergent Boisjoli dans les nuages, sergent Berthier sur le plancher des vaches; et tous deux à la poursuite de ce drôle d'assassin qui doit bien se promener quelque part entre ciel et terre. Nous l'aurons, ce torrieu! Voilà!

Demers fixa un instant ses deux collaborateurs. Il était l'image même de l'autosatisfaction ou de la moquerie ou de quelque chose d'absolument insolite fait des deux. Il n'attendait pas de réponse et attrapa de son bras tentaculaire un sandwich aux œufs qu'il attaqua avec appétit. Après un moment de réflexion, Berthier sourit et parut s'accommoder de la réponse. Il quêta l'approbation d'Aglaé tout en s'ouvrant une canette de 7UP. Elle avait toujours l'air ailleurs et fut longue à redescendre sur terre.

— Langiro a promis un troisième règlement de comptes. Y avez-vous pensé? leur dit-elle.

— Exact! répondit Demers, la bouche tellement pleine qu'un fragment de pain de seigle lui échappa au «act» du mot. Que savons-nous à ce sujet?

— Pas grand-chose. Il a écrit dans sa première lettre, je le cite de mémoire, qu'il lui restait deux ennemis à éliminer et que ce serait fait avant la fin octobre. On y est. Ne reste qu'une semaine...

— Et tous les profiteurs d'Hydro devraient selon vous trembler? Mon Dieu, ça doit faire pas mal de monde, ça! Croyez-vous, sergent, qu'il nous faille protéger un à un tous les pistonnés du premier ministre? Ouh la la! Où irions-nous, doux Jésus?

Son ton j'm'en-foutiste fit sourire Berthier. Tout laissait à penser que la mort annoncée d'une nouvelle victime de Langiro ne faisait ni chaud ni froid au directeur général adjoint de la Sûreté du Québec. Aglaé ne put s'empêcher d'éclater de rire et, dans l'état de tension où elle se trouvait, cela lui fit du bien. Elle saisit un muffin et mordit à belles dents dans l'enrobage chocolaté.

À l'appel de la réceptionniste, Demers les quitta un moment pour prendre une communication de Montréal. À son retour quelques minutes plus tard, il affichait l'air artificieux de celui qui en a une bien bonne à conter.

— Mes amis, les provoqua-t-il, corrigez-moi si je vous interprète mal, mais vous êtes donc d'opinion que l'assassin nous a délibérément mis sous le nez un cadavre et cinq assassins potentiels. Eh bien, nous allons modifier quelque peu sa donne. Voilà que Frayne nous propose un sixième suspect.

— Explique-nous ça, tu veux, Al, s'étonna Berthier.

Teddy Frayne, en charge de l'affaire Arnaud Courchesne, venait d'apprendre le meurtre en Gaspésie de Mario Bailli, un autre ex-cadre supérieur d'Hydro-Québec. Des ponts, souhaitait-il, devaient être jetés entre les deux enquêtes. Il entendait pouvoir vérifier les alibis des éventuels suspects du meurtre de Bailli le jour de la mort de Courchesne. «Jusque-là, ça baigne!» commenta le commandant.

Mais il y avait plus. L'enquêteur anglophone s'était souvenu qu'un homme qu'il suspectait de pouvoir être à l'origine du meurtre de Wabash, un de ceux qui ne pouvaient quitter dans l'immédiat Montréal sans lui dire où il s'en allait, était, en ce moment même, à la chasse à l'orignal à quelques kilomètres de Saint-Adelme. «Du travail pour vous, Boisjoli...» avait conclu Demers.

Ils se quittaient une demi-heure plus tard après avoir imaginé divers scénarios dans la poursuite de l'enquête et la répartition des tâches en cas de récidive de Langiro. Le sergent Boisjoli allait immédiatement tenter de recueillir un premier témoignage de Bertrand Zertof, la piste indiquée par Frayne. Elle rédigerait ensuite le rapport de ses réflexions sur l'affaire. Elle déciderait elle-même du moment où elle rentrerait à Montréal présenter ses conclusions au commandant Demers qui, lui, s'en retournerait l'après-midi même dans la métropole. Berthier resterait sur place jusqu'à nouvel ordre, à diriger l'enquête Bailli. Les trois prévoyaient rester en liaison constante pendant les jours, voire les semaines, à venir.

Caviar de plomb

Matane — Lundi 23 octobre, 13 heures 30

Robert LeJosec était à la réception de l'auberge quand Aglaé s'y présenta en début d'après-midi. Qui avait bien pu lui dire, s'enquit-elle auprès du chef-cuistot, qu'on la réclamait au poste de la Sûreté le dimanche 15 octobre ? La question ennuya fort le bonhomme. Il ne s'en souvenait tout simplement plus.

— Auriez-vous accès à l'écoute des conversations sur la radio-mobile de la SQ ? l'aida-t-elle.

Elle n'ignorait pas que de nombreux amateurs radio et des journalistes pouvaient sans grande difficulté pirater les ondes policières.

— Mais non, qu'allez-vous chercher là ? s'offusqua-t-il. Attendez voir que je me rappelle…

Et il s'était finalement souvenu. Un interlocuteur pressé qui s'était présenté comme un constable d'un nom qu'il avait sitôt oublié lui avait demandé d'aviser mademoiselle Boisjoli que sa présence était requise dans l'heure au bureau, et il s'était chargé du message. Elle le dévisagea. Devait-elle le croire ?

— La voix avait-elle quelque chose de particulier ? insista-t-elle.

L'hôtelier avait lâché une espèce de pet buccal, en haussant ses massives épaules, signifiant son ignorance à cet égard. Le type, croyait-il se souvenir, parlait depuis une auto en marche dont la radio fonctionnait, et il l'entendait en fait très mal.

Aglaé mit rapidement un terme à cette rencontre. Berthier venait de le vérifier pour elle, aucun agent ni officier du bureau de Matane n'avait souhaité la présence d'Aglaé à la Sûreté ce dimanche-là. De deux choses l'une, pensait-elle : que LeJosec mente ou qu'il dise vrai, c'était bien Langiro qui l'avait attirée au poste. Dans quel but ? La question restait en suspens.

La jeune femme passa par sa chambre, mit un jean, des bottes, un bonnet et un blouson chaud. À 14 heures, elle partait au volant d'une Impala banalisée de la Sûreté du Québec, plein sud en direction du parc de Matane, vers un village abandonné du nom de Saint-Nil. C'était là, selon les indications de Frayne, qu'elle pourrait trouver Bertrand Zertof.

L'enquêteur anglophone lui avait décrit un entrepreneur en composantes de haute technologie pour réseaux de transport électriques, un génie des relais de postes de transformation, grand fournisseur d'Hydro-Québec. Deux décennies plus tôt, avec un de ses proches, il avait fait l'acquisition d'une centrale privée à l'instigation de son ami du temps, Arnaud Courchesne. L'affaire avait fort mal tourné, et le millionnaire d'origine russe avait englouti des sommes considérables dans l'initiative, perdant au bout du compte la quasi-totalité de ses investissements. Par divers tours de passe-passe foireux, assortis de quelques avocasseries douteuses, Courchesne, lui, s'était sorti non seulement indemne, mais gagnant de l'exercice. La rancœur que lui vouait depuis cette date Zertof était du domaine public et avait mis d'emblée l'industriel électricien au sommet de la liste des suspects potentiels de l'enquête de la Sûreté du Québec, suite à l'assassinat de Wabash. L'industriel venu des Pays de l'Est avait, aux dires de Frayne, la réputation d'un homme froid et coriace du genre à régler à la dure ses différends avec autrui. Aucune preuve n'avait été retenue contre lui, mais son alibi le jour du meurtre de Courchesne n'était pas solide, et Teddy n'excluait pas qu'il ait pu passer un contrat à la mafia russe avec laquelle — même si la chose n'avait pas été établie hors de tout doute — il semblait avoir des connexions.

Aglaé prit la 195, longea la rivière Matane, traversa le village de Saint-René, cherchant machinalement l'école de Julie, l'épouse de Christian Girard. En l'absence de toute nouvelle communication de Langiro, elle n'avait pas jugé bon que son ange gardien moustachu vînt avec elle pour rencontrer Zertof. Il avait travaillé toute la fin de semaine et avait droit à un congé, jugeait-elle, mais, surtout, elle avait envie d'être seule pour découvrir un peu de la Gaspésie profonde et réfléchir.

Elle quitta bientôt la route asphaltée pour s'engager, vers sa gauche, sur la voie d'accès à la réserve Matane, puis, suivant l'itinéraire que lui avait tracé Berthier sur une carte routière, prit de nouveau sur sa gauche, un rang de terre s'enfonçant dans le bois. Elle réalisa sur le plan qu'elle se trouvait, ce faisant, à rouler sur les limites nord du grand parc naturel. Elle remonta le 14e Rang vers l'est sur une dizaine de kilomètres, ne cessant de doubler ou de croiser des véhicules de chasseurs. Partout, des pancartes marquant des territoires, des hommes au torse couvert de dossards rouges, des *pick-up* devant des baraques de fortune squattant les rares clairières, des quatre-roues débouchant de méchants sentiers de bois, des caches visibles dans les éclaircies de la forêt; ce coin de pays perdu et austère semblait animé d'une singulière activité. Berthier lui avait expliqué que l'ancien rang de colonisation qu'elle empruntait, désert à l'année longue, même pas déneigé en hiver, devenait l'une des zones de chasse les plus courues de la Gaspésie durant les deux périodes d'ouverture à l'orignal. On s'y battait, littéralement, pour des *spots* meilleurs que d'autres, et parfois la police devait y intervenir pour maintenir l'ordre entre chasseurs.

Le sergent gaspésien avait engagé sa collègue à surveiller une fourche à sa droite donnant accès au site de l'ancien village de Saint-Nil, fermé quarante ans plus tôt. Elle y parvint bientôt. Berthier, lui signalant qu'au-delà de mille personnes avaient déjà habité la place dans les années cinquante, avait parlé d'une espèce d'éclaircie de terre battue dans le bois, à la croisée de chemins. Elle eut la surprise de trouver plutôt un véritable village de camping, camionnettes, tentes-roulottes, *mobile-homes*... À vue de nez, une cinquantaine de chasseurs pouvaient séjourner là, dont une majorité devait être, à cette heure, dans le bois. Où trouver le sien ?

Elle se stationna discrètement à l'entrée de l'espèce de cour des miracles et marcha entre les camionnettes, les abris de fortune et les remorques sans susciter grand intérêt chez les quelques rares individus qu'elle croisa. Deux fois, elle mentionna sans succès le nom de Zertof. Elle allait renoncer quand, un peu à l'écart du disparate hameau temporaire, tranchant par son luxe rutilant, elle avisa un énorme Winnebago gris acier. Se souvenant que Frayne avait mentionné que le richissime industriel séjournait probablement dans un camion du genre, la policière alla frapper à la porte du somptueux véhicule. Une belle femme à cheveux blonds lui ouvrit. « Mais oui, c'est ici ! » répondit-elle à la question de l'enquêteuse. Aglaé trouverait son compagnon, Bertrand, un peu plus loin sur le chemin, au champ de tir où il venait de partir vérifier sa carabine.

Il lui tournait le dos quand elle arriva près de la table où il s'appuyait pour viser une cible au loin. Un grand chien noir et feu était couché à ses pieds. Elle s'arrêta cinq mètres derrière lui et mit les mains sur ses oreilles. Il tira quatre coups en série, puis se redressa, ôta ses lunettes au verre teinté orange et monta des jumelles à ses yeux.

C'était un individu de taille moyenne, bien proportionné, habillé en vêtements de chasse à la façon des riches amateurs européens : veste de daim à parement de cuir aux épaules pour adoucir le recul, pantalon de cheval vert anglais, enfoncé dans de coûteuses bottes Chameau lacées en dessous du genou. L'homme ne l'avait pas remarquée. « Pas mal, ça, pas mal du tout », l'entendit-elle apprécier après un court sifflement d'autosatisfaction.

— Heureux de votre tir ? lança-t-elle pour signaler sa présence.

Le tireur se figea avant de se tourner lentement vers elle. Le setter gordon vint planter sa truffe entre les cuisses de la policière puis chercha de la tête le contact avec sa main pour une caresse. Impassible, les yeux en fente, l'homme la dévisageait, comme s'il cherchait à la reconnaître. Elle se fit la réflexion qu'il était fort beau bonhomme : les cheveux gris abondamment fournis, une fine moustache, un visage énergique, un corps à l'évidence soigneusement entretenu. Difficile de préciser un âge à ce genre de type : entre cinquante et soixante-dix ans, se dit-elle. Chapeau, la forme !

— Mademoiselle Boisjoli... lâcha-t-il finalement, Aglaé Boisjoli en personne. Dieu, mais quel plaisir !

— Monsieur Langiro, répondit-elle sur le même ton enjoué, Mate Langiro lui-même, mais tout le plaisir est pour moi.

Il resta sans réaction aucune à la fixer de ses yeux pâles, avant d'entrer dans le jeu de la conversation.

— Langiro ? voyez-vous ça. J'aimerais bien ne pas vous décevoir, mademoiselle, mais moi, ce serait plutôt Zertof, Bertrand Zertof. Pour vous servir, chère.

Et il s'avança vers elle en lui tendant la main.

— Ferais-je erreur sur la personne ? Il me semblait pourtant vous avoir reconnu, monsieur Langiro.

— N'insistez pas, hélas. Bien navré de ne pas être celui que vous vouliez rencontrer, je ne suis qu'un pauvre immigrant russe du nom de Zertof.

— « Pauvre » étant dans votre cas une façon de parler, non ? Vous me connaissiez donc ?

— Mais bien sûr, chère amie. J'ai, soyez-en assurée, une très bonne mémoire visuelle, et j'ai comme tout le Québec eu la chance d'admirer vos photos. Je suis, figurez-vous, un « ami » du *Devoir*, non seulement un lecteur fidèle, mais un de ceux dont le portefeuille s'ouvre épisodiquement pour assurer la survie de ce magnifique quotidien. J'ai lu avec beaucoup d'intérêt le témoignage que l'on vous y a consacré il y a quelques mois, et je m'étais promis d'essayer de vous mieux connaître si jamais l'occasion pouvait se présenter. Jamais, par exemple, je n'aurais cru vous voir ici, dans ce fin fond de monde.

Elle sourit. Ce style ampoulé, ces manières européennes, comment ne pas le suspecter d'être son disert correspondant ? Elle ne parvenait pas à le quitter du regard, qu'il soutenait sans ciller. Était-elle face à son assassin ? Elle découvrit qu'elle souhaitait que ce fût le cas, moins, s'étonna-t-elle, avec l'idée d'arrêter un meurtrier, mais plutôt avec l'envie de converser avec lui. Une impression étrange. À cette minute, elle ne se sentait pas du tout policière. Un corbeau les survola très haut en coassant. D'un geste soudain qui la surprit, Zertof fit mine de porter son arme à l'épaule et de le viser. Le chien bondit puis figea dans l'espoir d'une déflagration qui ne vint pas. Aglaé se complaisait dans l'attente.

— Vous êtes bon tireur ? demanda-t-elle machinalement.

— Excellent. Meilleur au fusil — au *ball-trap* ou aux oiseaux — qu'à la carabine, mais bon dans les deux tirs. Il n'y a pas de miracle à ça : je brûle des centaines de cartouches et de balles par an.

— Qu'est-ce qu'un bon tireur ?

Il s'engageait maintenant dans la trouée de forêt menant à sa cible, et elle lui emboîta naturellement le pas, marchant à sa hauteur.

— Je vais vous montrer, dit-il.

Quatre trous, arrachés les uns à côté des autres au papier, déchiraient la feuille dans le rond rouge en son milieu. Il la décrocha du tréteau de bois où elle était agrafée.

— *Bull's eye* à cent mètres. Quatre fois. C'est bon. La lunette est bien ajustée. Bien tirer, mademoiselle, c'est avant tout savoir régler son arme. Bien viser n'est qu'une question de bonne organisation, de confiance et d'application. Dans mon cas, *I shoot to kill !* Je tire pour tuer…

— Vous aimez tuer ?

— Tuer, à la chasse, j'entends, c'est avant tout changer le cours des choses, s'approprier l'occasion qui passe. Cette bête fugitive que j'aperçois devant moi, je vais l'arrêter, seule façon que j'aurai de la voir autant que je le désire. Si je rate mon tir, c'est un rendez-vous que je manque, jamais plus je ne bénéficierai de cette opportunité unique. Le tir est mon outil pour assouvir la passion que j'ai de totalement m'approprier, posséder le gibier, cet être sauvage et mystérieux que je croise et qui s'enfuit.

— Vous n'avez pas vraiment répondu à ma question, souligna la policière.

— Si j'aime tuer ? Pas particulièrement, mais quand je dois le faire, je le fais sans émotion. Je me concentre, je vise un organe vital et je tue. Je ne suis pas de ceux qui perdent leur contrôle en vibrant devant la proie qui s'offre à eux. Il est très rare qu'ainsi, en pleine possession de mes moyens, je blesse. J'ai toujours donné la mort de sang-froid.

Mate Langiro, pensa-t-elle, lui avait tenu, mot pour mot, le même propos avec la même mâle et provocante assurance. Cet homme cherchait-il volontairement à la défier ? Ou était-ce de sa part une tentative de séduction ? Toutes les phrases qu'il lui adressait se terminaient invariablement sur un sourire énigmatique et charmeur. Qu'importait après tout ce qui motivait Zertof, Aglaé Boisjoli savourait comme un plaisir coupable chaque instant de cette confrontation avec celui qui, peut-être, était « son » tueur.

— Est-il si facile de donner la mort, monsieur Zertof ?

Langiro, dans le post-scriptum de sa dernière lettre, ne lui avait-il pas écrit qu'il serait embarrassé qu'elle lui posât la question ? Zertof cilla en la fixant d'un air que la jeune femme eut de la difficulté à interpréter.

— Je crois comprendre, dit-il, que c'est à votre tueur que vous croyez parler, mademoiselle. Je veux bien jouer le jeu, mais que vous répondre ? S'il me fallait tuer un autre homme au fusil, je crois que oui, il me serait facile de le faire. Ai-je répondu à votre question ?

Ils retournèrent vers la table où il avait laissé sa carabine et ses jumelles. Ils marchaient en silence, chacun dans ses pensées. La situation était étrange, saugrenue. Ni l'un ni l'autre ne ressentaient le besoin de parler, comme si une étrange complicité s'établissait spontanément entre eux, songeait-elle. C'est lui qui finit par l'interroger.

— J'ai eu l'occasion de rencontrer votre confrère Teddy Frayne. Bien sûr que vous ne l'ignorez pas. Un homme très bien que ce Frayne. Il pense, cela dit, que je pourrais être l'auteur du meurtre d'un dénommé Arnaud Courchesne. Ne me dites pas, Aglaé, que c'est la mort de ce minable qui vous amène à moi vous aussi ?

— Non et oui.

— Je redoutais le « oui ». Pourquoi le « non » ?

— L'homme qui a tué Courchesne vient de tuer à nouveau. Je participe à la seconde enquête, ce qui m'amène, bien sûr, à m'intéresser à la première.

— Ainsi, la Sûreté du Québec met son as pour démasquer l'assassin de ce trou de cul d'Arnaud ? Rien de trop beau ! Il n'en mérite pas tant, allez ! Et cet homme que vous cherchez répondrait donc au nom de Langiro ?

— Mate Langiro, oui. C'est ce que nous avons des raisons de croire, effectivement.

— Mate Langiro ? curieux nom ! Et vous êtes toujours d'opinion que je pourrais être ce monsieur ?

— Pourquoi pas ?

— Qui a-t-il tué cette fois-ci ?

— Un dénommé Mario Bailli.

— Connais pas.

Sa réponse avait été bien rapide, jugea Aglaé. Il rangeait maintenant avec précaution sa carabine dans son étui, ses lunettes, ses jumelles et une boîte de balles dans une gibecière de cuir fauve. Il serra le tout dans un coffre à l'arrière de son rutilant quatre-roues. Son chien, assis, la langue pendante, le mangeait du regard, attendant la suite des événements.

— Aimeriez-vous que nous marchions un peu ? proposa-t-il avec civilité.

Une autre fois, elle le suivit sans poser de question. Ils s'engagèrent sur le chemin de bois s'éloignant devant eux du village abandonné, le chien gambadant à leur côté. Ils allaient déambuler ainsi presque une demi-heure, comme de vieux amis conversant de choses et d'autres : d'abord de chasse, de nature, de chiens, et puis de lui… Depuis le début de leur rencontre, tout dans la façon d'être du Russe amenait la psychologue à penser qu'il pouvait être l'homme qu'elle recherchait, mais elle ne faisait rien pour le confondre. Elle réalisait qu'elle n'avait pour l'heure aucune autre envie que de le mieux connaître. Plus que cela, elle craignait, en lui posant des questions trop brusques ou pointues, de rompre le charme ambigu de ce qui s'établissait entre eux.

Elle l'interrogea sur sa jeunesse, avec plus de curiosité que d'envie de comparer son portrait avec celui, assez précis, qu'elle se faisait de Langiro. S'il fallait démasquer cet homme, cela se ferait dans un second temps. Là, elle souhaitait l'amadouer, le séduire, pourquoi pas, en tout cas être à son écoute et maintenir la qualité de ce contact qui s'établissait spontanément entre eux. Deux autres fois dans sa vie, elle avait conversé avec des assassins et s'était tellement reproché par la suite de n'avoir su saisir les moments pour en goûter pleinement l'opium. Elle avait la hantise que celui-ci aussi lui échappe avant de comprendre… Comprendre quoi ?

À l'évidence, lui jouait de son charme slave, cherchait avant tout à lui plaire… et il y parvenait. Lui plaire et, de façon tout aussi évidente mais équivoque, la provoquer. De retour au quad, elle réalisa qu'ils n'avaient pas abordé l'affaire de front. C'est lui qui allait y venir.

— Ainsi, l'idée a germé en vous que je pourrais être un tueur, et vous ne me questionnez même pas à ce sujet. Vous faites un bien drôle d'enquêteur, mademoiselle Boisjoli ! Devrais-je dire enquêteuse, oui, n'est-ce pas ? Dit-on aussi sergente ?

Il s'amusait.

— C'est que Langiro est un bien drôle d'assassin, éluda-t-elle. Il nous a promis un autre crime…

— Voyez-vous ça ! C'est un homme qui a bien des ennemis, à ce que je vois. Moi, je n'en avais qu'un — enfin, un vrai — et il est mort : Courchesne.

— Connaissez-vous Paul Couchepin ?

— Non.

— Gaétan Guereur ? Omer Boulin ? Robert LeJosec ? Roland Bayard ?

— Attendez voir. J'ai déjà volé avec Boulin. Un excellent pilote, mais je le connais peu. Je connais bien par exemple LeJosec. J'aime aller manger chez lui. J'ai beaucoup travaillé avec cet homme quand il était ingénieur à Hydro. C'était l'expert avec un grand E du réseau électrique gaspésien. Nous parlions tous les deux au même niveau technique et j'appréciais ses commentaires et ses *feed-back* sur mes relais. Un type très fort, tout un homme aussi. Guereur et Bayard sont des noms que j'ai déjà entendus, mais ça s'arrête là. Dites-moi, ce sont des gens d'Hydro-Québec que vous me citez là...

— Ou des gens gravitant autour d'Hydro, effectivement. Roland Legrand était là cette fin de semaine quand Mario Bailli a été tué.

— Le président lui-même ! Dites-moi pas !

— Ainsi que Bernard Delétang.

— Le manitou de Delvalin. Je connais bien les deux. De grands seigneurs ! Bailli aussi était d'Hydro ?

— Il y est passé, oui ! Brièvement. C'est un homme dont je n'entends pas beaucoup de bien.

— Un nul comme Arnaud ?

— Je n'ai pas dit ça.

— Ainsi, j'aurais quelque chose contre Hydro et je me vengerais aujourd'hui. C'est votre thèse. Notez bien qu'elle n'est pas absolument sans fondement. Cette entreprise qui représente plus de 80 % de ma clientèle me tombe bien souvent sur les rognons. Aujourd'hui plus qu'hier, ses nouveaux cadres me font chier tant qu'ils le peuvent, si je peux vous livrer le fond de ma pensée. Alors, je les tue... Il rit. Il ne cessait de la provoquer. Le dernier meurtre, reprit-il, a été commis loin d'ici ?

— Non, à peut-être quinze à vingt kilomètres à vol d'oiseau.

— Quand dites-vous que ce Bailli a été tué ?

— Samedi après-midi. Étiez-vous déjà dans la région ?

— Oui, chère. Et, laissez-moi y penser... non, je n'ai pas d'alibi si la question vous turlupine.

— Vous étiez...

— Comme tout le monde ici et en ce moment, à la chasse et seul dans le bois. Il a plu cette journée-là. Voyez, j'étais dehors, mais où ? Je marche beaucoup à la boussole...

Ils avaient encore échangé quelques traits sur le même ton en se dirigeant vers le Winnebago où l'aimable femme blonde répondant au prénom de Denise les accueillit en leur offrant un thé. Il était un peu plus de 16 heures Aglaé refusa, prétextant devoir revenir tôt sur Matane. Zertof serra la main de la policière avec cérémonie, très « vieille France ».

— Ne me demandez pas de ne pas disparaître de la circulation sans vous en aviser, la nargua-t-il gentiment. Votre collègue Teddy l'a déjà fait. Je me doute bien que nous nous reverrons, mademoiselle, et, soyez-en assurée, ce sera, dans mon cas, avec le plus grand plaisir.

La petite fille aux portraits

Matane — Lundi 23 octobre, 22 heures

Il faisait depuis longtemps nuit quand Aglaé Boisjoli revint à son hôtel. Elle avait roulé tout le reste de l'après-midi après sa rencontre avec Zertof. Quittant la 195 par la route du Ruisseau-Gagnon, elle était redescendue vers le golfe en empruntant les mêmes routes près desquelles Mario Bailli avait perdu la vie, et Ronald Fragon accidentellement tué son guide de chasse.

Rendue sur le bord du Saint-Laurent, elle avait pris la 132 vers l'est. Roulant doucement, elle était allée virer à Mont-Louis, admirant le paysage côtier de plus en plus sauvage et escarpé passé Cap-Chat et Sainte-Anne. Les couleurs de l'automne commençaient presque à s'estomper, ou était-ce la brume grisâtre couvrant cet après-midi-là le Saint-Laurent qui les éteignait un peu ?

Sur son chemin de retour, elle avait stoppé l'Impala dans une aire de pique-nique face à la mer, près du village de l'Anse-à-Claude. Elle se sentait loin de son enquête, comme détachée de la laisse tenue à son cou par les Demers ou Langiro. C'était comme si elle avait laissé un aimant loin dans son dos et qu'elle devenait libre. Elle regardait une colonie d'oiseaux marins jacassant sur une longue bande de rochers nus, dégagée par la marée. Elle ferma bientôt la fenêtre de sa voiture. La nuit tombait, elle avait un peu froid. Alors, elle prit son téléphone et appela Raphaël Bourque. Avait-elle souhaité être loin des autres et seule pour autre chose ?

Ils avaient parlé une heure... une heure un peu folle, hors du temps et de l'espace, une heure qui l'avait laissée rêveuse et plutôt triste. Difficile d'aborder le fond des choses, mais si simple de concéder à cet homme qu'elle avait tellement envie de lui.

Elle ne souhaitait pas souper au restaurant de LeJosec en revenant trop vite dans la zone magnétique de l'enquête. Elle avait plutôt mangé de peu de choses, un filet de morue, dans un petit restaurant côtier croisé sur son chemin de retour. Et puis il lui avait bien fallu briser le charme et revenir à son hôtel.

Un message de Michel Berthier l'y attendait qui suggérait qu'elle le rappelât sur son cellulaire. L'esprit ailleurs, elle décida de remettre la communication au lendemain matin. Elle choisit plutôt de se faire couler un bain très chaud et resta longtemps dans l'eau, jusqu'à ce que celle-ci devînt tiédasse. Elle tentait de tout son être de ne pas se laisser reprendre par l'enquête. Yeux fermés, mains sous la mousse, pensées pleines de sa conversation avec Raphaël, elle eut des gestes qui finirent par la détendre. Elle termina sa toilette par une douche à nouveau brûlante, enfila un épais pyjama et se coucha vers 23 heures.

Elle s'endormait presque à la fin de son bain et voilà pourtant que là, dans les draps, elle ne parvenait plus à trouver le sommeil. Elle avait fait le vide en elle durant la fin de l'après-midi, avait renoué avec Raphaël, ouvrant peut-être un horizon, une fenêtre de clarté accessible au bout du long tunnel où elle s'était engagée sur les traces d'un tueur, avait su écouter un instant son corps, et voilà que l'escale semblait terminée. Malgré elle, ses pensées revenaient à l'enquête.

Mais elles revenaient différemment. Elle s'étonna d'analyser les choses avec plus de recul, comme si la pause qu'elle venait de s'accorder lui donnait une autre perception de la situation. D'une façon tranquille, insidieuse, elle sentit qu'elle devrait désormais être capable de trouver l'issue des laborieux raisonnements abordés le matin avec ses collègues.

Son corps était là, couché dans ce lit, apaisé sinon repu, et son esprit lui paraissait s'en détacher beaucoup plus facilement qu'à l'ordinaire. Elle se sentait *aérienne*, comme avait souhaité qu'elle le fût ce grand pendard de Demers avant de la quitter au midi.

Elle sourit dans le noir en repensant à cet homme si imprévisible. L'atypique commandant lui suggérait de voler. Elle vola. Elle revit les lieux du crime, mais cette fois-ci non plus à hauteur de paquerette dans une Impala de la Sûreté, mais en survolant les scènes, comme on se promène sur ordinateur dans le site satellite de Google map. À l'inverse de son chemin de retour de Saint-Nil, elle partit cette fois du golfe, plein sud vers les terres. Elle plana au-dessus de la ferme louée par la bande de Fragon et de son territoire de chasse des deux bords de la route Michel-Otis. Elle continua sur le luxueux camp de Pichon, entre les 5e et 6e Rangs, un véritable château vu du ciel, et sauta d'un site de l'enquête à l'autre : là, la vallée où Fragon avait tué son guide, ici, la cache du président, plus loin le massif touffu où l'on avait retrouvé le corps de Bailli, encore plus loin, juste avant la réserve, le Winnebago du Russe. Elle revit Fragon en costume-cravate réconforté par son ami Lajoie, Guereur, ses deux lièvres à la main, Boulin boitant bas à la table du déjeuner, Couchepin, livide, cherchant un parapluie pour aller dégueuler, Zertof la toisant, son magnifique setter batifolant à ses côtés. Elle imagina Bailli prenant la balle de carabine en pleine gueule, le visage forcément fixé sur celui qui l'abattait à bout portant.

Un joker, un criminel, se promenait dans cette aire. Saurait-elle mieux placer les pièces du puzzle de l'altitude où elle volait et localiser le trajet du tueur ? Elle chercha avec plus ou moins de certitude à retrouver les chemins de bois tracés par Berthier sur son plan. Les couleurs de l'automne se mélangeaient sous elle, le rouge vif des talles d'érable, le jaune des trembles et des bouleaux, le roux des hêtres, les verts changeants des sapins, des épinettes ou des cèdres, les boules vermillon des cormiers. Verrait-elle dans une éclaircie un orignal, cette énorme bête mythique qu'ils pourchassaient tous ?

Brusquement, elle réalisa qu'elle était en train de s'endormir et comprit qu'elle ne le souhaitait pas. Elle se retourna et lut l'heure à son réveil numérique : 11 heures 55. Elle ne referma pas les yeux, mais se redressa plutôt et cala le second oreiller de son lit sous les omoplates. Elle croisa les mains sur la tête. Elle ne volait plus, elle réfléchissait. Là, seule dans le noir, sereine pour une des rares fois depuis le début de son séjour gaspésien, elle sentait la vérité à sa portée.

Elle revit un à un les visages des premiers suspects : Bayard, LeJosec, Boulin, Guereur, Couchepin... L'un d'eux était-il son tueur ou alors Langiro — Zertof ? — tirait-il les ficelles de ces cinq fantoches, les agitant dans un drôle de spectacle tenu à sa seule intention ? Une autre fois, elle tenta d'imaginer les motivations du meurtrier. Cet homme était une boule de haine. Il avait pu passer de sa main nue une pointe de baïonnette dans le corps du cueilleur de champignons, il avait soutenu le regard du chasseur avant de lui tirer sa balle en pleine tête... et il lui écrivait avec des manières et des politesses d'un autre siècle à elle, Aglaé Boisjoli... Pourquoi ? Pourquoi cette mise en scène ? Elle réalisa qu'elle revenait au point même où elle avait laissé en suspens ses raisonnements du matin, avec Alex et Michel. Il lui fallait maintenant aller plus loin. Devait-elle croire ce que Langiro lui écrivait, ou bien, comme Michel, systématiquement mettre la parole de cet assassin en doute ? Que pouvait être son but s'il disait faux ? Mais quel pouvait bien être son intérêt à dire vrai ? Quelque chose ne fonctionnait pas dans les deux cas. Les risques pris, s'il disait vrai, valaient-ils l'opium dont l'homme prétendait se griser dans ses relations avec elle ? Elle en doutait. Tout cela sonnait faux. Et puis, prenait-il vraiment des risques, lui qui contrôlait tout de l'arrière-scène ? Oui, il en prenait puisqu'ils avaient tous été là à Matane, à attendre une mort annoncée et que la mort était venue : Langiro avait tué devant eux comme il avait dit qu'il le ferait. Tout indiquait qu'il disait à la fois vrai et faux. Le problème devenait dès lors non plus de savoir s'il disait vrai, mais où se trouvaient les moments où il disait faux ? Et s'il ne mentait jamais ?

Cela faisait cent fois qu'elle ressassait les mêmes paramètres. Elle réalisa bien qu'elle tournait de nouveau en rond. Toutes ses questions n'aboutissaient même pas à l'embryon d'un raisonnement. Ce n'était qu'idées contradictoires mises bout à bout. Il lui fallait trouver une prise, une assise dans ce fatras d'interrogations et de constatations pour imaginer fonder une véritable hypothèse. Pourquoi, ce soir, cette impression forte qu'elle en était capable ? Elle sentait que quelque chose d'important avait été dit devant elle, quelque chose qu'elle seule pouvait décoder… quoi ? Elle chercha sans succès et finit par reprendre autrement sa quête de compréhension. Ou Berthier pensait juste et le tueur les leurrait d'un bout à l'autre pour ultimement « sauver sa peau », ou il jouait le jeu et il ne pouvait y avoir de véritable jeu que s'il disait vrai. Cela dit, l'argument « sauver sa peau » tient-il, pensait-elle, alors même que Langiro se décrit comme un homme à l'article de la mort ? Il laisse entendre qu'il est gravement malade, qu'il va mourir… ou disparaître, ce qui peut vouloir dire la même chose, mais pas forcément. Et s'il était effectivement à la veille de mourir ? Elle revit les six suspects : comment ne pas penser à Couchepin, dégueulant, restant couché dans sa chambre, se massant l'abdomen ? Était-ce la piste ? Tant de questions contradictoires ! Non, finit-elle par se dire, ce n'est pas ainsi qu'il faut aborder l'imbroglio. Il faut prendre les choses autrement, entrer dans la logique du tueur. S'il ne joue pas pour « sauver sa peau », pourquoi joue-t-il ?

Quatre mois s'étaient écoulés depuis sa première lettre à la police. Quatre mois de mise en scène pour aboutir à un résultat, mais quel résultat ? Bailli était mort. Comment croire que toute la mise en scène n'ait été justifiée que par ce seul crime ? Si l'on doutait du prétendu délire égocentrique de l'assassin mystifiant la police, il fallait qu'il ait autre chose en tête, qu'il poursuivît un autre but en attirant la police sur ses traces dans les bois de Saint-Adelme…

Elle se leva. Il faisait chaud dans sa chambre. Elle ouvrit sa veste de pyjama, baissa le thermostat et partit s'installer à la table lui servant de bureau. Qu'est-ce qui aurait changé, réfléchit-elle bientôt, si la Sûreté du Québec n'avait pas été en quelque sorte prévenue, convoquée en Gaspésie par Langiro ? Les chasseurs du party Pichon-Legrand auraient fini, pensait-elle, par alerter la Sûreté devant l'absence d'un des leurs. La police locale, aidée de bénévoles, aurait organisé des battues et aurait retrouvé, à un moment ou un autre, le corps de Bailli, peut-être un peu moins rapidement que là, avec la Sûreté en état d'alerte préventif. Mais bon, une enquête aurait été ouverte, comme dans le cas présent. Alors quelle différence entre les deux scénarios?

Oui, il y en avait une, et du genre majeur, réfléchit-elle bientôt. L'enquête dans le second cas de figure ne se serait pas portée d'emblée sur les collègues d'Hydro de la victime. Si Langiro n'avait pas, depuis le début, relié le meurtre de Bailli à celui de Courchesne, les deux affaires auraient-elles été immédiatement associées? La jeune femme en douta. Les enquêteurs auraient sans doute fini par savoir que Couchepin — encore lui — était un des ennemis intimes de la victime, mais on aurait cherché partout dans l'entourage et la vie passée de Bailli d'autres suspects potentiels... Alors que là, eh bien non! Avec son méli-mélo de correspondances d'aveux, Langiro avait véritablement conduit par la main les enquêteurs vers Hydro-Québec et, très directement, vers les cinq suspects présents dans la région. Pourquoi? Le but de l'assassin était-il simplement de désigner des suspects à la police? Une nouvelle fois, elle retombait sur la fin de son raisonnement du matin; toutefois, sa logique lui semblait maintenant plus solide qu'intuitive. Aglaé Boisjoli sentit qu'elle avançait.

Motivée par cette idée, elle se leva, démarra son ordinateur et relut avec attention les quatre lettres de Langiro, persuadée que quelque chose lui échappait qui pourtant était à portée de sa compréhension. Elle les connaissait pratiquement par cœur, mais se laissa une autre fois pénétrer par l'emprise que les mots du tueur exerçaient sur elle. Un point la préoccupait cette fois: la façon dont Langiro avait formulé ses menaces. Elle prit un bloc et nota ses constatations. Langiro, écrivit-elle, évoque « deux ennemis à éliminer » « avant la fin octobre » dans sa première lettre au directeur général de la Sûreté. Il y revient dans la deuxième, promettant de « détruire deux vies » puis « disparaître ». Il annonce clairement son premier meurtre «en Gaspésie», au «dernier tiers d'octobre». C'est «clair et carré» «avec moi, pas d'embrouilles» «j'écris que je tuerai, et je tuerai», mentionne-t-il dans cette même deuxième lettre. «Je frapperai dans quelques jours», lance-t-il dans la quatrième. Et tout cela est vrai, se réalise. Mais rien, s'étonna au bout d'un moment la policière, rien sur le second meurtre annoncé en octobre. Cet homme si disert, soi-disant si anxieux de voir la police coller à ses actes, ne laisse rien deviner de ses intentions cette fois-ci. Pourquoi? Deux possibilités, songea-t-elle : ou il craint, en en parlant, de compromettre ses chances de parvenir à ses fins, ou alors il ne lui est plus nécessaire de sensibiliser la police, ce travail ayant déjà été fait. Il y avait là, la psychologue en était persuadée, une donnée du problème. Un lien à faire avec sa première constatation. Elle le souligna sur sa feuille de notes : *Langiro n'a convoqué la police que pour le seul meurtre de Bailli.*

Une autre partie de la dernière lettre la tourmentait. Elle la relut plusieurs fois. «Vous ne recevrez plus rien d'écrit de ma part, du moins avant ma disparition» annonçait Langiro. «Un jour, vous me relirez et comprendrez ce qui vous aura échappé». Et plus loin : «À moins que votre intelligence que l'on dit grande vous permette de comprendre ce que je trame». Il la provoquait délibérément. Que voulait-il dire au juste? Là encore, elle fit la gymnastique intellectuelle de se mettre à sa place. «Je vais m'en aller, mais un jour je vous expliquerai... et vous comprendrez alors ce que vous ne saisissez pas aujourd'hui.» Comprendre, mais comprendre quoi? Qu'il me leurre ou s'apprête à le faire, rationalisa la jeune femme. Qui se joue de moi parmi ces hommes à qui j'ai parlé? Je devrais pouvoir m'en rendre compte, il faut que je m'en rende compte. Si l'un de mes six suspects est Langiro, je lui ai parlé et l'ai en quelque sorte vu préparer le traquenard, le panneau dans lequel je vais tomber. Quelque chose s'est passé ou s'en vient que nous ne comprenons pas et qu'il nous expliquera un jour, «dans dix ans», a-t-il promis ailleurs. Pourquoi dix ans?

Elle finit par se recoucher. Son réveil indiquait maintenant plus de 2 heures. Son esprit devint moins clair. Le sommeil venait. Elle sentait qu'elle avait avancé. Il lui semblait qu'une simple idée, une intuition, un éclairage nouveau pourrait désormais lui permettre de trouver sa voie dans la confusion créée par Langiro. Elle disposait maintenant de bornes, de points de repère sur le chemin suivi par le tueur. Jamais avant ce soir, se persuadait-elle, elle ne s'était autant rapprochée de lui.

Une petite fille, en chemise de nuit, les pieds nus, une bougie à la main, dans un long corridor sombre. Des lumières de loin en loin, et sous chaque halo lumineux, de riches portraits. La fillette avance dans le noir. Sur le premier tableau, un homme au crâne dégarni, le sourire avenant, la regarde avec bonté et semble lui parler. Elle ne l'entend pas. C'est l'assassin-justicier de la première affaire criminelle d'Aglaé. L'enfant marche lentement vers le second tableau. Un autre homme impressionnant, costaud, barbu, la contemple avec empathie, la main tendue vers elle. Lui aussi lui parle et lui dit… lui dit quoi ? Elle sent que les mots sont importants. Pourquoi cette sourde rumeur sur eux qui empêche la petite de les distinguer… Elle reconnaît le barbu, son tueur fou d'Anticosti. Elle fait encore quelques pas dans le couloir sombre. Un troisième tableau apparaît, vaste rectangle blanc se détachant de l'ombre du mur. Minuscule au pied du cadre, la fillette s'est arrêtée, interdite, et tend sa bougie devant elle. Bientôt un fond de forêt s'imprime sur le blanc de la toile, et puis une forme s'y dessine en avant-plan : un homme aux traits mal définis, comme cachés par la pénombre. Quand même, l'enfant voit qu'il sourit, avec ce même air de bienveillance que les deux autres. Et lui aussi parle, et ses lèvres semblent articuler les mêmes mots que lui ont dits les autres et qu'elle entend si mal. Il lui tend à son tour la main, et ce regard qu'il lui porte, exactement comme celui des deux autres… Elle connaît ce regard. Puis, la lumière éclaire le tableau, et l'homme disparaît. Mais la rêveuse a eu le temps de le voir et de le reconnaître…

Dormait-elle ? Aglaé se leva en sursaut et courut à la salle de bain se mouiller d'eau froide le visage. Elle se découvrit dans le miroir, décoiffée, moitié nue, fragile. Elle était médusée : elle venait clairement de voir le visage de l'homme qui se cachait sous le nom de Mate Langiro.

L'instant d'après, elle se recouchait, harassée. Les idées désormais s'emboîtaient les unes aux autres. Le puzzle se formait de lui-même. Toutes les questions qu'elle se posait trouvaient une à une leur début de réponse. Oui, elle savait qui était Langiro. Et puis bientôt, la jeune femme pressentit avec horreur ce qui allait arriver. Aurait-elle le temps de s'y opposer ? Il lui fallait retrouver au plus vite l'un des six suspects et tenter de le protéger. Au matin, elle lancerait la chasse à Paul Couchepin. Serait-il déjà trop tard ?

* * *

Dans une heure, il atteindrait Québec. 23 heures 21, affichait le tableau de bord de son Impala de service. Le programme de Michel Berthier avait été complètement perturbé en fin d'après-midi, alors qu'il recevait les divers rapports du laboratoire de sciences judiciaires et de médecine légale de Montréal.

René Roy les avait préfacés d'un court résumé. Mario Bailli, y écrivait l'expert, était mort le samedi précédent, 21 octobre, entre 14 heures et 16 heures, d'une balle de fusil tirée à pas plus de dix centimètres de l'impact, en plein milieu du visage. Le fusil en question avait une puissance capable de tuer un éléphant ou un rhinocéros à quelques centaines de mètres. Le légiste établissait que la balle, blindée, avait traversé la tête du défunt, faisant complètement exploser les structures osseuses, transformées en esquilles… Les experts ne pouvaient être que catégoriques quant à l'arme du crime, un fusil à platine Holland & Holland : deux cartouches identiques à celle qui a tué Bailli et la douille du projectile tiré sur le chasseur ayant été formellement identifiées parmi les objets saisis au camp de chasse de Louis Pichon. Les spécialistes émettaient l'opinion que l'arme était vieille de presque une centaine d'années, tout comme les munitions analysées. Des études balistiques faites avec des fusils de ce type montraient qu'ils tiraient des boulets pouvant, citait Roy, « traverser un éléphant sur plus de trois mètres quarante, en ligne droite et sans déformation. » Le dossier mentionnait encore qu'un fusil du genre était un objet de très grande valeur, fort prisé des amateurs d'armes les plus fortunés de par le monde.

Roy gardait le meilleur pour la fin : les deux cartouches et la douille avaient été trouvées dans la pochette de plastique dans laquelle les policiers chargés de la fouille en Gaspésie avaient glissé les objets saisis dans la veste de chasse du dénommé Paul Couchepin. Par ailleurs, dans les effets saisis dans l'Audi du même Couchepin, on avait trouvé une carte routière de l'État de l'Indiana, pliée sur la région de Wabash. Ces éléments d'enquête, mentionnait le rapport, avaient de suite été communiqués à Teddy Frayne.

Berthier avait sans tarder joint par téléphone l'auto-patrouille reconduisant le directeur général adjoint de la Sûreté du Québec Alex Demers à Montréal. Les deux flics étaient convenus de demander de suite un mandat d'arrêt à l'encontre dudit Couchepin et de l'arrêter dès que possible pour l'interroger ; dans les deux cas, le boulot de Berthier. Le sergent matanais avait immédiatement fait sa demande de mandat d'arrestation auprès du juge de paix indiqué par le coroner au dossier et entrepris de se mettre aux trousses du grand fonctionnaire en prenant le chemin de la capitale.

Couchepin avait parlé d'un rendez-vous le soir même à Québec. Berthier avait téléphoné sans succès au bureau de la vice-première ministre, madame Élise Baron, pour se heurter à un secrétariat fermé. Il n'avait pas laissé de message, choisissant plutôt d'aviser de sa visite pour le lendemain les collègues de Québec et de les mettre en état d'alerte dans le cadre de l'enquête sur le meurtre de Mario Bailli. Un suspect du nom de Paul Couchepin était recherché, et tout policier le localisant devait l'arrêter sur-le-champ. Il disposait des coordonnées du suspect à Montréal et ne doutait pas de le rejoindre sous peu, à Québec ou dans la métropole, s'il devait pousser jusque-là.

Berthier avait cherché à informer le sergent Boisjoli, mais n'avait pu la joindre avant de prendre la route, un peu passé 20 heures. Il avait hésité à lui laisser un message trop révélateur, les murs de l'Auberge du Breton n'étant pas dénués d'oreilles. Il s'était contenté de lui demander de la rappeler, ce qu'elle n'avait pas fait. Il savait qu'elle souhaitait disposer de la fin de son après-midi pour se changer les idées après sa fin de semaine de travail intense, et ne s'était surpris ni de son absence ni de son mutisme. Il lui avait rédigé un court mot et une copie du rapport de Roy communiqué par courriel. Il avait déposé le tout sur son bureau. Elle le trouverait à son retour au poste le lendemain matin.

Il bâilla bruyamment et se tritura le bouc. Il se sentait fatigué au volant et se demanda un moment s'il ne s'arrêterait pas dans un motel à Lévis, évitant ainsi les derniers kilomètres jusqu'à Québec. La journée avait été longue. Il se faisait un malin plaisir à l'idée d'arrêter demain ce baveux de Couchepin. Quelle serait la meilleure façon de lui mettre la main au collet, seul ou avec une paire de constables? L'homme ne l'effrayait pas par son apparence physique, mais aussi bien se méfier.

Michel Berthier était un policier fort attentif à sa santé et à sa sécurité.

IV
Sans craindre le châtiment

« Je ne doute pas que, sans la crainte du châtiment, bien des gens n'eussent moins de peine à tuer un homme... »

Denis Diderot — « Lettre sur les aveugles à l'usage de ceux qui voient »

Sang de puceau

Sainte-Foy — Lundi 23 octobre, 21 heures 20

Damien Brosseau signa comme il le put la fiche du motel Fleur de Lys et paya comptant la réceptionniste mafflue qui lui tendit une clef. À sa demande, elle lui avait attribué le numéro 171, la chambre tout à l'autre bout du bâtiment, en fait la plus éloignée de la réception.

Il avait le feu aux joues, n'avait jamais pu regarder la fille du comptoir dans les yeux. Il conduisit doucement la Toyota jusque devant « leur » chambre. Le motel vétuste de Sainte-Foy, un long bâtiment arqué d'un étage au style vaguement colonial, briques jaune sale et portes d'un bleu agressif, n'était vraiment pas beau, mais qu'est-ce que cela pouvait bien faire au jeune homme ! Ce qu'il vivait tenait du rêve : se préoccupe-t-on du décor quand on rêve ?

Comme l'ensemble des consommateurs de nouvelles du Québec, Damien avait été atterré par le drame. Lui probablement plus que bien d'autres, puisque le malheureux héros de l'histoire était son voisin. Bientôt cinq ans de cela. Damien habitait encore chez ses parents, à l'époque, dans un coquet bungalow à Saint-Nicolas, juste à la sortie du pont Pierre-Laporte, en allant de Québec vers Montréal. La maison de Richard Proulx et de sa femme, Corinne, était le clone de la leur, à quatre passages de tondeuse sur la gauche.

Le couple voisin avait aménagé dans leur rue dix ans plus tôt, quand Damien avait neuf ans, et le jeune garçon était vite tombé sous leur charme. Richard et Corinne étaient si gentils et, surtout, si beaux. Lui travaillait comme pompier à Québec, et Saint-Nicolas tout entier suivait ses prouesses dans l'équipe de hockey locale. Il faisait du culturisme, et le frêle Damien ne cessait de l'admirer tandis qu'il déambulait devant ses fenêtres, torse nu, bronzé, les épaules saillantes, la taille fine, un véritable hercule de cinéma. Son épouse, Corinne, était presque aussi grande que lui, une brune au corps superbe, mais le gamin n'avait cure de ce corps. Ce qui le fascinait, c'était le visage de cette femme, si doux, si captivant. Et puis, elle faisait attention à lui, prenait de ses nouvelles quand elle le croisait, l'invitait souvent à venir se baigner avec eux dans leur piscine. Tout semblait beau et bon chez ces êtres lumineux, et le garçonnet, puis l'adolescent, s'était attaché à eux.

Elle était institutrice dans l'école voisine et il l'avait eue comme enseignante à ses onze ans. « Tu sais, l'avait-elle averti, il ne faudra pas que les autres élèves sachent que je t'aime bien. Tu seras pour moi un garçon comme les autres. » Un garçon comme les autres… il ne le voulait surtout pas. Il avait compris que la meilleure façon pour lui de mériter l'attention de Corinne serait d'être le meilleur élève de sa classe, ce qu'il devint. Le couple avait eu deux enfants, dont tout naturellement il fut le gardien et vite quelque chose comme un grand frère.

Damien entra dans la chambre du motel. Elle lui parut grande sinon belle. Il s'assit sur le lit dont il avait eu le courage, en rougissant, de vérifier auprès de la fille de la réception qu'il était double. Il lui fallait maintenant aviser celle qu'il attendait du numéro sur la porte. Il tendit le bras vers l'appareil téléphonique sur la table de nuit et hésita. Il entendait la télévision dans la chambre voisine, ce qui le contraria. Il avait choisi le bout de cette aile du bâtiment en souhaitant qu'ils y seraient seuls.

Ce jeune homme était roux, très grand et maigre. Il avait la peau blanche tachetée de picots bruns et de l'acné sur le visage, qui lui compliquait l'existence. Il plaisait fort peu aux jeunes filles de son âge en dépit de sa vive intelligence et de son immense gentillesse envers autrui. Sa timidité autant que sa peur de mal faire ou de faire rire lui créaient un véritable handicap à l'heure d'entamer les manœuvres de séduction qui auraient pu amener ses consœurs étudiantes à s'intéresser à lui. Il se disait avec une philosophie enjouée que ces choses-là, le sexe, l'amour et le reste, viendraient bien à leur heure. Très brillant à l'école depuis son année avec Corinne, il avait traversé en tête de classe ses études secondaires et collégiales, et venait d'entrer en médecine à l'Université Laval.

Il avait abondamment pleuré la mort de Richard. Son voisin et grand ami avait péri dans l'incendie d'un immeuble résidentiel de Québec. Un bébé était resté pris dans le brasier qu'ils tentaient de combattre, d'autres pompiers et lui. Contre l'avis de ses collègues, il était retourné dans les flammes, et le plancher avait cédé sous son poids, le précipitant vers une fin horrible. L'émoi à Saint-Nicolas et dans toute la province avait été considérable. On avait même vu, à l'enterrement du héros, le premier ministre embrasser la veuve, Corinne.

La vie avait fini par reprendre dans toute sa morne quotidienneté pour la voisine de Damien et ses deux enfants. Le jeune adolescent qu'il était à l'époque avait fait tout ce qu'il pouvait pour les aider. Sans que la veuve n'ait jamais eu à le lui demander, il se mit à tondre son gazon, à pelleter ses neiges, à élaguer ses arbres, à bêcher ses massifs. Il installait ses pneus d'hiver, rentrait ses sacs de commissions quand elle revenait des courses. Bien sûr, à l'occasion, il continuait de garder ses enfants, mais à vrai dire elle ne sortait presque plus. Elle le fâchait rouge, lui qui était le calme incarné, quand elle parlait parfois de le payer. Il n'avait jamais voulu accepter le moindre sou d'elle. Il aimait les deux bambins qui grandissaient, Camille et Cyril. Il se sentait leur aîné, un peu comme s'il était le fils de Corinne.

Elle, une femme de deux fois son âge, il l'idolâtrait. Elle symbolisait pour lui le malheur associé au courage. Il était conscient de sa grande beauté, mais sans qu'aucun désir d'elle l'effleurât jamais. Le chagrin de cette femme le terrassait, lui amenait spontanément les larmes aux yeux. Il ne pouvait ignorer sa détresse, la surprenant souvent les yeux rougis. Beaucoup de gens venaient la voir au début de son veuvage, la plaignant, l'assommant de leur sollicitude. Il sentait bien qu'elle était prise au piège dans son rôle de veuve de héros et de mère des enfants du grand disparu. Il imaginait surtout le manque qu'elle devait ressentir dans son cœur face à l'absence d'un homme tellement irremplaçable : Richard. Elle avait des photos de lui partout dans la maison...

Il comprenait intuitivement la solitude de son héroïne, et tentait de lui changer un peu les idées par sa conversation de plus en plus intelligente et avisée au fur et à mesure qu'il grandissait. Avec elle, il se sentait moins gauche qu'avec les autres femmes ou filles qu'il croisait. Il croyait tellement la connaître, elle ne lui faisait pas peur. À quelques occasions, ils tenaient ensemble des conversations un peu plus poussées sur l'actualité, la vie, la morale, et il tirait une immense fierté de ce qu'elle semblait toujours lui prêter toute son attention.

De plus en plus souvent, à la vérité, ils ne savaient tous deux que se dire à ces moments où, ayant fini ce qu'il était venu faire pour l'aider, il lui fallait la quitter. Des fois, il sentait qu'elle n'avait plus besoin de lui, les enfants l'attendaient, ou quelque chose ici ou là requerrait sa présence. D'autres fois, c'était ténu comme impression, il lui semblait qu'elle aurait peut-être apprécié qu'il restât plus longtemps avec elle. Mais de quoi parler, alors ? Parfois, c'est elle qui plongeait. Le plus souvent, c'était pour lui demander où il en était dans la poursuite de ses études. Il lui répondait avec toute la précision et le luxe de détails qui lui venaient à l'esprit. Il la sentait heureuse de constater qu'il réussissait ce qu'il entreprenait. Il arrivait qu'elle le questionnât sur ses fréquentations. « As-tu des petites amies, Damien ? » l'encourageait-elle. Il n'aimait pas ce genre de questions mais, bien sûr, ne lui aurait jamais reproché de les lui poser.

«J'aurai bien le temps plus tard», répondait-il en rougissant, ajoutant un prétexte ou un autre, qu'il verrait ça après ses études, qu'il avait trop de travail universitaire pour sortir le soir... et il évitait de la regarder à ces moments-là. En fait, il ne souhaitait aucune autre présence féminine que celle de cette belle femme triste et intouchable dont il était le chevalier servant sans autre espoir que de rester le plus longtemps possible son ami. Alors, il changeait de conversation. Elle ne le taquinait jamais sur ces sujets. Elle l'écoutait, elle l'avait toujours écouté depuis la mort de Richard. Elle semblait le comprendre, parfois avec un petit sourire triste vaguement moqueur qu'il avait de la difficulté à interpréter. Jamais en tout cas elle ne lui disait qu'il avait tort de vivre en puceau comme il le faisait.

Sauf que ces derniers temps, elle lui avait paru moins sereine à l'issue de ces conversations. Il la voyait parfois se mordiller la lèvre, hocher la tête et le quitter plus précipitamment que d'ordinaire. Une fois, un mois plus tôt, il avait même cru qu'elle allait pleurer. Il aurait juré que d'incompréhensibles larmes lui étaient venues aux yeux.

Depuis la disparition de son mari, jamais plus elle ne l'avait embrassé comme elle le faisait quand il était petit gars. Il avait renoncé sans humeur aux trois bises sonores qu'elle lui claquait sur les joues. Leurs conventions avaient changé, et il trouvait ça bien normal puisque c'est ainsi qu'elle voyait les choses. Et puis, trois jours plus tôt, un soir qu'il l'avait aidée à installer une nouvelle télévision à écran plat qu'elle venait de s'acheter, elle l'avait remercié d'une façon nouvelle et étrange. Ils étaient là tous les deux à sa porte, ne sachant plus trop que se dire, comme tant de fois désormais, et elle lui avait dit: «Tu es un grand ami pour moi, Damien. Il faut que tu le saches. Je t'aime beaucoup, voilà», et elle l'avait embrassé lentement, une seule fois, mais sur le bord des lèvres, avant de le quitter précipitamment.

Il n'y avait rien compris. Il avait le plus doucement possible refermé sa porte et était rentré chez lui tout penaud, craignant en fait que ce baiser fût une forme d'adieu. À l'évidence, quelque chose venait de changer entre eux que le jeune homme redoutait d'interpréter. Il avait tant de respect pour elle et tellement conscience de l'épouvantable distance existant entre eux qu'il ne pouvait concevoir qu'elle éprouvât pour lui autre chose que de la gratitude, teintée au mieux d'une espèce d'affection quasiment maternelle. Il avait eu peur de tenter de la rencontrer le lendemain et s'en était abstenu. Et puis la veille, un dimanche, il l'avait vue, de la fenêtre de la salle de séjour de ses parents, forcer pour tenter de rentrer dans son garage ses suspensions de géraniums qu'un gel nocturne venait de brûler. Sans y penser davantage, il s'était précipité pour l'aider. Les pots à nouveau suspendus près de la chaudière du bungalow, ils s'étaient une autre fois retrouvés face à face à la porte de Corinne.

Elle avait l'air fatiguée mais restait si belle. Son corsage bâillait un peu sur sa poitrine. Comme toujours, il s'était bien gardé d'y prêter la moindre attention. Il fallait qu'il s'en allât une autre fois, et ni l'un ni l'autre ne savaient comment aborder ce nouvel au revoir. C'est elle qui finalement avait parlé en le regardant gravement.

— Viens, lui avait-elle dit en lui prenant la main. Il faut que je te parle.

Il l'avait suivie au salon où ils s'étaient assis sans qu'elle lui lâchât la main.

— On est bêtes, Damien, enfin, je suis bête, avait-elle poursuivi, avec plus de résignation que d'entrain dans la voix et le regard. Voilà… Je voudrais que nous fassions l'amour ensemble. Chut… tais-toi. Écoute-moi.

Elle lui avait parlé sans artifice, de l'eau dans les yeux. Il n'y avait qu'avec lui qu'elle pouvait imaginer qu'il arrivât ce qu'elle voulait qu'il arrivât. Un doigt sur les lèvres du fil de fer rouquin, elle avait lâché la bonde à son émotion, et il l'avait écoutée avec la conscience de vivre un moment unique dans sa jeune vie. C'est alors qu'il avait commencé à vibrer de ce même tremblement qui l'agitait maintenant sur le lit du motel.

Il venait de lui communiquer le numéro de leur chambre. Elle viendrait directement dans son auto et stationnerait devant la porte à côté de la petite Toyota qu'il avait empruntée à sa mère pour la soirée. Personne ne saurait jamais ce qui allait se passer entre eux et qui leur appartiendrait pour toujours.

Il prit une longue douche minutieuse et enfila un short et un t-shirt neufs. Il n'avait jamais fait l'amour, n'avait qu'une idée vague de ce qu'il allait devoir faire, mais bon Dieu, bandait comme un bouc au piquet devant l'enclos des chèvres. Elle lui avait dit : « 22 heures, lundi soir ». Il était maintenant 22 heures 01. Misère ! songea-t-il, et si elle avait changé d'avis ? Mais non, au téléphone tout à l'heure, elle lui avait répondu d'une voix résolue : « Attends-moi. J'arrive ! »

Damien Brosseau guettait le bruit d'une voiture. C'est plutôt le bruit d'une chute violente qu'il entendit dans la chambre voisine. Il fronça spontanément les sourcils. Tout était si beau dans son histoire. Il ne pouvait imaginer sa soirée d'amour avec Corinne gâchée par des voisins bruyants. Que personne n'osât venir y mettre un bordel intempestif ! Heureusement, le silence revint, relatif ; on entendait toujours la télévision en fond sonore.

Jamais, lui avait-elle dit, jamais elle n'oublierait Richard, jamais elle ne serait infidèle à sa mémoire, c'était ainsi et nul n'y changerait rien. Jamais elle ne se remarierait. Elle ne vivait que pour ses enfants, et ce serait toujours ainsi. Seulement voilà, il était là, lui, Damien, prévenant, désintéressé, toujours près d'elle. Bientôt, lui aussi partirait. Bien sûr qu'une femme le choisirait : « Tu es si fin Damien, si gentil. Les jeunes filles sont folles qui ne t'ont pas encore découvert. Mais tu verras, on t'aimera, oh oui, tu seras aimé. Tu m'as tant aidée, je veux te remercier pour tout ce que tu as fait pour nous. Il faut que je te fasse l'amour, tu comprends ? Juste parce que c'est toi. Tu m'as dédié ta jeunesse, Damien, et tu as dix-neuf ans, ta jeunesse s'achève. Ce sera très tendre, pas triste, tu me laisseras faire. On ne se fera mal ni l'un ni l'autre. Je veux t'apprendre, et puis nous resterons amis. Tu me quitteras, mais jamais tu ne m'oublieras. »

Et les voisins qui recommençaient à faire du bruit! Il entendait maintenant un son répétitif, comme une baguette tapant à intervalles réguliers sur un tableau et puis, de temps à autre, des espèces de grognements étouffés. Il se demanda si un couple ne faisait pas l'amour, et l'idée l'irrita au plus haut point. Non, le bruit s'arrêta à nouveau, seule cette télé qui, de fait, ne l'ennuyait pas.

D'un coup, il frémit. Une voiture s'approchait sur l'esplanade du motel. On voyait ses phares derrière les rideaux qu'il avait soigneusement tirés. L'auto freina, s'arrêta devant la porte qu'il avait déverrouillée. Le garçon eut soudain honte de son corps. Il se souvint du physique de culturiste de Richard. Il était si blanc, si osseux, si maigre. Vite, il éteignit la lampe de chevet. Au même moment, Corinne coupa son moteur, plongeant la chambre dans le noir. La porte s'ouvrit. « Je suis là », chuchota-t-il à Corinne qui entrait.

Une heure plus tard, elle était comme assoupie sur lui, le serrant encore dans ses bras. Ils avaient fait l'amour trois fois. À la deuxième, elle avait allumé la lumière, et il avait failli pleurer en découvrant son corps nu. Tout au long de l'heure, en fait, il n'avait cessé de trembler. À la troisième fois, il s'était risqué à lui demander à l'oreille: « Explique-moi comment faire pour te rendre heureuse. » Elle le lui avait dit, et il avait mis tout son cœur, son affection et son intelligence à tenter de la satisfaire. Il avait dû réussir. Elle avait soupiré « Tu m'as tuée, Damien! » avant de retomber sur sa maigre poitrine. Depuis, il n'osait plus bouger, n'osant croire à son bonheur.

Bientôt, le souffle de Corinne devint plus régulier. Il lui sembla qu'elle s'était endormie. Il écarta d'un geste tendre les cheveux qui lui couvraient le visage et l'embrassa sur le front. Il réalisa que le bruit, pas très fort, intermittent, n'avait pas cessé dans la chambre d'à côté. C'était un heurt sec et répétitif, aux cinq secondes, compta le jeune homme, un peu comme si un pendule heurtait le mur en bout de course. Il se sentait poisseux autour du bas-ventre et décida d'aller se laver. Avec d'infinies précautions, il se détacha du corps de Corinne, se leva, alluma la lampe de chevet et s'en fut à la salle de bain. Quand il revint, flambant nu dans la lumière, Corinne était assise face à lui, en tailleur sur leur lit, les seins arrogants, le rose aux joues, un sourire ouvertement coquin sur les lèvres. Son index l'appelait : « Par ici, mon petit ami, votre travail n'est pas fini ! » C'est la première fois, pensa-t-il, qu'il la voyait si manifestement heureuse depuis tant d'années.

Béni soit cet âge, il n'était pas rendu au lit qu'il bandait à nouveau.

Minuit était passé quand Corinne à son tour sortit de la salle de bain, douchée, peignée, rhabillée. Il était resté couché, la couverture au menton, et la regarda traverser la pièce. Elle était redevenue la veuve de Richard, la mère de ses petits voisins. Madame Proulx. Elle lui sourit avec gentillesse et mélancolie, et lui envoya un baiser du bout des doigts. L'instant d'après il entendait sa voiture s'en aller.

Il allait se lever pour partir à son tour. Le bruit venant de la chambre voisine s'estompait, mais restait présent. Seul, il y prêta davantage attention. Les grognements du début faisaient place maintenant à de sourds bruissements, peut-être des râles, s'inquiéta-t-il bientôt. Il s'habilla à la va-vite, se chaussa, puis sortit côté couloir. Les sons venaient de la chambre immédiatement voisine. Des veilleuses éclairaient chichement le long corridor qu'il remonta, hésitant sur la conduite à tenir. Il n'entendait plus maintenant que cette télé qui n'avait cessé de marcher en sourdine tout au long de la soirée. D'un coup, son pied glissa et le grand ado rouquin réalisa qu'il marchait dans du sang. Une flaque s'était formée dans un creux du tapis où aboutissait une rigole coulant de sous la porte marquée 170.

Le futur cardiologue, en garçon réfléchi, ne s'affola pas. Il rectifia sa tenue et essuya sa chaussure souillée sur une portion sèche du tapis. L'instant d'après, il rejoignait la réception à l'autre bout du long et laid motel, réveillait la grosse fille au comptoir et l'avisait que quelque chose n'allait pas dans la chambre voisine de la sienne et qu'il convenait sans doute d'en aviser la police.

Il n'attendit pas la suite, sortit sur l'immense terre-plein asphalté du motel qu'il traversa vers l'auto de sa mère. Il l'atteignait quand une auto-patrouille arriva à toute allure sur l'esplanade et s'arrêta, sirène en furie, devant la réception. L'étudiant démarra tranquillement.

Il avait déjà oublié l'énigme de la chambre 170. Une seule interrogation dans sa tête : comment pouvait-on être si heureux et si triste à la fois ?

Épée dans l'os

Sainte-Foy — Mardi 24 octobre, 1 heure du matin

Une ambulance, sirène et gyrophares en plein branle-bas, quitta le motel Fleur de Lys. Au moins huit autos-patrouilles aux deux ailes du long bâtiment, la place grouillait de policiers. Parmi eux, en civil, un noiraud, taille moyenne, bien proportionné, sec et nerveux, l'air perpétuellement contrarié, de grosses lunettes sur des yeux noirs très vifs, le cheveu brun foncé attaqué par une calvitie dévastatrice : le sergent-enquêteur Jacques Hébert, du district « Capitale-nationale-Chaudière-Appalaches », agissait en responsable des opérations.

Gilles Dubé, premier patrouilleur sur les lieux, avait pu entrebâiller la porte, non verrouillée, de la chambre 170. Un corps portait sur elle qui rendait son ouverture complète difficile. C'était celui d'un homme vêtu d'un seul pantalon de pyjama, la poitrine transpercée par une espèce d'épée à crosse de canne. L'individu vivait encore, mais son état paraissait désespéré. Il semblait avoir perdu des litres de sang et n'avait plus sa connaissance. De faibles mouvements spasmodiques l'agitaient encore, provoquant, à épisodes réguliers, le heurt du pommeau de l'arme qui l'avait transpercé contre la plinthe électrique de la chambre. L'agent Dubé avait immédiatement fait rapport au bureau régional de la Sûreté du Québec, qui avait envoyé des renforts et l'ambulance. Revenu à la chambre en attendant ces secours, le constable avait finalement réussi à s'introduire dans la pièce et tentait depuis, tant bien que mal, de réconforter le mourant qu'il voyait perdre définitivement connaissance à ses pieds dix minutes plus tard.

— As-tu idée de l'identité de ce gars-là ? lui avait demandé Hébert, arrivé en même temps que l'ambulance.

— Non. Je n'ai touché à rien dans la chambre, s'était expliqué l'agent.

Le corps de la victime était encore si chaud qu'Hébert, si sceptique fût-il sur les chances de réussite de l'initiative, ne s'était pas opposé au vœu des ambulanciers de l'embarquer pour l'hôpital, où l'on tenterait de le réanimer. L'emporter, embroché qu'il était, n'avait pas été une mince affaire. Le supplicié était grand et costaud, un véritable colosse, du gros poil gris et touffu sur sa poitrine ensanglantée. Dubé et Hébert avaient dû donner un coup de main aux deux ambulanciers pour l'installer de profil sur la civière.

Le cadavre émit un curieux son de tuyauterie quand la tête bascula sur l'oreiller. Les hommes présents échangèrent un regard sinistre. La médecine pouvait bien faire des miracles, les chances que le pauvre type revînt à la vie semblaient nulles.

Le corps évacué, Hébert dessina à la craie sa place au sol au pied de la porte. Il nota la présence d'une serviette de bain ensanglantée sur le parquet, près du calorifère à côté de son dessin. Il se garda d'y toucher. L'instant d'après, il faisait évacuer la chambre, renvoyait les patrouilleurs à leurs autos, gardant seulement Dubé de faction dans le corridor devant la porte du 170. Lui-même s'en retourna un moment à la réception du motel, où il entama la série des coups de fil d'usage avant de prendre le témoignage de la préposée, une brune à grosses joues et lunettes.

L'homme occupant la chambre 170, un individu à l'allure sévère, se souvenait-elle, s'était enregistré vers 21 heures le soir même, sous le nom de Gaétan Guereur. L'individu qui avait signalé la présence de sang sur la moquette du couloir, motivant alors l'appel à la police, était un tout jeune homme qui s'était inscrit vers 21 heures 15 sous le nom de Daniel Brière. Le second était grand, maigre et roux, se rappelait la réceptionniste. Il occupait ce soir-là la chambre voisine, la 171. L'ado boutonneux semblait très calme en donnant l'alerte. Il avait immédiatement quitté les lieux. La grosse fille avait vu les phares de son auto s'éloigner sur l'avenue des Hôtels en direction du pont Pierre-Laporte au moment même où le premier constable arrivait au motel.

L'adresse du jeune gars figurait sur la fiche d'hôtel qu'Hébert réquisitionna. Dix minutes plus tard, il apprenait qu'aucun Daniel Brière ne résidait au 13 de la rue des Martinets de Saint-Romuald pour la bonne raison qu'il n'existait aucune rue portant nom d'oiseaux dans ce quartier de la rive sud de Québec.

Le sergent retourna à l'autre bout du motel, à la chambre 171. Devant le lit fraîchement ravagé, il n'eut aucune difficulté à se faire une idée de ce qui avait pu s'y passer quelques heures plus tôt. « Ça sentait le cul, établirait ce pragmatique le lendemain matin, en accueillant, à l'aube, les équipes de techniciens en scènes de crime. Foi d'Hébert, le petit rouquin n'a pas dormi là tout seul ! » Il constata la minceur de la cloison séparant les deux chambres et s'avisa qu'il faudrait mettre la réceptionniste en contact avec un dessinateur de portraits-robots pour retrouver le jeune bandeur.

La machine policière tourna avec efficacité en dépit de l'heure tardive. Vers 1 heure 30, Hébert savait que ledit Guereur n'avait pas de casier judiciaire. Au terme d'une brève recherche sur Internet, un collaborateur l'avisait qu'il s'agissait d'un environnementaliste de renom, qu'il avait été directeur à Hydro-Québec et donnait encore des conférences à l'Université de Montréal. Il résidait à Greenfield Park, sur la Rive-Sud, et était l'époux d'une dame Louise Trépanier, qui, elle, habitait Longueuil. Des collègues l'aviseraient le lendemain à la première heure décente du décès de son mari.

Bien sûr, la référence à Hydro n'échappa pas au flic québécois, qui avait appris l'assassinat gaspésien commis deux jours plus tôt et n'ignorait pas le lien établi par la police avec un meurtre perpétré le printemps précédent aux États. Il s'enquit de savoir les noms des responsables des deux autres enquêtes et flaira l'affaire croustillante en apprenant que Michel Berthier de Matane avait mis la Sûreté du Québec de la capitale en alerte dans le cadre de son enquête sur le mort de Saint-Adelme. Ainsi Berthier, qu'Hébert connaissait bien, s'en venait à Québec. Serait-il surpris par ce nouveau crime ou le redoutait-il ? Le sergent québécois demanda au standard qu'on essaie immédiatement de joindre son collègue de Matane s'il avait laissé ses coordonnées télépho-niques. Lui-même enregistra de brefs topos d'information qu'un collègue enverrait sans tarder par messagerie Internet au sergent montréalais Teddy Frayne, au directeur général adjoint de la Sûreté du Québec, Alex Demers, et à son adjointe, Aglaé Boisjoli, dont les noms figuraient aux dossiers.

Hébert commanda un café à la réceptionniste, qui l'avisa que des équipes de presse demandaient à lui parler. Que les journa-listes viennent le rencontrer, soupira-t-il, il ne donnerait aucune entrevue par téléphone. Il interdit à la dondon de louer toute autre chambre de l'aile sud du motel jusqu'à nouvel ordre et lui signala qu'il squattait la chambre 169, où il passerait le reste de la nuit. Il n'était tout de même pas pour coucher dans le sang de Guereur ou le foutre de ce jeune rouquin disant s'appeler Brière.

À 2 heures, la mort de l'embroché lui était confirmée par les autorités médicales de l'hôpital universitaire où l'on avait conduit le corps. De la bonne matière pour les journalistes faisant cercle autour du sergent-enquêteur Jacques Hébert.

* * *

Mardi 24 octobre, midi

Tenue à l'initiative du directeur général adjoint de la Sûreté du Québec, une conférence téléphonique réunissait les quatre ser-gents chargés des diverses enquêtes regroupées sous le nom de code d'« Affaire Langiro ». Frayne avait rejoint l'étage de Demers à Parthenais, Berthier et Hébert participaient aux échanges depuis le bureau de district de Québec, et Boisjoli les écoutait du poste de Matane.

Hébert, d'une humeur massacrante après sa nuit de travail au motel Fleur de Lys, fit un bref point de la situation à l'invitation de Demers. Il expliqua les circonstances de la découverte du corps de Guereur et fit état des conclusions du médecin légiste mandaté par le coroner. Le coup d'épée avait été porté de face à la poitrine de la victime en pointant légèrement vers le haut. Le tueur avait probablement cherché à atteindre le cœur, mais la lame avait dévié sur une côte. Le muscle cardiaque avait été épargné, sauf que le tranchant avait traversé le haut du poumon gauche. Le coup avait été d'une telle violence que l'épée avait dévié sur l'omoplate et partiellement sectionné la veine axillaire, provoquant une hémorragie à la sortie de la lame. La victime s'était vidée de son sang de façon à la fois externe, au niveau de l'aisselle gauche, et interne, dans le poumon. Ni l'une ni l'autre des deux blessures n'étaient mortelles en elles-mêmes, mais la conjugaison des deux s'avérait fatale. Aurait-on secouru assez vite le malheureux que l'on aurait pu hors de tout doute lui sauver la vie. Le légiste était d'opinion que l'agonie avait dû durer entre deux et trois heures. Un autre que Guereur n'aurait pas tenu si longtemps, mais l'homme était une force de la nature, un colosse en excellente santé pour son âge, au métabolisme vital d'une résistance exceptionnelle. Tout laissait à penser au médecin que, dans ces conditions, son agonie avait dû être terriblement douloureuse.

— Il n'a pas gueulé ? Personne ne l'a entendu ? s'étonna Demers.

— Toute cette aile du motel était déserte cette nuit-là, mises à part les deux chambres de l'extrémité sud. C'est le voisin de la chambre 171 — je te l'ai dit en commençant, Alex, sauf que t'écoutes pas plus que d'habitude, râla Hébert — qui a signalé à la réception que quelque chose n'allait pas dans la chambre 170, vers minuit et demi.

— Mais oui, je t'ai écouté, Hébert, susurra le directeur général adjoint. Tu nous as même dit que le témoin avait parlé à la réceptionniste du sang dans le couloir et de divers bruits inquiétants.

Cela dit, aucune mention de gueulantes d'un mourant. Et je m'interroge : une broche dans le corps, me semble que tu ferais pas mal de bruit, toi.

— Dis donc pas de conneries, tu veux !

Berthier, qui pratiquait ses deux collègues de longue date, savait que la situation risquait d'empirer. Il lança une diversion.

— Alex, tu permets ? Peut-être, Jacques, faudrait-il demander son opinion au légiste sur ce point précis ? Guereur embroché, le poumon atteint, pouvait-il physiquement crier ? En avait-il la force ? Le fait de hurler aurait-il occasionné chez lui d'autres douleurs insupportables ?

— Pas bête, tout ça. T'as noté, Hébert ? persifla Demers.

— Eh, vous autres, vous allez pas m'apprendre à faire mon métier, maintenant ! s'insurgea le sergent de Québec.

— Guereur, si je te suis bien, Jacques, continuait Berthier, aurait été attaqué une heure après être entré dans sa chambre, vers 22 heures ?

— Affirmatif.

— À quelle heure as-tu dit que le client du 171 était arrivé ?

— Un peu après Guereur, disons vers 21 heures 20.

— Oui, c'est troublant effectivement qu'il n'ait rien entendu ? Comment expliques-tu ça ?

— Je le sais-tu, moi ? rouspéta Hébert. Je sais que la télé marchait dans la chambre de Guereur. C'est moi-même qui l'ai éteinte. Ça a pu atténuer les autres bruits. En fait, hein ! faudrait que je lui demande, au témoin, mais il a disparu. C'était apparemment un jeune rouquin timide et farci d'acné, un du genre qui passe inaperçu selon la seule personne qui l'ait vu : la réceptionniste.

— Tu n'en fais pas un suspect, quand même ? insista Berthier.

— Va donc pas trop vite, hastie ! Non, je ne crois pas. À mon opinion, vois-tu, ce jeune-là n'était pas au motel pour tuer son voisin mais pour fourrer sa copine, tu me suis ? Y a des indices qui ne trompent pas... Et tu vois, ben je ne suis pas sûr du tout que Guereur ait pas gueulé. Il a bien pu, quant à moi, en brailler toute une *shot* et pis que le gamin ait continué à fourrer pareil.

— Dis-moi pas! s'étonna un Demers dubitatif, qu'Aglaé, à l'écoute, imaginait goguenard, les pieds sur son bureau.

— Tu serais surpris, Demers, ce que les ados d'aujourd'hui peuvent bien se crisser de leur prochain. Si ça se trouve, il avait sa musique sur ses oreilles en se faisant aller, le rouquin! Y a pu rien qui les retient maintenant, les jeunes. Et leur copine, c'est pire.

— Dis-moi pas! redoubla Demers. J'ai toujours aimé la subtilité de tes approches psychologiques... Eh, le poète, tu vas l'interroger, ton rouquin?

— On ne t'attendra pas pour le trouver! Sauf qu'il a laissé un faux nom et une fausse adresse, le p'tit vlimeux!

— Ouais ben sais-tu, ça a bien dû m'arriver une couple de fois à moi aussi de m'inscrire sous une fausse identité dans un motel.

— Sauf qu'on n'a pas tué ton voisin, fulmina Hébert.

Ces deux-là donnaient tout un spectacle, appréciait Frayne, un Anglo genre intello, grand, maigre, le cheveu rare, des lunettes. Il connaissait les réputations des deux protagonistes, une grande gueule à Québec, un déroutant provocateur en face de lui. Se risquerait-il à entrer dans la discussion?

— Allez-vous faire dessiner un portrait-robot, Jacques? demanda-t-il, profitant d'une accalmie.

— Qu'est-ce que vous croyez, vous autres à Montréal! Bien sûr que oui! C'est en phase de production. J'attends le dessin d'une minute à l'autre. Ce sera dans tous les journaux de demain et ça passera ce soir aux bulletins télé.

— Bien, approuva Berthier. Mais il est hors de question qu'un ado boutonneux du genre soit le criminel que nous cherchons, Aglaé Boisjoli et moi, Al sera d'accord avec moi. Qu'en pensez-vous, Boisjoli? Vous ne nous avez pas encore...

Le sergent gaspésien n'eut pas le temps d'en dire davantage, pas plus qu'Aglaé n'aurait l'occasion de répondre à sa question. Hébert pétait les plombs, partant dans un de ses accès de colère qui faisaient la marque de cet atrabilaire gueulard. Il ne comprenait pas qu'on ne lui ait pas déjà fait parvenir tous les dossiers compilés sur l'affaire par ses collègues, à Montréal comme à Matane. Il voulait tout savoir de ce que les autres policiers connaissaient déjà de cette histoire de meurtre annoncé dont Berthier lui donnait des bribes depuis qu'ils s'étaient retrouvés au matin. « La collaboration, gueulait-il, faut que ça marche dans tous les sens ! » Lui n'avait-il pas dans la nuit commencé à alimenter ses collègues de tout ce qu'il savait sur le meurtre de Sainte-Foy ?

Demers n'allait pas perdre l'occasion de l'asticoter, bien sûr, et le monta de quelques crans par quelques provocations sibyllines. Et puis, au moment où l'autre grimpait sur ses grands chevaux, il lui tira la selle de sous le derrière en le ramenant brutalement à l'enquête.

— Dis donc, Hébert, dis-nous donc plutôt si tes gars de scènes de crime ont trouvé quelque chose ?

Le noiraud prit sur lui de revenir à terre. Les techniciens, maugréa-t-il, avaient passé la matinée au Fleur de Lys. On avait pu reconstituer la soirée de Guereur avant le meurtre. Il avait allumé la télé au bout de son lit et pris sa douche. Il avait revêtu un pantalon de pyjama, et tout laissait entendre qu'il s'apprêtait à se coucher. Le dessus de lit avait été tiré, les draps ouverts et les deux oreillers mis l'un sur l'autre, comme le fait un voyageur solitaire souhaitant regarder la télé avant de s'endormir. Attendait-il son visiteur ? Difficile à dire. La présence d'une serviette près du corps pouvait laisser penser qu'il se séchait quand son assassin s'est présenté à sa porte.

— Était-il homosexuel, à votre connaissance ? questionna Frayne avec son délicieux accent du West Island.

— Moi, je ne sais pas, et vous ? lança Hébert sans provoquer aucun écho sur la ligne. Je sais qu'il est marié, mais ça ne prouve rien à cet égard, hein ! On sait tous qu'il y a des maris voile et vapeur qui n'hésitent pas à…

— Dis, Hébert, le coupa Demers, tes théories de sexologie, tu te les gardes, O.K. ?

— Toujours aussi baveux, Demers, tu peux pas t'empêcher,

hein! Bon, Guereur a pris le coup devant la porte, tombant sur place. Il n'a plus bougé par la suite, enfin je veux dire qu'il est resté devant la porte où il était tombé, et n'a pu ni sortir dans le couloir, ni aller au téléphone de sa table de chevet, ni au bureau où il avait son cellulaire, ni à la salle de bain. Le coup l'a figé là où il l'a reçu.

— Des empreintes? s'enquit Frayne.

— Oui, on vient à l'instant de m'en aviser, répondit Hébert. Il y en a de toutes fraîches et parfaitement visibles sur le bec de la canne-épée, une seule série. Il semble curieusement que l'assassin n'ait pas mis de gants.

— Il faut donc qu'il n'ait pas de casier judiciaire ou qu'il soit bien sûr qu'on ne le retrouvera jamais, risqua Berthier.

— J'ai peut-être une autre théorie là-dessus, lâcha Hébert. Peut-être que le meurtrier serait revenu plus tard rechercher l'épée si nous n'avions pas retrouvé le cadavre au moment même de la mort de Guereur.

— Admirable ça, Hébert. Je t'aime quand tu réfléchis! approuva Demers. Dis-moi, la porte sur le couloir était fermée, n'est-ce pas?

— Oui, et celle donnant sur le parking également, et, celle-là, au verrou de l'intérieur de la chambre. L'assassin est donc forcément reparti par le couloir. On a identifié plusieurs empreintes sur la poignée de porte du corridor, intérieure et extérieure, dont celles de Guereur, mais pas celles retrouvées sur l'arme. Celles-là, on ne les trouve que sur la poignée de l'épée, nulle part ailleurs.

— Vous en déduisez? demanda Frayne.

— Que Guereur a ouvert la porte de son plein gré à son assassin.

— Et qui aurait refermé?

— Pas le tueur. L'hypothèse la plus probable, selon les techniciens, est que Guereur, en tombant vers l'avant, l'aura heurtée et fermée. Ils ont vérifié, la porte se ferme sur une simple poussée...

— Parle-nous donc de cette arme, le relança Demers.

— Eh bien là, on fait dans l'insolite, je vous dis pas : une canne-épée. Un maudit bel objet à part ça, une arme ancienne de collection très bien entretenue, poignée de nacre, lame rutilante, tranchante des deux bords et foutument bien affilée.

— Comment es-tu sûr que c'est une canne-épée ? s'enquit, l'air de rien, Demers.

— Ben pardi, éructa Hébert. T'écoutes ou pas, batèche ? Je te dis que l'épée a une poignée en bec-de-cane au bel arrondi...

— Je me demandais, vois-tu mon cher Hébert, si tu avais retrouvé le fourreau de cette arme. Une canne-épée, pour ce que j'en sais, sert ordinairement de canne avant de servir d'épée. On ne s'appuie pas sur une lame rutilante tranchante des deux bords et foutument bien affilée sans traverser le plancher.

— Fous-toi pas de moi ! Où veux-tu en venir ?

— Je te redemande si tu as retrouvé le fourreau de ce bel objet, c'est tout.

— Non.

— L'assassin l'aura donc gardé pour lui.

— Et après, mordit l'autre.

— Après ? Rien. J'imagine que tu as demandé à ta réceptionniste si elle a vu quelqu'un marcher avec une canne pas de poignée en sortant du motel ?

— Dis donc, Demers, tu vas pas te mettre dans l'idée de mener l'enquête à ma place, non !

— Pis, pas de boiteux ? insista l'autre.

— Ben non ! Bien sûr que j'ai posé la question, qu'est-ce que tu crois ? Pas de boiteux, pis pas de champion d'escrime non plus.

— Eh bien, nous voilà renseignés, mon bon Hébert. Passe donc le micro à Berthier, veux-tu. Tu m'entends, Michel ? Des nouvelles de Paul Couchepin ?

Le sergent matanais n'en avait pas. Un mandat d'arrêt avait été émis par le juge de paix et transmis à tous les patrouilleurs de la Sûreté du Québec. Une vigie se tenait devant la porte de la résidence du dodu frisé à Montréal. Le bureau de la vice-première ministre, consulté au matin, niait qu'Élise Baron ait rencontré le haut fonctionnaire la veille au soir à Québec et qu'elle ait jamais projeté de le faire.

— Eh bien, avons-nous fait le tour à Québec ? s'enquit Demers.

— Une seconde, lança Hébert.

Le silence qui suivit en dura trente, puis le sergent québécois revint au téléphone.

— On vient de m'apporter le portrait-robot de l'ado du motel. Je vous jure que ce n'est pas John Wayne. Ce serait une fille qu'on la croirait anorexique.

— Tu vas nous le trouver pareil, hein mon bel Hébert, le relança Demers.

Il n'en fallait pas plus pour que l'autre gueulât qu'il n'avait pas besoin que Montréal lui dictât quoi faire, avant d'enchaîner par un long plaidoyer sur l'impérative nécessité d'indépendance décisionnelle des districts administratifs de la Sûreté du Québec. Une autre fois, Aglaé, de son bout de ligne à Matane, imagina Demers hilare dans son bureau de Montréal. Elle ne se trompait pas.

Bientôt, le directeur général adjoint de la Sûreté du Québec coupait la parole à Berthier et, sans plus de préavis, demandait à Aglaé de rapidement résumer l'état du dossier Langiro au bénéfice des autres enquêteurs, ce qu'elle fit de suite avec une sobriété cachant mal sa lassitude de répéter cette histoire. Elle évoqua les lettres de son correspondant, ses meurtres précédemment commis ailleurs dans le monde et la succession des assassinats de trois ex-cadres supérieurs d'Hydro-Québec.

— S'il faut en croire ce que nous a dit le tueur, conclut-elle, nous n'en entendrons désormais plus parler. Reste que nous ne partageons pas tous la même opinion, comme enquêteurs, quant à la crédibilité à accorder à la correspondance de Langiro.

— Vous parlez de lettres, sergent Boisjoli. Va-t-on pouvoir en disposer nous autres aussi à Québec ? aboya Hébert, à peine Aglaé se fut-elle tue.

Cet homme ne savait décidément pas parler autrement qu'en gueulant. Les autres le savaient, mais pas Aglaé, que l'emporte-

343

ment hébertien désarçonna et qui hésita sur le ton à donner à sa réponse. Un Demers soucieux cette fois de ne pas laisser s'envenimer les choses lui évita d'avoir à se compromettre.

— Boisjoli, vous enverrez, s'il vous plaît, copie de tout ce que vous avez pondu jusqu'ici sur cette affaire à votre aimable collègue de la capitale.

Impossible pour le grand fendant de s'empêcher de narguer l'autre.

— Niaise don pas, Demers, jappa le Québécois, incapable à son tour de laisser passer une provocation.

— L'idée serait maintenant de déterminer qui avait des raisons d'en vouloir aux trois : Courchesne, Bailli et Guereur, lança Berthier, le pacificateur.

Il y eut un long silence sur la ligne de la conférence. C'est Hébert qui le rompit le premier sur le thème : « Pas question d'une enquête commune. Québec sait faire ! » Cet homme-là fatiguait Aglaé qui, ce matin-là, ne se sentait ni ressort ni goût au partage des idées. Hébert y revenait, lui donnant l'impression qu'il redoutait qu'on lui volât son meurtre, sa victime, demain son coupable...

— Je propose, l'entendit-elle conclure, que chacun travaille de son bord, Michel à Matane, Teddy à Montréal et avec les boys des States, et moi à Québec. Que chacun de nous fasse comme il l'entend et on mettra, en temps utile, nos données en commun. On fait comme ça et pas l'inverse ! O.K. ?

Seul le silence lui répondit. Aglaé aurait pu se sentir exclue, mais à la vérité elle était loin de la discussion qu'elle n'avait écoutée que d'une oreille distraite, pensant plutôt à la meilleure façon pour elle de tirer son épingle de ce jeu truqué. Déçu du manque de réactions à sa proposition, Hébert revint à la charge.

— Pis, t'es là, Demers ? Qu'en dis-tu ?

— Que tu vas bien vite pour un gars de région, Hébert. Je réfléchissais. Pas d'objection ? Boisjoli, je m'interroge sur votre silence. N'avez-vous pas quelque conseil à nous donner dans les circonstances ? Où en êtes-vous dans vos propres réflexions ?

Cet homme subtil avait-il senti à distance le désarroi de son adjointe ? Une chance qu'il ne fut pas là à côté d'elle. Il eut été moins facile pour Aglaé de donner le change.

— Non, laissa-t-elle tomber d'une voix blanche, je n'ai pas d'opinion.

Et Demers, à Montréal, tout comme Berthier à Québec, lui trouvèrent le profil bien bas.

— Bien, conclut Demers. Michel, tu ne vois, toi non plus, rien d'autre ?... Bon, on avait déjà défini une approche du genre avec Berthier et Boisjoli dans le cas du meurtre de Mario Bailli. Frayne a toujours fait cavalier seul depuis le début. D'accord pour continuer de même avec toi, Hébert, sur le meurtre de Guereur. Mais on communique — tout le monde hein ! — au premier pas important fait par l'une ou l'autre des enquêtes, et vous me mettez en copie de tous vos rapports et échanges.

Dernier point avant de clore la conférence, Demers avisa ses collègues des résultats des recherches entamées avec Interpol suite aux révélations de Langiro sur ses meurtres de fin d'adolescence. Le cas de figure « professeur-voyou » avait valu un lot assez volumineux de dossiers aux analystes de la Sûreté. Des professeurs, avaient-ils eu le loisir de constater, on en faisait bon an mal an une assez bonne récolte un peu partout dans le monde. Quant aux voyous, leur mise à mort était quasiment quotidienne un peu partout dans le monde, mais la combinaison des deux types de meurtre ne levait jusque-là aucune piste. Cependant, s'inquiétaient beaucoup de correspondants policiers, qu'entendait donc exactement la police canadienne par « voyou » ? La donnée apparaissait bien subjective à plusieurs qui doutaient que l'information ait été entrée sous ce vocable dans les annales policières. Des policiers tués à l'arme blanche pendant la fourchette 1955-1980, on en comptait des centaines, un peu partout dans le monde, surtout en fait en Amérique du Sud et en Europe de l'Est. De nombreux pays du Maghreb, donc proches de la Méditerranée, en rapportaient également un bon nombre, dont l'analyse n'avait pour l'heure rien révélé qui corresponde au cas spécifique mentionné par Langiro. Un dossier, cela dit, sortait du lot. L'Espagne venait le matin même de rapporter le meurtre d'un garde civil du nom de Carlos Delposo, dans la cité balnéaire de Sitges, une cinquantaine de kilomètres au sud de Barcelone, un homicide non élucidé commis en avril 1964 à l'aide d'un poignard d'origine africaine. Le directeur général adjoint de la Sûreté du Québec attendait le rapport des Espagnols et le ferait suivre à tous les enquêteurs dès qu'il en aurait possession.

* * *

Au poste de Matane, seule au bureau de son collègue Berthier, Aglaé Boisjoli ferma l'interrupteur du système de conférence téléphonique. La jeune femme allait rester un bon moment assise, sans énergie, réfléchissant mollement. Elle n'avait rien dit à ses collègues. Elle aurait pu, mais elle n'avait rien dit. À quoi bon ? Elle n'avait aucune preuve solide pour étayer ce qu'elle comprenait désormais de cette affaire. Juste des impressions, des déductions, des suppositions qui, toutes mises ensemble, se tenaient debout et bâtissaient cette espèce d'échafaudage d'où il lui semblait voir derrière l'écran tendu par Langiro. Comment imaginer dresser cette structure branlante devant le rouleau compresseur policier mis en route par l'arrogant sergent de Québec ? Comment disait le vieux capitaine Lafleur, déjà ? « Deviner n'est pas résoudre »...

Elle se sentait épuisée par sa mauvaise nuit et désabusée par le cours des choses. Elle avait trouvé au matin les notes de Berthier et de Roy ainsi que les rapports du laboratoire, qui n'avaient fait que confirmer ses hypothèses et affermir sa conviction. Et puis, l'information lui avait été communiquée par Demers en fin de matinée, juste avant la conférence : Guereur était mort dans un motel de la banlieue de Québec... La nouvelle l'avait moins surprise que provoquée. Elle en aurait pleuré de rage. Langiro avait été plus rapide qu'elle.

Elle avait décodé l'énigme, mais à quoi bon l'avoir comprise, puisqu'elle n'avait pu éviter le rebondissement tragique de l'histoire? Un troisième rendez-vous de raté. Un autre homme était mort. Langiro avait tenu ses engagements. Il avait gagné sur toute la ligne. Oui, il était probable qu'un jour — dans dix ans, avait-il promis — il communiquerait de nouveau avec elle, mais elle devrait vivre avec ce désolant constat qu'elle n'avait pu contrer les volontés du tueur. Il avait fait en tout point ce qu'il avait dit qu'il ferait. Cet homme, elle le pressentait maintenant avec de moins en moins de doutes, n'avait jamais menti tout au long de sa curieuse correspondance avec elle. Une machine était lancée qui ne s'arrêterait plus... à moins qu'elle, Aglaé Boisjoli, tentât de la freiner, de la détourner? Le souhaitait-elle? La réponse lui apparut la question à peine posée: c'était non.

Ne rien faire la rendait-elle complice de l'assassin? Il lui fallait désormais y penser. Désabusée ce matin-là, elle ne s'en sentait pas le courage. Elle avait suivi la conférence avec un certain détachement, notant, cela dit, les points qui la surprenaient, ceux qui la confortaient dans sa certitude d'avoir compris l'imbroglio, et ceux qui l'interpellaient et qu'il lui faudrait approfondir. Le début de chicane entre Hébert et Demers l'avait un instant divertie. L'évidente complicité entre le directeur général adjoint et Berthier lui était apparue à nouveau. La solidité de l'abracadabrante mise en scène imaginée par Langiro l'avait consternée. Indice après indice, elle comprenait mieux. Son adversaire — était-ce un adversaire? — ne déparait pas dans la galerie des cruels tireurs de ficelles auxquels elle avait eu à faire face. Son troisième assassin était bien le frère des deux autres maîtres du crime.

Que faire maintenant? Que dire aux collègues, à Demers? Comment participer à l'enquête dont elle n'avait pas grand peine à imaginer les inévitables conclusions? Mais surtout, comment continuer de faire son métier de policière?

Elle passa l'heure suivante à composer un fichier Internet réunissant l'ensemble des éléments de l'affaire, qu'elle adressa à tous les policiers concernés, y compris au bilieux sergent de Québec. Elle n'y joignit pas ses dernières déductions. À quoi bon, se disait-elle, chercher encore, prouver? Les autres enquêteurs, elle n'en doutait plus à présent, allaient faire beaucoup plus vite qu'elle dans l'arrestation du coupable, mais ils n'expliqueraient rien. Comment imaginer participer à leur enquête sans se heurter à des murs ? Il lui faudrait, pour convaincre, se mettre en évidence, prouver l'inimaginable, se battre, et une moitié d'elle-même répugnait à l'exercice. Elle ne se sentait ni le courage ni, surtout, l'envie de relever le défi. Elle allait profiter de son statut d'enquêteuse de la Sûreté de Québec pour comprendre les bribes de l'histoire qui lui manquaient encore, et puis... et puis quoi ?

Ses messages envoyés, elle établit le pense-bête des quelques recherches qu'elle entendait mener, puis rangea ses affaires, salua les policiers et le personnel présent dans le poste de la rue du Phare. Il pleuvotait ce matin-là sur le golfe. Elle courut plus qu'elle ne marcha sur l'espèce d'allée cavalière joignant le bureau de police à son hôtel. Elle ne se mouilla presque pas sur le court trajet. L'Auberge du Breton était si proche du poste de la Sûreté du Québec. Langiro avait décidément eu la partie bien facile, songea-t-elle, découragée.

Un vol, elle venait de le vérifier, partait pour Québec et Montréal, à partir de Mont-Joli, à 18 heures 30. Christian Girard allait la conduire à l'aéroport.

Elle fit vite sa valise. Robert LeJosec à la réception ne l'interrogea pas sur son enquête quand il la vit partir. La facture de son séjour, s'étaient-ils entendus, serait envoyée à la Sûreté du Québec voisine. Elle n'eut pas le cœur d'informer l'aubergiste de la mort de son ami, pas envie non plus de lui lâcher qu'un assassin serait incessamment arrêté. Tout cela dansait dans sa tête, n'y prenait pas prise, lui semblait irréel. Elle se sentait seule, mal à l'aise avec les choix qu'elle envisageait de faire, en fait un peu perdue.

Les jours de recherches solitaires à venir lui permettraient-ils de retrouver un peu de sa sérénité ? Il le fallait. Elle saurait... et puis elle quitterait la police. Comment imaginer faire autrement ?

Épée dans l'eau

L'enquête de la Sûreté du Québec, district « Capitale-nationale-Chaudière-Appalaches », sur la mort de Gaétan Guereur allait avancer avec une remarquable vitesse sous la houlette du sergent-enquêteur Jacques Hébert.

Le mardi après-midi 24 octobre, Paul Couchepin était arrêté à son arrivée à son domicile montréalais par des patrouilleurs de la Sûreté du Québec. On le conduisit à l'édifice Parthenais, où il fut une première fois interrogé par Michel Berthier en vertu d'un mandat signé par le coroner de Matane, responsable de l'enquête sur la mort de Mario Bailli.

Avisé de ses droits, Couchepin exigea la présence de son avocat, un criminaliste en renom du nom de Louis Martinet. Celui-ci avait vite mis en doute les preuves accumulées contre son client. On avait retrouvé des cartouches et une douille dans les poches du chasseur blond : « So *what!* » s'était-il exclamé. N'importe qui avait pu glisser ces pièces à conviction dans les effets du haut fonctionnaire. Couchepin aurait-il été assez stupide pour les y laisser, sachant la police présente au camp de chasse ? de s'exclamer, magistral, Martinet.

Berthier savait qu'il ne lui serait pas facile de défendre le point devant un juge. Il avait allégué que Couchepin, malade, avait fort bien pu se trouver dans l'incapacité de se débarrasser de ces pièces à conviction compte tenu de l'arrivée immédiate sur les lieux des forces policières et des ennuis de santé qu'il avait connus durant son séjour à Saint-Adelme. Martinet avait balayé l'argument d'un haussement d'épaules.

L'avocat aurait peut-être obtenu l'élargissement immédiat de son client, mais il n'avait pu s'opposer à l'enregistrement de l'identité judiciaire de celui-ci : prises de photo, relevé des empreintes digitales, etc.

Les données immédiatement communiquées à Québec, l'enquête locale prenait de suite un tour nouveau. Le sergent Jacques Hébert rappelait les autorités montréalaises dans l'heure suivant l'envoi : les empreintes de Couchepin étaient celles que les enquêteurs avaient relevées sur l'épée retrouvée dans la poitrine de Gaétan Guereur. Maître Martinet n'avait rien pu y faire, son client était emmené le soir même dans la capitale en vertu d'un nouveau mandat d'arrestation, émis cette fois par un juge de paix de Québec et relatif au meurtre du sieur Gaétan Guereur.

Le travail du grand plaideur montréalais et, de façon plus particulière, les affaires de Paul Couchepin allaient encore se corser quand il apparut que le suspect des deux meurtres résidait le soir de l'assassinat de Gaétan Guereur dans un motel immédiatement voisin du Fleur de Lys, sur l'avenue des Hôtels de Sainte-Foy et que son alibi pour l'heure du crime tenait très mal la route. Le blond grassouillet prétendait avoir vainement attendu la visite d'un membre en vue du gouvernement dans sa chambre jusque vers minuit, puis s'être mis en quête d'une prostituée, en roulant seul en auto dans les rues chaudes du Vieux-Québec. Il affirmait n'avoir trouvé son bonheur que vers 1 heure 30 du matin. Hébert recherchait la travailleuse du sexe en question, mais la description faite par Couchepin n'était pas claire et jusqu'ici les recherches n'avaient rien donné. Le suspect niait tout le reste en bloc et ne présentait aucune explication quant à la présence de ses empreintes sur l'arme du crime.

Hébert savait qu'il tenait son homme. Il n'eut aucune difficulté, devant l'accumulation des preuves présentées, à obtenir des autorités judiciaires la détention prolongée de son suspect. Couchepin à l'ombre, le sergent québécois, en flic méthodique, entreprit de bâtir sa preuve. Elle serait solide.

Le vendredi 27 octobre, on enterrait à Longueuil la dépouille de Gaétan Guereur lors d'une cérémonie civile organisée par la veuve. Aglaé Boisjoli, qui y représentait la Sûreté pour la circonstance, serait surprise par le nombre d'anciens d'Hydro-Québec, de professeurs, d'étudiants et de chercheurs présents au salon funéraire et par la qualité des témoignages d'hommage rendus au disparu.

La policière n'avait pas — loin s'en fallait — senti autant de regrets et d'émotion la veille, à Laval, alors qu'avec quelques rares proches du défunt, elle avait assisté à la cérémonie religieuse d'adieux à Mario Bailli.

* * *

Québec — Lundi 30 octobre, 14 heures

Les sergents Jacques Hébert et Michel Berthier se connaissaient et se supportaient de longue date. Les deux, dans la cinquantaine bien entamée, avaient du millage en commun. Plusieurs enquêtes les avaient réunis, ils avaient participé à des stages de perfectionnement policier ensemble, avaient représenté leur unité régionale respective à diverses tables de concertation internes à la Sûreté. Hébert, qui, par principe, n'appréciait pas grand monde, savait Berthier à la fois réfléchi et intuitif, quelque peu imprévisible, certes, mais sûrement pas con. Berthier, très difficile en amitié, n'ignorait pas que, sous sa grande gueule agressive et revendicatrice, son collègue de Québec était un policier obstiné, travailleur et fiable. Deux flics solides.

Reste que Berthier découvrait, dans le cadre de l'affaire Langiro, un côté de son collègue qu'il ne connaissait pas et n'appréciait guère : Hébert, dans le cas d'espèce, travaillait en solitaire. Il avait exigé de recevoir toutes les informations disponibles en amont du meurtre de Guereur, mais ne renvoyait pas l'ascenseur. Couchepin était incarcéré à Québec, et les demandes de Berthier de le faire venir pour l'interroger à Matane s'étaient heurtées au refus catégorique de l'enquêteur québécois.

— Je travaille mon coupable et je ne le laisserai pas aller, gueulait l'atrabilaire Hébert, en réponse aux récriminations de son collègue. T'as qu'à venir toi-même à Québec l'interroger. Pas de trouble, je t'arrangerai ça !

De guerre lasse, le Matanais avait repris ce matin-là la route pour les bureaux de la Sûreté du Québec dans la capitale. En fait, le sergent Berthier avait fini sa semaine précédente de travail l'humeur plutôt perplexe. Son enquête, il devait bien l'avouer, n'avançait guère. Sept jours s'étaient écoulés depuis la mort de Mario Bailli, et les deux cartouches et la douille trouvées dans les poches de Couchepin constituaient toujours le seul élément probant de son dossier. Le fusil du crime, en dépit d'intenses recherches dans la zone où avait chassé Bailli, celle où son corps avait été découvert, et celle où le suspect, Couchepin, prétendait avoir passé sa journée, n'avait pas été retrouvé. Les recherches d'autres témoins au village de Saint-Adelme et dans les camps de chasse environnants n'avaient rien levé. Les fiches des hôtels des environs avaient été épluchées sans fournir la moindre piste.

L'investigation détaillée que Berthier avait faite de l'histoire personnelle de Mario Bailli ne le mettait pas sur d'autres voies d'explication de son meurtre. L'image de la victime ne variait pas d'un iota : un fauteur de troubles, affairiste, sans envergure, peu apprécié de son entourage, impliqué dans plusieurs affaires pas très propres tout au long de son existence. Pas de casier judiciaire, non, mais la justice avait dû à l'occasion se fermer un peu les yeux pour que ce fils d'ancien personnage public en vue sorte sans tache de quelques malodorantes situations. Le sergent matanais avait consulté des jours durant le dossier d'enquête de Teddy Frayne sur la mort d'Arnaud Courchesne et avait rencontré l'enquêteur anglo à son passage à Montréal pour tenter de trouver des liens précis, des ponts, entre les deux meurtres. Mais les deux victimes semblaient peu se connaître, n'avaient pratiquement pas d'histoire commune — leur bref passage à Hydro, à des dates différentes, mis à part. Elles ne venaient pas des mêmes familles politiques, ne gravitaient pas dans les mêmes milieux sociaux et d'affaires. Seul point qui les liât vraiment : la haine notoire que leur vouait Couchepin.

Quelques fois dans la semaine, Berthier avait cherché à joindre Aglaé Boisjoli, sans succès. N'ayant rien de bien neuf à lui annoncer, il n'avait pas laissé de message. Il aurait aimé savoir où elle en était de son côté dans l'analyse générale de toute l'affaire. L'arrestation de Couchepin expliquait-elle toute l'histoire à sa satisfaction ? Aglaé parvenait-elle mieux que lui à collaborer avec Hébert ? Avait-elle eu l'occasion d'interroger elle-même à nouveau le suspect ? Il savait par Demers que la jeune femme avait passé tout son mercredi au poste du district de Québec avant de rentrer dans la région métropolitaine, où elle avait choisi d'assister aux enterrements des victimes des deux meurtres. L'imaginant ainsi occupée, Berthier ne se surprenait pas de son silence.

Quand même, il avait laissé un message sur la messagerie Internet de la jeune femme avant de quitter le bureau pour la fin de semaine. Elle venait de lui répondre le dimanche en après-midi.

Il avait déjeuné d'un casse-croûte sur la Grande Allée et attendait Hébert dans son bureau du boulevard Pierre-Bertrand. L'autre était parti leur chercher des cafés. Il prit dans son attaché-case la copie du mot reçu de la petite Boisjoli. Quelque chose le chicotait dans la façon qu'elle avait eue de lui écrire. C'était elle et pas elle à la fois. Son ton était toujours aussi aimable, mais elle paraissait curieusement détachée de l'enquête, n'avait répondu à ses questions que de façon allusive et globale, sans jamais évoquer ses perceptions personnelles. Tout, affirmait-elle, tout lui semblait suivre son cours normal : Hébert lui semblait bien parti pour établir la culpabilité de Couchepin dans le meurtre de Guereur et c'est ainsi que lui, Berthier, avait appris que le dossier du collègue de Québec tournait rondement alors même que le noiraud lui faisait des cachotteries. Le ton désabusé de la policière avait surpris le fin « accoucheur d'âmes ». Cette apparente perte de motivation ne correspondait tout simplement pas à ce qu'il avait senti de l'engagement de sa jeune collègue dans cette affaire. Peut-être, pensa-t-il, était-elle frustrée de constater que l'enquête avançait à Québec sans qu'Hébert ait eu recours à ses lumières ? Mais un tel dépit chez elle ne correspondait pas non plus à ce qu'il percevait de la nature enjouée et généreuse de cette jeune femme. Reste que cet autre message l'avait convaincu qu'il fallait au plus tôt se coller sur la locomotive Hébert pour voir comment arrimer l'enquête Bailli à l'enquête Guereur.

— On me dit que tu avances ? attaqua-t-il son collègue, le café fumant devant lui. On ne peut pas dire que tu nous tiennes vraiment informés, Jacques. T'en es où avec Paul Couchepin ?

Hébert avait l'air tout content et fier de lui. Il ricanait, se frottait la main, manifestait une bonne humeur débordante qui, à la vérité, lui ressemblait bien peu. Non, Couchepin n'avait toujours pas reconnu les faits qu'on lui reprochait à Québec, expliqua-t-il, mais la chose ne saurait guère tarder. Le suspect, devant l'évidence de la preuve, adoptait un profil de plus en plus bas, le caquet désormais rabattu. Il ergotait encore, sauf qu'Hébert, sûr de lui, savait qu'il le tenait serré. Que son suspect avoue ou non, du reste, le sergent québécois était assuré « de lui en faire coller pour au moins quinze ans », vu la solidité béton de la preuve qu'il accumulait. Mais, se pétait-il la bretelle, il ne doutait pas que l'autre finirait par passer aux aveux.

— Qu'as-tu, finalement, contre lui à part les empreintes sur l'épée ?

— Ben, si ça ne te suffit pas ! Cette preuve-là devant n'importe quel juge, c'est du gâteau, mon vieux ! Écoute-moi bien. Il n'y a pas une seule autre empreinte sur la mosus d'épée, lame comprise, que celles de Couchepin, et toutes fraîches en plus, le rapport des experts est formel. La main gauche, à part ça et, comme par hasard, Couchepin est gaucher. Pis c'est pas une petite empreinte qu'on a là. Non, c'est toute la main, le pouce et les quatre doigts aux bonnes places. C'est lui, sans l'ombre d'un doute possible, qui a manié cette épée, alors qu'est-ce que tu en dis ?

Berthier ne put que concéder que la preuve était irréfutable. Mais il y avait beaucoup plus, de jubiler Hébert. D'abord, il disposait du « mobile du crime », et ce, de la bouche même de la victime, un autre argument massue.

— C'est pas à toi que je vais l'apprendre, de pérorer Hébert, puisque c'est toi, avec Boisjoli, qui as recueilli le témoignage de Guereur le matin même de son assassinat. Mon vieux, merci. J'ai entendu l'enregistrement et je vais proposer au procureur de le faire passer en cour devant les jurés. Il est trop bon, notre biologiste, quand il vous dit en parlant de Couchepin : « Je l'ai encore surpris lors de ce voyage de chasse à me regarder comme s'il voulait me tuer. » Comme prémonition, on ne peut rêver mieux !

— Ce n'est pas un mobile... ergota Berthier.

— Quand même, ça montre bien la haine que Couchepin vouait à Guereur, non ?

Là encore, Hébert marquait un gros point. Mais le sergent de Québec en avait encore plus dans son sac. L'alibi de Couchepin était, selon lui, du genre fragile, difficilement défendable. Il prétendait avoir attendu dans son motel la venue de la vice-première ministre...

— Pas n'importe qui, là, mon Michel ! Élise Baron en personne, venant de nuit à la sauvette dans le motel d'un fonctionnaire. On croit rêver, non ! Tu connais « Madame » ?

Berthier la connaissait : une grosse dame de près de soixante-dix ans, sévère, cubique, malengueulée : un véritable repoussoir, une authentique terreur pour les pantouflards de ministères. Couchepin, raconta Hébert, prétendait que le cabinet de la ministre avait retenu pour lui cette chambre au Best Western où, lui avait-on laissé entendre, elle viendrait le retrouver vers 22 heures, après un souper d'affaires, pour lui proposer une mission tout à fait particulière. Il supputait de ce qu'on lui avait laissé entendre au téléphone qu'elle souhaitait lui donner un mandat de vérification des affaires de Loto-Québec, un contrat juteux qui le faisait baver d'envie. Le rendez-vous devait rester confidentiel, l'aurait-on prévenu. L'heure tardive ne l'avait pas surpris, il savait que Madame consacrait sa vie à son travail et que ses journées au service du gouvernement n'avaient ni début ni fin...

— Que dit Élise Baron de tout ça ?

— Qu'elle a effectivement eu Couchepin dans son cabinet il y a quelques années, sous la pression de Suzanne Beaulac, une collègue de l'époque au Conseil des ministres, mais qu'elle n'était pas plus satisfaite que ça des services du bonhomme et qu'il était hors de question qu'elle lui refasse un jour une offre d'emploi. Elle nie qu'elle, ou quelqu'un de son entourage, lui ait jamais donné rendez-vous au Best Western ce soir-là. Et voilà la moitié du semblant d'alibi du foireux qui s'écroule.

— As-tu vérifié qui avait retenu sa chambre?

— Bien sûr. Une voix masculine dans l'après-midi du lundi du meurtre de Guereur. Aucune référence au bureau de Baron, selon la préposée aux réservations du Best Western. Si tu veux mon opinion, c'était lui.

Couchepin, expliqua Hébert, prétendait avoir espéré la venue de la ministre jusqu'à minuit, seul dans sa chambre, avant de comprendre qu'il attendait pour rien. Il serait alors parti avec sa voiture en quête d'une prostituée et ne l'aurait levée que vers 1 heure 30, à la sortie d'un bar de danseuses, sur l'avenue Lamontagne, près du Colisée. Il avait fait difficulté sur difficulté aux enquêteurs pour en dire plus, avec manifestement l'idée de cacher l'identité de la fille, mais lui, Hébert, grâce à ses contacts dans les florissants réseaux de prostitution de la capitale, avait retrouvé la «guidoune». Et de nouveau, l'affaire de Couchepin se corsait avec le témoignage de la professionnelle du poireau.

— Un vrai fromage, d'évaluer Hébert. La fille admettait l'avoir suivi dans sa chambre, mais avoir, dans un premier temps, répugné aux trucs salingues qu'il lui demandait. Ils se seraient ensuite chicanés sur ses tarifs pour une pipe. Lui aurait voulu la payer avec de la drogue, elle, sortant d'une cure de désintox, n'en voulait rien savoir. Ça a tellement gueulé dans la chambre que des voisins se sont plaints. Finalement, c'est elle qui le dit, elle l'a planté là la queue à l'air, sans baiser, un peu passé 2 heures du matin.

— Comment tu vois ça? demanda Berthier.

— Je passe mon temps à analyser ce bordel et je crois que j'en ai désormais une assez bonne idée. En tout cas, quand je confronte mes hypothèses avec Couchepin, je lui ferme sa grande gueule vite fait, crois-moi, et je sens que, de plus en plus, il se sait coincé. Même son avocat se la ferme désormais et le regarde comme s'il était déjà cuit.

— Je t'écoute.

— Bon, faut que tu saches que les deux motels, le Fleur de Lys, où est mort Guereur, et le Best Western, où couchait ce soir-là Couchepin, sont très proches l'un de l'autre sur l'avenue des Hôtels. Moi, j'ai dans l'idée qu'à 22 heures, Couchepin est venu, à pied, avec sa canne-épée, dans le corridor devant la chambre de Guereur, à qui, peut-être, il avait promis sa visite. Ça, cette histoire de rendez-vous, ce n'est pas clair dans mon esprit, mais je lui ferai bien cracher un jour ce qu'il en était, au Couchepin. Bon, il dégaine son arme et frappe à la porte. Guereur ouvre et, profitant de l'effet de surprise, son visiteur l'embroche sans lui donner le temps de comprendre ce qui lui arrive. Couchepin n'a pas mis de gants, parce qu'il n'a jamais été question pour lui de laisser l'arme sur place, bien évidemment. Sauf que Guereur, l'autopsie l'a démontré, tombe en avant, donc sur la porte qui se referme sous son poids. Couchepin, dans le couloir, n'a d'autre choix que de lâcher l'arme. Bien sûr, il sait qu'elle porte ses empreintes, il lui faut donc impérativement la récupérer. Mais Guereur ne meurt pas sur le coup, mène du train et notre assassin sait qu'il y a du monde dans la chambre voisine. Sa position est précaire. Que les voisins viennent voir ce qui se passe, que quelqu'un se pointe dans le corridor pour aller dans une autre chambre et il est repéré, le fourreau de son épée à la main. Et Guereur qui n'en finit pas de gigoter de l'autre côté de la porte. Voilà notre homme dans une situation qu'il n'a pas prévue. Bien sûr, il peut essayer d'ouvrir la porte, entrer et récupérer son arme, mais Guereur n'est pas une lavette.

— Exact, approuva Berthier.

— Va s'agir pour Couchepin de se pencher sur l'homme qu'il a blessé et qui, forcément, lui en veut à mort. Dis-moi comment ce froussard peut imaginer reprendre sa lame tant que le colosse est vivant ? «Excusez-moi pardon, est-ce que cela vous dérangerait que je vous débarrasse de cet outil dont vous n'avez pas vraiment besoin ? » Minute, là ! Je l'ai vu, moi, Guereur en petite tenue, j'ai vu ses bras, ses pognes, méchant client ! Couchepin, tu le sais comme moi, n'est pas un dur. Ce flanc mou hésite à s'approcher du blessé, aussi mal en point soit-il. Il voit probablement le sang couler sous la porte, entend l'agonie de sa victime et se dit que ce n'est qu'une question de temps avant que Guereur meure pour de bon. Sauf qu'il ne peut pas rester là. Il s'en va donc.

— Ça se tient.

— Mon hypothèse est qu'il se planque pas trop loin, probablement au volant de son auto, d'où il surveille le coin. Peut-être fait-il une couple de fois un tour dans le corridor pendant les deux heures suivantes, mais pour entendre que Guereur est toujours en vie. Il ne peut rien tenter. Notre chance, ou plutôt la malchance de Couchepin dans le cas de figure, c'est que, quand le voisin de la chambre 171 donne l'alerte et s'en va, Gilles Dubé, le premier constable à rejoindre le motel, est justement en patrouille sur l'avenue des Hôtels. Le petit gars n'a même pas le temps de quitter le parking du Fleur de Lys que Dubé est là et va trouver Guereur encore vivant qui lui mourra sous le nez quelques minutes plus tard. Mon pari est que Couchepin a vu tout ça en direct en ruminant sa rage, puisqu'il n'a pu récupérer sa broche à poulet. Dès lors, il est fait et il le sait. La police va disposer de l'arme avec ses empreintes. Il lui faut en vitesse se débarrasser de la canne-fourreau et puis tenter de se bâtir vite fait un alibi.

— Le coup de la prostituée ?

— Ouais... J'ai beaucoup pensé à cette histoire de pute et de drogue. J'ai comme dans l'idée que Couchepin a souhaité droguer cette fille, pas du tout pour la payer, comme il le prétend, pas non plus pour obtenir d'elle des dégueulasseries en la baisant, comme elle l'a cru, mais pour que la poudrée puisse corroborer son témoignage en n'étant plus sûre de rien en sortant des vapes le lendemain matin. Il aurait dit qu'il l'avait levée vers 22 heures, elle aurait abondé dans son sens ou, au pire, aurait cafouillé dans ses souvenirs en ergotant sur l'heure. En tout état de cause, il pouvait espérer qu'on le croie lui, un haut fonctionnaire de l'État, plutôt qu'elle, une petite main du sexe de surcroît droguée. Je ne suis pas certain de mon coup à cent pour cent, mais sa manigance doit ressembler à quelque chose du genre. Ce gars-là, avec son esprit tordu, a pu penser qu'il avait là sa seule chance de nous tromper et de s'en tirer.

— Tu as peut-être quelque chose là, effectivement, admit Berthier, pas loin d'être convaincu. As-tu d'autres preuves?

— Ben là, m'en demande pas trop, quand même! Les empreintes sur l'arme du crime, sa haine envers Guereur, la proximité entre les deux motels, un alibi douteux, cette embrouille avec la pute; tu sais comme moi que le coroner en a assez pour envoyer le dossier à la couronne. Ne me manque que les aveux du salopard et, fais-moi confiance, je vais les avoir. Couchepin est terrorisé à l'idée d'être envoyé aux *cops* de l'Indiana enquêtant sur le meurtre d'Arnaud Courchesne. Tu sais qu'on a trouvé une carte de l'Indiana dans sa voiture?

— Ça ne prouve pas grand-chose, quand même!

— Non, mais ça ne l'aidera pas non plus, d'autant qu'on l'a trouvée pliée de telle sorte qu'elle s'ouvrait juste sur la région de Wabash. En soi, sûr que ça ne prouve rien, non, mais c'est un autre indice qui met le trou du cul dans l'eau bouillante. En tout cas, ça c'est pas mon affaire, c'est celle de Frayne, et j'ai assez de mes troubles!

— Tout comme la mort de Bailli n'est pas ton affaire, mais la mienne, et tu ne m'aides pas beaucoup! râla Berthier. Tu fais cavalier seul, mon vieux. Tu te gardes Couchepin pour toi et, du coup, moi je n'avance pas.

— Eh! calmos, Michel! On travaille pour la même maison, non! Contre ce salaud-là, c'est moi qui ai la preuve la plus solide, d'accord? Ne nous dispersons pas. Moi, je suis d'opinion que l'urgent est de sortir ce gars-là du circuit, de le mettre à l'ombre pour un bon bout. O.K.? Oublions donc tout le reste pour un moment: les lettres à Boisjoli, les meurtres aux States et en Gaspésie. Moi, je coince Couchepin sur de la glace épaisse: le meurtre de Québec. Pourquoi chercher à tout régler d'un coup?

Là, j'ai de la prise sur lui avec sa grosse erreur sur l'épée. Je vais vous le faire condamner et, une fois en dedans, ben vous l'aurez tout à votre disposition, Frayne et toi, et même la Boisjoli si ça lui chante, pour le travailler à votre guise et en rajouter à son addition. On pourra même, si vous le voulez, le coffrer à côté d'une balance qui le fera parler de ses autres meurtres, et vous pourrez vous monter d'autres preuves autant que vous le voudrez. Mais laissez-moi marcher avant d'essayer de me faire courir, O.K. ? Là, moi je tiens ce crapaud-là par les gossés et je ne le lâche plus. Et je te dis : il va avouer. Tu verrais les regards qu'il me coule quand je lui dis qu'il lui faudra faire bien attention à ne pas échapper sa savonnette, dans sa prison fédérale américaine, quand il prendra sa douche avec des gros criminels noirs privés de bonnes femmes depuis des années.

— Tu envisages de l'extrader aux États ?

— Pantoute. Tu ne m'as pas écouté. C'est ici, à Québec, que je veux le faire coffrer, et je vais y réussir encore mieux avec ses aveux. Ces aveux-là, mon vieux, je veux les avoir et je vais les avoir, regarde-moi bien aller !

Les deux sergents continuèrent d'argumenter un bon moment. Berthier se sentait mal à l'aise avec la stratégie d'Hébert. L'autre avait parfois des regards fuyants qui ne lui échappaient pas. Le noiraud voulait tellement incriminer Couchepin pour le meurtre commis sur son territoire que le sergent matanais redoutait qu'il tournât les coins ronds avec les autres casseroles accrochées derrière l'assassin de Guereur. Il hésitait à aborder directement le sujet pour ne pas crisper son collègue. Il choisit d'abord de l'amener sur d'autres fronts. Avait-on mis la main sur le témoin de la chambre 171 ?

Hébert le lui confirma. Un jeune gars s'était présenté au lendemain de la parution des portraits, un étudiant en médecine de première année, résident de Saint-Nicolas et répondant au (vrai) nom de Damien Brosseau. Le jeune avait stoïquement reconnu qu'il avait loué une chambre de motel de 21 heures à minuit pour faire l'amour avec sa petite amie, mais n'avait jamais voulu donner le nom de ladite polissonne. Hébert et le coroner, devant la farouche résistance du jeune homme, avaient décidé de se passer en fin de compte d'une information qui ne semblait pas absolument nécessaire à l'enquête.

— Mon vieux, s'esclaffa Hébert, je l'ignorais bien, mais il y a encore des garçons drôlement romantiques! Ce boutonneux-là, gros comme un cure-dents et laid comme un derrière, eh bien, je n'en reviens pas, je crois qu'on aurait pu le torturer toute la nuit sans qu'il le laisse aller, le nom de sa petite copine de plumard. Ça me redonnerait confiance en la jeunesse, tiens!

Avait-il des nouvelles d'Aglaé Boisjoli? s'enquit encore Berthier.

— Rien de récent. Toi?

— Un courriel en fin de semaine.

— Qu'est-ce qu'elle pense de tout ça? Notre vedette internationale se résigne-t-elle à ce que ce soit ce bon péquenaud de sergent Hébert du district de la Capitale nationale qui mette la main au collet de son mystérieux Langiro?

— Ça a l'air.

— Hé, hé! se rengorgea l'atrabilaire. Ils vont voir ça, à Montréal, qu'on sait y faire, nous autres, à Québec.

— Elle n'est pas de Montréal, mais de la Côte. Elle est en poste au Havre-Saint-Pierre, relève de Baie-Comeau...

— Mon cul, oui! Elle travaille pour ce grand flanc mou de Demers à qui ça va faire le plus grand bien de prendre sa leçon.

Berthier prit sur lui de passer outre le persiflage de l'autre. Aglaé, finit par lâcher Hébert, était venue la semaine d'avant à Québec, où il l'avait pilotée tout au long de la journée. «Un beau brin de fille, incidemment, non?» Elle avait, selon lui, pris connaissance de tout le dossier d'enquête, avait épluché le rapport d'autopsie. Elle avait quelque peu surpris Hébert en demandant à voir l'épée du crime qu'elle avait longuement observée «comme si elle voulait l'acheter». Elle avait passé au moins deux heures sur les lieux du meurtre, s'enquérant de la place exacte du corps de Guereur et de la présence de la serviette imbibée de sang. La psy n'était pas bavarde, remarqua Hébert, qui avoua ne l'avoir guère trouvée sympathique. Il risqua l'hypothèse que la jeune femme se prenait peut-être pour une autre après ses premières réussites chanceuses à la SQ. Berthier ne releva pas.

— L'enquête a-t-elle permis de retrouver le fourreau de l'arme ? demanda-t-il plutôt.

— Non, concéda Hébert. On a cherché partout sur l'itinéraire que nous dit avoir suivi Couchepin cette nuit-là, et zéro. On n'a rien trouvé. Je lui ferai cracher le morceau un jour ou l'autre. Mais entre toi et moi, hein, l'étui, ben on s'en passera.

— Ça avait l'air de préoccuper Al...

— Tu veux dire Demers ? Ben oui. Pis Aglaé Boisjoli aussi, à part ça. Elle m'a questionné là-dessus. Ben, sais-tu, entre toi pis moi, ils peuvent bien se le mettre où ils le veulent, l'étui, les gens de Montréal, et puis profond, à part ça. C'est pas avec la canne qu'il a été tué, Guereur, mais bien avec la lame qu'il y avait dedans. Pis nous, la critte de lame, on l'a. Fait que, hein...

— As-tu vérifié que Couchepin correspondait *a minima* au portrait de Langiro ?

— Qu'est-ce que tu veux dire ?

— Eh bien, tu as lu les lettres comme moi, les lettres qu'il a envoyées à Boisjoli. Il s'y décrit. Aglaé en a dessiné un portrait-robot assez complet dans son rapport qu'elle t'a fait suivre, et je te demande si tu as *checké* que...

— Alors là, je t'arrête tout de suite, Michel ! Le dossier vu sous cet angle-là n'est pas une miette de mes oignons. Toute la broue que ce gars-là vous a envoyée à la face, moi je ne m'en occuperai pas une seule seconde. Je pense que ce côté de l'enquête ne figurera même pas au rapport que je compile à l'intention du coroner de Québec, comprends-tu ! Je te l'ai dit, moi je suis un patineur de glace dure, ce qui m'intéresse c'est ce que je peux prouver, point à la ligne ! Cela dit — et soit dit juste pour te faire plaisir, Michel — je me suis effectivement amusé à faire l'exercice de comparaison entre Couchepin et Langiro. Ça n'aurait rien donné que je ne m'en serais pas soucié une miette, mais bon, il se trouve que les deux portraits collent pas mal, O.K.! et même, si tu veux savoir, drôlement bien. Couchepin a bien des points communs avec la description que fait de lui-même votre foireux d'hypothétique Langiro. Mon gars est européen d'origine (suisse, dans son cas), il a perdu tôt sa mère. Il est fils unique. Boisjoli dit que Langiro aime les femmes, le mien est un vrai maniaque de sexe, constamment à la course aux jupons. Elle affirme qu'il nourrit une haute opinion de ses propres compétences, alors là, écoute, on dirait qu'elle décrit Couchepin. À part ça, vous le vouliez malade, hein? Eh bien le bâtard a un foie d'alcoolique susceptible de virer sous peu à la cirrhose, et le médecin lui a trouvé une fistule de vieil homo à lui compliquer pas mal l'existence en prison si tu veux mon avis...

— Ça colle pas mal, en effet.

— Attends! J'ai encore beaucoup mieux pour toi. Es-tu prêt? J'ai lu, sache-le, toutes les élucubrations de ta mademoiselle Boisjoli. Elle démontre que Langiro l'a croisée le dimanche où elle portait je ne sais plus quel chandail rouge. Bien, et comme par hasard, ce dimanche-là, je l'ai lu dans vos rapports, elle se souvient avoir rencontré Couchepin au poste de la Sûreté. Pas mal, non? Mon Paulo, en plus de ça, il connaît très bien l'Espagne pour y avoir fréquemment séjourné. Il parle un peu la langue, du reste. Or, Boisjoli mentionne je ne sais trop où le fait qu'il manifeste une culture hispanisante. Et puis là, je te mets la cerise sur le sundae, mon chum! Tu as vu comme moi dans le rapport Interpol des policiers de Catalogne que le garde civil Carlos quelque chose avait été tué en 1964, à Pâques. Langiro, lui, a écrit à Boisjoli qu'il avait tué un flic qu'il appelle «Charlot», à dix-neuf ans. Eh bien, sais-tu quel âge il avait, Couchepin, à Pâques soixante-quatre? Oui, monsieur! Dix-neuf ans! Alors, ça correspond à ton goût, ou je niaise?

— Oui, mais LeJosec, Bayard, et même Bailli et Guereur avaient 19 ans cette année-là. Louis Pichon aussi, tant qu'à y être. Ces gars-là sont tous de la même génération. Et puis rien ne dit que Langiro a raconté la vérité sur son âge! Tu n'as aucune preuve avec ça.

— Parfaitement d'accord avec toi et c'est bien pourquoi je n'ai pas du tout l'idée de m'en servir devant le juge. Je te le répète, moi je n'entends faire aucun millage en cour avec ces données-là. Mais sois beau joueur et admets que je l'ai trouvé, mon assassin, et que j'ai tout pour faire condamner ce gars-là.

Berthier ne pouvait le nier, mais ça n'expliquait pas son meurtre de Saint-Adelme, et l'histoire le laissait sur sa faim. Ne restait plus qu'une dernière question au sergent-enquêteur Michel Berthier. Fallait bien qu'il la posât:

— Jacques, dit-il, faut que je te demande. Tu as l'air prêt à tout pour obtenir les aveux de Couchepin dans le meurtre de Guereur...

— Certain, mon homme! Et je te jure que je vais les avoir.

— Se pourrait-il que tu aies dans l'idée de les lui échanger contre autre chose?

— Qu'est-ce tu veux dire? grogna l'autre.

— Ben je sais pas moi. Que tu lui marchandes, par exemple: «O.K., t'avoues Guereur et on oublie Courchesne!» Qu'est-ce que tu en dis?

— Et même si je le faisais, hein! Qu'est-ce que ça changerait, dis-moi? gronda Hébert de nouveau au bord de la montée de lait.

— Fais ce que tu veux avec Frayne, lança froidement le Matanais, mais t'avise pas de morpionner mon enquête sur la mort de Bailli. Je ne le prendrai pas!

— Qu'est-ce que ça peut te foutre. Je te jure que je vais lui en faire coller pour quinze ans minimum, à votre Couchepin!

— Fais-moi pas chier, Hébert. Tu veux que ton enquête aboutisse, pareil pour moi, c'est tout! Alors t'avise pas de négocier n'importe quoi sur le dos de mes affaires, ou je fous le grand bordel, O.K.!

Les deux se quittaient quelques minutes plus tard sans se serrer la main.

Souper masqué

Montréal — Vendredi 3 novembre, 16 heures

Carmen Dumont, la secrétaire du directeur général adjoint de la Sûreté du Québec, allait parvenir à arrêter Alex Demers dans sa course au moment même où, une poignée de dossiers sous le bras, l'échalas passait en trombe devant son bureau. Le sergent Aglaé Boisjoli, l'interpella-t-elle, une main sur le haut-parleur du combiné, demandait à le rencontrer.

L'escogriffe freina son train et grimaça. Il avait l'habitude de terminer ses semaines de travail avec le directeur général, son supérieur, et ne pourrait recevoir sa collaboratrice avant 18 heures, voire plus tard, si son patron, pour lequel il ne nourrissait pas plus d'affection ni de respect que nécessaire, traînait dans leurs échanges. D'une levée spectaculaire de sourcil, il vérifia que la jeune femme était bien au bout du fil et prit le récepteur.

— Boisjoli! Vous voulez me voir? Pas possible avant je ne sais quand dans la soirée, mais tard. Ne peut-on remettre cette rencontre à lundi matin?

— Je veux juste vous demander l'autorisation de retourner au Havre...

— Pour cette fin de semaine? Vous avez ma bénédiction, ma fille...

— Non, mon commandant. Je voudrais m'en aller pour de bon.

Elle avait répondu sans entrain, d'une voix éteinte qui sitôt alarma son supérieur. Il se pencha en levant le coude pour déposer sa pile de dossiers sur un coin du bureau de Carmen, comme une benne de grue libère son chargement. Il s'appuya d'une fesse sur l'autre angle de la table. Le boss attendrait un peu.

— Vous, lui lança-t-il, vous n'avez pas l'air dans votre assiette... Eh bien, vous ne dites rien?...

— Mais non, mon commandant, ça va...

— Alors pourquoi souhaitez-vous partir, Boisjoli? Votre mission à mon service n'est pas terminée, que je sache, s'étonna-t-il.

— Si, mon commandant. Jacques Hébert vient d'obtenir les aveux signés de Paul Couchepin.

— Je sais cela. Le meurtre de Québec est ainsi élucidé. Mais pas les autres.

— La SQ laisse tomber les poursuites quant au meurtre d'Arnaud Courchesne: une entente entre Hébert et l'avocat de Couchepin.

— Je sais cela aussi, mais il reste le meurtre de Bailli.

— Berthier s'en occupe fort bien et vous le savez. L'important pour mes collègues était que Couchepin soit mis hors d'état de nuire. Il l'est désormais. Moi, je vous affirme que Langiro n'écrira plus. Vous n'avez donc plus besoin de boîte à lettres.

— Voyez-vous ça! Vous ne vous en tirerez pas aussi facilement, madame la boîte aux lettres. Que faites-vous ce soir?

— Ma valise. Je partirai demain matin, avec votre autorisation.

— Êtes-vous libre à souper?... O.K., vous l'êtes! Et c'est un ordre, Boisjoli!

Le commandant se leva d'un coup, ébranlant sa liasse de dossiers que la secrétaire stabilisa de justesse. Il entreprit de changer sa gomme pour une neuve. Avec toujours le même dégoût non dissimilé, Carmen le vit rouler son vieux «mâchis» dans l'emballage de sa nouvelle gomme qu'il lança adroitement dans sa corbeille.

— Mémène, ma jolie, lui susurra-t-il, vous avez tout entendu, n'est-ce pas? Vous réservez pour deux personnes à 20 heures.

— Où? soupira-t-elle.

— Ma foi, où vous voudrez. Laissez-moi l'information sur

mon bureau et avisez-en notre Aglaé. Je compte sur vous, ma toute belle que j'aime d'amour et à qui je souhaite la plus belle fin de semaine possible auprès de son vieux grincheux d'époux.

La secrétaire, une des plus anciennes et respectées figures de l'immeuble Parthenais, un véritable pot à tabac rond et disgracieux mais à la réputation de perle, leva les yeux au ciel. Ce grand niaiseux d'Alex ne changerait décidément jamais! L'imprévisible énergumène venait de disparaître en courant vers les ascenseurs, après lui avoir envoyé un baiser du bout des doigts. L'instant d'après, elle courait sur ses traces en lui tendant ses dossiers. Essoufflée, elle revint lentement à son bureau et prit l'annuaire téléphonique.

Il arriva en retard à leur rendez-vous et mit la faute sur le compte du directeur général, un être, n'hésita-t-il pas à confier à son adjointe en s'asseyant face à elle, qui ne l'avait jamais impressionné que par la taille de ses chaussures. Aglaé, le moral pourtant bien en dessous de zéro, ne put s'empêcher de sourire: la soirée avec le grand guignol qui lui servait de patron s'annonçait sous de bons auspices.

Elle la redoutait. Que lui demanderait-il? Que lui dirait-elle? Si un seul de ses collègues policiers pouvait tenter de la suivre dans ses brumeux raisonnements, c'était bien lui. Mais avait-elle envie de convaincre quiconque de la justesse de ses vues? Elle ne se sentait sûre que d'une chose: sa lassitude, son écœurement devant ce qui s'était passé dans cette histoire qu'elle rêvait désormais de fuir.

Demers était repassé par son appartement, s'était douché et rasé. Il s'était même, pour l'occasion, habillé soigneusement, mais avec une réussite inégale. Il portait ce soir-là un costume sombre griffé sortant du pressing sur une chemise blanche neuve, mais sa cravate, un cadeau d'aéroport de sa flamme de l'heure, à demi cachée sous la pointe droite de son col, déparait quelque peu sa belle allure.

L'idée de dîner avec le beau brin de fille de la Côte l'avait stimulé tout au long de sa soirée jusqu'à ce qu'il la rejoigne au restaurant. Machinalement, il s'était pris à vérifier, avant de quitter son appartement, que le grand lit fût fait et que la salle de bain semblât en ordre. Les vendredis, un coup de chance, sa femme de ménage remettait son bazar en place et tout lui avait semblé présentable. L'instant d'après, il se traitait de bel imbécile dans son taxi. S'il connaissait fort bien l'histoire personnelle de cette charmante Aglaé, elle ne savait bien rien de lui. Comment imaginer qu'elle s'entichât de son atypique dégaine de quasi-quinquagénaire, au point de finir la soirée dans son antre ? Et puis, le souhaitait-il vraiment ? Pas sûr.

Elle l'attendait sans sembler avoir fait, de son côté, grand effort d'élégance. Il est vrai, songea-t-il, qu'elle était en déplacement depuis bientôt trois semaines et qu'elle n'avait accès qu'à sa valise en fait de garde-robe. Qu'importe, elle était bien jolie, l'air un peu fatigué, peut-être, mais véritablement attachante. Elle portait un pantalon de velours gris et un pull-over rouge à large col roulé.

— Mais je connais ce chandail, avait-il péroré. Est-ce bien, dites-moi, ce « lainage » qui a fait tant capoter notre ami Langiro ?

Elle ne l'avait pas contredit.

— Attendez voir, poursuivait-il, ce mufle-là ne l'aurait-il pas souhaité plus « audacieux », question décolleté ? Quel manque de délicatesse, ce chandail vous va à ravir. « Ce grand col souple sur vos épaules gracieuses » ! Notre homme savait écrire, n'est-ce pas ! Cela dit, pas de « papillon » sur le sein gauche pour moi. Vous optez pour la sobriété à l'endroit du pauvre collègue de la rue Parthenais, et je ne peux vous en vouloir, Boisjoli.

— Dites donc, commandant Demers, osa-t-elle, quand nous sommes tous les deux hors service, ne pourriez-vous éviter de me donner ainsi du Boisjoli ? J'ai un prénom, quand même. Vous arrive-t-il d'appeler vos proches autrement que par leur nom de famille ?

— Il m'arrive, niaisa-t-il, mais je vous accorde, mademoiselle la docteure en psychologie, que cela n'est pas dans mon naturel.

Or, j'aime être nature. Je suis bien trop vieux, voyez-vous, pour me composer un personnage.

— Eh bien! s'esclaffa-t-elle, mutine et insoumise, on pourrait débattre du sujet assez longtemps, je crois!

— Et ce n'est pas le but de la soirée, la coupa-t-il. Que prendrez-vous comme apéritif?

Elle opta pour un kir. Il en fit venir deux, «dans de grands verres». Enhardie par la complicité de leurs premiers échanges, elle allait même se permettre, après un bref «puis-je?», de lui remettre sa cravate d'aplomb entre les deux pointes du col. Il avait accepté d'enthousiasme en écarquillant les yeux, gloussant d'aise, le col tendu comme une girafe quémandant une cacahuète.

Et Demers d'attaquer en mémérant sur la victoire de la veille des Canadiens sur les Hurricanes, la dernière pièce qu'il avait vue chez Duceppe où Dumont était «ben trop gros» pour jouer le premier rôle, en passant pas les œuvres conceptuelles de Rodney Graham exposées au Musée d'art contemporain qui le laissaient «ben frette et dubitatif». Il était spontanément drôle, ne cessait de la faire sourire. La draguait-il? se demanda-t-elle, intriguée et vaguement flattée à l'idée. Du coup, il allait, sans effort, la sortir un moment de cette espèce de vague à l'âme qui la ralentissait depuis la mort de Gaétan Guereur.

Ils commandèrent, mangèrent et burent avec appétit et bonne humeur. Ils parleraient toute la soirée de tout et de rien, et surtout pas de l'enquête Langiro, avec autant de plaisir que de facilité, sans que jamais ni l'un ni l'autre ne trouvent le temps long. Il était disert, divertissant, intéressant, avait une opinion sur tout. Elle lui faisait bon public, appréciait sa finesse, avait du répondant, s'étonnait et s'amusait de ses jugements lapidaires et sulfureux. Quand même, arrivés au moment de commander un dessert, il leur avait bien fallu aborder cette volonté qu'avait le sergent Boisjoli de rejoindre ses bases nordiques.

— Ainsi, comme ça, vous souhaitez m'abandonner, camarade? l'avait-il attaquée en faisant tourner son vin dans son ballon, comme s'il voulait en apprécier la robe. Tenez, si vous restez, je m'engage à vous tutoyer et à vous appeler Aglaé, à la condition toutefois que la réciproque s'applique. Qu'en dis-tu, matelot?

— O.K., cap'tain!

Et elle leva à son tour son verre et trinqua avec lui.

— Et tu persistes à vouloir quand même quitter mon petit navire?

Elle fut longue à répondre. Ils étaient arrivés naturellement à ce tournant de conversation qu'elle redoutait. La chaleur de la soirée avec son chef, l'alcool absorbé aussi, sans doute, la rendait sentimentale et elle se méfiait très fort de son naturel parfois midinette. Oui, se lança-t-elle, elle allait retourner sur la Côte-Nord dès que possible, le lendemain, en fait, s'il l'autorisait à partir. Du bout des lèvres, elle souffla qu'elle avait aimé travailler sous ses ordres, que, oui, elle sentait qu'il appréciait son travail. Ces concessions lui venaient laborieusement, entrecoupées de silences, de façon mal enchaînée. Elle goûtait, s'émut-elle, cette soirée, le climat de confiance qui s'était spontanément établi entre eux, la façon qu'il avait de la détendre. Ce serait pour elle de bons souvenirs...

Elle avait parlé un long moment et, exceptionnellement, ce bavard compulsif l'avait écoutée en se taisant. Bientôt, il n'y tint plus, au risque de tout gâcher. Elle venait de lui avouer qu'elle se sentait bien à la fin de ce repas avec lui, alors que ses derniers jours à Montréal lui avaient semblé plutôt pénibles.

— C'est le pinard! proféra-t-il sentencieux, le doigt en l'air.

— Pardon? sursauta-t-elle.

La grande perche la regardait, hilare. Il harponna la bouteille de rouge du Rhône.

— Mais oui! Un bon Côte-Rôtie, ça n'a pas son pareil pour requinquer un moral défaillant.

Et il emplit les verres.

Éberluée, elle éclata d'un fou rire irrépressible. « Excuse-moi! » finit-elle par balbutier en se levant. Il la regarda partir vers les toilettes et resta songeur. Était-ce seulement de rire qui rendait brillants les yeux de cette belle fille?

— Un petit dessert avec ça ? lui demanda-t-il, très maître d'hôtel de chez Maxim, quand elle revint à leur table.

Et il entreprit de faire venir la serveuse avec des mouvements de bras à diriger un 747 à terre.

— Je vais m'en aller, Alex, retourner chez moi, soufflait-elle quelques minutes plus tard devant son sorbet aux bleuets.

— Tu y tiens, décidément ! la niaisa-t-il gentiment.

— Et tu vas me laisser partir, parce que, n'importe comment, tout ce que tu pourrais faire pour m'en empêcher ne marcherait pas. Ma décision est prise.

Sa tristesse n'échappa pas à Demers.

— Tu dirais cela à un cheval de bois qu'il te flanquerait un coup de pied ! ricana-t-il, espérant peut-être détendre l'atmosphère.

— Pardon ? s'étonna-t-elle.

— Une expression de mon défunt père, quand on lui disait quelque chose qui n'était pas de son goût... Mais l'enquête Langiro, Aglaé ?

— Il n'y a plus de Langiro, Alex.

Quelque chose de bizarre et de fugitif lui sembla s'établir entre eux à cette minute. Se trompait-elle ? Ils restèrent longtemps à se dévisager, lui avec de l'interrogation dans le regard ; elle, avec du défi. Se pourrait-il, pensait-elle, qu'ils fussent à ce moment exactement sur la même longueur d'onde ? Allait-elle se confier à lui ? Il semblait attendre qu'elle parlât, mais comme s'il savait ce qu'elle allait lui dire et n'y portait pas plus d'importance que cela. L'impression la dérouta. S'il l'avait encouragée, à ce moment-là, s'il lui avait montré qu'il était véritablement en phase avec elle, peut-être aurait-elle pu tout lui dire de ce qu'elle avait deviné, découvert et savait sur l'affaire. Hélas, non, il se taisait, l'attendait sans rien faire pour l'encourager, et elle ne parvenait pas à se décider. Cette attitude la figeait. L'homme face à elle lui semblait à la fois proche et lointain, familier et inaccessible. Était-il celui qui l'aiderait à redevenir elle-même ? Pourquoi ne la questionnait-il pas ? De la pudeur, de la gêne, un manque d'intérêt, de l'incompréhension ? Tout cela à la fois ?... Et puis bientôt un grand sourire chevalin et mystificateur commença à se dessiner sur le visage du grand type. Elle eut nettement l'impression que tous deux allaient renoncer à quelque chose. Tout se déroulait désormais comme au ralenti. Il allait lui parler. La suite dépendait de ce qu'il allait lui dire.

— Parti, Langiro, envolé, pschitt... plus de Langiro, que vous nous dites ?

Il choisissait de faire le pitre une autre fois. Quelque chose s'effondra. Peut-être, après tout, interprétait-elle mal son silence, son attente ? Ce qu'elle prenait pour de l'empathie ne serait-il qu'un masque ? Cet homme était l'inverse d'un confident, et pourtant...

— Il y a aussi que je suis amoureuse, Alex... s'entendit-elle lui lancer à mi-voix.

Rien n'arriverait plus maintenant. Aussi bien l'emmener sur d'autres pistes.

— Le chan-ceux ! articula-t-il, et la moitié des clients du restaurant se tourna vers eux pour tenter de comprendre ce qui pouvait justifier de telles vocalises de la part de ce bruyant escogriffe.

— T'arrive-t-il des fois d'être sérieux, commandant Demers ? sourit-elle malgré elle.

— Hélas, bien trop souvent. Il va me falloir l'être pour accepter que tu t'en ailles, grande fille. Ainsi tu as décidé, comme ça, toute seule, que tu ne pourrais plus être utile dans cette affaire.

— Tu auras mon rapport final lundi.

— Une bombe à retardement ?

— Non, une couple de pages faisant le point. Tu comprendras.

— Je comprendrai... ce que tu voudras bien me faire comprendre... Autant me dire que tu ne m'expliqueras rien, n'est-ce pas ?

C'était plus une constatation qu'une question ou quelque invitation à lui en raconter plus. Il la regardait, protégé derrière un grand sourire parfaitement indéchiffrable. Pourquoi cet homme ne se montrait-il jamais ? Pourquoi lui rendait-il les choses si difficiles ? Où en était-il vraiment ?

— Couchepin est arrêté, et Langiro ne tuera plus, souffla-t-elle, résolue.

— Dit comme ça, c'est plutôt carré. Dis-moi : tu es sûre de ce que tu avances : Langiro ne tuera plus ? Parole de scout ? Attention à ce que tu vas me répondre. C'est au responsable ultime de cette enquête que tu parles. Si tu me dis qu'il ne tuera plus, je vais te croire.

Il semblait pour une fois sérieux.

— Il ne tuera plus !

— Et je te crois. Le reste de ce que tu sais sur cette affaire et que tu ne nous diras pas dans tes deux pages, il nous faudra, si je te suis bien, le découvrir par nous-mêmes.

Il avait lancé le constat sur un ton anodin et la regardait de l'air le plus niaiseux qui se pût imaginer. Reste qu'il voyait juste. Le point était délicat. Que lui répondre ? Un garçon la sortit du pétrin : voulait-elle un café, un digestif ? Elle refusa. Il fit de même et demanda l'addition.

— Et tu vas retourner à ta petite vie de policière du Havre ? enchaîna-t-il.

— Non !

— Plaît-il ?

— Je vais quitter la Sûreté, Alex.

— Vas-tu m'expliquer ce qui t'arrive, Aglaé ?

— Non. À quoi bon.

— Dis donc, gémit-il en gamin implorant, vas-tu me dire un « oui » une seule fois ce soir ? Ne te trompe pas. J'ai compris, tu es en amour. C'est de travail que je te parle ici.

Elle le dévisagea longuement, pas certaine de le bien comprendre, et le silence, une autre fois, dura entre eux. Quel message lui passait cet homme inattendu, fantasque et, pressentait-elle, d'une singulière délicatesse ? Ce n'était pas d'hier qu'elle était sensible à son charme. Ce soir, ils étaient là, un homme, une femme, égaux, face à face. Elle réalisa qu'elle ne s'esquiverait certainement pas s'il lui proposait de coucher avec lui. C'était ainsi. Le sentait-il ? Oui, elle pourrait facilement se donner à lui, cela dit, pas là, pas maintenant, pas ce soir, en tout cas. Pourquoi ? Ses pensées s'enchaînaient maintenant avec lucidité sous le regard de l'autre. Elle découvrit d'un coup ce qui la freinait et l'étouffait depuis qu'elle trempait dans cette affaire Langiro. Elle n'était pas libre. Raphaël, Mylène, Alex maintenant... Non, elle ne saurait véritablement se donner aux autres tant qu'elle ne serait pas redevenue elle-même : Aglaé Boisjoli. Elle était captive de son personnage de policière à la traque d'assassins mangeurs d'âme. Elle s'était isolée par sa quête. Où le constat la mènerait-il ? À quitter la Sûreté, bien sûr ! Elle était décidée à le faire. Mais après ?...

Demers la regardait avec son empathie à lui, généreuse, envahissante, euphorique, comme s'il lisait en elle, suivait son raisonnement. Il ne l'aidait pas en ramenant tout à la farce, à la dérision. Son immense sourire semblait figé sur son visage comme un masque, songeait-elle. Pouvait-on vraiment communiquer avec un être du genre, aujourd'hui son patron, demain son amant... peut-être ? Mais, cette éventualité-là, lui, ne venait-il pas de l'éluder ? Il n'attendait, venait-il de lui signifier, aucun « oui » de sa part, autrement que dans le cadre de leur travail commun. Pouvait-il être plus clair ? Dès lors, que lui dire ? Comment le lui expliquer ? lui expliquer quoi ? Son envie de partir, à tout le moins. Elle lui devait au moins ça...

— C'est une assez longue histoire, Alex, l'aboutissement de toute ma carrière à la Sûreté. Peux-tu être raisonnable deux minutes et m'écouter ?

— Deux minutes, je devrais pouvoir « toffer »...

Il jouait. Ne cesserait-il jamais de jouer ? Elle parla et beaucoup plus longtemps que deux minutes, et il l'écouta, la relança. Cette fois, il voulait savoir. Elle revint sur la fascination qu'exerçaient toujours sur elle les deux premiers assassins qu'elle avait poursuivis. Toute son évolution personnelle des derniers jours passait par là.

Elle réalisa à ses questions que cet homme connaissait tout de ses histoires. Plus rien ne la surprenait désormais de sa part. Elle parlait, attentive à ne pas lui donner de prise sur elle, moins par crainte que par lassitude. Son choix était désormais sans retour : elle n'aborderait pas l'affaire Langiro… Il fallait se garder de faire des amalgames révélateurs.

— Si je te suis, tu es insatisfaite de la fin de tes enquêtes, constata-t-il, toujours sérieux. Quelque chose en toi ne se résout pas à admettre que ces tueurs aient disparu avant que tu aies pu nouer un véritable contact avec eux. Tu as atteint avec ces hommes des altitudes dont tu répugnes à redescendre. Je crois que je peux comprendre cela, Aglaé. Tu penses avoir vécu les sommets d'intensité de ta carrière et tu crains la routine, l'ennui, à venir. Je me trompe ? Tu ne réponds pas. Serait-ce encore plus fort que je l'imagine ?

Elle sentait le terrain glissant et baissait les yeux, se contentant de hocher la tête. Il lui fallait éviter ce regard de rapace qu'il avait quand, exceptionnellement, il ne niaisait pas. Mais, il n'était pas homme à se contenter d'à-peu-près.

— Pourquoi est-ce à l'issue de cette dernière enquête que tu décroches ? articula-t-il doucement en la fixant sans pitié. Couchepin est en prison. On ne comprend pas tout de son histoire, mais il est en prison, hors d'état de nuire. Rien ne s'opposerait à ce que tu continues de le voir pour le faire parler, tout expliquer. Il y a quelque chose de déconcertant pour moi dans ta volonté de renoncement, surtout avec ce que je sais de tes nostalgies de tueurs disparus dans le brouillard. Me diras-tu, Aglaé, ce que tu tiens tant à cacher et qui fait que tu vas t'en aller ?

Il ne riait plus du tout. Elle comprit qu'elle avait un instant fait tomber le masque et qu'il n'avait jamais été aussi soucieux d'elle de toute la soirée. Il l'écoutait, la laissait venir. Irait-elle ? Elle hésita un peu trop longtemps. Il n'était pas homme à attendre. Bien vite, il sourit à nouveau, bouche grande ouverte sur une interrogation plus décisive qu'il ne formula pas. Il ferma bientôt son vaste caquet pour mâcher vigoureusement une gomme. Une autre fois, le moment était passé.

— Coudon, dit-il en haussant les épaules, c'est ton choix…

Une dernière chose quand même avant de te laisser partir, juste entre toi et moi. Langiro, à ton sens, disait-il vrai dans ses lettres ou a-t-il tout inventé : sa jeunesse, sa grand-mère, ses meurtres du passé et tout le reste ?

— Je pense qu'il a toujours dit vrai.

— Eh bien, Aglaé, il va nous rester à vérifier tout ça... sans toi, puisque tu tiens à t'en aller.

— J'annoncerai ma démission à mes supérieurs dès mon retour sur la Côte...

— Et tu vas aller faire une flopée de petits à Raphaël Bourque ?

Elle ne se surprit même pas qu'il connût sa liaison avec le chef guide d'Anticosti. Elle savait désormais qu'il n'ignorait pas grand-chose d'elle. Elle choisit de le provoquer :

— Et pourquoi pas ? Ou vivre avec une autre jeune femme qui m'aime. Rien n'est arrêté dans ma vie sentimentale... Je ne sais plus bien ce soir où j'en suis. J'ai besoin de recul.

À sa surprise, il ne releva pas son allusion à Mylène, se contentant de hocher gravement la tête, comme si elle lui avait confié qu'elle allait s'occuper de son vieux père mourant ou rentrer dans les ordres. Elle se demanda s'il l'avait seulement entendue, s'il avait enregistré ce qu'elle venait de lui confier. Il garda longuement son air absent et de nouveau la désarçonna en lui lançant, la mine épanouie :

— Aglaé, depuis combien de temps es-tu à la SQ, dis-moi ?

— Sept ans.

— Tu ne dis pas ça pour me faire plaisir ?

* * *

Le lendemain, Aglaé Boisjoli retournait au Havre-Saint-Pierre. La semaine suivante, le lieutenant Roland Gobeil lui annonçait qu'à la demande expresse du directeur général adjoint de la Sûreté du Qyébec, elle était officiellement transférée à la division administrative montréalaise des Projets spéciaux, où elle voudrait bien se reporter à l'issue du « congé sabbatique à durée indéterminée ne dépassant pas un an » que lui accordait sa nouvelle unité.

Printemps tardif

Parthenais — Jeudi 7 juin 2007

Midi. 18 heures en France. Le directeur général adjoint de la Sûreté, Alex Demers, songeur, raccrocha lentement le combiné téléphonique sur son socle. C'était donc bien cela ! Ainsi, calcula-t-il, il lui aurait fallu un peu plus de sept mois pour enfin voir un peu clair dans l'affaire Langiro.

Seulement « voir un peu clair », du reste ; pas vraiment « comprendre ». Il savait, point. Encore lui manquait-il bien des données, mais cette fois, il était sûr que l'audacieuse hypothèse qu'ils travaillaient depuis des mois, Michel Berthier et lui, tenait la route. Ce coup de fil du vieux gendarme français enlevait tout doute possible.

À sa défense pour ce manque de rapidité dans une affaire que son adjointe Aglaé Boisjoli avait comprise — il ne l'ignorait pas — si longtemps avant lui, il pouvait prétexter un quotidien lourdement chargé. Les dossiers dits « spéciaux » abondaient sur sa table de travail. Son unité naissante avait vite été saisie d'un lot impressionnant d'affaires délicates, lui parvenant souvent du bureau même du ministre de la Justice, voire du cabinet du premier ministre, et ne transitant parfois même plus par la voie de son boss à lui, le directeur général de la Sûreté.

Il avait recruté plusieurs ressources de poids, constituant une équipe colorée et efficace d'une vingtaine de têtes solides triées sur le volet : flics d'expérience vieillis sous le harnais, jeunes « bollés » universitaires, mâles et femelles, aux compétences pointues et complémentaires, et quelques authentiques durs à cuire, sélectionnés parmi les plus solides des patrouilleurs d'ici ou là dans la province. Certaines missions des projets policiers dits « spéciaux » exigeaient parfois des gens de sang-froid ne faisant pas exclusivement dans la dentelle. En dépit de ses multiples efforts, il n'avait pu, à son grand dam, arracher Michel Berthier aux saumons de sa lointaine Gaspésie ni le distraire de ses amours asiatiques new-yorkaises pour le faire venir à ses côtés. Mais, qu'importe, il était assez satisfait de son équipe que compléterait bientôt, il n'en avait jamais douté, la « p'tite vite de la Côte ».

Demers devenait — était devenu — celui qui sait tout du dessous des affaires au premier plan de l'actualité québécoise. C'est son unité qui faisait les enquêtes internes sur les policiers suspectés de malversation. C'est de chez lui que s'organisait la surveillance toute particulière de personnalités en vue d'une probité suspecte. Il confondait des maîtres chanteurs de haut vol, compilait des dossiers aussi bien sur des politiciens corruptibles que sur les hommes d'affaires qui les soudoyaient, suivait de près des artistes dépendants de drogues dures, des financiers véreux, des chefs syndicaux peu scrupuleux, des sportifs professionnels étrangers aux fréquentations douteuses.

En fait, il en menait très large, devenait jour après jour une espèce d'Edgar Hoover du Québec inc. Sauf qu'à la différence du douteux modèle américain, il ne faisait aucune politique, ne se grisait pas de son succès, ne jouissait pas du malheur des autres, ne cherchait jamais à en tirer un parti personnel, évitait tout abus de pouvoir et restait d'une honnêteté de mère trésorière de couvent.

Reste que son métier était érodant, dangereux, mangeur d'âme. Il l'exerçait avec plus de philosophie que d'enthousiasme, plus d'imagination que de rigueur, résistant de toute son excentricité assumée et tranquille pour ne pas se laisser scléroser par le pouvoir. Il redoutait par-dessus tout l'assurance venue de l'habitude, le confort routinier générateur d'amollissement et de facilité. En fait, après trente ans à la Sûreté, l'atypique commandant se faisait le devoir de mener ses affaires de façon telle qu'il lui serait facile de quitter son poste au moment où il le souhaiterait. Il n'avait nulle envie de faire de vieux os en uniforme. Il rêvait de voyager, d'écrire, de se mettre au piano et de s'occuper des petits-enfants que lui promettait sa bru à compter de l'automne suivant. Son médecin de fils venait d'épouser une consœur d'hôpital. Le couple voulait une pléthore de gamins et envisageait de construire à leur intention une grande demeure sur le bord d'un lac abitibien. Il se voyait l'aider. Son autre fils parlait de partir comme correspondant de Radio-Canada en Afrique, et il s'imaginait tout aussi bien allant passer du temps avec lui pour mieux connaître ce continent, y faire éventuellement du bénévolat. Il prendrait sa retraite à moyen terme et tout redeviendrait possible. À cet égard, il se souciait de relève.

Aglaé Boisjoli figurait au nombre de la poignée d'individus qu'il avait identifiés comme pouvant un jour lui succéder. Mais il avait de moins en moins de temps à perdre avec cette jeune femme si farouchement autonome. Il lui fallait la convaincre maintenant de retourner dans les rangs de la Sûreté. Il avait réservé sa place à ses côtés dans la structure administrative de son unité. Reste que, si talentueuse soit-elle, la petite ne serait certes pas prête à prendre demain sa place. Il lui fallait revenir au bercail policier, qu'il entreprenne de la cornaquer et de la former en vue de ces responsabilités qu'il espérait lui confier un jour. Cette nouvelle qu'il venait de recevoir de France lui donnait un motif pour rencontrer l'insoumise et tenter de la décider à devenir enfin une grande fille sérieuse.

Cet homme, qui ne se pâmait pas devant les talents de ses contemporains, nourrissait désormais une profonde admiration pour la jeune femme de la Côte-Nord. Il s'était arrangé pour être tenu informé de ce qu'elle devenait dans cette mi-année passée loin de ses bases policières. Demers disposait d'un pouvoir sans limites pour enquêter sur les policiers en général, et tout particulièrement sur ceux qui travaillaient ou travailleraient sous ses ordres. Il savait la fin de la liaison amoureuse d'Aglaé Boisjoli avec Raphaël Bourque, ce directeur de pourvoirie de la SEPAQ avec qui elle avait fricoté l'été précédent. Il n'ignorait pas que l'ex-guide anticostien avait partagé la vie de la policière en congé durant quelques semaines, en décembre 2006. Le couple qui avait passé ensemble les Fêtes de fin d'année à la maison du Havre de Boisjoli s'était séparé, avait-il appris, au début janvier, lui retournant à son domicile de Rivière-au-Tonnerre, elle partant pour Québec.

Roland Gobeil, le lieutenant local de la Sûreté du Québec au Havre, mandaté pour garder un œil sur la policière en congé, venait de l'aviser, une semaine plus tôt, du prochain mariage de ce Bourque avec une biologiste du gouvernement tombée sous son charme lors d'une mission printanière à Anticosti.

Pressé par Demers de savoir qui pouvait être la jeune amie de cœur de Boisjoli, Gobeil avait été long à dénicher l'information. Une splendide jeune femme du nom de Mylène Saindon — vraiment une jolie fille, insisterait le rapport du lieutenant — était venue durant l'hiver au poste du boulevard de l'Escale s'enquérir de la façon de joindre au plus vite le sergent Boisjoli, sa voisine. La fille semblait dans un état de tension émotive, voire de détresse psychologique, qui avait alarmé Gobeil. Il ne lui avait pas donné les coordonnées d'Aglaé, mais il avait joint la policière à Valcartier pour lui faire part de la volonté de cette demoiselle Saindon de la joindre au plus tôt. À l'émoi manifesté par son adjointe, le lieutenant avait compris que son nez ne le trompait pas : des liens autres que ceux du simple voisinage devaient exister entre les deux jeunes femmes. Il en avait fait rapport au directeur général adjoint montréalais en lui mentionnant que le conjoint de ladite fille Saindon, un dénommé Dave Beauregard, propriétaire exploitant d'un bateau de pêche aux pétoncles, était dans le collimateur de la Sûreté du Québec locale, qui le soupçonnait de tremper dans le trafic de drogues sur la Côte. Demers avait immédiatement demandé une photo de cette Saindon, le détail de son pedigree et tout ce que Gobeil avait pu ramasser de preuves quant aux activités criminelles de son conjoint. Le tout avait abouti au « dossier Boisjoli », dans une filière confidentielle du bureau du directeur général adjoint de la Sûreté. Une chemise assez bien fournie dudit dossier portait, écrite à la main par Demers, l'identification « Boisjoli-PERM ». Elle contenait divers documents établissant que, le lundi 8 janvier 2007, la docteure en psychologie Aglaé Boisjoli, sergent de la Sûreté du Québec en congé sabbatique, avait été embauchée temporairement au « Programme d'Entraînement en Résilience Militaire », de la base de Valcartier. La consultante des forces armées canadiennes avait signé un contrat de trois mois dont copie figurait au dossier, mentionnant qu'elle vivrait pendant cette période sur la base située au nord-ouest de Québec. Elle y œuvrerait au sein du comité d'experts chargé d'instaurer un projet-pilote de « prémunition des soldats des forces armées canadiennes en mission à l'étranger contre les problèmes de santé mentale ». Datée cette fois du 30 mars, une autre note mentionnait que, « compte tenu de l'indispensable contribution du docteur Boisjoli aux travaux du groupe d'experts », son contrat à la base militaire avait été prolongé jusqu'au 14 juin. Encore une semaine, pensa le directeur général, et l'experte en stress de troufions reviendrait au Havre. Il n'était que temps qu'il lui rendît visite.

Quand le pourrait-il ? Il jeta un coup d'œil à son agenda aux pages noircies jusqu'en juillet. Il faudrait bien, pensa-t-il, qu'il prenne bientôt quelques vacances. Pourquoi ne pas aller à la Fête du Canada du 1er juillet se manger quelques fruits de mer sur la Côte-Nord, après tout ? Il ne connaissait pas la Minganie. Une bonne occasion. Le coup de fil reçu de la gendarmerie de Tours, France, si révélateur quant à l'affaire Langiro, le mettait désormais en appétit féroce de comprendre ce qui lui échappait encore des comment et des pourquoi des meurtres de l'année précédente. Il ne doutait plus qu'Aglaé Boisjoli les lui fournirait très bientôt. S'il s'y prenait bien, il parviendrait à ramener la jeune femme dans ses bagages pour voir avec elle comment mettre le point final à la bizarre enquête… et mettre un terme, par la même occasion, au congé sans solde de la perle de la Côte.

Et, sourit le commandant, c'était bien le second but de son

futur voyage qui lui paraissait le plus important : ramener cette pouliche sauvage et indépendante en ville. Quant à tirer des conclusions officielles sur l'affaire Langiro, il n'y avait, à la vérité, aucune urgence, à son jugement du moins.

Il tendit la main de nouveau vers le téléphone et s'installa confortablement les pieds sur son bureau. Ce coup de fil qu'il lui fallait donner le comblait d'aise. Berthier à Matane serait content d'apprendre que son invraisemblable hypothèse venait d'être validée hors de tout doute par la police française.

Il lui restait du travail à confier à son ami de Matane.

Maux de mer

Havre-Saint-Pierre — Dimanche 24 juin 2007, 15 heures

Elle avait une nouvelle fois échoué.

Le petit bateau de pêche revenait en ronronnant vers la rade du Havre sur une mer d'un calme de marais salant. D'abord attentive, quand ils avaient quitté les coins de pêche, aux manœuvres de l'homme qui le pilotait, Aglaé le lorgnait depuis avec haine et dégoût : Dave, mal rasé, rougeaud, l'œil brillant, sale à la commissure des lèvres, s'agrippait d'une main à la barre, l'autre tenant une bouteille de bière. Il était à l'évidence aux trois quarts saoul.

Elle quitta bientôt le bastingage pour aller s'asseoir sur un seau renversé au balcon de la proue et regarda la côte se rapprocher lentement sous un ciel sans un seul nuage. Cheveux ramassés sous une fanchon verte, t-shirt bleu délavé, jeans moulants roulés sur les mollets, les pieds nus sur le pont, elle avait tout sauf l'air d'un terre-neuvas… et encore moins celui d'une meurtrière.

Aglaé Boisjoli attendait son heure. Aujourd'hui, l'occasion s'était presque présentée. Vers 11 heures, Dave s'était penché vers l'arrière du bateau pour démêler en sacrant une corde flottante prise dans une des chaînes de la drague. Ils étaient seuls alors sur le pont, Benoît, le jeune aide-pêcheur qui complétait l'équipage du jour, parti roupiller dans la minuscule cabine du rafiot. Le corps à moitié sorti du bateau, l'arsouille lui tournait le dos. Les chances semblaient bonnes qu'un coup violent le projetât par-dessus la rambarde.

Elle avait jeté l'œil sur le pied-de-biche trapu dont elle finirait bien par se servir un jour. Le bord était mal rangé, mal entretenu, mais la grosse barre à clous d'acier forgé était bien là, à sa place, avec la gaffe, la hache, la masse, la pelle, le balai métallique, les outils dont les marins se servaient pour nettoyer les treillis de ferraille des vastes paniers à coquillage. Elle avait hésité un moment de trop. Le pêcheur s'était redressé et, l'instant d'après, sans la regarder, revenait à la barre, fort, monolithique, inquiétant.

Cette fois, se conforta-t-elle, c'est la mer, trop calme, qui lui donnait prétexte à ne pas agir. Comment pourrait-elle justifier, seul témoin visuel de l'accident, que l'homme soit tombé dans une eau aussi tranquille ? Une autre vraie occasion s'était présentée deux jours plus tôt, mais ils n'étaient que deux à bord et elle ne se sentait pas assez familière avec la conduite du bateau pour le reconduire seule à terre. Depuis, elle ne cessait d'observer son ennemi tandis qu'il manœuvrait au poste de pilotage. Elle n'entendait pas lui mettre la puce à l'oreille en lui demandant un cours 101 de conduite du pétonclier.

Le jour venu, c'est bien de cette barre à clous, pensait-elle, qu'elle se servirait, et puis elle la jetterait à l'eau. Il lui semblait peu plausible que quelqu'un — qui ? — se rendît compte de la disparition de l'outil. Dût-il être ramassé par la drague d'un autre bateau que bien malin serait celui qui pourrait voir en lui l'arme d'un crime. Elle empoignerait le pied-de-biche par l'arrache-clou plat et l'abattrait du côté arqué, le plus lourd, en frappant l'arrière de la tête du salopard. La blessure que laisserait la tige oblongue sur le crâne de Dave — si jamais, cas bien improbable, on retrouvait le corps dans les eaux du golfe — serait moins évidente à analyser pour le légiste que celle que pourrait y ouvrir la hache ou la masse. Elle affirmerait avoir vu le marin hors d'équilibre tomber du bateau. Pourquoi la suspecterait-on, elle, la policière en congé donnant un coup de main à son voisin, d'avoir provoqué l'accident ? Sa partie de jambes en l'air avec Mylène neuf mois plus tôt ? Allons donc ! Qui pour être au courant de leurs secrets de filles ?

Elle ne cessait de mûrir son plan, de peaufiner ses mensonges. Le pêcheur, prétendrait-elle avec assurance aux collègues qui l'interrogeraient, aurait fait sous ses yeux une fausse manœuvre avec le lourd palan lui servant à hisser la drague à bord. Une poulie hors contrôle l'aurait précipité à la mer. Elle l'aurait vu tomber à la renverse, sa tête heurtant l'arrête du bastingage au moment même où une grosse vague déstabilisait le bateau. L'homme assommé, affirmerait-elle avec l'aplomb et la petite touche d'effroi difficilement contrôlée du parfait témoin, aurait disparu dans les vagues avant même qu'elle ait pu lui porter secours.

Elle mentionnerait, bien sûr, qu'il était ivre ou drogué au moment de l'accident, ce qui ne surprendrait certainement pas tous ceux qui connaissaient Dave et l'avaient accompagné en mer, et ce que confirmerait hors de tout doute l'autopsie si le cadavre devait être repêché. Ce qu'elle ne dirait évidemment pas, c'est que le marin ne naviguait jamais que saoul comme une botte ou gelé comme une barre, sans mettre pour autant son existence ou celle de ses passagers en péril. C'est à jeun que cet homme-là aurait sans doute été dangereux sur l'onde. Le pilotage de son embarcation sous l'influence de substances euphorisantes était la façon qu'il avait toujours eue d'aller en mer. Cela dit, qui pour refuser de croire qu'à provoquer ainsi la fatalité, il ait eu un jour des comptes à rendre à la logique sécuritaire ?

Saurait-elle soutenir les regards des enquêteurs et les tromper avec autant d'élégance et d'efficacité que ces meurtriers d'envergure qu'elle avait interrogés, elle, l'ex-enquêteuse vedette de la Sûreté du Québec ? Aurait-elle, comme ces mystificateurs, l'art de mentir sans jamais se couper et l'assurance propre à leurrer ceux qui la suspecteraient ? Serait-elle capable de donner le change et de continuer à vivre comme si de rien n'était avec un mort sur la conscience ? Ce premier meurtre commis, aurait-elle le cœur de recommencer et de se muer en une espèce de justicière, comme ce tueur de Saint-Étienne qui lui réapparaissait si fréquemment dans ses nuits de mauvais sommeil ? Que faisait-elle de sa vie ?

Seule chose sûre, une bouée dans ce flot d'interrogations, Mylène, songeait-elle, serait ainsi vengée et elle, Aglaé, libérée de cette dette morale qu'elle ressentait envers son amante d'un soir.

Dave tué, elle quitterait la Côte, rentrerait sans doute à Montréal, trouverait bien un autre emploi et tournerait la page sur ses deux années de vie côtière. Elle envisageait vaguement de présenter sa candidature aux ressources humaines du groupe Cataractes. Elle laisserait pour de bon son amie du Havre. Pas question de revivre quelque aventure de peau ou de cœur que ce soit avec la fille de la Côte. Une fois, si magique fût-elle, avait été une fois de trop. Jamais Aglaé n'avait accepté de renouveler l'expérience de cette soirée d'octobre où elles s'étaient aimées, la grande blonde et elle. Non qu'elle ne la désirât plus ni qu'elle attachât quelque remords ou regret au souvenir gardé de ses ébats avec la jeune beauté de dix ans sa cadette, mais sa liberté lui était trop chère. C'est au nom de cette indépendance résolument choisie — et non pour un autre amour — qu'elle avait renoncé, au début de l'année, à construire quelque chose de solide avec Raphaël.

Mylène s'était attachée beaucoup trop vite et fort à elle. La belle Cayenne n'avait cessé au long de l'hiver de la relancer en dépit de la distance que la psychologue en mission à Québec s'efforçait de mettre dans ses réponses. Toutes deux devaient, maintenant, retrouver leur indépendance sentimentale. L'assassinat de Dave serait pour l'une et l'autre l'acte libérateur.

Ce n'était, assurait la pauvre belle fille, que pour redevenir, *a minima*, sa voisine que Mylène s'était finalement réinstallée sur la promenade des Anciens à la fin du printemps dernier. Elle y vivait, depuis, un enfer avec Dave. La brune avait tout fait pour maintenir la distance jusqu'à son retour sur la Côte, quelques jours plus tôt. Mais Aglaé avait bien vu, dès son arrivée chez elle, que ses pelouses étaient soigneusement tondues, ses massifs fraîchement détourés et que des fleurs annuelles venaient d'y être plantées. Dès le lendemain, la blonde, c'était inévitable, venait sonner à sa porte, une cage à la main. Elle devait lui rendre son oiseau, Tintin, prétexta-t-elle. Aglaé l'avait complètement oublié, celui-là. Le brûlot sensible lui était vite retombé dans les bras. L'aînée l'avait embrassée en grande sœur et puis l'avait gentiment repoussée. C'est alors qu'elle avait mieux regardé ce corps qu'encore une fois l'autre lui dévoilait sans pudeur. Le visage de la fille ne montrait pas de signe de violence, mais des bleus à ses bras, aux côtes, sur les reins montraient qu'elle avait été battue.

Oui, Dave la frappait, avait-elle fini par avouer. La grande avait honte d'expliquer à son amie ce qu'elle vivait. Avait-elle dénoncé la brute à la police ? Aglaé se doutait bien de la réponse. Bien sûr que non. Mylène l'aurait peut-être fait, une fois, mentionna-t-elle, en pleine dépression après qu'il l'eut battue, si elle avait pu joindre Aglaé, mais on n'avait pas voulu lui donner ses coordonnées au poste de l'avenue de l'Escale. Quand Aglaé l'avait finalement appelée, quelques jours plus tard, la crise était passée et, tout heureuse de la reprise de contact avec sa grande amie, elle n'avait su aborder un sujet qui l'humiliait. Elle s'était, cela dit, rabattue ce soir-là sur sa mère qui, outrée et inquiète, avait fini par alerter la Sûreté de Sept-Îles. Des patrouilleurs du poste de Havre étaient venus la voir quelques semaines plus tôt. À ce moment-là, Dave semblait se contrôler un peu mieux et elle n'avait pas porté plainte. Depuis, les choses à nouveau tournaient mal. Aglaé avait compris ce qu'il lui restait à faire.

Le pétoncler allait bientôt entrer en rade. Elle revint à côté du poste observer les manœuvres du marin. Elle s'était mise dans la tête de libérer Mylène de l'emprise de cette brute. Elle n'en avait rien dit à sa voisine et ne lui en parlerait bien évidemment jamais, sauf qu'elle s'était juré que lorsqu'elle quitterait la Côte-Nord, le problème serait réglé.

L'idée de tuer le drogué lui était venue simplement, froidement. Qu'était-elle devenue ? pensait-elle, plus inquiète que terrorisée par cette constatation qu'elle, Aglaé Boisjoli, envisageait d'assassiner un homme... Elle y avait réfléchi deux jours, sans humeur, méthodiquement, comme, pensait-elle, avaient dû le faire, avant elle, les meurtriers qu'elle avait traqués, des gens d'envergure, des hommes qui, chacun à sa manière, avaient marqué leur entourage par leur haute compétence et leurs qualités humaines avant... avant de déchoir dans le malheur, la résignation, la folie.

Elle n'en était pas à leur stade de désespoir ou de démence. Pourtant, voilà qu'elle envisageait de les suivre dans leur dérive meurtrière.

Elle en était arrivée à l'idée que le mieux pour elle serait d'agresser sa victime en mer et de faire disparaître le corps dans les eaux du golfe. Dave était fort, sans doute, mais elle ne craignait pas l'affrontement. Elle avait profité de son séjour à la base militaire de Valcartier pour s'entraîner dans les installations sportives de l'armée, avait même pris des cours de combat rapproché, au motif de mieux comprendre la violence à laquelle les soldats étaient confrontés. Elle en avait bavé et s'était aguerrie. Jamais de sa vie elle ne s'était sentie aussi en forme et consciente de sa force physique.

Elle avait proposé au pêcheur d'aller travailler sur son bateau, à trier le pétoncle, ce qu'elle avait déjà eu l'occasion de faire avec lui. Mylène l'avait assurée qu'elle ne lui avait rien dit de ce qui s'était passé entre elles à l'automne précédent. L'homme n'avait donc aucune raison de deviner la répulsion et la rancœur qu'elle éprouvait à son encontre. Pourquoi aurait-il craint sa jolie voisine ? Il avait accepté d'enthousiasme son offre, confiant, probablement, qu'il la paierait moins cher que les pas-grand-chose qu'il tentait d'attirer avec lui au travail. Il lui resterait plus d'argent pour acheter sa *dope*.

Les premiers jours en mer, elle avait étudié le bateau, analysé la façon la plus sûre de parvenir à ses fins. Il lui faudrait agir dans un moment où ils seraient seuls. Le plus souvent, l'équipage se composait de trois, voire quatre pêcheurs, mais les jeunes gars que Dave emmenait rattrapaient un peu de leur nuit de pochard en dormant dans la cabine aux instants où leur présence n'était pas requise sur le pont. C'est fréquemment qu'elle se retrouvait seule avec lui lors de leurs sorties. Elle avait vite repéré la barre à clous parmi les outils jetés en vrac à l'arrière de la coque. Dave, qui ingurgitait bière sur bière, allait souvent pisser par là, en se tenant les cuisses appuyées sur la rambarde, l'avant du corps penché pour amener son engin au-dessus de l'eau. Aglaé s'était convaincue qu'elle saurait profiter du moment propice. Sauf que ce n'était pas si simple. À chacune des six sorties en mer subséquentes à sa décision, de fugitives occasions s'étaient présentées de mettre son plan à exécution et, au dernier moment, elle avait renoncé. Quelque chose l'avait chaque fois arrêtée à l'instant où elle aurait dû agir. Elle acceptait l'idée de se débarrasser d'un ennemi. Elle pouvait concevoir des plans à cet égard, réfléchir sur la façon de tromper, aujourd'hui sa victime, demain la police. Mais elle ne parvenait pas à frapper, poser les gestes épouvantables qui feraient d'elle une criminelle. Comment avaient-ils pu franchir ce pas et tuer de sang-froid, songeait-elle, ces hommes respectables devenus assassins qu'elle avait côtoyés ? Bien beau de planifier des meurtres, jusqu'à ce que vienne le moment où il fallait tuer. Trois visages la hantaient. Comment écrivait Langiro, déjà ? « Ne pas tolérer l'outrage », n'accepter « ni l'affront, ni l'oubli ». Ces tueurs qu'elle avait traqués avaient tous leurs raisons de ne plus aimer la vie. Pas elle. Fallait-il être sans espoir pour donner la mort ? Ou bien n'était-ce que lâcheté de sa part de n'y pas parvenir ? Elle ne serait pas elle-même tant qu'elle ne se libérerait pas de sa hantise de tuer en passant à l'acte. Elle se donna une semaine. Dave serait mort avant la fête du Canada.

L'homme à la barre rota bruyamment, cracha dans un seau à ses pieds et coupa le moteur. Le bateau toussota et finit par se taire, glissant sur sa lancée vers son amarre. Aglaé quitta son poste d'observation et chercha des yeux le « boutte » avec lequel elle arrimerait le pétonclier au quai. Elle sauta prestement sur la jetée la corde à la main. Bientôt, elle aida les deux hommes à sortir les bacs de pétoncles.

Mylène, qui les avait regardés arriver de sa camionnette, les rejoignit en présentant le cul de son *pick-up* au bateau pour y hisser les contenants de plastique où s'entassait la pêche du jour. Aglaé salua la fille en s'étonnant qu'elle portât d'inhabituelles grosses lunettes de soleil. Bien sûr, elle vit l'extrémité du cerne bleu de l'œil droit. L'ecchymose se terminait en éraflure sur la pommette. Il eût fallu les grosses lunettes noires de Montand dans l'Aveu pour la cacher, et encore ! Aglaé détourna son regard. Ce n'était pas le temps de montrer ses états d'âme à ce salaud de batteur de femme. Il ne perdrait rien pour attendre. La prochaine occasion serait la bonne. Il n'était pas prévu qu'ils aillent ensemble en mer le lendemain. Ce serait mardi, dans deux jours, qu'elle tuerait Dave Beauregard.

Aglaé jeta dans une poche de papier quelques poignées de coquillages, prit son sac et chaussa les sandales qu'elle y trouva. Elle lança un bref au revoir auquel seule Mylène répondit d'une voix timide, et se dirigea vers sa bicyclette laissée au petit jour appuyée contre un banc de l'esplanade. Elle enfila le chemin du Quai vers la promenade des Anciens. Elle se sentait bien au-dehors et mal en dedans en se dirigeant vers son chez-soi. Plus que quelques jours sur la Côte-Nord, et la criminelle qu'elle allait devenir s'en irait sans humeur ni remords. Qu'elle réussisse bien cette dernière épreuve, mardi, et elle aurait apprécié, songea-t-elle, chaque instant des deux années passées dans le village côtier.

C'est avec ces idées de meurtre à l'esprit qu'elle le découvrit, debout devant sa petite maison bleue et blanche. Cet imperméable saugrenu un jour de grand soleil, sa silhouette immense, le vent dans ses cheveux plus longs que lorsqu'elle l'avait quitté, jusqu'à la gomme qu'elle vit bien qu'il mâchait, arrivée devant lui : Alex Demers était là devant chez elle qui l'attendait. Elle n'en ressentit ni joie ni ennui.

— Bonjour, Boisjoli, articula-t-il
Ah non ! Il n'allait pas remettre ça !
— Salut, Alex, lui répondit-elle, comme si elle l'avait laissé la veille. Comment vas-tu, cap'tain ?
— C'est donc bien beau chez toi, moussaillon, vocalisa-t-il.
Bien ! Il avait l'air d'avoir compris. Elle s'entendit complimentée sur son teint et sa forme. Cet homme-là aimait toujours aussi peu le silence. Il s'enquit de sa pêche, de la météo côtière, du

nom des annuelles de ses massifs, et d'un restaurant où ils pourraient souper tous deux au soir, avant même qu'elle ait pu ranger son vélo.

Il ne vint pas à l'idée de la jeune femme de refuser l'invitation. Elle lança « Chez Julie, 20 heures ». Il leva ses deux pouces en signe d'accord, un sourire fendu aux oreilles lui déformant le visage. Ils se saluèrent et il s'en fut.

Elle se demanda où diantre il avait pu se trouver un hôtel en cette fin de semaine prolongée, alors que le village était bondé de touristes depuis deux jours. Elle haussa les épaules. Elle était fatiguée physiquement par sa matinée de travail et se sentait sans ressort sous l'assaut des pensées qui la hantaient depuis qu'elle avait décidé de tuer Dave. Elle décida d'aller se faire une sieste méritée.

Masques levés

Le commandant Demers arriva un petit peu avant l'heure au restaurant de la rue Dulcinée. Plusieurs tables étaient libres dans la salle, il en repéra une dans le coin qui lui parut le plus tranquille, et choisit de s'installer le dos à la porte, laissant à Boisjoli la place avec vue sur l'assistance. Comprendrait-elle mieux ainsi qu'il n'avait fait ce voyage sur la côte que pour elle?

Il fit venir la serveuse et commanda deux kirs. Il se sentait d'excellente humeur. L'idée de ce repas le stimulait intellectuellement. Rien n'était tracé ou convenu d'avance dans les échanges qu'il aurait avec l'insoumise. Il ne lui avait pas laissé entendre ce qu'il avait en tête; elle ne l'avait pas questionné sur ce qui l'amenait: un véritable *happening*. Il appréciait. Le tenace souci qu'il se faisait depuis quelques jours pour la jeune femme ne faisait qu'exacerber le désir qu'il avait de s'asseoir avec elle et de lui parler. Il s'agirait avant tout de ne pas la braquer, de la mettre à l'aise et en confiance, s'il espérait la convaincre de se confier à lui, dans un premier temps, puis de mettre un terme à son congé et de revenir au plus tôt dans les rangs. Il pressentait que ce ne serait pas si simple. Il allait lui falloir agir avec tact et adresse, se méfier de son instinct provocateur et de sa foutue tendance à se jouer de ses interlocuteurs. Il se savait déroutant pour autrui et usait généralement avec bonheur de cet artifice. Mais là, la partie s'annonçait un peu spéciale. La jeune femme devrait le prendre au sérieux. Il lui fallait la persuader de l'importance de ce qu'ils allaient discuter ensemble, durant ce peu de temps qu'il allait passer au Havre. Il ne ressentait aucune presse, devait se garder de brusquer les choses, entendait jouir de chaque minute des moments précieux à venir.

Le jeudi précédent, Gobeil l'avait alarmé avec de drôles d'informations. Aglaé Boisjoli, lui avait-il fait rapport, était bien revenue de Valcartier, passant même au poste saluer ses collègues le lundi précédent, trois jours après son retour au Havre. Depuis, elle aidait en mer son voisin pêcheur. Le hic, c'est qu'il se confirmait que ledit voisin, un lascar pas très fréquentable, bien connu de la police, utilisait le bateau où l'aidait Aglaé à deux fins : pêcher du pétoncle, certes, mais aussi transporter de la drogue de village en village sur la Côte. Gobeil avait le tuyau que bientôt — on parlait là de quelques jours — Dave Beauregard irait renflouer ses réserves de dope à Sept-Îles. Boisjoli serait-elle du voyage ? Il l'ignorait. Était-elle au courant des activités illicites de Beauregard ? Y participait-elle ? Gobeil était embarrassé par cette histoire et demandait des ordres.

Demers n'avait pas été long à réagir. Il avait immédiatement qualifié le dossier de spécial et réuni trois collaborateurs. Le premier, un de ses adjoints administratifs, pour prendre contact avec les autorités régionales de Sept-Îles et Baie-Comeau et les aviser que le directeur général adjoint de la Sûreté du Québec s'occuperait lui-même du trafiquant Beauregard, en liaison avec les seules autorités du poste de Havre-Saint-Pierre. (Une chance pour le Saint-Siège, ce grand gueulard de Sylvain Blais était en vacances, et le coup n'avait pas suscité de grogne régionale.) Il avait mis le second, un lieutenant bâti façon gorille, l'un des vrais durs de son service, en congé immédiat, l'avisant qu'il serait de permanence pendant la longue fin de semaine du 24 juin et qu'il devait se tenir prêt, nuit et jour, à venir le rejoindre, au besoin, dans la région de Havre-Saint-Pierre sur la Côte-Nord. Le troisième collaborateur était sa secrétaire, Carmen Dumont. Il devançait d'une semaine son voyage sur la Côte. À elle d'annuler tout ce qui avait été prévu pour la semaine suivante et de lui retenir pour le samedi 23 un vol sur Sept-Îles et une location d'auto. Qu'elle voie avec le poste de la Sûreté du Havre à ce qu'on lui assure une chambre pour trois nuits.

Tous les hôtels et les gîtes du village étant occupés pour la fête de la Saint-Jean, Gobeil avait dû réquisitionner une pièce servant d'ordinaire de débarras à l'auberge Niapiskau, y faire mettre un lit et deux ou trois meubles de fortune. Le directeur général adjoint de la Sûreté du Québec partagerait la salle de bain avec les pensionnaires d'une autre chambre. Que lui importait! Demers saurait bien s'accommoder de ce confort relatif. Gobeil lui avait signalé que c'était dans cette même petite auberge rustique qu'avait séjourné Boisjoli à son arrivée au Havre-Saint-Pierre deux ans plus tôt. Le commandant y avait vu un heureux présage quant à la réussite de son déplacement sur la Côte.

La veille du départ, il avait demandé à Mémène de vérifier s'il restait des places sur son vol de retour prévu pour le mardi 26. Il y en avait. Saurait-il être suffisamment convaincant pour revenir avec la petite?

Arrivé le samedi dans la soirée au Havre, il avait prévu passer la journée du lendemain avec Aglaé. Il n'avait pas souhaité qu'elle fût prévenue de son déplacement sur la Côte, préférant une rencontre la plus informelle et improvisée possible. Ce ne serait pas un patron et son employée qui allaient se retrouver: elle était résidente du village, en congé sabbatique, il était touriste de passage, en congé férié de la Saint-Jean. Ils allaient se croiser et passer un peu de temps ensemble... et advienne que pourra. Hélas, rendu chez Boisjoli en milieu de matinée le dimanche, il n'avait pu que constater son absence. Mine de rien, il avait un peu traîné devant sa coquette maison bleue et blanche aux parterres si bien soignés. Une voisine, blonde, portant des lunettes de soleil, avait fini par l'aborder fort aimablement, lui demandant s'il cherchait quelqu'un. Cette jeune femme était une vraie statue, grande, remarquablement charpentée, agréable à regarder. Demers avait compris de suite qu'il ne pouvait s'agir que de la flamme de son adjointe. Il s'était présenté comme un collègue et ami montréalais de la policière. La blonde lui avait fait savoir qu'Aglaé était en mer, partie au petit jour, et qu'elle ne reviendrait qu'en milieu d'après-midi.

— D'abord, elle est sans doute sur le bateau de Raphaël ? avait demandé Demers, œil rond, bouche ouverte, air innocent.

— Mais non, avait répondu la blonde. Ils ne sont plus ensemble depuis le début de l'année. Vous ne le saviez pas ? Non, Aglaé est partie avec Dave.

« Ah bon ! » avait méméré le double mètre avec les vigoureux hochements de tête du pas très malin qui vient enfin de comprendre. « Et qui est ce Dave ? » Elle le lui avait dit, puis ils avaient parlé un peu, de la pêche, du beau temps, des massifs et de la pelouse des deux maisons voisines, une fierté de la belle à lunettes noires qui les entretenait... Il l'avait quittée, promettant son retour dans l'après-midi.

Bien sûr, il avait noté la blessure à son œil et à sa joue droite.

La serveuse, un mignon tablier à carreaux sur une jupette mini fort sexy, lui apporta les apéritifs. Oui, lui confirma-t-il, il attendrait l'arrivée de son invitée pour commander. La fille le laissa sur un beau sourire. Il hésita et se décida à attaquer son kir sans plus tarder. Il avait soif, une bonne raison.

Il se retourna un instant. La salle était à demi pleine. Beaucoup de locaux, lui parut-il à l'accent, et deux ou trois tables de touristes, jugea-t-il, notant qu'il ne déparait pas dans la collection de la minorité non autochtone visible, avec son pantalon de toile blanche aux larges poches à soufflet, son polo rayé bleu et blanc, et ses sandales du même blanc farineux. Ne lui manquait que le béret à pompon rouge avec le nom de son bâtiment sur le devant pour avoir l'air du vrai marin d'opérette.

Plus tôt dans la journée, il avait immédiatement compris, en voyant arriver Boisjoli à son retour de pêche, que la psy-policière-en-congé-sabbatique était fatiguée et qu'il serait sans doute vain de lui proposer de passer l'après-midi en sa compagnie. Il avait plutôt lancé cette invitation à souper, heureux de la voir sitôt acceptée.

Pas plus mal, finalement, qu'il ait dû différer de quelques heures le moment de rencontrer la jeune femme, se disait-il en sirotant son blanc-cassis. Il s'était rabattu sur le lieutenant Roland Gobeil et avait terminé son après-midi dans la fraîcheur des bureaux climatisés de la Sûreté. Du coup, il en connaissait beaucoup plus maintenant sur la vie personnelle de son adjointe en congé. Gobeil l'avait mis au fait de tout ce qu'il savait ou supposait de l'existence côtière de Boisjoli. Comment y faire ou n'y pas faire allusion, quand il discuterait avec elle, sans être faux cul ?

Le lieutenant lui avait aussi abondamment parlé de ce Dave avec qui Aglaé naviguait sur les flots bleus... Un méchant moineau ! Des arrestations pour rixe, excès de vitesse, conduite avec facultés affaiblies. Qu'il pût battre sa conjointe, hypothèse avancée par le commandant montréalais, semblait évident. Une plainte avait été déposée à cet égard, quelques semaines plus tôt, par la mère de Mylène Saindon, mais l'affaire n'avait rien donné, la fille refusant de porter plainte. Les policiers locaux soupçonnaient depuis assez longtemps que le gars trempait dans la vente de drogue. Leurs doutes étaient devenus certitudes en début de semaine.

— C'est comme je vous l'ai dit jeudi au téléphone, mon commandant, avait répété Gobeil. Je crois que cette fois on va l'avoir.

— Vos tuyaux sont solides ?

— Oui, on suit à la loupe le bateau de plaisance qui a la drogue. Il est sous les radars de la GRC depuis son entrée en eaux canadiennes en provenance d'Haïti, d'où émane la fuite. Il devrait être au port de Sept-Îles demain dans la matinée. Un agent double est à bord. Il a eu la liste des trafiquants locaux qui sont attendus pour prendre livraison lundi. Votre gars est au nombre.

— C'est un gros *dealer* ?

— Beauregard ? Non, du menu fretin, et c'est bien ce qui m'ennuie. On va le prendre, certes, en flagrant délit, d'accord. Mais on n'ira pas loin comme peine avec ça. Or, moi, un malfaisant du genre, je préférerais le voir en dedans à vie.

Les deux hommes avaient longuement évoqué la façon dont les autorités de la Côte et la Sûreté du Québec envisageaient la saisie du bateau et l'arrestation des clients de la drogue qu'il transportait. Un sergent et deux patrouilleurs du Havre participaient à l'opération et séjournaient déjà, à cet effet, à Sept-Îles. Demers avait exigé de pouvoir communiquer avec tout ce beau monde avant que tout geste policier fût posé qui pût mettre la puce à l'oreille à Beauregard. Il lui fallait d'abord comprendre le rôle d'Aglaé dans l'affaire, si elle en avait un. Ils avaient tous, Gobeil, les responsables de l'opération de la Sûreté du Québec et de la Gendarmerie Royale du Canada à Sept-Îles, et lui, rendez-vous téléphonique à 8 heures le lendemain matin. L'idée du commandant n'était pas faite sur l'avenir à réserver au minable. Ce qu'il lui importait de savoir avant toute chose, c'est ce que fricotait Boisjoli sur son foutu bateau.

20 heures 10. Elle était en retard. Il finit son verre et en commanda un autre qu'il décida cette fois de ne pas toucher avant l'arrivée de la petite. Il s'abîma dans la contemplation du mur sur lequel s'appuyait la banquette qu'elle occuperait. Quand et comment lui dirait-il qu'il possédait désormais le fin mot de l'affaire Langiro, sans en connaître toutes les articulations ? Ne risquait-il pas de la braquer en la mettant d'emblée face à la nécessité de lui répondre, d'expliquer, de se justifier ? Pourtant, la convaincre de collaborer à la conclusion de l'enquête de l'année passée serait un excellent motif pour la ramener immédiatement en ville. Il redoutait son refus. Elle avait eu ses raisons d'abandonner le bateau il y a bientôt huit mois d'aujourd'hui, et elle avait choisi de les garder pour elle. Reviendrait-elle sur sa décision sans devoir avouer un échec, sortir de la forteresse où elle protégeait son ego ? Il faudrait bien y venir. Le mieux serait que tout cela arrive le plus naturellement possible. Vivre l'instant présent, pensa-t-il, et voir venir la suite…

Et elle, comment serait-elle ? Comment l'écouterait-elle ? Il l'avait trouvée assez « fraîche » et distante, plus tôt dans la journée, comme si ses pensées étaient loin de lui et de l'univers policier qu'il représentait, ce qui n'avait rien de surprenant. Le découvrir devant chez elle ne l'avait pas remplie de joie, pour dire le moins. Elle avait été polie, aimable, mais guère plus. En fait, avait-il réalisé avec un peu de surprise, la jolie brune, comme les autres, vieillissait. Ce n'était plus l'être lumineux qui les avait tous séduits, ses collègues et lui, à son arrivée à la Sûreté huit ans plus tôt. Il revit la jeune psychologue stagiaire aux premières réunions où il l'avait croisée. À peine était-elle entrée dans la salle où l'on allait évoquer le meurtre d'un chef motard qu'il l'avait remarquée et couvée du regard. Dès la seconde réunion, il avait manœuvré en douce pour s'asseoir à son côté, pas vraiment pour la séduire, mais parce qu'elle l'attirait, naturellement. Elle s'était durcie avec les ans, et tout particulièrement, lui avait-il semblé, depuis ce mois de novembre dernier où il l'avait perdue de vue. Elle devenait plus belle que jolie, plus femme que fille, plus lointaine aussi… La belle affaire ! Il n'avait même pas, cette fois, envisagé une seconde qu'elle pût s'intéresser à lui autrement que dans le cadre du boulot. Le principal, se dit-il, était bien qu'elle ait accepté de le revoir ce soir et de passer du temps avec lui. Tout cela n'était pas acquis quand il avait décidé de venir discuter avec elle. L'essentiel se déroulerait maintenant dans le petit restaurant havrais.

Un tableau s'accrochait au mur face à lui. Pourquoi, songea-t-il, ne se mettrait-il pas à la peinture quand il prendrait sa retraite ? Difficile de faire beaucoup plus mal que la croûte sous ses yeux : un bateau vert et rouge sur une mer bleu cru, frangée de blanc, ressemblant étrangement à une tarte aux bleuets surmontée d'une giclée de crème fouettée. Une main lui tapota légèrement l'épaule : Aglaé Boisjoli était là, superbe et s'excusant de son retard.

Il s'était levé avec une précipitation telle que sa chaise tomba avec fracas. Peut-être l'avait-il un peu fait exprès. Allons, se sermonna-t-il *in petto*, pour une fois, n'en rajoute pas, ne fais pas le pitre…

— J'ai un peu trop prolongé ma sieste, expliquait-elle.

— Pas de problème. Te voici donc bien reposée devant moi. Parfait. J'étais en train d'admirer l'art autochtone côtier. À ta santé, femme de mes pensées. Me diras-tu comment tu vas ?

Ils reprirent leur dialogue sur le même ton enjoué qui avait été le leur à la fin de l'automne dernier, comme deux amis se retrouvant après une longue absence et prenant plaisir à se raconter leur vie. Elle lui parut détendue... et diantrement belle. Elle était vêtue d'un jean blanc moulant et d'un léger corsage émeraude à manches courtes mettant en valeur son teint bronzé. Elle avait l'air bien dans sa peau. Il lui narra son quotidien aux Projets spéciaux, lui donna des nouvelles de la maison et tout particulièrement des quelques collègues qu'elle aimait bien. Elle le conseilla, en habituée, sur le choix du menu, lui parla longuement de sa mission hivernale chez les militaires de Valcartier.

— Et que fais-tu de ce temps-ci, Aglaé ? Tu vas à la pêche, m'a dit ta voisine ?

— Ah, tu as rencontré Mylène ? releva-t-elle du tac au tac, sans autrement lui répondre.

— Oui. Ce matin, en me cassant le nez à ta porte. Une jeune femme charmante. Méchant châssis...

Aglaé ne réagit pas. Il eut peur qu'elle se fermât, et enchaîna de suite avec son air le plus niais.

— Coudon, ça doit être le fun d'aller pêcher le pétoncle. Sais-tu, je t'accompagnerais bien. Pourrais-tu m'arranger ça ? J'ai encore une journée de vacances...

— Tu es vraiment sur la Côte en vacances, Alex ? lui demanda-t-elle avec comme un soupçon moqueur dans la voix.

La finaude attendait maintenant sa réponse sans le quitter des yeux. Un jeu de bravade que lui-même pratiquait si souvent. Sur quel ton poursuivre la conversation ? S'amusait-elle à son tour ? Il importait tellement qu'il ne la déçût pas. Pour une rare fois dans ses rapports avec un autre policier, le commandant Demers était embarrassé. Plus le choix : les barrières tombaient, les masques aussi. Tant mieux, peut-être...

— Disons cinquante–cinquante, ou quarante–soixante, ou dix–quatre-vingt-dix, si tu préfères, après tout. J'avoue tout. J'avais besoin, cela dit, de prendre l'air, voir la mer, mettre mon grand corps au soleil, O.K. ? Mais c'est vrai que je n'ai pas choisi le Havre au hasard. Je suis venu te voir, matelot. Il faut qu'on se parle, tous les deux.

— Ah oui ? de pêche aux pétoncles ?

— Entre autres. Je suis très sérieux. J'aimerais aller sur ton bateau, Aglaé. Demain, vous sortez ? Crois-tu que je peux vous accompagner ?

Elle terminait son entrée de tomates farcies aux crevettes. Il avait posé la question de son air le plus naturel. La réponse qu'elle lui ferait était cruciale. Que savait-elle de la seconde vie du marin trafiquant ?

— On ne va pas à la pêche demain, lâcha-t-elle finalement en s'essuyant les lèvres d'un geste délicat. Le bateau doit aller à Sept-Îles pour je ne sais trop quoi, une réparation au moteur, peut-être, mais le propriétaire ira seul, à ma connaissance. En tout cas, moi je ne suis pas du voyage. On ne retournera à la pêche que mardi. Cela dit, ça me surprendrait beaucoup que Dave Beauregard, le patron, emmène des touristes à la pêche sur son rafiot, et, rigola-t-elle, encore moins un chef de police de Montréal.

Elle aussi était d'un parfait naturel. Le directeur général adjoint de la Sûreté se sentit soulagé d'un énorme poids. À l'évidence, elle disait vrai, ne savait rien du trafic de drogue auquel se livrait son marin de patron, ou alors, lui, l'expert en mensonges et faux témoignages, n'y connaissait plus rien.

— Il t'emmène bien, toi… argumenta-t-il en rigolant.

— La belle affaire ! Moi, ce n'est pas pareil. Je suis sa voisine, une copine de Mylène, la fille qui vit avec lui, le « méchant châssis » que tu as rencontré ce matin. Il n'ignore pas que je suis policière, mais il sait que pour le moment je suis hors du circuit. Non, je pense qu'il voit en moi, avant tout, de la main-d'œuvre à bon marché. Et puis d'abord, moi, je sais trier le pétoncle…

— Ça doit s'apprendre, non ?

Cette fois, il pleurnichait presque, comme un enfant exclu d'un jeu par des plus grands que lui.

— Peut-être, mais faut être doué et surtout ne pas être candidat au mal de mer…

Ils jouaient à nouveau. Il s'efforça de prendre un air et un ton plus sérieux.

— Pourquoi faire ça, Aglaé ?

— Pourquoi aider ce gars-là sur son bateau ? Mon idée... Disons que je suis en dette avec Mylène.

Elle avait soufflé sa réponse en le regardant d'un air bravache. Elle non plus ne riait plus. Elle but une gorgée de son blanc et s'abîma dans la contemplation du fond de son verre. On leur servait le plat de résistance. La digression venait à point. À nouveau, il fut sensible à l'espèce de dureté que pouvait, maintenant, afficher le visage fin et émouvant de la jeune femme. Il repensa à la superbe blonde rencontrée au matin, à ses histoires de pelouse, de massifs qu'elle entretenait chez sa voisine, mais aussi à l'hématome de son œil à sa joue... Il avait toujours été un familier de la violence. Sa vie de flic l'y avait si souvent exposé qu'il avait comme le don de la repérer, de la sentir venir. Quelque chose l'intriguait à cet égard dans l'attitude d'Aglaé. La serveuse termina de leur verser le chardonnay argentin qu'il avait commandé. Il but une gorgée, grimaça de satisfaction et commanda une autre bouteille. Aglaé devant lui semblait toujours absorbée dans ses pensées.

— Comment trouves-tu ce petit Casa del Bosque ? s'enquit-il, puis, sans attendre sa réponse : Vas-tu le pêcher longtemps, le pétoncle ?

— Le chardonnay, pas pire ! La pêche, j'achève.

Il attaqua son filet de morue-brocoli-pommes-vapeur. Un long silence s'établit entre eux. Elle avait commandé des pattes de crabe décortiquées avec une salade de chou. Elle mangeait, semblait loin de lui, ne disait plus rien. Il sentit qu'il lui fallait montrer davantage son jeu.

— Ta voisine, cette Mylène... Tu m'avais parlé d'une jeune femme à la fin de notre rencontre en novembre... C'est elle, n'est-ce pas ?

Elle accusa le coup d'une façon beaucoup plus manifeste qu'il s'y serait attendu. Elle semblait à cent lieues de comprendre comment il pouvait en arriver à cette supposition. Elle hésita sur la façon de lui répondre, et puis se lança en relevant une mèche de cheveux s'épanouissant devant ses yeux.

— Bingo, cap'tain! le brava-t-elle. Décidément, rien ne t'échappe. Et tu as constaté, bien sûr, que Mylène était blessée. Et je ne doute plus maintenant que Gobeil t'ait dit aussi que ce salopard de Dave la battait. Eh bien, tout cela est la stricte vérité, et j'ajoute que ça me met à terre! Voilà pour les potins de la Côte. Es-tu content?

Non, il ne l'était pas et le lui dit. Il voulait entendre de sa bouche pourquoi, «mise à terre» par la violence conjugale du marin, elle l'accompagnait néanmoins à la pêche. Qu'avait-elle dans l'idée?

— Ta dette envers cette fille, conclut-il, c'est l'œil au beurre noir qu'il lui a collé, ou la pelouse qu'elle te tond?

Elle le regardait, le visage fermé, ses yeux noirs fixes, intense et déterminée. Mon Dieu, songeait-elle, que cet homme va vite! Elle repoussa son assiette avant de la terminer, but une gorgée de son verre.

— Les deux et peut-être plus que ça, finit-elle par concéder. Mais, Alex, cette histoire ne regarde que moi! On se comprend?

Demers pouvait se montrer d'une patience de gardien de nuit d'un barrage isolé dans le Grand Nord à l'heure d'en savoir plus sur un sujet qui l'intéressait. Le restaurant se vidait peu à peu. Qu'importe, il avait la soirée. Il lui fallait en savoir plus, comprendre, aider, au besoin. Il la bombarda de questions. Aglaé, de mauvaise grâce, finit par lui en lâcher un peu. Il pensa saisir le genre de sa relation avec Mylène, qu'elle considérait désormais comme une espèce de sœur cadette dont elle se sentait responsable. Que voyait-elle comme solution à l'impasse? Que Mylène abandonne son amant tortionnaire, qu'elle quitte la Côte-Nord, mais le risque existerait toujours que Dave la retrouve là où elle se terrerait.

Qu'aimerait-elle faire dans la vie, cette Mylène? lui demanda-t-il tout à trac, entre deux bouchées de morue. La grande blonde se passionnait pour le jardinage, les fleurs et elle était bonne là-dedans, répondit Aglaé un peu machinalement, semblant surprise par la question.

Il leur resservit du vin. Il suivait la logique du raisonnement de son adjointe : elle se donnait comme mission de sortir Dave de la vie de Mylène. Or, depuis quelques jours, elle partait chaque matin en mer avec le pourri. Quoi qu'elle ait en tête, réalisa-t-il, Aglaé était en danger avec le trafiquant de drogue batteur de femmes. Elle lui parut soudain bien fragile, aussi dure puisse être l'expression qui figeait ses traits quand elle évoquait le conjoint violent de son amie. Il prit son paquet de gommes et entreprit d'en défaire une de son emballage. Aglaé sauta sur l'occasion pour changer de sujet :

— Tu mâches toujours de ces saloperies ?

— Ce ne sont pas des saloperies, très chère, mais des médicaments, et qui me coûtent les yeux de la tête, du reste. Nicotine, matelot. Cela doit faire un peu plus de 25 ans que j'ai arrêté de fumer et je suis toujours nicotino-dépendant, que veux-tu que j'y fasse ?

Rien. Elle n'avait pas d'opinion à lui soumettre. Et le silence revint, et Demers retourna à ce qui le tracassait désormais.

— Tu en arrives à l'idée, n'est-ce pas, que la solution idéale aux problèmes de ta Mylène serait que ce type, Dave, disparaisse ?

— Et si c'était le cas ? Ce n'est pas de tes affaires ! Je te le répète, Alex Demers ! Parlons d'autre chose !

Elle avait haussé le ton. Leurs voisins de table, qui se levaient pour s'en aller, les regardèrent avec curiosité. Croyaient-ils à une querelle d'amoureux ? Le commandant laissa passer un peu de temps et reprit d'une voix calme.

— Tes affaires, mes affaires, il y a peut-être moins de distance entre elles que tu le penses, fille. Il se trouve que j'ai besoin de toi, Aglaé Boisjoli. Alors ce que tu vis, incluant les conneries que tu pourrais faire, ça me concerne. Tu me suis ? Dans deux jours, quand je repartirai en ville, je souhaite que tu m'accompagnes. Mon vol pour Montréal est à 14 heures à Sept-Îles. Je t'y ai fait réserver une place. Je passerai te prendre à 9 heures mardi devant chez toi.

Elle répondit d'un « hélas » désabusé, qui n'allait pas arrêter le directeur général adjoint de la Sûreté. Il lui expliqua en long et en large les projets qu'il nourrissait pour elle et nota avec satisfaction que, si loin qu'elle pût se sentir de la Sûreté du Québec, il la flattait avec l'enthousiasme qu'il mettait à tenter de la convaincre de le suivre aux Projets spéciaux. Elle gardait un air dur et fermé, mais à l'occasion il lui arrachait un haussement de sourcils intéressé, un hochement de tête approbateur, voire un léger sourire. Il lui expliqua la structure de sa direction. Il gérait quatre mini-unités et souhaitait lui confier la responsabilité de l'une d'entre elles, celle dite des interventions tactiques, la plus propice, selon lui, à l'aguerrir dans le noyau dur de la réalité policière, le domaine où, évaluait-il, elle avait le plus à apprendre avant de monter dans la carrière. Le poste allait avec une promotion immédiate au titre de lieutenant.

On leur servait maintenant le dessert. Non, ils ne prendraient pas de café. Il continuait son baratin, mais force lui fut bientôt d'admettre qu'elle l'écoutait désormais avec bien moins d'attention, comme si, déroutée et vaguement séduite par ce qu'il avait commencé à évoquer devant elle, elle venait de prendre son parti de renoncer à en connaître davantage. Elle ne réagissait plus à ses propos, sirotait son verre de blanc. Puis, brusquement, elle le coupa avec une arrogance qui le surprit.

— Cesse donc de rêver, cap'tain ! Jamais je ne retournerai dans ta police ! Tu ne vois donc pas que, moi, je suis du bord des assassins. Je sais bien que tu l'as deviné, n'est-ce pas ? Alors ne m'emmerde plus avec des offres que je ne pourrai jamais accepter. Tu en sais tant sur moi. Tu n'ignores pas que je suis seule, sans amour, et ne vis plus de ce temps-ci qu'avec une idée en tête, débarrasser Mylène de ce bâtard de Dave Beauregard. Alors, hein, ta promotion… on s'appelle ! Et elle esquissa un bref sourire de dérision que Demers s'expliqua mal.

— Pourquoi souris-tu ?

— « On s'appelle »... Je pense à un type que j'ai bien aimé, un Français qui disait toujours ça...

— Pierre Mollon ?

— Chapeau, Alex ! laissa-t-elle tomber avec du découragement dans la voix. Tu as décidément toujours raison avec moi. Tu sais tout de moi. Tu savais pour Mylène, et je me demande bien fichtrement comment ? Tu sais aussi, bien sûr, pour Raphaël. Mollon maintenant, là, tu me dépasses...

— Il se trouve que j'ai assez souvent parlé à ce Français-là ces derniers temps.

— Et que t'a-t-il raconté ?

— Bien des choses dont nous parlerons quand il en sera temps.

— Pourquoi pas maintenant ?

— Il faut que nous parlions ensemble de l'affaire Langiro, Aglaé. Nous avons, je le crois, beaucoup de choses à échanger là-dessus. Mais il est un peu tard ce soir pour aborder le sujet, non ?

— Je ne comprends pas ce que Mollon vient faire là-dedans ? s'étonna-t-elle.

— Je te le dirai à son heure, promis. Pour le moment, sache seulement que ton Mollon, lui aussi, se désole que tu ne sois pas déjà devenue capitaine. Il n'aurait pas fallu que je le pousse beaucoup pour que ce soit lui qui vienne sur la Côte pour te conseiller de rentrer au plus vite dans les rangs de la SQ. Il prétend n'avoir jamais rencontré meilleur policier que toi. Et, sais-tu, je suis assez prêt d'être d'accord avec lui.

— Arrête tes conneries, Alex, tu veux ! Là, crois-moi, tu es complètement dans le champ gauche. Tu peux bien croire tout connaître sur moi, tu ignores encore beaucoup de choses. Les saurais-tu que ça t'éviterait de proférer de telles niaiseries.

Il ne demandait qu'à savoir et le lui dit. Aglaé Boisjoli le toisa et, assez bizarrement, ils finirent tous les deux par se sourire. Mais elle ne répondit pas. Avait-elle tant de choses que cela à lui révéler qu'il ne sut ? En fait, évalua Demers, ils étaient probablement au même degré de légère ivresse. Les deux bouteilles désormais vides, le Casa del Bosque faisait son effet. Ma foi, songea-t-il, ce sont les vacances.

Et puis bientôt, la petite, d'un coup, se décida. Elle parla longuement de ses enquêtes passées, de l'attraction qu'exerçait sur elle le souvenir des tueurs qu'elle avait traqués, de la fascination qu'elle éprouvait pour le meurtre, l'acte de donner la mort. Ils n'étaient plus qu'eux deux comme clients dans le restaurant. Plus un bruit en provenance des cuisines. La serveuse, qui lui avait laissé depuis un moment l'addition, les regardait avec des yeux éteints et, quand elle les allumait un peu, suppliants. Il nota qu'elle avait enlevé son joli tablier à carreaux. Pitié pour les travailleurs, il mit sa carte de crédit dans la petite assiette de la note. Elle la prit immédiatement.

Il était 23 heures 30 à la montre du commandant. Aglaé, l'œil un peu vague, s'épanchait toujours. Il savait son drôle de trouble, ces réminiscences qui l'assaillaient à la suite de ses rencontres avec des meurtriers, avait eu souvent l'occasion d'évoquer le sujet avec Berthier qui, lui aussi, avait été le confident de la petite à cet égard. Elle cherchait des témoins à ce qu'elle percevait comme sa dérive, elle avait besoin d'oreilles pour l'écouter, doutait probablement d'elle. Était-elle dangereuse ? Pas encore, jugea cet expert de la chose criminelle, mais le feu était à l'orange. Il se leva.

— Allez, viens, matelot. On a besoin de prendre l'air un peu, tous les deux. J'aimerais, tiens, que tu me montres ce bateau où tu pêches le pétoncle.

Ils marchèrent vers la mer par le boulevard de l'Escale. On tirait des feux d'artifice sur le bord du golfe, mais ils n'y prêtèrent guère attention. Ils crochetèrent par la rue Boréale, passant devant l'auberge Niapiskau, une maison comme les autres, peut-être un peu plus grande que les autres. Deux couples parlaient fort en buvant de la bière, assis sur des fauteuils de plastique blanc sortis sur le terre-plein devant la galerie. Ils regardaient les fusées illuminant la mer de l'autre côté de l'église. Il faisait bon.

— Un peu bruyants, les voisins, nota-t-il. J'espère qu'ils seront couchés à mon retour.

— C'est là que tu as trouvé une chambre? Je connais. J'y ai résidé à mon arrivée au Havre.

— Je sais.

— Dis-moi donc plutôt ce qui me concerne et que tu ne sais pas. Ça ira plus vite.

Ils s'approchaient de la digue où était ancré le vieux pétonclier sale et rouillé de Dave, quand elle lui demanda, tout à trac, s'il avait des nouvelles de Paul Couchepin, le condamné du meurtre de Gaétan Guereur à Québec. Ils avaient su, jusque-là, éviter d'aborder l'affaire Langiro. Minuit était passé. Que lui dire?

— Il va. Aux dernières nouvelles, j'ai appris qu'il s'était porté volontaire à l'entretien des chiottes des gardiens du pénitencier de Donnacona. C'est la meilleure place dans une prison à sécurité maximale pour se faire valoir auprès des autorités comme client docile admissible aux programmes de libération conditionnelle. Pas grande chance, cela dit, dans son cas. Il en a pris pour douze ans d'incarcération ferme sans possibilité de liberté condition-nelle. Mais on dirait bien pareil qu'il a l'idée d'essayer un jour d'infléchir un juge…

— Je connaissais sa sentence… Et tu dis qu'il nettoie les toilettes…

— Enfin, j'ai dit les « chiottes », ricana-t-il.

Mais elle ne riait pas. La nuit était claire, le premier quartier de lune fait depuis deux jours. Ils étaient parvenus devant le bateau de Beauregard. Elle s'assit sur un banc du quai, il grimpa à bord et la surprit en enfilant une paire de gants blancs de pho-tographe, trouvée dans les immenses poches de son pantalon. Il farfouilla longtemps sur le pont, paraissant s'amuser comme un enfant. Il prit son temps pour découvrir les lieux, posa des ques-tions à la jeune femme en retrait sur la façon qu'ils avaient de pêcher à la drague. Il manipula les agrès, se pencha sur les flancs du rafiot pour en déchiffrer le nom, essaya sans succès d'ouvrir la porte du petit poste de pilotage et constata que deux forts cadenas en interdisaient l'accès.

— Ton gougnafier craint les voleurs, s'étonna-t-il? Bizarre, il laisse pourtant traîner tous ses outils.

Elle haussa les épaules et ne répondit pas. Tout content de sa visite à bord, il finit par sauter à terre. C'est seulement alors qu'il parut noter qu'Aglaé sur son banc s'était raidie, se taisait, semblait ailleurs. Ses cheveux tombaient de chaque côté de son visage, dont il ne voyait pas les traits. Enjambant le banc de l'immense compas de ses jambes, il choisit de s'asseoir sur le dossier à côté d'elle, les genoux à hauteur des cheveux de la jeune femme. Les feux d'artifice étaient terminés, on n'entendait plus que le bruit de la mer. Un long moment passa, et puis il l'entendit souffler :

— Alex, comment as-tu pu penser une seule seconde qu'un homme comme Langiro accepterait de laver les chiottes d'une prison ?

— Aglaé, répondit-il sur le même ton, comment as-tu pu penser une seule seconde que je croyais cela ?

La jeune femme, dans sa bulle, l'esprit sans doute un brin embrouillé par le chardonnay ne releva pas. Elle poursuivit de la même voix étouffée.

— Comment as-tu pu gober cette absurdité que Couchepin était Langiro ?

— Mademoiselle, un peu de respect pour ton commandant. Je sais fort bien que Couchepin n'est pas Langiro.

Et il mâcha vigoureusement sa gomme en prenant l'air le plus niais de sa panoplie de faces à claques.

Cette fois, elle comprit la réponse, se tourna vers lui, le regarda avec incrédulité et se leva brusquement, en proie à une vive agitation.

— Tu m'épateras toujours, Alex ! Mais cette fois, je ne te crois pas ! Tu me niaises ! Tu *bluffes* ! Tu as laissé mettre en tôle ce type-là parce que tu l'as cru coupable, comme tous les autres. Vous tous avez cru à sa culpabilité, et moi, je vous ai laissé faire… Couchepin n'est pas Langiro. Comprends-tu ! Couchepin n'a jamais été Langiro, et moi je vis avec le poids de cette erreur monumentale sur la conscience depuis des mois. Après ça, comment peux-tu imaginer que je retourne avec toi jouer les petits soldats de la protection du public, cap'tain ? Ce pauvre type ne devrait pas être en prison.

— Tut tut, Aglaé. Couchepin est fort bien là où il est : en taule ! et il y crèvera, j'espère ! Assieds-toi un instant, tu veux.

— Pourquoi ? Tu ne comprends pas que j'ai tout gâché, Alex...

— Tais-toi un peu. Laisse-moi te conter une histoire, une dernière pour ce soir. Et puis on ira tous les deux se coucher. On est fatigué et on a une grosse journée à vivre ensemble demain.

— Que vas-tu inventer cette fois ? soupira la jeune femme d'un ton désenchanté en reprenant sa place sur le banc à côté des mollets de l'escogriffe.

— Écoute !

Il laissa passer un moment, comme s'il hésitait à parler, et puis finit par se lancer.

— Voilà. Imagine Québec, il y aura trente ans de cela dans une paire d'années. On est aux grosses chaleurs de juillet, Aglaé. Deux jeunes patrouilleurs dans une grosse Chevrolet de service de la police municipale sont appelés à la rescousse d'une brave ménagère qui vient de voir quelque chose d'épouvantable dans un quartier pauvre de la périphérie du quartier Sainte-Foy.

— Allons bon. Qu'est-ce que tu vas encore aller chercher, ce coup-ci ?

La jeune femme continuait à lui parler d'une voix découragée. Elle le regardait en hochant la tête, lasse et dubitative. Il soupçonnait que, décidément, tout comme lui, elle en avait un petit coup dans le nez. Mais, cette fois, il ne jouait plus. Il en aurait été bien incapable. Il laissa les yeux noirs de la fille et fixa la mer devant lui.

— Dans un *container* à ordures, une petite main blanche sort, ensanglantée, recroquevillée, d'un sac vert de plastique déchiré par les rats. Les deux petits flics font leur travail : ils établissent un périmètre de sécurité, réconfortent la grosse madame qui a ses vapeurs, maintiennent à l'écart les badauds et font les premières constatations avant que d'autres collègues et les gars de la morgue fassent place nette. Ils voient tout, les jeunots, tu comprends, des premières loges. Ils constatent que la vermine a fait un festin d'enfer et ils sentent : l'odeur est épouvantable quand on bouge le cadavre de l'enfant. Car c'est d'un enfant qu'il s'agit. Un beau petit blond frisé, à voir ce qui reste de sa figure.

Demers se tut. Pour la première fois des courts moments qu'ils avaient passés ensemble, Aglaé, qui l'observait, le sentait hésitant, désemparé. La tête lui tournait un peu. La jeune femme l'abandonna sans y penser vraiment sur le genou du commandant. Lui continuait, autant pour lui que pour elle.

— Il portait le nom d'Éric, les journalistes l'appelleront « le petit martyr de Sainte-Foy ». Je ne l'ai jamais oublié, le petit gars, Aglaé. J'avais 21 ans.

— Tu étais l'un des deux patrouilleurs ? souffla-t-elle au bout d'un moment sans le regarder.

— Et Michel Berthier était l'autre, oui... On faisait équipe, tous les deux, depuis presque un an. C'était notre premier cadavre.

— C'est donc ça, soupira-t-elle.

Elle s'expliquerait, désormais, l'étrange complicité entre les deux hommes...

— L'enquête n'aboutira pas, continuait-il à voix basse, pénétrée. Celui qui la mène n'a pas grand-chose pour confondre l'assassin. Seulement des empreintes digitales. Figure-toi que l'on a retrouvé des empreintes sur la main d'Éric, seul élément de preuve à charge si l'on met la main sur le meurtrier. Le garçonnet est porté disparu depuis huit jours quand on ramasse ses restes. Le maître enquêteur qui pilote le dossier va finir par reconstituer la plus sordide des histoires. La preuve amassée et l'éclairage donné par les experts lui donnent de solides raisons de penser que le violeur — car l'enfant a été violé — et le meurtrier sont deux personnes différentes. Il arrive à la conclusion qu'Éric a été séquestré, agressé sexuellement, affamé pendant une huitaine de jours dans un lieu secret, à l'abri des regards et du soleil de juillet. Or, tout laisse croire que son meurtrier l'a sorti de là et emmené jusqu'à l'endroit où il l'a tué d'un coup sur la tête... en le tenant par la main. Par la main, Aglaé. Comprends-tu ce que cela peut signifier ? L'enfant a marché en confiance avec celui qui allait le tuer, en lui donnant la main. On ne donne pas la main à qui vous a fait mal pendant des jours. Le petit devait être en confiance avec cet autre homme qui l'emmenait, allait le sauver, le ramener à ses parents, à la vie. Il s'est confié à lui et l'ordure l'a tué... Allez, viens, je te raccompagne chez toi.

Il écarta doucement de la main la tête aux cheveux bruns appuyée sur son genou avant de déplier son presque double mètre et de se lever, immense sur le banc. Elle ne l'avait jamais vu si ébranlé. Il sauta à terre et s'éloigna sans sembler faire attention à elle. Elle dut presser le pas pour le rattraper.

— Un cœur battrait donc dans cette grande carcasse ? le piqua-t-elle.

Il parut ne pas l'entendre.

— Ce fut l'affaire la plus dure de notre vie. C'est après ça que Michel a choisi de retourner temporairement à la philosophie. Moi, ça a provoqué une réaction inverse. J'ai décidé sur-le-champ de devenir enquêteur pour que jamais des salauds du genre ne s'en tirent. Sans ça, j'aurais aussi bien pu aller au trafic routier, à la prévention de la drogue dans les écoles, aux crimes économiques ou à la surveillance des jeunes montrant leur cul sur Internet. Jusque-là, je me foutais de tout. Ce petit bonhomme supplicié m'a plombé la tête, a changé ma vie. Oui, matelot, j'ai quelque chose qui gigote parfois dans la poitrine. En tout cas, ça remue là-dedans chaque fois que je repense à lui.

— Couchepin, dans l'histoire ?

— J'y arrive. C'est Michel qui a découvert le pot aux roses. Souviens-toi, novembre dernier. Hébert a les aveux signés de Couchepin pour le crime de Québec. La Sûreté laisse tomber le crime de Wabash. Mais Berthier n'est pas du genre à abandonner son os. Lui veut avoir le cœur net sur son meurtre de Saint-Adelme et ne lâche pas Couchepin, ne le lâchera jamais. Le mois dernier, un jour qu'il l'attend pour l'interroger, il consulte son dossier pour une centième fois et remarque que le prisonnier vient de demander une permission spéciale des autorités carcérales pour aller enterrer un vieil oncle à lui résidant à Sainte-Foy. Le vieux s'appelait Charles Bruttin, et ça rappelle quelque chose à Berthier, une des têtes de policier les mieux organisées que je connaisse. Michel a ressorti de la poussière le dossier du petit Éric. Ce Bruttin était un immigrant suisse, pédophile notoire, qui avait été l'un des suspects de l'enlèvement. On l'avait relâché comme les autres, faute de preuve. Michel s'est mis dans l'idée de comparer les empreintes relevées sur la main d'Éric avec celles du neveu du pédé défunt, Couchepin. Et bingo.

— Votre hypothèse est que Couchepin est le meurtrier d'Éric ?

— Ce n'est pas une hypothèse, Aglaé, c'est une certitude. Il avait découvert le trou où son ordure d'oncle gardait sa proie et, au lieu de libérer l'enfant, a décidé de faire place nette... à sa façon, le salaud.

— Qu'avez-vous fait quand vous avez su ?

— Berthier lui a parlé entre quatre yeux. Il a avoué. Tu sais comment ça se passe en prison pour les assassins d'enfants... On réfléchit encore avec la Couronne pour voir comment on va sortir l'affaire au jour.

— C'est tout ?

— Oui et non... le dossier judiciaire va suivre son cours, mais comme je te disais, Couchepin est bien à sa place, là où il est, en dedans et, crois-moi, il n'en sortira jamais. Oublie tes remords, fille.

Ils étaient arrivés devant la maison d'Aglaé. Demers bâilla à s'en décrocher la mâchoire et se prétendit mort, bon pour son grabat de l'auberge Niapiskau. Pas d'ambiguïté à l'heure de l'au revoir nocturne sur le pas de la chambre à coucher de la belle. Pas d'offre ni de demande du dernier verre. Les deux avaient — chacun de son côté — bien d'autres choses en tête.

— Qu'as-tu prévu faire demain ? s'enquit-elle.

— Ben, je te l'ai dit, j'espérais aller à la pêche aux pétoncles avec toi.

— Eh bien, n'y pense plus. Que dirais-tu d'une promenade en vélo sur la Côte ?

— Tu passerais ta journée en bicyclette avec un vieux pet comme moi, matelot ?

— Ai-je véritablement le choix, cap'tain ? demanda-t-elle en souriant.

Elle lui indiqua où il pourrait louer un vélo. Il devait aller au bureau de la Sûreté du Québec le matin, des affaires à régler avec Montréal, glissa-t-il rapidement. Elle passerait le prendre à son auberge vers le milieu de l'après-midi. Le soir, lui dit-elle gentiment, il lui ferait plaisir en acceptant de venir chez elle pour un souper d'adieu. Elle avait rapporté des pétoncles frais au matin, le coupa-t-elle, l'empêchant d'un doigt vigoureusement appuyé sur sa bouche de rechigner à l'allusion aux adieux. Lèvres figées sur l'index tendu au bout du bras levé de la fille, l'escogriffe fit mine de râler en grognant jusqu'à ce qu'elle le libérât. Oui, promit-il alors, il viendrait, mais si elle acceptait qu'il s'occupe du vin.

— J'aime le rosé sec, lui dit-elle.

Il enregistra, la salua en silence de la tête, reprit violemment la mastication de sa gomme et entreprit de redescendre la promenade des Anciens. Derrière lui, elle souriait. Elle n'avait pas fini de monter les trois marches de l'escalier de sa galerie qu'elle l'entendit l'appeler.

— Aglaé. Tu ne m'as pas demandé le nom de l'enquêteur au dossier du petit Éric ?

Elle eut un flash, revit un gros homme obèse lui confiant des souvenirs dans la pénombre d'une chambre de vieux, l'entendit lui souffler à voix basse : « On est hanté par ceux que l'on n'a pas vengés. Des décennies passent et l'on y pense encore... »

— Thomas Lafleur ? risqua-t-elle.

— Bravo, fistonne ! Eh oui ! Le vieux Thomas lui-même. C'est alors que je l'ai rencontré pour la première fois de ma vie... et tu sais le reste.

❊   ❊   ❊

413

Il revint en pressant le pas. L'air du bord de mer lui fit du bien. Raconter sa vieille histoire du bambin martyr l'avait en bonne partie dégrisé. Tant mieux, sa soirée n'était pas finie. Il lui fallait réfléchir encore un peu mais, dans les grandes lignes, son idée était faite.

Il crocheta par le port. Le bateau de Dave Beauregard n'avait pas de nom, mais des numéros l'identifiaient que le commandant nota sur son paquet de gommes. L'instant d'après, assis dans un des fauteuils de plastique blanc abandonné par les fêtards devant l'auberge Niapiskau, il rejoignait à Montréal, sur son cellulaire, le lieutenant qu'il avait mis en *stand-by*.

Il était 2 heures du matin, mais l'autre, un solide, un homme de confiance, lui répondit presque immédiatement. L'officier lui expliqua ce qu'il attendait de lui et le détail de sa mission. Puis il rentra dans sa petite chambre. Les cloisons en étaient si minces qu'il entendait ronfler au moins deux voisins. Qu'importait le bruit que lui pourrait bien faire ? Il prit sa douche. Il pensait à sa réunion du lendemain matin à la Sûreté du Québec locale. Son plan était clair. Il en repassa les éléments en se lavant les dessous de bras et le reste. L'opération d'arraisonnement du bateau chargé de drogue et de ses clients de la Côte n'aurait lieu à Sept-Îles qu'une fois Beauregard doté de sa part et reparti en mer. La Gendarmerie royale et les collègues au dossier pourraient arrêter autant de lascars qu'ils le souhaiteraient, mais pas le marin cayen. Gobeil aurait ensuite la journée pour se doter d'un mandat de perquisition auprès d'un juge de paix.

Le coup arrangé, il pensa en essuyant son grand corps qu'il lui faudrait ensuite appeler Michel Berthier à Matane. Du diable si l'ami D'Artagnan ne pourrait pas lui organiser quelque chose pour cette Mylène Saindon. Elle avait le pouce vert, la grande blonde, eh bien on allait lui trouver du travail en Gaspésie. Demers, une dizaine d'années plus tôt, avait visité avec femme et ados les Jardins de Métis dans la région de Mont-Joli. Il disposait dans son budget discrétionnaire de fonds spéciaux pour assurer le gîte, le couvert et certains dédommagements pour des témoins que la Sûreté et la Couronne avaient leurs raisons de bichonner. Ce ne serait pas un détournement coupable que d'en consacrer une partie à assurer l'avenir à court terme de la beauté cayenne. Berthier aurait toute latitude pour négocier les conditions d'emploi d'une si jolie jardinière avec ses futurs patrons métissiens.

Tant qu'à parler à Michel, il l'inviterait à venir passer la prochaine fin de semaine à Montréal et essayerait d'arranger quelque chose pour une rencontre informelle à trois avec Aglaé. On parlerait patrouille, tiens. La petite l'avait faite, elle aussi, quelques années plus tôt dans les rues de Montréal. Et puis on reviendrait sur l'affaire Langiro, et elle leur expliquerait à nouveau comment elle leur avait si bien damé le pion à tous.

C'est demain, quant à lui, qu'il saurait tout de ce qu'il ignorait jusque-là de cette abracadabrante histoire. Il se faisait une joie d'enfin entendre ce que savait Aglaé et comment elle l'avait su, deviné, compris?... On verrait bien. En tout cas, ça valait le coup de remonter sur une bicyclette pour l'occasion, ce que, calculat-il, il n'avait pas dû faire depuis pas loin de 35 ans.

Il était rendu dans son lit et ne parvenait pas à trouver le sommeil. Pas de doute, plus il la fréquentait, plus il était sensible au charme de cette Boisjoli. Il y avait à l'évidence plus. Il comprit avec surprise qu'il l'aimait d'amour assez tendre — un sentiment très rare chez lui envers la gent féminine, son ex-épouse mise à part, mais dans une autre vie désormais si loin derrière lui. L'abandon par la jeune femme de sa tête sur son genou l'avait ému plus qu'il ne l'aurait avoué. Penses-y plus, Demers. Elle était pompette, c'est tout! Une autre fois, il se traita de grand couillon en ricanant d'autodérision dans ses draps.

Hélas, se tourner sur l'autre épaule n'allait rien changer à ce qu'il avait en tête : décidément, il appréciait cette jeune femme et entendait fermement qu'il ne lui arrivât surtout rien de fâcheux. Parviendrait-il à la faire revenir à Montréal? Ils s'étaient commis tous les deux : elle l'invitait, demain lundi, à un souper d'adieux, et il lui avait donné rendez-vous mardi matin pour partir avec lui... Il se leva brusquement et, flambant nu, se mit à la recherche de son cellulaire dans les vastes poches de son pantalon blanc. Il avait *bluffé* un peu plus tôt. Il n'y avait pas de réservation pour Aglaé dans l'avion de mardi.

Il composa le numéro de Carmen Dumont à la Sûreté et lui laissa un message.

Masques tombés

Havre-Saint-Pierre — Lundi 25 juin 2007

À 15 heures le lendemain, Demers et Boisjoli quittaient le Havre direction plein est vers les villages de Baie-Johan-Beetz et Natashquan.

— Pis, es-tu bon en vélo, cap'tain ? l'avait-elle provoqué en passant le prendre à son auberge.

Jambes bronzées sortant d'un mini-short de lycra noir genre seconde peau, simple t-shirt blanc flottant sur ses épaules et sa taille fine, un bandeau marine retenant ses cheveux, deux minces manchons du même bleu aux poignets, pas de chaussettes dans ses Adidas; la policière en congé respirait la pleine forme.

— Bof ! avait-il sobrement répondu en se dirigeant vers sa machine. On dit que, quand on sait faire de ce truc-là, ça ne s'oublie pas.

— Exact. Et tu sais ?

— J'ai déjà su.

— Ça devrait donc faire, mais ça va te prendre tout ton petit change pour me suivre si je mets la gomme.

— Ah oui ? Eh bien, tu vas respecter le quasi-quinquagénaire et mettre la pédale douce, O.K. ! Tu m'indiques la route, je passe devant et tu as interdiction de me dépasser, et c'est un ordre ! Ça te va ? On va avoir chaud, non ?

Canicule sur la Côte, Demers ne s'inquiétait pas pour rien. Il avait gardé son grand pantalon blanc à grosses poches dont il avait roulé les jambes aux genoux sur des chaussettes beiges à rayures anthracite tranchant sur ses immenses godasses noires.

Il portait par là-dessus un Lacoste violet à crocodile vert et un chapeau genre cloche retournée en denim. Le loueur de bicyclettes lui avait donné le plus grand de ses engins, une bourrique grise dont l'expert en vélocipèdes avait relevé au maximum la selle et le guidon. Il y avait accroché à la poignée droite un casque de sécurité grenat à fleurs bleues type capucine. Le commandant s'en était affublé avec le plus grand soin par-dessus son informe couvre-chef. Ainsi se jugeait-il paré pour la manœuvre. Silhouette dégingandée sur sa machine étriquée, de grandes lunettes de soleil lui cachant la moitié du visage, le cycliste d'un jour était, pour le moins dire, croquignolet.

Aglaé avait souri en le voyant sortir de l'auberge. Elle avait eu du mal à s'empêcher de rire en l'observant prendre son train devant elle sur la rue Boréale. L'allure du monsieur Hulot était précaire, sa stabilité mal assurée, mais enfin il avançait, acquérant même de plus en plus d'aplomb en même temps que de vitesse.

Ils atteignirent bientôt la route 138 et roulèrent pépères entre les marécages et les tourbières à bleuets. Bien peu de circulation, à la vérité, assez toutefois pour empêcher qu'ils puissent pédaler de conserve, l'un à côté de l'autre. Souvent, elle devait freiner et rester en roue libre pour éviter de heurter le garde-boue arrière de son ex-patron ou de le doubler. Drôle de situation, tout de même, songeait-elle. Dans un jour, elle tuerait un homme, là-bas, quelque part dans cette mer magnifique qu'ils longeaient sur leur droite, et elle était là, à faire du vélo comme une écolière en vacances, désinvolte, presque insouciante, en compagnie d'un autre, policier de surcroît. Il faisait très beau. La vie revêtait des allures de vacances méditerranéennes. Tout cela avait quelque chose d'irréel.

Qu'est-ce que le commandant avait pu comprendre de son projet de tuer Dave Beauregard ? Sous l'effet combiné de l'alcool et de la perspicacité du bonhomme, elle lui en avait beaucoup dit, hier soir, trop, sans doute. Ses souvenirs étaient un peu confus à cet égard. Mais, lui aussi, était pompette. Avait-il saisi que sa décision était prise ? Elle devait se méfier de l'imprévisibilité de cet homme, de sa puissance de déduction, de l'invraisemblable connaissance qu'il avait de sa vie à elle et de la capacité qu'il démontrait à deviner ce qu'il en ignorait encore. Comment avait-il pu découvrir que Mylène était cette fille dont elle lui avait parlé ? Aglaé aurait pourtant juré qu'il ne l'avait même pas entendue la fois, la seule, où elle lui avait évoqué la présence d'une femme dans sa vie. Qu'est-ce qui le motivait à tenter si fort de la ramener dans la police ? Souhaitait-il une aventure avec elle ? Elle en doutait. Aurait-il voulu passer la fin de la soirée avec elle, la veille, qu'elle n'aurait sans doute pas refusé. À l'évidence, ce n'était pas son but en la raccompagnant. Elle, de son côté, ne se sentait pas véritablement attirée par lui, du moins physiquement. Vrai, cela dit, qu'elle ne le serait par personne, songea-t-elle, tant qu'elle n'aurait pas évacué de sa tête l'idée d'éliminer Dave. Une seule façon d'y parvenir : tuer l'ordure.

Oui, elle était sensible à cet échalas d'Alex Demers, si différent de tout ce qu'elle avait bien pu rencontrer comme mâle au cours de ses trente-quatre années d'existence. Mais, comment, pour autant, imaginer retourner à la Sûreté du Québec ? C'est, en fait, une possibilité qui ne lui était jamais venue à l'esprit depuis son congé entamé en novembre. La vie à la Sûreté était derrière elle, une page tournée. Bien sûr, elle allait travailler à nouveau pour gagner un salaire. Un moment, elle avait pensé rester au service civil de l'armée. Maintenant, elle s'imaginait plutôt dans la grande entreprise, comme elle en rêvait des années plus tôt, après l'obtention de son doctorat. Retourner dans la police, non. Elle s'en était bannie elle-même en tolérant la présence d'un innocent en prison. Certes, il apparaissait désormais que Couchepin méritait d'être où il était, mais il y avait bien plus : sa quasi-connivence avec des tueurs et, demain, le pas qu'elle ferait en passant une fois pour toutes du côté des criminels. Qui sait, peut-être serait-elle démasquée et s'en irait-elle retrouver Couchepin et la collection d'asociaux et de malchanceux coincés par la justice et parqués derrière les barreaux ?

Ils passèrent bientôt devant une pancarte indiquant la présence, un kilomètre plus loin, d'une halte routière. L'escogriffe à vélo devant elle lui indiqua, du bras levé en salut hitlérien, qu'il souhaiterait s'y arrêter. Presque une heure qu'ils roulaient. Le bonhomme devait fatiguer, se dit-elle.

Elle ne cessait de s'étonner depuis la veille que Demers prétendît savoir que Couchepin n'était pas Langiro. *Bluffait*-il dans sa crânerie à prétendre qu'il connaissait le fin mot de l'histoire ? Sûr qu'il allait vouloir la faire parler de ce qu'elle avait compris de l'affaire. Que lui dire ? Elle s'arrangerait pour qu'il se compromette le premier. L'idée qu'il ait pu comprendre l'intrigue tissée par le tueur et qu'il tolère depuis qu'un prisonnier fût en prison pour un autre crime que celui pour lequel on l'avait condamné la laissait songeuse. Avec ce méchant zigoto de Demers, tout semblait possible. Elle entrevoyait d'un coup une autre police, moins structurée, moins formelle... un abri pour elle ?

Un chemin de gravier vers une aire gazonnée s'ouvrit sur leur droite, et Demers s'y engagea en freinant un peu trop brusquement. Il manqua perdre l'équilibre et ne dut qu'à ses longues jambes de rester debout au sol après quelques enjambées désespérées, tandis que le vélo s'échappant d'entre ses cuisses continuait seul sa route jusque sur une poubelle de treillis métallique qui l'arrêta sans dommages.

Personne dans la halte. Il y avait là quatre tables de camping sur une falaise dominant le golfe. Le site surplombait un long arc quasi parfait de plages désertes en enfilade menant jusqu'au Havre, où l'on apercevait, au loin, à l'ouest, les installations de la Québec Fer et Titane. Une vue fantastique. Demers reprit son vélo à la main, et ils se dirigèrent vers la table la plus proche du vide où, sitôt son engin accoté contre un arbre, il s'assit, les pieds sur le banc et se décortiqua vite fait une gomme.

— Question, niaisa-t-il. Peut-on faire du vélo et mâcher de la gomme en même temps ? J'ai eu assez de misère avec mon souffle que je me suis sevré de nicotine durant tout le voyage.

— On n'a plus la forme, cap'tain ?

— Tu verras à mon âge, insolente !

Il ôta ses lunettes de soleil, son casque et l'espèce de mou cul-de-poule en denim lui servant de couvre-chef qu'il jeta sur la table. Il y joignit bientôt ses deux pieds déchaussés, prenant un malin plaisir à remuer ses orteils gainés de beige et de gris dans le soleil mordant. Il était rouge, décoiffé et hilare.

— Eh bien, si l'on m'avait dit que je m'entraînerais pour le Tour de France aujourd'hui !

— Vous prétendez être en vacances, mon commandant ! Le vélo est une saine activité de plein air pour les personnes âgées en villégiature, le china-t-elle en ôtant son bandeau et en secouant ses longs cheveux noirs.

— Boisjoli, ne m'emmerdez pas ! Ou, plus exactement, Aglaé, ne fais pas chier ! Je t'ai expliqué hier que je n'étais pas vraiment en vacances, mais venu ici pour te voir et te faire parler.

— Voyez-vous ça !

— Et là, fille, tu n'y échapperas plus. Fait beau. On respire du bon air. On a du temps devant nous. Tu vas maintenant t'asseoir en face de ton respecté supérieur hiérarchique et lui dire enfin comment tu t'y es prise pour comprendre l'affaire Langiro avant lui et bien avant tout le monde, en fait.

— Rien que ça ? s'amusa-t-elle.

— Certainement ! Et pas plus tard qu'incessamment sous peu et même tout de suite !

— Tut tut, cap'tain ! répondit-elle, arrogante à souhait. Mettons qu'effectivement, moi j'aie compris cet imbroglio. Qu'est-ce qui m'assure que toi, Alex Demers, ci-devant directeur général adjoint de la SQ et chef des Projets spéciaux de mes fesses, tu aies saisi quelque chose dans cette embrouille ?

— Je te le dis : je sais !

— Ah oui ? Eh bien d'abord, si Couchepin n'est pas Langiro, dis-moi donc qui est Langiro, monsieur Je-sais-tout ?

Le grand ricana. Du pur bonheur pour lui que la joute qui s'annonçait. Tellement dommage que l'intérieur de ses cuisses le brûlât tant après ses efforts vélocipédiques, nuisant quelque peu au charme de l'instant. Il se gratta, le plus élégamment possible, chose délicate vu l'endroit de la démangeaison, et entreprit de clouer le bec de la péronnelle.

— Mademoiselle se croit seule à être rusée. Mademoiselle défie son chef. Eh bien, allons-y! D'abord, assieds-toi, je t'ai dit! D'accord pour plonger le premier. Mais tu me suivras dans le bouillon, c'est une promesse, O.K.? Alors vois-tu, moi, je prouve ce que je prétends savoir. Pas de «niaisage», j'avance en terrain solide.

Et la grande perche de fouiller dans l'une des immenses poches de son pantalon avec des airs de prestidigitateur s'apprêtant à libérer le lapin. Il en sortit une enveloppe décachetée qu'il tendit à la jeune femme. Bien sûr, elle comprit de suite ce que pouvait être la lettre.

— Pas vrai! Ne me dis pas que c'est «sa» lettre? Les explications promises dans dix ans?

Aglaé tombait des nues.

— Lis. L'enveloppe, je dois te le mentionner, t'est du reste adressée.

— Et depuis quand ouvres-tu mon courrier?

— Prérogative des Projets spéciaux de tes fesses. Lis, je te dis!

Que de temps passé, Mademoiselle Boisjoli.
J'étais Mate Langiro.
Vous n'aurez pas de mal à comprendre le reste.
Les victimes de mes crimes de jeunesse s'appelaient:
Paul Guimbal et Jean-Pierre Boutin, Alger 1962
Carlos Delposo, Sitges, Espagne, 1964
Vous connaissez les autres.
Sans rancune aucune, des regrets, peut-être...
Gaétan Guereur

— Comment as-tu mis la main sur cette lettre, Alex?

La jeune femme demeurait abasourdie, relisait la feuille blanche, la pliait, la dépliait et la repliait nerveusement... Elle finit par la reglisser dans l'enveloppe et la remettre à Demers, qui ne répondait pas, prenait son air le plus couillon en grimaçant dans le soleil.

— Comme ça, c'est encore moi qui continue? D'accord. Bon. Il y a que, quoi que tu puisses penser, je n'ai jamais été convaincu de la culpabilité de Couchepin, et Berthier non plus, tu sauras! Enfin, entendons-nous, la présence de ses empreintes sur l'arme du meurtre de Guereur était une preuve incontournable quant au crime de Québec. Mais, quant au reste, bien des choses collaient mal. J'ai, cela dit, laissé condamner et mettre en taule cet individu, et tu sais désormais que c'est une décision avec laquelle je vis parfaitement en paix. Tu me suis?

— Jusque-là, ça va. Mais puis-je te souligner que tu avances encore moins vite qu'en vélo. On est toujours à la case départ côté Langiro.

— J'y viens, matelot, j'y viens!... Imagine-nous, disons à la fin janvier dernier, Berthier et moi. On est dans mon bureau, D'Artagnan a demandé à me voir et me dit: «ça ne colle pas, Al!» — Il n'y a jamais eu que lui pour m'appeler comme ça — «Couchepin n'avoue toujours pas le meurtre de Bailli et me niaise tant qu'il le peut. Il y a dans cette affaire quelque chose que je ne comprends pas.» Et là, on s'est pris à réfléchir. Et à ce jeu-là, tous deux, d'ordinaire, on n'est pas mauvais. Tu me suis toujours?

— Pas difficile, tu n'avances pas!

— Correct. Alors, moi j'ai proposé: «Mon vieux Michel, on devrait tout reprendre à zéro! Tu vois», que je lui ai dit — je parle toujours à Berthier, là — «je n'ai qu'une certitude là-dedans, c'est que la Boisjoli, elle, eh bien elle a tout compris, et si cette enfoirée de poudrée-là a tout compris, ben me semble qu'on devrait y arriver nous autres aussi!» J'ai peut-être ajouté «torrieu!».

— Maudit macho!

— Et là, je lui ai raconté le peu que tu m'avais dit à notre souper de novembre, souviens-toi! Avec ce petit air fendant de celle qui en sait plus que les autres, tu m'avais sorti ce soir-là pas mal de choses éclairantes, même pour une qui ne voulait pas aider son chef. Tu avais dit, et je t'entends encore : « Il n'y a plus de Langiro, Alex ! » Puis, après, tu m'avais quasiment juré : « Langiro ne tuera plus ! » Enfin, en réponse à mes questions, je dois le souligner, fort pertinentes, tu avais lâché : « Langiro a toujours dit vrai dans ses lettres. » Voilà, très chère. Ce n'était pas grand-chose comme information, mais quand même, ce sont tes certitudes — et je dis bien les tiennes — qui nous ont donné la base de notre réflexion à Michel et à moi. En bref, cette enquête te doit tout. Sans toi, Langiro serait encore, pour nous tous, cette pauvre ordure de Couchepin. Alors, tu me suis toujours, fillette ?

— Je t'ai déjà dit que oui, mais bouge ! aboutis, et cesse donc de faire ton mâle dominant !

— Du respect et de la patience, veux-tu, moussaillon ! On s'est donc dit, Berthier et moi, que si Langiro avait toujours dit vrai, c'est qu'il avait, effectivement, tué un jour un policier, un professeur et un voyou, et ces deux derniers-là en même temps. Bien. Des meurtres de policiers, il s'en commet, on ne se le cachera pas, des centaines bon an mal an sur notre belle planète. Une piste semblait impossible à lever avec ce seul tuyau-là. Mais un professeur et un loustic tués ensemble, ça te constitue un profil de double meurtre quand même assez original. Alors on s'est dit que Michel pourrait travailler là-dessus…

— On l'avait déjà fait sans succès avec Interpol, non ?

— Exact. Sauf que là, on a repris l'exercice de façon beaucoup plus ciblée avec les polices locales concernées. Mon copain Berthier, on le sait tous les deux, c'est une crème d'enquêteur. Lui, ce qui le motivait avant tout, c'était de retrouver son meurtrier de Saint-Adelme. Alors il a repris le dossier de tous les suspects, je dis bien tous, les six qu'on avait listés avec toi en Gaspésie. Voyons voir : Couchepin, Boulin, Guereur, Bayard, LeJosec et Zertof. Il a refait l'histoire personnelle de chacun de ces hommes-là pour déterminer où ils avaient fait leurs études et où ils se trouvaient à leur adolescence.

— Et il a eu le nez de garder Guereur dans la liste, même si l'autre était mort ?

— Exact. Comme ça qu'il est, Berthier. Lui, je te dis, travaillait sur le premier assassinat, celui de Bailli, dont Guereur était l'un des suspects. Point à la ligne.

— Brillant, quand même.

— L'hypothèse était effectivement hardie. Ça nous a donné une belle carte de la francophonie : Couchepin à Québec, Boulin à Sept-Îles et Montréal, Guereur à Alger, Bayard à Orléans et Paris, LeJosec à Rennes et Bruxelles, et Zertof à Bucarest et Strasbourg. C'est moi qui ai alerté les autorités policières des différentes villes pour demander la collaboration de tous à la résolution de notre affaire. C'est ainsi, très chère, que j'ai parlé une première fois avec ton Pierre Mollon, pour le mettre sur la piste de l'Orléanais Roland Bayard. Puis-je souligner une autre fois que, là encore, c'est bien grâce à toi si j'ai eu l'idée d'appeler directement ce remarquable policier français plutôt qu'un autre. Et Dieu sait si je dois aujourd'hui me réjouir de ce choix fait uniquement parce que j'avais vu son nom mentionné dans ton dossier, *miss* Boisjoli. Une fois les portes ouvertes, Berthier a envoyé à chacun une demande détaillée fondée sur tout ce que l'on savait du double meurtre tel que décrit par Langiro. Tu comprends bien que tout ça nous a pris pas mal de temps et en a pris aussi chez nos correspondants à l'étranger. Personne chez les confrères n'a, bien évidemment, traité notre demande en urgence.

— Et qu'est-ce que ça a donné comme résultat ?

— Zéro sur toute la ligne.

— Pardon ?

— Rien du tout ! Un à un, au cours du printemps, nos vis-à-vis nous ont tous dit avoir bien cherché et ne rien trouver pour nous aider.

— Eh bien alors ! Je ne comprends pas...

— C'est là qu'intervient ton Mollon.

— Pas surprise...

— Ah oui ? As-tu idée comment ?

— Absolument pas.

— En me demandant la liste des collègues consultés dans la recherche…

— Je ne vois pas, le coupa-t-elle.

— Tu n'as juste qu'à me laisser finir, ô impatiente adjointe. Mollon a tiqué quand je lui ai mentionné que l'on cherchait aussi à Alger et m'a demandé ce que nous avions obtenu des collègues maghrébins…

Et l'escogriffe entreprit son rituel de changement de gomme en grimaçant de satisfaction sous l'effet combiné du soleil et de l'air perplexe de la jolie cycliste assise en face de lui.

— Bon, t'accouches, oui ? s'impatienta-t-elle.

— Les Algériens, figure-toi, avaient fort bien accueilli notre demande, mais n'avaient rien trouvé dans leurs annales en réponse. Et là, Mollon nous dit avec sa grosse voix : « Attention, les Québécois ! Faudrait bien faire vos devoirs et savoir avec précision l'époque où les crimes auraient été commis, parce qu'avant 1962, la police criminelle à Alger, c'était l'affaire de la gendarmerie de la métropole, *capicce* ! »

— Me semble l'entendre ! s'esclaffa Aglaé.

— Nous, je veux dire Berthier et moi, ça nous a mis une méchante puce à l'oreille et on a repris nos calculs. Berthier savait que son suspect local, Guereur, était né à Alger en avril 1945. Que disait Langiro, dans sa prose ? Qu'il avait fait ses trois victimes de jeunesse « à la fin de son adolescence » — je le cite, et qu'en tuant le professeur et le voyou, il se vengeait d'affronts commis à son encontre alors qu'il avait treize ans ans et seize ans. Le troisième affront, subi à dix-huit ans, il t'avait écrit l'avoir vengé l'année suivante, donc à dix-neuf ans, en faisant sa troisième victime. Autant dire qu'avant ça, il avait déjà deux morts sur la conscience. Quel âge avait-il en 1962 ? Dix-sept ans. Bien jeune pour tuer, me diras-tu, mais là n'est pas la question. On a rappelé Mollon en lui expliquant le topo. Tu me suis toujours.

— Eh que t'es long à t'expliquer, cap'tain ! soupira-t-elle, découragée.

— O.K., *miss speedy*, je te la fais courte. Mollon nous a immédiatement organisé une conférence téléphonique avec un de ses copains maghrébins haut placés dans la police locale, qui nous a concédé que ses services ne disposaient effectivement d'informations précises qu'à compter de leur réorganisation postcoloniale, après la fin de la guerre d'indépendance, au printemps 1962. Bien sûr, ils disposaient des annales policières du temps de la présence française, mais il semblait fort concevable à cet homme-là que des assassinats commis durant la période perturbée des transferts de responsabilités entre les polices française et algérienne n'aient pas été répertoriés comme meurtres de civils. Et voilà le travail!

— Ben là! Qu'est-ce que tu prouves avec ça, si tu n'as pas de victimes à la fin de l'exercice?

— Rien du tout. Bien d'accord avec toi. Mais quand même, ça ouvrait une fenêtre. Et ton Mollon est passé à travers...

Et le grand type, en ricanant, se jeta dans le four la gomme qu'il triturait depuis un moment et entama un vigoureux masticage sous l'œil réprobateur d'Aglaé, contrariée par ce nouveau délai mis à satisfaire sa curiosité.

— Qu'est-ce que tu racontes?

— Que ton Mollon est merveilleux. Il a terminé la conférence en nous sortant tout à trac, quand on ne l'attendait plus: « Si votre professeur était blanc de peau et qu'on l'a assassiné au début de l'année 1962 à Alger, certain que la police française présente sur place a fait enquête, guerre civile ou pas. Que vous, les Algériens, en ayez ou non aujourd'hui copie dans vos dossiers, je suis parfaitement assuré l'on doit retrouver quelque part une trace d'un crime du genre, s'il a effectivement été commis. Laissez-moi regarder ça. » Et ton commandant de gendarmerie nous a même scandé sa proposition d'un sonore *bordel à queue!*, si je me souviens bien.

Cela prendrait du temps à Mollon pour dégoter l'information, raconta Demers. Il allait finir par mettre la main sur les dernières éphémérides policières de la gendarmerie française à Alger, et y trouver, à la date du 26 mars 1962, la mention du meurtre d'un professeur d'anglais du nom de Paul Guimbal. Le nom d'un capitaine de gendarmerie figurait au dossier comme responsable de l'enquête. Rien d'autre sur l'affaire que ces quelques notes dans les annales policières françaises, en dépit des recherches pointues des adjoints de Mollon. Nulle part on n'avait trouvé la mention qu'un autre assassinat ait été commis le même jour qui pût être relié à la mort du professeur.

Par le biais de l'Union Nationale du Personnel en Retraite de la Gendarmerie française, un lieutenant de Mollon avait pu retrouver le capitaine pied-noir, un dénommé Jean-Pierre Pankowiak, depuis belle lurette en retraite à Tours, dans le département voisin. Le commandant Mollon lui-même avait joint le vieil homme, s'était assuré qu'il se souvenait de l'affaire et l'avait convaincu de communiquer ce qu'il en savait aux collègues québécois.

Au début de juin dernier, l'octogénaire joignait le directeur général adjoint de la Sûreté du Québec depuis les locaux de la gendarmerie de Tours. Il se rappelait que l'assassinat du professeur ressemblait à un règlement de comptes entre homosexuels, mais que l'on n'avait rien prouvé à cet égard. On avait retrouvé l'arme du crime dans les mains du cadavre d'un jeune délinquant de dix-huit ans dont le flic français ne se souvenait que vaguement du nom : « Bourin, Boulin, ou quelque chose comme ça. » On avait supposé à l'époque que les deux hommes avaient pu s'entretuer ou alors que le jeune s'était suicidé avec l'arme dont il venait de se servir pour tuer le professeur. Mais l'alternative n'avait fait l'objet d'aucune investigation. Le jeune « Bourin ou Bouvin, peut-être », était un membre connu de l'OAS[9], alors en guerre ouverte contre les autorités dans le même quartier populaire du centre-ville d'Alger, Bab el Oued, où l'on avait retrouvé les deux corps. À l'époque, l'insurrection de tenants de l'Algérie française contre les autorités militaires connue sous le nom de « bataille de Bab et Oued » faisait trente-cinq morts et des cen-

---

9 OAS : Organisation Armée Secrète, mouvement d'extrême droite prônant la suprématie blanche, opposé à l'indépendance algérienne au début des années soixante.

taines de blessés. Les accords d'Évian décrétant le cessez-le-feu de la guerre d'indépendance de l'Algérie venaient d'être signés quelques jours plus tôt, déclenchant, selon les mots du vieux gendarme, une période de bordel total à Alger qui durerait jusqu'en juillet. Le jour même de la mort de Guimbal, l'armée ouvrait le feu sur des manifestants pieds-noirs dans la rue d'Isly, une artère menant à Bab el Oued. Cette fois, au moins soixante civils étaient tués, dont plusieurs membres de l'OAS. Dans cette atmosphère d'émeute, personne à la police n'était ni disponible ni particulièrement intéressé à enquêter sur une affaire de mœurs. «Bourin ou peut-être bien Bouzin, après tout, un prénom composé, je crois», considéré comme un trublion, aux dires de Pankowiak, avait été conduit à la morgue parmi les cadavres d'autres membres de l'OAS et l'enquête sur la mort de Guimbal, conclue avant d'être véritablement ouverte, on n'avait jamais cherché à en savoir plus.

Que rien ne subsistât du dossier ne surprenait absolument pas le vieux gendarme. Quelques semaines après les deux meurtres, les Français, police comprise, quittaient Alger dans le désordre le plus complet.

— Et voilà, ma jolie, comment, sans rien véritablement comprendre de cette histoire, j'ai eu l'assurance que celui qui signait ses lettres du nom de Langiro n'était nul autre que Gaétan Guereur, l'adolescent algérien parmi nos suspects.

— Et la lettre, comment as-tu mis la main sur sa lettre ?

— Ben là, pas difficile. On avait tous à l'esprit cette promesse de Langiro d'éclairer ta lanterne dix ans plus tard. Sachant désormais que Guereur était Langiro, une lettre de lui devait bien être quelque part dans ses affaires. Y avait-il moyen de mettre la main dessus, sans attendre ? C'est Berthier qui s'est chargé du travail. Il a questionné la veuve. Le couple s'était séparé, ne vivait plus ensemble…

— Mais ils avaient tous les deux gardé des liens étroits, compléta Aglaé, suspendue aux lèvres du commandant.

— Ah, tu savais ça, toi ? Tu me surprendras toujours. Bon,

Michel a fini par savoir, à force de questionner cette femme que, non, elle n'avait aucune lettre à envoyer elle-même que lui aurait laissée son mari dans ses dernières volontés. Mais, a-elle souligné, il était très lié à son notaire, un de ses bons copains chasseurs. Berthier s'est pointé chez le tabellion et, je te la fais courte, l'autre, menacé de mandat de perquisition, a fini, après bien des difficultés, à admettre que, oui, il avait pour consigne, dans le cadre de la succession de son ami Gaétan, d'ouvrir une lettre à la date du 24 octobre 2016 et d'appliquer les intentions du défunt qui lui seraient alors exprimées. Tu sais la suite.

— Dix ans jour pour jour après sa mort; une autre fois, Langiro disait vrai, aura tenu parole, souffla Aglaé, émue, ébranlée.

— Eh bien, la belle, j'ai fait mon bout de chemin, non? À ton tour maintenant. Qu'est-ce qu'on a à raconter à son commandant, suite à tout ça? Me diras-tu que tu avais tout compris de cette histoire? Tout, vraiment tout?

— Oui, tout, souffla-t-elle.

— Eh bien, pas moi et loin de là, et même maintenant que je connais pourtant le coupable ou, à tout le moins un des coupables. Alors je t'écoute.

Aglaé Boisjoli se leva et marcha vers le bord de la falaise, laissant le grand type maintenant étendu de tout son long sur le plateau de la table, appuyé sur un coude en plein soleil. Ainsi, plus de doute, la Sûreté savait. En fait, qui savait? Demers et Berthier, bien sûr, mais avaient-ils parlé à d'autres? Elle en douta spontanément. Elle se sentait à la fois libérée et embarrassée. Elle n'avait jamais prévu devoir un jour expliquer sa rebuffade, sa sortie des rangs. Et voilà que ce diable d'homme l'avait amenée au point où elle n'avait plus le choix de taire ce qu'elle avait découvert. Jamais le double crime d'Alger n'aurait dû être retracé, songeait-elle en se mettant un instant dans la peau de Guereur. « J'ai choisi à la perfection le moment de tuer ces deux-là. » s'enorgueillissait-il: un meurtre en pleine guerre, « dans une ville en émoi », avait-il écrit. Il avait fait le pari que la police, qui ne le soupçonnerait pas puisqu'il serait pour elle une victime de Langiro, n'aurait jamais l'idée d'aller fouiller dans son passé à lui. Dût-elle le faire qu'il avait l'assurance que le double meurtre, commis dans une Alger en pleine insurrection, ne reviendrait jamais à la surface. Guereur avait pris un risque calculé en mentionnant la mort du professeur et du voyou et voilà, il avait perdu. Si sûr de lui, il avait même à peine dissimulé le nom de sa victime, *Guimbard*, pour « Guimbal », comme il avait risqué *Charlot* pour « Carlos », le nom du policier espagnol, en véritable casse-cou. Maintenant, Demers savait. Il avait fallu la clairvoyance et l'opiniâtreté de Mollon pour résoudre l'énigme. Et dire que c'est elle qui avait mis Alex sur la voie du commandant français !

— Je ne sais pas comment te raconter tout ça, laissa-t-elle finalement tomber sans se retourner.

— Mais tu confirmes que Guereur était un des éléments clefs de l'affaire Langiro ?

— Pas seulement un élément, Alex. Il était tout dans l'affaire Langiro. C'était lui, Langiro, le tireur de ficelles, solitaire du début à la fin.

— Tout seul ? Ben là, ma petite fille, va falloir expliquer au barbon obtus que je suis. On va y aller dans l'ordre, veux-tu ? Tu vas juste répondre à mes questions. Viens te rasseoir, s'il te plaît. Tu vas d'abord m'expliquer comment t'est venue l'idée peut-être géniale mais quand même foutument saugrenue de soupçonner un mort ?

Aglaé revint à pas lents à la table et lui fit face, embarrassée, songeuse, ne sachant trop par quel fil commencer à dévider la pelote compacte de son raisonnement. Après tout, aussi bien répondre à ses questions. Elle ne s'assit pas. Comment rester objective, neutre, ne pas se laisser aller, ne pas dérailler ?

— Guereur n'était peut-être pas mort quand j'ai compris qu'il pouvait être l'homme qui nous mystifiait sous le nom de Langiro. Et sa mort m'a jetée à terre, mon commandant, car je n'ai pas su la prévoir ni l'éviter. C'était ma troisième affaire de cette nature à la poursuite de criminels mystificateurs. J'aurais dû comprendre plus tôt l'énigme, empêcher le geste suicidaire de Guereur.

— Ben là, Aglaé, ne charrie pas quand même! Nous, on n'a toujours pas compris huit mois plus tard... Or, sais-tu, Berthier et moi, on se targue de posséder de robustes QI et un méchant paquet de cellules associatives dégourdies. Alors, tu vas arrêter, veux-tu, de te trouver lente du ciboulot. Pas de sparages et contente-toi de me répondre. Explique-moi donc, veux-tu, comment tu as suspecté Guereur, toi seule et si longtemps avant nous?

— C'est un peu fou, Alex et, même maintenant, alors que je sais que j'ai vu juste, je ne suis pas sûre que mon raisonnement tienne la route.

— Explique!

— O.K.! Accroche-toi. La nuit qui a suivi son interrogatoire au poste de Matane, la même nuit où Guereur-Langiro se plantait sur son épée, je ne dormais pas et réfléchissais à tout ce que je savais sur l'affaire. Il me semblait évident que, par sa mise en scène, le tireur de ficelles voulait avant tout mettre la police au contact de suspects possibles et d'un coupable pour le meurtre de Bailli. J'ignorais à ce moment-là qu'il avait en fait pour but ultime de nous désigner le coupable de sa propre mort. Je retournais tout ça dans ma tête sans aboutir quand je me suis mise à repenser aux deux criminels que j'avais précédemment rencontrés. J'ai tenté plus ou moins consciemment de voir lequel des six suspects de cette affaire aurait quelque chose en commun avec ces deux-là. Et c'est là, Alex, que j'ai compris qui était mon troisième assassin. C'est *flyé,* tiré par les cheveux, à peine crédible, tout ce que tu veux, je le sais, mais, que veux-tu que je te dise, c'est comme ça, cette nuit-là, que j'ai suspecté que Guereur était Langiro.

— Pas clair du tout, ton affaire. Tu vas trop vite. Explique-toi mieux, tu veux!

— Il y a, Alex, que Guereur, en me quittant après son interrogatoire, m'a regardée et m'a parlé exactement comme l'avaient fait avant lui mon justicier de Saint-Valentin, il y a huit ans de cela, et mon tueur d'Anticosti l'an dernier. Et cette nuit-là, à

Matane, en pensant à ces trois hommes, le fait m'a frappée comme une évidence.

Elle ne pouvait rester en place. Elle fit le tour de la table sur laquelle était avachi le commandant. Elle était agitée, surexcitée, parlait maintenant pour elle. Ses longs cheveux tombaient sur son visage sans qu'elle les relevât.

— Stupide, non, comme élément à conviction! Tu me vois défendre ça devant le sergent Hébert en lui demandant de libérer Couchepin! Tu me vois m'expliquer devant un coroner, un juge ou un jury! Ah, j'aurais l'air d'une belle folle!

— Aglaé, je ne comprends toujours pas. Que t'ont dit ces gars-là?

Elle stoppa d'un coup ses cent pas et vint à lui en relevant la mèche de devant ses yeux.

— De faire attention à moi! m'entends-tu bien, Demers! Les trois m'ont regardée avec quelque chose comme de la bonté, de la bienveillance, de l'affection sur le visage, je ne sais pas comment te dire ça... comme s'ils regardaient leur propre fille. Et les trois m'ont dit en me quittant de faire attention à moi! Trois assassins du genre poids lourd, chacun quatre ou cinq meurtres à son actif, et ces gens-là ont en commun de me dire: «Vous faites un métier bien dangereux, mademoiselle Boisjoli. Soyez gentille de faire attention à vous!» Et voilà. Ce n'est pas autrement que j'ai réalisé que Guereur, qui avait ce même souci de me protéger, ce même respect pour moi qui le chassais, était peut-être Langiro. Raisonnement intuitif, cousu de fil blanc, subjectif, bâclé, sors-moi tous les qualificatifs que tu veux, Alex. Mais c'est ainsi que j'ai d'abord suspecté Guereur. Cette même nuit-là, j'ai poursuivi ma logique en me demandant: «Si j'étais Guereur, qui serait ma seconde victime?» Et j'ai tout de suite compris que Couchepin était en danger.

— Ouais... Pousse, mais pousse égal, Aglaé. Fais-moi le plaisir de te calmer un peu, et répète-moi tout ça, veux-tu. Tu essaies de me faire avaler que tu as compris que Guereur était Langiro juste parce qu'il te demandait de faire gaffe à tes os. C'est gros, non?

— Je sais, souffla-t-elle, abattue. C'est bien pourquoi je n'en ai rien dit. Qui aurait pu me prendre au sérieux ?

— Moi, bien sûr, aujourd'hui comme hier, du reste. Mais seulement si tu m'expliques un peu mieux.

Elle s'assit sur le banc de la table, le dos au soleil. Il ne voyait plus ses traits. Elle reprit bientôt à voix basse et réfléchie.

— Comprends-moi. Je n'ai pas pensé cette nuit-là « C'est lui ! », mais plutôt « Et si c'était lui l'assassin, ce Guereur qui me parle exactement comme mes deux fantômes ? » Je n'avais aucune certitude… après, oui… Là, j'avais juste un doute : « Si cet homme était une boule de haine pour ses ennemis ? » C'est comme ça que j'ai estimé que Couchepin était en danger de mort imminente.

— Aglaé, il y a quand même un lien qui m'échappe… Tu cibles un assassin juste au pif, pas en flic, pas en psy, un peu comme à la roulette, une chance sur six… Et tu vois juste, bravo, mais comment te dire, c'est juste une *luck*, un coup de pot, ton truc, non ?

— Je ne sais pas. Tout cela m'effraie un peu, Alex.

Il dut se pencher vers elle pour entendre les phrases suivantes qu'elle chuchota comme pour elle-même.

— Qui sait ce qui se passe dans la tête de l'assassin qui parle avec le policier qui le poursuit ? Trois fois… trois fois j'ai été sous ce regard. J'imagine ces hommes, des tueurs de sang-froid, qui me voient devant eux. Ils sont sûrs d'eux-mêmes, ont l'assurance que je n'ai rien pour suspecter leur culpabilité, qu'ils me trompent et que je ne les démasquerai pas. Je crois qu'ils savourent la situation, certes, mais qu'en même temps, ils s'inquiètent… et ils s'inquiètent… pour moi… Ils savent que je suis, en quelque sorte, en sécurité avec eux, mais se disent : « Avec un autre assassin ? » Et ça sort : « Vous faites un métier dangereux, mademoiselle ! »… Cette préoccupation qu'ils ont eue, les trois, de ma sécurité me touche, Alex, c'est fou. Je ne cesse d'y penser. Leur gentillesse, leur sollicitude m'appellent, je me sens proche d'eux. Quand le souvenir de ces hommes me vient, je pense à des amis, pas à des ennemis…

Elle se tut et parut s'abîmer dans ses réflexions, très loin du commandant. Lui restait tout aussi songeur, le visage impassible, curieusement ébranlé au fond de lui-même. Il croyait tout connaître des limites de la police et des policiers, et voilà qu'il décodait, impressionné, la genèse de l'intuition chez sa jeune consœur. Il éprouvait à ce moment précis de l'admiration pour la jeune femme, certes, mais aussi un début d'agacement, un amalgame de sentiments parfaitement inusités chez lui. De l'envie teintée de respect devant le flair et la sensibilité de la fille, une vague irritation devant le constat d'une certaine injustice — pas dur pour une aussi belle créature d'attirer l'affection des autres, voire d'assassins ! — et puis une jalousie toute bête face à l'évidence de liens émotifs entre d'autres hommes, des assassins, et cette femme dont le charme ne le laissait pas indifférent. Beau mélange, à la vérité ! songea-t-il, avant de prendre sur lui de passer outre à ce début d'amertume et de ramener Aglaé sur le chemin des explications.

— Je n'avais, bien sûr, aucune certitude, finit-elle par reprendre, sauf que, plus je retournais dans ma tête l'hypothèse que Guereur était Langiro, plus les choses trouvaient leur sens et s'expliquaient...

Elle se tut longuement sans qu'il la relançât, avant d'enchaîner.

— Et cela, même après sa mort, surtout après sa mort, en fait. Il m'a eue de vitesse. Cette issue-là, je ne l'avais, hélas, pas vue venir. Et pourtant, elle était parfaitement prévisible et, en fait, constituait l'aboutissement logique de toute cette histoire. Par cette mort, grâce à elle, tout devenait clair et simple. J'avais visé en plein dans le mille en soupçonnant Guereur : je l'ai réalisé dès le lendemain, jour de sa disparition. Ma logique de base ne reposait sur rien, une impression, une idée comme ça, une hypothèse qu'aucun coroner ou procureur n'accepterait de prendre en compte ou de défendre. Mais fondée sur ce postulat que Guereur était l'assassin que nous recherchions, tout s'expliquait, trouvait son sens. La vie de Couchepin allait « être détruite », et Langiro avait, comme promis, « disparu ». Je vous écoutais discourir de votre meurtre en conférence téléphonique le matin suivant le drame, et tous les éléments du casse-tête s'emboîtaient d'eux-mêmes. La mort de Guereur n'était pas un meurtre, mais un suicide. Je ne comprenais pas tout, sauf qu'à chaque question qui me venait à l'esprit, je voyais, avec surprise je ne te le cache pas, une explication. Je vous ai laissés vous ruer sur Couchepin, le bouc émissaire désigné par l'assassin, et j'ai reconstitué de mon côté l'itinéraire de Guereur. J'ai relu ses lettres et compris qu'il disait vrai, qu'il avait toujours dit vrai. Je l'ai vérifié une autre fois, tiens, quand j'ai reçu le rapport que t'avaient envoyé les Espagnols sur la mort de ce garde civil à Sitges, Carlos Delposo. Tous les détails mentionnés étaient là, le poignard, les bords de la Méditerranée, les oliviers, même son âge à lui au moment du crime, dix-neuf ans. Il ne me disait pas tout, non, mais il ne me mentait jamais.

— Attends voir, si! Il a menti au moins une fois en nous disant qu'il allait tuer deux minables. Disons qu'il a tué un minable avec Bailli, d'accord. Mais s'il s'est suicidé, on ne parle plus là de la mort d'un minable? Langiro nous trompait en utilisant ce vocabulaire. Il nous envoyait sciemment sur une fausse piste.

— Faux, Alex! Fais comme moi, relis dix fois, vingt fois et bien plus que ça ses lettres et tu constateras que Langiro n'a jamais, au grand jamais, écrit qu'il tuerait deux fois après avoir exécuté Courchesne. C'est nous qui avons lu trop vite et avons sauté à cette conclusion... à tort. Souviens-toi, dans sa première lettre, il nous dit qu'il lui reste «deux ennemis à éliminer», et plus loin il évoque les «minables» qu'il va «mettre hors circuit». Écrit-il qu'il va les assassiner? Absolument pas. Deuxième lettre, il nous lance: «Je vais détruire deux vies»; dernière lettre, il nous parle cette fois de «deux individus à écarter». Certes, il nous dit et redit, et cela, très clairement et avec force détails, qu'il a quatre morts à son actif et qu'il va tuer une cinquième fois, mais jamais il n'évoque un sixième meurtre, et pour cause, il n'y aura pas de sixième meurtre, mais un suicide, le sien.

— C'est jouer sur les mots.

— Bien évidemment. Et de ça aussi, il nous avait avertis: cet homme jouait, jouait encore et jouait toujours en mettant en scène sa propre mort. Il nous l'a explicitement exprimé. Nous étions prévenus. Souviens-toi, cette dernière volonté qu'il a eue de revendiquer son honnêteté intellectuelle. « Je répugne à vous mentir », écrivait-il, et là encore il disait vrai. C'était là pour lui le véritable sel de cette affaire. Il fallait qu'il dise vrai pour réellement nous défier. C'était les règles de « son » jeu. Et c'est ce qu'il a fait et il a gagné... on n'y a vu que du feu. Surtout moi... moi qui n'ai pas été assez bonne pour le décoder, le voir venir. Et pourtant j'aurais pu... et il le savait. Je crève, comprends-tu, Alex, à l'idée que, d'une certaine façon j'ai dû décevoir cet homme-là...

— Dis, arrête un peu tes salades, Aglaé. Là tu déconnes pour de bon...

— Non, et Berthier avait compris ça, lui aussi.

— Qu'est-ce que tu me dis là ? Qu'est-ce qu'il avait compris, Michel ?

— Que j'allais trouver. Il me l'avait affirmé, je l'entends encore me dire : « Aglaé, j'ai la conviction que vous allez le reconnaître... et il le sait et, peut-être, le souhaite. » Michel comme Langiro, j'ai dû les décevoir...

— Arrête-moi ça tout de suite ! Berthier n'en a pas compris plus que moi, je te l'ai dit. Il n'y a que toi qui as vu clair dans cette soupe aux pois d'histoire...

— Oui, mais trop tard... Bon sang, Alex, en partant, comme je le faisais, de l'hypothèse que Guereur s'était suicidé, tout s'éclairait de façon si lumineuse. Constate-le ! Cet homme nous écrit dans sa seconde lettre : « Je vais détruire deux vies et disparaître » et, la ligne après : « Je ne crains pas la mort ». Bon sang, pouvait-il être plus clair. Il tue le premier, Bailli comme promis, et « détruit » la vie du second en « disparaissant » de façon telle que ce carriériste de Couchepin finisse sa vie en prison. Voilà, j'étais surprise, souviens-toi, qu'il n'évoque jamais son dernier meurtre, lui qui nous avait tant parlé du cinquième à Saint-Adelme. Bien sûr qu'il ne pouvait pas être loquace sur ses intentions puisque c'est sa propre mort qu'il planifiait. Enfin, comment ai-je pu lire :

« Plus que deux obstacles à ma quiétude sur la voie lumineuse qui me mène à la fin de mon histoire » sans déduire que cet homme-là avait en tête de se suicider ?

— Ce sont des choses que l'on réalise après.

— Sauf que moi, excuse-moi garçon, je l'ai compris ou, disons, deviné la nuit même du suicide de Guereur, des mois avant toi, O.K. !

— C'est ça, niaise-moi, maintenant !

— Je suis docteure en psychologie, bon Dieu ! Comment ai-je pu rater mon rendez-vous avec ce type ? Je l'ai manqué seulement de quelques heures. Tu ne peux imaginer que cela reste frustrant pour moi encore aujourd'hui !

Elle s'était relevée et avait repris ses cent pas autour de la table, écoutant à peine ce qu'il lui répondait. Elle parlait maintenant d'une voix basse et découragée. Un lourd camion passa sur la 138 qui les fit taire un moment.

— Ce que tu racontes n'est toujours pas éminemment clair, quoi que tu en penses et dises, matelot, reprit-il, le bruit estompé. Fais-moi plaisir, reste sur ton cul pour l'amour et cesse de digresser sur tes états d'âme ! Reprenons tout ça depuis le début, tu veux. Courchesne d'abord. Pourquoi Guereur a-t-il l'idée de tuer Courchesne ? Si je me souviens bien, il n'a rien contre lui, prétend ne le connaître qu'à peine.

Elle s'assit sur l'autre banc de la table, la tête à la hauteur de celle du directeur général adjoint, face au soleil. Le regard perdu sur la mer devant elle, elle parla lentement, ressassant ses pensées sans s'adresser directement à Demers.

— Malgré l'admiration que j'éprouve pour ce type-là et l'envie réelle que j'aurais eue de le mieux connaître, faut pas se tromper Alex, c'est un tueur, un homme au sang-froid, une espèce de grand seigneur, sûr de lui et de son impunité, qui planifie et donne la mort sans émotion. Son but ultime : faire condamner Couchepin pour des crimes que lui va commettre. Bon, la meilleure façon de mettre la loupe policière sur Couchepin est de tuer le pire ennemi de son ennemi. Qui, de notoriété publique, déteste Courchesne ? Couchepin. Il tue donc Courchesne sans aucun scrupule et se sert de ce meurtre comme d'une espèce de crochet pour nous tirer à lui et nous amener sur les traces de Couchepin.

— Mettons. La suite ?

— Il nous attire comme ça à Matane, où il entend nous présenter ses suspects et, parmi eux, le bouc émissaire qu'il veut nous voir accuser après son suicide. Il va m'y croiser plusieurs fois puisqu'il choisit de résider dans la même auberge que moi, en fait l'hôtel le plus proche du bureau de la SQ où il ne lui était pas difficile de prévoir que j'allais m'installer. Mais il faut que celui qu'il veut me voir suspecter, Couchepin, me rencontre lui aussi et que, si possible, je le remarque, pour me souvenir de lui au moment de l'accuser. C'est alors, la fin de semaine précédant celle où il va tuer, qu'il organise ce vol dans les autos des deux chasseurs, qui amène la cible de son futur meurtre et le coupable désigné ensemble au bureau de la rue du Phare. Tu me suis ?

— Comme un wagon derrière une locomotive. Tou-hou-hou… niaisa Demers, semblant heureux de constater qu'elle se souvînt de sa présence.

— J'ai vérifié le point dans les témoignages de Louis Pichon et de Stéphane Garon, recueillis par Berthier. Guereur, ce dimanche-là, a passé toute la journée seul sur un quad à relever des traces de gibier un peu partout sur le territoire. Aucun doute qu'il a pu aller effectuer le vol aux voitures de Bailli et de Couchepin.

— Mais on n'a volé que Bailli, non ?

— Tu as raison, mais on est entré dans la voiture de Couchepin. Langiro fait coup double. Il s'y prend de telle sorte que ses deux ennemis vont se montrer au poste de la Sûreté et il glisse la carte de l'Indiana parmi d'autres cartes routières dans la voiture de Couchepin. Ne lui reste plus qu'à s'assurer que je vienne, moi aussi, au poste de la SQ. Merveilleux, non, ce que réussit alors cet homme-là : réunir, pour un moment absolument invraisemblable, la future victime, le futur assassin présumé et le flic chargé de l'enquête à venir !

— Pas mal, c'est vrai. Tu as reconstitué la façon dont il s'y est pris pour t'attirer au bureau de la SQ ?

— Oui. Il a téléphoné, en dissimulant sa voix, à LeJosec, qui n'y a vu que du feu et m'a fait son message, comme si c'était celui d'un appel d'un collègue de la Sûreté. Langiro, enfin Guereur si tu préfères, peut donc décrire dans sa quatrième lettre mon chandail rouge et ma broche. Le jour où je suspecterai Couchepin, raisonne-t-il, je me souviendrai que c'est bien ce dimanche-là que je l'ai rencontré pour la première fois, comme par hasard, le jour même où l'hypothétique Langiro démontre m'avoir croisée.

— L'organisation du traquenard implique que Guereur t'ait vue lui aussi ce jour-là pour pouvoir décrire ce que tu portais.

— La belle affaire ! Il a dû attendre que je sorte de l'hôtel pour voir comment j'étais habillée, ou m'aura croisée dans le vestibule de l'auberge sans que j'y fasse attention. Il contrôlait le jeu.

— Bien sûr… Arrive ce samedi d'ouverture à l'orignal où il va tuer Bailli ?

— Il sait de longue date que Couchepin sera là, avec lui, à la chasse. Certain que c'est Boulin qui choisit d'inviter Bailli. Sur quels conseils ? Ceux de Guereur, qui a su adroitement convaincre son ami de la pertinence d'un choix que l'autre va assumer, mais qui, au départ, est bien le sien. Langiro a donc ses deux victimes sous la main et peut agir comme il l'entend. Il tue Bailli et glisse douille et cartouches dans la poche de Couchepin.

— Bon, on arrive à la mise en scène de sa propre mort. Je t'écoute.

— Pas grand-chose à en dire. Que veux-tu, Guereur se suicide et ne réussit qu'à moitié son coup. Il a dû placer l'épée dans l'angle du plancher et de la porte, en se servant de la serviette trouvée à ses côtés pour ne pas y laisser ses empreintes. Il se place sans doute le bout de la lame sur sa poitrine et se laisse tomber de tout son poids. Sauf que l'on sait le reste, la lame dévie, l'agonie sera longue. Et il ne crie pas, n'appelle pas au secours, étouffe les sons qu'il ne peut retenir. Ça, je l'ai lu dans le compte rendu d'interrogatoire de son petit voisin du motel. Tu ne cherches pas à attirer l'attention du bon Samaritain qui va te sauver la vie quand tu es fermement décidé à te donner la mort. En fait, Alex, j'ai beaucoup pensé à cette agonie en regard de tout ce que nous avait écrit ce type sur sa santé défaillante et sa mort prochaine. Le médecin légiste vous l'avait décrit, souviens-toi, comme une force de la nature, un sexagénaire doté d'une « excellente santé pour son âge ». Le « pour son âge » m'a fait réfléchir. J'ai épluché le rapport d'autopsie. On y mentionne la présence de calculs aux reins et l'hypertrophie marquée de la prostate. Je crois, vois-tu, que Guereur se croyait réellement malade et qu'il souffrait de violents maux de ventre qui devaient lui gâcher l'existence. Ça fait très mal, des calculs aux reins, mon grand-père en a eu et je l'ai vu souffrir. Je te dirai tout à l'heure que j'ai eu l'occasion de longuement parler avec l'épouse de Guereur. Elle m'a raconté que le père de Gaétan, un médecin d'Alger, était mort d'un fulgurant cancer du pancréas à l'âge de soixante ans. Elle m'a confirmé aussi que son mari n'était pas homme à consulter. Je fais le pari qu'en se suicidant ce type-là ne croyait que devancer de quelques semaines ou mois la fin de sa vie. Je pense aussi que, dans ces circonstances, il pouvait espérer que, compte tenu de sa faiblesse, la mort viendrait rapidement. Et là, il s'est trompé.

— Mais les empreintes, Aglaé. Comment peux-tu m'expliquer qu'on ait trouvé les empreintes toutes fraîches de Couchepin sur la maudite épée ?

— Sais-tu, Demers, eh bien ça je l'ai compris très vite. Un véritable coup de chance ! Tout cela s'est passé à quelques mètres devant moi : du grand art.

— Qu'est-ce que tu me racontes là ?

— Devant moi et toi, à part ça !

— Allons donc !

— Eh oui, espèce d'enquêteur à la gomme. Je te le dis, les empreintes ont été mises sur cette arme sous ton grand nez et tu n'y as rien vu.

— Un peu de considération pour mon appendice, matelot. Vas-tu me dire à la fin comment ça s'est passé ?

— Souviens-toi de cette conférence téléphonique tenue ce matin où l'on avait retrouvé le corps de Guereur au motel de Sainte-Foy. Moi, j'étais seule à Matane et je vous écoutais...

— Je me souviens, même que tu te taisais dans ton coin...

— J'écoutais, je te dis, avec mon idée déjà bien ancrée en tête que Guereur avait sans doute lui-même mis fin à ses jours. Et puis Hébert a parlé de l'arme retrouvée dans le corps. Une épée à poignée de nacre...

— Eh bien ! Je t'écoute...

— C'est blanc, la nacre, non ? Il se trouve que je venais récemment de voir un parapluie avec non pas une poignée de bois ou de plastique noir ou brun comme ils ont tous, mais avec l'extrémité du manche de couleur blanche.

— Et où avais-tu vu ça, toi ?

— Il se trouve que moi, j'ouvre les yeux, cap'tain ! Il pleuvait le lendemain du meurtre, le jour où vous avez retrouvé le corps de Bailli. J'étais restée au camp cette journée-là. Souhaitant sortir à un moment donné, j'ai cherché un parapluie. J'en avais vu un le matin même, dans l'entrée de chez Pichon, et je ne l'ai pas retrouvé. Et je me souvenais vaguement que la poignée de ce parapluie-là était blanche. C'est en pensant à votre histoire de canne-épée que le détail m'est revenu. J'ai mobilisé mes neurones et me suis souvenue que, pendant le petit-déjeuner, Couchepin s'était servi de ce parapluie. Pourquoi n'était-il plus là dans l'après-midi alors que personne n'avait quitté le camp autrement que pour participer aux recherches de Bailli en forêt ? On ne se munit pas d'un parapluie pour aller patrouiller dans les bois denses d'épinettes, quand même ! Quelqu'un l'avait fait disparaître. J'ai reconstitué dans ma tête ce que j'avais vu le matin. Couchepin, en robe de chambre, était malade. Il venait de boire un café que lui avait donné... Gaétan Guereur. Imagine un vomitif puissant dans le café. Couchepin doit dégueuler. Il se lève devant nous et file aux toilettes. Elles sont occupées. Par qui ? Guereur. Un hasard ? Non ! Couchepin n'a d'autre choix que de sortir dehors s'il ne veut pas régurgiter devant nous. Il pleut à plein temps. Il est en robe de chambre, mais, par la plus grande des chances, un parapluie est là dans l'entrée. Il le prend. Et ce parapluie n'est plus là, quand moi, l'après-midi, je souhaite m'en servir. Tu me suis?

— Tou-hou-hou. Je suis là. Dis-moi donc, ça existe des épées-parapluies?

— Tu ne sais pas ça, toi? Un arrière-grand-père à moi en avait une dont mes parents se sont débarrassé quand ils ont réalisé que l'objet devenait bien trop dangereux comme jouet dans les mains de mes frères. Bien des antiquaires en ont à vendre et, si tu veux, tu pourrais même t'en acheter une belle toute neuve sur Internet. J'ai vérifié.

— Bingo!

— Guereur, si tu y réfléchis un peu, faisait une autre fois très fort ce matin-là. En fait, un authentique coup double: il se dotait de « la » preuve à conviction béton pour faire accuser Couchepin et, en plus, nous présentait le pauvre type comme un homme malade, alors que nous tentions de lever la piste d'un Langiro supposé être à l'article de la mort. Du reste, à cet égard, je suis persuadée que Guereur n'a pas cessé, tout au long de la partie de chasse, de refiler des vomitifs à Couchepin, y compris le matin où nous l'avons interrogé, pour s'assurer qu'il ait toujours cette allure de mal portant sous nos yeux. Et cela n'a pas dû lui être bien difficile. Relis les témoignages de Stéphane Garon et d'Omer Boulin, tu verras que Couchepin y est décrit comme un fainéant qui répugne à participer aux travaux communs et adore se faire servir. « Un café? un verre d'eau? un petit verre de vin, Paul? » Guereur a dû s'empresser auprès de lui et, ce faisant, ne cesser de le droguer. Et l'autre n'y aura vu que du feu…

— Mais attends. Il y a quand même quelque chose qui me chicote. Comment Guereur pouvait-il être sûr que Couchepin n'aurait pas d'alibi ce soir-là où il se suicide?

— Eh bien là, je suis une autre fois obligée d'imaginer ce qui s'est passé. Penses-y comme j'y ai pensé. La seule explication possible est que c'est lui, Guereur, qui a leurré Couchepin avec cette histoire de rencontre avec la vice-première ministre. Personne n'a cru le suspect quand il a prétendu avoir vainement attendu, ce soir-là, madame jusqu'à minuit. Je crois, moi, qu'il disait vrai. Quelqu'un l'avait convoqué, avait retenu sa chambre d'hôtel et lui avait promis la visite tardive de la femme la plus influente du gouvernement. Une occasion unique et inespérée que n'allait certainement pas manquer ce carriériste de Couchepin. Je revois encore la fierté avec laquelle, le matin de sa mort, il nous avait lancé à Berthier et à moi que, le soir même, il rencontrerait madame Élise Baron.

— Il vous en avait parlé ?

— Ma foi oui, c'est dans son témoignage. Et il n'y a pas que lui qui nous ait évoqué ce coup de fil, du reste, Guereur aussi nous en avait parlé lors de son interrogatoire, comme par hasard...

— C'est donc lui qui aurait téléphoné à Couchepin ?

— En se faisant passer pour un adjoint de madame, sans aucun doute. Et c'est lui aussi qui aura retenu cette chambre dans l'hôtel immédiatement voisin du motel où il planifiait son suicide. Couchepin, en fin de matinée ce jour-là, gueulait qu'il lui fallait partir au plus tôt. Il est tombé droit dans le panneau. Prévenu si peu de temps avant le rendez-vous, il n'aura rien pu vérifier. Qui d'autre que Langiro, le mystificateur, le grand maître d'œuvre de toute cette mascarade pour organiser cet attrape-couillon ? En se plantant son épée dans le corps à 22 heures juste, Guereur savait pertinemment qu'à ce moment-là, l'heure exacte annoncée à Couchepin pour sa rencontre avec madame, l'autre était seul dans sa chambre du Best Western voisin à attendre la visite qui allait changer sa vie.

— Bravo, Sherlock Holmes. Eh bien, je pense que tu expliques à peu près tout. Tu m'as parlé de l'épouse de Guereur. T'a-t-elle appris autre chose ?

— Louise Trépanier ? Pas vraiment, non, mais tout ce qu'elle a pu me dire est venu appuyer ma thèse et me confirmer que je voyais juste. C'est drôle, elle m'a tout de suite reconnue à l'enterrement de son mari et m'a appelée par mon nom. Cela m'arrive que des gens me replacent assez spontanément, à la suite des articles publiés sur moi l'an dernier dans la presse. Mais là, c'était autre chose. Nous avons longuement parlé, elle et moi, après la cérémonie, et sympathisé, enfin, je crois. Cette femme ne vivait plus depuis quelques années avec Guereur, cela dit ils se fréquentaient toujours, se voyaient de temps à autre. Elle m'avait reconnue, m'a-t-elle expliqué, parce que son mari avait découpé ma photo dans *La Presse* et l'avait *scotchée* chez lui, près de son ordinateur, l'été dernier. Souviens-toi de la troisième lettre de Langiro : il mentionnait parler à mon portrait sur le mur de son bureau... Je te le répète, cap'tain, cet homme m'a toujours dit vrai.

— Je vais finir par te croire, fille.

— Et puis, cette femme a renforcé ma conviction que Guereur était bien Langiro en me justifiant spontanément la haine qu'il portait à Bailli et Couchepin. Elle avait connu son mari à la fin de ses études de biologie, au moment même où il entrait à Hydro pour je ne sais trop quelle recherche de terrain sur la reproduction des ouananiches dans les réservoirs hydroélectriques. Il était vite devenu, selon elle, une véritable coqueluche dans cette entreprise. Il allait s'y battre pour imposer la présence d'une unité consacrée à l'Environnement à la fois solide sur le plan scientifique et suffisamment crédible à l'interne pour s'opposer au puissant groupe des ingénieurs de la construction. À croire Louise, c'est une véritable croisade qu'a menée Gaétan, gagnant le respect de tous dans cette entreprise. Et puis arrive Mario Bailli, bombardé du jour au lendemain depuis Québec, qui tente de lui tirer le tapis de dessous les pieds avant que son successeur, Paul Couchepin, parvienne à le virer comme un malpropre de son poste.

— Et nous y voilà ! soupira Demers.

— Comme tu dis ! Sans que j'aie vraiment eu à la questionner sur le sujet, elle m'a confirmé que son ex avait quitté Hydro profondément insulté et aigri par le traitement que lui avaient infligé les deux pistonnés, qui avaient voulu sa tête et finalement l'avaient eue. Elle ne vivait plus à l'époque avec lui, mais s'étonnait, chaque fois qu'elle le rencontrait, de la rancœur tenace qu'il lui exprimait quant à sa fin de carrière et l'affront terrible qu'on lui avait fait. C'était bien lui qui haïssait à mort Couchepin, et non l'inverse, comme il nous l'avait suggéré en interrogatoire, donnant ainsi des munitions à Hébert.

— Et on sait tous les deux que cette mèche courte là ne tolérait pas l'affront. Et cela te faisait d'autres preuves...

— Pas plus solides que toutes les autres devant un coroner, note-le bien. En fait, si tu m'as bien écoutée, Alex, je n'ai, de mon côté, aucun véritable élément probant à l'appui de ce que j'avance. Tout mon raisonnement n'est qu'un enchaînement de présomptions. Un type m'a gentiment dit de faire attention à moi. Il avait des pierres aux reins. Il a mis ma photo sur son mur. Il n'a pas crié avant de mourir. Il n'aimait pas ses derniers patrons. Il a servi le café d'un autre qui, ensuite, a été malade. Il est allé aux toilettes sous le nez dudit malade. Et voilà qu'un parapluie a disparu chez monsieur Pichon. Où vois-tu, là-dedans, l'ombre d'une preuve pouvant amener la couronne à admettre la culpabilité d'un suspect, aux allures de victime par surcroît? Toi, grâce à Mollon, tu as la clef du double meurtre d'Alger et tu peux donc affirmer que Guereur, en se vantant de la paternité de ces vieux crimes, démontre qu'il était bien Langiro. Maintenant, encore mieux que ça, tu as sa lettre d'aveux. Bravo. Moi, je ne pouvais pas, absolument pas, être aussi catégorique sans risquer de me faire traiter d'irresponsable, et je ne te cache pas que je n'avais aucune envie de jouer à mademoiselle J'ai-tout-compris devant Jacques Hébert et ses certitudes.

— Et pourtant, ton raisonnement est parfaitement convaincant. Pourquoi ne me l'as-tu pas fait à moi avant de t'en aller en novembre?

— On pourrait en discuter longtemps, Alex Demers...

— Eh bien, allons-y!

La jeune femme soupira. Devant lui, le longiligne commandant clignotait des yeux dans le soleil, mais ne la quittait pas du regard. Comment lui expliquer qu'elle n'avait su trouver le tour de lui parler en novembre dans le restaurant montréalais ? Elle détourna les yeux, jouant machinalement avec le manchon de son bras gauche. Elle regarda sa montre. Oui, elle le réalisait parfaitement à cette minute, ils avaient raté quelque chose ce soir-là tous les deux. N'était-ce pas aussi sa faute à lui, qui se laissait si peu rejoindre ? À quoi bon y revenir.

— Je t'écoute, Aglaé ? insistait-il

— Tu m'écoutes, dis-tu... Tu me donnais tellement l'impression de ne pas m'écouter à cette époque, souffla-t-elle sans conviction.

Il ne cessait de la fixer, à l'évidence sceptique devant la nature de la réponse. Bien sûr qu'il y avait autre chose, songeait-elle avec lassitude. Mais le moment de s'expliquer lui semblait désormais passé. Non, elle ne dirait pas au grand type qu'entre Couchepin et Guereur, elle avait fini par choisir le camp du second, préférant protéger, par son silence, la mémoire de l'assassin plutôt que de s'engager dans l'incertain combat de la défense de l'innocence du bouc expiatoire. Se découvrant l'unique policière à décoder le brouillage de pistes imaginé par Langiro, elle avait délibérément préféré quitter la horde bruyante et arrogante de ses confrères aux trousses du meurtrier des dirigeants d'Hydro. Elle s'était retrouvée, seule et perturbée, loin derrière la meute traquant Couchepin, comme un chien de courre abandonnant l'équipage de chasse parti sur une fausse piste. D'abord étonnée puis dubitative, elle avait peu à peu accepté l'idée de voir les autres s'égarer en s'écartant d'elle et de la vérité. Déboussolée devant l'imprévisible croisée des chemins, elle avait décidé de faire cavalier seul, s'engageant, solitaire, sur la voie suivie par le criminel, s'éloignant encore plus de ses collègues. Elle suivait depuis cette route incertaine, sans regrets ni remords, mais logiquement assurée que sa solidarité désormais assumée envers le tueur la stigmatisait. Sa place n'était plus dans la police. C'est avec le même étonnement teinté de doute qu'elle avait découvert que ce chemin la menait naturellement au meurtre du tortionnaire de son amie. Bientôt, tout serait différent… Oui, songeait-elle, si elle avait parlé ce soir-là au grand Demers, sa vie aurait pu prendre un tout autre cours. Il était désormais trop tard. Demain, son existence changerait pour toujours. Demers, sa sollicitude, son empathie, ses plans pour elle, n'y auraient plus leurs raisons d'être. Pourquoi, malgré tout, ce début de nostalgie devant l'atypique officier ?

Elle se leva d'un coup de reins et marcha de nouveau vers la mer. Elle se sentait triste, peu sûre d'elle-même. Dépossédée de son secret, elle voyait venir l'inexorable échéance de sa belle relation avec le singulier commandant. Allons, il fallait encore donner le change et la réplique au grand type, au moins jusqu'à la fin de la soirée. Elle ramassa ses cheveux, les remit à leur place sous le bandeau bleu et refit face à l'échalas. Avachi sur la table, il semblait ne pas avoir bougé d'un poil et attendre avec la même intensité silencieuse qu'elle répondît à sa question.

— Si tu veux que je te prépare à souper, faut maintenant que je m'en retourne, cap'tain, lui lança-t-elle, d'une voix affermie. Si tu n'y vois pas d'objection, je vais te laisser à ton train d'escargot et prendre de l'avance. J'ai du travail à faire si je veux te gâter un peu.

Il entreprit laborieusement de se redresser, un vague air déçu sur le visage qu'il serait long à abandonner.

— Dommage, laissa-t-il finalement tomber.

Qu'avait-il pu interpréter de son long mutisme et de ses réflexions intérieures ?

— À quelle heure chez toi ? poursuivait-il, avec l'air de celui qui se force à faire contre mauvaise fortune bon cœur.

— Disons 20 heures.

— Si j'arrive à pédaler jusqu'au Havre, j'y serai, dit-il. Et méfie-toi, fille, de mon redoutable appétit et de ma soif de savoir quand je te reverrai. Tu ne t'en tireras pas toujours aussi facilement avec moi…

Que voulait-il lui faire comprendre cette fois ? Cet homme intuitif et perspicace lui faisait peur. Aglaé comprit que la soirée allait être périlleuse.

— Alex, se lança-t-elle, j'ai une demande à te faire et tu es mieux de bien m'écouter, s'il te plaît. Ça concerne notre souper de tout à l'heure. Ouvre tes oreilles, je n'ai jamais été aussi sérieuse de ma vie.

— Je suis tout ouïe, niaisa-t-il.

— Je ne joue pas, Alex! Alors, voilà! Mets-toi dans la tête que l'on ne parlera pas de travail ce soir, O.K.! On oublie Mate Langiro et Paul Couchepin! T'arrêtes de penser à me faire revenir à ta maudite SQ de Montréal! Tu n'essaies pas de me faire reparler du satané pétonclier et de mes histoires avec Dave Beauregard et Mylène Saindon. Il y a trêve pour notre dernière soirée ensemble. Dis-moi que tu es d'accord et jure que tu t'y tiendras?

— Tu m'en demandes beaucoup, matelot! râla-t-il sans cacher sa contrariété.

— Jure!

— Ouais... finit-il par concéder de mauvaise grâce.

— Et n'oublie pas le rosé, conclut-elle en lui tournant le dos.

Et la jolie cycliste à l'air buté laissa le directeur général adjoint de la Sûreté du Québec planté, incrédule et dépité, devant sa table de camping. Le feu venait brusquement de passer au rouge, jugea-t-il.

Le soleil baissait sur l'horizon au-dessus du Havre. Il l'avait eu en pleine face durant tout son échange avec Aglaé. Son grand nez le brûlait un peu. Songeur, perplexe, Alex Demers mettrait plusieurs minutes avant de se décider à remettre ses chaussures et à reprendre son vélo.

L'inquiétante Aglaé Boisjoli venait de le faire tomber sur le cul par la perspicacité de ses raisonnements. Comment imaginer perdre une telle perle?

Havre-Saint-Pierre — Mardi 26 juin 2007

Alex Demers ferma son cellulaire et se servit un jus insipide à la cafetière de la cuisinette de l'auberge Niapiskau. Il y laissa tomber deux cachets d'aspirine trouvés au fond de sa trousse de toilette. Il s'était offert le luxe d'une presque grasse matinée, ne se réveillant qu'à 8 heures 30, juste à temps pour son rendez-vous téléphonique avec Gobeil. Il avait réglé sa note la veille au soir à Johanna, la jolie Cubaine propriétaire de l'auberge. Son second rendez-vous de la journée était à 9 heures, devant la maison d'Aglaé Boisjoli. Il n'avait que le temps de s'y préparer.

Il empila un peu n'importe comment ses affaires dans sa valise. Un œil dehors : il faisait encore très beau. Son imperméable n'entrait pas dans le bagage. Tant pis, il le prendrait à la main. Il garderait son chapeau sur la tête. Ce n'était pas le temps d'aggraver le coup de soleil qu'il avait pris la veille en écoutant Aglaé sur la table de la halte routière. Il grimaça. Les cuisses lui faisaient mal. Il faudrait bien, songea-t-il qu'il se remette à faire un peu plus de sport. Combien de temps garderait-il les maudites courbatures ? Où avait-il mis ses lunettes de soleil ? Ses clefs d'auto ? Bon sang, si sa tête pouvait lui faire un peu moins mal. Pas de doute, il avait un peu trop bu hier au soir.

Aglaé Boisjoli serait-elle au rendez-vous ? Il comprit qu'il était plus fébrile qu'il eût aimé l'être. Pourtant, son plan avait fonctionné comme sur des roulettes, Gobeil venait de le lui confirmer. Alors, pourquoi, toujours, cette sourde inquiétude concernant la jeune femme ?

Elle avait été la veille au soir une hôtesse parfaite. Il y avait bien longtemps qu'il n'avait pas passé une aussi bonne soirée. Autour de ses bons petits plats et des deux bouteilles de bordeaux

Haut-Bailly qu'il avait apportées, ils avaient vite trouvé la façon de passer le temps de façon fort agréable en parlant de choses et d'autres, et surtout pas de leurs préoccupations du moment, comme l'avait exigé la maîtresse de maison. Les heures s'étaient si bien enchaînées les unes aux autres, le vin avait si fort coulé, qu'elle avait même dû, pour accompagner sa tarte aux plaquebières, ouvrir une bouteille de sa propre réserve de Château Cavalier, un Côtes de Provence de bon aloi, qui avait achevé de joliment les griser.

À minuit, en se levant pour la quitter, il avait eu certaines difficultés à stabiliser le centre de gravité de sa longue carcasse. Elle-même avait les joues fort roses et l'œil brillant en s'avançant vers lui pour les adieux sur le pas de sa porte. Il avait bien essayé, en la laissant, de lui confirmer leur rendez-vous du lendemain matin. Le voyant venir, elle ne l'avait pas laissé lui parler. Il était sur la seconde des trois marches de sa galerie, mais elle avait dû quand même se hisser sur la pointe des pieds pour être à sa hauteur, visage à visage. Manœuvre hasardeuse dans son état, elle avait manqué trébucher, ne maintenant son équilibre qu'en attrapant l'échalas par les épaules.

— Tu connais nos conventions, Alex? Ça tient jusque et y compris aux adieux.

Son élocution était difficile.

— Ouais, râla-t-il, sauf que là...

— Chut. Tu as tenu le coup toute la soirée! Bravo et au revoir. Demain, je serai en mer à ton départ. On se laisse, Alex. Tout est bien comme ça!

Et elle lui avait claqué deux bises rapides sur les joues. Le temps qu'il réalise, elle était rentrée chez elle et il entamait une incertaine marche de retour vers son auberge.

8 heures 55. Un dernier coup d'œil dans le miroir de l'entrée de Niapiskau. Son nez était décidément bien cuit et le démangeait. Il le beurra consciencieusement d'une lotion blanchâtre jaillie d'un tube qu'il fourra dans la poche de sa chemisette. Il se

recula pour admirer le résultat de ses œuvres. Son nez maintenant blanc sur ses joues rouges, son invraisemblable bob de denim sur le chef, ses lunettes noires glissant dans la crème, il n'avait pas vraiment une allure de play-boy.

L'instant d'après, il refermait la porte de l'auberge et se dirigeait vers son auto de location. Le vol de Sept-Îles à Montréal était prévu pour 14 heures. Il était dans les temps. Il remonta lentement la rue Boréale vers la promenade des Anciens.

À 6 heures du matin, venait de lui confirmer Gobeil, Dave Beauregard, à son arrivée à son bateau, avait été interpellé par quatre agents et un officier de la Sûreté. Le pêcheur interrogé par le sergent et un des agents dans une auto-patrouille verrouillée, les trois autres policiers fouillaient le pétonclier. La scène s'était déroulée devant Aglaé Boisjoli et un dénommé Benoît Aubin, un autre jeune marin-pêcheur, venus sur ces entrefaites au quai pour passer la journée en mer.

Le pétonclier ne prendrait pas le large ce jour-là, pas plus qu'il ne le ferait avant des lustres. Les enquêteurs y avaient saisi non pas un, mais deux chargements de drogue. Après en avoir forcé la porte, ils trouvaient dans le poste de pilotage un paquet contenant quelques centaines de doses de marijuana et une valise bourrée de cocaïne pure d'une valeur de plusieurs millions de dollars sur le marché.

Beauregard avait de suite été mis aux arrêts au poste du Havre et serait transféré incessamment pour un procès à Québec. Leur déposition prise sur-le-champ, Aglaé et le jeune marin avaient pu regagner leur domicile.

Le commandant la vit de loin, assise sur une valise devant sa porte. Elle affichait un air déterminé mais ses yeux étaient rouges. Aglaé Boisjoli se leva quand elle vit arriver sa voiture. Il ne dit rien, prit son bagage et ouvrit le coffre arrière.

Ils ne s'échangeraient que deux phrases durant les trois heures et demie du voyage jusqu'à Sept-Îles. Ils s'approchaient de leur destination, venaient de traverser le pont de la rivière Moisie, quand elle se tourna d'un coup vers lui, le visage anxieux, et lui dit d'une voix lasse :

— Tu veux que je retourne dans ta police, cap'tain. Mais sais-tu bien qui est assis à côté de toi ? Réalises-tu que j'allais commettre un meurtre aujourd'hui ? Dave devrait être assommé au fond de la mer en ce moment. Je « voulais » tuer ! Tuer, assassiner, donner la mort, Alex. J'allais le faire, comprends-tu ?

Il fut long à lui répondre et le fit sans même la regarder, comme si ce qu'elle venait de déclarer lui semblait de bien peu d'intérêt, comme si ce qu'il lui répondait n'en avait pas beaucoup plus.

— Je comprends que tu « pouvais » tuer, matelot... Et alors ? Crois-moi, ce n'est pas un vice rédhibitoire pour travailler dans la police et *a fortiori* dans le groupe que j'y dirige.

Elle le fixa longuement, ne parvenant pas à détacher son regard du grand type au profil resté imperturbable. Elle aurait voulu à cette minute qu'il lui donnât toute son attention et lui manifestât sa compréhension, son amitié, plus s'il le souhaitait. Rarement s'était-elle sentie à ce point fragile, dépendante, sans repères... Cet homme si intuitif devait s'en rendre compte. Il allait bien finir par lui dire autre chose...

Mais Demers, absorbé par sa conduite, semblait parfaitement indifférent à sa voisine. Il continuait d'afficher le même air absent, peut-être un peu moqueur, en fixant la route devant lui. Et puis, bientôt, elle constata que l'expression du grand type s'assombrissait à vue d'œil. Il se renfrognait, devenait soucieux, jetant des regards furtifs de plus en plus inquiets vers le rétroviseur du bord. Il se hissa soudain sur son séant, tendit son interminable buste vers le pare-brise et présenta son long nez rouge et marbré de blanc au rectangulaire miroir. D'abord incrédule et bientôt sous le charme, elle le vit grimacer à faire peur et se tordre les traits pour se contempler l'appendice sous toutes les coutures. Il ne paraîtrait que moyennement rassuré sur l'état des lieux à l'issue de l'exercice. Quand même, grattant, l'air cette fois béat, une démangeaison tenace sur la narine droite, il finit par se rencogner dans son siège en soupirant bruyamment d'aise.

Il entreprenait bientôt de changer de gomme. Aglaé Boisjoli ne le voyait pas. Elle regardait défiler les épinettes de la côte à la fenêtre du passager. Aussi saugrenu que réparateur, un fou rire incontrôlable la submergea bientôt.

Saint-Valentin
30 mars 2010

L'utilisation de 1612 lb de Rolland Enviro 100 Édition plutôt que du papier vierge a réduit notre empreinte écologique de:

14 arbres;
765 kg de déchets solides;
50 482 litres d'eau;
1988 kg d'émissions atmosphériques.

C'est l'équivalent de:

16 poubelles pleines de déchets;
144 jours de consommation d'eau d'un Américain;
13 296 km parcourus en voiture.